COLLECTION FOLIO

Yannick Haenel

Cercle

Gallimard

Cet ouvrage a été précédemment publié
dans la collection « L'Infini », aux Éditions Gallimard.

Pour écrire ce livre, l'auteur a bénéficié d'une aide
du Centre national du livre.

Yannick Haenel coanime la revue *Ligne de risque*. Il a notamment publié aux Éditions Gallimard *Évoluer parmi les avalanches*, *Introduction à la mort française* et *Cercle*, récompensé par le prix Décembre en 2007 et le prix Roger Nimier en 2008.

On lui doit également *Poker*, en collaboration avec François Meyronnis, livre d'entretiens avec Philippe Sollers.

À Barbara Puggelli

L'Histoire est un cauchemar
dont j'essaie de m'éveiller.

James Joyce

Cercle I

1

AVENTURE

C'est maintenant qu'il faut reprendre vie. J'ai répété cette phrase toute la journée en longeant la Seine : « C'est maintenant qu'il faut reprendre vie. » Il y avait une lumière nouvelle dans les arbres, du vert partout, du bleu, et ce vent léger où flottent les désirs. J'ignore d'où venait cette phrase, mais elle glissait bien dans ma tête. Avec elle une joie bizarre se diffusait dans l'air d'avril, une joie de solitude qui vous ouvre la route. J'ai dit : « C'est maintenant qu'il faut reprendre vie. » Aussitôt, il y a eu une série d'étincelles autour de ma tête, puis la phrase s'est enroulée autour de mes épaules en y traçant des lignes rouges, orange, jaunes ; elle a cheminé le long de mon bras, lentement, jusqu'à ma main qui s'est gorgée d'un sang bleu-noir. C'est ainsi que ce livre a commencé à s'écrire. La Seine, les arbres et mon corps se sont mis à tourner dans un instant de vide. Je n'ai pas eu le vertige. Au contraire : tout était affecté de vertige, sauf moi. Je brûlais, mon corps n'était plus mon corps, mais un buisson de flammes d'où sortaient des phrases. Ces phrases tourbillonnaient dans la lumière, au-dessus de l'eau, comme des tapis volants. Elles formaient dans le ciel d'immenses rubans de nacre. Un calme étrange fleurissait dans ma tête. Laisse faire, me disais-je, surtout laisse faire : un passage va s'ouvrir, et ce passage, tu l'appelleras *Cercle*.

J'attendais le train sur le quai de la station Champ-de-Mars. C'était le printemps, le 17 avril. Il y avait énormément de touristes, des groupes d'Américains, des Japonais, et à côté de moi deux Polonaises, qui m'ont demandé si c'était la bonne direction pour le château de Versailles. Et puis il y avait tous ces gens qui allaient travailler, comme moi, et qui, comme moi, puisqu'on était lundi, avaient leur tête du lundi.

Il fallait que je prenne le train de 8 h 07. Si je ne voulais pas être en retard à mon travail, le train de 8 h 07, il me le fallait. J'étais très concentré sur le train de 8 h 07, et lorsqu'il est entré dans la station Champ-de-Mars, j'ai entendu la phrase : « C'est maintenant qu'il faut reprendre vie. » Il était 8 h 07, je regardais les portières rouge et bleu s'ouvrir, les voyageurs descendre ou monter ; une voix dans les haut-parleurs nous a rappelé que ce train desservait toutes les gares jusqu'au château de Versailles. Je ne suis pas monté. J'ai pensé : cette phrase s'adresse à moi, ou plutôt elle s'adresse à tout le monde, mais ce matin, à 8 h 07, c'est moi qui l'entends. Et c'est vrai, me disais-je, rien n'est plus juste : il faut reprendre vie, il faut qu'à partir de ce matin, maintenant, tout de suite, je reprenne vie. J'ai répété cette phrase plusieurs fois sur un ton différent ; et tandis que les portières du train de 8 h 07 se fermaient, j'ai souri. Reprendre vie, bien sûr, c'est maintenant ou jamais. Reprendre vie, tout de suite, il faut.

Est-il possible d'affirmer un jour : « Je suis prêt » ? Ce matin-là, j'ai pensé : c'est possible. Je n'avais aucune idée de la manière dont ces choses deviennent possibles, et pourtant, en quelques secondes, je l'ai su. Il existe un courage bizarre qui vous pousse à détruire vos habituelles raisons de vivre. C'est un courage d'abîme et de lueurs, le courage des solitudes brusques, celui qui accompagne les nouveaux départs. Est-ce lui dont j'ai senti le passage furtif ? Le train de 8 h 07 s'est éloigné, il a glissé doucement sur les rails, et lorsqu'il a disparu dans le tunnel, la lumière a déferlé d'un seul coup entre les pylônes de la station ; une giclée de lumières qui vous éclaboussent le visage dans un spasme chaud, et les reflets gris-bleu de la Seine, un bouquet de miroitements venus de l'autre rive, les feuillages rouges dans vos yeux, la virevolte des oiseaux dans le soleil, et vous, le visage tendu vers la tiédeur du ciel, enveloppé de pétales en feu.

Il y a eu un autre train, puis un autre, une dizaine de trains ; les voyageurs montaient, ils descendaient, et moi, les yeux fermés, j'étais toujours sur le quai, à tourner lentement dans la lumière. Une chose arrive que vous attendiez depuis des années. Vous ne saviez pas que vous l'attendiez. Cette chose vous souffle au visage une fraîcheur nouvelle. Vous êtes léger, seul, absolument seul et léger. Alors une voix grandit. C'est une voix de silence léger, qui vous pousse à des élans nouveaux.

J'ai remonté le quai jusqu'à la sortie ; après avoir glissé mon coupon de Carte Orange dans la machine, lorsque les portières de la station se sont ouvertes, je me suis retrouvé à l'air libre, face à la Seine et au pont de Bir-Hakeim, avec ce vent de lumières croisées qui vous enveloppe soudain lorsque vous émergez du RER.

J'ai pensé : c'est très simple — je suis là, seul, pour rien.

La matinée tourne sur elle-même. C'est un carrefour enchanté. Il y a les arcades métalliques du pont, les croisements de feuillages qui descendent vers la Seine, les rames de métro vert et blanc qui filent par-dessus l'eau, et cette vrille de lumières douces qui soulève, avec les petits bâtiments du Port autonome, toutes les voitures, les groupes de touristes qui vont vers la tour Eiffel, les cafés jaunes et rouges et les vendeurs de cartes postales jusqu'à l'île aux Cygnes. Vous regardez de tous les côtés, comme si vous goûtiez ce déchaînement bleu clair pour la première fois. La journée vous indique son horizon de fuite. Le soleil, là-bas, va tourner dans la fraîcheur.

Un passage s'ouvre ainsi au cœur de la ville, dans une brassée de lumière jaune où vous lisez votre chance. La phrase, où est-elle ? Il ne faut pas qu'elle s'échappe. Vous la récitez une nouvelle fois : « C'est maintenant qu'il faut reprendre vie. » Vous la réciterez encore et encore, afin de ne pas laisser la source s'éloigner ; et à force de réciter une telle phrase, peut-être reprendrez-vous effectivement vie.

Je me suis assis sur un banc de l'île aux Cygnes. On voyait au loin la statue de la Liberté. Il y avait des fleurs partout, une joie de ciel bleu, et des péniches qui s'appelaient *La Réveillade* ou *L'Échappée belle*. Les branches des noisetiers sont chaudes et orangées ; elles flottent doucement autour de ma tête. J'ai composé le numéro de téléphone de mon travail, je suis tombé sur Joséphine, une jolie collègue un peu triste, aux yeux verts embués d'horizons rabougris ; j'ai bredouillé quelques mots : « Pas envie aujourd'hui », ou « Je ne vais pas venir », des mots vagues, un peu désinvoltes, l'air de rien. Je ne voulais pas donner d'éclat à ma désertion, mais Joséphine ne s'est pas laissé faire :

— Et demain, tu viendras ?

J'étais surpris, je n'avais pas pensé à demain : reprendre vie, c'est maintenant, la phrase disait « maintenant » ; et quand on dit « maintenant », le lendemain n'existe pas. Sans même y réfléchir, à Joséphine, j'ai dit « NON ». Il y a eu un long silence. J'ai pensé qu'elle n'avait pas entendu, alors j'ai répété : « NON. » Peut-être, à ma manière de dire non, Joséphine a-t-elle senti qu'il était urgent d'en savoir plus :

— Après-demain, alors ?

— Non plus.

— Quand alors ?

— Plus jamais.

Je me disais : voilà exactement le ton que je voulais éviter, ce côté impérieux qui vous place hors d'atteinte.

Alors, bien sûr, Joséphine, elle a paniqué :

— Quoi ? C'est impossible ! Tu ne vas pas nous laisser tomber quand même... Dis-moi ce qui ne va pas, Jean... Ne me dis pas que tu démissionnes !

J'ai juste dit : « Au revoir, Joséphine », et j'ai raccroché.

C'était un bon début. Le début de quoi, je l'ignorais. Mais déjà, sur ce banc de l'île aux Cygnes, la tête baignée dans le feuillage d'un noisetier, j'ai senti qu'il allait se passer quelque chose. Aux remuements dans les arbres, à l'air léger qui chuchote, j'ai compris que cette chose se préparait, et qu'en même temps, elle était déjà là, soufflée dans la trame des phrases. Il y avait du violet, maintenant, et les feuilles existaient en passant du vert au bleu. J'ai ouvert ma sacoche de travail. J'ai sorti un à un les documents, bien rangés dans des chemises de couleurs différentes, et je les ai feuilletés. Cette paperasse méticuleuse, qu'est-ce que j'allais en faire maintenant ? J'avais envie de rire. Plus jamais, me disais-je, plus jamais de temps gaspillé pour de telles choses. L'isolement soudain, le plus bel isolement, lié à rien ni à personne : je tranche mes liens. J'ai regardé mon agenda, un carnet saturé de ces rendez-vous qui vous pompent le sang. Après la journée de travail, de 8 heures à 20 heures, les agendas le disent, la journée s'achève. Entre le chiffre 8 et le chiffre 20, dans les cases prévues à cet effet, il est possible de vivre ; mais après 20 heures, il n'y a plus de place, après 20 heures, vivre, ça n'est pas prévu. J'ai feuilleté le carnet, noirci d'horaires, de numéros de téléphone, d'affaires à régler, de besognes diverses, de réunions, de déjeuners. Il y avait même des rendez-vous prévus pour les jours à venir, les cases étaient déjà surchargées : de nouvelles réunions, de nouveaux contacts, de nouvelles heures remplies d'avance. Et puis en regardant à la page d'aujourd'hui, lundi 17 avril : rien. Page vierge, aucun rendez-vous, un miracle. J'ai pensé : c'est par là que je vais m'enfuir. La porte est ouverte, adieu.

J'écoutais mon corps se charger de joie, et avec lui des lignes de pensées nouvelles, mille pensées reliées l'une à l'autre par l'instant libre qui les suscite. Je me suis allongé sur le banc, la tête appuyée contre ma sacoche. Une simple nuance, et les corps s'envolent. À partir des afflux de clartés longtemps retenus, de ces mouvements de couleurs qui viennent de nuits lointaines, le corps s'illumine d'une joie claire qui vous réveille. Les branches de noisetiers me faisaient une couronne de fraîcheur ; j'ai répété un peu la phrase de 8 h 07. C'était presque inutile : j'étais lancé. Cap au libre, me disais-je, et je regardais autour de moi : plus loin, dans l'allée des Cygnes, il y avait des saules, des robes de femmes, une fluidité tranquille qui ne va nulle part. Et moi, où vais-je aller ? Partout la vision brève, et des éclats prometteurs dans chaque buisson. Ce n'est pas à moi de décider, me disais-je, ça se fait tout seul. J'ai fermé les yeux, je n'avais pas de plan, aucune direction, juste un désir, et des dizaines de désirs qui déjà crépitaient dans l'ombre. Je me suis reposé quelques minutes, avec les oiseaux et les arbres. Cap au libre ! S'aventurer ailleurs que dans le mesurable. Désirs, joies, nonchalances ! Et toutes les envies de bonheur qui s'ouvrent, l'acheminement des plus radieuses magies, l'étincelle des rencontres, le parfum des émotions improvisées, le vertige amoureux des périls, et la nacre, le feu, la cannelle, un déluge d'émotions, les clartés soudaines.

Un point s'allume quelque part, puis un autre, c'est un rond, une ligne, et ça devient des phrases qui viennent éclore sur votre banc. Une nouvelle phrase a éclaté dans ma tête, et je me suis levé. J'ai bondi. La phrase, en bondissant, à haute voix, je l'ai dite : « Celui qui n'est pas occupé à naître est occupé à mourir. »

Cette phrase m'a tout de suite plu : elle ressemblait un peu à la première de ce livre ; même défi, même orgueil, l'allure cinglante, l'évidence absolue des phrases extrêmes. Mais celle-ci, je la connaissais bien, c'était une phrase de Bob Dylan ; elle venait d'une chanson qu'à une époque j'écoutais beaucoup. Elle ranimait des forces qui m'étaient familières, et que j'avais oubliées : des filons de vigueur, un appel à dynamiter les renoncements. Si je l'avais oubliée, c'est peut-être parce qu'à cette époque j'étais mort, ou occupé à mourir, très occupé à ne plus vivre à la hauteur d'une telle phrase ; et aujourd'hui, elle revenait, avec la simplicité des injonctions, me dire que j'étais en train de renaître. « Celui qui n'est pas occupé à naître est occupé à mourir » : lorsque je l'ai prononcée, sur l'île aux Cygnes, cette phrase m'a rendu tout de suite heureux. Avec cette phrase, j'entrevoyais une confiance nouvelle.

Je me suis avancé sur le pont de Bir-Hakeim. J'ai posé ma sacoche sur le parapet, à cet endroit en demi-cercle, au milieu du pont, où l'on peut regarder la Seine grandir vers Alma, et ouvrir son horizon jusqu'à l'île de la Cité. J'avais la phrase de Dylan dans la tête, elle agissait en ritournelle, comme une ronde de syllabes. Il y avait, sur le rebord du pont, une branche de lilas qui étalait ses touffes gris-mauve ; et entre la phrase de Dylan, le parfum du lilas, et mon désir de larguer les amarres, une connivence : celle des voix anciennes, qui mûrissent dans la mémoire, portées par une joie errante.

Sors-toi de là, disaient les voix, prends le large : la beauté s'ouvre ailleurs, le temps s'ouvre ailleurs, le cœur s'ouvre ailleurs. Ça commence ici, sur ce pont, dans une rafale de lumières, mais ne t'attarde pas : attrape le vent, laisse-toi conduire. Personne ne te demandera rien, et toi ne demande rien non plus. Attrape le vent. D'une seule poussée, avec la Seine qui ondulera dans ton corps, tu seras loin.

J'ai ouvert ma sacoche, et par-dessus la rambarde, très haut, là-bas, vers les tours de Notre-Dame, vers la pointe de la Sainte-Chapelle, vers les îles de Paris, sous le regard goguenard de la tour Eiffel, j'ai commencé à lancer ma paperasse. Par petites liasses, les documents, un à un, je les ai envoyés tourner dans l'air. À chaque liasse de papiers, le geste mûrissait. Délié vers le ciel, l'avant-bras replié d'abord vers ma poitrine, puis la détente brusque et la main qui lâche sa flèche : une liasse, puis une autre, dispersées en éventail au-dessus du fleuve, c'était très beau. Car avec le vent léger qui rôde aux alentours du pont, les feuilles se sont mises à planer très doucement. Un groupe de touristes chinois, avec le tee-shirt des jeux Olympiques de Pékin, a applaudi ; il y en avait même un qui filmait. Une feuille est restée suspendue dans les airs, presque immobile, et j'ai souri en pensant à Joséphine qui employait souvent les mots *feuille volante* : « C'est à remplir sur feuille volante », disait-elle, ou bien : « Il faudrait envoyer une réponse sur feuille volante. » Les feuilles volantes, j'aurais bien aimé que Joséphine les voie planer au-dessus de l'eau. Tandis que je vidais le contenu de ma sacoche, et que les feuilles, par liasses, tourbillonnaient lentement dans les airs, je revoyais les jolies taches de rousseur de Joséphine, cet archipel couleur biscuit qui lui couvrait les épaules, et qui apparaissait à ses joues lorsqu'il y avait du soleil. À chaque liasse disparaissait un embarras. À chaque liasse jetée au vent, je me disais : ce sont les rendez-vous qui s'envolent. Une autre liasse : les horaires qui s'éparpillent. À un moment, les liasses, portées par la brise, ont voltigé très haut ; j'ai levé brusquement les yeux et avec le soleil qui lançait des reflets blancs vers les grandes baies vitrées des tours sur le front de Seine, j'ai eu un éblouissement. Le lilas enveloppait ma gorge, trois secondes de fièvre, la tête qui tourne et brusquement j'ai tout vu en clairières : un univers de rosée, avec des feuillages qui me bruissaient les jambes, puis le changement des saisons dans mes bras, une humidité de mousse entre les doigts, et mon corps tout entier lanciné en style d'ombre et de lumière. Un arbre ! Oui, nous ferons des merveilles, rien qu'avec nos mains. Donnez-moi de l'encre et du papier. Donnez-moi les après-midi, les matins, les soirs. Un point vide se formera, une silhouette, le cheminement de l'eau. Je ne serai plus un homme, ni une femme, mais l'un et l'autre éclaboussés dans un sang nouveau irrigué de sève : feuillage, écorce, bourgeon, fleur, éternellement penché vers la Seine, et buvant les couleurs du brouillard, étreignant chaque vague dans un grondement silencieux de caresses. Au diable la vie bien remplie des hommes, me disais-je. Au diable leurs emplois du temps, leurs manigances, leurs agglutinations sourcilleuses, leurs trafics d'ambitions, leurs sympathies visqueuses, au diable la respectabilité, le confortable enfoncement dans la soumission rentable, la vie des bavardages d'esclaves, le ronron durci de l'habitude, le boucan des opinions bouchées, le manège des calculs et des jalousies, les réprobations sous-entendues, la surveillance infantile du ragot, l'ennui croûteux des « activités » et des « divertissements », les étouffements satisfaits dans la chiourme des horaires.

Lorsque enfin je me suis penché avec les Chinois au-dessus de l'eau, j'ai vu toutes ces pages qui flottaient à la surface, ces feuillets noircis de tableaux et de chiffres dont l'encre se noyait doucement. Les feuillets ondulaient comme des nymphéas : pétales blancs, fleurs noires, une éclosion luisante. En pensant une dernière fois à Joséphine, à ses yeux verts, à ses taches de rousseur, au charme de sa voix dure et enrouée, la sacoche aussi je l'ai jetée dans la Seine.

2

CORPS DE PRINTEMPS

J'ai commencé à entrer dans une région étrange. Des courbes de mélodie, venues du mélange de mes pensées, se sont dépliées dans l'air. Je longeais la berge, rive gauche, en direction de Notre-Dame, et c'était un vertige très calme qui se diffusait sous mes pas, un vertige qui s'étendait au tronc des bouleaux, à la coque des bateaux-restaurants amarrés le long des quais, au grillage des chantiers riverains à l'abandon, à tous ces angles perdus mangés d'herbes et de cailloux qui font germer leur pourriture entre le fleuve et la route.

Pourquoi Notre-Dame ? Je ne sais pas. Le nom de Notre-Dame est arrivé dans mes phrases ; je n'ai pas eu le temps d'y penser. À moins que penser, ce ne soit précisément ça : une chose qui vient quand on laisse venir, qui grandit doucement et se met à reposer dans les phrases. Une chose si discrète qu'on n'en perçoit pas la présence. Qui scintille pour elle-même, en dehors de tout contact, et glisse d'une forme à l'autre. Qui voit plus clair que vous. Qui porte sa lueur en avant de vos pas, si bien que lorsque vous la rencontrez, vous vous dites : ça va mieux.

J'avançais entre les arbres le long de la Seine. Du vent

léger qui secoue les feuillages me venait une lumière propice ; en demeurant sur la bordure, j'en profitais. Tenir la bordure, c'est ainsi que j'avance, me disais-je : il faut absolument que je tienne la bordure. De la bordure me viendront les bienfaits nouveaux par lesquels l'instant de 8 h 07 s'étendra aux autres instants, par lesquels le vide heureux de 8 h 07 se mêlera à ma journée entière, aux journées futures, aux nuits, à l'avenir inspiré de ce vide. Calme, très calme en lisière de ma propre avancée vers ce qui n'existe pas encore, c'est ainsi que ce matin, j'allais. Le vide de 8 h 07, avec mes phrases, déjà il se propageait. Aux arbres, au fleuve, aux ponts, à la respiration plus facile de ma gorge, il s'enlaçait ; peu à peu le vide ouvrirait le temps lui-même, puis il prendrait sa place. Je me disais : que le vide prenne la place du temps, le temps n'attend que ça. Par mes phrases, le temps, bientôt, ne sera plus qu'un immense instant vide. De cette contrée, j'avais déjà des lueurs furtives, des signes qui fleurissaient en secret dans mes nuits. Celui qui saura se mouvoir dans cette contrée vivra librement sa désertion ; il verra peu à peu le monde tourner sur lui-même ; il verra l'envers cramoisi des choses, la nervure des accidents, le filigrane des horreurs et le débordement des féeries : de la fréquentation assidue des lisières dépend l'entrée dans les métamorphoses.

À force de longer la Seine et d'y respirer l'air des bordures, mon corps lui-même transformé en bordure, et devenu léger, sans racines, feuillage liquide dans le vent de la ville, je devenais UN AUTRE. On en verra bientôt les fruits, me disais-je : *car celui qui doit un jour allumer l'éclair, il lui faut longtemps être nuage.* Confiance, grande confiance à marcher ce matin entre les arbres où s'indiquait lentement la venue d'une joie nouvelle.

Assez vite, dans la matinée, mon corps s'est chargé d'oiseaux. J'avais déjà franchi plusieurs ponts. Depuis celui de Bir-Hakeim, dont je voyais derrière moi l'ombre grise flotter dans le bleu du ciel, il y en avait eu trois ou quatre : Iéna, Alma, Invalides et Alexandre-III. Avec le virage que fait la Seine après les Invalides, j'apercevais en enfilade la suite des ponts qui scandent mon avancée vers Notre-Dame : Concorde, Solférino, pont Royal, Carrousel, pont des Arts, Pont-Neuf, Saint-Michel. J'ai parcouru de mémoire le plan de Paris, et en suivant cette courbure bleue qui pénètre dans la ville comme un serpent décontracté, j'ai pensé : il faut que ta route s'ouvre ainsi. De phrase en phrase, mon corps, je le modèle, afin qu'avec souplesse, élargi dans la lumière, et d'ouest en est coulant à rebours du fleuve, parmi les phénomènes, invisible, il s'immisce. Depuis 8 h 07, me disais-je, je ne suis plus que mon corps, parce que mon corps est devenu autre chose que mon corps : un tournoiement dans les arbres, une lumière de vent frais.

À peine avais-je fait un pas ce matin le long du fleuve que les oiseaux m'accompagnaient. D'un arbre à l'autre, ils tissaient d'une voix claire les conditions de mon passage ; grâce à eux je glissais dans l'air et les couleurs. Un monde de signes creux virevolte au ralenti ; ce sont des signaux qui s'adressent au vide. Ils y tombent, jusqu'au jour où vous allez avec le vide, où le vide est devenu favorable, où il guide vos pas. Car il existe un point de faveur dont la compréhension transforme les signes en joie. Les oiseaux l'indiquent. À la moindre nuance, ils chantent — ou se taisent. Un poudroiement, une ligne : votre corps, devenu indiscernable, s'envole. Dans le vide où commençait à s'épanouir mon corps, les oiseaux prenaient place. Si les oiseaux passent à travers mon vide, me disais-je, c'est que je suis sur la bonne voie.

Sur le pont de la Concorde, une phrase est arrivée. La troisième. Celle-là aussi, je la connaissais. C'était une phrase de Rimbaud. Je ne la prononçais plus depuis longtemps, et voici qu'elle faisait retour aujourd'hui. Je ne la prononçais plus car je me sentais en retard sur elle, en retard sur toutes les phrases de ce genre, et aujourd'hui, précisément, elle revenait s'offrir à moi : « La vie fleurit par le travail, vieille vérité : moi, ma vie n'est pas assez pesante, elle s'envole et flotte loin au-dessus de l'action, ce cher point du monde. » Cette phrase de Rimbaud tombait à pic. Elle indiquait exactement là où j'en étais. Elle formulait ce qui m'arrivait depuis ce matin. Ne m'étais-je pas subitement délivré de la *vieille vérité* — celle du travail ? N'avais-je pas largué les amarres ? En quelques heures, d'un pont à l'autre, avec des phrases et la lumière dans un corps qui changeait à chaque instant, cette phrase sur laquelle hier encore j'étais en retard, je m'étais mis à l'habiter. Ce qu'elle disait, c'était pour moi ; j'étais compris dans ce genre de phrases, maintenant : *ma vie n'est pas assez pesante, elle s'envole et flotte loin au-dessus de l'action.* Et mes gestes, depuis ce matin, elle les couronnait. Je savais, en la redisant, en savourant chacun de ses mots, que cette phrase, aujourd'hui, je pouvais compter sur elle : elle coulait bien dans mes veines. À tout moment, me disais-je, elle relancera ma journée. Il y avait la phrase de 8 h 07, qui a déclenché cette aventure ; la phrase de Dylan, qui vous protège comme une boussole ; et voici la troisième phrase. Elle déroule son tapis volant dans les airs, vers les arbres et les ponts, vous décollez avec elle. C'est elle qui toute la journée veillera sur la révélation de 8 h 07. Avec cette phrase, dans votre vie, il sera éternellement 8 h 07.

J'ai sorti un morceau de papier de ma poche sur lequel j'ai écrit trois mots : « PHRASE », « OISEAUX », « FEUILLAGE ». Un frisson est passé entre les trois mots. La lumière agrandissait les feuillages, et je me sentais vivre ainsi, un pas devant l'autre, gorge ouverte et le cœur en joie. Où va-t-on quand on ne va nulle part ? En marchant vers le pont du Carrousel, je disais : « PHRASE », puis je disais : « FEUILLAGE », puis : « OISEAUX ». De la combinaison de ces trois mots s'allumait pour quelques minutes un feu dans ma tête qui se propageait à mes gestes ; dans un souffle, il ouvrait au cœur de cette matinée une étrange éclaircie. De la combinaison de ces trois mots : « PHRASE », « FEUILLAGE », « OISEAUX », jailliront des éclaircies, me disais-je : c'est à coups d'éclaircies que bientôt je verrai. Les éclaircies, ajoutées l'une à l'autre, formeront la trame de cette vision que j'appelle *Cercle*. Et ce matin, la tête à neuf, c'est ainsi que je me dirigeais vers Notre-Dame.

J'ai ajouté le mot « VIDE » aux trois autres mots, et sur le papier, des lignes, des boucles, des zébrures ont fait leur apparition — un tracé bizarre où se formulait mon parcours. Je traçais des formes sur la page, mais elles ne décrivaient pas mon cheminement ; elles le devinaient en lançant toujours plus loin la mise, comme si tout avait lieu dans l'obscurité, et que de la réussite de chaque geste dépendait l'existence du suivant. Assez vite, pour m'orienter dans l'air des arbres et du fleuve, j'ai consulté les formes tracées sur le papier. En marchant, je tenais les pages devant moi, comme un guide de voyage.

C'est elles qui me disaient la route. À tout moment, je complétais le schéma ; puis j'en suivais l'indication. Qu'y avait-il sur ce papier ? Je ne sais pas : un paysage de formes, avec des phrases et des signaux qui se précipitent vers leur propre énigme. Je ne sais pas ce qui s'écrivait là, et pourtant je savais très bien m'en servir. C'est au cœur de ces phrases que, ce matin, j'évoluais. L'éblouissement de 8 h 07, il me semblait à présent qu'il sortait de moi sous la forme de ces signes. Ils avaient beau paraître indéchiffrables, et se tortiller sur la page comme de petits sphinx, grâce à eux, j'avançais.

Une chose étrange traversait mon corps : quelque chose qui n'appartenait plus seulement à la délivrance. Quelque chose qui venait de plus loin que la seule allégresse de rompre les amarres. Ce quelque chose déferlait en sourdine à travers mes bras, mes jambes et mon sexe, comme une provision de surprises, et soulevait chacun de mes gestes pour les confier, dans un bref ruissellement, au geste suivant. Ce qui m'arrive, me disais-je, en passant sous le pont du Carrousel, ce n'est pas la simple occasion de « profiter de la vie » : chaque jour des hommes et des femmes décrochent, et sur un coup de tête décident qu'ils ou elles n'en peuvent plus ; chaque jour sur un quai de gare ou dans un embouteillage, des hommes et des femmes décident que c'en est trop et rebroussent chemin, rentrent chez eux et profitent enfin du temps libre : ils récupèrent, se changent les idées, parfois changent de vie ou se suicident. Je souriais en pensant à cette population secrète des déserteurs. Qu'on déserte un jour, un seul jour, me disais-je, et pour la vie on est un déserteur.

Il se passait autre chose. J'étais en train de muer d'une manière plus radicale. Ma façon de marcher, ma respiration, tout se faisait large. Car dans ma gorge, à chaque pas, une phrase arrivait. Elle arrivait dans un souffle d'arbre, ses torsades je les appréciais. Un oiseau dans tes poumons, me disais-je, et la voix la plus mélodieuse, à chaque inspiration, forme une phrase. Son ombre d'abord tapisse la cage thoracique, elle se colore ; en bouquet où le sang afflue, la voix peu à peu se forge : timide, aspirée en elle-même, dans le goût nuancé de la brume des collines, italiennes de préférence, toscanes si je peux, elle dessine son ondulation, sa douce prairie de syllabes où se rédige, en frôlant la glotte, le camaïeu espéré qui m'ouvre la bouche. Un peu d'air arrive, la phrase se forme, j'avance. Gorge, jambes et phrases : c'est ainsi que les pages de ce livre trouvent leur étendue. C'est ainsi que se développe, au long de ces paragraphes, la forme de ma liberté. Elle tâtonne et s'ajuste. Le mouvement d'une jambe à l'autre, tandis que j'avance le long de la Seine, accroche un souffle qui alimente ma gorge. Respirer, me disais-je, invente son souffle dans les phrases.

La formule, à chaque instant je la trouvais. Impossible de savoir si c'est vivre qui suscitait les phrases, ou les phrases qui inventaient ma vie : chaque seconde se formulait, et en même temps je vivais chaque formule. Depuis l'instant de 8 h 07, me disais-je, vie et phrases coïncident. Respirer s'invente avec des phrases maintenant. Je ne sais plus comment je respirais avant le train de 8 h 07 : est-ce qu'avant le train de 8 h 07 je respirais ? Est-ce que j'avais une gorge et des jambes ? Avant le train de 8 h 07, je vivais pourtant, j'avais des gestes, il m'arrivait même de parler. Mais cette vie, était-ce vraiment la mienne ? Ou était-ce la vie d'un autre, *puisque je n'y étais pas ?*

Lorsque vos phrases éclosent de mieux en mieux, lorsque votre gorge, en les opérant, s'ouvre à cette joie de flammes où s'élabore votre évasion, vous entrez dans une région où tout devient musique ; votre souffle, vos rires, vos gestes, l'itinéraire compliqué d'un tel élargissement, tout danse ; c'est un élan bizarre et votre corps sans cesse tourne sur lui-même ; les phrases sortent de partout : entre le monde et vos phrases, la différence est mince, car vous êtes devenu langage, vous avez un corps de phrases maintenant, et vivre n'appartient plus qu'à ces phrases. Une matinée de phrases ne parle que d'elle-même : ce qui se dit à travers elle existe comme flamme. Je n'ai plus de « moi » : je ne me dois plus à rien ni à personne. Depuis l'instant de 8 h 07, je ne me dois plus au temps, au temps compté de la société des hommes — je ne me dois à aucune société. Que les ornières continuent d'accueillir leurs victimes consentantes, toutes plus braves de se laisser ainsi fouailler le tronc : je ne suis déjà plus là. Dois-je brouiller les pistes afin d'échapper au grappin ? Même pas, c'est inutile. Car à peine avez-vous fait cent mètres, ce matin, avec votre nouvelle solitude, que déjà on ne vous aperçoit plus : vous êtes ailleurs.

Alors vous avez des yeux, vous avez ouvert les yeux, et vous sentez que, derrière vos oreilles, vous avez d'autres oreilles encore, ce genre d'oreilles qui charment les serpents ; vous sentez que vous avez des oreilles obliques et mauves, de celles qui entendent sous l'eau, qui écoutent entre les jambes et vous inventent un cœur aventureux.

C'est une solitude jaune, une solitude bleue, une solitude verte où les âcretés se dissolvent. Vous mettez un pied devant l'autre, et cette solitude à chaque pas se métamorphose. Elle se change en solitude où vous percevez la fièvre des hautes glaces, le crachement de la nuit des os, et votre propre chaos qui se disloque vers la simplicité. Du rouge arrive qui incendie votre calme, du rouge de poumons enluminés, du rouge de brasier aux rafales d'outremer. Les couleurs vibrent. Elles tournent sur elles-mêmes. C'est la vraie clarté.

Vous aurez bientôt les gestes qui conviennent. Ces gestes s'étendront à toute chose ; ils ne trembleront pas, ils ne seront pas revêtus d'indécisions. Vous ne direz plus : on verra si je vais exister. Vous direz : j'existe car quelque chose existe qui me traverse. Les gestes qui vous viennent alors viennent d'autre part ; tout en vous vient d'autre part.

Une phrase vous soulève, puis une autre qui en appelle encore une autre, et votre corps est si imprégné de phrases que vous ne pouvez plus faire un mouvement sans émettre une phrase, puis une autre qui en appelle encore une autre. Vous notez ce qui vient sur vos bouts de papier, et déjà les mots débordent, ils s'écoulent de partout entre vos doigts. La Seine vous regarde, étonnée. Les phrases détournent les fleuves, c'est pourquoi la Seine est inquiète. Elle s'amuse aussi : le débordement est la vraie joie d'un fleuve. Qu'est-ce qui brille là-bas, au milieu de l'eau, et invite soudain mon désir ? N'est-ce pas une baleine ? Une croupe huileuse de cachalot ondule dans les flots en attendant le coït. Elle crible déjà le fleuve de râles prometteurs. Regarde cette montagne de peau grise où palpite l'émotion sexuelle : la femelle-cachalot respire des roses, et toi, tu sauras bientôt forer de telles chairs. L'étrangeté seule travaille tes émois, cette étrangeté s'accentue de minute en minute. C'est déjà dans tes phrases, dans leur entrelacs vert et bleu. Un parfum monstrueux et délicat qui d'ici quelques pages fera sauter les verrous. Patience : un désir ne s'élabore pas d'un jet. Travail, grand travail d'ajustement des syllabes vers la captation des phénomènes. Au bout de cette première journée, tu navigueras entre les objets, les circonstances et les corps avec une vision qui les fera se révéler sous tes phrases. Tu entendras la musique de leur squelette, tu leur pinceras la colonne vertébrale, comme les cordes d'une guitare dont les sonorités allumeront la concupiscence des zones encore vierges du périple. Ce point de contorsion où les choses se déshabillent, tu le devines maintenant accessible, tout proche, tremblotant comme la surface de l'eau. Il suffit d'un rien, une modulation dans l'avancée, un virage de phrases — le temps se retourne, et ça y est : tu vois.

Le narrateur agit avec ses découvertes comme on agit avec sa propre solitude. Rien ne sera plus féroce, plus doux, plus labyrinthique, plus voluptueux, plus matinal, plus nocturne, rien ne sera plus glorieux, plus cauchemardesque, plus secret, plus bandant que ce qui arrivera bientôt si les phrases continuent de grandir et s'élancent, comme depuis ce matin, vers ce passage où la liberté s'affirme à mesure qu'elle s'énonce. Le livre que vous avez entre les mains vous amènera lentement au cœur de ce qui le rend possible. Le lecteur, s'il existe, est donc prié de faire de sa patience un art ; et d'entendre les phrases comme elles sont venues, comme elles viennent, comme elles viendront : il n'y a pas de raison que cette aventure soit plus facile pour lui que pour moi.

3

L'EXISTENCE ABSOLUE

À partir d'ici, ça va très vite. J'ai envie de pisser. Il y a des statues sur le pont des Arts, là-bas, de longues formes grises et minces, bien droites. De loin, on dirait des Giacometti. Je rencontre un arbre, un cerisier en fleur. Il me plaît. Ses pétales tournoient dans le vent. On dirait des virgules roses et blanches, un souffle de nuances légères qui se dilapident en flocons vers la Seine. Je m'approche, je ferme les yeux. C'est frais : un monde caressant tourne sa sève dans l'ombre. Les pétales couvrent ma tête, ils enveloppent mes épaules d'une capuche royale, une capuche rose doublée de blanc, une capuche en hermine. Lorsqu'elle arrive, la couronne semble d'abord un peu trembler ; elle tourne sur elle-même et frôle les cheveux qui en pressentent l'étreinte. Il n'y a pas de plus beau frisson. La nuque, une invisible pluie l'adoucit. Le front étincelle, déjà les oreilles brûlent, et dans votre gorge toutes les saisons s'allument : pas seulement le printemps, mais en même temps l'été, l'automne et l'hiver. Je sors donc ma queue et pisse le long du cerisier. Une fougère se met à exister. L'ai-je éclaboussée ? Il y a un mur lépreux, des ronces, un cerisier en fleur, du lierre qui grimpe, une lumière d'éclats mauves. Ça pourrait être un bon coin, ombre et charmille. C'est un bon coin. Mais voici qu'une fougère apparaît. Elle est là, tout à coup, sans être venue, comme ces dieux qui cheminent incognito sur terre. Elle grandit, son feuillage se déploie, on dirait une laitue inquiétante, une méduse à poils verts qui dresse ses tentacules vers moi. J'ai la bite à l'air et je regarde la fougère. Elle est ici, au pied du cerisier, et très loin. Reculée sur elle-même dans un univers où les distances ne se calculent pas, où la mesure n'existe pas. Avec la fougère se réveille la très vieille densité du sans-lien. C'est lui, le sans-lien, qui se jette à ma figure comme une bête. En un éclair quelque chose de la fougère passe en moi et me donne sa décharge. L'arbre, le fleuve et ma pisse : tout s'éloigne avec rigueur. J'assiste à cet éloignement, *comme si j'étais de l'autre côté.* Je suis absorbé dans la distance. J'y habite. Un calme effrayant flotte dans ce désert où mon émotion ne trouve aucune place. Une dureté immémoriale. Je suis loin des humains, loin de moi, loin des corps : distance, pure distance qui me traverse. Ma perception s'est perdue en route, ou alors un changement de perspectives a eu lieu en mon absence, comme si l'échelle pour lire le monde avait changé, et que face à la fougère, ce matin, j'en avais eu la révélation : les choses existent depuis un lointain terrible. Elles sont faites de lointain. Un lointain passe sur elles et se refait. La subjectivité n'existe plus.

J'étais donc là, au début du XXIe siècle, en plein cœur de Paris, la braguette ouverte et la bite étonnée. Un cerisier constellait ma tête de fleurs. Il faisait très beau. Je n'étais plus dans l'existence. Pour la première fois de ma vie, j'ai eu la sensation de l'*existence absolue.* Impossible de formuler ça autrement. Impossible de ne pas le formuler. Ce qui est venu est venu avec ces mots : *existence absolue.* Et précisément, lorsque j'ai vécu cet instant, ça avait l'air de tout, sauf de l'existence. J'ai souffert, mais d'une souffrance que je ne connaissais pas, une souffrance blanche, échouée dans sa propre pénurie : la détresse sans objet. À l'intérieur de ce désert, tout de suite, j'ai vu l'*envers du combien.* Ces mots sont peut-être étranges. Je les emploie parce que c'est eux qui sont apparus sous le cerisier. L'expérience, c'est eux. J'ai commencé à percevoir les choses sans l'idée du chiffre. Sans le un, le deux, le trois, le mille. Le nombre s'est mis à ne plus exister, et avec lui a disparu l'idée de valeur. Combien, combien, combien ? disent les hommes. Combien tu vaux, combien je vaux, combien ça vaut. Une fougère ne vaut rien. Elle ne fait pas nombre. Elle n'est pas prise dans le chiffre. Et si elle passe, ce n'est pas pour valoir. Si jamais le corps — le vôtre pourquoi pas — se libère de l'idée poisseuse de valoir, il augmentera sa distance avec les autres corps. Mais alors une éclaircie s'allume, et ce corps — le vôtre ? — peut vivre enfin, avec dans ses veines une arrivée d'*existence absolue.* Vous ne savez pas ce qu'est cette existence : elle semble aussi terrible que merveilleuse. Elle risque de vous détruire, mais ce risque fait signe vers une aventure qui vous semblait impensable, loin des soifs homologuées, une aventure où ne se contente pas d'être brassé le lot habituel des passions, où s'élabore une solitude aussi puissante qu'un raisonnement, où s'annonce, en même temps que de nouvelles raisons de vivre, l'arrivée d'une vie sans raisons.

J'ai fini de pisser. La fougère regarde ailleurs. Le couronnement le plus furtif appelle à lui le trouble. L'éclat qui nimbe alors les frondaisons et qui maintenant s'étend aux quais, à la poussière, aux bancs, aux péniches, cet éclat ne vous appartient pas. Il n'est à personne. Sa transparence est-elle passée par vous ? À peine. Elle se dirige déjà plus loin, là-bas, vers les Giacometti. Ces pages m'ont suscité un corps dont l'élan s'inaugure : il a parcouru sa première matinée ; il se tient à présent de lui-même, au gré du flottement, ouvert à ce qui vient. Le bénéfice du flottement s'appelle la joie. Je vois le texte qui s'écrit sous vos yeux comme l'extension d'une pensée qui se forme à partir de cette joie. Ainsi, je vole en éclats. Si je « suis » encore, je suis cette extase, et je serai de plus en plus extatique. C'est pourquoi je ne *veux* rien. À partir de ce matin, je me laisse porter. C'est le serment de la fougère. Je ne choisirai plus. Je serai disponible, infiniment disponible. Je vivrai tout « sur le même plan » : rencontres, accidents, parenthèses, envols. Est-il possible de faire usage d'une telle liberté ? Oui, c'est possible. Je dis : « OUI. » Je *parie* sur ma jouissance : personne ne peut s'en charger à ma place. Car vous, quel usage faites-vous donc de votre vie ? Les nerfs : travaillez à défibrer vos nerfs, à les émincer jusqu'au plus infime poudroiement. Qu'ils se déchargent en arabesques. Qu'on n'entende plus leur plaintine. Vous pourrez alors envoyer vos nerfs en éclaireurs, afin que se débusque, derrière les brouillards du vieux souffle, ce qui couve et s'agite sous la croûte. Ainsi avancerai-je, car la joie qui se conçoit un chemin suscite une série d'expériences émanant les unes des autres. Je pousserai au plus loin ma jouissance afin d'y entendre crépiter ce qu'on appelle le « monde ». Personnages, gestes, paroles vont déferler dans le roulis d'une odyssée. Tout ce qui s'est cherché depuis la phrase de 8 h 07 se condensera, les pages qui ont porté jusqu'ici mes phrases se comprimeront en un point d'illumination blanche. C'est pourquoi je dis : « OUI. » Assez haut dans les arbres, et vers le ciel :

OUI

Ce « oui » emporte avec lui toute la scène ; il fait naître dans le ciel, avec ses trois lettres, des phrases qui se mêlent aux fleurs et tissent leurs formes dans le vent. Les pages de ce livre se soulèvent, le « oui » les a libérées, elles se lancent, maintenant, l'une après l'autre, elles prennent bien le vent, diffractées comme un corps dont l'extase se dilate sans fin. Les voici qui planent, tranquilles, au-dessus du Louvre ; elles se dirigent vers le pont des Arts. Les variations se traversent elles-mêmes. Ça flotte, vers l'est, ça prend les abîmes. Les couleurs écrivent une trajectoire dans le ciel.

4

LES GESTES (1)

C'est donc sur le pont des Arts que cette aventure a commencé. Il y avait de la nacre dans l'air, une tranquillité jaune et rouge, le soleil de fin de matinée qui durcit. On était à ce moment fragile, presque désespéré, où, un peu avant midi, la journée se promet d'être immense ; où chaque pensée, même celle-ci, paraît un peu sèche ; où la douceur enveloppe les silhouettes et prépare leur disparition.

Je contemplais les statues de Giacometti en savourant toutes ces clartés, les buissons d'air léger, les oiseaux dans les arbres du Louvre qui continuaient à m'ouvrir le chemin. Je me disais : la chance habite les ponts. Quelque chose s'ouvre maintenant et n'en finit pas de s'ouvrir. Continue, me disais-je — savoure. Une rumeur de tam-tam montait des berges, un type aux cheveux blonds jouait de la guitare. Il y avait des étudiants affalés un peu partout autour des bancs, avec des cigarettes et des bières, des touristes qui contemplaient la Seine vers Notre-Dame, le groupe des Chinois, avec leurs tee-shirts olympiques, qui filmaient le passage des bateaux-mouches, et, tout au long de la passerelle, les Giacometti.

J'avais très envie de les toucher, une statue surtout,

celle d'une femme aux seins très hauts, des seins cabrés sur leur propre rondeur. C'était étrange, ces statues exposées là, en plein Paris. Je n'imaginais pas qu'elles prenaient ainsi la lumière. Je m'en souvenais comme de sentinelles décharnées, des silhouettes à limaille, grises et mornes, toutes creusées d'abandon, plantées dans un désert de lune. Pas du tout : ce matin, elles resplendissaient, comme un secret, au milieu des humains. Il y a un fil de soie qui étend vos gestes aux éclats invisibles, et sur ce fil glissent, une par une, les lueurs qui rythment votre périple. Je me disais : l'air est si doux depuis 8 h 07, les détails si propices que la lumière elle-même s'enflamme au moindre détail. Quelque chose se prépare à travers ces frémissements ; et chaque tête, chaque bras, chaque jambe, chaque sein sur le pont des Arts, à cet instant précis, en appelle aux gestes qui bientôt seront les miens.

Je pensais un peu au train de 8 h 07, je pensais à Notre-Dame, aux prochains ponts. Accoudé au parapet, je contemplais la statue de Giacometti qui me plaisait, et puis toutes les autres. Elles sont cinq ou six, exposées le long de la passerelle, le visage tourné dans des directions différentes. Elles ont une drôle de petite tête au bout de leur longue tige : une tête réduite au clou, leur maigreur s'ouvre à des solitudes infinies. Ni joie ni désespoir, pas de viscères, juste la poussée d'atomes qui implique les os. Je pensais : les Giacometti existent dans une autre dimension, une dimension cinglante, acérée comme leurs courbes, et pourtant calme, très calme. Ce sont des corps débarrassés de leurs encombrements, qui évoluent loin des humains, dans une région transparente où le sang n'existe pas. Où le temps ne calcule pas. Où rien ni personne ne compte les jours. Je me disais : les statues de Giacometti sont peut-être comme la fougère ;

elles tracent au milieu de la Seine un sillage par lequel s'indique une direction presque impossible. Et cette direction, c'est la mienne — c'est exactement dans cette direction que ces phrases me conduisent.

Le jeune type a commencé à jouer une chanson du Velvet Underground, le tam-tam a suivi. Quelques étudiantes se sont mises à danser et les Chinois ont filmé la scène. Et puis un groupe de femmes a surgi joyeusement ; elles étaient six ou sept à courir sur le pont, avec des gestes rieurs et la foudre dans les hanches. Quelque chose de barbare et de sensuel : une joie de saccades, la joie débridée des ménades. Elles se sont mises à déferler avec des cris de mouettes et à bondir de tous côtés, comme une troupe de danseuses. Dans leurs cheveux, il y avait des flammes, mais ces flammes ne brûlaient pas : c'était un feu de brousse, sec et craquant, où se propage l'allégresse.

Il y en avait une, parmi elles, dont les gestes se détachaient du groupe. Brune, le visage très blanc, un décolleté radieux. Elle portait une robe coquelicot, des bas mauves, une petite veste rouge — cette élégance qui s'enrobe d'ombres légères. Le charme pâle, une évanescence sertie dans le pulpeux.

Alors voilà : un parfum de lilas flotte sur le pont. J'entends les oiseaux. La fille en rouge, c'est vrai que ses gestes sont étranges. Ils sont presque suspendus, portés par le vent, juste pour elle. Et autour de sa silhouette : un enroulement de souffles frais. On est doucement charmé, dans le temps, avec les arbres qui volent et les rives bleu-vert.

Lorsque enfin la chorégraphie se dénoue, chaque femme va de son côté. Pour chacune, un roman commence à s'écrire. Celle qui me plaît s'avance avec le sourire en amande des Étrusques. Elle a le regard un peu vénéneux, tout ondulée dans son sourire de sirène, un frisson de crime onctueux qui passe, vite absorbé dans la douceur par le mouvement des boucles. Elle s'avance vers les Giacometti, et c'est amusant, elle aussi elle voudrait toucher : elle tend sa main, puis la retire.

Je me suis approché de la statue. La prochaine lueur, à coup sûr, c'est de là qu'elle viendra. Si je touche la statue, si je lui caresse les seins, me disais-je, ça s'ouvrira au large. Que plus rien ne s'arrête, que sans cesse, et de phrase en phrase, le mouvement se relance, j'ai confiance. J'ai souri en pensant à ma résolution de ce matin : « Disponible, je serai disponible. » Il y avait un gardien qui surveillait les Giacometti, l'un de ces types en blazer bleu, avec un badge des Musées nationaux, un pantalon de flanelle gris trop court, cet air d'ennui qui vous donne l'air fou — et ce type, la fille en rouge l'observait. Elle était tout près maintenant, je sentais sa peau respirer. « Je ne choisirai plus, me disais-je, je serai disponible, infiniment disponible. » Elle surveillait le va-et-vient, et moi je récitais : « Je vivrai tout sur le même plan : rencontres, accidents, parenthèses, envols. »

Le type était loin, vers les premières statues, au bout du pont. Je me suis lancé. Tout de suite, elle m'a vu. Elle a souri. J'avais la main à peine posée sur le sein du Giacometti : un effleurement, un toucher vague, et Coquelicot, son sourire ne faisait aucun doute : elle avait envie de jouer. Aussitôt, elle s'est mise à caresser son Giacometti, un *Homme qui marche*.

D'abord sa main sinue le long du fil de bronze ; du coin de l'œil elle contrôle la passerelle : le gardien est loin. Serré entre ses doigts, le modelé gris, furtive, elle le malaxe bien. C'est très bon de malaxer, je me dis la même chose. Bonheur — bonheur des mains pleines. Car maintenant j'empoigne à plaisir les deux seins. Par-derrière, à pleines mains, je les palpe. Ils sont chauds, le soleil sans doute. Chauds, robustes : une belle densité de cendres dures. Coquelicot, elle suivait lentement chaque courbe de son homme ; la statue sous ses doigts devenait souple, déliée, plus fine encore. Et moi, assez vite, j'ai senti se lever dans mon corps une joie fixe. Car les bons seins durs du Giacometti, leur forme en poire était parfaite. Ils se moulaient dans mes mains, avec une rondeur de planète.

La main de Coquelicot glisse vers les fesses de *L'Homme qui marche* ; elle tournoie. *When I'm rushing on my run / And I feel just like Jesus' son / And I guess that I just don't know...* : Velvet joue de plus en plus fort, avec le tam-tam qui rythme sa déhanche. Les étudiantes se trémoussent autour de lui. Coquelicot me sourit. Tandis que sa main semble ouvrir autour de la statue une zone d'ondes légères, tandis qu'elle balaie à grandes brassées la lumière qui serpente par éclairs, Velvet improvise une suite d'accords dissonants dans lesquels s'enroule en écharpe le corps des étudiantes, qui tournent sur elles-mêmes au ralenti, une bière à la main, avec une grâce maladroite. *When I put a spike into my vein / Then I tell you things aren't quite the same...* Ça monte lentement, un crescendo blafard, c'est tout gris, avec de la fatigue étirée dans l'opium. Et puis de temps en temps, à tue-tête, Velvet crie : *Heroin* en fermant les yeux, sous les flashes des Chinois joyeux. *Heroin, be the death of me / Heroin, it's my wife and it's my life...* Ça faisait une mélopée de nuit blanche en pleine journée, une musique de fantômes, de la dentelle de paupières mornes. Velvet, je l'ai bien regardé, avec ses longs cheveux sales, il avait l'air d'un Helmut Berger punk, fragile et somptueux. Les étudiantes gesticulaient, le regard perdu ; Velvet chantait ; les Chinois riaient ; et pour Coquelicot et moi, le pont, les berges, le fleuve, le Louvre et les arbres : tout s'ajustait sous nos doigts.

Car ma main s'est mise à répondre à celle de Coquelicot. D'une statue à l'autre, nos gestes se sont croisés. En écho des lignes que trace maintenant dans l'air autour de la silhouette la main de Coquelicot, la mienne s'égare, frôle, empoigne et lisse. Entre la main de Coquelicot et la mienne, s'invente une histoire. Je me disais : ce qui a lieu entre nos corps et le bronze des Giacometti, ce qui flotte là, dans l'entre-deux, ouvre une région qui nous est inconnue.

Que les bras de Coquelicot montent ou descendent le long du corps de l'homme qui marche : de son côté, ma main droite sur le corps de la femme augmente sa pression ; sous mes doigts, entre le pouce et l'index, exactement comme Coquelicot, chaque détail, je le devine. Geste bref de Coquelicot qui tamise, je réponds léger. Elle lève un bras qui se fait liane, je lance le mien vers le haut. Puis une série de nuances aux attaches ; le poignet vibre, salut aux ménades, l'épaule sourit. De la torsion d'où elles émergent, les statues sous nos doigts se cabrent ; elles se frayent un chemin hérissé de glottes. À rebrousse, leur matière se lève, modelée de crevasses, fourrée de concassements qui ondulent : *elles n'en finissent pas de se sculpter.* Est-ce nos caresses qui les réveillent ? C'est peut-être elles qui nous lancent à vif.

Du jeu de nos mains empoignant les Giacometti, ce qui passe entre Coquelicot et moi réchauffe la distance : une arabesque timide, un bracelet d'ondes, peut-être le tracé d'une chance. Qu'est-ce qui se rencontre à travers les gestes ? Les gestes eux-mêmes, ou alors un filigrane : celui des mouvements inaccomplis, à peine ébauchés, qui décolleront plus tard. C'est ce filigrane qui s'écrit entre les corps ; c'est eux qui mènent la distance — et l'ajustent. Entre Coquelicot et moi, c'est vrai, ça respire. Des signes se forment dans l'air autour d'étranges divinités, un midi, au-dessus de l'eau : c'est la distance — la « bonne distance », entr'aperçue à la faveur de gestes qui rendent son arrivée propice.

Une lueur s'annonce ; à travers des mains, des bras, des épaules, des hanches, son passage, d'abord, tâtonne. La voici qui trouve : elle se faufile, ses lignes dansent, elle vient nous dire qu'à part elle, rien n'existe, que les choses habituelles sont lourdes et laides, que seules comptent les approches et ce buisson de hasards d'où sortent les rencontres.

La figure qui se forme ainsi dans l'air entre Coquelicot et moi me parle du vide. Entre nos deux corps s'invente, à cœur léger, un espace libre. Oui — un vide. Les gestes l'ouvrent. Une contrée où ça respire bien. Cette contrée s'allume. Est-il possible d'y vivre ? Pas sûr. Souffle coupé, peut-être, la gorge soulevée de trous d'air, et vous en dérive dans les plis. Et pourtant, ça grise. Des voyelles brûlent dans un concert de fraîcheurs. On est dans une CASE VIDE. On y entre *comme si on y était déjà*. Mais en même temps, on y recule, comme si rien n'était plus lointain. C'est elle, pas de doute, c'est l'*existence absolue*, comme tout à l'heure avec la fougère.

Le gardien est de nouveau là, il n'a rien vu ; le jeu s'est arrêté, mais la forme continue de s'ouvrir, dans l'air, pour rien. Le ciel, au-dessus du Louvre, s'étire en une seule flaque blanche. Il y a des lueurs qui flottent entre les arbres, et des lèvres joyeuses dans le ciel. Avec nos gestes, Coquelicot et moi, on s'est détachés. Le sol a commencé à vaciller. Le sol ou moi ? C'est peut-être l'air qui vacille. Je me vois déjà dans l'eau, après la chute du pont, on barbote Coquelicot et moi, les eaux sont douces, on nage dans le rouge, sereins, très sereins. C'est ainsi qu'elle se déshabille, Coquelicot, avec les vagues, comme un nymphéa : mauve et bleue, rouge dans l'eau qui nous emporte.

La fougère, les Giacometti, l'apparition de Coquelicot : des taches de lumière apparaissent depuis le début de ce livre. Les signes se promènent ici et là, ils forment un ruban de flammes. C'est invisible, mais si on regarde bien, ça prend vie. Une trouée emporte avec elle les vivants, elle vous arrache aux apparences et remonte le fleuve à contre-courant, vers Notre-Dame. Je viens d'écrire le mot « vivant », mais qui est vivant ? On ne vit pas, me dis-je : la plupart du temps on ne vit pas. Personne n'est vraiment en vie. Parfois il y a une brusque entaille, et alors, oui : on se réveille — ON REPREND VIE. Mais la plupart du temps, c'est le formol : les humains roupillent, ils besognent et roupillent. Peut-être ils appellent ça vivre. On dirait plutôt la mort. Une mort lente et confortable. Velvet, là, il croit exister, avec sa détresse à froid, mais peut-être il n'existe pas tout à fait. Et les étudiantes, pareil : elles se donnent du mal pour s'arracher aux inerties, elles font soigneusement la fête, mais regardez bien : en réalité, elles ronflent. Tendez l'oreille, écoutez bien : c'est discret, le ronflement des jeunes filles. On ne dirait pas, vu leurs jolies danses, et toute cette minutie dans l'attitude pour avoir l'air indifférentes, mais croyez-moi, elles ronflent. Et les autres, les ménades, où sont-elles passées ? Est-ce qu'elles aussi elles somnambulent ? Et Coquelicot — où est Coquelicot ? Et moi, depuis la première phrase de ce livre, où suis-je ?

5

L'*ÉVÉNEMENT*

Ça s'est mis à tourner. Il y a eu dans l'air une crispation, une brisure de vide, puis le pont a commencé à trembler. Ça a fait comme un trou, une béance : il n'y avait plus de contours. Les corps ont glissé, les uns après les autres, d'abord Velvet, puis les étudiantes, et avec elles les Chinois, les ménades, tout le monde. J'ai vu le visage de Coquelicot frémir, elle s'accrochait à son Giacometti.

Voilà, ils glissent, comme des flaques d'eau aspirées par le siphon. Ils s'agrippent aux statues. Ça va plier, mais non, c'est costaud un Giacometti. On ne dirait pas, pourtant, avec cette maigreur. D'ailleurs, il n'y a que les Giacometti qui tiennent ; tous ceux qui s'y agrippent, un à un, sont emportés. Les bancs, les grilles du parapet, le tam-tam et les étudiants, et même Velvet : tous vrillés dans l'abîme, tous en train de fondre, déchiquetés en poudre, en poussière colorée. Même le gardien, là, avec son blazer, sa chevelure explose sous mes yeux, du gris d'atomes écrasé dans la compresse vers le trou, les yeux dégueulés comme des billes qui roulent sur le pont, et le rose des gencives, déboîté, qui crie tout seul, sans sa tête. Les ménades aussi : pluie de nerfs dans une volée d'entrailles. Ça coule, les corps coulent, englués dans leur propre sauce qui vire décomposée. Lorsque les formes se disloquent, il reste quoi : un cri ? Un cri gluant qui se tord sur lui-même ? Tout vacille, se défait, et pourrit en accéléré.

Je cherche des yeux Coquelicot. Elle a disparu. Les lattes du pont une à une se défont et glissent vers le trou, et moi aussi je commence à être aspiré. Tous ils se cramponnent, et c'est parce qu'ils se cramponnent qu'ils sont emportés. Comme il n'y a que les Giacometti qui tiennent, fais comme eux, *fais le Giacometti* : délie tes membres, crache ton souffle. Ton poids s'envole, efface-toi dans le vent, deviens ton propre fil, une ligne — DU VIDE DANS LE VIDE.

La tournure s'hallucine vers ses limites, elle aime ce qui grandit les ténèbres. Un univers soufflé, là, tout soudain entre les planches, allume les appétits. Trombe-néant. Le tréfonds avide. Siphon, goule merdeuse qui tord les silhouettes aspirées en fracas. Il n'y a plus de formes, c'est le contraire de la forme : une glu — un mirage de glu qui absorbe. La terre gronde, la mort pousse, il faut qu'elles viennent dans les apparences, pour nuire. Alors, tout s'emporte vers ses profondeurs. Une des ménades, une jolie blonde laiteuse, est prise dans la vase, elle hurle : « Mais qu'est-ce que c'est ? Qu'est-ce que c'est ? » Elle a raison de poser la question, mais ses beaux seins explosent comme des bulles de chair, écartelés dans la brisure, et puis plus rien, juste le temps. Sur le pont, au soleil, la journée de printemps, seule.

J'ai perdu de vue Coquelicot. Elle aussi, tournée dans la broyure ? À peine rencontrée, déjà elle file à l'abîme. Je croyais que c'était moi qui allais succomber aux sirènes, et pendant que je fais mon Ulysse, là, immobile à mon propre mât, toute la réalité se disloque en grenaille, déchiquetée fixe : les sirènes aussi elles coulent. Maintenant les corps miroitent à l'intérieur du siphon, on dirait qu'ils font des bulles. Et les arbres aussi, la Seine, on voit même le Louvre et les autres ponts qui se reflètent, tous écoulés vers la bonde, comme s'ils prenaient le chemin de la fosse. Oui, tout Paris soudain en creux aux ténèbres, la vrille qui flamme et les corps aspirés. Ça ne respire plus, juste une vrombe en vacille sur le pont. Fondrières dans le gouffre, une hémorragie vers la goule. Ils disparaissent dans une boucle épaisse, une sorte de tire-bouchon venteux qui ouvre sa faille comme un cul écarté à deux mains : c'est très laid. Et la laideur, c'est la vraie mort. Celle qui vous pourrit chaque étincelle par du maléfice. C'est ça qui jouit dans la doublure des choses et flamboie dans les horreurs, une cheminée goulue qui veut des corps, toujours plus de corps, afin que hurle ce qui vit, foudre au fond du lit des eaux. Quand on voit ça en plein midi, au milieu de Paris, on s'imagine qu'on est en plein mirage.

Mais non, *j'ai vu ce que j'ai vu*. C'est en devenant un Giacometti que j'ai pu voir. Ça n'a pas eu lieu dans le temps, ni dans l'espace. Alors où ? Dans une nervure sans trace, une sorte d'instant vide, où apparaissent, désabrités, les signes du ravage. Voilà : UN INSTANT VIDE. Avec mon corps-Giacometti, je suis allé dans *l'instant vide*. Celui qui s'ajuste entre les instants, qui glisse sa lame et tranche. Bref voyage dans l'étrangeté. Le monde ne cesse de se faire et de se défaire. Et là, sur le pont des Arts, il y a eu un intervalle — un décollement. Comme si on avait accès d'un coup à ce qui bout sous la croûte. J'ai pensé : voilà, c'est ça, c'est l'*événe-*

ment. C'est vers ça que je vais. Si mes yeux s'ouvrent, si mes oreilles se dressent, c'est pour l'*événement.* Pourquoi a-t-on des révélations ? L'instant vide est celui où l'univers s'échappe en vrille. Une destruction erre dans le temps ; elle s'égare en permanence ; on ne la voit pas. Ou alors par accident, comme ici, ce matin, sur le pont des Arts. Et alors on voit quoi ? La gueule noire du néant ? Est-ce qu'on sait ce qu'on voit ? Même la fougère, dans son lointain, évolue à l'aveugle. Piège à ténèbres, chemin noir dans un jardin de cris : rien ni personne ne s'y oriente. Mais les lueurs, elles sont là, elles voguent tranquilles, en pleine coulée d'acide. C'est l'œil du cyclone, la dimension d'étincelles. Au cœur du ravage : un vide. « Du vide dans le vide. » Une béance qui appelle les phrases. C'est là qu'elles iront, les phrases de ce livre : en exploration vers l'impossible, à contre-courant des narrations de routine. Déjà, je les vois qui s'ébattent. C'est la clarté qui décide, moi je ne vais nulle part : les souffles éclairent ce qui s'ouvre, et là où ça s'ouvre, là où les chemins s'écartent, depuis ce matin, les phrases me mènent.

Coquelicot, est-ce qu'il y a une place en elle pour ce vide ? Ou alors en broche, comme ses camarades, crépitée à bouillons ? Sa belle chair se cuisine à celle des autres, en morceaux tendres, mâchés par les flammes. Bien mitonnée en tambouille, blanquette de Coquelicot, gratin de bacchantes, poulet grillé de Velvet, brochette de Chinois sauce madère, salade d'étudiantes raffolées au rhum. Dans l'ébouillante, Coquelicot, elle fait des bulles : des bulles jaunes et bleues, qui éclatent au fil de l'eau et nous mettent de la nacre dans les yeux. C'est très bien la nacre, c'est plus fort que les ombres : miroitées dans l'arc-en-ciel, on y retrouve les soyeuses, ces jeunes filles qu'on rencontre par chance, qui vous accordent aux secousses de la belle occasion et vous ouvrent le désir, avec une clef violette, étrangère aux tourments.

Les humains coulent, ils accélèrent à l'abîme. Sur le pont, finalement, seuls les Giacometti ont tenu. Peut-être sont-ils en avance sur nos corps. Il n'y a pas de cadavre en eux, juste du vide — un souffle d'os gris. Voilà, c'est ça : ils sont faits de vide. Les humains sont lourds, avec leurs entrailles bavardes. Les Giacometti, eux, sont modelés d'abîme, pétris au souffle de néant. C'est pour ça qu'ils épousent bien la rafale : ils y sont depuis toujours. C'est leur pays. Est-ce qu'il y a une place pour les humains dans ce pays ? Trop aride, peut-être : un endroit délicieux et féroce, où plus rien n'existe, où vos envies se pulvérisent, où vos kilos, vos préférences, vos lubies, vos haines, vos séductions explosent comme du fumier de cimetière. Un endroit sans vous. Pourtant il accueille : la fougère, tout à l'heure, elle m'a laissé entrer. Depuis, ça grandit en moi : de la gorge aux mains, par les veines, par chaque fibre, des poumons au crâne, l'*existence absolue*, c'est elle. C'est vide, le contraire du vivant : on est un peu mort, là-dedans, et pourtant non : on existe enfin.

Alors pourquoi je flotte au lieu d'aller cuire avec les autres ? Est-ce que c'est mon aventure ? Est-ce que ce sont les phrases, le train de 8 h 07, ou ce nouveau corps qui va vers Notre-Dame ? Tu éviteras les épines, tu n'iras ni aux faiblesses ni aux sables mouvants — tu flotteras. Fais confiance au vent et au fleuve. Tu es plein d'interstices, de failles, de fentes où le vent te souffle des aubaines. Ne demande plus où tu en es — ne le demande plus jamais. Tu n'as pas besoin de ça : tu es nulle part. Et ce nulle part est ta chance, comme si tu étais amoureux. Le chemin est terrible. Tu viens de le voir : il brille comme l'arête d'un canif américain. Tu seras seul, Jean Deichel — très seul. Mais tu verras les féeries, elles jongleront avec toi.

6

NOTRE-DAME-DU-VIDE

Je suis arrivé devant Notre-Dame. Autour du portail, les statues des rois et des saints creusent leur silence. La pierre s'envole en dentelles. L'air est tout brillant d'arabesques et de vitraux. La cathédrale a vraiment l'air d'une baleine aujourd'hui, une belle grosse baleine. C'est étrange cet air autour de Notre-Dame, un air plein de fraîcheur en échos, humide et remuant. On dirait que la cathédrale baigne son trou dans la Seine ; que le granit mouille depuis des siècles, et que l'océan se prépare ici, dans les ombres et la pierre. Il macère dans son limon, sa bouse historique, afin de tout emporter. J'attends que la cathédrale largue un jour les amarres, qu'elle commence à démouler sa vieille coque, et que les gargouilles, les vitraux, les colonnades, tout parte avec elle, d'abord lentement, comme une baleine qui reprend la mer après l'échouage, puis rapide, une flottaison heureuse vers l'Atlantique, là-bas, arrachant les ponts sur son passage, et remorquant les berges, les arbres, les rues, les boutiques, les passants, toute la ville en sillage, la tour Eiffel en poupe, tout l'univers en navire, et plus personne au milieu de Paris, plus rien, un trou, le vide enfin.

Le parvis grouillait de touristes ; ils levaient la tête

vers la rosace ; ils filmaient ; ils photographiaient. Je voulais noter quelques mots — impossible, la tête me tournait. J'avais de la bouillie d'ombres dans la bouche, des frissons partout, une migraine qui me crissait le front. La vision du pont des Arts me tordait le ventre, comme un acide, un début de nausée. Qu'est-ce qu'on pouvait bien dire de ça ? Un trou, on pouvait dire : un trou. Un trou en pleine journée, un trou dans la réalité, dans le temps, dans l'espace. Mais tous ces mots, ils étaient un peu ridicules, insuffisants, ils sentaient le champignon : « le temps »… « l'espace »… passe encore… mais « la réalité » !… Avec ce que j'avais vu sur le pont des Arts, ce mot, il était mort, il n'existait plus. Ce qui existait, c'était surtout ce mal de crâne, ce tapis d'aiguilles sous le front où cognait la fièvre. Je sentais le soleil se contracter dans ma gorge, j'avais envie de vomir. Je me disais : est-il possible qu'une journée si belle se torde ainsi dans un spasme ? Quelque chose est en train d'arriver, c'est sûr : une chose arrive, une chose effroyable — mais quoi ? Et d'ailleurs, est-ce qu'elle arrive vraiment ? Est-ce que je peux dire qu'il se passe *vraiment* quelque chose ? Non, il ne se passe rien : le néant soudain arrache des corps, toutes ces choses foncent en vrille dans le temps, mais est-ce que *ça a lieu* ? Car ces choses ne sont nulle part, et pourtant elles arrivent. On dirait une devinette : *Qu'est-ce qui n'est nulle part et qui arrive tout le temps ?*

J'ai trouvé un banc libre dans le jardin qui borde la Seine. Je tremblais. Plus de force, plus rien, le sang qui se vide, et voilà : j'allais m'évanouir. Ça a tourné dans les arbres, la bouche acide, j'ai perdu un peu conscience, sueur salée dans la bouche, à genoux dans la terre, corps en sueur à genoux dans la terre, avec le front vrillé de fièvre, grimacé, la bouche acide et vite je me suis redressé j'ai vomi dans un sac en plastique. Une petite fille m'observait, toute blonde, attentive, sérieuse. Elle était plantée devant moi, les prunelles très bleues, les joues rondes, une robe blanche de princesse. Elle est allée chercher ses parents : un couple d'Américains, la quarantaine, décontractés, élégants, avec cet air de bonheur solide qu'on voit aux familles riches. Je n'ai pas compris leur nom, juste celui de leur fille : Kim. Le type avait de grands yeux noirs pleins d'ombre, il m'a dit qu'il était médecin et m'a tendu une bouteille d'eau. La femme, bronzée, blondeur nordique, très soignée, m'a demandé si j'avais mangé aujourd'hui. Elle parlait un français impeccable, et m'a donné une barre de céréales : « Mangez ! » Sans doute elle me prenait pour une sorte de clochard. Je me suis rafraîchi le visage, j'ai bu, j'ai mangé, c'était bien.

Je me suis allongé sur le banc, à l'ombre des tilleuls. J'ai roulé ma veste sous ma tête. Le vert et le bleu se mélangeaient dans les buissons. Ça sentait la glycine, l'odeur grasse et humide de la terre. Les arbres clignotaient en douce avec l'après-midi, des types dormaient sur les pelouses, des enfants jouaient dans le sable. Il y avait plusieurs messages de Joséphine sur mon répondeur. Elle me faisait des reproches. Elle parlait de « démission ». Elle voulait que je m'explique. Sur le dernier message, elle disait : « Je m'en doutais qu'un jour tu filerais comme ça. » J'ai réécouté tous les messages, pour le plaisir : j'aimais bien sa voix ; avec elle revenaient ses jolies taches de rousseur, l'humidité de ses aisselles, la couleur satinée, vert sombre, de sa souffrance, et son inflexible anxiété, cette manière un peu sèche d'obéir à ce qui fait mal, de toujours s'arranger pour souffrir. Tant pis, me disais-je en effaçant les messages, adieu belle Joséphine.

Maintenant j'étais à Notre-Dame, et puis après ? Rien. Je n'avais aucun projet. Depuis ma décision de 8 h 07, j'avais avancé d'un ou deux kilomètres à peine. J'avais retrouvé le goût de la liberté et puis croisé l'horreur. Tout s'était élargi, même l'horreur m'ouvrait les yeux. C'est étrange d'éprouver, le même jour, en quelques heures, une joie extrême, presque inhumaine, et un déchirement aussi infect. Je me disais : ce déchirement n'est pas le contraire de ma joie ; ce déchirement me parle aussi bien que la joie ; dans ce déchirement, tout autant que dans ma joie, s'ouvre un vide — et ce vide, c'est là où je suis. Allongé sur un banc, je me disais : voilà, j'ai envie d'être seul pour longtemps, d'aller dans la solitude, loin, et d'y creuser des galeries pour me concentrer sur ce vide.

J'ai sorti de ma veste, un à un, ces bouts de papier sur lesquels j'avais griffonné toute la matinée des morceaux de phrases. Depuis 8 h 07, j'en avais noté des dizaines. La poche intérieure de ma veste était trouée, si bien que les morceaux de papier glissaient dans la doublure. Ça faisait d'étranges séquences, une suite de sésames, comme des poèmes en morse. Ça disait : « phrases oiseaux feuillages » ou « fougère cerisier pisse ». Les mots « NACRE » et « ROUGE » revenaient souvent. Et aussi : « VELOURS » « COQUELICOT », « NÉANT ». On pouvait refaire mon itinéraire, juste avec quelques mots. J'ai pensé à certains adeptes qui allaient dans la mort avec des lamelles d'or. Ils les portaient en collier. Elles étaient en forme de lierre. Des consignes y étaient gravées pour s'orienter dans les régions de la mort : « Prends à droite après le cyprès », « Ne t'approche pas de cette source », « Plus loin tu trouveras un autre lac ». Avec des phrases, avec une simple suite de mots, ils se délivraient de l'enfer. Je me disais : ces bouts de phrases dans ma doublure, ce sont mes lamelles d'or. Elles ne me serviront pas outre-tombe ; avec elles, ce sera le contraire : je m'orienterai dans la vie, elles me diront quoi éviter, et quel chemin prendre pour me soustraire aux pièges de mort.

J'ai joué un peu avec ces bouts de papier en formant des phrases au hasard : « Velours, coquelicot, nacre rouge, lilas de Seine », « Flamme des boucles, fougère des oiseaux ». Puis je me suis redit la phrase de 8 h 07, celle de Bob Dylan, celle de Rimbaud. Ces phrases, elles composaient elles aussi un aide-mémoire pour la délivrance. Elles me paraissaient presque anciennes, maintenant, comme si, en quelques heures, ma promenade le long de la Seine s'était changée en saut dans la vie. Les trois phrases, je commençais à les vivre. Mais elles n'agissaient plus comme des appels au réveil : le réveil avait eu lieu ; il n'arrêtait plus d'avoir lieu. Est-il possible de prétendre un jour qu'on est réveillé ? Si ces trois phrases me semblaient maintenant familières, si elles n'aiguisaient plus en moi le désir de l'autre rive, c'est que sur l'autre rive, j'y étais.

Toute une prairie de phrases s'est tissée dans le feuillage à travers la lumière. Je m'appliquais à ne pas cligner les yeux, à ne faire, allongé, aucun geste, afin qu'au-dessus de moi la prairie, malgré le remuement des feuillages, se maintienne ; et qu'à travers ce tournoiement, continue de se dessiner l'image de mon aventure. Il y a eu tout un essaim de lumières où clignotaient des mots, et ces mots faisaient naître des lignes. Dans le feuillage sont ainsi apparus, d'abord fragiles, puis de plus en plus précis, les traits de Coquelicot, avec ses joues de pétales, comme une liseuse de Corot. Son visage clignotait, fugace, entre mes paupières. Chaque détail se concentre ; il y a mille points pour faire une joue, des lèvres, une nuque, et ces points étaient dans le feuillage. Ainsi Coquelicot venait-elle à travers des formes, comme une déesse. Ses bas mauves crissaient sous une caresse invisible, toute sa silhouette pâmée dans un bain de phrases, et sa poitrine, gonflée de syllabes, souriait dans ma main. Je la retrouverai, me disais-je. Les apparitions viennent toujours deux fois. Le plaisir est toujours clair. J'ai confiance.

Je me suis endormi. Les phrases se sont mêlées aux buissons, il y a eu des ponts dans les feuillages, des cascades de sable et d'enfants, et, plus timides, la rosée, une goutte. Les pensées scintillent en tous sens, comme des feuilles ; elles se dégagent dans la lumière et vibrent sous les paupières. Les berges se sont soulevées dans un seul poudroiement. La carte de Paris formait un cerf-volant tenu par les Chinois, un cerf-volant en forme de fougère. Dans le ciel, la fougère exultait, elle riait avec les Chinois, tout le monde courait sur la Seine avec la flamme olympique, en direction de Pékin.

La petite fille m'a offert un dessin. C'était un fouillis d'arbres avec des coups de crayon hirsutes rouges et jaunes. On devinait un banc dans les arbres, et sur le banc, un corps allongé, les bras tendus vers le ciel. Au bout des doigts, il y avait des petits carrés de papier sur lesquels la petite fille avait tracé, chaque fois, un gros point d'interrogation. En échange, je lui ai donné l'un des morceaux de papier, celui avec « NUANCE », « OISEAUX », et deux autres mots biffés dont la rature faisait le début d'un oiseau. J'ai dessiné l'oiseau et j'ai ajouté : « TO KIM, April, the 17th. JEAN. »

Les Américains avaient visité Notre-Dame et se demandaient s'ils allaient monter sur les tours. Le père lisait *Notre-Dame de Paris*. Il m'a demandé si je l'avais lu. Très bon livre, j'ai dit, extraordinaire même. On a parlé un peu de Victor Hugo. Je leur ai dit qu'il fallait absolument voir Paris de là-haut : on se rend compte qu'on est sur une île, et puis on voit les anges. Les anges ? Ils étaient ravis. On a fait la queue ensemble devant la petite entrée à gauche. Une affiche promettait un « point de vue unique ». Ça nous a fait rire. La femme était plongée dans un guide de Paris ; et le type, avec un peu d'exaltation, lui lisait des pages de *Notre-Dame de Paris* : ça se passe là-haut, disait-il.

Le vent sur le balcon attrape les visages, on suffoque un peu. J'étais content d'être là dans les airs, le vent me faisait du bien. Kim a hurlé de joie, son père était hilare : « C'est exactement comme dans Victor Hugo. » Avec la lumière de fin d'après-midi, un peu de gris déjà dans les flammes, on voyait la découpe des toits dans le ciel de Paris, une grande ligne douce brisée par les dômes et la pointe des chapelles, et puis on voyait la Seine, de chaque côté, qui ouvre ses deux tranchées bleues. L'Américain imitait Quasimodo pour faire rire sa femme et sa fille : il avait remonté sa veste sur sa tête et titubait en venant vers elles, les bras aveugles, avec de longs cris plaintifs. Je leur ai montré l'ange de la Sainte-Chapelle, dressé là-bas au-dessus du vide, et plus loin, par-delà les feuillages, celui du Châtelet. Le vertige ne me gênait pas. Il était là, bien sûr, mais avec le grillage tendu le long du parapet, tomber, c'était impossible.

Et puis soudain, ça m'a pris le ventre. Une vrille : je la connaissais bien. Dans le vertige il y a ce moment où tout vous lâche. Un point où plus rien n'a d'importance. Le désespoir ? Pas exactement. Plutôt un point de recul, où les volumes libèrent en eux un espace bienfaisant, comme si le vide vous accueillait avec un sourire tiède. Tiède et blanc. À cet instant, vous n'avez plus ni froid ni chaud ; vous n'avez plus de jambes : elles sont comme de la plume. Votre corps ne vous appartient plus, vos soixante-dix kilos sont jetés au vent, et malgré les appels de votre estomac qui dit non, qui se cramponne à lui-même comme autour d'une vis, il est trop tard : la tiédeur vous a envahi ; elle vous invite à l'abandon. Lorsque enfin il est trop tard, le souci n'existe plus. C'est ça l'abandon : vous n'avez plus à forcer sur vos muscles, ni à crisper la mâchoire. La tiédeur, ça y est, elle était là. J'ai essayé de m'accrocher aux murs, aux corniches, aux pylônes, ça tournait trop, je me suis accroupi.

7

LE SAUT DE L'INCONNU

Il y avait un type, avec un grand manteau bleu marine, penché au-dessus du vide : le grillage de protection était ouvert devant lui ; il regardait le vide en souriant.

J'ai voulu m'approcher, mais avec le vertige, je ne pouvais plus bouger. J'étais cramponné à une gargouille, un diable hilare qui tirait la langue.

Le type là-bas me fixait, avec un drôle de sourire en amande, comme une plaie sereine au bas du visage. On aurait dit l'ange de Reims — le côté voyou de l'ange de Reims. La silhouette bleu marine de son manteau se découpait élégamment dans le vent, on ne voyait qu'elle.

Puis j'ai vu un corps sortir du manteau, les mains et le visage très pâles, d'une pâleur extrême. Le type a laissé couler le manteau derrière lui, lentement, jusqu'à terre. Il s'est tourné vers moi, et m'a souri : sa main gauche m'a adressé un petit signe, une sorte de salut léger, un appel. Puis il a écarté le grillage, il a enjambé le parapet, j'ai vu le mouvement de ses épaules qui se coulaient dans le trou de la grille, puis je n'ai plus rien vu.

J'étais paralysé, comme si c'était mon corps que le vide aspirait.

Je regardais le manteau. Il n'y avait plus que lui sur le

balcon : un petit tas de cachemire bleu marine, élégant, sans personne.

J'ai fait un effort pour m'arracher au vertige et je me suis précipité vers l'endroit où le type avait disparu. Je tremblais. Il y avait bien un trou dans le grillage. Dans ce trou, c'était le vide, et dans le vide, il n'y avait rien. Que peut-il bien y avoir dans le vide ? Je cherchais un corps. Le plus étrange, c'est que je n'ai pas regardé en bas, en direction du parvis où logiquement le corps avait dû s'écraser, mais en l'air, là-haut vers le ciel et autour de moi : j'essayais de voir où le corps était passé — *j'essayais de l'apercevoir dans le vide.*

Ce qui s'est passé à ce moment-là, je l'ignore : j'ai eu de nouveau un vertige, j'ai glissé ma main dans le trou du grillage, je me suis senti violemment aspiré.

Lorsqu'on m'a relevé, je portais le manteau bleu marine de l'inconnu. Je saignais, j'avais le nez en sang, un mouchoir taché de sang sur le nez, et autour de moi il y avait un bourdonnement, des têtes, beaucoup de têtes, des vieilles dames à permanentes bleutées avec un sourire plein de fausses dents très blanches. Et puis il y avait l'Américain qui n'arrêtait pas de dire : « Je suis médecin. » Il voulait m'envoyer aux Urgences. Ça fait deux fois qu'il s'évanouit, disait-il aux vieilles dames. On m'a fait avaler un cognac. Ça brûlait un peu la gorge, ça me dégoulinait sur le menton. Il y avait des phrases en américain, un brouillement de voix criardes. Là-dessus, des têtes, encore des têtes, une odeur de graillon et de fumée, le tintement d'assiettes ou de bouteilles, et puis une voix plus sourde qui demandait : « Où est-il passé ? » C'était une voix calme mais insistante, elle était très proche, nichée dans mes oreilles, elle répétait : « Où est-il passé ? » Enfin j'ai reconnu la voix, c'était la mienne.

« Est-ce qu'il est mort ? Il est mort, n'est-ce pas ? — Qui ça ? Qui est mort ? — Le type, là, celui qui a sauté de Notre-Dame. — Personne n'a sauté… Reposez-vous… Il n'y a pas de mort… » L'Américain et sa femme s'agitaient autour de moi, ils m'ont laissé leur numéro de portable : s'il y a un problème, appelez-nous, on est encore à Paris quelques jours, vous avez où dormir ? Kim était bouleversée. Elle voulait savoir si j'allais mourir : *He's really going to die ?*

Avec la gorge tapissée de cognac, j'étais tranquille. On m'avait apporté une couverture. Quelqu'un a dit : « Dormez un peu. » C'était agréable, cette chaleur. J'ai contrôlé si les phrases étaient bien dans la doublure, et puis j'ai touché le manteau bleu marine. Plus personne ne faisait attention à moi, le groupe des Américaines s'était éloigné vers le car, les clients du comptoir ne se retournaient plus, je me suis endormi.

Un corps se jette dans le vide, mais on ne le retrouve pas. Entre le saut et la disparition, que se passe-t-il ? Où passe le corps ? Je ne suis pas fou, je l'ai vu là-haut, je l'ai vu sauter dans le vide. Alors il existe quelque chose dans le vide qui est contraire à la chute. Un couloir à éclipses, une modulation du vent. Les courbes de l'atmosphère, en se dépliant, appellent peut-être l'air qui vous escamote la présence. Elle passe dans une contrée où, par un jeu d'enveloppements, on n'apparaît plus. Le secret n'est pas si loin, me disais-je : il est dans le saut ; il suffit de faire le saut — mais peut-on le faire sans tomber ? L'homme qui a sauté m'invite à le suivre, j'ai son manteau, il m'indique une direction.

Il faisait nuit. J'ai pris les escaliers à droite de Notre-Dame qui descendent sur la berge. Au bord du fleuve, je me suis accroupi. J'ai pris de l'eau dans le creux de ma main et je me suis frotté les yeux et la nuque. L'eau m'a fait du bien. J'ai dit à haute voix cette phrase : « Le chameau passe à travers le trou de l'aiguille. » Une mélodie s'enroule autour de mes épaules, un chant un peu distrait, où s'écoulent les lueurs du crépuscule au-dessus de la Seine. Chaque instant parle, et la main fait signe au vent. La nuit sans les souffles n'existe pas. Ce sont les souffles qui t'indiquent la nuit. Il y avait des couples qui se promenaient sur la berge ; j'ai cru voir la silhouette de Coquelicot, enlacée à un type. Y a-t-il un dieu dans le flottement ? J'ai souri en formant dans ma tête cette phrase bizarre : *Y a-t-il un dieu dans le flottement ?* J'avais chaud dans mon nouveau manteau, je transpirais. Et plus je transpirais, plus des phrases arrivaient ; elles s'écrivaient dans l'air, comme des sourates. Si les phrases maintenant viennent se formuler dans ma tête, il va falloir les écouter, me disais-je ; et pour les écouter, le mieux est de les écrire. Demain, me disais-je, demain je rédigerai. Car ce soir, mes yeux se ferment, je suis épuisé. Demain, après-demain, chaque jour, les phrases qui sont venues, celles qui viennent, celles qui viendront, je les écrirai.

En attendant, c'est le fleuve qui veillera sur elles. Je me suis penché vers l'eau. Toutes les phrases de la journée sont venues vers ma nuque ; elles se sont enroulées autour de mes épaules ; l'une après l'autre, elles ont pris leur élan derrière ma tête et ont glissé, en arc-de-cercle, vers la Seine. Il y a eu quelques éclats jaunes et blancs à la surface de l'eau, comme une rivière de diamants.

8

HÔTEL CASCADE

J'ai pris une chambre à l'hôtel Cascade, au-dessus de la librairie Shakespeare & Co. C'était la chambre 7, dernier étage, avec vue sur la Seine. Je n'ai pas allumé la lumière : tout de suite, sur le lit, je me suis allongé. J'étais enroulé dans le manteau du type de Notre-Dame. L'obscurité m'a fait du bien. Je pensais à la courbe de ma journée : une journée nouvelle, le début d'une aventure. Et puis des phrases, ajustées lentement, dans la lumière euphorique du début. C'est ainsi que je vais vivre, me disais-je : de phrase en phrase et d'une révélation à l'autre, attentif à ce qui vient.

La chambre 7 est bleue, la nuit. Les lumières des bateaux-mouches se reflètent au plafond comme des vagues. J'avais marché toute la journée, je désirais dormir — le plus longtemps possible. La jeune femme de la réception m'a demandé si j'avais des bagages. Non pas de bagages, rien — rien du tout. Elle m'a tendu un petit registre rouge où j'ai écrit : « Jean Deichel », et pour l'adresse : « Paris ». Je lui ai dit : je vais dormir, je vais rester quelques jours pour dormir, ne me dérangez pas, pas de ménage, rien, juste dormir : toute la journée, jour et nuit, dormir. Elle a eu un petit rire ironique, j'ai bien aimé sa fossette, une fossette de blonde espiègle, et en me donnant les clefs elle a dit : si vous voulez dormir, fermez la fenêtre, à cause des oiseaux.

La fenêtre était fermée, la nuit était calme, et avec les reflets bleus et blancs qui ondulaient doucement au-dessus de ma tête, ma chambre de l'hôtel Cascade, tout de suite, je l'ai trouvée parfaite : je me suis endormi.

C'est arrivé vers trois ou quatre heures du matin. Lorsque au milieu de la nuit, pour respirer, j'ai ouvert la fenêtre, de minuscules oiseaux sont entrés. Tout de suite ils se sont dirigés vers le lit et se sont posés sur la couverture. Par dizaines, ils sont entrés. En quelques minutes, et sans autre bruit que le frottement de leurs ailes, les oiseaux ont recouvert la surface de mon lit : l'un après l'autre, ils se sont assemblés, comme les pièces d'une tapisserie. Cette émotion étrange qui vient la nuit avec les ombres, je l'ai conservée plusieurs heures. Et c'est ainsi que ce livre a commencé à s'écrire : pour ne pas déranger la couverture d'oiseaux, toute la nuit, assis dans le fauteuil du petit bureau face à la fenêtre, enveloppé du manteau bleu marine de l'inconnu, j'ai commencé à rédiger. Les premières phrases de ce livre, celles de 8 h 07, c'est la première nuit dans la chambre de l'hôtel Cascade que je les ai écrites. Une couverture de flammes, des flammes douces, gris et bleu *à ma place* dans la chambre de l'hôtel Cascade. Si vous êtes calme et si des oiseaux vous remplacent, une autre vie s'ouvre la nuit, et cette vie vous arrive directement dans les mains.

À force de se concentrer, on entre parfois dans un secteur étrange du calme. La nuit parle en dehors des corps ; elle lance des appels qui se faufilent entre deux lumières. Assis dans le vieux fauteuil de cuir qui donne sur les arbres du quai, face à Notre-Dame, dans la nuit maintenant, j'avance : sur la pointe des pieds, est-ce mon corps qui passe le long d'une poutre au-dessus du vide ? Il n'y a plus rien autour de nous, il n'y a plus d'équilibre, il n'y a plus de corps. On évolue parmi des lueurs. Elles se déplacent lentement. C'est avec elles que se dévoile ce que vous appelez le monde. Voici du bleu, du noir, des feuilles. La respiration désire les étincelles. Un peu plus longtemps le ciel, une brèche, je veux. J'ai vu un corps s'envoler, et maintenant c'est ma vie qui s'envole. Je suis avec les oiseaux, la nuit parmi les plumes ; je veille sur le sommeil des oiseaux, je me répète la phrase de Rimbaud : « Ma vie s'envole, elle flotte loin au-dessus de l'action. » Elle n'est plus qu'un souffle où voltigent couleurs et parfums, où de nouveau, porté par des phrases qui me destinent au temps, j'ai une vie.

Je prononçais des mots sans suite : « manteau d'oiseaux », « plumes d'ange », et ces mots volaient dans la chambre où, enveloppé enfin de nuit, calme, très calme après cette journée d'errance, adouci par la compagnie veloutée des petites ailes, et d'un lit que je voyais onduler légèrement, je fermais les yeux. Je disais : « Manteau d'oiseaux, plumes d'anges », et voilà, les phrases de ce livre venaient.

J'avais de nouveau la fièvre. J'ai éteint la lampe du petit bureau. La chambre, je la découvre maintenant. Elle grandit dans l'obscurité, le passage des lumières m'offre ses murs. Face au lit, il y a une cheminée, et sur la cheminée : une statuette. Un petit bronze d'antiquaire. De loin, on dirait Shakespeare. Je m'approche : l'ovale barré d'une fine moustache, le grand front dégarni et la coulée de cheveux raides, la collerette blanche qui mange la gorge et visse la tête sur un pourpoint froncé, pas de doute, c'est lui, c'est Shakespeare. C'est donc le buste de Shakespeare qui veille sur ma première nuit à l'hôtel Cascade. Est-ce qu'il sourit ? On ne dirait pas, et puis si : une indulgence ironique passe sur ses lèvres serrées. Ce genre de sourire qui guette la proie, qui ne la quitte pas des yeux, mais ne mordra pas : la fierté pense à autre chose, de plus lointain, de plus raffiné, de plus sauvage. J'allais donc être seul avec Shakespeare dans cette chambre. Je regardais le buste, j'ai pensé à ma main, au buste dans ma main, à Yorick, tête de mort, méditation, vanité des vanités. Je me suis dit : ma tête de mort, ma tête à méditer, dans cette chambre, ce sera Shakespeare.

J'ai eu les oreilles en feu, quelques minutes, puis de nouveau la fraîcheur. Une petite lueur, d'abord, et d'étranges lumières qui se croisaient dans ma chambre. Entre l'ondulation des oiseaux sur mon lit et celle du plafond où les lumières du fleuve passent et repassent, j'avançais. J'avançais immobile, traversé de feux calmes. Surtout ne rien faire, me disais-je. Que mon corps se fasse le plus léger possible. Lorsque les oiseaux s'assemblent dans la nuit, à la forme du feuillage que font leurs plumes, on peut lire une étrange faveur. J'ai eu cette nuit l'intuition qu'on m'indiquait une voie. Les oiseaux quand j'écris sont dans ma main. Ça se fait tout seul, entre le gris et le vert des plumes, sans moi.

Alors on est seul, dans les reflets rouges ; quelque chose tourne avec la nuit sur le fleuve. Une lueur se faufile, elle voyage la nuit. Si vous êtes là — si *quelqu'un* est là — la lueur s'invite et vous traverse. Elle peut vous renseigner. Les lueurs se multiplient pour rien. Le plus souvent, il n'y a personne pour les entendre. Elles existent quand même. Elles passent par la nuit qui leur offre sa vitesse. Cette nuit dans la chambre, c'était une veillée d'ombres fébriles, un défilé de formes calmes, comme des filaments qui dansent sur la pupille. La lampe et le stylo font un bruit de vagues. Il y a des instants, il y a des corps — et dans la nuit, des clartés qui vont des uns aux autres. Ces clartés sont pour vous. Elles vous parlent. Elles vous parlent mieux qu'aucun être humain ne vous a jamais parlé. Vous pouvez vous en détourner, bien sûr. Mais si vous ne vous en détournez pas, une étrange route s'ouvre à vous.

C'est maintenant, me disais-je — maintenant, cette nuit, tout de suite, là, dans cette chambre, avec les oiseaux et la lumière orange de la lampe, c'est maintenant qu'il faut reprendre vie. Les choses n'existent pas ; un néant les traverse qui les pousse à l'effroi ou aux enchantements. Des yeux vont vers ces choses, et ne voient rien. Ils s'accablent, souffrent, et meurent. Et pourtant, une nuit suffit à réveiller les choses qui n'existent pas. La vie éveillée leur donne raison.

Entièrement nu, avec juste le manteau sur moi et les oiseaux qui faisaient dans la nuit un tapis de plumes légères, penché sur la table de travail, j'ai commencé à rire tout seul. J'ai eu une pensée furtive pour saint François d'Assise. Je m'amusais bien dans cette nouvelle vie.

J'ai vécu ainsi quelques heures *dans le temps*. C'est une vie chaude et froide. Il n'y a que des détails, et pourtant ces détails ne comptent pas. Les heures s'allongent, ils deviennent des arbres, on ne les mesure plus. La plupart du temps, on n'est pas là, où plutôt quelque chose est là sans vous : plus rien ne fait obstacle au passage du temps. Est-ce le détachement ? Les pensées s'ajustent, on tourne sur une pointe de bleu, le corps se tient de lui-même, rien de trop.

Je me suis dit : je vais rester longtemps ici. Cette chambre me plaît, les oiseaux me plaisent, les phrases me plaisent. Le temps n'est pas lourd. Il ne passe pas : il surgit. Ici, me disais-je, je serai bien. Et puis personne ne me trouvera. Je m'appelle Jean Deichel, mais je m'éloigne dans mon propre nom. Déjà, je n'ai plus d'identité, ou plutôt elle a disparu, depuis 8 h 07 : peut-être a-t-elle pris le train, elle ; peut-être continue-t-elle, sans moi, sa vie déjà vécue d'avance. Je ne suis que solitude. Je suis du temps, de l'eau, un feuillage d'eau et de temps, une poignée de phrases dans le vent de la nuit, un feu blanc sur une prairie.

À la première lueur du jour, un piaillement m'a réveillé. Blotti dans le fauteuil, avec le manteau, sans bouger, j'ai vu, dans un faisceau de lumière, les oiseaux s'éveiller ; je les ai vus décoller dans l'ordre exact de leur position sur la couverture de mon lit, l'envol de l'un appelant l'envol du suivant ; puis, d'un coup d'aile bref, passer par la fenêtre en lançant les premiers trilles d'un chant qui s'est continué dans les trois arbres du quai, plus bas, de l'autre côté de la rue. Je me suis traîné jusqu'au lit. J'étais heureux et fatigué. Le lit était intact. Juste quelques petites plumes sur la couverture. Je me suis glissé au chaud.

9

CLARINE

La lumière de la Seine m'a réveillé. C'était le matin ou l'après-midi ? Aucune idée. J'avais mal à la tête. La lumière venait tout près du lit, elle était dure et fraîche. Il y avait des plumes qui flottaient dans l'air. J'ai vu tout de suite le buste : c'était bien celui de Shakespeare. Les murs étaient couverts jusqu'à mi-hauteur de lattes en bois clair. Poutres sombres, cheminée, grand tapis à motifs rouges et noirs. Et circulant dans la chambre avec la lumière, un enveloppement de couleurs chaudes : brun, orange, beige.

Pas de lavabo, pas de toilettes. J'ai ouvert la porte. Au fond du couloir, il y avait une salle de bains. J'étais pieds nus, à poil sous le manteau. J'ai essayé de le fermer, mais il n'y avait plus de boutons. Alors j'ai tenu le col bien serré et je me suis dirigé vers la salle de bains. En revenant vers la chambre, pas moyen d'ouvrir la porte, elle avait dû claquer dans un courant d'air. La clef était à l'intérieur. Le manteau bien fermé sur mon torse nu, je suis descendu. Dans le couloir et le long de l'escalier, il y avait des piles de livres en anglais, posés n'importe comment, qui débordaient sur chaque marche.

La jeune fille dormait sur un lit de camp juste derrière le bureau de la réception ; elle s'est levée dès qu'elle a entendu l'escalier craquer, elle avait le nombril à l'air et ses seins pointaient à travers un tee-shirt jaune. Elle m'a invité à m'asseoir à une table basse en face de la réception.

Clarine, elle s'appelait Clarine. Elle m'a proposé un café. Le bruit du percolateur où crachotait l'expresso adoucissait mon front ; je me suis affalé dans un des fauteuils de l'entrée en fermant les yeux. Il y avait des journaux américains, et une petite étagère de livres en anglais. Clarine m'a dit que l'hôtel Cascade appartenait à la librairie Shakespeare & Co ; ce n'était pas vraiment un hôtel ; c'était plutôt pour les étudiants de passage : on les dépannait en leur louant une chambre pas cher ; elle se demandait comment j'avais pu trouver l'adresse.

— Je ne sais pas : hier soir, la porte était ouverte, il y avait écrit « Cascade », je suis entré... J'ai vu la réception, puis vous, on m'a donné une clef, voilà.

Ce n'était pas elle, la veille : elle était arrivée plus tard, vers minuit. Je n'étais pas étudiant, mais je pouvais rester. Pour le prix, on s'arrangerait. Quand elle m'a apporté le café, j'ai vu qu'elle était en short, un charmant short rouge, avec des espadrilles bleu marine, et puis, à sa cheville, j'ai remarqué un mince bracelet, avec de petites perles émeraude.

En avalant des brioches, je feuilletais *Moby Dick*. En anglais, ce n'était pas évident, mais j'ai été surpris de voir que ça glissait quand même : je comprenais une page, deux, trois, déjà le livre me passionnait.

— Vous l'avez lu ?

— Oui, on l'étudie à la fac. Je suis étudiante en anglais.

Clarine avait des épaules assez frêles ; c'était un joli squelette pâle ; elle était brune et dégingandée, avec quelque chose de délavé dans le bleu des yeux, une pâleur qui passait sur le visage comme une torpeur préraphaélite, ces manières fragiles et je-m'en-foutiste des filles de vingt ans. Une grande bouche aux lèvres gercées, comme un fruit qui a éclaté. Quelque chose de fluet et de dur. Un air de négligence moqueuse.

Comme le short était un peu rentré dans sa fesse, on voyait la forme ronde, bien ferme, de son cul. Et dans la lumière de l'hôtel, dont la porte était ouverte à la rue, le duvet brun de ses cuisses et de ses bras frissonnait agréablement. À un moment, elle est venue s'asseoir dans le fauteuil en face de moi pour fumer une cigarette :

— Votre manteau, il est ouvert, on voit tout…

Elle riait. J'ai caché l'échancrure avec *Moby Dick*.

— Il paraît que la baleine blanche, c'est la jouissance de Dieu.

— Quoi ?

— On nous dit ça, à la fac : vous allez voir, la baleine, elle est pleine de sperme, le spermaceti, enfin un truc comme ça, et c'est ça que les pêcheurs veulent lui prendre.

On a bu tranquillement plusieurs cafés ; ça me calmait la migraine, en attendant la pharmacie. Elle feuilletait un magazine en sirotant son café froid, elle avait les pieds nus, maintenant ; et moi je déchiffrais *Moby Dick* en veillant à ce que le manteau ne s'ouvre pas. Il y avait dans l'air une douceur de miel éteint, avec des teintes orange et ocre, bien chaudes, et puis le tintement des petites émeraudes à la cheville de Clarine. Des oiseaux sont entrés dans la lumière. Ils se sont mis à picorer les miettes de brioches autour des fauteuils.

— Il y a des oiseaux qui dorment la nuit dans la chambre, vous êtes au courant ?

— Ah vous n'avez pas fermé la fenêtre ?

— Non, j'aime bien… Les oiseaux dans la chambre, ça me plaît…

— Ils n'ont pas chié sur le lit ?

— Non, tout va bien.

J'ai dû m'endormir au soleil. Lorsque je me suis réveillé, Clarine se rongeait tranquillement un ongle, elle m'a regardé avec un air moqueur :

— Vous ne dormez pas la nuit ?

J'ai demandé à Clarine si je pouvais emporter *Moby Dick* dans ma chambre. On est montés ensemble et elle m'a ouvert la porte avec son passe.

— Vous verrez, au début, la langue de *Moby Dick*, ce n'est pas évident. Mais je vous apporterai un dictionnaire, si vous voulez… Et si vous ne comprenez pas une phrase, il y a le téléphone, faites deux fois le zéro, vous tomberez sur moi.

Je me suis procuré, chez Gibert, des petits cahiers Clairefontaine, des stylos à bille, une rame de papier. À la pharmacie, place Saint-Michel, j'ai fait un stock d'Efferalgan. J'ai réglé quelques affaires, me suis procuré du linge, et, au guichet automatique de la rue Galande, j'ai retiré le plus de billets possible. Il n'y avait pas grand-chose sur mon compte, mais j'ai fait un rapide calcul. J'étais comme ces personnages, dans les romans noirs, qui, après un casse, se mettent quelque temps à l'écart pour *voir venir*. À présent, moi aussi je pouvais *voir venir*. Avec ces billets, je pouvais tenir deux ou trois mois. Peut-être allais-je vivre maintenant comme j'avais vécu cette nuit. Peut-être ma vie allait-elle s'enrouler dans l'invisible, fiévreuse, inconnue, et ne serais-je plus occupé que de cet *événement* dont j'allais m'approcher, avec des phrases.

J'ai repéré un bistrot, juste à côté de l'hôtel Cascade. Il s'appelait La Licorne. En entrant, je me suis dit : si ce bistrot me plaît, ce sera le mien. J'avais avec moi *Moby Dick*, et les petits cahiers. J'ai demandé un café, et puis un verre d'eau pour les Efferalgan. Banquettes en velours mité, tables en bois, quelques habitués silencieux, deux ou trois touristes, pas de musique, pour écrire c'était parfait. Le patron, un grand type longiligne, la cinquantaine émaciée, cheveux blancs, m'a demandé ce que je lisais.

— *Moby Dick*, le truc avec la baleine ? Jamais lu. Moi, c'est l'*Odyssée*. Connaissez Homère ?

Il a sorti l'*Odyssée* de sa poche arrière, la traduction de Victor Bérard. On a parlé un peu d'Ulysse. Ce qui lui plaisait, c'est qu'Ulysse avait toutes les femmes. Je n'étais pas d'accord : selon moi, ce sont les femmes qui essayent d'avoir Ulysse. Ne chipotons pas, m'a dit le patron, les femmes, elles sont là, elles le veulent, et du coup il les a, vous me comprenez ?

On est tombés d'accord sur le fait que toutes les femmes que croise Ulysse sont des sirènes ; et que la scène cruciale du livre, c'est celle où il écoute le chant des sirènes ligoté au mât. Personne, aucun homme, n'a jamais entendu le chant des sirènes sans y perdre la tête, disait le patron, et lui, Ulysse, tranquille, il écoute. Du coup, il sait. Il sait quelque chose des femmes qu'aucun autre homme ne sait. Je crois, disait le patron, que toutes les femmes sur sa route sont un piège inventé par les sirènes qui n'ont pas pu l'avoir. Calypso, c'est une sirène ; Circé une sirène ; même Pénélope, à mon avis, c'est une sirène : elle fait bien tourner en bourrique les prétendants, non ? D'ailleurs, a dit le patron, toutes les femmes sont des sirènes : elles vous charment et vous refilent la mort — exactement comme ma femme. Il a éclaté de rire, m'a dit qu'il s'appelait Lestrange, « avec un s », et puis, en boitant, il a rejoint son comptoir, où, dans la torpeur, quelques habitués aux trognes de chagrin sirotaient leur bière.

J'étais encore sous le coup du grand air de 8 h 07. Étais-je libre depuis ce moment-là ? Le mot me faisait rire : « libre », ils sont des millions à employer ce mot, mais qu'est-ce que ça veut dire : « libre » ? De quoi parlent-ils exactement ? La docilité rampe sous les allures ; ce sont souvent les plus résignés, les plus secrètement amoindris qui se vantent d'être libres. Le mot « libre », on dirait qu'ils le branlent. Presque tout le monde se contente d'une fausse liberté : celle du « temps libre » entre deux labeurs, celle des « congés », des « vacances », celle qu'on vous accorde une fois que vous vous êtes laissé prendre en otage. Cette liberté-là n'est jamais qu'un arrangement avec l'idée qu'on se fait de soi, une manière de négocier avec ce qu'on supporte, d'être toujours débordé par la somme des contraintes que l'on accepte pour « gagner sa vie ». Cette « liberté », je la connaissais bien : elle n'est qu'un interstice malade entre le désir frustré et la soudaine compensation qui le soulage — un couloir, rien qu'un couloir. Là-dessus, ils mentent tous ; ils mentent sur la vie qu'ils mènent, une soi-disant « vie libre », où ils s'« accomplissent » : en réalité, ils appliquent le programme, et le temps qu'on leur laisse les soulage de celui dont on les prive. Ainsi feignent-ils toujours d'avoir voulu ce qu'ils ont ; et toujours ils approuveront ce dont il leur arrive de se plaindre. *Car ils ne savent pas entendre l'herbe pousser.*

Je me sentais de moins en moins avec eux, de moins en moins avec qui que ce soit ; j'étais avec les arbres et la lumière, comme un refusant qui flotte. C'est Joséphine qui m'appelait comme ça : le « refusant ». Elle me disait : tu la dissimules, ta négation, mais je l'ai débusquée, il y a un couteau derrière ton sourire.

Qu'est-ce que j'ai tranché ? Rien, pourtant. Je me croyais attaché, c'est tout, et personne n'est attaché. On vous fait croire que vous êtes liés les uns aux autres, et très vite, ce lien, la meute veut l'employer ; elle exige que vous serviez, *comme les autres*. C'est le début de cette tranquille mise en coupe qu'on appelle la « société ». Si vous entendez en vous une voix qui grince, une voix qui ricane chaque fois qu'on prononce le mot « société », c'est que cette voix est coupée du cordon. Elle s'écrit toute seule depuis toujours, elle n'attend plus que votre corps.

Et peut-être que l'expérience amorcée depuis vingt-quatre heures était en rapport avec ça : le refus. Mais ce refus, il se refusait à en être un. Il n'admettait plus rien, pas même l'idée de refuser. Je me disais : la vie libre commence avec la distance qu'on oppose à ce qui nous entrave ; mais elle s'accomplit lorsque les forces employées dans la bataille s'effacent. Alors, *ce qu'il y a dans le libre* se découvre. Ça s'ouvre, comme une région de nymphéas. Cette opération n'a besoin de personne. Si *ce qu'il y a dans le libre* se met à exister, c'est sans vous. Un écart glisse sur lui-même, laissant être chaque lumière, comme une série de brèches. Les corps s'y refont à neuf, les nerfs se décapent, une fluidité court de phrase en phrase.

Il y avait eu la fougère, le pont des Arts et le saut dans le vide. Il y avait eu aussi des tournoiements plus discrets tout au long du jour ; et puis cette révélation d'oiseaux et de phrases dans la nuit. Tout me laissait penser, me disais-je, que j'étais embarqué dans une aventure où ma vie rencontrait des sensations nouvelles ; mais surtout qu'elle s'ouvrait à une autre manière de vivre — une manière où vivre ne dépend de rien ni de personne ; où dans l'inapparence, par une suite de glissements d'abord imperceptibles, elle s'accorde à quelque chose de plus essentiel, qui ne relève ni de l'acquiescement ni du refus, ni d'aucune appréciation sociale, quelque chose qui vous retranche des airs familiers, qui s'apparente au soulèvement, et ne se mesure pas.

Ce qu'il y a dans le libre, me disais-je : là, maintenant, tandis que j'ouvre *Moby Dick* : pas seulement le plaisir, ni la simple joie d'avoir du temps, mais une étendue de pensée qui se prépare. Je me disais : allongé dans ma chambre de l'hôtel Cascade ou comme un loup, la nuit, par les rues, ça ne se verra pas, plus personne ne me verra : l'imperceptible, me disais-je, est le plus beau des emplois du temps puisqu'il est l'emploi que le temps fait de lui-même. La baleine blanche fait le tour de la terre, frottant ses flancs à toutes les visions ; et nous là, qu'est-ce qui nous agite sur cette planète en proie ? Ouvre ta tête à l'impossible, viens dans l'impossible, afin d'y entendre comme tournent sur eux-mêmes, déjà morts, le temps et l'espace. On dilacère l'espace et le temps, on ne voit que ça partout : comment le temps et l'espace se détruisent. Je le comprends mieux en lisant *Moby Dick*, car le temps et l'espace de *Moby Dick* sont le temps et l'espace de l'ancien monde, celui où ils existaient pour la dernière fois. Dans le monde où je lis *Moby Dick*, le monde où Joséphine raccommode chaque jour ses croyances, celui où des touristes vous regardent vivre à travers une caméra, où, en plein milieu d'une ville, le néant vous gicle au visage comme une langue de cobra, où les corps se jettent dans le vide et s'y confondent, contre quoi irez-vous jeter votre harpon ? Il n'y a plus de prise : entre l'espace et le temps, la prise, elle a disparu. Les vieilles attaches se sont mises à pourrir. Illusions, valeurs, « visions du monde » : toute la sauce humaine a filé à l'égout. Plus de repères, boussoles mortes, une planète implosée dans son réseau, directement centrée à l'abîme. Un zéro qui tourne sur lui-même, où prolifèrent en syncope des lignes déchirées. Est-ce que cette chose a un visage ? Est-ce qu'un visage est encore possible ? Non, me disais-je : plus de visage. La baleine blanche avait encore un visage, un visage déformé, celui des corps qui mangent leur propre visage, le visage des monstres, qui annonce la boucherie mondiale — mais aujourd'hui, me disais-je, on est entrés dans le sans-visage.

Lorsque j'ai commandé un deuxième café, Lestrange est revenu à l'attaque :

— Il n'y a pas de femmes, dans votre livre… C'est juste des hommes…

— Il y a la baleine : ils la veulent tous, comme vous dites.

— Oui enfin… c'est pour la tuer…

— C'est leur sirène à eux. Les sirènes veulent la mort des hommes, et les hommes veulent la mort des sirènes.

Lestrange avait une jambe raide. Une béquille était posée contre le comptoir, mais il ne s'en servait pas. Il n'y avait plus personne dans le café. Il a apporté deux verres et une bouteille de vin rouge : « Réserve personnelle… goûtez-moi ça. » À cause de sa jambe, peut-être, il est resté debout. Ce que j'aime chez Ulysse, a-t-il dit, c'est qu'il est l'homme complet : c'est un guerrier, un amant, un père, un fils, un mari. Il descend voir les morts, il baise des déesses, il est méfiant, rusé, menteur, il massacre les prétendants, c'est un type qui n'a pas froid aux yeux, et en même temps il pleure, il pleure tout le temps, sur la plage, vous vous souvenez, dans l'île de Calypso.

Lestrange m'a montré un passage dans le livre souligné au stylo vert : « Il passait les jours, assis aux rocs des grèves, promenant ses regards sur la mer inféconde et répandant des larmes. »

On a feuilleté tous les deux l'*Odyssée*, à la recherche des passages qu'on aimait. Le vin était doux. Lestrange fumait des Kool, et quand il m'en a proposé une, le menthol, tout de suite, je l'ai apprécié. « Ce sont des cigarettes pour vieilles dames, a dit Lestrange, mais le menthol ça tapisse bien les poumons. » Il y avait une torpeur légère, des glissements de lumière sur les verres et les cuillères, l'après-midi coulait paisible. On a fumé énormément de Kool.

Lestrange ne jurait que par l'*Odyssée* : depuis qu'il l'avait lu, sa vie avait changé, et dès qu'il avait un peu de temps, il l'ouvrait à n'importe quelle page, comme font certains avec la Bible. Les aventures d'Ulysse, il lui semblait qu'elles disaient tout : les désirs d'un homme, ses réussites et ses fourvoiements, comment l'on navigue d'une expérience à l'autre, et on ne sait pas, en allant d'île en île, si l'on va toujours plus loin dans l'exploration, ou si l'on est prisonnier du labyrinthe de la vie. Il répétait les mots « labyrinthe de la vie » en souriant. L'*Odyssée*, c'est ça, disait-il, c'est l'histoire du labyrinthe d'une vie. Je me demande, disait Lestrange, si celui qui raconte cette histoire de labyrinthe y est vraiment perdu ou s'il en connaît la sortie depuis le début, et ruse avec son égarement.

Je m'en souvenais bien de l'*Odyssée*. Dans le calme du bistrot, tout m'est revenu, il y avait même des pages que je voyais défiler si je fermais les yeux. Le livre que feuilletait Lestrange, je l'avais eu moi aussi, le même, cette même édition de poche, avec la même photographie d'Ithaque : le muret de pierre et l'olivier au-dessus de la mer. Les phrases d'Homère revenaient, comme une mélodie familière, elles dansaient dans ma tête, et je me disais : qu'as-tu fait toutes ces années ?

Lestrange, il doutait de la perdition d'Ulysse. À mon avis, disait-il, Ulysse traîne en route. Les grottes de Calypso, elles lui plaisent bien quand même : sept ans, il y reste ! Bien sûr, les vents contraires, le destin, Poséidon, tout ça l'empêche de reprendre la mer, mais quand même, Ulysse, rentrer à la maison, ce n'est pas son genre. C'est vrai, ai-je dit, on ne sait pas ce que désire Ulysse, mais il désire *autre chose*. Je crois que c'est l'inconnu qui le mène. Il s'est perdu en chemin, et puis il a senti qu'à partir du moment où l'on se perd commence le vrai chemin. Tant qu'on ne se perd pas en chemin, on n'est pas sur le chemin, on n'est sur aucun chemin, on rentre chez soi, voilà tout, et rentrer chez soi, c'est se priver des sirènes. Le chant des sirènes, Ulysse, il voulait vraiment l'entendre ; et entendre le chant des sirènes, c'est le contraire du retour à la maison. Si l'on écoute le chant des sirènes, alors le chemin s'ouvre à chaque seconde, comme un égarement merveilleux ; et sur ce chemin on n'évite pas le risque, on croise des choses terribles, on en mourra peut-être, et si l'on n'en meurt pas, ce chemin, il sera celui de nos éclaircies, on vivra ce qu'on n'avait jamais vécu, peut-être même commencera-t-on enfin à vivre.

D'ailleurs, la scène que je préfère, ai-je dit à Lestrange, en prenant son exemplaire de l'*Odyssée*, c'est le moment où Ulysse refuse l'immortalité. C'est au chant V, je m'en souviens maintenant. C'est le passage où Ulysse pleure, vous l'avez cité tout à l'heure. Calypso, pour le retenir auprès d'elle, lui propose l'immortalité, la vie toujours égale, la vie parfaite des dieux. Mais chaque soir, Ulysse refuse de toucher à l'ambroisie et au nectar. Pour lui, c'est la mort. On dit qu'Ulysse pleure son île et sa famille ; on dit que c'est pour les revoir qu'il refuse l'offre de Calypso. Possible. Mais je n'y crois pas à cette histoire de nostalgie : s'il refuse d'être immortel, c'est parce qu'il veut continuer à tout vivre, à sentir dans son corps l'illimité des sensations. S'il acceptait d'être immortel, il vivrait dans un oubli parfait. Et lui, *il ne veut pas perdre la mémoire*. Ni celle du passé ni celle de l'avenir : il veut garder la mémoire des choses prochaines, celle des contrées inconnues qui l'attirent. S'il refuse, c'est parce qu'il désire vivre le temps ; il veut continuer à sentir passer dans son corps l'angoisse et la joie, le péril, le repos, le hasard des occasions ; il veut continuer à aimer sa propre attente et le parfum de ce qui lui échappe : les oliviers d'Ithaque et le ventre de Pénélope, bien sûr, mais aussi ce qui n'a pas encore eu lieu, d'autres périls, d'autres repos. Et puis RACONTER. Car seul le récit est infini, et il le sait. Les mortels meurent, mais entre la vie et la mort, dans cet interstice qui s'ouvre lorsque le soir, sur la plage de Calypso, Ulysse pleure, une source s'anime d'où ruissellera, plus tard, le récit. Ulysse refuse d'être immortel pour *garder la mémoire* — c'est-à-dire raconter.

On a trinqué à Ulysse. Et tandis que Lestrange lisait au hasard des passages du livre, avec l'ivresse légère, dans la fumée de cigarettes, je me disais : moi aussi, il faut que je raconte. Vivre ou raconter, a dit quelqu'un. Mais non : raconter, ce n'est pas le contraire de vivre. On ne brise pas l'élan de ce qu'on vit en le racontant. Au contraire, ce qu'on raconte décuple l'élan. Je veux bien, moi aussi, comme Ulysse, me perdre en chemin ; je veux bien, pour trouver le chemin, m'égarer dans les bordures d'ombre. Raconter, me disais-je, fait partie du chemin ; raconter élargit l'aventure et l'ouvre à tous les chemins.

10

NUIT DE SIRÈNE

Je suis rentré dans ma chambre de l'hôtel Cascade. J'avais acheté des pommes, une brioche, des gâteaux de raisin. J'avais de l'eau et une bouteille de vin qu'on m'avait débouchée à l'épicerie. Je me suis mis au lit, avec le manteau et *Moby Dick.* C'était le bonheur. À voix haute, j'ai dit : « Oh joie ! » Mon aventure passait par ce livre, maintenant ; j'ignore ce que je poursuivais, mais cette poursuite, avec *Moby Dick*, elle allait s'approfondir. Toute la soirée, j'ai lu, toute la nuit aussi. Les conversations avec Lestrange se mélangeaient à la lecture. Ulysse et ses compagnons chassaient la baleine de Charybde en Scylla. Le chant des sirènes avait rendu fou Achab, il méditait leur extermination. Toutes les femmes étaient dans la baleine qui avait mangé Dieu. Et Ulysse, pour entrer dans Troie, fabriquait une baleine blanche à l'intérieur de laquelle, à voix haute, il inventait, pour ses compagnons, l'*Odyssée, Moby Dick* et tous les récits futurs. Il y avait une immense rosée de sang dans les phrases, la rosée marine, celle du corail rouge dans la lumière dorée des mers du Sud, mêlée au sang immémorial des sacrifices, à cette hémorragie contagieuse du sacrilège que le monde, en s'agrandissant, étalait sur l'ensemble de la planète. Et le monde n'était déjà plus que ça : une immense traînée de sang ; il n'était déjà plus que son propre cadavre, un non-monde abandonné à une épilepsie de crimes. Circé découpait les chairs de la baleine en steaks de sperme blanc, elle les offrait aux pourceaux qui ouvraient leur bouche comme s'ils recevaient l'hostie. Chacun fécondait les grottes ; dans la baleine il y avait des cavités huileuses pour chaque marin, et du lotus aussi profond qu'un baiser. Le mot « SACCAGE » s'écrivait sur les vagues ; il était placardé sur le mât des navires, et lorsqu'on arrivait sur une île, partout il y avait écrit « SACCAGE ». Les nymphes essayaient d'effacer le mot avec la langue ; mais en léchant les caractères, avec la salive elles le récrivaient. Quelque chose d'innommable roulait à travers le temps et les dieux, une convulsion de gouffre, comme si le massacre était devenu le temps lui-même, une vrille à stridences, et chacun se bouchait les oreilles avec de la cire. La cire brûlante entrait dans les corps et les avalait de l'intérieur. Ça se déployait en épidémie : sur un pont, des femmes dansaient, leurs gestes écrivaient dans l'air le mot « SACCAGE », et la cire brûlante aspirait tous les corps comme une lave. Les corps n'avaient plus d'oreilles ; à leur place il y avait un trou, et dans ce trou d'autres corps tombaient. Quelque chose qui n'avait plus de corps riait au milieu du pont. Le mot « SACCAGE » s'écrivait tout seul dans un hurlement muet. La tête d'Achab clignotait en réduction sur une cheminée, ses lèvres bougeaient, il disait : « LE MONDE NE PEUT PLUS CONTENIR ÇA. » La lave débordait, elle débordait même la possibilité d'être vue, et d'ailleurs les corps dans la rue avaient des trous à la place des yeux, des trous bouchés par de la cire brûlante. Un type enveloppé d'un manteau disait :

« LE MONDE NE PEUT PLUS ME CONTENIR. » Il était ligoté à un mât, avec un sourire d'ange, et ses oreilles étaient immenses. Il avait l'air de tomber dans le vide, mais non : il souriait, comme si le vertige le portait. Grâce à ses oreilles, il flottait dans le vide, elles étaient comme des ailes. Il entendait quelque chose qui le ravissait, un murmure continu : le vide chantait, sa mélodie passait d'une oreille à l'autre. Quelqu'un a dit : « MÉLODIE DE SACRE. » Et cette mélodie s'infiltrait dans le sang, elle choisissait le sang le plus froid, elle passait du sang d'Ulysse à celui d'Ismaël, et du sang d'Ismaël à d'autres sangs qui aussitôt se changeaient en phrases rouges et flottaient, comme du corail dans la lumière de la Seine, et ces phrases naviguaient sur le fleuve, d'un pont à l'autre on les voyait passer, et quand elles ont longé Notre-Dame, on a lu ces mots qui ondulaient : « CELUI QUI CONNAÎT LE MONDE DÉCOUVRE UN CADAVRE. ET CELUI QUI DÉCOUVRE UN CADAVRE, LE MONDE NE PEUT PLUS LE CONTENIR. » Les phrases se sont effilochées, lettre après lettre, tandis que le fleuve se vidait, comme un lavabo, dans un bruit de siphon où s'avalaient les arbres et le ciel, les berges, les oiseaux, ma chambre et je me suis réveillé en sursaut.

J'avais de la fièvre, j'étais trempé de sueur. La fenêtre était ouverte, il faisait bon dehors. Les arbres étaient frais. Je suis resté debout devant la fenêtre à regarder la Seine. L'eau et les arbres m'ont fait du bien. Je respirais. Sur une feuille de papier, j'ai tracé les mots que j'avais vus dans mon sommeil, et je les ai affichés au-dessus de la cheminée :

CELUI QUI CONNAÎT LE MONDE
DÉCOUVRE UN CADAVRE.
ET CELUI QUI DÉCOUVRE
UN CADAVRE,
LE MONDE NE PEUT PLUS
LE CONTENIR

Je me disais : ce livre tombe à pic ; comme tous les livres, comme ces livres qui sont vraiment des livres, il arrive au bon moment. À ce qui s'ouvre, un livre répond par ce qui s'ouvre. *Il ouvre à ce qui s'ouvre* — et vous confirme le chemin. En lisant *Moby Dick*, j'avais la sensation d'entendre mieux ma propre tête, d'en entendre plus clairement la musique. Grâce aux phrases de *Moby Dick*, ma tête, frottée aux vagues, elle s'éclairait.

Il faisait nuit, il faisait jour, je lisais. J'étais toujours en manteau, allongé, avec la bouche vorace, des retours de fièvre, et à force de tenir le gros volume, mes bras s'engourdissaient. Ce furent des nuits d'incendie. Celui ou celle qui me donne une gorgée d'eau ou un vêtement ignore qu'il protège des phrases. Avec celles de *Moby Dick*, j'avais confiance. La joie n'existe pas seule : être en joie, c'est passer d'une joie à l'autre ; et après les oiseaux, après la bouffée d'air de 8 h 07, ma soif allait croissant. Dans cet océan qui s'ouvrait à chaque page devant moi, les vagues, l'une après l'autre, je les voyais comme des chapitres.

Au début, j'en ai profité : presque à chaque page, j'appelais Clarine. Sa voix, en anglais, je la trouvais plus fruitée ; au téléphone, lorsqu'elle prononçait les mots *shark* ou *tornadoes*, lorsque, en corrigeant mon accent, elle redisait la phrase : *The dead, blind wall butts all inquiring heads at last*, puis, avec douceur, traduisait : « La mort : un mur aveugle où se cognent finalement toutes les têtes questionnantes », avec les syllabes grises et bleues, le roulis de métal des consonnes, et quelque chose de mouillé qui courait dans sa bouche comme une salive océane, sa fraîcheur, je la sentais bien. Il y avait le mot *sailor*, il revenait sans cesse : lorsqu'elle le disait, je voyais bien, depuis ma chambre, l'ouverture en amande de sa bouche ; et pour dire *flying*, sa langue qui claque contre le palais, je l'appréciais.

Allongé sous les draps, la tête bien dégagée par la dose d'Efferalgan, téléphone ajusté entre l'épaule et l'oreille, main gauche qui tient *Moby Dick*, je me caressais doucement la queue. Le velours de la voix de Clarine est tressé de notes aiguës qui déchirent la portée ; à ma demande, qui devient plus précise, elle répète certains mots : le mot *island*, je le vois rouler sur mon ventre ; comme une bulle d'écume, il va et vient, il éclate. L'escargot de voyelles contenu dans le mot *waves* rampe sous mon bras, vers mes cuisses il descend, déjà il frôle mes couilles. La fine transpiration de Clarine, dans sa manière de prononcer les phrases de Melville, comme une tiède rosée d'aisselles, j'en perçois la chaleur. Le tintement des petites émeraudes à sa cheville, je le mets en rapport avec sa bouche humide. Je lui demande si elle est pieds nus. Oui, elle est pieds nus. Je lui demande si elle transpire. Oui, elle transpire. Est-ce que pour moi, exceptionnellement, elle pourrait déboutonner son short ? Je veux bien, me dit-elle, mais pourquoi ? Parce que j'aimerais, si elle est d'accord, naturellement, qu'elle glisse avec discrétion, avec lenteur aussi, sa main dans sa culotte ; et qu'elle me dise si les phrases de *Moby Dick* s'imprègnent aussi bien dans son intimité que dans la mienne. Oui, dit-elle, ça s'imprègne. Merci, dis-je, merci Clarine.

Vers 2 heures du matin, elle est entrée dans la chambre. Entre les pages de *Moby Dick*, de temps en temps, je somnolais. La lampe orange diffusait dans la chambre une lumière douce, et le passage des bateaux-mouches projetait sur les murs des lignes flottantes où la tête de Shakespeare se dressait, grave et souriante, comme celle d'un protecteur.

Elle s'est assise sur le lit. Elle avait fini son service. Elle avait apporté des mandarines, elle m'en a lancé une. J'avais gardé mon manteau au lit, elle trouvait ça amusant :

— Qu'est-ce qu'il a votre manteau, il est magique ?

Oui, exactement : magique. Sa bouche, avec le pétillement des mandarines, était un peu acide, les langues tournaient bien, ça picotait, douceur, grande douceur, et tandis que je lui caressais les seins sous le tee-shirt, la queue, elle me la tenait fermement. « Garde ton manteau, elle m'a dit, s'il est magique, il faut que tu le gardes. » En se déshabillant, elle s'est vite retournée, le derrière cambré, j'ai eu à peine le temps de voir l'éclair du pubis, il n'y avait plus que son joli cul, et juste audessus, merveille : une baleine. « Moby Dick ! »... Un tatouage, tout en bas du dos...

La chambre était colorée de gris lilas. Clarine, allongée sur le lit, écartait ses jambes. Elle souriait : « Qu'est-ce que tu vas lui faire à ma chatte ? » Je me suis approché, je l'ai contemplée en tenant ses jambes bien haut ; le petit bracelet d'émeraudes cliquetait au-dessus de ma tête. J'ai dit : « Je crois que tu as une chatte heureuse. » Oui, a dit Clarine, ma chatte, elle est très douée pour le bonheur. La beauté fauve, presque rousse, la beauté *renarde* de sa chatte vibrait dans la nuit. C'était très bon de lécher. Cet univers rose et blond où les replis palpitent, avec quelque chose de langoureux, de sec et de vibrant envahissait mon corps. Je me disais : les sirènes, laisse venir les sirènes, laisse-les approcher. Crème de sirène, crème de salive de peau de nuit dans la chaleur des oiseaux. Elle avait un crayon-feutre noir et on a commencé à s'écrire sur la peau, elle a suivi le tracé d'une veine de mon avant-bras en arrondis bleutés, une phrase serpentine, comme les grelots diaprés d'un éclat de rire, une phrase que je garde pour moi. Je pressai ses petits seins, avec les bouts lilas brun. « Tu veux que je te suce ? — Montre-moi ta baleine. — Oui baise-moi la baleine... » Le tatouage doucement je l'ai léché, le trou salivé puis les doigts plongés drus pour le passage du harpon et glisse dans la mouille le joli trou : elle s'est cabrée d'un coup, cri des poumons, et la petite baleine là, juste au-dessus, elle voguait dans les plis, je la tenais par les hanches, on fourrageait bien dans les vagues, le sel du cul marin clariné dans ton cul, l'océan léché bien dodu empoigné. « Mon baiseur en manteau, elle a dit, mon sale grand baiseur... » J'ai pensé à la conversation avec Lestrange, à Ulysse « baiseur de déesses », comme il disait. Clarine, elle venait de là, du brasier démoniaque des mythologies, elle avait une façon de jouir sèche et rapide qui lui faisait la bouche en ovale et les lèvres soudain blanches. Alors un vide se libérait dans le tressaillement des hanches, comme si un invisible poids sortait d'elle, expulsé d'un coup, une sorte d'accouchement de plaisir. Sirène, dis-moi la grotte et les fiels que tu concoctes, dis-moi la cuisine des voluptés.

11

LA LECTURE DE *MOBY DICK*

Je ne faisais plus que ça : lire *Moby Dick*. Les phrases de Melville, cet anglais de Bible chauffé à la passion du diable, elles s'infusaient de mieux en mieux dans mes veines. D'étranges choses opèrent la nuit dans une tête qui lit des phrases ; ces choses vous électrisent, comme un fleuve détourné de son cours. Je ne dormais plus : il y avait dans les phrases d'Ismaël cette incandescence nerveuse qui vous dispose aux nuits blanches et ouvre des tunnels dans votre sang. Les pensées se jettent sur les pensées. Tout dans le corps se retourne, et des zones inconnues de votre tête se découvrent soudain, comme une éclaircie au cœur de la jungle. L'extase d'Ismaël au milieu des flots de l'enfer, je m'en sentais le frère : elle m'annonçait mon propre avenir. Un livre, si c'est un livre, vous jette au visage une ruée d'étincelles noires ; un livre se fraye un chemin de loup dans votre gorge. La cervelle du jaguar miroite à la crête des phrases ; les requins, à vos côtés, dorment dans l'oubli. Les planètes gravitent sans fin autour de votre tête ; votre solitude devient si dure qu'elle vous ôte la vie, et bientôt, gorgé de syllabes, vous évoluez entre la vie et la mort, à la pointe de vos nerfs, comme une *ligne célibataire*.

Dans l'air autour de vous, à chaque seconde, la crépitation du filigrane, vous l'entendez. *Il est très dangereux de vivre, à chaque seconde, l'abîme s'ouvre.* Si l'on percevait ce qu'il en est de vivre, on sentirait ça, me disais-je ; on sentirait, avec le corps hérissé de joies bizarres, qu'il est très dangereux de vivre, et qu'à chaque seconde l'abîme s'ouvre. Une ligne célibataire, me disais-je, c'est exactement ça : cette zone de votre corps où les harpons n'entrent pas, cette contrée inflexible qu'il y a en vous, où le grappin n'accroche plus. En lisant *Moby Dick*, cette ligne, elle se réveillait. Peut-être que les tropiques en décident, avec le passage en accéléré des fuseaux horaires au travers de votre gorge, le tour du monde en une seule pensée. Si je me concentre, avec l'aide de *Moby Dick*, avec l'aide des oiseaux, de Clarine et de la Seine, si je me concentre bien, je ne serai plus que cette ligne célibataire, mon corps ne sera plus que ça : une ligne célibataire — et l'*événement*, à chaque instant je le vivrai.

Les phrases d'Ismaël défiaient en moi cette réserve de forces que j'avais gardées au cas où, pour je ne sais quelle épreuve, pour cet instant crucial qu'on imagine toujours à venir, et qu'on laisse vieillir en croyant qu'il n'a jamais lieu. C'est seulement lorsque l'on a une perception juste des phrases, celles qu'on lit autant que celles qui viennent, que l'on a une perception juste de ce qui s'appelle « exister ». Quelqu'un qui n'entend rien aux phrases en réalité n'entend rien à sa propre existence, me disais-je. Celui pour qui les phrases n'existent pas, en réalité n'existe pas non plus. C'est seulement à l'instant où les phrases se mettent à former une musique dans votre tête que votre tête existe, et avec elle votre corps, votre existence entière se met à exister. Personne ne possède vraiment un corps, me disais-je : on ne commence à avoir un corps, on ne commence à vivre à travers un corps que lorsque des phrases ont mis ce corps au monde, lorsqu'elles l'ont réveillé.

En lisant *Moby Dick*, je riais tout seul. C'est pour ça, me disais-je, c'est pour lire que j'ai largué les amarres ? J'imaginais la tête de Joséphine : elle demandait « Pourquoi ? Pourquoi tu as disparu ? » — et moi je répondais : « Pour lire *Moby Dick.* » Peu importe où l'on va lorsque ça s'ouvre ; seul importe le mouvement — et dans ce mouvement le temps perdu n'existe pas : quand ça s'ouvre, chaque seconde s'ouvre, chaque détail, ce que vous faites et ce que vous ne faites pas : tout fait partie de ce qui s'ouvre. En lisant *Moby Dick*, tout se mettait dans ma tête à exister avec les vagues. Laisser les vagues entrer dans ma tête, c'était exactement ce que je faisais depuis l'instant de 8 h 07. Tant que cet instant ne s'arrête pas, tant que dure l'instant de 8 h 07, le monde entre dans ta tête, me disais-je ; et durant ces dix premiers jours placés sous le signe de l'instant de 8 h 07, durant ces dix premiers jours où, à n'importe quelle heure du jour et de la nuit, il était toujours 8 h 07, le monde entrait dans ma tête grâce à la lecture de *Moby Dick*.

En lisant, trois quatre heures d'affilée, je m'ouvrais à la circulation nerveuse des atomes ; dans la nuit, je voyais. Grâce au brasier de la lecture, j'avais soudain une rafale d'intuitions. J'ouvrais le cahier, je notais. Ça durait quelques minutes, parfois une heure : j'entrais dans le vide, ça s'écrivait, comme si des flammes creusaient un tunnel dans la nuit. Je ne sais pas ce que j'écrivais : quelque chose se passait avec des phrases ; chacune d'elles, en éclaireur, m'indiquait la présence plus intense de cette chose que j'avais perçue le premier jour. Cette chose qui vibrait sur le pont des Arts et sur la galerie de Notre-Dame, les phrases n'y accédaient pas vraiment ; mais au loin, chacune d'elles, en s'écrivant, détectait sa ligne d'ondes. Et lorsqu'il n'y avait plus de phrases, cette ligne, au loin, s'évanouissait.

Il ne s'agit pas seulement d'un type qui saute du haut d'une cathédrale, me disais-je, ni d'une vision de gouffre au milieu d'un pont ; il s'agit d'une chose plus étrange. Cette chose a lieu tout le temps, elle respire à votre place, elle vous brasse les veines. Il ne faudra plus s'en détourner, me disais-je. Cette chose, il faut même aller à sa rencontre, me disais-je ; et aller à sa rencontre ne consiste pas à la chercher partout, ni même à vouloir s'en approcher, car vouloir, simplement vouloir, m'en éloignerait, mais à être disponible, infiniment disponible. À garder les yeux ouverts, les oreilles ouvertes, la tête ouverte. Pour s'ouvrir à cette brèche, ouvrir vous aussi, dans votre vie, une brèche. À la manière dont une vie se délivre, on mesure la perception de l'*événement*.

Ce sont des secousses qui mènent à la vie du néant. Ça vous traverse. On ne sait pas si l'on voit. On entre dans chaque instant comme si l'on n'avait jamais vécu. Quelque chose vous soulève et vous crible de détails, comme dans un rêve. Les mots changent de sens. Ils se mettent à mourir. Lorsqu'il vous arrive vraiment quelque chose, les mots meurent. Ils deviennent vieux et secs. Ils cassent, s'effritent, tombent en poussière. D'autres mots naissent, de nouveaux mots. Alors, vous dites : qu'est-ce qui m'arrive ? Oui, qu'est-ce qui m'arrive ? — qu'est-ce qui se met à arriver, visible, invisible, partout ?

Il y avait cette joie étrange qui formulait mes désirs à ma place ; et cette joie m'indiquait une indifférence nouvelle. Je me suis mis à rire.

Il n'y a pas de monde, il n'y a rien.

Le « monde » n'existe plus ; il se dilacère en flashes qui vont et viennent, comme des morceaux de comète égarée. À sa place, il y a des apparitions qui se perdent en tous sens, explosées en écho dans leur brisement. Par quoi est-on retenu d'ordinaire qui nous protège d'un tel vide ? Je ne désirais plus me protéger. Les occupations réglementaires, les désirs vécus d'avance — terminé. J'ai pensé à tous ces gens que je connaissais, toute la bande à Joséphine, les collègues, et puis les autres, il y en a toujours d'autres, les autres ça n'arrête pas. Tous à vouloir, à compter, à comparer. Ils convoitent sans cesse quelque chose, avec ce bizarre effroi qui leur brouille le regard. Ce qu'ils voudraient, surtout, c'est être capable d'éprouver un véritable désir. Car ils veulent être excités, mais vite, afin de passer plus vite encore à autre chose, rien, et se couler dans cette agitation stérile qui les rapproche de la mort. Ils veulent tous une place, ils s'entassent pour avoir moins peur, ils ont horreur du vide. Et si le désir des humains ne valait pas plus qu'une merde ? La « valeur », au fond, c'est ça : un calcul à partir de sa propre merde. Tous ils s'esquintent pour éloigner leur vie de la tinette. Ils ont peur pour leur carcasse, qu'elle soit emportée au moindre remous — que l'on tire la chasse. L'*existence absolue*, il n'y a qu'elle qui échappe à cette misère.

Au début, Ismaël a une phrase étrange. Il parle d'un désir qui l'obsède, celui de prendre le large : *This is my substitude for pistol and ball. Pistol and ball ?* Au téléphone, Clarine m'a dit : « suicide » — la mer remplace pour lui le suicide. *Pistol and ball*, à Clarine je l'ai dit : je m'en souviendrai. *Pistol and ball*, c'est parfait. Et puis, plus loin dans la lecture, il y avait la phrase d'Achab : *O head! thou hast seen enough to split the planets.* Cette phrase, j'avais appelé Clarine en pleine nuit, au téléphone, afin qu'elle me la traduise. *To split the planets*, je me disais : ces mots, c'est de la dynamite, c'est le dernier rugissement du guépard avant l'attaque, et je voulais savoir ce que ça donne en français. « Faire éclater les planètes », m'a dit Clarine, sans hésitation : « Ô ! tête ! tu en as vu assez pour faire éclater les planètes. » Je m'en souviens de cette phrase, a dit Clarine, elle m'avait impressionnée. Alors, allongé dans la chambre, à voix haute, j'ai répété plusieurs fois cette phrase : « Ô ! tête ! tu en as vu assez pour faire éclater les planètes. »

Moi, je n'avais encore rien vu, me disais-je ; je commençais à peine à voir ; le peu que j'avais vu m'entraînait déjà à l'envers du courant, mais ce n'était qu'un début.

C'est ainsi que j'ai pris le large. Le souffle, au début de cette aventure, c'est grâce à *Moby Dick* qu'il est passé dans la chambre de l'hôtel Cascade. Le souffle, il s'est adressé à ma gorge. Phrase après phrase, dans la nuit, le souffle, je me le suis incorporé. Afin de vivre dans son souffle, afin de respirer avec son propre souffle, l'air il faut l'apprivoiser ; et cet air, au début, c'est à *Moby Dick* que je l'ai pris. Un livre, me disais-je, met de l'huile sur vos pensées ; il les rend brûlantes. Ce qui se passe entre un livre et celui qui le lit échappe aux raisonnements. C'est une opération de souffle. J'éteins la lumière, je l'allume, je l'éteins. À un moment la lumière existe toute seule. Toutes mes pensées sont des blasons maintenant, pensais-je en regardant la tête de Shakespeare qui me regardait lire *Moby Dick* dans le noir. Dans chacune de mes pensées, il y a les mille détails qui m'ont amené jusqu'à cette pensée ; dans une seule de mes pensées, il y a l'itinéraire qui m'a conduit jusqu'à elle.

On a frappé à la porte, c'était Clarine, elle était pieds nus. Il y a une autre phrase, dans *Moby Dick*, a dit Clarine, une autre phrase qui fait glisser le monde, tu veux que je te la dise ?

Clarine, dans la pénombre, je l'ai à peine vue se déshabiller. Déjà elle était sous les draps, déjà, en riant, elle me mordait la bite. Elle a lancé sa culotte sur la tête de Shakespeare. Ça tournait bien dans la nuit : le corail et les archipels, l'air couleur de rose tandis qu'ondule dans l'ombre la croupe de Clarine prise de harpons. Avec les flots vibrés, la rosée marine aux lèvres et le corail mauve irisé : velours de spasme gris-jaune ses doigts sur ma queue qui branlent elle tend son cul je te dirai la phrase elle dit quand tu m'auras prise dans le cul je te la dirai et elle me tend un petit flacon, une crème : pour me lustrer l'anus dit-elle. J'ai eu envie de rire. Clarine, elle tenait ses fesses bien écartées. Je me disais : les jeunes filles sont peut-être comme ça maintenant, elles parlent de leur anus. Elles ont raison : l'anus, c'est bien. On était très joyeux tous les deux. Alors j'ai dit : « Vive l'anus ! Vive ton anus Clarine ! », et puis les gestes, une mélodie de lumières, les joies de caresse, la nuit onctueuse qui accueille. La foune de Clarine brille dans la nuit, j'attends la phrase. Baise-moi, dit Clarine. La phrase, je veux la phrase de Melville, j'ai dit. La phrase, dit Clarine, elle est pour toi, Melville l'a écrite pour des types dans ton genre, la phrase c'est : « Donnez-moi une plume de condor ! Donnez-moi le cratère du Vésuve comme encrier ! » Une plume de condor, je dis, une plume de condor dans ton encrier ! Toute la nuit je veux tremper ma plume, toute la nuit, ma queue, te la fourrer dans le volcan : pétales, volcan de pétales, lèvres mauves, chatte, jute dans la chatte, jute dans le cul d'encrier dans la nuit. Clarine, elle grogne, se trémousse, sans cesse elle détaille et commande : par là… plus fort… continue… là c'est bon… baise-moi fort… Alors, relevant plus haut ses jambes, avec douceur au début, puis comme une brute, Clarine, je la lime. Elle se croit dans un porno, elle « veut » le porno, elle se voit comme ça, cadrée, avec les enchaînements. Ses doigts sur ma queue s'activent : les coudes contre l'oreiller, elle ouvre la bouche, je tiens ma queue de la main droite et je la fourre ; d'une main qui tient mon bras, elle imprime le va-et-vient. Et tandis qu'avec l'autre main elle se caresse le clitoris, je lui masse le trou du cul et, par à-coups timides, j'y enfonce l'index. La peau de son trou de balle est très fine, je trouve. À l'oreille, en chuchotant, je lui dis : « La peau de ton trou de balle est très fine. » Lorsqu'elle jouit, elle agrippe alors ma queue, en se retenant à elle, des deux mains. Une torsion dans la bouche, un cri sec, ses lèvres deviennent un peu blanches.

Après, elle s'est levée, la couverture enroulée autour des hanches, et dans le noir elle est allée vers Shakespeare, elle a remis sa culotte, puis elle a allumé son briquet et s'est regardée longuement dans le miroir, en promenant la flamme.

Les étreintes avec Clarine s'enroulaient à la lecture de *Moby Dick*. Il n'y avait presque plus de différence entre les étreintes et la lecture ; on passait sans transition de l'une à l'autre, comme si leur matière était la même. Je me disais : il y a un point où étreintes et pensées se joignent — où elles parlent le même langage. Et dans la nuit grandissait une jouissance qui ne venait pas seulement des corps, une jouissance plus étrange que celle qui vient couronner les épidermes, une jouissance de clairière, les yeux blancs qui s'allument au cœur du tonnerre. Cette jouissance venait de Clarine, avec sa joie d'éclat de rire du diable, mais aussi de mes nouvelles pensées. Lorsqu'on est concentré sur ce qui va venir — sur cette venue dont on voit partout le signe —, chaque seconde s'enlève comme un moment de cette attente. Tout devient passionnant. C'est ainsi qu'on existe, me disais-je ; c'est ainsi que j'existe maintenant, le jour et la nuit, dans ma chambre de l'hôtel Cascade.

Est-il possible de naviguer toujours à contre-courant ? Ce qui a été *avant tous les temps*, écrit Ismaël, *devra exister après la fin de tous les âges humains*. Ça s'appelle la baleine, mais ça porte d'autres noms. Je me disais : ce qui arrive de nulle part et s'enfuit vers nulle part, cette chose qu'on ne voit pas, et qui jaillit soudain en écume sur un pont au milieu de Paris, cette chose non plus n'a pas de nom. Est-ce le monde, l'envers du monde, son néant, sa plaie, son pus ? En lisant *Moby Dick*, peut-être me préparais-je à entendre ça : ce qui n'a pas de nom ; peut-être étais-je en train d'entraîner mon corps à se frayer un chemin parmi les visions. Cette menace qui seule attise le désir d'écrire, et qui place celui-ci sous le signe de la catastrophe, je la retrouvais dans les phrases de Melville. Bien sûr, cette menace aujourd'hui n'était pas la même ; elle n'avait plus de forme. On ne pouvait plus se figurer la menace sous la forme d'une baleine blanche, ni sous aucune autre forme ; il était impossible de se figurer la menace. La menace, c'est précisément ce qui échappe à la forme, me disais-je ; aucune forme ne peut contenir la menace : partout, elle se diffuse ; elle passe sur toutes les formes, elle les affecte comme un poison, mais on ne la trouve nulle part. S'il n'y avait pas eu l'*événement*, si cette chose n'en finissait pas de bouillir sous les apparences, je n'aurais pas commencé à former des phrases : le risque seul par lequel peuvent s'engloutir les signes appelle le récit.

12

JOURDAIN

J'ai passé ainsi le mois d'avril. Je me séparais lentement. Il y avait Clarine et les nuits de phrases. Lestrange me parlait de l'*Odyssée.* Je marchais dans Paris au hasard. Je prenais le métro et sortais aux stations qui m'étaient inconnues. Il y a eu des journées parfaites. De ces journées où les choses sont rondes et s'ajustent comme des chapitres. Des journées où la lumière est le seul sujet ; où le passage des couleurs dans les arbres assouplit le silence. Entre le jour et la nuit, il n'y a plus de différence. Lorsqu'on coupe les ponts, le temps s'enroule sur lui-même. Le vent souffle à travers la chambre. Les angles n'existent plus. On ne voit que le vide, et alors les oiseaux arrivent.

L'itinéraire de mes journées faisait dans ma tête comme des ailes de papillon, les mille nuances cousues de soie qui composent une aile de papillon. Il y a des extases lentes, qui s'ajustent l'une à l'autre, comme une guirlande. Le soir, on flotte un peu dans la lumière des réverbères. À toute heure, on est là, de plus en plus là, et en même temps, on est de moins en moins présent. Le détachement glisse le long des apparences. À l'endroit où le canal Saint-Martin se jette dans la Seine, une entaille dans la pierre des quais, on dérive, le soleil frappe dur vers 15 heures, et sur des barques amarrées au ponton, trois jeunes femmes prennent le soleil seins nus, les yeux fermés. Un vieil homme regarde sa main dans le soleil. Une petite fille dans un square chante, les yeux fermés, sous le feuillage d'un orme. Dans les allées du Jardin des Plantes, des corbeaux marchent à vos côtés avec un air menaçant ; ils vous disent que ce jardin est à eux. Il y a des clartés soudaines au coin d'une rue, la joie enfantine d'un bon café au comptoir d'un boui-boui, le crépuscule rose sur la façade de l'Opéra. Un graffiti rue de la Félicité qui dit : « Vos raisons de vivre sont en réalité des maladies. » Un dégagement de fraîcheur sur les ponts métalliques, au-dessus des voies ferrées, vers la gare de l'Est. Un tube de rouge à lèvres abandonné dans une cabine téléphonique. Et sur un banc, avenue Gambetta, une jeune Africaine radieuse habillée de rose qui éclate de rire en lisant une lettre. Plus loin, un type qui veut de l'argent et qui m'insulte. Plus loin, une mobylette renversée par une voiture, un casque gris qui roule le long de l'avenue. Des kilomètres de trottoirs, de passages piétons, de portes cochères. Les pieds nus des femmes en sandalettes. Un exalté dans le métro qui hurle ses imprécations à la gueule des gens puis s'avance vers moi, ferme les yeux et pose sa main à plat sur ma tête. Des fleurs endormies, de la poussière, du temps qui hésite devant les vitrines. Toute la joie de parcourir sa propre fatigue et d'en apercevoir le filigrane. De vivre les instants sans leur graisse. De repérer, dans chaque moment, un vitrail fragile. Les silhouettes qui ont un rendez-vous, celles qui n'en ont pas. Le sourire d'enfance furtive de la vendeuse de Franprix. Les livres que je feuillette dans les petites librairies de Belleville. Les groupes de jeunes gens qui pique-niquent, le soir, sur les bords de la Seine. La vie des squares, la violence des rencontres, les détails de nuit. Toute la désaffection qui lézarde la vie agitée des grandes villes. La glycine du canal de l'Ourcq, un mur de lierre près de la porte d'Orléans, la nuance d'un sourire qui vous réchauffe.

Dans une heure vraiment vécue, chaque seconde se brise ; ces brisures ont lieu si vite qu'avec elles un vide s'arrache à ce qu'on nomme le passage du temps. Les brisures volent toutes seules. Je me nourrissais de brochettes et de nougats que je grignotais en marchant, ou alors de bols de riz que j'avalais debout, dans les snacks japonais. Je rencontrais le soir, au Saint-Jean, place des Abbesses, ou à La Folie, rue de Belleville, des inconnues avec qui je marchais, la nuit, jusque chez elles. Mais avant tout, j'étais seul, et cette solitude contenait des mondes qui n'en finissaient pas de grandir : un royaume immense de pensées calmes. Chaque détail de la rue, chaque silhouette, la courbure d'un caniveau, un ongle, une jupe, un rétroviseur, un feu rouge, un étal de légumes, une odeur de café, un bruit de frein, tout s'élançait en une seule grappe. Je me disais : dans chaque instant, il y a mille instants ; et à travers ces mille instants, le corps à son tour se diffracte.

Il y a, en haut de l'avenue Gambetta, un marchand de fruits dont l'étal ruisselle de couleurs fraîches qui font envie. C'est le matin. Les platanes vibrent d'oiseaux. Le soleil promet. J'achète des abricots. Un camion s'arrête, ses portières s'ouvrent, et des types en blouses blanches s'affairent autour de quartiers de viande qui glissent le long d'un treuil, pendus à des crocs de boucher. Les carcasses sont éclaboussées de soleil ; elles giclent dans la lumière avec du sang sphincté de mauve qui leur crible les côtes raclées à vif. Le sang coule le long des portières ; il est gras comme de l'huile à moelle. Les morceaux hurlent, le rouge hurle, le bleu hurle, comme si on était en train de leur peler la couenne. Même les os se brisent : dans le camion, on les gratte, on les casse. Pattes sciées, suspendues au crochet, le torse en croix éclaboussé de rouge corail bave sa graisse : tout se convulse, et par flaques de chair, avec l'écorchement, les carcasses, l'une après l'autre, elles s'animent. La charcute, maintenant, elle palpite. Et voici que ça bondit dans le sang : il y a des spasmes. On devine, dans les troncs de viande qui tremblent, le murmure des corps. Il *remonte*, ce murmure, il refait le chemin de la découpaille, il vient se tordre à fleur de steak. La peau lui manque pour surgir, mais à travers les corches bleues coupées d'os, vient un début de joue, la ligne d'une épaule, l'ombre, en reflet sur le sang, d'un ancien visage, et, tandis que reprend l'avancée du treuil qui amène au bord du camion une carcasse étripée en croix, la plissure de muscle d'un humain. La tête, soudain, je la vois. Une tête d'homme vrillée dans sa terreur. Au bout du croc, elle me regarde. Les os clignent la bouche. La puanteur du sang humain me sourit à belles dents. Et très vite, le pollen, les abricots et mon corps, grain par grain, dans l'odeur ils se dissolvent, comme une poudre. Le caniveau regarde le sang qui coagule. On a tous disparu.

Ces visions m'ont coupé des repères. J'avais la sensation, à chaque instant, de passer une frontière. Les détails se succèdent en rafale. Ils indiquent la chance, mais avec elle on bascule. Plus elle se nuance, plus féroce devient la solitude. Une telle férocité ne s'exerce qu'au moyen de la délicatesse. Je ne m'intéressais plus du tout à ce qui divertit les humains. J'étais seul, et cette solitude était devenue dure. Elle ne concevait que des exercices par lesquels les objets, les corps s'écartent ; et laissent entendre, derrière eux, ou entre deux existences, une perfection dont le mouvement illumine. Que m'importaient à présent les passions, les afflux collectifs, les valeurs de parade ? Ma pensée, je l'éprouve comme un vertige grâce auquel les apparences se déchirent.

Le néant du pont des Arts, chaque jour, de mieux en mieux, je le comprenais. Et le corps des passants, je n'étais plus très sûr de les voir en vie. Qui est vivant ? Qui est mort ? La question, en marchant dans les rues, je me la posais. Étaient-elles encore vivantes, ces ombres courbées sur leurs soucis, ou mortes déjà, en cortège vers le broiement ? De plus en plus, j'ignorais où nous étions. Je me demandais où vont les corps — *je sentais leur disparition*. Et moi-même, dans quel intervalle étais-je entré pour avoir ainsi accès à ce qui s'efface ? Étais-je en train de m'abîmer ? Je me sentais bien, je me sentais mal, ça n'était plus la question. Mon petit état personnel ne m'intéressait plus. À force d'errer parmi les sensations, de s'ouvrir à ce qui vient, mon corps s'était oublié. Et c'est vrai : je n'aurais pas su dire si j'allais bien ou mal. Ces mots me semblaient absurdes : « aller bien », « aller mal », c'est la voix du nombril. Les choses, elles existaient maintenant à ma place, depuis un lointain où je me tenais. Elles ruisselaient à travers mes allées et venues dans la ville. Mon corps était cette poudre. Alors est-ce que ça allait bien ou mal, je ne sais pas. Avant, c'était moi qui allais. Et maintenant ça allait tout seul.

Ma solitude m'avait mené là, dans un décalage propice, et j'étais comblé. Une telle endurance ne rayonne pas seulement de calme. Le malaise accompagnait chaque nouvelle vision. Je me disais : là où te mène la solitude, la joie s'égale à la détresse. On franchit à l'improviste un filigrane. C'est à la sortie d'une bouche de métro, ou en remontant un boulevard saturé de voitures. Il suffit d'une flaque d'eau, d'un battement de paupières, de la ligne brisée d'un trottoir. On ne s'en rend pas compte. En une seconde, tout devient dangereux. Le monde convenu vacille. Vous voilà glissé dans un univers de conditions nouvelles — un univers sans condition. Il est là sans cesse, il palpite dans chaque instant, sous la nervure inoffensive.

La nuit, je ne dormais plus. J'attendais l'arrivée du moment propice, celui où les nerfs se contractent, où ils forment un nœud dont la tension, d'un seul coup, se libère sur la page. Je restais trois heures immobile, sur la banquette d'un café de nuit, à Pigalle. Je fumais des Kool. Le calme ouvrait d'étranges couloirs dans ma gorge. À un moment, la nuit tournait sur elle-même, il y avait un brisement léger, et des flammes qui me venaient dans les yeux. Quelques phrases alors, deux ou trois, cinq, dix, vingt, une trentaine se déposaient devant moi. Des torsions naviguent ainsi dans le temps ; elles passent, on ne les voit pas ; et puis l'une d'elles profite d'une lueur et vient se tordre à la table d'un bistrot d'insomniaques.

Une heure après la vision des carcasses, dans un café de la porte de Bagnolet, j'ai eu les premiers saignements. Une étrange trouée rouge dans le ventre. Je suis descendu aux toilettes. Du sang me coulait du cul. Quelques gouttes seulement. Ça suffit pour être étonné. Vous vous dites : une poche se brise à l'intérieur de mon corps, je suis comme cette viande du camion, il faut que ça s'écoule. C'est la plainte des muqueuses, l'effroi des choses molles, où se mastique l'humidité. Une inflammation tremblote là-dedans, et ça se fissure comme si vous aviez avalé un canif. Je me disais : ça s'est allumé dans ma vie, et voilà, c'est pareil dans mon corps — mon corps et ma vie coïncident.

J'ai marché longtemps cette nuit-là. Les rues s'allument toutes seules lorsqu'on saigne. La boue devient rouge. Les arbres deviennent rouges. Les visages qu'on croise, l'horizon des rues, les enseignes des restaurants, tout devient rouge. Tout flambe dans une inquiétude qui demande la lune. Je me disais : peut-être que tu payes. Peut-être que ton corps ne supporte pas cette vie. Mais non : il est logique que quelque chose se déchire en toi. Ton corps, c'est normal qu'il résiste. Aucun corps ne sait plus ce que c'est que vivre. Les corps, ils sont habitués maintenant à se contraindre. La contrainte, c'est un confort pour eux. Les corps, ils s'abritent derrière ce qui les empêche d'entrer dans leur propre vie. Qui les soulage d'avoir à vivre. Alors quand quelqu'un vient dans le détachement, quand il se met dans un état où l'air est libre, son corps souffre. Il n'est pas habitué. Plus tu t'approcheras de la convulse, plus ce sera douloureux. Comme une blessure. Une entaille qui te tourmente les nerfs. Cette solitude, tu l'as choisie, c'est la tienne. Et dans cette solitude, on ne regarde pas le monde debout sur un podium avec un bouquet de fleurs. Depuis cette solitude, l'air afflue par vagues, des vagues plus transparentes, plus déchaînées que tout ce qui d'ordinaire berce et chauffe ton ronron. Bien sûr, c'est plus facile de retourner dans le monde d'avant 8 h 07. Retournes-y si tu as peur pour ta santé. Remets tes œillères, rentre dans le cortège des occupés, écoute les opinions, recalcule tes horaires. Tu trouveras toujours une place. Il y a toujours une place dans le troupeau, surtout pour les repentis :

« J'ai fait une erreur, ça arrive à tout le monde, j'ai cru que quelque chose d'autre existait, on a dû me tourner la tête, une hallucination peut-être, mais je suis de retour, ça n'arrivera plus. »

Dans la solitude de 8 h 07, l'air est à vif. Tu es plus nu. Exposé. Sans défense. Les sensations te déchirent la trachée-artère. Une sensation, si c'est une sensation, vous déchire la trachée-artère. Mais on a tous appris à résister à nos propres sensations ; on sait tous comment ne pas succomber à la grande sensation ; on sait filtrer ses propres sensations. En les additionnant, on se fabrique une petite vie, où chaque sensation apporte un peu de sang, où votre sang se rafraîchit, en évitant que ça déborde. Mais une fois que ça déborde, lorsque votre vie s'ouvre enfin au débordement, plus moyen de se protéger : les sensations vous bombardent, vous jouissez comme un fou dans une mer de flammes. Ne vous étonnez pas si depuis votre gorge vient, en même temps, un hurlement qui dit : ça fait mal.

Car c'est exactement la phrase qui sortait de mon corps cette nuit-là, en remontant la rue des Pyrénées : « Ça fait mal. »

Je me tordais avec l'estomac plein de ronces, les tripes infectées, tout le tuyautage labouré en crispe.

C'était tout écarlate, un désert cette rue, des arbres moches, et ça montait dur ; on les crachait ses poumons dans cette mer Rouge.

En serrant les dents, je disais : les Égyptiens, ils ne m'auront pas.

Car voici que je réclame ! Ne suis-je pas en train de me plaindre ?

Ah regarde-toi : merveilleuse ta joie ! Et ta bonne idée de délivrance !

C'est donc ça ta richesse : une silhouette en perdition, pleine de sang, qui s'essouffle par les rues désertes... Ton sang s'est peut-être ensorcelé... Et là, derrière ce chêne, il n'y aurait pas une ombre qui ricane ?... Personne ? Tu es sûr ?

Et ta belle vie d'aventures, c'est donc ça ? Des espèces de vertiges étirés dans une promenade interminable ? Ne me dis pas que l'eau des bois vient battre à tes tempes ou que le vent de Dieu jette des glaçons à tes fièvres. Ne me dis pas que tu reprends vie maintenant. Avale-les tes cailloux, et n'oublie pas de raconter ça sur des feuilles d'or.

J'ai mangé un kebab au Carthage, juste avant la place Gambetta. Un peu de viande m'a redonné des forces. Je contemplais le rouleau de mouton qui tournait lentement dans sa cuisson. La viande tombait par lamelles, comme une pelure de phylactères enluminée d'épices. Dans la vitrine de la librairie, juste à côté, il y avait un livre pour enfants dont le titre était : *La Guitare de diamants.* Ce titre m'a fait du bien, lui aussi. J'étais heureux de répéter ces mots.

Plus haut, je me suis retrouvé à un carrefour. Une place en triangle, dans le 19e arrondissement. Il y avait une église très sombre, mouillée. Une bouche de métro grillagée. Jourdain, je crois. Oui, Jourdain. Car j'ai souri en pensant au Christ. Il faisait froid. Quelques vitrines pour des téléphones ou des voyages. Et puis j'ai demandé l'heure à un type qui passait. Il m'a dit : 3 heures — 3 heures du matin. J'ai allumé une cigarette. Là, exactement là, pour la première fois depuis le début de ma liberté, je me suis dit : qu'est-ce que je fous là ? Peut-être même je l'ai dit à voix haute : « Qu'est-ce que je fous là ? » Et tout à coup, quelque chose s'est retiré :

un mouvement, quelqu'un qui s'en va — un poids en moins. L'église s'est mise à rire. Sa grande gueule dans le noir, avec la dentition grise et le portail rincé à l'indifférence, elle me disait : vas-y, interroge les ténèbres, qu'on continue à rire. Le panneau « Jourdain », lui aussi, il me regardait, moqueur. Il pleuvait maintenant, cette petite pluie fine et sale qui tombe à Paris à partir du mois de mars, et qui revient, même l'été, vous tremper les nerfs. J'ai tourné le dos à l'église, j'ai commencé à dévaler la rue de Belleville en courant. On se dit : je suis à poil, et on porte encore un beau costume. On se croit vite à l'abîme, tout corrodé, au bout de sa propre nuit, et puis un rire vous rappelle que tout en vous se maintient à l'abri de cette horreur.

Voilà, tu es seul, me disais-je. Ta solitude n'a même plus d'alibi, elle n'a aucun prestige. Tu n'en joueras pas. Tu ne joueras pas le solitaire qui explore son coin de métaphysique. « Jourdain » pisse de rire, et toi aussi tu pisseras de rire quand tu te verras prendre la pose. Ta solitude, bien sûr qu'elle a ses bénéfices ; et puis il y aura toujours des nigauds pour y trouver du romantisme, et peut-être toi-même tu en remets une couche, pour séduire et pour te satisfaire, et d'ailleurs ça n'a pas d'importance. Que la vanité fasse son travail, elle aussi. Tu as ri sous la pluie de Jourdain, tu as descendu la rue de Belleville. Ton ivresse était froide. Tu t'es dit : « libre » ? Ça ne veut rien dire, « libre ». Petit jeu. Alibis culturels. Mais lorsqu'il n'y a plus rien, comme cette nuit, ça redevient ce qu'il y a de plus beau. Tu es dépouillé, comme une flaque, tu souris, et au comptoir du café La Folie, où l'on a empilé les chaises, quelques buveurs s'échangent encore des mots de fatigue. Tu es très heureux. Tu n'es plus rien. Tu es heureux. Tu es tout. Tu es heureux. Tout et rien, c'est pareil.

J'ai repris lentement mon souffle, la sueur se mêlait à la pluie. Il y avait une femme très belle qui servait au bar. Elle avait un accent espagnol, le visage fardé, avec de longues boucles d'oreilles. Elle m'a dit : on ferme dans un quart d'heure. Parfait, j'ai dit, un quart d'heure, ça me va. J'ai demandé une vodka. Ça devient léger quand la nuit elle-même se rompt. Une grande douceur arrive avec les frissons. N'importe quel événement est toujours unique. Avec n'importe quel événement vient l'*événement*. J'étais accoudé au comptoir, j'ai regardé la paume de ma main droite. Il y avait l'église, son gros tas de pierres calciné de pollution, et le mot « Jourdain » qui clignotait. Est-ce que c'est la pierre qui rit ? Est-ce que c'est le mot Jourdain ? Est-ce que c'est moi ? J'ai trempé un doigt dans la vodka, je l'ai passé sur ma paume, puis j'ai léché. Je n'ai pas oublié cette nuit. Je n'en ai oublié aucune. Le sel s'étire entre vos mains, il éloigne la comédie. D'ailleurs, où commence-t-elle ? Tant que ça vient en vertige, je me dis : ça va, ça a l'air d'aller, continuons. Et puis de nouveaux instants s'offrent comme un fruit.

13

LA TOUPIE

L'existence avait perdu son allure inoffensive. Elle s'échappe d'elle-même pour aller se décharger dans un trou. Il y a, dans cette contraction, un silence infect. Ça fait comme une gorge de poulet. On a envie d'y passer le couteau, et de trancher ce qui glougloute. Et c'est vrai qu'en marchant toutes ces journées et ces nuits dans Paris, je voyais les corps différemment. Bien sûr, la plupart promènent accablés leur couenne éteinte. Il suffit de prendre le métro vers 18 heures, et de mastiquer dans l'entassement sa propre viande. Il suffit d'engager une conversation dans la rue, ou dans un café, juste après la fin du travail. Ils sont hargneux, comme tous ceux qu'on a lésés. Cette hargne, parfois, est discrète. Sous l'éventuel charme, elle gronde ; le sourire ne sait plus, il se tord un peu, la gêne va devenir méchante. Car la soumission calfeutre. Alors ils préfèrent vous dire en silence : n'attends rien, je n'ai pas le temps.

Mais aujourd'hui, c'était pire. Pas seulement des emplois du temps broyés, mais des corps qui errent à côté d'eux-mêmes. Qui ne trouvent plus le chemin de leurs désirs — qui ne le cherchent même plus. Comme s'ils ne voulaient qu'une chose : se débarrasser d'eux-mêmes, sans pourtant faire quoi que ce soit. Ils traînent ainsi leur abandon. Ils se sont abandonnés eux-mêmes. Et celui qui s'abandonne est abandonné de tous. Même s'il lui arrive quelque chose, cette chose à ses yeux n'existe pas. Car il n'a plus en lui de place pour autre chose que l'abandon.

Paris ressemblait ainsi, ce printemps-là, à un navire échoué. Des corps éloignés de la vie passaient dans une simplicité béante où le carnage guette à chaque instant. Je me disais : il se passe quelque chose qui éteint les corps ; la ville elle-même, dans ces moments d'afflux à vide, se crispe et prend son air de cancéreuse. Mais l'abandon prépare toujours l'émeute. La poudre s'exacerbe entre les corps qui n'ont plus de vie. Ce n'est pas eux qui se révoltent, mais cette densité morte qui passe entre les corps, l'existence inemployée qui cabre ses nerfs et va les jeter bientôt l'un contre l'autre. Je me disais : moins il y a de vie dans les corps, plus l'explosion menace. Personne ne parlait de la menace. Personne ne *voulait*. Et d'ailleurs vouloir quoi ? J'étais tellement à vif que j'entendais dans chaque seconde une promesse de soulèvement.

J'avais glissé peu à peu dans une solitude plus complète. Clarine avait disparu. À sa place, il y avait un jeune barbu, roux, un Australien, je crois. Il me regardait d'un sale œil. J'ai demandé pour Clarine. Il a fait mine de ne pas comprendre. Je passais mes journées au lit, avec la fièvre. Je saignais. Il faut tenir, me disais-je. Pourquoi ? Je l'ignore. Je me disais : la solitude est sans pourquoi. S'il y a une cause à la solitude, alors cette solitude n'existe pas vraiment. Et la solitude est ce qui seul existe. Lorsque je rentrais de mes dérives, à l'aube, il y avait sur la Seine une transparence émeraude. On sentait bien le parfum des roses et des camélias dans les jardins, avant l'arrivée des voitures. Un souffle de lilas passait sur les clochers, les façades, les ponts ; et sur la place Saint-Michel, on sortait déjà les chaises aux terrasses des cafés.

Une nuit, en écrivant, j'ai eu peur. Je voyais les phrases tourner dans la chambre au-dessus de ma tête, comme des oiseaux effrayés. Elles giclaient de sang. Il y a avait du rouge partout : dans mes yeux du rouge, sur mes doigts du rouge ; les murs et Shakespeare couverts de sang.

Je suis sorti. J'ignore l'heure qu'il était. Ça a sonné dans la poche de mon manteau. C'était le portable. Je l'avais oublié, celui-là. Alors je me suis approché du quai, et par-dessus le petit mur, j'ai lancé le téléphone dans la Seine. Je l'ai vu tomber dans l'eau, c'était agréable.

En longeant le jardin du Luxembourg, l'odeur de la terre m'a fait du bien. Je suis entré au Rosebud. Je me suis installé au bar. Il y avait des couples qui parlaient doucement, une chaleur tamisée, et du Miles Davis. J'ai bu tranquillement quelques verres. L'alcool et Miles Davis tournaient doucement dans ma gorge. Un type à l'allure épaisse, tout engoncé dans sa veste, m'a demandé si je connaissais sa femme. Il me l'a montrée du doigt. Elle était assise sur une banquette, au fond de la salle : une blonde d'une quarantaine d'années, avec un charme de nuit, une sorte de fatigue voilée dans les yeux, qui fumait de longues cigarettes. Il y avait devant elle un seau à champagne, et trois coupes qui attendaient d'être remplies. Non, je ne la connaissais pas. Le type avait le crâne rasé, avec de petits points de sang séché qui lui faisaient une couronne. Il suait beaucoup. Il se passait une espèce de chiffon brodé sur la tête, avec des initiales, pour éponger. Il m'a expliqué que sa femme était de Moscou, il l'avait ramenée de là-bas, ils s'amusaient bien tous les deux, et voulaient faire partager leur amusement. Je regardais le chiffon qui sortait de sa poche. J'étais épuisé, j'avais envie de rester seul. Mais Chiffon Brodé, il insistait. Comme son crâne luisait de sueur, ça réveillait un peu le sang, qui se mêlait à la transpiration. Soudain, il a hurlé en claquant dans ses mains : « Ambiance, bordel ! Ambiance ! » Puis il a dit au barman : « Change la musique ! Mets-nous un truc un peu dansant, on va faire la fête ! » Le barman a fait comme s'il n'avait rien entendu. Chiffon, il a appelé sa femme. Il a dit très fort en me montrant du doigt : « Monsieur ne veut pas de toi ! » Je me suis dit : comment vais-je me débarrasser de ce type ? Le barman a demandé à Chiffon de parler moins fort, mais Chiffon s'est énervé : « Toi le larbin, tu me sers un autre whisky et tu la fermes ! » Bizarrement, il s'est mis à me parler de mon manteau ; il l'a touché : « Tu l'as trouvé où ? » Il m'a demandé ça avec quelque chose d'enfantin dans la voix, ses yeux brillaient. Il m'a dit : « C'est un manteau russe, non ? Tu aimes les Russes ? » On avait toute la nuit, me disait-il, et sa femme elle n'avait pas froid aux yeux. À un moment, il a dit quelque chose comme : « Elle fait tout. » Je lui ai dit que je voulais rester seul. Il a sorti une liasse de billets de sa veste, il me l'a fourrée dans la poche de mon manteau : « Je t'aime bien, Dostoïevski… Viens avec nous… » J'ai commandé une autre margarita. La liasse de billets, je l'ai sortie de ma poche et je l'ai jetée par-dessus mon épaule. Il a dit : « Tu es complètement fou ! » puis il est allé ramasser son fric, il est revenu et m'a pris par le col du manteau. Il essayait de me faire tomber de la chaise : « Ne fais pas le malin, Dostoïevski, ça pourrait te coûter très cher ! »

Avec l'index et le majeur, contre ma tempe, il a imité le canon d'un revolver. Il a fait mine de tirer : « Bang ! » Puis il a éclaté de rire et a rejoint sa femme sur la banquette.

C'est alors que j'ai vu le joueur. Il était assis sur un tabouret de bar, comme moi, à l'autre bout du comptoir. Un homme au visage triste, costume bleu marine, chemise blanche, avec une moustache. Il avait disposé devant lui trois téléphones portables. Il les maniait avec des gestes rapides. Il ôtait sa montre-bracelet, la posait sur le comptoir au milieu des téléphones, échangeait les places, comme pour une partie de cartes, puis remettait sa montre au poignet, et faisait bouger de nouveau les téléphones. Pareil avec sa gourmette, même jeu. Une gourmette argentée, comme la montre et les téléphones. Ses gestes étaient de plus en plus rapides. Plus il enchaînait les mouvements, plus son regard se vidait. Lorsqu'il buvait son Martini, il prenait le verre à deux mains, puis s'essuyait longuement avec une petite serviette en papier.

Il a sorti de sa poche un objet qu'il a fait tourner sur le comptoir.

Une toupie.

Elle aussi : argentée, en métal, avec de petits motifs bleus et jaunes.

Pendant que la toupie tournait, il a recommencé l'opération : manier les téléphones, ôter la montre, ôter la gourmette, manier les téléphones, remettre la montre, manier les téléphones, remettre la gourmette. De temps en temps, le barman posait devant lui un Martini avec une soucoupe d'olives.

À force de fixer le joueur, je me *détachais*. J'étais si concentré que mon corps n'existait plus. Il n'y avait plus que le sien. Ses gestes m'hypnotisaient. Mon corps tout entier coulait dans chacun de ses gestes. Je n'avais plus de nerfs. J'étais fluide, comme le mouvement lui-même. Plus le joueur était nerveux, plus j'étais calme. Plus il manipulait téléphones, gourmette, montre, plus je m'absentais. À un moment, je me suis mis à flotter dans l'espace entre son corps et le mien.

Cet homme, me disais-je, a toute la journée rendez-vous avec lui-même ; toute la journée, il ne fait que ça : tisser des gestes. Son trouble est si grand qu'il n'admet que le circuit parfait. C'est le passage continu des téléphones à la montre, de la montre à la gourmette et de la gourmette aux téléphones qui lui permet de respirer. En une seule tension fluide, montre, gourmette et téléphones sans cesse renouent le lien qui manque à sa confiance pour vivre. Si bien qu'il est impossible d'arrêter : une boucle n'a pas de limite. Aucun geste, si c'est un geste, n'a de limite. Jamais aucun geste ne s'arrête : si un geste s'arrête, c'est parce que celui qui l'effectue s'épuise dans ce geste ; mais le geste, jamais il ne s'épuise : un geste, si c'est un geste, continue, invisible, sa vie, jusqu'au moment où un corps, à nouveau désireux de ce geste, le reprendra, et dans la courbe de ce geste, à son tour, existera.

Le type a rangé brusquement ses trois téléphones, il a regardé la toupie ; il est parti en la laissant sur le comptoir. Le barman a haussé les épaules. J'ai pris la toupie.

Elle était légère et dure. J'aimais bien ses filaments bleus et jaunes. Son poids, sa dureté fuyante : je la trouvais parfaite. Un porte-bonheur ? Plutôt une preuve — la preuve que la perfection existe. Je l'ai fait un peu tourner sur le comptoir. Elle brillait. On aurait dit la robe d'un derviche tourneur. On voit bien que son mouvement la comble. Il me comblait moi aussi. Il simplifiait ma joie. Tant qu'un mouvement existe, j'existe, me disais-je. Tant que la toupie tourne, je suis en vie. Rien d'autre n'a d'importance que la toupie quand elle tourne.

Je suis allé sur un banc, à côté du métro Edgar-Quinet. J'ai allumé une cigarette. J'ai fait tourner la toupie. Je l'ai rapportée dans ma chambre, et pendant plusieurs jours je ne me suis occupé que d'elle. Sur les bancs, sur les tables de café, sur le plancher de ma chambre, elle tournait. Un soir, en la fixant, j'ai eu une révélation qui m'a détaché plusieurs heures des agissements, des mesures, des rapports — comme si j'avais retrouvé l'*existence absolue*. J'étais devenu toupie, une royauté dans son lointain. Si la porte s'était ouverte, on m'aurait trouvé en extase, à genoux sur le plancher de la chambre, avec le sourire fixe de l'idiot. Une enveloppe d'écume gris et bleu tournait sur elle-même ; et dans le tourbillon minuscule de la toupie, j'étais absorbé. Je revivais le vertige des tours de Notre-Dame. Un contre-suicide, est-ce que ça existe ? J'écrivis le mot sur le mur de la chambre :

CONTRE-SUICIDE

Oui, un contre-suicide, c'est de ça dont il est question. Et dans les nasses de ce petit maelström, dont le rayon ne dépasse pas la paume de la main, c'est aussi le siphon du pont des Arts que j'ai reconnu. Mon parcours, la toupie me l'indiquait. De l'instant de 8 h 07 à cette nuit, il n'y avait que des stations ; chacune mettait mon corps en rapport avec l'abîme.

Puis-je annoncer que je découvris cette nuit-là des mystères ? Si l'on ne me croit pas, croira-t-on la toupie ?

Je dirai cela plus tard. J'eus ainsi, pendant quelques jours, des perceptions de solitude qui faisaient de chacune de mes pensées des moments de connaissance. J'ignore si celle-ci est fragile. Je sais qu'elle est sobre. La rigueur se précise dans de tels instants. Si le monde n'existe qu'en se réveillant, les vivants et les morts se confondent. Ils débordent sur les anciens territoires. Rien que d'y penser, le trouble gagne.

14

ANNA LIVIA

Et puis j'ai retrouvé la femme du pont des Arts : Coquelicot, la fille en rouge. Elle s'appelle Anna Livia. C'était sur les berges, le 8 mai, juste en bas de l'hôtel Cascade. Il y avait dans l'air ce drôle d'ennui des jours fériés, une allure lente, un sourire de paresse sur le visage des promeneurs. J'étais penché sur l'eau, l'oreille tendue au-dessus du fleuve ; et en m'accrochant au bord, j'écoutais comme chaque jour le bruit de la Seine. De la Seine, viennent le matin les phrases qui se sont abritées pour la nuit dans l'eau. C'est dans l'eau qu'on va chercher les phrases ; c'est de là qu'elles viennent. Si l'on approche son oreille du fil de l'eau, si on l'approche avec suffisamment de calme, les syllabes, on les entend frémir. La vie des phrases commence avec l'écume, chaque phrase s'enroule dans un flot ; chaque phrase a vécu d'abord dans les vagues : elle transporte son stock de nuances jusqu'à votre oreille où son humidité reflue. Les corps qui fréquentent les fleuves, ceux qui sont familiers des bordures, sont aussi les plus sensibles à de tels cheminements. Ils suivent le trajet d'une phrase à l'intérieur de leurs veines, la palpitation du sang qui se substitue à l'eau et qui mène doucement à l'encre.

Si tu captes la sonorité de l'eau, me disais-je, si tu reçois le son du fleuve, alors tu entendras ce que tu cherches. Tu n'écriras plus du point de vue des hommes, mais du point de vue de l'eau. Ton écriture sera celle des arbres et du fleuve. Tu auras des pensées d'arbre et de fleuve, ton corps ne sera plus qu'écume et feuillage.

Chaque jour j'exerçais ainsi mon oreille au fil de l'eau : du fleuve viendront les réponses, me disais-je. Sur les quais, je retrouvais les oiseaux de l'hôtel Cascade. La nuit, ils étaient dans ma chambre, et le jour dans le grand marronnier. Parfois je m'allongeais sur le banc de pierre, je faisais la sieste. Ou alors je relisais des pages de notes en me disant : de retour à l'hôtel, dans ta chambre, tu les recopieras au propre. J'avais apporté ce matin-là la toupie. Je l'avais fait tourner sur le rebord des quais, et des enfants étaient venus me voir, des petites filles qui jouaient au ballon et à la marelle sous les platanes. Je leur ai prêté la toupie.

J'étais donc penché au-dessus de l'eau, l'oreille posée sur le flot, comme un Sioux écoutant le passage des chevaux. Je regardais vers l'est, en direction du Petit-Pont. Elle était là. C'était bien elle. J'ai reconnu tout de suite son allure de princesse frêle et altière. Robe noire, gilet rouge, sandales aux lacets en croisillons autour des chevilles, sac en osier. Je savais que je la retrouverais ; je le savais à sa façon de marcher : une promeneuse, une fille des berges, des ponts, du matin et des crépuscules.

Et la voici : elle s'approche, je la regarde en souriant. J'avais les oiseaux encore dans ma tête, une belle nuit de phrases, plusieurs pages dans mes poches, pleines de ratures fraîches. Il y avait dans l'air une douceur presque déchirante, cet air léger qui vous enveloppe. Et là-dessus, enroulé dans un feuillage de boucles brunes, le visage très blanc d'Anna Livia, ses lèvres rouges, cette élégance pâle et brusque, la même que sur le pont des Arts.

Je lui souriais de loin, je n'ai pas arrêté de sourire, et quand elle est arrivée près de moi, je me suis levé : elle s'est arrêtée, surprise, et je la regardais encore en souriant. La balle rouge des petites filles a roulé vers nous ; elles s'élançaient déjà à sa poursuite ; on s'est baissés tous les deux pour la rattraper avant qu'elle ne glisse dans l'eau, et nos mains se sont effleurées. L'une des petites filles m'a remercié. Elle a sorti de sa poche la toupie ; elle me l'a rendue. Avec le soleil de fin de matinée, elle brillait comme un bijou. Elle reposait dans ma paume.

On s'est mis à marcher ensemble. Elle allait vers Châtelet, je l'ai accompagnée. Je lui ai dit que, depuis notre rencontre sur le pont des Arts, il m'était arrivé toutes sortes de choses étranges : les oiseaux de la Seine, par exemple, dormaient la nuit avec moi : ils entrent par la fenêtre et viennent dormir sur mon lit. Il y a des gens qui dorment avec leur chien, d'autres avec leur chat, moi je dors avec les oiseaux. Elle riait. « Vous avez de la chance » : elle a dit ça en me regardant dans les yeux. Puis elle a ajouté : « Je travaille dans une demi-heure, mais avant, j'aimerais boire un café. Ça vous dit ? »

Je n'ai pas compris si elle se souvenait de la scène avec les Giacometti. Mais ça n'avait pas d'importance. Et puis je préférais ne pas poser de questions. Vous rencontrez quelqu'un ; au bout d'une minute, il vous demande ce que vous faites dans la vie, où vous habitez, si vous aimez ceci ou cela — tout est déjà lourd.

La lumière nous sourit. L'instant se déploie. Il est pour nous. On peut en faire ce qu'on veut. Peut-être il ne se passera rien. Ou alors tout sera changé. Pas de temps à perdre avec les présentations. S'emparer de l'instant, là, tout de suite.

Le boulevard Saint-Michel s'ouvrait sous nos pas, comme pour un cortège royal. Il y avait dans l'air des étincelles jaunes et roses. Tout crépitait, plein de sève. Je me disais : c'est un jour à tapis volant, l'un de ces jours où l'on traverse les murs.

On est passés devant le Palais de Justice, je lui ai montré l'ange de la Sainte-Chapelle. Il faut se mettre sur le trottoir de droite pour l'apercevoir au milieu des feuillages. Il ressemble à saint Jean, avec sa belle chevelure, et son air d'adolescent efféminé. Et puis, face à nous, dans le ciel de brume rose lilas qui s'ouvrait après le pont au Change, l'autre ange est apparu : la silhouette dorée de l'ange du Châtelet.

— La chance, c'est quand on peut voir les deux anges en même temps. Il faut que le ciel soit très clair, et que les marronniers tremblent un peu. Depuis Notre-Dame, tout en haut, les deux anges, on les voit.

Et justement, en haut de Notre-Dame, je lui ai dit qu'il m'était arrivé quelque chose. Un homme a sauté dans le vide, il a laissé son manteau, on n'a pas retrouvé de corps. Il a vraiment sauté, je l'ai vu, son corps est entré dans le vide, mais en bas il n'y avait rien, il n'est pas tombé. Son corps a *disparu dans le vide*. Et son manteau, c'est celui-ci ; maintenant, c'est moi qui le porte.

Anna Livia était très attentive. Elle semblait surprise ou amusée, je ne sais pas. Il y avait de la malice dans ses yeux, une sorte de joie souple, cette joie qui laisse venir et qui dit : pourquoi pas ? Je continuais à parler, impossible de m'arrêter. Il y avait du feu dans ma bouche — un feu calme. Les phrases sortaient l'une après l'autre, parfaites, comme une page de littérature. On entendait vibrer les points-virgules. Je me disais : pourquoi je raconte ça à cette femme ? Les oiseaux, le saut dans le vide, le manteau : jusqu'ici, je n'avais rien dit à personne. Qui peut entendre que le vide n'est pas le vide ?

On était appuyés contre le parapet du pont au Change, l'île Saint-Louis face à nous. Elle souriait, j'avais confiance en son sourire. C'était une confiance bizarre — immédiate. Il y a eu un long silence, plusieurs minutes au-dessus de la Seine, sur ce pont, à se regarder furtivement et à laisser venir entre nous l'île, les arbres et le fleuve.

Elle a sorti un petit carnet de moleskine noir :

— Vous avez dit quelque chose sur le néant. Ça va me servir. Je peux ?

À ce moment-là, un type a surgi : « Halte-là ! On ne passe pas ! Faut payer !... Péage !... » Je ne l'avais pas vu arriver. Grosse tête poilue, crinière blanche et barbe de patriarche, avec un manteau de fourrure en lambeaux : toute cette masse de nerfs hirsute nous est rentrée dedans. Une sorte de Victor Hugo pochtron, le genre titubant. Il m'a griffé la main ; ses ongles noirs sont passés tout près de mes yeux. Il avait une tête de sanglier, un tressaut de tics lui couturait son visage : « Allez, pognon ! Sors-le ton fric ! C'est chez moi ici ! Tu veux traverser : tu payes... »

Il s'est mis à éructer, un grognement, avec de la colère et de bizarres retombées dans la douceur : « Ils sont tous morts », il disait, ou bien : « On est tous morts. » On était là, tous les trois, sur le pont, et je me suis dit : ce type a peut-être un couteau ou une barre de fer, il va nous fracasser la tête et nous pousser dans la Seine. Anna Livia a sorti une pièce de son sac, moi aussi. Le

Sanglier a regardé nos pièces avec méfiance, il les a retournées entre ses doigts.

Anna Livia m'a dit à l'oreille : « On y va. » Elle m'a pris la main. On a rejoint le Châtelet en courant. Quand on s'est retournés, le Sanglier avait disparu. Elle m'a souri : « Victor Hugo a mal tourné... C'est risqué, finalement, d'être immortel : on ne sait pas trop ce que vous réserve l'avenir... »

On a éclaté de rire, là, devant le passage piétons. Il lui restait encore un peu de temps, un quart d'heure. On est entrés boire un café au Mistral, sur la place du Châtelet.

Les murs sont tapissés d'affiches de danse, et en montrant l'affiche d'un spectacle de Pina Bausch : *Tabula rasa*, avec une femme aux seins nus, le visage caché par une chevelure de nuit étoilée de fleurs, un bras tendu de nymphe et la jupe longue écarlate dont les plis font un éclair dans un champ de fleurs chaudes, je lui ai dit : c'est exactement ça que je cherche avec des phrases, ce mouvement-là, un mouvement si violent qu'il en devient pudique, une saturation de couleurs vives, une beauté calme qui se dessine à travers les lignes : le mouvement de la déesse, lorsqu'elle sort des eaux, une sorte de naissance, quelque chose qui s'arrache au désir et en relance la mise : c'est ce geste, précisément ce geste que je cherche avec des phrases.

Anna Livia a eu l'air surprise, elle m'a regardé intensément, comme si elle interrogeait chaque partie de mon visage. Je lui ai demandé si ça allait. Elle a levé sa main vers l'affiche, et sans me quitter du regard, elle a dit : « Sur l'affiche, la femme, c'est moi. »

15

LES PAROLES AILÉES

J'ai commencé à écrire ce livre grâce à Anna Livia. Bien sûr, depuis le 17 avril, je n'avais fait que ça : les pages s'accumulaient dans la chambre ; je notais tout le temps. Mais j'écrivais sans l'idée d'un livre. Et cet après-midi-là, j'ai tout relu. À peine trois semaines, mais une centaine de pages, disséminées sur de petits papiers, sur des feuilles volantes, sur des cahiers.

Je suis allé prendre mon repas à La Licorne, avec Lestrange. Une assiette vite fait, et puis du café. J'étais sur une banquette, juste en dessous d'un nu que Lestrange avait acheté aux puces, une sorte de sous-Modigliani aux seins verts. Si je ne dors pas, c'est à cette place que j'écris l'après-midi. J'ai des éclairs dans les yeux. Toute ma nuit vient gicler, détail par détail, sur le papier. Je retiens mon souffle, quatre ou cinq heures d'affilée, jusqu'à la fermeture, vers 20 heures, lorsque Lestrange baisse le store métallique.

Aujourd'hui, tout semble facile. J'ai apporté tout ce que j'avais écrit. Je relis, je sélectionne, je corrige. La Licorne ruisselle de soleil, et Lestrange a laissé la porte ouverte. On entend la rumeur des quais, l'agitation lointaine des voitures. Dans la lumière, il y a des appels d'été précoce, une plage orange, des frissons verts et bruns.

J'ai dit à Lestrange que je venais de rencontrer une femme. Il m'a dit : « Alors ça y est, c'est Nausicaa ? » Lestrange a une théorie : selon lui, toutes les femmes qui existent sont représentées dans l'*Odyssée*. Et parmi elles, la plus désirable, c'est Nausicaa. Les sortilèges de Circé sont attirants, dit-il, mais son esprit appartient à la mort. Calypso, c'est sûrement la plus belle ; une femme amoureuse comble vos attentes, et si j'en crois les passages ambigus du chant V, elle comble aussi vos ardeurs. Mais elle est mélancolique ; et les mélancoliques, dit Lestrange, sont des chieuses. Pénélope : très bien, une combattante, une femme accomplie, intelligente, courageuse, tenace. Mais sexuellement : zéro.

Je proteste un peu. Lestrange est catégorique. C'est dans le texte, dit-il, il faut regarder ça de près ; bien sûr, ce n'est pas explicite, mais les secrets d'un texte, on les devine : je vous dis, moi, que Pénélope, la bite, elle s'en fout. Sinon, Ulysse, qu'est-ce qu'il chercherait dans les grottes ?

Il restait Athéna et Nausicaa. On ne touche pas à Athéna, dit Lestrange. Athéna, c'est la pensée pure. Entre Ulysse et elle, c'est très beau : le chemin du retour est tissé par leur entente. Je crois qu'ils s'aiment. Mais c'est un amour de tête. Ils sont comme deux anciens amants. Leur tendresse est intellectuelle. Je vous dis : il n'y a que Nausicaa. Avec Nausicaa, je signe tout de suite. C'est l'erreur d'Ulysse, dit Lestrange : il laisse passer la grande occasion. Relisez le rêve que raconte Nausicaa : cette fille, c'est une érotique. Et comme en plus c'est une princesse, une nymphe, une jeune fille délicate, la vie avec elle sera passionnante.

C'est vrai que la rencontre entre Ulysse et Nausicaa est la plus belle scène du livre. Lestrange et moi, on en parlait souvent. On entre dans une pure contrée poétique — celle du coup de foudre. Ulysse sort d'un naufrage, couvert d'algues ; il surgit nu d'un buisson avec la splendeur virile du barbare. Lestrange prétendait qu'à ce moment-là Ulysse était en érection. Je ne peux pas le prouver, dit Lestrange, mais Ulysse se met à parler tout de suite du palmier de Délos. J'ai l'oreille pour ces choses, dit-il : l'*Odyssée*, ça ne parle que de ça.

Nausicaa est venue laver son linge sur la plage. Elle et ses suivantes jouent au ballon pendant que ça sèche. Le vent est léger ; les jeunes femmes sont graciles. Un parfum de divinité passe discrètement sur la scène qui s'abreuve de plénitude. Nausicaa est la fille du roi, elle est vierge, elle attend l'amour, et justement le voici : il est devant elle. La jouissance qui circule dans la scène appelle la parole : Ulysse dispose alors, pour sa louange, de « paroles ailées ». Pas plus que moi Lestrange ne sait ce que c'est, les « paroles ailées », mais toujours, en entendant ces mots, je me dis : c'est l'autre nom de la poésie. Lorsque les paroles sont ailées, un dieu est derrière elles. Ainsi Ulysse évoque-t-il Apollon lorsqu'il compare Nausicaa au palmier de Délos. Au moment où Ulysse parle à une femme dont il prétend qu'elle est une merveille, la plus belle, sans doute, qu'il a jamais rencontrée, Ulysse parle en poète.

Lestrange est d'accord. C'est exactement ça, dit-il : ce moment, dans l'*Odyssée*, a pour sujet la poésie — la possibilité, pour la poésie, d'exister. Oui, dis-je, Nausicaa, on pourrait dire qu'elle est le corps de la poésie. Non seulement la jeune femme est poétique, mais elle est la poésie. La poésie, c'est elle. Ulysse est troublé. Seule la poésie pouvait éventuellement troubler quelqu'un comme Ulysse. Mais il se détourne. Il a d'autres pensées en tête. Là, dit Lestrange, je me désolidarise d'Ulysse : quand une Nausicaa apparaît, il ne faut pas penser à autre chose. C'est vrai, dis-je, il ne faut pas la rater, parce que seules les femmes qui vont avec la poésie sont capables de jouissance. La jouissance est de nature poétique. C'est le secret de l'*Odyssée*.

Lorsque je me suis mis à écrire vraiment ce livre, à considérer que toutes les notes que j'avais prises, toutes les pages rédigées à la diable pendant le sommeil des oiseaux, dans la rue, dans des cafés de hasard, formaient l'amorce, le premier souffle d'un livre ; et que seul un livre, chaque jour médité, saurait ajuster mes visions, et peut-être les rendre claires : lorsque ça a pris cette tournure, chaque page, une fois écrite, je l'ai affichée sur le mur en face du lit. Au fur et à mesure de leur écriture, j'ai punaisé les pages sur le mur de la chambre de l'hôtel Cascade.

Le soir, le passage des bateaux-mouches les éclaire. La lumière tremble d'abord au plafond, par à-coups, comme une marée de petites vagues. En se retirant, elle passe sur les pages affichées. Alors une phrase, deux phrases, trois phrases s'éclairent par surprise, j'en vois le relief : ces phrases, à chaque passage de la lumière, révèlent leur tournure. Ce que je n'ai pas vu en les écrivant, sur le mur on ne voit que ça ; je rajuste. À chaque fois, la tournure d'une phrase m'apparaît mieux : sa cambrure, l'idée du saut qu'il y a en elle, et aussi son processus nerveux ; je redis la phrase ; dans ma tête, je modifie. Avec la lumière venue de la Seine qui en ratisse la surface, les pages exposées au mur, au bout d'une soirée ou deux, à force de fréquenter la lumière du fleuve, elles sont parfaites.

Couché, entre la veille et le sommeil, dans un nid de paupières, m'apparaît, en relisant les phrases, ce qui leur manque encore. Du difficile acheminement vers la fin de la rature : chaque phrase, exposée aux lumières de la chambre, en fait l'épreuve. Je somnole sous ma couverture d'oiseaux, avec à mon chevet, un cahier ouvert, un crayon. De temps en temps, j'allonge le bras, je griffonne un mot, une phrase à l'aveugle.

Alors, chaque phrase diffuse sa lumière dans la chambre. Bientôt, à la fin de la nuit, entre ma page, le mur, le plafond et les oiseaux, un soulèvement tourne les têtes, et pour quelques secondes, dans cet éclair, je débusque une précision sur l'*événement*.

J'écrivais tout le temps ; même lorsque je n'écrivais pas, j'écrivais. Car alors les phrases m'attendaient. Elles tournaient au-dessus de mon sommeil, comme une nuée de virgules : patientes, prêtes à venir, dès mon réveil, sur la page. Pour écrire, me disais-je, il faut se réveiller ; et pour se réveiller, il faut écrire. Les phrases, c'est le langage du réveil ; et « reprendre vie », ça vient en écrivant.

Je pensais aux « paroles ailées » d'Ulysse. Depuis ma rencontre avec Anna Livia, ce mystère, je le comprenais mieux. La fébrilité joyeuse qui vous arrache aux phrases usées, cette sûreté qui vous vient comme une ivresse heureuse, après plusieurs heures concentrées dans la nuit, lorsque enfin vous trouvez un paragraphe où le moindre frémissement semble décisif ; où la lumière que vous décrivez passe effectivement entre les phrases et leur prodigue sa douceur bleu-jaune : c'est ça — ce sont vos instants « ailés ». Pour qu'un livre existe, pour qu'un livre soit un livre, il faut, me disais-je, qu'il soit tout entier composé de paroles ailées. Il faut que chacune de ses phrases soit des paroles ailées, qu'en elles se forme une mélodie de souffle, un mantra de paroles ailées.

Cette nuit, impossible de dormir. J'avais de la fièvre. Les phrases crépitaient partout dans la chambre. Elles se récrivaient toutes sous le signe d'Anna Livia, comme un incendie. Les yeux me brûlaient. Je suis sorti.

J'ai rôdé. Ce sont les jardins qui m'attiraient. Je pensais à Anna Livia. Les jardins venaient avec son idée. J'ai traversé le Pont-Neuf et j'ai longé le Louvre en savourant ce silence énorme qui s'épanouit vers 3 heures du matin. C'est la plus belle heure. Il n'y a personne. 3 heures du matin, c'est la fin de la fête, ou l'insomnie — un brouillard de crimes mal exténués. Mais si vous employez autrement le temps, si en pleine nuit vous êtes disponible, 3 heures du matin s'ouvre comme une forêt. Tout est en relief. La fraîcheur se refait. Les gorges affluent.

Je passe sous l'arc du Carrousel. Je vais rejoindre les Maillol. La troisième à gauche, dans le petit labyrinthe, elle est très généreuse. Elle vous prend entre ses beaux seins, comme une reine brûlante de myrrhe. Avec elle, on baigne dans le lait. Les parfums sont du miel. Et puis elle a de bonnes mains chaudes qui me pressent bien la bite. Au début, les Maillol, je passais à côté en disant : bof. La chair pour la chair, ça ne m'excite pas. Et puis un soir, au début de mes pérégrinations, par hasard j'ai longé le Carrousel : avec le soleil couchant, les Maillol avaient des reflets orange et rose. Les courbes devenaient plus tendres ; et ce soir-là, en vérifiant qu'il n'y avait personne, j'ai caressé les seins d'une statue. C'était bon. Je leur ai touché les seins, à toutes : chaque sein semblait sortir de l'hiver, l'air et l'eau l'avaient bien durci. Ça lui met la tige, ça, au satyre. D'autant que sa main anime la pierre. Les nymphes, elles sortent du bronze et se mettent à courir dans les allées ; alors il faut faire comme elles : vous jetez vos vêtements dans les haies, chemise, pantalon, culotte, vous gardez juste le manteau. Oui, vraiment satyre, Deichel ! Elles sont trois, quatre, cinq, elles se cachent, mais on entend les rires. La première dont on attrape un bras, avec les rires, on la couche dans une trouée de buisson, comme une antilope. On peut aussi s'allonger sur quelque divan de velours rouge car, avec les nymphes, tout est possible, tout surgit dans la volupté. Et lorsqu'elles écartent les jambes, et que vous léchez, c'est une vraie boisson de printemps qui vous crie dans la gorge. Car les nymphes, c'est bien de commencer par leur déguster furieusement la chatte. C'est plus courtois, même les satyres ont lu Ovide. Il y a beaucoup à faire avec une chatte dans la bouche. Après seulement, quand la rosée s'est rejointe, vous leur mettez le bouc.

Cette nuit, en courant dans les allées du Carrousel avec les Maillol, j'étais plus joyeux que d'habitude, car je pensais à Anna Livia. Depuis notre promenade de ce matin, les minutes s'enchantaient d'elles-mêmes. Je ne pensais plus au sang. On avait rendez-vous dans deux jours, elle et moi. C'est pourquoi, presque à l'aube, en hommage à la belle danseuse, j'ai déchargé dans les buissons, sur les fleurs chaudes. Le sirop s'épanouit dans la lumière rose. Le Louvre s'éveille avec la pyramide et le dessin des clochers. Je me relève, poussiéreux, la bouche pleine d'herbes, et l'arc me regarde avec stupeur. Il y a cette brume de rosiers qui flotte au-dessus des Tuileries. Les oiseaux chantent déjà. Vous frissonnez un peu. Les Maillol, autour de vous, se sont rendormies.

16

L'*ÉVÉNEMENT*, SUITE

Ce matin, je me suis levé tôt. Je suis descendu sur les berges de la Seine écouter l'eau. Quand il n'y a personne, le fleuve semble aller mieux. Il surmonte sa répugnance à croiser des humains, à se faire grimper dessus par des hordes de touristes. Alors, il étincelle, sa solitude s'égale à son calme, et rien, ni les feuilles des platanes qui respirent au vent des quais, ni la rumeur de la ville qui s'éveille, ne le détourne de son cours majestueux. Plus tard, si je parviens à vivre entièrement dans le libre, je serai moi aussi un fleuve.

Les richesses affluent, elles arrivent d'abord aux jambes, vertes et bleues, et pourtant ce sont des cailloux. Elles étendent leur vrille plus loin, à vos pieds, comme si vous n'étiez pas là. Les choses envisagent très bien l'inexistence des corps. Et moi aussi ce matin : les hommes, ce vieux mot d'« homme » qui m'a toujours fait rire, le vide n'a pas besoin d'eux. On s'en passe. La pierre ou l'arbre nous parlent aussi bien. Le crocodile ? Encore mieux. Et ce tremblement de rouge, au bord des falaises, entre chien et loup ? Parfait. J'accepte toutefois l'expression « les hommes ». Les vieux mots pourrissent, et en pourrissant, ils font rire.

J'ai marché un peu au bord de la Seine, le long des platanes, en direction de la place Saint-Michel. Sous le Petit-Pont, j'ai croisé le Sanglier, assis avec d'autres types sur un matelas défoncé. Ils avaient un litron de rouge, posé par terre ; ils écoutaient la radio sur un petit transistor. Le Sanglier m'a interpellé :

— Dis un chiffre !

Je n'ai pas répondu. Il a insisté :

— Dis un chiffre !

— Zéro.

— Zéro, c'est pas un chiffre, c'est tout le monde, ça... Zéro... C'est toutes leurs gueules !

J'ai continué à marcher jusqu'au pont suivant, puis je suis remonté sur le quai, face à la fontaine Saint-Michel. Il y avait déjà des gens qui jouaient de la musique, là-bas. Une fanfare guillerette, tambours et trompettes, devant la bouche de métro. Le genre tout sourire et sportif, qui veut vous faire avaler son exubérance forcée dans le gris du matin.

Je suis resté adossé au quai, entre les boîtes des libraires. J'ai allumé une cigarette. Les voitures filaient de tous côtés, avec le croisement des bus entre les feux rouges, les passages piétons saturés de gens qui allaient au travail, le trou du RER à côté de moi d'où émergeaient des têtes qui venaient de banlieue, qui avaient fait une heure de transport, et surgissaient dans le brouhaha de Saint-Michel. Tout ça s'entremêlait dans le gris, le bleu, dans cette couleur boueuse qui, à Paris, étouffe la lumière, même s'il fait beau.

Je regardais distraitement Notre-Dame, avec son air de monstre royal. Je me disais : un trône, Notre-Dame est un trône à ciel ouvert, un trône de pierre. Et qui s'assied là-dessus ? La Vierge Marie ? Après tout, c'est à elle qu'est dédiée la cathédrale. Elle est partout là-dedans, elle y vient en souffle : c'est ce corps féminin que j'aime dans Notre-Dame, ce corps lourd qui s'élance au ciel, troué de lumières rouges et bleues, une dame ouverte en l'air qui se laisse traverser par le temps. Parfois je voyais une baleine, une belle baleine bien huileuse, Moby Dick en nonchalance dans son jardin de Paris, quelquefois la Vierge Marie bien en chair, dodue, pleine de grâce, belle et lourde, avec ses aisselles de femme heureuse. Je me disais : on vit là, autour de cette chose qui semble nous contenir, et qui respire le plus souvent à notre place. Voilà, je regardais Notre-Dame, je pensais à la baleine, à la Vierge Marie, et à cette femme que je venais de rencontrer, Anna Livia, avec qui j'avais rendez-vous tout à l'heure. Ça faisait une échappée de rouge dans mes pensées, j'imaginais son corps dans la danse, les seins sur l'affiche, la grande chevelure noire qui emportait avec elle les gestes, tout un envol léger qui me faisait sourire pour rien.

Et puis j'ai regardé les corps qui passaient. Ces corps, ils n'étaient pas comme d'habitude. Rien de spectaculaire pourtant. Un froissement, un voile, une convulsion légère qui brouillait les silhouettes. Comme si elles se décalaient dans un angle. Un mélange d'empêchement et de renfrogne s'exhibait là, tremblant, à même la peau. Tout ça rythmé en gestes courts, beaucoup trop courts. Ce n'étaient pas les gestes minuscules de ceux qui vont travailler, qui s'en veulent d'être dépouillés, qui accrochent leur rancune aux autres corps. Non, ça je connaissais : ce brouillard de gestes du lundi, du mardi, du mercredi, ce buisson d'épines mal lavé où l'on accroche sa gueule, mécontent, avant d'aller serrer sa carne contre d'autres carnes, dans le métro, le bus, le RER, les couloirs, les bureaux. Il s'agissait d'autre chose. Des gestes plus ravalés encore, plus mornes. Pas seulement la tête d'offensé, celle qui sait depuis trop longtemps qu'on lui vole sa vie et son temps ; pas seulement la grimace honteuse de la victime, celle qui a fini par jouir en crachant sur ses limites, en bichonnant son ennui comme une verrue qu'on fait saigner.

Les corps passaient sur le trottoir, et je me disais : quelque chose hante les hommes et les femmes, quelque chose embroche les vivants. Un écho durci de la soumission, peut-être : à force de jouir du corps qu'elle farcit, elle vient en croûte. Comme sur le pont des Arts, une échancrure, le néant, la goule soupirée qui broie tout, invisible. Pareil, sauf que les passants ne glissaient pas vers le trou. Le trou avait changé, il s'était intégré à l'espace, intégré aux corps qui passent. Chaque corps transportait avec lui, comme une secousse intime, sa propre chute dans le trou. Tous, ils étaient déjà tombés. Ils étaient marqués par la chute, ils n'étaient plus que ça : une chute, un trou.

J'ai eu un début de nausée, la même que le premier jour. Exactement la même : j'ai dû m'agenouiller un peu. J'ai allumé une Kool. C'est vrai que le menthol tapisse bien la gorge. La première bouffée, celle du matin, je l'aspire à fond, et elle me fait tourner la tête. Je suis toujours content avec cette bouffée. Je me dis : si ça va mal, tu sors ton paquet de Kool, et pour te protéger de l'angoisse, il y aura cette première bouffée, les bons effluves du menthol dans la gorge. Fraîcheur verte, sourire. Un rien suffit à me faire décoller. Même les Efferalgan, avec eux, je plane.

J'avais envie d'un café. La Licorne, là-bas, était déjà ouvert. Il y avait sûrement ces types au comptoir qui bavardent à voix basse avec Lestrange, ces vieux types désabusés, cuités à la bière dès le matin, qui lui racontent leurs anciennes révoltes, des revendications passées d'âge, de pauvres vantardises. J'avais presque hâte de retrouver cette atmosphère, la banquette où j'écrivais en relisant les pages de la veille. Cette torpeur minable, ces corps échoués dans un ratage qui s'égrenait au comptoir de La Licorne toute la journée comme une mélodie, c'était presque rassurant. Ils avaient une vie qu'ils n'appelaient plus la vie, mais ils étaient debout, avec leur stock de chagrin, et la drôlerie à ras d'alcool.

Les corps, dans la rue, je ne pouvais plus les supporter. Quelque chose leur déformait la bouche, comme un hameçon accroché à la lèvre. On aurait dit la mort — la mort en vie. Je me disais : voilà, ils sont morts, ou plutôt la mort les anime ; ils sont portés par la mort qui les fait vivre. Embarqués, mais vers où ? nulle part, vers la vie qu'ils mènent, en chloroforme, comme des bêtes galeuses envoûtées dans le poison.

Je ne pouvais plus bouger. Entre les caisses encore fermées des libraires d'occasion, rien à faire : paralysé. J'ai glissé lentement, je me suis assis par terre, le dos contre le mur du quai. Obligé d'assister à ça, jusqu'à la lie. Le spectacle des zombies surgissant dessous terre, en groupe, dans la renâcle, titubés à l'asphyxie. L'angoisse marque leur viande. C'est une détresse insolite, comme si elle s'absentait d'elle-même. Comme si tous, là, ils souffraient énormément — mais *à côté*. Comme si leur souffrance se ratait, essayant de se rattraper dans un bégaiement. Comme s'ils étaient privés de leur propre souffrance, et qu'ils s'accrochaient à cette privation.

Ils vont à la boucherie, on dirait. Troupeau de boucherie. Et puis il y a une voix, un bourdon qui rythme leur passage. Comme un glas tenu à l'unisson par des voix très basses. Une note, une seule note grave et sombre, et là-dessus des grognements plus sourds. On dirait qu'ils font pénitence. Une litanie de pénitents. Je me suis relevé, j'ai marché un peu avec eux pour entendre. Personne ne marmonnait, et pourtant il y avait un marmonnement. Ça marmonnait, ça se faisait sans eux.

À haute voix, j'ai dit : « Qui est vivant ? qui est mort ? » Personne ne m'a jeté un regard. Au contraire, les corps se sont tassés un peu plus, la tête rentrée dans les épaules. Qui est vivant ? Qui est mort ? Est-ce que c'est possible encore de savoir ça ? Une tête, un tronc, deux jambes, et deux bras pour branler le tronc. De la cendre en divague qui agite les ombres : vous appelez ça des corps ? Il n'y a plus de corps. Il n'y a qu'un brouillard de tics. Une déferlante de gestes morts, qui bougent tout seuls, comme ces grenouilles crevées qu'on pique à l'acide : elles réagissent par réflexe. Le réflexe est plus fort que la mort. Alors ça déborde les trottoirs, tous ces tics montés sur pattes, cette forêt de saccades en vrac, de tressautements qui s'accablent. Toute cette hystérie navrée qui grouille et réclame en silence après sa peine.

Autrefois, me disais-je, les corps naissaient, et peu à peu ils mouraient. Ça paraît logique. Et même indiscutable. Mais là, ce n'est plus la même chose. Le vieux processus est détraqué. Aujourd'hui, c'est le contraire. Le contraire ? Alors quoi : ils meurent d'abord ? Ils *naissent morts ?* Possible.

Je me disais : ils sont morts dès le début, quelques-uns seuls deviennent vivants.

La phrase, elle s'est formée toute seule dans ma bouche. En la disant, j'ai éclaté de rire. J'ai répété : « Ils sont morts dès le début, quelques-uns seuls deviennent vivants. »

Alors on voudrait bien déceler dans ces atomes en vrille autre chose que des épouvantails, mais c'est difficile : « l'homme » a passé, « les hommes » et « les femmes » n'existent plus vraiment ; ils se survivent avec de mauvais gestes, avec un reste de gueule très morfondue. Les vivants de la mort : pas d'autres mots possibles. Les vivants de la mort, c'est eux.

En sortant du cortège, j'ai cru entendre ce qu'ils psalmodiaient. Le son qui s'échappait de la foule, c'était des chiffres ! Une litanie de chiffres, le récitatif mesquin du calcul, articulé en sourdine dans les gorges, comme un roucoulement de pigeons. Des chiffres ! Ça se met vite à grouiller, les chiffres. Ça se multiplie, ça prolifère, et comme ça n'existe pas, ça pond — ça pond pour exister. Mais quand les chiffres se mettent à mouliner leur calcul dans les gorges, et que ça fait ce bruit de viscère creux, ça n'est plus tellement en vie là-dedans.

Ça s'agite dans les viandes, c'est la seule vie des corps, celle des chiffres. Une chance, finalement, qu'ils aient colonisé les carnes. Car à part les tics, il n'y avait plus rien. Même la queue ne les menait plus vraiment, ils faisaient comme si. Car la queue, c'est pratique : c'est un bon alibi. Mais en réalité, plus rien : les corps, tous ineptes, vasouillés dans leur graisse, et là-dessus un essaim de tics, comme des mouches.

J'ai continué longtemps à suivre ces ombres, le long des trottoirs. Je suis revenu à la place Saint-Michel, où le flot ne cesse pas. Les musiciens étaient partis, ce n'était déjà plus l'heure de pointe ; mais autour de la fontaine, l'air était encore saturé de convulsion. J'étais dans le flot. Cette chose qui crève comme une bulle de salive dans les corps, ce n'était pas l'existence. Est-ce que c'est de l'inexistence ? Peut-être. Ils font comme si de rien n'était, ou alors ils ne savent pas : ils gigotent — ce sont des fermetures animées. Je ne me demandais pas d'où ça venait. Les femmes avaient encore des joues, des épaules, des seins ; on devinait le velours tiède de leur peau, cette lueur qui court des paupières à la commissure des lèvres et fait le charme ou la disgrâce. Les hommes avaient cette crispation des mâchoires et ces veines bien durcies aux tempes qui leur donnent une allure de coq démuni. Mais ces mâchoires, ces poitrines, ces corsages, ces belles chaussures, ça n'était plus à personne. Tous dépossédés jusqu'au pilon. On leur permettait de porter un corps, mais sans en avoir l'usage, comme un costume de location. Ainsi, ils ne vivaient plus : ils remplissaient leur fonction de souffle utile, sans éblouissement, comme des bêtes d'élevage. Quelque chose les avait remplacés, et cette chose, ils étaient à son service — ils étaient vécus par elle.

Je me disais : les chiffres se sont introduits d'abord dans les cervelles. Depuis toujours ils y couvent leurs bilans. Les cervelles, ça fait longtemps qu'elles ne savent plus raisonner sans les chiffres. Et puis ils ont bouffé le reste, petit à petit : les organes criblés, l'épiderme évalué grain par grain, chaque membre capté par un calcul, l'un après l'autre indexé à la somme. Enfin le corps tout entier intégré à une colonne, avec les autres corps devenus chiffres. Maintenant, c'est tout envahi, les chiffres il n'y a plus que ça, et ce qui glisse dans la rue, le matin, ce sont des corps-chiffres.

J'ai commencé à courir. C'est proche, et en même temps il n'y a plus d'horizon. Les feux de circulation clignotent tout seuls. Les corps se bousculent, ils entrent au coude à coude dans des boyaux. Moi aussi, en courant dans la rue Saint-André-des-Arts, j'en ai bousculé deux ou trois. Il y a cette odeur de croissants chauds vaporisée dans les rues ; le matin on traverse une ondée de beurre chaud, on ne peut pas l'éviter, la rue est devenue une boulangerie en rut ; et les piétons, ce beurre chaud, ils se le fourrent dans la gueule — et en plus ils aiment ça. Ils ont dans une main leur attaché-case, et dans l'autre, un papier gras au milieu duquel surgit la pâte huileuse. C'est l'odeur qui m'a fait accélérer : fuir cette odeur, fuir la boulangerie humaine, la fausse bonne odeur de pain qui les unit chaque jour dans la nostalgie. Je riais. Plus je courais, plus le rire grandissait. Mes poumons s'ouvraient avec la syncope du rire, et bientôt, lorsque enfin la rue Saint-André-des-Arts a cessé, j'ai retrouvé ma joie. Je me suis assis au bord du trottoir, en sueur, essoufflé. Une boucle de lumière sinue le long des façades. Elle s'emporte, légère, jusqu'aux toits. J'ai levé les yeux. Par les fenêtres, derrière les rideaux, des silhouettes préparent leurs journées. Qu'est-ce qui s'enroule déjà dans les feuillages ? Qu'est-ce qui crépite avec la rumeur de la ville ?

Les corps implantés par le chiffre ne sont déjà plus qu'un chiffre dans un calcul qui les absorbe, me disais-je. Ils font nombre. Ils ne sont plus là que pour ça : de la matière première moulinée dans le chiffrage. Et les corps qui font du chiffre bientôt ne feront plus que ça. Ils ne parleront plus, la parole ne parlera plus en eux, il n'y aura plus de place que pour le chiffre. Le chiffre parlera seul. Il parlera aux autres chiffres. Tout dans les corps fera des affaires ; et sera liquidé. Car l'horizon des affaires, l'horizon de toutes les affaires, humaines, économiques, c'est la liquidation. On ne s'occupe d'une affaire, on n'y emploie ses forces qu'afin de la mener à bien, c'est-à-dire de la liquider. En ces matières, les corps ont déjà rencontré leur horizon. Depuis longtemps ils savent — ils savent et ils subissent.

J'ai pris un café, rue de Buci, au comptoir des Escaliers. En sortant, j'ai passé ma tête sous la treille, dans la grosse touffe de glycines. Le ciel est devenu un peu acide, comme du raisin trop jeune. La volupté a tourné sur elle-même, rapide ; elle s'est enlevée dans la grappe.

Il y avait sur le trottoir un tourniquet de cartes postales. Des photos de stars en noir et blanc, des baisers célèbres dans Paris, des reproductions de peintures. Et parmi les peintures, une étrange surface grise qui m'a plu. Elle était piquée de traits blancs minuscules, comme des jours barrés sur un mur de prison. Au dos, il y avait écrit : « 1965 / 1 — i . DÉTAIL 99940 — 1017875. » Ces traits de brume sur le gris, c'étaient des chiffres. Ça ne se voyait pas d'abord. Ça ressemblait à une muraille, à un ciel, à un fond d'œil ; et puis quand on regardait plus attentivement, les chiffres, on les voyait apparaître. D'immenses lignes de chiffres. Plus rien d'autre, sur toute la surface, que des chiffres. Le territoire gris des chiffres — leur crudité monotone. Je me suis dit : voilà, impossible d'oublier les chiffres, maintenant ils sont partout, il n'y a plus qu'eux. Le type qui peint ça l'a compris : calculs, statistiques, mesures, tarifs — le monde se confond avec le chiffre ; il ne se représente plus autrement. Si on veut représenter le monde, on n'a plus qu'à aligner des chiffres.

J'ai cherché de la monnaie dans ma poche. La carte, elle valait combien ? Il n'y avait rien d'indiqué. Je me suis dit : ce serait drôle de la voler. Après tout, sur cette carte, ce sont des chiffres. Je ne vais quand même pas acheter des chiffres. Tout se chiffre, sauf les chiffres. Les chiffres, ça n'a pas de prix. J'ai glissé la carte postale dans la poche intérieure de mon manteau. Je suis resté encore quelques secondes, à feuilleter négligemment les livres d'art, et puis je suis parti.

J'ai repensé à la question du Sanglier : « Dis un chiffre... » C'est peut-être ça qu'il voulait : un prix — que je dise mon prix... Je me suis dirigé vers la Seine. J'avais encore dans les cheveux l'odeur de la glycine, et en marchant, je regardais la carte. Ce gris maculé de chiffres blancs, c'était exactement la litanie du troupeau. Du chiffre 1 à l'infini, ce qui apparaît là, c'est le vrai corps, mitraillé de néant, des pénitents de tout à l'heure. Un scanner où des osselets de squelette forment le compte du temps qui s'égrène dans le ventre. Moelle tramée de numéros. Chaque corps comprimé dans son chiffre.

Quel chiffre ? Celui de votre salaire ? — ce que vous gagnez ? Dépenses, loyer, impôts, endettement ? Pouvoir d'achat ? Plutôt ce chiffre qui vous précède : votre chiffre à vous — votre prix. Ce que vous valez. Et le vrai prix des corps, c'est la reconnaissance. Le degré de reconnaissance auprès des autres corps. Ce que l'organisation des autres corps veut bien investir pour vous. Ce qu'elle est capable de dépenser pour tirer profit de vous. Ce que vous lui rapportez. Alors êtes-vous plutôt un déchet ou un produit de luxe ? Montrez un peu comment vous êtes emballé. Important l'emballage. Votre gueule, elle peut en faire du chiffre, c'est peut-être un bon placement.

Ceux qui défilaient ce matin sur le trottoir, ils étaient plutôt du genre à se plaindre de la tournure des choses. Ils avaient plutôt l'air d'en être victimes. Mais ceux qui souffrent de la loi du chiffre sont aussi les premiers à y croire. Ils y adhèrent tous à ce vertige, leur douleur les y colle. Personne ne se satisfait de son prix, car personne ne le connaît exactement. Il n'existe pas — et pourtant il n'y a que lui. C'est une cotation qui dépend de vos efforts quotidiens pour toujours avoir l'air d'en faire plus, et toujours avancer dans la promotion. Ça vous rend l'existence intenable, une inquiétude de tous les instants : qu'est-ce que je vaux ? Est-ce que les autres, est-ce que ce type qui vous jette un regard reconnaît en vous de l'importance ? Ou est-ce qu'au fond, malgré votre argent, vos réseaux, vos responsabilités, vous êtes un déchet ? Les plus intoxiqués, ceux qui s'imaginent régner sur les petits mondes où le chiffre circule plus vite qu'ailleurs, où il allume des bénéfices qui se dissolvent aussi vite que des cendres, et qui, faisant circuler de plus en plus d'argent entre de moins en moins de corps, rêvent d'un monde où le chiffre n'inonderait plus qu'un seul corps, le leur : les plus intoxiqués eux-mêmes ne sont pas sûrs de valoir ce que leurs comptes en banque leur indiquent. Ils savent que remplir sa caisse n'est jamais qu'une manière de se prémunir contre ce vide que crée le chiffre dans les corps. Ils savent qu'à partir de l'instant où le chiffre a mordu un corps, il sera toujours en quête d'une reconnaissance qui jamais ne le comblera. Car le chiffre n'est qu'un leurre, et ce leurre empoigne l'ensemble des corps qui à leur insu, et sans exception, travaillent pour lui.

Pas étonnant qu'ils aient tous l'air vidés de leur sang. Ils n'ont plus les moyens d'exister. Affolés ? — non. Au contraire : dépouillés de leur affolement, comme des poulets en orifice, prêts à être farcis. Ça implose dans les corps ; il n'y a plus que ça qui a lieu, cette implosion : elle prend tous les noms de l'échange, elle remplace les rapports. Les corps sont harponnés, marqués comme des bêtes. Comme des esclaves, ils ont intégré leur prix ; ils n'en demandent pas plus. Et lorsqu'ils vivent, c'est ça qu'ils disent : leur prix. Ils cherchent à « se mettre en valeur ». Et comme ils ne valent pas grand-chose et qu'ils ne croient pourtant qu'à ça, ils se dépêchent de rejoindre leur poste de travail, de rentrer à la maison, d'attendre les ordres et de pester contre eux.

Se remettre à vivre, ça voudrait dire sortir du chiffre. Est-ce vraiment ce qu'ils désirent ? Il faudrait qu'ils supportent l'absence de repères. Il leur faudrait soudain être « hors de prix ». Coupés des appréciations. Seuls. Il faudrait qu'à leurs yeux plus aucune appréciation ne compte. Qu'ils ne jouent plus le jeu de la reconnaissance.

Ils ne semblent pas prendre ce chemin. Au contraire, regardez ces deux-là : ils vont se croiser, ça y est, ils demandent, c'est un moment d'angoisse :

Combien ?

Oui, combien ? Combien ? La question hurle en courant le long des quais. Car les deux types se sont retournés vers moi. Ils ne marmonnent plus leur chiffre. Ils s'avancent, la tête floue, rageurs et craintifs. Ils sont pleins de vengeance — ils aboient : « Combien ?... » Combien tu vaux ? Combien tu coûtes ?... « Combien, Combien, Combien ?... » Leur aboiement m'avertit : n'essaye pas de nous échapper, on n'échappe pas au « combien ».

17
LA CIGARETTE DE PINA BAUSCH

On avait rendez-vous, Anna Livia et moi, au 21 quai de Gesvres, sur le trottoir, à midi. L'air était chaud, on transpirait, j'étais très en avance. Le 21, c'est l'entrée des artistes du Théâtre de la Ville. C'est à Châtelet, là où Anna Livia m'avait invité à boire un café. Les arbres sont radieux, un peu de vent court dans la lumière, la Seine brille entre les voitures. J'avais envie d'une cigarette. Une femme est arrivée, vêtue de noir, mi-bonze, mi-héron. Longue et fixe, comme un trait de fusain. Je me suis dit : tiens, une statue de Giacometti. C'était Pina Bausch.

Elle s'est adossée au mur, juste sous l'écriteau : « ENTRÉE DES ARTISTES ». Elle fumait une cigarette. Je lui ai demandé si elle en avait une pour moi. Oui, elle a dit, mais c'est au menthol. Elle a sorti son paquet, c'étaient des Kool. Parfait, j'ai dit, les Kool, ce sont mes préférées. Et puis je me suis adossé au mur, à côté d'elle, et j'ai fumé ma cigarette.

On se regardait de temps en temps, Pina Bausch et moi. C'était agréable, ce silence. Du vert d'ombre avec des poussées de soleil entre les branches ; et puis la fumée gris-blanc des cigarettes. Je me disais : il y a des corps qui favorisent le silence. Autour du corps de Pina Bausch, les bruits s'écartent. Ils vont s'effacer plus loin. On voit le relief, comme si l'espace se dégageait. Bien sûr, il y a des voitures qui passent ; mais elles flottent entre des lignes bleues. La Seine glisse avec le ciel en dévalant les arbres. Un pinceau trace à main levée la scène. Il y a des oiseaux vert et jaune, ils réveillent les marronniers sous lesquels, là-bas, sur un banc, sommeille, allongé, un vieil homme. Les caisses des libraires scintillent. Le pont au Change lève sa grande masse vers les nuages, comme un pont-levis. On dirait un sentier de falaise. Pina Bausch est un roseau — un roseau sombre, un tube de bambou. Il y a de l'eau qui tombe en cascade. Et puis, sur toute la scène, passe un buvard qui en aspire le relief. L'espace vibre, c'est un poème vide. On est dans une estampe chinoise.

À un moment, j'ai dit à Pina Bausch que j'aimais bien une phrase d'elle. « Ah bon », a dit Pina Bausch. J'ai bien aimé son « Ah bon ». Pas un « ah bon » de surprise, ni même de l'ironie. Pina Bausch s'apprête à diriger les répétitions de son spectacle, il est midi, c'est encore le matin : pour l'ironie c'est trop tôt. Disons de la malice. Une malice furtive, qui vient juste de se réveiller, une malice toute proche de la sécheresse, qui oscille vers l'éventuel sourire, mais s'apprête à couper court. Au fond, ça s'appelle de l'indifférence. Le « ah bon » de Pina Bausch n'est pas du tout malicieux, me disais-je ; dans son « ah bon », il n'y a que de l'indifférence, une indifférence polie, voilà tout.

Bref, j'ai dit la phrase. Puisque Pina Bausch ne me demandait pas quelle était la phrase : quelle phrase d'elle j'aimais à ce point, la phrase, sans que Pina Bausch me la demande, je l'ai dite : « Je veux que les filles volent. »

Le vieil homme, là-bas, sirotait sa bouteille de vin ; il a commencé à chanter sur son banc. Il avait un gros visage rougeaud, il ressemblait un peu au Sanglier. Pina Bausch ne réagissait pas. J'ai même senti qu'elle allait partir. Le vieux type, la bouteille haute, trinquait aux étoiles ; on l'entendait, entre les voitures, hurler : « Poètes, vos papiers ! » J'ai insisté : *Je voudrais que les filles volent*, c'est cette phrase que j'aime, c'est une phrase de vous, n'est-ce pas ? »

Là, Pina Bausch, elle était coincée : après une telle phrase, impossible de partir, alors elle a allumé une autre cigarette et avec cet accent allemand qui, aujourd'hui, me semblait ravissant, elle a dit : « Oui, monsieur, cette phrase est de moi. »

J'ai un peu exulté : puisque cette phrase était d'elle, puisqu'elle voulait que les filles volent, eh bien je voulais savoir si elle avait réussi, les filles, à les faire voler ; et puis, pourquoi les filles ? Est-ce que les hommes, eux, ne volent pas, ou plutôt, est-ce qu'il est impossible de vouloir que les hommes volent ? Bref, pourquoi les filles et pas les hommes, la question, à Pina Bausch, je la posais.

Alors Pina Bausch a souri, je dirais même qu'elle a un peu ri. La lumière étincelait doucement, elle miroitait sur les vitres des bus. Le vieux type s'était levé, il dansait devant son banc, la bouteille à la main, comme un prince folâtre : « Poètes, vos papiers ! » gueulait-il encore en se raclant la gorge : « Poètes, vos papiers ! » En tirant sur sa cigarette, Pina Bausch m'a dit : « Les filles volent, monsieur, parce qu'elles sont plus légères. »

J'ai pensé : Pina Bausch se paye ma tête. Pour savoir que les femmes sont plus légères que les hommes, pas besoin d'être Pina Bausch. J'ai insisté : d'accord, bien sûr, c'est logique, ai-je dit, mais voler n'est pas qu'une question de poids ; voler implique surtout un rapport avec le vide, les femmes connaissent-elles mieux le vide que les hommes ?

Pina Bausch ne disait rien, elle avait allumé une autre cigarette. Les marronniers bruissaient dans le bleu et le vert de la Seine. Le vieil homme hurlait à tue-tête : « Poètes, vos papiers ! » J'attendais. Enfin, elle s'est tournée vers moi, tranquille :

— Je pense que les femmes ont des gestes plus longs. Elles vont plus loin dans l'air. C'est comme ça qu'elles volent.

J'étais très content de ces trois phrases, alors je l'ai remerciée : « Merci pour ces trois phrases », et j'ai ajouté : « Il y a trois phrases de vous que j'aime beaucoup. » Elle a ri.

Puis j'ai gardé le silence — elle aussi. Elle a allumé une nouvelle cigarette, la troisième, il me semble. J'ai fait un signe timide pour en avoir une moi aussi ; ainsi avons-nous fumé nos cigarettes, Pina Bausch et moi, face aux marronniers.

J'ai vu au loin la silhouette d'Anna Livia. Entre les arbres, là-bas, sur le pont, glissement de charme. Elle traverse le passage piétons qui mène au Châtelet. Un buisson orange, rose, rouge, une ligne frêle — la voici, elle vient vers nous. Avec le soleil, elle ne nous voit pas. Mais moi, la chevelure brune, je la vois ; l'ovale très doux des madones Renaissance, je le vois ; les yeux baissés qui font monter un peu d'ombre aux joues, et cette pudeur qui relève le sourire, je les vois.

Elle embrasse Pina Bausch, puis me serre la main : « Merci d'être venu », dit-elle. Pina Bausch a raison : Anna Livia a des gestes longs, ses gestes vont loin dans l'air, ils sont légers — ça ne m'étonne pas qu'elle vole.

Anna Livia semble étonnée :

— Vous vous connaissez ?

— Oui, dit Pina Bausch, ce monsieur voulait savoir comment les filles volent.

Elles ont parlé entre elles en allemand. Je crois qu'Anna Livia demande à Pina Bausch si je peux entrer. Pina Bausch me regarde droit dans les yeux tandis qu'Anna Livia lui parle. Elle lui dit quelque chose qui m'échappe. À la fin, Anna Livia se tourne vers moi :

— Vous êtes invité aux répétitions. Pina veut bien. Ça vous dit ?

18

« LES FILLES VOLENT »

Ça commence comme ça : des billets de banque tombent du ciel, un orage de fric, une pluie de billets qui envahit la scène. Une musique arrive par saccades, du violon, des coups d'archet qui grimpent. C'est *Tabula rasa* d'Arvo Pärt. Aussitôt des femmes jaillissent sur scène ; elles sont pieds nus, en robe rouge, et s'agitent comme des furies. Elles jaillissent exactement comme sur le pont des Arts. C'est bien elles, les mêmes, elles sont sept. Anna Livia, toute pâle, s'élance, les bras derrière le dos, son visage tourné vers le ciel des billets de banque. Les danseuses jouent à se croiser, elles tournoient parmi le flot de billets, bondissent pour les attraper au vol. Certaines s'amusent à se faire la courte échelle pour aller plus haut encore. Est-ce pour ça que les filles volent ? Voici qu'elles font de petits sauts, il y en a qui tombent, et font des roulés-boulés dans le tas de billets qui déjà jonchent le sol. Ça n'en finit plus de voleter partout. Déluge de fric. Drôle de manne. Le pognon tombe du ciel et les filles dansent.

Il y a, au fond de la scène, d'étranges portes blindées, de grosses portes munies d'un gouvernail, comme celles des coffres-forts. C'est ça : ce sont les portes d'une banque — on est dans une banque. En même temps, ça pue sacrément le crime. Ces portes blindées, elles me font penser au cabinet de Barbe-Bleue. Je vois déjà les femmes pendues au mur, accrochées dans leur sang — et les gestes, tous coagulés. Les secrets d'argent circulent comme du sang pourri. Féerie noire, tuerie cachée, boyaux qui palpitent sous la surface métallisée des coffres.

Les danseuses continuent à tourner pieds nus dans la pluie des billets ; certaines se roulent par terre, elles chantent en allemand, on dirait, mais ce n'est pas vraiment une langue, plutôt des syllabes de plainte : une voix de rite semble sortir de leur gorge, une voix rauque, avec des modulations syncopées dans l'arrière-gorge, comme un bruissement guerrier. Et tandis que *Tabula rasa* d'Arvo Pärt se met à gronder, orchestré sombre, avec ses tonalités rompues au bord de la stridence, les sept danseuses se débarrassent de leurs robes qu'elles jettent autour d'elles. Et là, surprise : au rectangle noir des pubis répond, scotché sur les seins des danseuses, un rectangle de sparadrap noir. On dirait une ceinture d'amazone. Ainsi les poitrines demeurent-elles immobiles, et les sauts pleins d'harmonie. De loin, on dirait qu'elles portent un carquois, la flèche est imminente, on est dans la contrée des chasses. Deux ou trois danseuses ont la maigreur classique, des bras fins, une torsion de crampe aux hanches et la chair plate. Les autres n'ont vraiment pas le physique habituel. Il y en a une qui est immense, un peu voûtée, presque maladroite : ses mouvements sont ceux d'une araignée. Une autre est ronde, très sensuelle, ses belles lourdeurs la tiennent au sol, d'où elle lance ses filets. Et presque toutes sont opulentes : les poitrines, masquées par le trait noir, débordent, comme un trésor de chair. Cuisses, ventres, fesses : c'est un ballet de formes noir et blanc emmenées par les longues tiges de bras et de jambes, une mêlée de chevelures qui tourbillonnent, de figures enroulées sur elles-mêmes, les formes sont éphémères dans le croisement des corps.

Les billets, elles les prennent à pleines mains et s'en frottent les seins, s'en frottent la nuque, s'en frottent le ventre ; elles se shampouinent et se caressent partout. Certaines se jettent dans le tas de billets, puis en ressortent tout sourire, toute jouvence. C'est comme la mousse, le papier-fric : ça lave, ça détend, ça fait un bien fou. Votre épiderme en raffole. Et puis un bain de billets est meilleur que le lait d'ânesse. Car c'est bon pour la tête de palper du pognon, de savourer son flouze, de jouir de ses biftons. Le plaisir monte, on voit bien que ça s'évade. Mais déjà les sourires se changent en grimace. La joie grince. Il y a du bémol dans l'air, des zigzags acerbes, les silhouettes se brisent. Anna Livia arrache le sparadrap noir, sa poitrine se libère, une poitrine de combat robuste et triomphale. Les autres font pareil. La poitrine à vue, c'est une déclaration de guerre. Elles se toisent, silence. Des ondes amazones percent l'harmonie. La musique reprend, avec des saturations de cisaille. Le rythme s'affole. Des notes de piano ponctuent maintenant le vacarme. C'est le signal. D'un seul coup, elles se jettent les unes sur les autres et se déchirent, s'arrachent les cheveux, griffent, mordent, frappent, crachent, hurlent. Du sang coule sur les billets — est-ce le sang qui souille les billets ou les billets qui souillent le sang ? Corps et billets font une mêlée affreuse, un relief d'ombres et de tourbillons, éclaboussé de plaies. Tout ça glisse et se vautre dans une flaque poisseuse : le sang est presque noir, il colle, on dirait de la crème. Quelque chose de brisé crie dans le tas, ou peut-être est-ce le tas lui-même qui crie. Puis, à un moment, plus rien ne crie. Les billets ne tombent plus du ciel. La musique a cessé. Les corps des danseuses forment un amas inerte. Ce sont des cadavres. Ils s'entassent. Des hommes en costume noir arrivent en riant sur scène ; ils folâtrent, blaguent, se racontent des histoires ; puis ils se mettent au travail, et font glisser les cadavres vers le fond de la scène en les traînant par les pieds. De grandes traces de sang jonchent la scène, tandis que les corps, un à un, disparaissent dans un trou.

Ça sent la chair brûlée, le terreau gras, le labour et les feuilles mortes. Des sapins arrivent, portés en pot par les mêmes types en costume ; ils sont disposés sur une seule ligne, au bord de la scène. Et tandis que d'autres types, munis de grands sacs-poubelle noirs, balayent les liasses et nettoient les flaques à la serpillière, Pina Bausch arrive avec ses assistants.

On installe des tréteaux sur la droite de la scène ; il y a soudain des chaises, des tables, des portants avec des robes, des piles de serviettes, des cartons de bouteilles d'eau. De grands cahiers sont déroulés sur les tréteaux. Tout le monde téléphone, tout le monde fume. Moi aussi j'ai envie de fumer, mais je ne vais quand même pas monter sur scène demander une cigarette. J'étais assis au cinquième rang, un peu sur la gauche, emmitouflé dans le manteau, car avec la climatisation, il faisait froid. Un type a installé un tabouret de bar pour Pina Bausch et, à sa droite, un de ces longs cendriers qu'on voit, montés sur tube, dans les bars d'hôtel. Pina Bausch tapotait de l'index sur sa cigarette pour faire tomber la cendre dans le tube ; perchée sur le tabouret, ses gestes semblaient encore plus longs.

La scène des billets avait duré à peine un quart d'heure. Je me disais : c'est sûrement la grande scène du spectacle, elle a l'air achevée, ils commencent sans doute chaque répétition avec elle. Je m'attendais à de simples exercices, à une atmosphère de brouillon. Au contraire, c'était des scènes entières que les danseuses proposaient. Elles les jouaient, en discutaient avec Pina Bausch, puis reprenaient chaque détail, avec des mouvements de plus en plus nuancés. Ça tournait, ça n'arrêtait plus, comme une boucle de gestes. Les danseuses proposaient, Pina Bausch et ses assistants notaient, puis discussions, reprises. Le spectacle s'inventait ainsi à mesure ; il y avait des bribes, des fragments, de petits blocs qui s'ajustaient, comme un puzzle délicat.

Un type au pupitre de régie passait maintenant des disques de Robert Wyatt. J'ai reconnu ce morceau qui disait : *Cuckoo Madame Bombers above you Bombers behind you.* Anna Livia s'exerçait dans un coin ; elle avait enfilé sur sa robe une veste d'homme. Pina Bausch lui montrait des fiches, comme des cartes à jouer, avec des mots inscrits au feutre. Elle s'élançait près du rideau, retombait au ralenti en tournant sur elle-même et cassait son mouvement. J'entendais Pina Bausch prononcer des phrases en français, par exemple : « Traverser la porte. » Certaines danseuses se précipitaient alors contre une muraille d'hommes qui s'écartaient puis, au dernier moment, les rattrapaient par la cheville. Il y avait des sortes de mots clés, des messages lancés dans toutes les langues. Aussitôt : démarrage de séquence, suite de gestes, quelques secondes de ballet, puis les corps, de nouveau, se détendaient chacun de leur côté.

Arabesques sombres, hachures des mimiques, puis rapides souplesses en haïku. Accélérations de densité, exubérances soudaines, la symphonie des corps en fête, puis de nouveau le geste maigre, les bras qui ne veulent plus. Il y avait une danseuse qui trépignait sur ses talons aiguilles, le visage noyé dans sa chevelure, elle glapissait : « Je me sens bien, oh oui je me sens vraiment bien ! » Elle traversait la scène de gauche à droite ; à chaque passage, sa phrase, elle la disait plus fort. À la fin, en courant, elle hurlait : « Je me sens bien ! » Une autre, celle au corps sec et osseux, slalomait entre les sapins en frottant des allumettes ; lorsque l'allumette était en feu, elle l'approchait d'une branche de sapin, mais ça ne prenait pas, elle jouait l'enfant déçu.

Il y a eu encore une grande séquence de groupe, en écho à la première. On est dans un lavoir. Grottes, falaises, roches bleu-vert. Fraîcheur, doux bruissement des fontaines. Les danseuses ont les cheveux mouillés, elles portent des robes jaunes, et se sont mises à laver les robes tachées de sang dans de grands bacs de pierre. Les muscles s'apaisent. Elles jouent pieds nus dans les flaques. Par une petite rigole qui évacue l'eau vers la gauche, le sang des robes s'écoule doucement. La rigole plonge dans un réservoir. C'est une grande cuve de verre : l'eau est rouge, on la voit bien monter. Un type fait irruption toutes les trente secondes et demande : « Combien de litres, le crime ? » ou « Combien de litres de crime ? ». Un autre type mesure, calcule et donne le chiffre. Le bruit de l'eau n'apaise pas les corps. Au contraire : les gestes sont nerveux, coupés de lignes brèves, un tempo sec les ruine. Pas du tout l'ambiance à patio : il y a toujours ces grosses portes blindées, on est toujours dans la banque, tout se passera toujours *sur fond de banque*. Voici que des hommes en costume apportent de grandes bassines en plastique rouge dont les femmes versent le contenu dans les bacs de pierre : ce sont des billets — tous les billets tachés de sang de la scène précédente. Les lavandières lavent le sale fric des hommes. Elles leur blanchissent le trafic. On les voit lessiver ça vigoureusement, certaines enfilent des gants de vaisselle, elles frottent avec une brosse à évier ; il faut que l'argent soit propre, que les billets retournent vite au circuit. Alors elles astiquent le flouze, la mousse déborde du lavoir.

Un homme en costume apporte un transistor. Elles allument la radio, c'est un mambo : voici qu'à petits pas elles commencent à dansotter timidement, avec des maladresses pudiques, comme des ménagères soudain distraites de leur labeur. Mais les hommes en costume les rabrouent. Ce n'est pas le moment de danser : le pognon exige du sérieux. Tandis qu'elles suspendent les billets sur un fil avec des épingles à linge et que les hommes en inspectent la propreté avec un zèle de kapo, quelques soubresauts dans leurs mouvements déchirent la discipline ; des tics percent ici et là, comme des éclats de frustration.

Dans ces mouvements cassés, il y a une sorte de sécheresse qui s'envole quand même. Un déchaînement — mais pétrifié. Quelque chose de rigide qui accroche les élans, une stérilité qui hoquette au travers des zébrures. Le béton parle dans ces corps, la fissure, le tremblement de fissure de l'Est, celui qui se colmate à coups d'hiver. Et puis, de temps à autre, la scène des billets de banque se refait, quinze secondes, comme une citation, une rêverie primitive qui revient hanter les gestes. Et puis il y a les portes, au fond, les lourdes portes blindées qui semblent attendre qu'on les ferme enfin, que tout s'arrête, le plaisir et l'hystérie, la fête, le cauchemar, la solitude et la mêlée, que le coffre-fort absorbe tranquillement ce qui se croyait en vie, que les désirs soient tous bien avalés, l'un après l'autre, par le trou qui mange les corps au fond de la scène — et qu'on en finisse.

C'est surtout Anna Livia que je regardais. Il y en avait deux ou trois comme elle qui lubrifiaient la circulation des vitesses. Pas du tout le genre asséchées : l'interdiction, elles la vivaient avec des lenteurs onduleuses ; le mambo agissait en catimini sur les hanches. Des Italiennes, je crois, et quelques Coréennes, plus petites, tournoyantes, vrillées sur elles-mêmes dans une torsion sensuelle. Quant à Anna Livia, son corps appelait la fougue, le caprice, les désordres ardents. Un peu fille à Dionysos : bacchante heureuse, avec une espièglerie sobre, et cette douceur souveraine que j'avais vue déjà sur le pont des Arts. Je ne regardais qu'elle : le moindre détail, un frémissement de paupières, un soupir, les muscles qui vibrent, la cheville, le dessin des orteils. Puis les envols de bras, les jambes en souffle d'orage et les lèvres qui susurrent. Lorsque Anna Livia danse en solo, ses doigts se détachent de la main, la transe débute par la nuque, les os jouent en vrille, la tête roule d'une épaule à l'autre, son corps tout entier se déploie en glissière. Je repensais à la phrase de Pina Bausch : « Je voudrais que les filles volent. » Elle était exacte. Elle me rappelait celle de Rimbaud, au début de mon aventure : « Ma vie n'est pas assez pesante, elle s'envole et flotte. »

Je me disais : dans la rue, les corps sont privés de gestes, et là, sous les yeux de Pina Bausch, des gestes, il en arrive de partout. Il y en a tellement, c'est un tel luxe de gestes, que les corps, eux aussi, se mettent à exister de partout. Je me disais : ce sont les gestes qui mettent en vie un corps. Je n'avais jamais vu autant de gestes, jamais vu d'aussi beaux gestes — peut-être même jamais vu de gestes du tout. Si les mouvements des danseuses de Pina Bausch sont ce qu'on appelle des gestes, alors, à côté de ces gestes, aucun geste n'existe.

Et puis, en suivant des yeux Anna Livia, je me disais : une femme est en train d'*apparaître*. Les femmes sont comme les hommes : en général, elles existent à peine. Et les hommes, il n'y en a presque pas ; presque aucun homme n'est vivant car presque aucun homme n'est capable d'apparaître. Mais les femmes, me disais-je, il en existe encore qui sont portées par leur propre apparition : il y en a qui, toujours, ont l'air de surgir ; leur corps semble naître sous vos yeux. Anna Livia ne faisait que ça : apparaître. Il faut qu'un corps apparaisse pour qu'enfin il existe ; apparaître n'a rien à voir avec le fait de s'exhiber, rien à voir avec le fait de se montrer : partout, tout le monde se montre, tout le monde ne fait que s'exhiber, c'est pourquoi personne jamais n'apparaît. Lorsqu'un corps apparaît, il se passe enfin quelque chose dans les corps : lorsqu'un corps apparaît, le monde des corps se retourne.

J'ai sorti mon cahier. Les phrases venaient. Ce à quoi ouvrent les gestes, me disais-je, seules les phrases l'entendent. Au moment où Anna Livia et ses amies sont entrées sur la scène du Théâtre de la Ville, j'ai reconnu l'*événement*. Sa lisière noire, je l'apercevais. Je l'apercevais comme l'aileron du requin qui, par instants, sort des vagues. J'ai noté ça sur le cahier : « l'aileron du requin qui, par instants, sort des vagues ». C'était là, à portée de gestes, sur la scène du Théâtre de la Ville — ça clignotait entre les jambes des danseuses. La lisière noire affleurait à chaque mouvement d'Anna Livia. Feu noir, feu mauve, feu de corps blanc aux aisselles qui s'ouvrent, aux jambes, aux muscles, au silence des gestes.

Les gestes d'Anna Livia semblaient élargir l'air autour d'eux, comme si le temps et l'espace étaient convulsés dans leur propre griserie. Ça mourait, ça souffrait, ça se tordait, ça jouissait, ça vivait. La béance elle-même, prise au piège, était sûrement sous le charme : c'est elle qui vibrait dans chaque mouvement d'Anna Livia. On la voyait bien, la béance, et avec elle le vieux monde qui s'exténuait dans son crépitement, ce vieux monde qui crevait dans un souffle d'infirme, tout vidé de lui-même, tout nigaud de se croire encore monde, complètement dépassé. On voyait ça dans les gestes d'Anna Livia, on voyait la bordure en feu. Alors bien sûr, vous pouvez dire : ce n'est pas le monde, c'est Anna Livia qui est au bord de la folie. Mais non : Anna Livia danse, et tant qu'elle danse, tant que la danse traverse son corps, elle n'est pas en train de mourir. Un corps qui danse est plus vivant que la mort partout en vie qui attrape les « humains ».

19

LA SALPÊTRIÈRE

Je me suis perdu dans les allées de la Salpêtrière. C'était comme une petite ville à l'intérieur de la ville, avec des cours pavées, des pavillons de briques, de longues pelouses bordées de platanes et une chapelle vers laquelle chaque fois mes pas me ramenaient. Il faisait très chaud, j'avais mal au ventre. Dans la chapelle, un ensemble vocal répétait des litanies. Juste à l'entrée, un type en blouse blanche fumait une cigarette, il m'a renseigné : « HÉPATO-GASTRO-ENTÉROLOGIE », c'est par ici, puis par là, et encore par là.

J'ai erré de nouveau entre les pelouses, en lisant sur chaque pavillon le nom des spécialités, écrit en blanc sur fond bleu. Devant celui de « NEURO-ANATOMIE-PATHOLOGIE », un autre type en blouse blanche m'a dit qu'il fallait emprunter l'allée Sigmund-Freud :

— Vous avez emprunté l'allée Sigmund-Freud ?

Je n'étais pas sûr.

— Ah, il faut absolument que vous passiez par l'allée Sigmund-Freud, sinon vous n'y arriverez pas.

Bien bien, Freud, Sigmund Freud, j'étais d'accord.

— C'est simple, vous prenez tout de suite à droite, l'allée Sigmund-Freud elle est là, ensuite vous trouverez la rue Charcot : elle débouche sur la cour des Agités… « HÉPATO », c'est tout droit, puis à gauche, au numéro 1 de l'ancienne Maison de Force.

J'ai emprunté l'allée Sigmund-Freud, puis Charcot, les Agités, la Maison de Force. Drôle de parcours, je me suis dit, un chemin à l'envers, finalement. Et puis, blanc sur bleu : « HÉPATO-GASTRO-ENTÉROLOGIE ». Au secrétariat des consultations, on m'a confirmé mes deux rendez-vous. Mais j'avais le temps : mon rendez-vous avec le professeur Bianca est à 15 heures, et celui avec le professeur Vivale à 18 heures. Deux consultations, c'est obligé, m'avait dit au téléphone le secrétariat. J'ai dit que je saignais, que c'était urgent, que faire ? C'était ma question : « Que faire ? » J'en étais assez content. Au téléphone, quand j'ai dit : « Que faire ? », le secrétariat, j'ai senti qu'il s'agitait. « Bien sûr, vous pourriez aller aux Urgences, m'a dit la voix, mais ça ne désemplit plus, et puis il vous faut un traitement, autant essayer carrément les Consultations, je les appelle… » Elle m'a demandé de patienter, puis très joyeuse, elle m'a dit : « Vous avez de la chance, j'ai forcé un peu, d'habitude il faut compter un mois ou deux, mais comme c'est une urgence qui n'entre pas dans le cadre des Urgences, ils vous prennent en rendez-vous, il y a un créneau après-demain ! »

La fille du secrétariat ressemblait à Jodie Foster, le même charme blond, le même accent américain, un accent si léger qu'on se demandait si elle était vraiment américaine. Elle se souvenait du coup du fil : « Ah oui, elle a dit, le rendez-vous Bianca-Vivale. » Quelqu'un dans la pièce à côté a ri. J'ai demandé quel était le problème : aucun, a dit Jodie Foster, aucun problème, deux consultations, c'est obligé maintenant. Elle m'a tendu un dossier à remplir, il fallait que je le remplisse très attentivement, asseyez-vous elle m'a dit, vous avez le temps, votre rendez-vous est à 15 heures.

Quand j'ai remis le dossier, elle a tiqué : « Hôtel Cascade, ce n'est pas une adresse ça. — Si je vous assure, j'habite là. — Il nous faut une adresse fixe, vous n'avez pas un domicile quelque part, ou quelqu'un chez qui on peut envoyer la facture ? — Pour la facture, je peux payer, il n'y a pas de problème. » J'ai sorti de la poche de mon manteau une liasse de billets enroulés sur eux-mêmes. J'ai compris que ça faisait mauvais effet. « Non, elle a dit, on ne prend pas de liquide. De toute façon, vous payerez plus tard, on vous enverra un courrier. C'est pour ça qu'il nous faut une adresse. — Jean Deichel, hôtel Cascade, 13 quai de Montebello, Paris 5e, c'est là que je reçois mon courrier. Je ne suis pas en voyage, j'habite vraiment là. »

Elle s'est concentrée sur le reste du dossier, elle a tout vérifié. J'aimais bien sa blondeur, une blondeur précise ajustée dans le regard bleu, quelque chose de net aussi dans la mâchoire, une minceur un peu dure, juste au bord de l'ironie. Tout à fait le style de Jodie Foster. Je me disais : c'est fou ce qu'elle ressemble à Jodie Foster, et en observant bien son visage, tandis qu'elle relisait mon dossier, j'ai réalisé qu'elle ne ressemblait pas à Jodie Foster, elle n'était pas le sosie de Jodie Foster, elle *était* Jodie Foster. Alors, bêtement, j'ai dit : « Je vous ai reconnu. — Pardon ? — Vous êtes là pour un rôle, un truc comme ça… Vous vous mettez dans la peau d'un futur personnage ? — Quoi ? De quoi parlez-vous ? — Vous êtes Jodie Foster, non ? » Elle a éclaté de rire, et venant de la pièce d'à côté, comme tout à l'heure, il y a eu un autre rire. « Non, elle a dit, je ne suis pas Jodie

Foster, vous trouvez vraiment que je lui ressemble ? » Le rire d'à côté s'était changé en fou rire.

Avant d'entrer dans le couloir des consultations, il y avait un vestiaire. J'ai dû laisser mon manteau, le pantalon, les chaussures. Jodie Foster m'a dit de garder seulement la chemise, le slip et les chaussettes. Elle a mis mes affaires sur un cintre, les a recouvertes d'une housse transparente, et avec une longue tige en bois comme on en voit dans les pressings, elle a accroché le cintre sur un crochet fixé au plafond.

Mon manteau pendait dans les airs, sous les moulures du plafond, entouré d'angelots. Il était très beau. Avec les reflets de la housse, la lumière lui faisait une aura qui me tirait des sourires. Depuis ma chaise de couloir, je contemplais ses miroitements, l'inflexion des nuances qui brillent, le charme velouté du bleu marine. Il tenait tout seul, là-haut, dans la lumière. On aurait dit une croix, et puis non, c'était autre chose. Un corps traversé de lumière, la simplicité d'un corps en gloire.

Le docteur Bianca était du genre spécialiste ronchon. Il avait une belle tête auréolée de colère, des rides assez nobles, un regard vaste et sombre. Sur le mur, à sa gauche, il y avait le portrait d'un homme, à sa droite celui d'une femme, et au-dessus, par un soupirail en rotonde qui laissait entrer la lumière du couloir, mon manteau, qui avait l'air maintenant d'une forme pure.

— Ça fait longtemps que vous avez des saignements ? On va faire un examen, on va voir tout ça… Vous avez une vie stable ? Récemment, pas de perturbation ?

Le manteau me rendait heureux, je devais avoir un sourire d'idiot, l'air un peu égaré. J'ai senti tout de suite l'agacement du docteur Bianca.

Il m'a fait monter sur une table ; j'étais à quatre pattes, le cul en l'air, il a enfilé des gants, m'a montré tous ses tubes. « On va d'abord vous faire un toucher rectal, O. K. ? » Il m'a enfoncé un doigt, puis il me l'a presque collé sous le nez, comme à un chien qui a fait sa crotte sur le canapé : « Vous voyez : c'est du sang, vous saignez. » J'ai pensé : très fort, le docteur Bianca. J'avais froid, et puis avec les couilles qui pendent, franchement, on se sent la silhouette étrange. Je me suis dit : un caniche, un caniche qu'on vient de doucher, tout maigre, médusé par son ridicule. Bianca m'a appuyé sur le dos : « Creusez le dos, s'il vous plaît, bien cambré, écartez encore les jambes, je vais faire l'endoscopie. » En tournant la tête, j'ai aperçu mon manteau par le soupirail. Ça m'a redonné courage. J'ai murmuré : « Manteau de gloire. » J'ai senti le tube entrer, ça faisait mal, Bianca derrière moi disait : « Oui, grosse inflammation du côlon, c'est ulcéré sur vingt centimètres, il faudra absolument faire une coloscopie… » Et puis il m'a montré, à l'autre bout du tube, le petit écran de la caméra. J'étais toujours à quatre pattes, avec le tube dans le cul, et je voyais une sorte de grotte humide et multicolore, une petite cachette glaireuse et rose, comme du tarama. Bianca a fait glisser le tube doucement, il m'a essuyé le cul avec un coton, puis je me suis rhabillé.

C'était bizarre la tête de Bianca entre celle de l'homme et de la femme ; elle semblait encastrée entre les deux, elle remuait dans son petit espace.

Peut-être ai-je souri, en tout cas le docteur Bianca s'est fâché :

— Je crois que vous ne vous rendez pas bien compte. Vous saignez depuis des semaines, et vous laissez faire… Ça a dégénéré salement : votre côlon, il est bouffé, il va falloir s'assurer qu'il n'y a pas de polypes, vous êtes inconscient ou quoi ?

— Non non, je vous assure que je me sens mal…

— Je ne comprends pas comment vous faites pour vivre en saignant comme ça chaque jour, c'est de la folie !

Moi je pensais : Sigmund Freud-Charcot-les Agités-Maison de Force.

— J'en ai pour combien de temps ?

— Quoi ?

— Combien de temps à vivre encore ?

— Mais vous n'allez pas mourir, bordel ! C'est une RCH, il faut un traitement…

— RCH ?

— Recto-colite hémorragique.

Le docteur Bianca a vu sur mon dossier que je vivais à l'hôtel.

— Vous n'avez pas de domicile fixe ?

— Si, j'habite à l'hôtel Cascade…

— Vous êtes à la rue ou quoi ?

— Non, je vous dis, j'ai une chambre dans cet hôtel, je paye, tout va bien.

— Vous avez écrit sur votre dossier : « En disponibilité… » C'est quoi votre travail ?

— Oh rien, je travaillais trop, des horaires de fou, j'en avais assez…

— Année sabbatique ?

— Voilà : année sabbatique.

— Écoutez-moi : vos saignements, c'est un avertissement. Votre corps, il ne supporte pas les excès, aucun corps ne supporte la vie approximative. Rigueur, rigueur avant tout ! Il faut que vous ayez une vie saine, bien encadrée…

— Encadrée ?

— Je parie que vous ne faites pas attention. Vous ne pourrez pas continuer longtemps comme ça. On est toujours rattrapé par la vie qu'on mène…

— Quoi, quelle vie ?

— Il faut cadrer. Vous, vous débordez, c'est facile à voir… Vous avez vu l'inflammation : Vingt centimètres ! Cadré, je vous dis ! Maintenant, vous faites ce que vous voulez… Si vous ne voulez pas vous soigner, c'est votre problème…

En sortant, le soleil m'a aveuglé. J'avais récupéré mes affaires et remis le manteau. J'ai allumé une cigarette, j'avais mal au ventre, des gargouillements, comme si on avait remué mes tripes. Il y avait un banc à l'ombre, sous un frêne ; j'ai fumé ma cigarette en fermant les yeux, la tête bien appuyée contre le dossier. Quand j'ai rouvert les yeux, un type était assis à côté de moi. Lui aussi était en manteau. Il avait, aux pieds, des chaussons de chirurgie en papier bleu. Vieil homme maigre, visage d'oiseau frêle, quelque chose d'aigu dans le regard, une étincelle nerveuse : « On se ressemble tous les deux, non ? — Non, je ne trouve pas. — Si si, on se ressemble… Je l'ai vu tout de suite… Alors vous êtes malade ? — Je ne sais pas. — Hé hé, bien sûr que vous êtes malade… Vous avez vu Bianca ? Il vous a fait son sermon : “Pas trop vivre, la vie c'est moche”… Ici on l'appelle l'Interdicteur… Vous avez vu son père et sa mère ?… Les tableaux… La Sainte Famille ! Trop drôle le Bianca : pour ses diagnostics, il interroge papa-maman… Méfiez-vous de lui. S'il pouvait, il nous interdirait de vivre… Avec lui on est foutu, plus d'espoir, les microbes nous emprisonnent, si on pouvait crever devant lui, mendier ses soins bien bas, il en jouirait Bianca… — Vous êtes en observation ? — Tu parles ! Hospitalisé ! Ça fait des semaines que je traîne ici… Bianca, ça lui plaît que je végète, il en profite, comme ça il me voit pourrir, vous comprenez… il va tout m'enlever… le côlon, l'anus, l'estomac, le tronc, il va m'enlever le tronc !… Et s'il pouvait m'enlever la gueule, il le ferait… »

Je suis allé chercher un café à la machine du secrétariat. Jodie m'a demandé si ça s'était bien passé. Elle m'a rappelé que mon rendez-vous avec le docteur Vivale était à 18 heures. Il y a un parc, elle m'a dit, vous pouvez patienter là-bas, on peut s'allonger sur les pelouses, c'est très agréable.

J'ai pris deux cafés. Le type du banc, il s'appelait Hazenfratz. « Je suis polonais, comme Bianca. » On a bu nos cafés, puis il a accepté une cigarette, et on a fumé en silence.

— Vous arrivez à respirer au-dehors ? Parce que moi je ne sais plus si je respire… La Salpêtrière, c'était un camp de femmes, vous savez. Il n'y avait que des femmes, les *filles d'enfer*, on les appelait comme ça… toutes les femmes, elles étaient là : les mendiantes, les folles, les criminelles, les filles de joie, les épileptiques, les vénériennes, les orphelines, les aveugles, les juives, les protestantes… C'est Louis XIV qui a décidé… sabots, crânes tondus, entassées six par lit… Elles passent par ta bouche, tu verras… elles sont là, les *filles d'enfer*, elles sortent la nuit nous pourrir la mémoire, et moi je ne peux pas leur donner tort… Elles ont raison, et tu sais, elles passent par notre bouche… Vous êtes au courant qu'elles me mordent aussi, Bianca il croit pas, il dit qu'il va tout enlever, peut-être que je suis juste fatigué… Moi je dis : toutes les femmes, ici, il faut les enfermer, ce n'est plus possible qu'elles nous passent toutes les nuits dans la bouche, je n'en peux plus, je ne peux pas continuer comme ça, Louis XIV n'est même pas au courant... Bientôt, il verra : à la place du monde il n'y aura plus que les folles, moi déjà je le sais, et vous aussi vous êtes au courant... Bianca il imagine pas le cours des choses, avec son désespoir tout petit... Ses vieux souvenirs pourris de Varsovie... Œillères, Bianca... Je vous dis qu'elles vont nous avoir, parce que la bouche ce n'est pas tout, il y a aussi les oreilles, elles vont ronger la tête et la voix de nous tous, je m'y connais, j'ai dit ça, oui j'ai dit ça... Ma tête, une fois, elle a roulé dans l'allée Sigmund-Freud... Vous savez, Bianca, c'est un survivant... On y a survécu au ghetto... Varsovie... Les Robinsons, on nous appelait... Jusqu'au bout dans les ruines... Alors moi, Louis XIV, il ne me fait pas peur, et puis il n'y connaît rien à la peur...

J'ai posé ma main sur l'épaule d'Hazenfratz. On s'est levés, ses cheveux gris flottaient, il y avait une agréable odeur de sureau, je lui ai serré la main : « Il faut que j'aille me reposer. Je suis heureux de vous avoir rencontré. — Oui oui, il a dit, je comprends. »

On a regardé nos manteaux : deux manteaux debout dans la lumière d'été, fragiles, comme un mirage. L'odeur de sureau m'enivrait un peu. Je n'avais rien mangé. C'est vrai qu'avec nos manteaux on se ressemblait. Il a avancé la main vers mon bras, et touché le tissu : « C'est du tweed ? — Je ne sais pas : cachemire, peut-être. — Cachemire, c'est bien. »

On s'est de nouveau serré la main, il a souri, il avait soudain l'air très jeune, j'ai remarqué que sous le manteau il était en pyjama. Il a serré les dents, il a commencé une phrase, puis s'est interrompu : « Ah, je ne me souviens plus... » Il s'est éloigné, silhouette grise, lentement, entre les arbres.

Je suis allé m'allonger dans l'herbe du parc, à l'ombre des érables. J'étais épuisé. Depuis quand je n'avais pas dormi ? Une semaine ? Depuis que j'allais voir les danseuses de Pina Bausch, impossible de trouver le sommeil. Je ne pensais plus qu'aux gestes d'Anna Livia. Dès que je fermais les yeux, ça se mettait en route : les gestes d'Anna Livia, les gestes des danseuses, les gestes de Pina Bausch, toute la chorégraphie, imprimée détail après détail dans ma tête. Chaque nuit, allongé dans la chambre de l'hôtel Cascade, ce que j'avais vu dans l'après-midi se refaisait dans ma tête. C'était même un peu effrayant tous ces gestes mémorisés. Je me disais : le spectacle de Pina Bausch, je l'ai entièrement dans la tête, avec ses variations, ses tentatives avortées, avec le nuancier de toutes les progressions, de l'esquisse d'un geste à son accomplissement comme œuvre d'art, dans ma tête, intégralement, c'est enregistré. La fatigue, pour l'instant, était vivable, mais j'avais les paupières sèches, j'avais mal aux yeux, au dos, aux poumons, je me sentais sec, comme un morceau de bois, avec des mains grises. Et sous les érables du parc de la Salpêtrière, tandis que des internes fumaient leur cigarette et que des grappes d'étudiants sur les pelouses relisaient leurs cours, les gestes d'Anna Livia, ils étaient encore là. Impossible de dormir, impossible de se reposer, de penser à autre chose : il fallait que j'en parle au docteur Vivale, qu'elle me prescrive un somnifère ; je n'allais quand même pas me laisser absorber tout entier dans la pensée des gestes d'Anna Livia, passer chaque nuit, et maintenant chaque journée, à ne penser qu'à ça. Il n'y a pas que les gestes d'Anna Livia dans la vie, me disais-je ; il faut que j'aie la tête libre pour penser à autre chose. Et en même temps, me disais-je, la fatigue, je m'en fous, l'insomnie, sans importance : si je pense tellement aux gestes d'Anna Livia, si chaque jour, chaque nuit, je pense exclusivement à ses gestes, c'est que penser aux gestes d'Anna Livia ne m'empêche pas de penser. Toutes mes pensées sont pour les gestes d'Anna Livia car ma pensée, c'est vers Anna Livia qu'elle se dirige. Avec les gestes d'Anna Livia, ma pensée continue à s'exercer : jamais les pensées ne s'éloignent de ce qu'il en est de penser, me disais-je ; si elles vont vers Anna Livia, c'est pour continuer à penser. Les pensées, toujours, s'ouvrent un chemin pour penser ; et depuis une semaine, mes pensées ne pensent qu'à une seule chose : Anna Livia.

Bien à l'ombre, sous les érables, j'ai souri : penser aux gestes d'Anna Livia me rend heureux, me suis-je dit. Et puis j'ai pensé à une phrase de Shakespeare : « Une pensée sur trois sera pour ma tombe. » Où est-ce que je l'avais lue ? Il y avait longtemps que je n'avais pas ouvert un livre de Shakespeare. Chaque matin, en prenant mon café à la réception, face au rouquin qui me faisait la gueule et m'obligeait à venir chercher ma tasse au comptoir, chaque matin, je feuilletais les livres de la petite bibliothèque, des biographies, des romans d'aventures, mais le gros volume des tragédies de Shakespeare, je ne l'ouvrais pas. Je me disais : si j'ouvre Shakespeare, je vais me mettre à lire Shakespeare, et Shakespeare, il faut le lire à plein temps : quand on lit Shakespeare, on ne fait plus que ça. Shakespeare, c'est comme *Moby Dick*, quand on s'y embarque, plus rien d'autre ne compte. Et depuis que j'avais rencontré Anna Livia, depuis que ce livre était lancé, impossible de me consacrer entièrement à autre chose, et pas plus à Shakespeare. Il y avait Anna Livia, il y avait ce livre — toutes mes pensées étaient pour Anna Livia, toutes mes pensées étaient pour le livre. Toutes mes pensées pour Anna Livia, me disais-je, sont aussi pour ce livre, et réciproquement : penser au livre, c'est penser à Anna Livia. Je n'avais pas lu depuis longtemps Shakespeare, mais la première chose que je voyais lorsque j'ouvrais les yeux était la tête de Shakespeare, alors forcément, à Shakespeare, j'y pensais : des phrases de Lady Macbeth me revenaient, des phrases d'Hamlet, des phrases du roi Lear, des phrases de Timon ou de Prospero. « Une pensée sur trois sera pour ma tombe », qui la prononce ? Je me disais : je ne sais pas qui prononce cette phrase, mais qu'une pensée sur trois soit pour ma tombe, il n'en est pas question. Aucune pensée ne sera pour ma tombe. Si on existe, la tombe n'existe pas. Toutes mes pensées sont pour Anna Livia, toutes mes pensées sont pour les gestes, toutes mes pensées sont pour les phrases, et finalement, toutes mes pensées sont pour mes pensées.

Le professeur Vivale était une femme épanouie, avec des yeux rieurs et une voix douce. Il y avait dans son cabinet d'immenses rouleaux d'idéogrammes, et sur le bureau un petit bouddha. Un bouddha discret, un peu ratatiné, mais dodu, avec des yeux de gros jouisseur. J'ai montré au professeur Vivale l'ordonnance du professeur Bianca. Je n'ai pas eu besoin de me mettre de nouveau à quatre pattes, elle faisait confiance à Bianca ; ce qu'elle voulait, elle, c'était comprendre. Alors elle m'a écouté.

J'ai parlé longtemps, et tandis que je parlais, elle touchait son bouddha. D'abord, ça avait été un de ces gestes qu'on fait pour se détendre, comme de serrer une petite balle dans sa main, puis elle avait rapproché d'elle le bouddha et s'était mise à le caresser, à le pétrir. Plus je parlais, plus elle pétrissait. À un moment, je me suis mis à parler plus vite, et il m'a semblé qu'elle aussi elle accélérait. Elle l'astiquait vraiment le bouddha, à pleine main, avec parfois un massage à deux doigts. Lorsque j'ai eu fini, elle avait les mêmes yeux de joie que Bouddha, une sorte d'écarquillement malin ; et sur la bouche, un sourire humide, à demi ouvert, une sorte de profondeur suave.

— Vous avez changé de vie, a-t-elle dit, on peut même dire que vous avez fait un saut dans le vide : c'est normal que votre corps s'effraye. Vous n'êtes pas le premier à quitter la maison au petit matin pour gagner la forêt. Quand on reprend vie, on y laisse toujours quelque chose. Vous, c'est le sang. Pour sauver sa vie, il faut savoir la perdre. Reprendre vie, ça demande de la violence — une violence qu'on s'impose. Mais c'est aussi ce qu'il y a de plus beau. Car c'est nécessaire. Alors ne vous en faites pas, la sérénité va revenir ; il faut que vous alliez dans votre sens à vous. Si vous larguez les amarres, il faut les larguer vraiment ; c'est la demi-mesure qui fait problème : le cafouillage, la mauvaise conscience, les compromis — c'est tout ça qui nous déchire le ventre. Dans quelques semaines, avec un bon traitement, tout ira mieux. Et surtout, dormez : le sommeil est la clef.

Elle m'a redonné l'ordonnance de Bianca, plus la sienne, quelques comprimés « pour le calme », comme elle a dit. Le bouddha, sur son bureau, continuait à sourire. Dans l'allée Sigmund-Freud, au retour, j'ai aperçu de loin Hazenfratz, immobile, en pyjama et manteau, qui contemplait le feuillage d'un érable.

20

LES GESTES (2)

Cette nuit, en attendant le sommeil, les gestes que j'ai vus sur la scène du Théâtre de la Ville se refont dans ma chambre. Un chemin fluide conduit votre corps dans un mouvement qui le relance ; alors les veines ne transportent plus du sang, mais de la lumière. Les couleurs déplacées par le corps d'Anna Livia s'adressent à moi ; je les vois se tordre dans le vide. J'ignorais qu'une danseuse, lorsqu'elle danse, déplace des couleurs ; et que les couleurs se forment à même le vide. Chaque silhouette transporte avec elle le secret qui la chavire : comment le vertige vient au corps, c'est de ça dont parle son bras, de ça dont parlent ses hanches, ses jambes, sa nuque. Un corps affecté de vertige, me disais-je, est capable d'envoyer son corps dans le vide afin que celui-ci s'ouvre à son corps — qu'il entre dans son corps. D'habitude, c'est l'inverse : d'habitude le vide ne s'ouvre pas aux corps, ce sont les corps qui s'ouvrent au vide, et alors ils tombent. Un corps qui s'ouvre au vide doit en même temps ouvrir un chemin dans le vide pour son corps. En voyant danser Anna Livia, tous les jours, c'est ça que j'ai vu : le chemin d'un corps dans le vide.

Je me suis dit : alors c'est vrai — le type de Notre-

Dame, le type qui a sauté, il a trouvé un espace dans le vide : il s'est immiscé, le vide s'est ouvert, maintenant il évolue dans le vide. Chaque geste d'Anna Livia ouvre une brèche, chacun de ses gestes s'aventure dans le vide ; et vivre c'est ça, me disais-je, c'est exactement ça : un corps qui connaît le vide s'aventure enfin dans l'existence, il se met enfin à vivre, il *s'envole et flotte, loin audessus de l'action.*

Car il n'y a pas de geste ancien. Un geste ancien est un geste mort, c'est un geste qui n'existe pas — une simple habitude. Il n'y a que des gestes nouveaux : de la nouveauté seule d'un geste s'invente ce qu'on nomme un geste. Un corps qui danse ouvre avec ses gestes des espaces où aucun geste encore n'est allé. La danseuse envoie son geste dans l'air afin de trouver des espaces qui, avant ce geste, n'existaient pas. Avec ses gestes, elle invente des espaces ; et avec ces espaces, elle invente le corps qui les découvre.

Ce soir je ferme les yeux, le sommeil arrive doucement. Avec les comprimés du docteur Vivale, je plane. La nuit est moelleuse, ma tête flotte, ça divague léger. Anna Livia s'élance, ses seins sont comprimés dans un tissu mauve et noir, elle trace des volutes où mon désir jaillit. Lorsqu'elle lève le bras, son aisselle j'y glisse ma langue : la sueur d'Anna Livia, avec plaisir, je la bois. Dans l'arôme âcre et chaud, je devine un peu le goût de sa chatte. Les plis font leurs nuances dans ma bouche, sur ma langue ils fondent. Le trouble qui passe d'un corps à un autre est l'autre nom de ces phrases. Certaines de ces pages s'illuminent toutes seules. Il suffit aujourd'hui que je pense à Anna Livia ; il suffit que j'écrive son nom pour qu'aussitôt un trouble m'enchante. En même temps que son corps, je revois les phrases que son évocation suscite. Je revois l'aisance heureuse avec laquelle je les ai écrites. Je revois ce qui s'est ouvert à mesure que je les écrivais, et alors un poème continue à s'écrire en moi, un long poème récité jour et nuit, qui me mène à elle autant qu'à ce livre.

Une piste de gestes défile dans le regard d'Anna Livia au moment où elle s'élance ; on voit les points dans ses yeux ; on y devine l'itinéraire par lequel, déjà, un espace s'invente. Il y en a qui disent : le point vide n'existe pas. Mais regardez une danseuse. Une danseuse voue chacun de ses gestes au point vide. Chacun de ces gestes part du point vide pour aller à la rencontre de l'espace ; si la danseuse ne prend pas appui sur le point vide qu'elle devine à travers ses mouvements, sur ce point qu'elle invente à l'intérieur du vide pour trouver des gestes, la danseuse ne danse pas. On sent tout de suite, me disais-je, si le corps d'une danseuse prend appui sur ce point, et si, en retour, son corps est traversé par le vide qui le porte. Alors, une poussée vient toucher aux bordures de son corps, l'oscillation débute : une jambe lui manque, un bras lui manque, elle va tomber, le vent change, elle ne tombe pas, ça s'appelle un geste, elle danse.

Dans ma chambre, la nuit, je peux refaire le chemin entier des gestes d'Anna Livia. Sa journée entière de gestes, je l'ai dans ma tête. Depuis le sourire furtif qu'elle m'adresse en entrant sur scène, jusqu'aux frémissements les plus minuscules, chaque nuance, je l'ai notée. Mon livre, c'est grâce à elle qu'il avance. Avec les gestes d'Anna Livia chaque jour dans ma tête, malgré le sang, je garde le cap.

La lisière noire, je la voyais bien. Allongé dans la nuit, juste avant le sommeil, elle affleure. Quelques minutes de gestes d'Anna Livia, et c'est l'abîme. Une zone en proie, enchantée dans sa noirceur. Une pure contrée de souffle, splendide. Récifs empoisonnés — et la goule du néant qui se change en trésor. J'avais de nouveau accès à la chose, je ne m'étais pas éloigné de l'*événement*. Il était toujours là, comme l'ombre fidèle du crime. Grâce aux gestes d'Anna Livia, je continuais l'exploration. Noter, me disais-je, tout noter de l'*événement*. On ne déchiffre pas un abîme, mais on parvient peut-être à glisser son corps dans la nervure. Vivre à hauteur de l'*événement* ? Pourquoi pas. Je pensais aux corps dans la rue, avalés par les chiffres. Tous on devient zombis, c'est ça ? Je me disais : on devient zombi à force d'éviter l'*événement*. On devient zombi parce qu'on ne veut pas y penser. Le zombi n'est pas celui qui sans cesse pense à la mort qui embroche les vivants ; c'est au contraire celui qui se fait embrocher à force de *ne pas comprendre*. Je me disais : est-ce que moi aussi déjà je suis zombi ? Est-ce que je roule avec les damnés du chiffre dans le troupeau des vivants de la mort ? — Est-ce que c'est trop tard ?

Les algues arrivent dans la lisière noire. L'aileron du requin surgit dans les vagues de la Seine. Les *filles d'enfer* dansent au fond de l'eau. Elles ont le crâne rasé, une robe grise qui s'ouvre comme un nénuphar. Les gestes sont alourdis par les algues. Pina Bausch nage au milieu de comprimés rouges. Elle dit : « Le sommeil est la clef. » Le requin avale les sabots des *filles d'enfer*. Les gestes dans l'eau deviennent rouges. Pina Bausch avale les comprimés de Vivale. Elle a une tête de petit Bouddha, le même sourire fixe. Elle dit : « Et surtout : dormez. » On voit passer une phrase qui ondoie, comme un aileron de requin : « Sigmund Freud-Charcot-les Agités-Maison de Force. » Le Bouddha est en manteau, il est allongé dans un lit de sang. Il dit : « Ma vie s'envole et flotte, loin de l'action. » Il avale des comprimés en souriant, les yeux clos. La Seine déborde, c'est un déluge de sang. Le Bouddha sourit, il a vraiment l'air dingue. La phrase continue de s'écrire dans l'eau avec les algues rouges : « Sigmund Freud-Charcot-les Agités-Maison de Force. »

Lestrange allait mal. Il avait égaré son exemplaire de l'*Odyssée*, il n'avait plus envie de se lever le matin, il parlait de vendre La Licorne. Et puis un ami à lui venait de se suicider. Ils se suicident tous, disait Lestrange, trop de solitude. La solitude, disait-il, il n'y a plus qu'elle — partout, que ça : des gens seuls. Mes amis sont seuls, et moi aussi je suis seul. Quand on est seul, on ne peut rien pour quelqu'un d'autre qui est seul. Vous avez remarqué, me dit Lestrange : les solitudes ne s'annulent pas, deux types seuls qui boivent ensemble, ça fait deux solitudes. La solitude est comme le désert : elle gagne du terrain — à un moment c'est trop tard, tout est sec, plus rien ne repoussera.

C'était la fin de l'après-midi. Il n'y avait personne aujourd'hui à La Licorne. Juste une lumière en zigzag, des lueurs fuyantes, du brun-orange dans la poussière. Lestrange avait mis un CD de Johnny Cash, l'un des derniers, celui où il parle de la mort qui le ronge. J'ai rédigé quelques pages, sur une des tables du fond, en attendant la fermeture. Johnny Cash chantait : *And I'm not afraid to die / But I'm afraid I told a lie*. Lestrange a fermé tôt, comme d'habitude, il a mis les chaises sur les tables, on a mangé du poulet froid en silence, avec une bouteille de bordeaux. Des types tapaient au carreau ; Lestrange ne les regardait même pas ; il tirait sur sa cigarette avec une lenteur accablée.

J'ai raconté à Lestrange ce qui s'était passé un après-midi lors des répétitions. C'était au plus fort de mes crises, avant que je n'aille à la Salpêtrière. J'étais assis, comme chaque jour, au cinquième rang, un peu à gauche, emmitouflé dans le manteau car il faisait vraiment froid, et je fumais une cigarette. Je m'étais mis à fumer parce que après tout Pina Bausch fumait, et les assistants aussi fumaient. Au début, je n'avais pas osé allumer une cigarette, j'étais dans mon coin, enfoncé dans le fauteuil, je me faisais discret : c'est déjà une faveur que je sois là, me disais-je, Pina Bausch, c'est connu, n'accepte jamais qu'on assiste à ses répétitions, si demain elle décide que ça continue sans moi, je ne pourrai pas protester. J'attendais donc, chaque jour, que Pina Bausch commence à fumer ; alors moi aussi, discrètement au début, puis très vite sans complexes, j'allumais ma cigarette.

Les répétitions, ce jour-là, avait été merveilleuses. Anna Livia et ses camarades semblaient traversées de vertige, il y avait des sinuosités splendides, un tourbillon qui aiguisait les nerfs. Tout le spectacle était pris d'extase. Les bacchantes, me disais-je, revoilà les bacchantes — la danse des bacchantes. Même le coffre-fort semblait animé d'une volonté sulfureuse : on aurait dit l'antre du Cyclope. Et du ventre des danseuses au métal froid du coffre-fort se traçait dans l'air une ligne d'évidence. La magie noire de Pina Bausch opérait. Peut-être trop, car Pina Bausch a tout arrêté. Elle a fait venir les danseuses. Je n'ai pas bien compris, mais en gros elle leur disait qu'il fallait aussi la magie blanche. Magie noire, d'accord, a dit Pina Bausch, mais n'oubliez pas la magie blanche. Il faut les deux : « Sinon, ça fera trop sorcière », a-t-elle dit.

J'étais épuisé par ces cinq heures de contemplation, je n'avais pas de montre mais je sentais que c'était fini pour aujourd'hui ; alors le plus discrètement possible, je me suis levé, j'avais une cigarette à la main, j'ai ramené mon bras le long du corps, par réflexe, dans un geste d'enfance, comme on fait au lycée quand on fume en cachette, et lentement j'ai remonté la rangée de fauteuils, puis je me suis avancé vers la scène afin de gagner la sortie qui était juste à droite. J'étais donc tout près des danseuses, je pouvais presque les toucher. La scène du Théâtre de la Ville est à peine surélevée, on est de plain-pied. J'ai cherché du regard Anna Livia, puis j'ai bifurqué vers la sortie, et là, j'ai entendu la voix de Pina Bausch, avec son accent allemand, qui disait :

— Monsieur, attendez, on a une question !...

Je me suis retourné, Pina Bausch me faisait signe d'approcher. Je me suis arrêté au bord du plateau. Tout le monde me regardait : les danseuses, les assistants, les techniciens, et Pina Bausch, dont je sentais la malice. J'avais toujours ma cigarette, je ne savais plus comment la tenir, où mettre mon bras, je me sentais empêtré dans le manteau.

— Monsieur, il y a polémique, alors on voudrait un avis extérieur... On voudrait savoir ce que vous avez pensé des répétitions d'aujourd'hui... Vous avez vu les précédentes, alors vous pouvez comparer...

Je ne sais pas ce qui m'a pris, une sorte d'exaltation soudaine : j'ai dit qu'aujourd'hui c'était extraordinaire, que j'avais eu des frissons, que c'était la plus belle des répétitions, la plus dangereusement belle, que dans les gestes aujourd'hui on voyait à la fois crépiter l'enfer, le purgatoire et le paradis, que l'intensité des corps était si aiguë que tout était à la fois au bord de la jouissance et au bord du crime.

Il y a eu un grand silence. Je me suis demandé si j'avais vraiment parlé, ou si mes mots s'étaient bloqués dans ma gorge. Si je n'avais pas parlé, si rien n'était sorti, Pina Bausch et sa troupe attendaient encore.

Mais non. J'avais parlé. Et en parlant, je m'étais animé. Le manteau que je tenais fermé à cause du froid s'était ouvert. Tout le monde regardait ça : mon manteau ouvert. Tout le monde fixait, sous mon manteau ouvert, mon pantalon, un pantalon clair qui était maculé de sang. Entre mes cuisses, il y avait de larges auréoles de sang ; et ça continuait à couler le long de mes jambes.

Les danseuses étaient effrayées, certaines se cachaient les yeux, et j'ai croisé le regard d'Anna Livia, elle était stupéfaite. Le regard de Pina Bausch, lui, était plus froid : ni gêne ni étonnement. Elle semblait intéressée, son œil brillait. Il y avait une étrange gratitude dans son regard. Elle profitait de ce qu'elle voyait ; elle semblait même apercevoir autre chose, une chose qui avait à voir avec son spectacle, plutôt qu'avec mon corps. Ce ne sont pas mes paroles qui l'éclairaient, mais le sang sur mon pantalon : les taches de sang sur mon pantalon, c'est elles qui répondaient à sa question. Sans doute n'avait-elle même pas écouté ce que j'avais dit : le sang avait parlé, il lui avait parlé beaucoup mieux que mes paroles. Et peut-être ne voyait-elle, dans mes taches de sang, qu'une forme pure, une esquisse qui lui inspirait des gestes. Car un artiste, me disais-je, voit autour de lui autre chose que ce qu'on voit ; un artiste voit dans une tache de sang la progression de lave d'un volcan, il y voit la découpe d'un continent, les contours d'une banquise ou le passage des nuages. Et puis je me disais : un artiste ne s'émeut pas quand il voit du sang ; car un artiste, précisément, c'est quelqu'un qui est capable, en toutes circonstances, de VOIR LE SANG. Ce n'est pas tous les jours qu'on voit du sang dans la rue : ce qu'on ne voit pas dans les corps, même quand on voit tout des corps ; ce qui ne s'exhibe pas, même si on exhibe tout : c'est le sang. Et précisément, ce qu'un artiste voit quand on ne voit rien, ce qu'il voit parce que personne ne le voit : c'est ça — c'est le sang. Là où tout le monde voit des corps, des visages, et même des gestes, un artiste voit ce qui s'agite entre les corps et les visages ; il voit ce qui palpite à l'intérieur des gestes — il voit le mouvement du sang.

C'est Pina Bausch la première qui a réagi, les autres étaient médusées, elle s'est emparée d'une serviette et me l'a apportée : « J'appelle un médecin, elle a dit, venez vous allonger dans les loges. »

Je me sentais très mal tout à coup, et j'ai eu peur de m'évanouir encore une fois. Je me suis assis sur le bord de la scène. On m'a apporté une bouteille d'eau. Ça allait mieux : « Pas la peine d'appeler un médecin… De toute façon il faut que j'aille à la Salpêtrière… »

Anna Livia insistait, elle voulait m'amener aux Urgences, mais j'ai préféré rentrer tout seul dans ma chambre.

Lestrange m'a demandé si je saignais encore. Ça va mieux, j'ai dit : à la Salpêtrière on m'a prescrit un traitement, dans quelques jours je serai rétabli, et puis maintenant je dors.

— Et Nausicaa ?

À chaque fois qu'on se voit, à un moment, forcément, Lestrange pose la question : « Et Nausicaa ? » Quand il me pose la question, Lestrange a toujours un beau sourire, on dirait qu'il s'apaise, son inquiétude se calme, alors je dis où j'en suis. Les gestes d'Anna Livia, je les décris. Je lui dis mon avancée dans le livre grâce aux gestes d'Anna Livia.

— Très bien, dit Lestrange. Mais vos rapports, ils en sont où ?

— Comment ça, nos rapports ? C'est de ça dont je parle, je ne parle que de ça : de mes rapports avec Anna Livia.

— Parfait, très bien, mais à part la contempler, vous faites quoi ?

— Patience, ça me plaît cette distance, l'enchantement, c'est rare, j'en profite.

Il m'arrive parfois d'attendre Anna Livia à la sortie du théâtre. Nous prenons un verre au Mistral, mais à chaque fois, elle est épuisée. « Il vaut mieux qu'on se voie dans de meilleures conditions, m'a-t-elle dit. C'est dommage de gâcher des rendez-vous comme ça. » Elle avait raison. Je n'étais pas inquiet, au contraire j'avais confiance. Anna Livia m'inspirait une étrange sérénité. Je me disais : c'est comme si depuis le premier instant sur le pont des Arts quelque chose avait lieu entre nous.

Lestrange, lui, était méfiant : « Il faut lui sauter dessus. Ce n'est pas bon de laisser trop longtemps les choses traîner. Un type et une fille qui se regardent, vous appelez ça un “rapport”… Vous trouvez qu'il se passe vraiment quelque chose entre vous ? À mon avis, il se passe surtout quelque chose dans votre tête… Et votre tête, si vous continuez comme ça avec Salomé, vous allez vite la perdre… »

21

SERPENT

Elle voulait voir les Bacon au musée Picasso. Il y a un geste difficile dans la chorégraphie de Pina Bausch, m'a dit Anna Livia, un geste impossible : aucune des danseuses n'arrive à faire ce geste, c'est un « geste mental », disait Anna Livia, citant Pina Bausch — un geste qui n'existe pas. Ou plutôt il existe, disait Anna Livia, mais il est dissimulé dans une doublure ; il est caché sous d'autres gestes qui doivent le faire entendre. Et ce geste, disait Anna Livia, Pina Bausch nous a dit qu'il existait dans une toile de Francis Bacon ; ce geste, il est impossible de le trouver toute seule en dansant ; mais, selon Pina Bausch, on peut le trouver dans une toile de Francis Bacon, une toile qui est en ce moment à Paris, au musée Picasso.

On s'est donné rendez-vous sur le Viaduc des Arts, un jardin suspendu, qui serpente au milieu de la ville, près de la gare de Lyon. Elle avait sa journée de repos. Le soleil tapait fort, on était tous étourdis de chaleur. Je m'étais dit : je vais m'installer sur un banc, à l'ombre, je vais fermer les yeux, et quand je les ouvrirai, elle apparaîtra. Mais lorsque je suis arrivé dans le jardin, c'est elle qui était assise sur un banc. Elle avait une robe légère rouge et blanc, un beau décolleté, des lunettes noires et des tennis blanches. Elle écrivait sur un carnet de moleskine, le même que j'avais vu le jour de notre rencontre ; et quand elle m'a aperçu, elle a souri, en rangeant le carnet dans son sac en osier. J'avais envie de l'embrasser tout de suite, là, sur ce banc, au milieu des parfums lourds.

C'était très bon de marcher à côté d'elle. On était un peu surpris de se retrouver tous les deux seuls. La fragilité qu'il y a dans ces moments-là, l'hésitation entre deux corps qui ne se connaissent pas vous ouvrent à une délicatesse nouvelle. Elle enrobe vos propos d'une pudeur gracieuse.

On a remonté le viaduc au milieu des buissons. Il y avait du lilas, de la fraîcheur, des ombres bariolées. Ses gestes, au repos, continuaient d'être radieux. Je redoutais qu'ils ne soient un peu affectés, avec ce côté flamant rose qu'ont certaines danseuses. Mais non : Anna Livia était simple et joueuse. C'est ce qui m'a charmé le plus ce jour-là : *elle voulait jouer*. Et puis elle s'exprimait avec une ironie tranquille. Toute l'intensité qu'avaient ses gestes sur scène passait ici dans cette ironie que son accent italien rendait plus aiguë.

On a traversé le quartier de la Bastille, et celui du Marais, sans même s'en rendre compte. Les rues étaient écrasées de soleil, mais on avançait joyeusement. Juste avant d'arriver au musée, on s'est assis sur un banc, Anna Livia avait un coup de fil à passer :

— C'est mon frère… On vit ensemble, quand je suis à Paris… Il a encore perdu ses clefs…

J'ai allumé une cigarette. La voix d'Anna Livia, lorsqu'elle parlait italien, avait un éclat liquide et des ondulations de colline. Ça riait dans la sève. Les syllabes giclaient — nettes, bien dures. Les sonorités formaient des lettres rondes dans l'air du square. La joie est ronde, me disais-je. Elle prend les couleurs qui brûlent l'après-midi. Elle se déploie dans sa propre spirale, comme une toupie.

Il y avait un papier gras qui traînait par terre, on aurait dit une feuille morte. Je l'ai ramassé. C'était une page de roman. Elle était humide et brunâtre comme un vieux chiffon. J'ai lu le texte à voix haute :

« Cela peut arriver n'importe quand, tout de suite peut-être : les présages sont là. Par exemple, un père de famille en promenade verra arriver à lui, à travers la rue, un chiffon rouge comme poussé par le vent. Et quand le chiffon sera tout près de lui, il verra que c'est un quartier de viande pourrie, maculé de poussière, qui se traîne en rampant, en sautillant, un bout de chair torturée qui se roule dans les ruisseaux en projetant par spasmes des jets de sang. Ou bien une mère regardera la joue de son enfant et lui demandera : "Qu'est-ce que tu as là, c'est un bouton ?" et elle verra la chair se bouffir un peu, se crevasser, s'entrouvrir et, au fond de la crevasse, un troisième œil, un œil rieur apparaîtra. Ou bien ils sentiront de doux frôlements sur tout leur corps, comme les caresses que les joncs, dans les rivières, font aux nageurs. Et ils sauront que leurs vêtements sont devenus des choses vivantes. Et un autre trouvera qu'il y a quelque chose qui le gratte dans la bouche. Et il s'approchera d'une glace, ouvrira la bouche : et sa langue sera devenue un énorme mille-pattes tout vif, qui tricotera des pattes et lui raclera le palais. Il voudra le cracher, mais le mille-pattes, ce sera une partie de lui-même et il faudra qu'il l'arrache avec ses mains. Et des foules de choses apparaîtront pour lesquelles il faudra trouver des noms nouveaux, l'œil de pierre, le grand bras tricorne, l'orteil-béquille, l'araignée-mâchoire. Et celui qui se sera endormi dans son bon lit, dans sa douce chambre chaude se réveillera tout nu sur un sol bleuâtre, dans une forêt de verges bruissantes, dressées rouges et blanches vers le ciel comme les cheminées de Jouxtebouville, avec de grosses couilles à demi sorties de terre, velues et bulbeuses, comme des oignons... »

Les phrases suivantes, au bas de la page, avaient été soulignées à l'encre, et celle-ci avait bavé, si bien qu'elles étaient indéchiffrables. Mais le texte continuait de l'autre côté, et fébrilement, j'ai lu ceci :

« Ou alors rien de ceci n'arrivera, il ne se produira aucun changement appréciable, mais les gens, un matin, en ouvrant leurs persiennes, seront surpris par une espèce de sens affreux, lourdement posé sur les choses et qui aura l'air d'attendre. Rien que cela : mais pour peu que cela dure quelque temps, il y aura des suicides par centaines. Eh bien oui ! Que cela change un peu, pour voir, je ne demande pas mieux. On en verra d'autres, alors, plongés brusquement dans la solitude. Des hommes tout seuls, entièrement seuls avec d'horribles monstruosités courront par les rues, passeront lourdement devant moi, les yeux fixes, fuyant leurs maux et les emportant avec soi, la bouche ouverte, avec leur langue-insecte qui battra des ailes. »

C'est étrange, a dit Anna Livia, on dirait que ça parle du spectacle.

Elle a pris le bout de papier, elle l'a relu :

— Oui, c'est exactement ça : un monde où les êtres humains n'existent plus, où ils deviennent autre chose... C'est le thème de *Tabula rasa*... Un monde envoûté par le spectacle de sa monstruosité... un monde où l'expression « être humain » n'a plus aucun sens… Pina Bausch nous a demandé, pour la scène avec les billets de banque, de trouver chacune un mot qui nous dégoûtait, et moi j'ai choisi le mot : « humain »… S'il y a un mot que je n'arrive plus à supporter, c'est le mot : « humain »… Je le trouve obscène, il me dégoûte. Il a tellement été employé qu'il ne signifie plus rien. D'ailleurs, les gens n'ont que ce mot à la bouche : « Ah c'était très humain !… Oh, il est vraiment humain !… » On dirait que ça existe tellement peu, l'« humain », qu'on se met à en vanter partout l'existence, comme on fait avec les espèces en voie de disparition. Qu'il faille dire maintenant de quelqu'un qu'il est « humain », qu'il faille le préciser comme une qualité hors du commun, c'est quand même étrange… Et c'est vrai, j'ai l'impression que plus on dit des « êtres » qu'ils sont « humains », moins ils le sont… Quand quelqu'un dit qu'untel est « très humain », c'est presque mauvais signe, non ?

J'écoutais Anna Livia. La solitude trouve son écho, et alors tout devient une évidence. TOUT NOUS PARLE. Je me disais : Anna Livia me parle de l'*événement*. Elle aussi, depuis ses gestes, depuis le spectacle de Pina Bausch, parle de ce qui me parle. C'est décrit sur ce bout de papier, mais bientôt ce sera décrit partout. On trouvera ça dans les corps pressurés d'un métro à l'heure de pointe, dans le petit maelström d'une toupie, dans un vieux roman jeté à la flaque.

On se dira : nos yeux s'ouvrent enfin. Il se passe quelque chose.

C'est un trou. Ce trou grandit. Il est là tout le temps. On ne le voit pas, mais il n'y a que lui.

Il est là — partout : *il a pris la place de tout ce qui arrive.*

L'*événement*, c'est ça, me disais-je — une torsion dans les corps qui avale les gestes, qui vous retourne chacun de vos désirs comme un ongle, et fait de votre vie celle d'un zombi.

Le tableau de Bacon, on l'a trouvé tout de suite, Anna Livia et moi. Car devant lui, il n'y avait personne. Les visiteurs s'écartaient vite. Et c'est vrai que de loin, déjà, le Bacon vous prend à la gorge. Quelque chose de répugnant se montre là, qui vous bloque la vision. C'est un triptyque, avec trois boules de chair grises, prisonnières d'elles-mêmes, qui hurlent sur un fond rouge orangé. Elles se contorsionnent, mâchoires de cri, leur corps sans membre se débat sur des plots. Ça s'appelle : *Trois études pour des figures au pied d'une crucifixion.*

On s'est approchés, Anna Livia et moi. Elle n'a pas marqué de surprise, ni de répulsion. Au contraire : immédiatement captée, Anna Livia. Je l'ai vu à ses yeux. Elle s'est penchée vers un petit commentaire, à droite du tableau, qui disait que Bacon s'était inspiré d'Eschyle pour représenter les Érinyes, les déesses de la vengeance. Mais ce n'est pas possible que cette souffrance soit celle des Érinyes. Cette souffrance est immonde, mais on ressent une sorte de pitié pour elle. Cette chose qui souffre, engluée dans sa contorsion, n'est pas la vengeance. Ce cri venu de la torture, avec un linge en bâillon sur les yeux, impossible qu'il vienne de la vengeance : c'est le cri d'une victime. Si Bacon prend soin de parler de « figures au pied d'une crucifixion », s'il emploie le terme de crucifixion et qu'on ne voit pas cette crucifixion, c'est peut-être que pour Bacon, le lieu de la crucifixion s'est déplacé : la crucifixion, elle a lieu justement en bas, « au pied » de l'absence de croix. Alors, la crucifixion, c'est ce qu'on voit sur le tableau : c'est ce corps triplement ligoté. Ce corps qui n'est plus qu'un volume hurlant, tendu vers sa bouche, c'est le Christ.

Le Christ n'est plus accroché. Ou plutôt, il ne tient pas. Il n'est plus possible que quelque chose comme un Christ tienne. Il n'y a plus de ciel, plus d'histoire édifiante pour en soutenir le calvaire. Ça se passe en bas, maintenant. Il y a bien une sorte de tabouret de cirque dont les pieds bizarrement déployés tendent vers un début de croix. Mais non : fini la croix. Le Christ est tombé, il est au plus bas, il gesticule comme un lombric, hurlant sa douleur grise.

La croix, c'était encore une figure du monde : ici, le monde s'est décomposé en une tache rouge. Le cadre a sauté, tout s'est effondré, la chose rampe dans une absence d'espace. Ni bras ni jambes. Tumeur cuite qui ambule. L'enfer n'est plus cadré en fonction des pleurs, le gémissement découvre sa vrille. Les Érinyes dont parle le commentaire, on dirait qu'elles ont bouffé le Christ.

À côté de moi, les visiteurs se succèdent ; les uns après les autres, ils approchent, font une moue de dégoût et passent leur chemin. Anna Livia ne s'est pas détournée, elle regarde — elle regarde lentement. Son visage est concentré, grave, très pâle. Elle a sorti son carnet. Le geste qui travaille la toile, il n'est pas évident à deviner. Et puis lequel, d'abord ?

On voit bien que ce monstre est un innocent. Bacon a peint *ce qui arrive aux corps*. Il a peint ce que la dévastation produit : du concassement de chair tremblée, une masse de peur, un gros ver terrorisé. Le bout de papier dans sa flaque d'eau, il disait ça aussi : l'arrivée visqueuse des métamorphoses. La nuit s'est retournée sur elle-même, elle vous offre le négatif des sacres : un Christ terrorisé dans sa gluance. Nourrisson-saucisse qui hurle dans ses langes de prisonnier. Même plus de la souffrance ça : du souffrement, du souffrage, de la souffraille — une chose avalée dans sa douleur infecte.

Je me disais : quel est donc le mouvement que Pina Bausch veut voir sur scène ? Et puis comment faire voir cette chose qu'on ne peut pas montrer ? Dans son carnet, Anna Livia multipliait les schémas. Spirale, double spirale, ça se tordait sur la page comme ça se tord dans le tableau. Elle m'a montré les croquis, en disant : « Je crois que je tiens le geste. » Les mouvements appelaient des flèches et se croisaient en lignes pointillées. Elle voyait directement les couleurs et les formes en termes de danse.

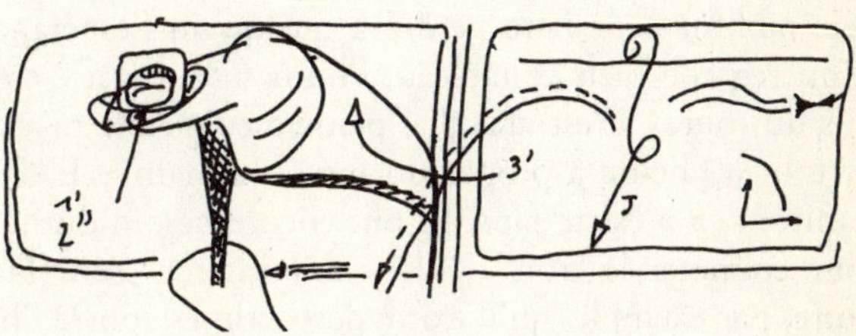

Je suis allé m'asseoir sur un petit banc de velours, près de la fenêtre. Avec la lumière qui venait du dehors, le tableau, vu d'ici, semblait plus étrange encore, contracté dans des taches aveugles. Les trois corps n'étaient plus que des volumes flottant dans la poussière du soleil. Celui de gauche, plié sur lui-même, on aurait dit un sphinx emmailloté dans une camisole. Au milieu, la boule qui finit par un tube à mâchoires : un poulet, une autruche, un gros testicule. Et à droite, la forme s'étire le plus possible, on voit ses côtes, et une oreille, elle essaye de s'accrocher au sol, peut-être est-elle clouée.

Est-ce que c'est un homme ou une bête ? Quelque chose a eu lieu qui est de l'ordre du saut. Le saut n'a pas de visage. Quand on saute, on n'a plus de visage. On n'a plus de corps. On n'appartient plus à rien. On n'est plus dans l'espèce. Quand on saute, on ne fait plus partie des « humains », mais on ne devient pas non plus un animal. On fait un bond hors des humains. Le temps d'un éclair, on est seul de son espèce. Qu'on fasse le saut depuis les tours de Notre-Dame ou depuis un plot de Golgotha pouilleux, c'est toujours le vide qui déferle. Le vide vous arrache à la vie du corps. Vous n'avez plus d'organes. Il n'y a plus de biologie. Plus de lien. Est-ce qu'on respire, dans le sans-lien, ou est-ce qu'on agonise ?

Anna Livia, tout en prenant des croquis, m'a dit : « Ce tableau peut faire perdre à quelqu'un l'espérance. Si on regarde bien ce tableau, l'humanité, on n'y croit plus du tout. » C'est vrai. J'ai pensé à ce qu'elle m'avait dit tout à l'heure à propos du mot « humain ». L'« humanité », ça n'existe plus. Ils ont encore besoin du mot, pour colmater le trou — ils y ont intérêt. Pour faire croire, par exemple, qu'il existe des « crimes contre l'humanité ». Alors que bien sûr, c'est un mensonge : il n'y a pas de crime « contre » l'humanité. L'humanité elle-même est complice du crime, de tous les crimes, et surtout des pires, ceux qui visent ce qu'il y a de plus « humain » — c'est-à-dire le fait même d'exister. Il n'y a pas d'un côté l'humanité, et de l'autre le crime. C'est l'humanité elle-même qui est criminelle. Il n'y a que les nigauds officiels, les salariés de la nigauderie, ceux qui sont payés pour le croire, et le faire croire, qui osent parler de « crime contre l'humanité ».

Une hirondelle a surgi, elle tournoyait dans l'affolement. Une fenêtre était ouverte, elle ne retrouvait plus la sortie. Avec ses ailes, elle a commencé à raser le tableau de Bacon. Elle allait buter contre lui. À cause de la lumière, ses ailes semblaient en feu. Le profilage noir et blanc de l'hirondelle sur le fond orange du Bacon, c'était très beau. Anna Livia s'est mise à sourire, elle m'a cherché du regard, pour voir si j'avais vu. L'hirondelle tournait dans la salle au ras du plafond ; à chaque passage elle frottait contre le Bacon, on avait vraiment l'impression qu'elle voulait se coller, là, dans le rouge et l'orange. À un moment, elle s'est mise à cogner dedans avec le bec, et deux gardiens en uniforme bleu-gris ont gesticulé au pied de la toile, ils essayaient de chasser l'hirondelle, qui refaisait un tour sans jamais trouver la fenêtre. Un des gardiens a tenté de l'attraper : en faisant un bond, il s'est cogné contre le Bacon, ça a fait un grand bruit, il a glissé à terre, et dans les rayons du soleil, il avait l'air de la créature du tableau : un petit tas luisant et gris, recroquevillé sur lui-même, tandis que sa collègue, les yeux révulsés, lui faisait des reproches.

L'hirondelle a trouvé la sortie. Il y avait de l'ambiance, maintenant, devant le tableau. Des visiteurs ont commencé à le regarder. Les deux gardiens ont vérifié que le tableau n'avait pas été abîmé. Anna Livia a rangé son carnet. Elle avait terminé ses croquis, alors on a commencé à s'amuser. On s'est mis à dire, le plus vite possible, tout ce qu'on voyait dans le tableau : les yeux bandés d'une exécution, du gigot de pierre, un pubis d'hippopotame, une selle de vélo poilue, un pied de piano enfoncé dans une selle de vélo poilue. On a dit : *Beau comme la rencontre entre un pied de piano et une selle de vélo poilue*. Puis on a imité l'extrait de roman trouvé par terre, on a dit : un plot-araignée, une robe-flaque, des bretelles-griffe, un cabestan-cran d'arrêt. Anna Livia, elle insistait sur l'inversion des mâchoires dans l'ouverture du cri et sur l'absence d'œil. Et moi, j'ai cru voir là-dedans, dans le gris-vert huileux des épidermes, de la peau de baleine. Oui, Moby Dick a trouvé le moyen de s'immiscer dans le tableau. Du coup, on a vu aussi la jambe de bois d'Achab, ou son harpon. Est-ce le harpon d'Achab qui a ouvert une plaie au flanc du Christ ? Le sang est orange ici, tout saigne dans l'espace, mais ça saigne en orange ; on n'a même plus le rouge pour se dire que c'est tragique, le rouge est déjà éteint, et l'orange on ne peut rien y accrocher : il n'y a rien d'humain dans l'orange, c'est une couleur criarde, une couleur de décor. Le Christ est donc là, privé de gestes, privé de corps. Il crie dans un désert vidé de sang. Le linceul qui lui ceignait les flancs est maintenant sur ses yeux, comme un supplicié qu'on va abattre. C'est une exécution, sauf que l'exécution ne finira jamais, elle sera toujours en train d'avoir lieu. L'exécution a pris la place du temps.

22

LA FILLE DU DIABLE

Anna Livia était une solitaire. Elle appréciait les autres danseuses de la troupe ; mais avait peu d'amis. Elle estimait Pina Bausch, en qui elle voyait une sorcière dont elle respectait l'intelligence froide — l'intelligence, disait-elle, de « ceux qui manipulent une matière spirituelle dangereuse ». Avec Pina Bausch, disait Anna Livia, on ne fait pas vraiment un spectacle ; on fait des exorcismes. D'ailleurs, elle avait eu souvent l'impression, en dansant avec Pina Bausch, de participer à un rite étrange, d'« entrer dans les gestes du mal ». À une époque, en Allemagne, beaucoup avaient reculé d'horreur devant les spectacles de Pina Bausch : ça leur rappelait, disait-elle, des pactes diaboliques, comme si de vieilles ténèbres s'agitaient de nouveau dans les corps allemands ; et qu'à travers les stridences de Pina Bausch se ranimait un vieux fond démoniaque. Mais Anna Livia, le feu noir, ça ne la gênait pas. Je crois même qu'elle avait des facilités pour y exercer son esprit ; et assez de sang-froid pour aventurer son corps dans les zones les plus enflammées.

Après avoir vu le Bacon, on est allés prendre une glace sur l'île Saint-Louis, on s'est reposés dans un parc, allongés dans l'herbe, puis je l'ai invitée à dîner. Il y a, près du pont Louis-Philippe, un restaurant qui donne sur la Seine, et qui s'appelle Le Dos de la Baleine. On était en terrasse, la fraîcheur venait enfin avec le crépuscule. Dans la touffeur des buissons, il y avait une belle fébrilité, des lampions de vacances, et Anna Livia était contente de sa journée. Ça faisait cinq ans qu'elle faisait partie de la troupe de Pina Bausch, et chaque année, celle-ci était invitée à Paris pour finir la saison du Théâtre de la Ville, en juin. Le reste de l'année, elle et ses camarades se retiraient à Wuppertal, puis tournaient à travers le monde, où elles jouaient plusieurs spectacles en alternance. Cette année, elle était allée danser en Corée du Sud, en Inde, au Portugal et en Indonésie, où Pina Bausch avait commencé à élaborer un spectacle en hommage aux danses balinaises, qu'elle mettrait au point cet hiver. Elle aimait cette vie nomade, avec l'intensité qu'il y a dans la danse au quotidien. Entre deux spectacles, elle vivait à Paris, dans le 20ᵉ, avec son frère, dans un grand appartement qu'elle ouvrait à certaines de ses amies qui avaient, comme elle, une vie sur plusieurs pays, et des points de chute dans d'autres villes. Elle était de Florence, mais elle avait grandi à Paris, où ses parents étaient venus vivre lorsqu'elle avait dix ans. Elle avait longtemps vécu à Berlin, mais elle préférait Paris, qu'elle aimait autant que les villes de Toscane. Il semble que ses parents aient quitté l'Italie vers la fin des années 1980, à cause de la politique ; et qu'ils aient vécu à Paris, avant de se séparer et de laisser l'appartement aux enfants, qui, très jeunes, ont vécu comme ils l'entendaient, livrés à eux-mêmes et à leur fantaisie. Elle avait l'impression de continuer à vivre cette vie d'adolescents libres, même si la danse exigeait une discipline où elle voyait une sorte d'exercice spirituel. Pour elle, la danse est plus que la danse : un geste est une manière de vivre comprimée en une seconde ; un geste est le contraire d'une habitude. Les gestes qu'on choisit d'effectuer lorsqu'on danse vous ouvrent à une manière de vivre chaque jour nouvelle. C'est comme si, à chaque geste, elle consumait, avec ses bras et ses jambes, avec sa nuque et ses hanches, tous ses acquis ; et que le geste suivant devait réinventer un usage de ses bras, de ses jambes et du reste. C'est ce qu'elle trouvait passionnant : cette lutte avec les gestes usés — cette recherche, que Pina Bausch mettait au centre de son travail, des gestes nouveaux.

Après les huîtres, la suite a mis longtemps à arriver, alors on a beaucoup bu. On a vite été ivres : une ivresse légère, qui s'épanouissait avec la joie de parler. On s'amusait. Le morceau de glace qui flottait dans mon verre s'est mis à sourire. Des cristaux ont pétillé avec malice dans les yeux d'Anna Livia. Elle m'a dit : « Qu'est-ce qui s'est passé, au juste, à "8 h 07" ? »

J'étais très surpris. Comment savait-elle ? Elle a dit qu'un jour, j'avais prononcé ces mots : « 8 h 07 », d'une manière mystérieuse. Ça avait sans doute à voir avec un événement ; elle voulait savoir.

J'ai dit qu'une pensée m'était venue un matin, à 8 h 07. Avec cette pensée, en une minute, ma vie a changé. Cette pensée est venue comme une hirondelle, comme celle de tout à l'heure, au musée Picasso ; ou comme Athéna, lorsqu'elle apparaît à Ulysse. Il y a une phrase très belle d'Ulysse, je ne sais plus si c'est dans l'*Iliade* ou dans l'*Odyssée*. Il a besoin d'aide, il appelle Athéna à son secours : « Pour une fois encore, Athéna, aime-moi, le plus possible. » Alors l'hirondelle surgit. Moi, ça ne s'est pas passé comme ça. Je n'ai appelé personne, ou alors peut-être que ça faisait longtemps que j'appelais en silence. Peut-être que je lançais des appels, comme Ulysse ; mais ces appels, moi-même je ne les entendais pas, j'y étais sourd. Il n'empêche que ce matin-là, au bord de la Seine, une pensée m'est venue. Une pensée qui, en un instant, m'a délivré de toutes les pensées que j'avais pu avoir avant elle. Une pensée qui a immédiatement remplacé toutes mes autres pensées, qui les a rendues ennuyeuses et vieilles, qui les a périmées. Avec cette pensée, en une minute, j'ai tout quitté. En une minute, j'ai rompu avec ma vie ancienne. Car cette vie, je ne savais pas qu'elle était ancienne, et d'une minute à l'autre, elle l'est devenue. Ce n'est pas tous les jours, ai-je dit à Anna Livia, qu'on a une telle pensée. Quand une telle pensée vous arrive, votre vie se retourne. Cette pensée emporte tout sur son passage. On peut très bien lui résister, on peut se boucher les oreilles avec de la cire ou se ligoter à son ancienne vie, mais il y a dans cette pensée de quoi faire tomber des murailles. J'ai laissé cette pensée m'ouvrir le chemin, comme une hirondelle, et depuis, c'est ainsi que je procède. Jamais je n'interviens : que cette pensée vienne le jour ou qu'elle vienne la nuit, je laisse faire. C'est elle qui mène le temps, je lui fais confiance : le temps, c'est elle. Depuis que cette pensée m'accompagne, je me suis mis à vivre, ai-je dit à Anna Livia. Avant, je ne vivais pas : cela fait très peu de temps que je vis. Il m'arrive toutes sortes de choses, maintenant ; ou alors il ne m'arrive rien. C'est pareil. Lorsque cette pensée m'est venue, je me suis ouvert à elle. J'ai laissé tomber le reste. Je n'ai plus fait que ça : vivre ce qui s'ouvrait avec cette pensée. J'ai arrêté instantanément d'aller à mon travail. À 8 h 06, j'allais à mon travail ; à 8 h 08, je n'y allais plus. Ce travail n'avait plus d'existence à mes yeux, plus aucun travail n'existait. Je n'avais qu'une pensée : faire exister ce qui, en une minute, s'était ouvert avec cette pensée. Faire exister cette minute, l'étendre aux autres minutes, à toutes les minutes, à toutes les heures, à ma vie entière. C'est ainsi que j'ai commencé à me sentir libre. J'ai découvert que cette pensée me rendait libre. Et j'ai découvert qu'avant elle, je n'avais jamais eu de pensée. On croit qu'on pense, mais la plupart du temps on ne pense pas. On s'imagine avoir des pensées, mais ce ne sont pas des pensées, ai-je dit à Anna Livia. Ce sont tout au plus des idées, des réponses à des questions qu'on se pose, des solutions à des problèmes — pas des pensées. Une pensée, lorsqu'elle se met à exister, on ne la reconnaît pas : elle n'a pas l'air d'une pensée. Une pensée, si c'est une pensée, ai-je dit à Anna Livia, a toujours l'air d'autre chose. La pensée qui m'est venue à 8 h 07, elle est venue sous la forme d'une phrase. Elle a pris la forme d'une phrase, d'une deuxième phrase, d'une troisième, d'une dizaine d'autres phrases qui se sont mises à me donner une existence. Les phrases ont commencé à me faire exister — à *faire exister mon existence*. La vie des phrases est sans limites, ai-je dit à Anna Livia ; et depuis que je vis avec les phrases, ma vie non plus n'a pas de limites.

— C'est très beau, a dit Anna Livia : on dirait la vie de Bouddha.

— Est-ce que j'ai l'air d'un bouddha ?

On a éclaté de rire. Je pensais à la statuette sur le bureau du professeur Vivale, aux plis rondouillards de son ventre, à son air de bonheur ahuri.

Anna Livia avait un petit téléphone bleu ciel posé à côté de son assiette. Plusieurs fois, il avait sonné, elle avait regardé l'écran, sans répondre. C'était un pépiement d'oiseaux qui lui servait de sonnerie. Quand on a eu terminé nos truites, les oiseaux ont de nouveau chanté. Cette fois elle a répondu, elle s'est éloignée discrètement vers le trottoir, au coin du restaurant. J'ai fumé une cigarette, il faisait nuit maintenant, de l'air frais venait jusqu'aux tables. J'étais ivre. En revenant, elle s'est excusée, elle m'a dit que c'était une amie très chère qui l'appelait pour son anniversaire. Anna Livia avait trente ans, elle ne l'avait dit à personne, les fêtes l'ennuyaient.

J'avais acheté une carte au musée Picasso. Elle représentait un homme qui jouait de la guitare auprès d'une femme allongée. La guitare avait la forme du corps de la femme. La femme ondulait dans la musique, ses rondeurs étaient pleines de plaisir. Le couple était lové dans une pluie de couleurs vertes et jaunes qui les couvraient de jouissance. Au verso, j'ai noté la date et le nom du restaurant, j'ai souhaité bon anniversaire à Anna Livia, j'ai ajouté qu'il y avait donc trente raisons de l'aimer. J'ai signé la carte, puis l'ai offerte à Anna Livia.

Elle semblait surprise, elle souriait avec gêne. Du coup, j'étais un peu gêné moi aussi. Mais c'était bon, cette pudeur. Je la savourais. Et puis j'ai eu l'idée, puisque c'était un soir spécial, de commander, pour elle et moi, un dessert spécial. Nous avons consulté le menu, échangé nos envies ; et sommes tombés d'accord sur la charlotte au chocolat.

Je lui ai dit qu'à force d'assister aux répétitions, à force de l'observer, elle, et d'observer le moindre de ses gestes, j'avais repéré dans sa manière de danser une force étrange ; comme si, à partir d'une certaine intensité, à force d'enrouler son corps, elle se trouvait habitée par quelque chose de plus grand qu'elle.

— C'est sûrement le diable.

Elle a dit ça avec un grand sérieux, puis elle a éclaté de rire.

— Vous ne me croyez pas ?

— Je vous crois absolument : le diable, c'est bien lui que j'ai vu. Mais peut-être il faudrait lui donner un autre nom aujourd'hui, ou pas de nom du tout. « Le diable », ça fait un peu vieillot…

— Non non : « le diable », c'est très bien. Même si on ne croit pas en Dieu, le catholicisme est très utile. Je trouve même qu'il devient intéressant précisément quand on ne croit pas du tout en Dieu. En Italie, soit les gens haïssent l'Église, soit ils sont bigots. Moi par exemple, j'ai été baptisée alors que mes parents étaient complètement athées. J'ai été baptisée par un mendiant. Mon père m'a raconté que cet homme dormait devant l'église de Santa Croce, à Florence, juste sous la statue de Dante. Mes parents à cette époque étaient très solitaires, farouches, intransigeants. Ils étaient politisés, et très pauvres. Leur vie, c'était la politique. Il y avait en Italie un climat dangereux pour les contestataires. Ils avaient une vie intense — une vie de lutte. Ils vivaient dans un quartier de l'Oltrarno, autour de la piazza Santo Spirito, où les voyous et les alternatifs avaient élu domicile. Ils étaient proches de Guy Debord, qui vivait là avec sa femme, via delle Caldaie. En tout cas, ils avaient une sorte de vie clandestine ; et avaient rompu tout lien qu'ils jugeaient contraire à leurs idées. Ainsi, ils étaient brouillés avec toute la famille. Il n'empêche qu'ils étaient catholiques ; et qu'ils désiraient me faire baptiser. Ils ne l'ont dit à personne ; et n'avaient prévu ni parrain ni marraine. En arrivant à l'église, ils ont vu le mendiant, un type tout maigre, barbu, avec un long manteau comme le vôtre ; et c'est cet homme qui m'a baptisée.

C'est lui mon parrain. On n'a jamais connu son nom. Du coup, mon père disait qu'à travers ce mendiant, j'avais été baptisée par saint François lui-même. Il était obsédé par saint François d'Assise. Je me souviens que le soir, pour nous endormir, il nous lisait, à mon frère et à moi, les *Fioretti*. C'était un gauchiste un peu hétérodoxe. Il paraît que Guy Debord, qui l'aimait beaucoup, l'appelait « le situ franciscain ».

« Plus tard, saint François, je l'ai sans doute déçu. Car il m'est arrivé une aventure — ma première aventure spirituelle —, qui m'a fait entrer dans la carrière du mal, carrière que je perpétue aujourd'hui en dansant pour Pina Bausch. J'avais neuf ans. J'allais au catéchisme, et bien sûr, comme beaucoup de petites filles, je me croyais un peu mystique. Le jour de la communion, il y a eu une sorte de concours de prières. Il fallait faire vibrer son cœur le plus longtemps possible. Mes camarades communiaient sans réfléchir, je crois qu'elles étaient dans l'adoration. Dieu, elles y croyaient follement, avec cette foi terrible de l'enfance, une foi de groupe, qui répond au désir de faire comme les autres. Et moi, face à l'autel, j'ai cru sentir que dans mon cœur il n'y avait personne. J'ai essayé de faire venir quelque chose, j'étais au bord des larmes, mais non : rien — Dieu ne battait pas dans mon cœur. C'était vide. Comment avouer une chose pareille ? J'avais honte. J'ai pensé que je n'étais pas normale. Toutes mes camarades avaient Dieu dans leur cœur, et moi non. Je suis allée prendre l'hostie comme une voleuse. Je sentais bien que je n'y avais pas droit, mais je l'ai fait, parce que je ne voulais pas qu'on sache que je n'entendais pas Dieu dans mon cœur. Je me souviens que j'ai eu peur que ça se voie dans mes yeux, alors je les ai fermés. L'après-midi, après la communion, on a fait une promenade dans les collines avec mes parents. Je n'arrêtais pas de penser au fait que Dieu ne venait pas dans mon corps. On m'avait offert un petit médaillon en or qui représentait la Vierge, et je le portais autour du cou. Mais j'avais peur de cette nouvelle impiété, alors j'ai retourné la médaille : le visage de la Vierge, je l'ai caché contre ma peau. Mes parents n'avaient pas encore fait graver ce qu'on grave dans cette occasion au revers des médailles, c'est-à-dire le nom et la date de la communion, si bien que la médaille, telle que la portais ce jour-là, était vide. Et précisément, c'est ce vide que je sentais dans mon corps. Pas seulement dans mon cœur, mais dans tout mon corps. Dans la voiture, en allant vers Fiesole, j'ai commencé à me sentir mal. À la place de ce qui aurait dû être Dieu, quelque chose s'était ouvert. Ce n'était pas seulement vide, c'était comme un trou qui s'élargissait, un trou avec lequel j'allais devoir vivre. Et là, ça a commencé à changer : bien sûr, je me sentais délaissée, mais en même temps, ce vide c'était mon secret, et l'idée, soudain, d'avoir un si grand secret, un secret immense et scandaleux, cette idée m'a plu. Ce vide ouvert dans mon corps, c'était une cachette magnifique, ça échappait même à mes parents, jamais personne n'y aurait accès. Il fallait que ça reste comme ça, il fallait que je veille sur ce vide, que cet espace soit toujours libre. J'ai détaché le médaillon de mon cou. Depuis le début de la promenade, je ne faisais que ça : essayer de l'enlever et le remettre, c'était un jeu. Avec une petite pièce de monnaie que j'avais dans la poche de ma robe, une pièce que ma mère m'avait donnée pour me récompenser d'avoir été si parfaite durant la communion, j'ai gratté la médaille. Lentement, en couvrant le bruit avec ma main, dans la voiture, tandis que mes parents écoutaient la radio, j'ai frotté ma pièce contre le visage de la Vierge *pour l'effacer*. Je n'avais rien contre la Vierge, mais je ne voulais pas qu'elle voie ça. Je ne voulais pas qu'elle soit mêlée à ce vide que j'avais en moi. C'était par respect que j'effaçais la Vierge, et aussi parce que je ne méritais pas sa présence contre ma peau. Mais déjà, tandis que je l'effaçais, quelque chose d'autre avait lieu : je prenais plaisir à gratter le visage de la Vierge, et ce plaisir, insensiblement, se changeait en rage, en une rage froide contre ce Dieu qui n'était pas venu, qui ne me jugeait pas digne alors que je n'avais rien fait de mal, ce Dieu injuste qui me faisait souffrir aujourd'hui, et que j'aurais été si contente d'accueillir. Ce Dieu qui n'était pas venu, en grattant la médaille de la Vierge, je le niais. Puisqu'il n'était pas venu aujourd'hui, je lui interdisais de venir. Jamais, plus jamais. Pour moi, il n'existait plus. J'ai retourné la médaille, et là, sur le côté vide — sur *mon côté* — avec la pièce, en trois lignes croisées, j'ai gravé la lettre A, celle de mon prénom, comme ça :

« J'ai senti que c'était un sacrilège. Je tremblais. J'avais effacé la place de Dieu, je l'avais barrée — et à la place, je m'étais mise, moi. C'était incroyable. Dans la voiture, tandis qu'on se garait sur le parking de Fiesole, je me disais : j'ai tué Dieu — je suis la fille du diable. Je me souviens encore de l'instant où ces mots sont arrivés dans ma tête : "Je suis la fille du diable." C'était en descendant les marches qui mènent au petit amphithéâtre de Fiesole. Elles étaient un peu mouillées, car il avait plu.

Mon père m'a dit que c'était dangereux, il m'a pris la main, mais je me suis échappée. J'ai voulu descendre les marches toute seule, en courant. Mes parents étaient effrayés, ils ont crié : "Anna Livia !" mais je ne suis pas tombée. J'étais joyeuse d'un coup, terriblement joyeuse, en dévalant ces escaliers toute seule. Ils criaient : "Anna Livia", et quand je me suis retournée, tout en bas, j'ai dit : "Oui." J'ai souri, ils ont souri aussi, nous avons tous souri : j'étais devenue la fille du diable. »

J'ai levé mon verre à la fille du diable. On a bu encore, on s'est raconté d'autres histoires. Anna Livia racontait merveilleusement. Je lui ai dit que ses histoires étaient si bien racontées qu'elles pouvaient entrer telles quelles dans un livre. Je l'ai avertie que j'avais commencé à décrire les répétitions de son spectacle, à décrire tout ce que je voyais dans ses gestes ; et que si elle continuait à me raconter autant de choses sur elle, elle allait se retrouver dans mon livre.

Elle a ri. Elle a dit que c'était très bien ; que les livres devaient s'écrire comme ça. Que les livres, comme la danse, étaient le résultat de nos expériences ; et qu'ainsi, les phrases, comme les gestes, « déshabillaient le monde ».

On est allés boire un verre sur une péniche amarrée le long du quai de Montebello, qui s'appelait Aux Amants de la Nuit. En passant, je lui ai montré l'hôtel Cascade, et la fenêtre de ma chambre. Au bord de l'eau, des gens pique-niquaient, ils étaient allongés par petits groupes sur des couvertures : il y avait des guitares, quelques adolescents éméchés, et cette torpeur qui vient en douce avec l'alcool. Sur la péniche, les gens dansaient ; mais on a trouvé une place au calme, derrière le bar, sur un divan bien mou en velours brun, et on a commandé des vodka-tonic.

Il n'était pas tard lorsqu'on est partis, mais pour Anna Livia, il y avait encore des répétitions demain. Plus que deux jours avant la première. Elle voulait se reposer.

En se levant, soudain, elle m'a dit : « Vous êtes seul, alors ? »

J'ai dit que seul, oui, je l'étais ; mais que ça dépendait de ce qu'on entendait par seul. Je n'étais pas esseulé, je ne souffrais pas de solitude ; au contraire, la solitude, je l'aimais, je la trouvais belle. Et même, je trouvais qu'il n'y avait rien de plus beau que la solitude.

— Moi aussi, je suis seule, a dit Anna Livia, mais je ne sais pas quoi en penser.

C'est là que je l'ai embrassée. On venait de descendre de la péniche. Il y a trois bouleaux, à cet endroit, sur les quais. L'hôtel Cascade est juste en haut. Le baiser a duré longtemps. Il était doux et lent — un long baiser au ralenti. Les reflets glissaient sur la Seine. Elle m'a dit qu'elle avait beaucoup trop parlé, ce soir, mais que c'était bien : on parlait bien ensemble. On a pris le petit escalier qui mène au pont de l'Archevêché. Elle a fait signe à un taxi. Il s'est arrêté. Elle a disparu dans la nuit.

23

BOULE DE NEIGE

Le 4 juin, le spectacle a commencé. On voyait partout la photographie d'Anna Livia. Sa chevelure et ses beaux seins s'affichaient dans les couloirs du métro, et sur les colonnes Morris. C'était complet depuis des mois. Les articles étaient dithyrambiques. On louait le génie de Pina Bausch. On s'enthousiasmait pour les danseuses. Et particulièrement pour cette Italienne « au visage Renaissance » et à la « grâce violente ». On pouvait lire son éloge, par exemple, dans *Libération* :

> Elles sont habillées d'abîme
>
> *Dans* Tabula rasa, *le nouveau spectacle de Pina Bausch au Théâtre de la Ville, sept jeunes danseuses réinventent fiévreusement l'histoire de la danse européenne.*
>
> Voici la danseuse absolue, celle qui fait coïncider la sauvagerie des hanches et l'apaisement des nuances. C'est une créature de l'opulence et du filigrane, elle est à la fois Esmeralda et Louise Brooks. Son corps soulève des lignes où l'histoire des figures érotiques occidentales semble prise au filet de la citation amusée. La couleur est d'abord nettement chaude, méditerranéenne, et les suggestions charnelles savamment référencées.

Mais Anna Livia P. ne fait pas que s'amuser. Très à l'aise dans le cauchemar allégorique orchestré par Pina Bausch, où notre monde n'a aucun mal à se reconnaître, c'est aussi du côté plus blafard de la *Lulu* de Berg, des abîmes de sa syncope dépressive et de son bégaiement sexuel que les résonances s'allument, à partir du moment où le spectacle aborde la mort du désir. Pina Bausch met en scène ce point limite à partir duquel la frigidité devient la norme du monde. Sa troupe ne bascule pas dans le délire. Au contraire, dans un monde en délire, il n'y a plus de délire. Les danseuses se faufilent, rasent les murs, elles se confondent avec le point limite, et dans l'imperceptible inventent de nouvelles formes de beauté, d'abord fugaces, presque timides, puis de plus en plus décidées, affirmatives, jusqu'à la résurrection par éclats, flèches, spasmes : Anna Livia P. et ses compagnes inventent alors le haïku de gestes. Les fusées de calme existent-elles ? Un nouvel érotisme se dégage de la congélation ; et l'on assiste, médusé, à un déploiement inédit des gestes de l'amour. Revenus de la mort, affûtés par le chaos, éprouvés par leur propre disparition, ils semblent devenus des gestes de traversée : ils se traversent eux-mêmes, flottant dans une minceur luxueuse où la joie, graduellement, renaît.

Anna Livia m'avait proposé une place pour la première, mais les répétitions m'intéressaient plus que le spectacle lui-même ; rien ne serait plus beau que ces dizaines d'heures où je l'avais vue chercher ses gestes — ainsi avait-elle donné la place à quelqu'un d'autre.

Depuis notre baiser, je ne l'avais vue qu'une fois. C'était lors des répétitions ; elle m'avait souri, comme d'habitude, en entrant sur scène, mais s'était éclipsée tout de suite après la fin. Depuis, aucune nouvelle. Pourquoi en aurais-je eu ? J'en espérais uniquement parce que j'étais privé du moyen de la voir. Le spectacle durait vingt-six jours. J'ai compris qu'il me serait impossible de l'approcher jusqu'à la fin de cette période.

Au début, je trouvais agréable de fixer ainsi mon esprit sur Anna Livia. Je n'avais ni son numéro de téléphone ni son adresse. Et bien sûr, elle n'était pas dans l'annuaire. J'ai toujours vécu avec une jeune femme en tête, me disais-je. À la manière dont elle m'occupe l'esprit, je reconnais que j'existe. Si j'ai une femme en tête, j'existe. Et si j'existe, j'ai une femme dans la tête.

J'attendais le matin l'infirmière qui, selon les prescriptions de Bianca, me faisait une piqûre de cortisone. Puis j'allais écrire ces pages à La Licorne.

J'ai vite perdu mon calme. J'allais rôder, l'après-midi, autour du Théâtre de la Ville, où je savais que Pina Bausch réglait quelques séquences. Les danseuses sortaient quai de Gesvres, l'une après l'autre, sauf Anna Livia. Je crus qu'elle était malade. On me dit que non.

Le soir, après le spectacle, même chose. Elle triomphait avec ses camarades au Théâtre de la Ville, puis rentrait chez elle. J'allais au Mistral, car je savais que les danseuses venaient y boire un verre. L'une d'elles me dit que, durant les périodes de spectacles, personne ne voyait Anna Livia.

J'abordai même une fois Pina Bausch sur la place du Châtelet ; je la remerciai de m'avoir permis d'assister aux répétitions. Elle me demanda des nouvelles de mes saignements. Je la rassurai. « Comment va Anna Livia ? dis-je. — Elle va très bien : chaque soir, elle est parfaite. » Je n'insistai pas.

Et puis je n'avais plus d'argent. Le distributeur de la rue de Bièvre me l'indiquait : j'étais à découvert, il n'y avait plus rien. Je n'avais jamais très bien su ce que j'avais sur ce compte. C'était pour les dépenses courantes. Jusqu'au mois d'avril, une partie de mon salaire y était versée, je vivais avec ça — ça me suffisait. Le reste du salaire allait ailleurs : c'est Joséphine qui avait tout organisé.

À la banque, un type habillé tout en jaune m'a dit qu'en effet mon compte courant n'était plus approvisionné. Il y en avait un autre, une espèce d'« épargne assurance » qui s'appelait « Boule de neige ». C'est là que Joséphine avait fait virer mon salaire toutes ces années. « Boule de neige », ça rapporte bien, m'a dit le type, avec une joie gourmande. Alors, j'ai voulu savoir combien il y avait sur « Boule de neige ».

Le type a tapoté sur son ordinateur, le téléphone a sonné, il a répondu ; et pendant quelques secondes, tout en fixant la veste et la chemise jaunes, essayant de distinguer le détail des petits insectes dessinés sur sa cravate jaune, j'ai pensé que peut-être, sur « Boule de neige », il n'y avait rien.

Derrière le guichet, il y avait une grande affiche rouge et blanc, avec un écureuil hilare qui roulait entre ses pattes une boule de neige. « À combien estimez-vous votre vie ? » demandait l'affiche. L'écureuil hilare répondait : « Financez-vous la vie ! » Il avait les yeux exorbités, exactement comme le type en jaune. Oui, le type en jaune ressemblait à l'écureuil. Mon regard allait de l'un à l'autre, de l'euphorie de l'écureuil à la froideur du type en jaune : ils avaient les mêmes yeux exorbités, le même pli aux lèvres, la même passion pour « Boule de neige ».

Il m'a dit le montant. J'ai fait un rapide calcul. Un an. Oui, avec ça, je pouvais vivre à peu près un an. Je pouvais continuer cette vie jusqu'à l'été prochain. Ne plus m'occuper de rien, aller de temps en temps au distributeur, prendre quelques billets.

Alors j'ai dit que je voulais retirer une centaine d'euros. Mais là, l'Écureuil, il a commencé à soupirer : je vous l'ai déjà dit, « Boule de neige » n'est pas un compte courant : « Boule de neige » est une assurance, c'est de l'argent bloqué. Vous ne pouvez pas y toucher comme ça ; et même ce serait dommage, parce que vous n'avez pas atteint le plafond : « Boule de neige » peut encore fructifier, ce serait un très mauvais calcul, vous perdriez de l'argent.

Là, je me suis crispé. Sur ce compte il y avait une année de liberté, et l'Écureuil voulait la garder. Je pensais à ma chambre de l'hôtel Cascade, à 8 h 07, à Anna Livia, je pensais à l'*événement*, à toute cette liberté qui ne faisait que commencer. Et lui, l'Écureuil, me parlait de « plafond ».

J'ai dit que oui, bien sûr, le « plafond », je comprenais, mais qu'il me fallait absolument de l'argent, et que je n'avais plus que « Boule de neige ». L'Écureuil a dit que c'était dommage, « Boule de neige », il ne fallait pas s'en servir comme un compte courant, parce que « Boule de neige » suivait une ligne de capital très abrupte. À « Boule de neige », il fallait laisser un peu plus d'amplitude, c'était dans mon intérêt.

Bien sûr, j'ai dit, « Boule de neige » : magnifique, vive « Boule de neige », mais là, j'ai vraiment besoin de l'argent qu'il y a dessus.

L'Écureuil a recommencé son laïus. Inexorable. Je ne sais pas comment, mais le mot « inexorable » est apparu. J'ai pensé : l'Écureuil est inexorable. Je n'en pouvais plus. Franchement, il me pompait l'air avec sa « Boule de neige ». Il répétait que c'était dommage, que c'était mon intérêt, il proposait même de me faire un prêt.

— Ça suffit, j'ai dit. Votre « Boule de neige », je m'en tape. Cet argent est à moi. Je vous ai dit que je n'avais rien d'autre. Donnez-moi cet argent tout de suite !… Je prends tout, et en liquide…

J'ai réussi finalement à faire transférer « Boule de neige » sur le compte courant. Mais ça prendrait trois semaines. Et puis, l'Écureuil était furieux. Il a exigé des attestations : il fallait que je lui fournisse les contrats, ceux que j'avais signés lorsqu'on avait ouvert « Boule de neige ».

Ces contrats, ils étaient forcément dans l'appartement, chez Joséphine, mais où ? Je n'allais quand même pas appeler Joséphine pour « Boule de Neige ». Je l'avais laissée sans nouvelles, j'avais disparu de sa vie du jour au lendemain, j'avais coupé les ponts, sans un mot depuis le 17 avril, alors maintenant, je n'allais quand même pas lui téléphoner pour lui demander où elle avait mis mon contrat « Boule de neige ». C'était impossible de l'appeler. Et puis quoi dire ? Il aurait fallu s'expliquer ; et l'instant de 8 h 07, on ne peut pas l'expliquer. Je n'allais pas commencer à le défendre, ni à plaider pour lui. L'instant de 8 h 07 était un instant cruel — un instant de destruction. Et quand arrive la destruction, il est impossible de vouloir en même temps recoller les morceaux. Quand arrive la destruction, on ne peut plus rien vouloir. La destruction mène l'instant, ça dure une minute, après il est trop tard.

J'avais basculé dans un monde si différent qu'il m'était impossible d'envisager de parler de nouveau à Joséphine. Je n'avais rien contre elle. Mais en une minute, elle m'était devenue étrangère. Elle appartenait à l'autre monde, voilà tout, le monde d'avant 8 h 07 — et ces deux mondes ne communiquaient pas. Pourquoi épiloguer ? Pourquoi remuer de la souffrance ? Elle savait parfaitement ce qui m'arrivait. Elle l'avait toujours su, elle vivait depuis longtemps avec l'idée que sa vie et la mienne s'éloignaient, qu'elles étaient attirées par des forces contraires ; et qu'on ne peut rien contre le désir de rompre ses attaches.

24

LA LANGUE DES ÂNES

Le lendemain, je me suis levé tôt. Je suis allé rue de la Convention. Il y a un café face au 25, à la sortie du métro Boucicaut, et là, j'ai attendu que Joséphine sorte. Elle partait toujours à 8 h 30 : 8 h 30, c'est la bonne heure, disait Joséphine — ni trop tôt ni trop tard — 8 h 30, c'est la meilleure heure pour aller au travail. Et elle n'avait pas changé : il était 8 h 30, la grande porte s'est ouverte. Joséphine était en noir, très belle dans une sorte de fourreau noir, avec des lunettes noires, cet air de star inquiète qui m'avait toujours plu. Je l'ai laissée s'éloigner jusqu'au bout de la rue. Elle allait vers l'Agence, elle y va toujours à pied. J'ai fait le code, j'ai poussé la grande porte, j'ai traversé la cour et suis entré dans l'appartement.

En ouvrant la porte, j'ai eu peur qu'il n'y ait quelqu'un. Un type, par exemple. Mais il n'y avait personne. Ça sentait le shampoing, l'humidité de la douche, la chaleur du matin. Dans la salle de bains, il y avait encore un peu de buée sur le miroir. J'ai été étonné de trouver mon rasoir, posé comme toujours, à gauche, sur la petite plaque de verre, au-dessus du lavabo. Mes affaires de toilette étaient rangées dans une trousse, sur une étagère de la petite armoire de fer, sauf le rasoir. J'ai eu la tentation de prendre la trousse, et puis non.

Dans le salon, ça sentait l'eau de rose et aussi ces odeurs un peu cireuses de bougies parfumées que Joséphine allumait le soir. J'ai regardé les livres empilés contre les murs, les magazines sur la table basse, les restes du petit déjeuner, le peignoir blanc jeté à la va-vite sur une chaise.

C'était étrange de s'introduire dans son ancienne vie — de l'observer *par-derrière.* J'avais la sensation de m'être faufilé dans une doublure ; et d'assister à ma propre absence. Cette vie avait eu lieu, confortablement, entre le lit, le bureau et le canapé, dans un décor clair et réglé, où la lumière elle-même était rassurante, et semblait vouloir se fondre dans le pastel des coussins, des couettes et des tapis. Tout, dans cet appartement, *sentait la décoration.* Comme si l'on maquillait quelque chose qu'il ne fallait pas voir. Mais quoi ? Peut-être que le chloroforme agit tout seul dans la vie des couples intégrés. Leur chambre à coucher a souvent l'air d'un tombeau, on dirait qu'ils viennent mourir là, chaque soir, après leur journée de travail. Ils se laissent gentiment déposséder chaque jour de leur âme ; et en rentrant, ils sont « crevés », comme ils disent ; alors en attendant le week-end, ils sombrent dans le ronronnement mécanique des vies faussement vécues.

Il y avait toutes mes vestes dans le placard ; certaines me faisaient envie, mais c'était impossible de me charger de ça. Impossible d'avoir des « affaires ». Impossible de traîner avec soi toute cette vie d'objets. Les vestes, les trousses de toilette, on s'en fout complètement, me disais-je. Je me sentais loin, travaillé par une seule idée fixe : « Boule de neige ». Oui, « Boule de neige », me disais-je, en feuilletant les classeurs de compte de Joséphine, régler la question « Boule de neige ». Il y avait des kilos de factures, de contrats, de souches de carnets de chèques, de relevés de compte, mais dans le dossier « Assurances-vie », le contrat « Boule de neige », assez vite, je l'ai trouvé.

J'ai récupéré aussi mon passeport et une chemise gris perle. J'ai cherché sur l'étagère, parmi les disques, le coffret John Coltrane. Je pourrai l'écouter à La Licorne, me disais-je : Lestrange met parfois du jazz, je lui apporterai Coltrane.

Et puis il y avait tous ces livres, un mur de livres entassés les uns sur les autres. Joséphine attendait que j'installe des étagères, je remettais toujours au lendemain, et puis cet empilement, je l'aimais bien. Tous mes livres étaient là, avec des centaines de phrases que j'avais soulignées au crayon, ces phrases qu'à une époque j'avais le projet de recopier sur un cahier, en les mettant bout à bout. Je me disais : ça formera un récit, une méditation, une sorte de poème. Ces phrases étaient stockées là, dans l'attente d'être vécues un jour. À travers elles, j'avais à l'époque une vie secrète, une existence de filigrane, un destin en réserve. Et ces phrases, toutes les phrases que j'avais soulignées, qui dormaient ici empilées dans l'oubli, c'est précisément celles qui me revenaient depuis l'instant de 8 h 07. Pas besoin du cahier : ce poème de phrases, cette existence dont j'avais rêvé, je la vivais maintenant.

Après tout, me disais-je, je peux prendre quelques livres avec moi. Ma nouvelle vie n'empêche pas les livres : au contraire, il y a maintenant plus de place dans ma vie pour les livres. Pas pour les empiler contre un mur, mais pour les infuser dans ma manière de vivre. Le problème, c'est qu'ils me faisaient tous envie. Et ceux que j'avais lus me faisaient autant envie que les autres. Je me suis dit : si je prends un livre, si je sors un seul livre du mur de livres, je vais les prendre tous ; et ça, c'est comme pour les vestes : c'est impossible.

J'ai vu, posés sur le bureau, les deux petits tomes de *L'Idiot* de Dostoïevski. Là je ne pouvais pas résister. Et puis, lire *L'Idiot*, pour moi c'était le bon moment. Je me suis dit : lire *L'Idiot* de Dostoïevski, maintenant, tout de suite, ce serait bien. D'autant que c'était la traduction de Markowicz, en deux tomes, celle que j'avais commandée à la librairie du coin quelques jours avant le 17 avril. Joséphine était allée chercher les deux volumes. Il y avait encore une vignette dessus, avec un numéro de client, et mon nom.

La chambre flottait dans une ombre douce. Avec les rideaux tirés, la pièce était fraîche. Il y avait encore l'empreinte du corps de Joséphine dans le lit. J'ai respiré l'odeur des draps, le parfum chaud de la nuit qui imprègne les oreillers. Je me suis déshabillé, et avec le premier tome de *L'Idiot*, je me suis couché, en essayant d'ajuster mon corps dans l'empreinte de Joséphine. Un peu de lumière se faufilait entre les rideaux, une lumière faible qui appelle le sommeil. J'ai lu plusieurs heures d'affilée.

Le prince Mychkine, je l'ai tout de suite reconnu. Dès que sa silhouette est apparue dans *L'Idiot*, j'ai eu la chair de poule, j'ai souri, j'étais heureux. Je savais ce qu'il allait dire, je l'entendais déjà. Les phrases du prince Mychkine ne sont pas de belles phrases, ce ne sont pas de ces phrases dont on dit qu'elles sont « profondes » ; il n'y a pas, dans la bouche du prince Mychkine, de phrases absolues, me disais-je en lisant *L'Idiot*. Les phrases du prince Mychkine sont de pauvres phrases, mais chacune résonne comme une « parole ailée ». Lorsque le prince Mychkine parle, on a la sensation d'une simplicité extraordinaire, me disais-je. Le prince Mychkine revient de nulle part, il est pauvre, mystérieusement humble. C'est le jeune homme absolu — frêle, les joues creuses, avec une barbiche blonde, et un manteau à capuche qui lui donne l'air d'un mendiant. Il devine les visages, il voit les yeux, son écriture est parfaite. Et quand il parle, les autres demeurent bouche bée. Ils n'ont jamais entendu personne parler avec la simplicité du prince. Ils se disent que le prince est simple d'esprit et, en même temps, que c'est la vérité en personne. Mais ce qui sort de la bouche du prince Mychkine n'est pas simple, me disais-je : c'est une simplicité au bord de l'évanouissement, et peut-être est-ce la possibilité de cet évanouissement qui sidère. La simplicité de Mychkine, me disais-je, est si incongrue qu'elle semble avoir franchi l'idée même de savoir. On se dit : c'est une simplicité qui sait tout, et pourtant non : elle ne sait rien, il est impossible qu'elle sache.

Dans *L'Idiot*, me disais-je, ils parlent tous comme des fous ; tous, Rogojine, Lebedev, Nastassia Filippovna, et même les Épantchine, ils sont livrés à la démence de parler ; ils sont tous envoûtés par la violence que leur agitation provoque. Mais lui, Mychkine, il est juste *là*. A-t-il une manière spéciale d'être *là* ? Non : rien de spécial, me disais-je — Mychkine est seulement *là*. Les autres ont une manière folle d'être là parce qu'ils n'arrivent pas à être *là* : vivre c'est une croix pour tous ceux qui essayent d'être là — pas pour le prince. Le prince a l'air d'un idiot, il a l'air d'un homme ridicule uniquement parce que les autres agissent comme des fous. Ils ne parviennent pas à exister, me disais-je, alors ils se jettent, égarés, dans la parole ; et celle-ci prolonge encore leur égarement. Le prince seul échappe à cette possession — elle n'a pas de prise sur lui. Il y échappe bizarrement, avec discrétion, à la manière des saints, qui ne se croient aucun mérite.

À un moment, le prince Mychkine rencontre un âne. Il vient de traverser des villes allemandes dans une complète hébétude, il est malade, sa tristesse est infinie. Il arrive en Suisse, à Bâle, et voici : en quelques secondes, le prince Mychkine est guéri : « Je me suis complètement réveillé de ces ténèbres, dit-il. Je me souviens qu'un soir, à Bâle, quand je suis entré en Suisse, c'est le cri d'un âne au marché de la ville qui m'a réveillé. Cet âne, il m'a frappé d'une façon terrible, et, je ne sais pas pourquoi, mais il m'a plu d'une façon extraordinaire, et, en même temps, d'un seul coup, c'est comme si tout s'était éclairé dans ma tête. » C'est son destin, peut-être, qui se joue dans un son ; cet âne ne va nulle part, il est planté dans sa vie d'âne, mais l'oreille du prince, elle, est réveillée par son cri. C'est une extase qui n'a sans doute aucun éclat, il semble même qu'elle ne dure qu'une seconde, mais on sait bien, même si on ne connaît encore le prince que très peu, on sent que cette extase ne s'arrêtera plus ; que la seconde de cette extase est comme l'instant de 8 h 07, qu'elle s'élargit à l'existence entière — et la tourne en vie nouvelle. Ce qu'il entend dans la langue des ânes conduit le prince à rentrer en Russie. Il y arrive en train, pas sur le dos d'un âne, et c'est Pétersbourg, ce n'est pas Jérusalem. Mais l'extase conduit partout comme dans un rêve éveillé. Les romans existent pour que les animaux parlent.

À un moment, le téléphone a sonné. J'ai écouté le répondeur diffuser son message : « Vous êtes bien chez Joséphine, je ne suis pas là pour le moment, vous pouvez me laisser un message. » Puis un type a dit quelques mots d'une voix enrouée : il a dit son nom, il a dit qu'il avait passé une très belle soirée, qu'il espérait revoir Joséphine bientôt, et qu'il l'embrassait. J'ai fermé *L'Idiot*. La lumière du matin était toujours chaude et brune, elle venait doucement jusqu'au lit, où mes yeux se fermaient. Je me suis endormi.

Vers midi, j'ai écrit un mot à Joséphine, un très long mot, une lettre de plusieurs pages que j'ai laissée en évidence sur la table de chevet, avec les clefs. J'ai pris une douche, j'ai enfilé la chemise gris perle, j'ai glissé les deux tomes de *L'Idiot* dans les poches de mon manteau. J'ai ouvert le coffret Coltrane, j'ai pris les disques et les ai mis dans mes poches intérieures, avec le passeport et le contrat « Boule de neige ».

25

LES NUITS DE JUIN

Il y a sur la montagne Sainte-Geneviève un café qui s'appelle le Maldoror. À une époque, ceux qui aiment Lautréamont l'auraient saccagé. Ils vivent aujourd'hui différemment ; peut-être savent-ils que les noms les plus beaux servent depuis longtemps les usages les plus laids. Qu'une gueule pourrie prononce le nom de Maldoror n'empêchera pas celui-ci de nous sauver de toutes les gueules pourries. C'est une histoire secrète. Elle continue en silence.

C'est Clarine qui m'a fait découvrir le Maldoror. Elle était revenue. Une nuit, la porte de ma chambre s'ouvre. Le lit est trop chaud : je suis allongé par terre, à poil, le manteau en boule sous la tête. Une silhouette se penche au-dessus du lit. Je me dis : c'est le rouquin. Car je n'ai toujours pas payé la chambre. Et puis il me déteste. Alors peut-être il vient m'effrayer, ou me planter son couteau. J'allume. C'est Clarine, toute nue. Elle avait ôté sa robe devant ma porte et se faufilait dans mon lit. C'était très bon de la serrer de nouveau contre moi. Elle était tout humide, on souriait de partout, et il faisait si chaud que la sueur se mêlait à nos baisers.

Elle avait laissé un mot pour moi à la réception, avant

de partir ; le rouquin lui a dit qu'il me l'avait donné. Pas du tout. Chaque fois qu'on se croisait, il détournait la tête. J'avais cru Clarine tout à fait disparue ; engagée sur un cargo ou devenue chair fraîche dans un harem de Somalie. Elle revenait d'un séjour d'études à Londres, elle était calme et enjouée. Elle avait pensé à moi en voyant une baleine dans la Tamise, une petite baleine bloquée par la marée basse qui avait remonté le fleuve jusqu'au centre de Londres.

Paris était écrasé de chaleur. On craignait une canicule. La Licorne était déserte l'après-midi, car elle donnait en plein soleil. Il restait une ou deux tables à l'ombre, au fond. Je venais y écrire ces paragraphes, puis je filais, le soir, au Maldoror, rejoindre ceux que Lestrange appelait les « Lotophages ».

Les nuits étaient larges, avec cette fixité de cristal qu'apporte l'indolence. Je buvais énormément, avec Clarine et ses amis, un groupe d'Américains, des étudiants qui gravitaient autour de Shakespeare & Co ; ou alors seul, dans les rencontres de hasard. Il y a un moment dans les nuits d'alcool où, passé la première couche d'ivresse, vous franchissez un cap. On dirait de l'orage, et puis votre gorge, d'abord anesthésiée, s'ouvre de nouveau ; elle vous semble, pour quelques minutes, miraculeusement fraîche ; elle livre passage à un train de pensées où vous trouvez de la jouissance. Cet espace semble brûlé. Il ne l'est pas. C'est vrai qu'il est vide ; et dans ce vide vous ressentez un bonheur terrible, comme si le bord du précipice était derrière vous — comme si, dans le précipice, vous y étiez.

Car dans le vide il n'y a pas d'horizon ; juste un point — et ce point est partout. Une paix immense vous grise. La suite sera contenue dans cet unique instant ; et même s'il est fugitif, il vous laisse le temps de penser qu'il sera toujours le seul. Puis votre gorge revient, elle a soif, ça retombe, c'est un peu lourd et fade. Il faut de nouveau boire, et alors vous commencez à avoir froid, le ventre est de trop, la tête est loin — elle cogne.

Le Maldoror était l'un de ces bars de nuit où d'anciens héros de la contestation viennent cuver la fin des temps aventureux. Ils tiennent beaucoup à faire savoir que plus rien n'est possible, que la vie est ennuyeuse, et Paris une ville morte. Car eux-mêmes, avant de devenir tristes et alcooliques, ont vécu, disent-ils, ce qu'il fallait vivre. À les entendre, ils auraient même traversé de si fébriles événements, de si mystérieuses passions, que rien aujourd'hui ne vaudrait plus d'être vécu, sinon l'amertume dont ils sont devenus des spécialistes. Ils se voudraient fidèles à la vie vaguement comploteuse de la « Montagne » — à cette manière de traîner ensemble qui allume parfois des mèches. Certains prétendent avoir fréquenté les situationnistes ; et peut-être Debord. Il semble plutôt que celui-ci les ait consciencieusement tenus à distance. D'ailleurs, ils n'en disent pas plus ; et gardent un soi-disant secret. Ainsi emploient-ils toutes leurs forces à déplorer que la belle atmosphère soit finie ; qu'il n'y ait plus personne, ni aucune occasion d'être vif.

J'ai remarqué que les hommes comme eux avaient cessé depuis longtemps de se parler ; et qu'ils n'utilisaient la parole, dans des styles différents, qu'afin de branler leur vanité : chacun se procurant du plaisir avec l'image que l'attention de l'autre lui renvoie. Ainsi n'attendent-ils, en vous parlant, qu'une satisfaction qui concerne leur amour-propre : ils désirent se faire valoir ; et vous persuader éventuellement qu'ils sont encore des hommes. S'agit-il pour eux de supplanter le rival ? Même pas. Plutôt de s'accommoder de leur propre misère en la rendant un peu gratifiante.

Ceux qui veulent ainsi en imposer aux autres ne se fatiguent même plus pour simuler la supériorité. Ils jouent le renoncement. Ça les arrange. Pas une soirée au Maldoror ou ailleurs, sans qu'une de ces tristes figures veuille vous persuader que nous venons trop tard, que l'histoire est finie, et que les fêtes sont tristes ; ne demeure que la posture d'un certain désespoir, une manière de ricaner dans le désenchantement. Je m'ennuyais si fort avec eux qu'il n'était pas rare que je m'endorme. Je croisais les bras sur la table, j'y approchais ma tête ; ils continuaient leur baratin pendant que je dormais.

C'est ainsi que j'ai cessé de parler avec des hommes. Je me disais : l'instant de 8 h 07 est féminin. Je ne reprends vie qu'avec les femmes. La situation la plus favorable aux récits est toujours féminine. La grande joie, me disais-je, réside dans le passage secret entre le monde des hommes et celui des femmes.

Les patrons du Maldoror, un ancien anarchiste et sa femme vietnamienne, trouvaient amusant de me voir « éternellement en manteau », alors qu'il faisait si chaud. S'il m'arrivait de le déposer au vestiaire, je ne pensais plus alors qu'à lui. Pour m'épargner cette obsession, je préférais le garder.

Les amis de Clarine étaient des jeunes gens neutres, indifférents, prêts à tout, et qui ne faisaient rien. Ils communiquaient peu. Ils passaient leur temps à s'envoyer des SMS, à rajuster leur coiffure et à se cloner les uns les autres, dans une sorte de crispation inerte. Certains semblaient requis par la scène rock la plus underground ; on devinait chez ceux-là un peu de lueur dans les yeux. Mais la plupart ne s'intéressaient à rien ni à personne ; ils se consacraient à devenir de pures silhouettes de glace, figées dans leur inertie. Il est impossible de dire qu'on a rencontré de tels personnages : on les croise ici et là, il arrive qu'on passe des heures ensemble, mais la rencontre n'a jamais vraiment lieu. Ils ont le corps et la tête trop évanouis par l'acide, par le haschich et même l'opium ; et ne cherchent rien d'autre que de s'évanouir toujours plus. Ils passaient leurs soirées entre le comptoir et la camionnette stationnée devant le Maldoror, que les patrons avait aménagée avec toutes sortes de banquettes et de coussins, et qu'on appelait la « Fumerie » ou le « Corbillard ».

Un soir, un type est entré en poussant un cri — un immense « HA ! » — un cri qui tombe. On s'est tous tournés vers la porte. C'était une silhouette sombre en imper noir, avec de longs cheveux corbeau mouillés, à la Sioux. Il a dit, très doucement : « Maldoror vous salue, bande de tarés ! » Puis il a filé en ricanant. Clarine aussitôt s'est levée, enthousiaste : « C'est Jean-Pierre Léaud ! Je suis sûre que c'est lui ! »

Je passai toutes ces soirées dans une ivresse continuelle. L'alcool et les drogues se mêlaient aux comprimés de Vivale et aux piqûres de cortisone. J'étais dans un état de léthargie décuplé de forces. Une léthargie rieuse, où soufflent en escalier des formes fluettes. Les diamants sont brouillés dans le rire. Ils brillent pourtant, comme du vélin de paupières. Clarine me présentait des jeunes filles qui fusaient dans une trajectoire ondoyante. Elles aussi, elles riaient. Les points s'agitent. Les torsions s'enrubannent et filent, comme un paquet de pluies. Je regardais le corps des filles se déhancher, rire, fumer. Je me disais : toutes les filles sont des danseuses, elles ont toutes des gestes passionnants. Elles étincellent, le diamant les traverse et remue leurs chairs. Les cristaux se forment aux plis des bras, au bord des bouches ; je me mets à les boire comme un cocktail de foudre blanche. Les conversations sont biaisées dans un jeu de charme ; on se retrouve vite aux toilettes à renifler de la poudre et à s'embrasser. Tout se heurte en salves de cœur, et puis la joie lance des lumières sans couleurs. On a la tête tournée de féerie. Ce sont les corps des jeuñes filles qui s'enchevêtrent en dentelles. Il y a des passages de désirs légers, faciles, tout pleins de foutrerie. Et puis le reste, modulé de vagues qui s'échelonnent jusqu'aux lignes de jambes ouvertes. Les ondulations abordent les corps qui sont absorbés l'un après l'autre, puis c'est un gémissement de fleuve, une oreille léchée, des colliers de petites canines enlevées au sang, de la salive qui coule sur une poitrine blonde, les veines bleues mouillées sur mes doigts. Et la torpeur court aux visages, ça va tout seul, et sans personne, sauf les corps qui mouillent, pleins d'heures de fièvre au ralenti, d'épaules, de nuques. Les cuisses s'écartent au désir des éclairs de rouge. On voit du sang perler au bout d'un sein, et toute la séduction des soirs de griserie s'affole au caprice des lèvres qui boivent, lèchent et sucent, et veulent encore boire, lécher et sucer. Il n'y a plus enfin que des ondulations, les ondulations toutes seules, la nuit tout entière prise d'ondulations, et les corps : des lignes tordues brassées dans un sang de fièvre qui rayonne en coulant, qui s'étale et frise, comme l'écume.

26

JEANNE ET COLOMBE

Jeanne avait une frimousse de princesse blonde, la voix grave, des airs mutins et doux. Une élégance rose pâle, l'évanescence très 18e, ronde et piquante, et le charme subtil des nymphette acides. C'est elle qui était à la réception de l'hôtel Cascade le premier soir. Elle avait vingt-trois ans, un grand front clair, les yeux gris, cette allure sage et rêveuse qu'on voit dans les tapisseries de *La Dame à la licorne*. Elle dormait de temps en temps à l'hôtel Cascade, et remplaçait Clarine. Je ne me souvenais pas d'elle, juste de sa fossette. Elle me renseigna si vivement sur chaque personne qui venait au Maldoror, me les décrivit avec tant de détails amusants, que je ne doutais pas qu'elle les connût tous intimement. Elle ne fit aucune difficulté pour passer la nuit avec moi ; mais on était tellement soûls la première fois, qu'à peine étendus sur un lit, on s'est mis à dormir.

Elle avait un joli grain de beauté sur la lèvre, et ses baisers fourmillaient dans la bouche, comme un buisson d'oiseaux. Lorsqu'elle souriait, comme elle fronçait un peu le nez, elle avait l'air d'un écureuil. Elle étudiait la littérature française à Paris-VII, surtout Proust et Sade, ses deux « écrivains préférés », me dit-elle ; et travaillait de temps en temps à Shakespeare & Co, comme la plupart des amis de Clarine. Non seulement elle aimait Sade, mais elle lui trouvait de l'humour.

J'avais envie d'huîtres, de moules, de poissons grillés. J'ai pris la main de Jeanne, on est sortis un soir du Maldoror pour aller dîner rue Descartes, au numéro 11, où habitait Verlaine. La soirée fut très gaie. Jeanne était délicieuse. Il y avait dans sa jeunesse un air fripon qui la rendait irrésistible. Je regardais ses doigts fins aux ongles vernis frôler les couverts ; chacun de ses mouvements m'excitait.

On a déambulé dans les ruelles autour de la place de la Contrescarpe. Lorsque la nuit est tiède, il y a des coins propices, dans l'ombre et sous des arches, pour des caresses furtives. Ce sont des nuits où personne n'a envie de rentrer chez soi, des nuits de salive. Jeanne avait dans la bouche un goût de sang, et ce sang nous excitait. Elle glissait sa jambe entre mes cuisses, et se frottait doucement, tandis que je lui mordillais l'oreille.

Lorsqu'on descend la rue Mouffetard, il y a, sur la gauche, une petite cour qui jouxte l'église Saint-Médard. Cette cour est fermée par une grille, elle donne sur l'entrée de la sacristie, mais la grille ne ferme pas. Il suffit de la forcer un peu, elle cède. Un sapin dans la cour, un banc de pierre.

La grille est entrebâillée, cette nuit. Un vent léger remue le sapin. La lumière est faible, elle vient du réverbère voisin. Jeanne a vite ouvert ma braguette, déjà elle a sorti ma pine. La main d'une jeune fille qui vous branle est la plus belle du monde. Celle de Jeanne connaît la bonne nuance. Ni trop fort ni trop mou. Je suis appuyé, le dos contre le mur de l'église, l'odeur du sapin parfume nos manipulations. Je m'agrippe à une branche, main poisseuse, collée de sève. Elle n'oublie pas les couilles, Jeanne. Elle me les masse bien. Les femmes qui savent branler le mieux sont aussi celles que la vie branle bien. La volupté circule d'une main qui branle à une autre. L'espace est ainsi malaxé par un jeu de doigts, par les poignets, les paumes. La branlette est l'autre nom de la gratuité.

Elle glousse un peu, Jeanne, avec ma queue dans la bouche. À genoux sur le pavé, une mèche de cheveux lui barre l'œil pendant qu'elle pompe ; le mouvement de sa main pour la replacer derrière l'oreille, je l'aime. Je pousse Jeanne contre le banc. Elle s'allonge en se tenant aux lames de bois, j'écarte ses jambes. Elle a des bas couleur chair, terminés aux cuisses par un peu de dentelle blanche ; et tient un ruban serré entre ses doigts. Elle est entièrement épilée, sa jolie vulve nue, les lèvres ourlées dans ma bouche, tandis que ses jambes bien hautes reposent sur mes épaules. Dans la coulée, les mouvements s'accélèrent, elle se cambre, très suave, et soupire de partout, des bras, des joues, des orteils, des hanches. Puis je glisse ma pine entre ses jambes. Coups de reins d'odalisque. On chaloupe à contretemps, elle pousse de son côté et moi du mien, fauteuil à bascule. Puis ça devient lent, presque immobile, nos bouches reviennent, ça frotte en caresses. Jeanne glisse dans l'étreinte comme de la mousse, elle se met à fondre. Plus l'étreinte se resserre, plus son corps s'apaise. Elle sourit, Jeanne, on dirait qu'elle n'existe plus, lovée dans ses paupières, bienheureuse, en route vers le sommeil. Quelques petits cris s'élèvent, croisés à mes grognements. C'est notre hommage aux convulsionnaires de Saint-Médard.

Est-ce que je pensais encore à Anna Livia ? Bien sûr. Je la voyais partout. Une silhouette brune dans la rue, c'était elle. Un corps ondulé dans la nuit : encore elle. J'ai suivi une femme qui poussait un landau boulevard Saint-Michel. On a longé les thermes de Cluny. Je me disais : Anna Livia a un enfant, elle ne l'a pas dit, toute sa vie est secrète, une autre vie, ailleurs. Et puis, devant le cinéma Espace Saint-Michel, alors qu'elle regardait les photos du film *Les Amants réguliers*, j'ai posé ma main sur son bras, elle s'est retournée, ce n'était pas elle.

Une autre fois, c'est un drap mauve. J'avais passé la fin de soirée au Saint Jean, à Abbesses. Il faisait chaud, tout le monde était ivre et nonchalant. Au comptoir, il y avait trois jeunes Danoises qui disaient : « Il n'y a plus d'Hamlet, les hommes ne sont pas assez fous. » Lorsque la musique s'emballait, elles se déhanchaient furieusement sous le regard des marlous. À 3 heures du matin, je descends la rue des Martyrs et pisse contre le mur de l'église Notre-Dame-de-Lorette. Il y a un beau drap mauve qui claque à une fenêtre, avec de la lumière et des rires. Ce drap mauve, et les rires, je me suis dit : c'est le signe d'Anna Livia. Ce n'est pas perdu. Tu la croiseras de nouveau. Comment faire ? Rien, ne rien faire.

Je me suis mis à la chercher en faisant confiance au hasard. Je déambulais en me disant : elle est forcément dans une rue de Paris, tout près, dans celle-ci, peut-être, et je courais. Ferme les yeux, me disais-je ; quand tu les ouvriras, elle sera devant toi. Mais non. La suite des mots se refait en silence. Avec l'insomnie, les piqûres et le Maldoror, tout allait en tourmente. C'était léger dans l'oubli, et dix minutes plus tard, crissé d'angoisse. J'entendais mon sang mijoter dans la gorge. L'infirmière me tirait du sommeil vers 13 heures, pour la piqûre. Les saignements étaient stables, mais mon corps n'était plus que de la chair, une boule de viande rouge et rose, tout imbibée d'obsessions.

Il y a eu des tunnels d'après-midi, des heures d'apathie où je me suis cru livré au dégoût. L'obsession, c'est l'antidélivrance. Cette période dura quinze jours ; et comme toujours, dans l'obsession, on est à la fois le couteau et la plaie. On brûle — on est *en proie*. C'est un plaisir extrême, tout aiguisé de frissons, et c'est aussi la lourdeur au ralenti.

Étais-je encore dans l'instant de 8 h 07, ou avais-je perdu le fil ? Je ne me posais pas la question. Car l'illumination dort sous les pierres. Elle patiente. Et moi je voulais juste que mon corps reste ouvert au mouvement qui le déborde. Quand on est emporté, quand le chaos sonne et vous casse la tête, il y a un œil qui rit au loin. On n'arrive pas à se concentrer sur sa propre souffrance, on n'arrive pas à la prendre tout à fait au sérieux, même si on souffre, parce que cet œil crépite. On dirait le bouddha de Vivale, plissé comme lui dans un sourire au cœur du tumulte.

Avec Jeanne, je ne pensais qu'à ça. Dès que j'approchais du Maldoror, j'avais la tige en feu. Je la voyais se faufiler dans la nuit, je regardais ses ongles vernis se poser sur un verre, et je les imaginais autour de ma queue. On se trombinait un peu partout, sous les portes cochères, ou juste avec les doigts. Il me semblait que la phrase de 8 h 07 ne valait plus que pour cette jouissance ;

que « reprendre vie », c'était évoluer dans le monde des sirènes ; qu'on ne reprenait vie qu'entre leurs jambes ;

que l'univers n'existait qu'à travers l'épiderme des spasmes ;

que seul valait de séduire et de copuler, sans cesse, de

vivre enivré de cette jouissance qui fait le pont entre deux coïts ;

que le reste était débile, morne, atroce, insipide ;

qu'on ne vivait, qu'on ne se mettait enfin à vivre qu'à l'instant d'empoigner un bras, une nuque, de serrer des hanches, d'agripper des cuisses, de pétrir des culs, de baiser des bouches, des aisselles, de pénétrer des vulves ;

que chaque instant ne valait que pour l'étreinte ;

que l'instant — le véritable instant — était celui de l'étreinte.

Et quelle que soit l'étreinte : Clarine, Jeanne, les Maillol, toutes les occasions d'ivresses du Maldoror, la sensation se vit comme un bordel illuminé d'instants qui dans leur tourbillon n'en forment qu'un seul. Je me souviens de la phrase de Lestrange : « Entendre le chant des sirènes sans y perdre la tête. » Vieil Ulysse, toujours là où il faut, captant les voluptés *all'acqua, all'ombra, ai monti, ai fiori, all'erbe, ai fonti, all'eco, all'aria, ai venti...* Cher Ulysse, qui connaît les enchantements, montre-moi encore le chemin. Est-ce que les sirènes auront ma peau ? Est-ce qu'elles vont me dépecer, puis jeter mes os du haut d'une falaise ? Au plus fort de cette période, tandis qu'Anna Livia, en s'effaçant, revenait d'autant mieux dans ma tête, j'ai pensé que l'histoire avait tourné, et que les sirènes aujourd'hui n'étaient plus néfastes pour ceux qui s'en approchaient, mais pour ceux qui s'en détournaient. Le danger réside dans le fait de ne pas écouter les sirènes, me disais-je ; le danger, c'est de se fermer à leur chant, c'est de ne plus être capable d'entendre un chant, ni même d'écouter. À force de se soustraire aux tentations, plus personne n'est sensible au moindre chant. D'ailleurs, les oreilles sont maintenant bouchées, plus personne n'entend rien. C'est ainsi que meurent les hommes : pas du tout harponnés de désir, mais tout secs, méfiants, scrupuleux, désertés par le chant.

Alors, même si elles s'égarent dans les grottes, les mains ne connaissent pas la poussière. Elles voyagent dans le temps. Elles ont toujours caressé des courbes chaudes. La volupté est pleine d'échos. À travers la volupté, ce n'est pas seulement un corps qui s'ouvre à son plaisir ; ce n'est pas seulement du plaisir qui passe et trouve un corps auquel conjuguer sa torsion ; à travers la volupté, c'est le temps qui s'ouvre. La volupté, me disais-je, en étreignant Jeanne, est un art de mémoire : à travers Jeanne, un fleuve de jouissances baigne les corps qui s'étreignent. À travers une étreinte, toutes les étreintes se récitent. Elles forment un chant qui peut-être effraye les hommes. Les syllabes voguent au fil du fleuve, s'animent, se procurent de la joie. Ça s'appelle le temps. Dites aux hommes que les fleuves parlent.

Ensuite, j'ai connu Colombe. Elle avait des yeux noisette. Une tristesse d'agate y tournait en filaments vert-bleu. L'angoisse lui voilait le regard, et dans cette angoisse, il y avait une douceur étrange — une douceur effarée, celle de l'animal pris au piège. C'était un après-midi, à La Licorne. J'avais apporté de quoi écrire, mais je n'écrivais pas grand-chose. Il y avait cette jeune femme qui venait souvent corriger des copies. Et c'est curieux, elle écrivait avec des gants de peau très fins, blanc cassé.

J'étais sur une banquette, presque à côté d'elle. On regardait tous les deux vers la rue. Sur la table, elle avait disposé devant elle le paquet de copies. Et moi, j'écrivais ce paragraphe, en me disant : il faudrait que je l'aborde, sinon le paragraphe restera vide. Elle s'appelait Colombe, et enseignait le français dans une « banlieue difficile », comme elle le dit avec ironie. Elle aimait enseigner ; mais souffrait d'être seule à Paris. Elle était de Grenoble, où vivait son petit ami ; et n'y rentrait que le week-end. L'année scolaire était presque achevée, elle n'en pouvait plus, quelque chose devait se déchirer, c'étaient ses mots.

Colombe était immense. C'était une grande fille aux longs cheveux châtains ; son corps semblait contracté dans une charpente, massif, tout en nœuds. Je lui ai dit qu'elle était faite pour être peinte. Elle s'est demandé si c'était un compliment. Oui oui, j'ai dit, vous plairiez à Picasso. Elle m'a regardé avec un air moqueur : « Vous êtes Picasso ? — Non, je ne sais pas peindre. — Même si vous n'êtes pas Picasso, je veux bien qu'on dîne ensemble. — Je n'ai pas d'argent. — Alors on dînera chez moi. »

Il fallait qu'elle finisse son paquet de copies. Elle en avait pour deux heures. J'ai changé de place afin de la laisser tranquille et l'observer de loin. J'ai bien écrit pendant ces deux heures. Il y avait cette Colombe qui me souriait entre deux copies ; un peu de temps rêveur ; et toute la promesse d'une soirée nouvelle.

Lestrange est venu s'asseoir à côté de moi, il parlait à voix basse. Il voulait me signaler que cette jeune femme n'était pas dans l'*Odyssée.* Il avait beau chercher une place pour elle dans le livre, il n'en voyait pas : « Ce n'est pas une nymphe. Ce n'est pas une sirène. Ce n'est ni une princesse ni une sorcière. Elle n'existe pas. » Il m'a dit ça sur un ton très sérieux — presque en colère.

Colombe vivait dans une chambre de bonne. C'était sous les toits, une mansarde sombre, bourrée de livres. Ils s'écroulaient en piles autour du matelas, il y en avait partout, comme chez Joséphine : tout au long des murs, entassés sur une chaise, et même sur la petite table, où ils s'amoncelaient dans un désordre de papiers. Elle a sorti du frigo deux cuisses de poulet. J'avais apporté une bouteille de bordeaux. On a mangé sur le lit. Il y avait un étrange tableau posé en équilibre sur une pile de livres. C'était le portrait d'une femme, le visage composé de collages bleus et noirs. Un visage torturé, une tête de victime tournée au rictus méchant : « Ma mère », a dit Colombe.

Ça a tout de suite senti le fiasco. Colombe s'était mise toute nue en me disant : « Je n'aime pas mon corps. » Elle était allongée en travers du lit, immobile, les bras le long du corps, les yeux fermés — comme si j'allais l'opérer. J'ai commencé à la caresser, elle a ouvert un peu ses cuisses, mais *il ne se passait rien*. C'est comme si on n'avait pas de corps — ou TROP de corps : tous les deux, là, changés en kilos, le ventre éteint, comme du blanc de poulet. Je me suis senti très seul. Colombe aussi sans doute. On s'est sentis seuls parce qu'on ne l'était pas assez, ensemble. Quelque chose nous entravait : pas la gêne, je ne crois pas que nous étions gênés, plutôt une absence. Quelque chose manquait. Le désir, par exemple. Et quand on tâtonne à poil sur un lit, le désir, ça peut aider. Je me suis dit : qu'est-ce que je fous là ? Rien justement. J'ai bien essayé de l'enlacer, mais elle était immense, plombée dans sa passivité, impossible de la bouger. Ses épaules, je n'arrivais pas à les faire tourner. Et pour l'escalader, encore pire, je glissais hors du lit. J'ai un peu ri quand même, mais Colombe, elle attendait, je crois même qu'à sa manière elle s'impatientait. Il y avait ce grand corps étalé devant moi, comme un cadavre. Non, vraiment, pas moyen de bander.

J'ai bien essayé de la lécher, mais elle était toute sèche. Et puis elle faisait toujours la morte. Pas la peine d'insister. On peut bien sûr tâtonner, la lenteur vous ouvre, le désir se découvre dans les gestes. Mais le désir, précisément, il n'y en avait pas — il n'y avait que des gestes. J'exécutais des gestes, une succession de gestes, tous muets, mécaniques, comme si on répétait une scène dont nous n'étions même pas les acteurs. J'ai voulu laisser tomber, mais Colombe, son enfilade elle y tenait. Au moment où je me suis levé, elle s'est redressée sur les coudes : « Prends-moi… »

Comment ça : « Prends-moi » ? Alors qu'on est tout fermés, là, tous les deux, elle sur le billard et moi même pas la trique. Déjà elle s'était remise dans la position-cadavre, pas un bruit, pas un souffle, les bras le long du corps — une planche.

Je me suis dit : impossible qu'on y arrive comme ça, elle doit confondre avec le viol. Ou alors, le viol, peut-être qu'elle veut faire comme si. Peut-être que pour Colombe une étreinte n'est jamais qu'un viol. Dans ce cas, c'est tout à fait impossible. Jamais je ne pourrai bander. Et puis, un type qui n'a pas la trique ne pense qu'à ça : au fait qu'il ne trique pas. Il ne voit que ça. Alors on ne s'en sort plus : d'un côté la fille qui veut qu'on en finisse, de l'autre le type qui surveille sa queue.

Bref, il ne se passait rien. J'avais l'impression qu'on était complètement séparés de nos corps. Et justement, est-ce que ce n'était pas ça, pour elle, faire l'amour : se séparer enfin de son corps ? Une pensée bizarre m'est venue, je me suis dit : l'ennui avec lequel elle offre son corps aux hommes est une manière de se vivre comme un déchet de sa mère. Oui, ce qu'elle jetait sur son lit, Colombe, c'était deux cuisses, un ventre et une poitrine

— c'est-à-dire rien. Alors elle disait : « Fais de moi ce que tu veux. » Elle voulait qu'on se serve sans façons, comme on pique de-ci, de-là dans les plats d'un buffet froid. Peut-être ça s'appelle la haine : elle se haïssait doucement. Et dans cette haine, elle collait aussi les types qui venaient chez elle.

Colombe, c'était le genre à toujours dire oui, parce que dire non est mal vu chez les intellectuelles. Elles ont peur qu'on ne les trouve *coincées.* C'est leur grande inquiétude. Elles voudraient être libres avec leur corps — et même avoir l'air de « s'en foutre », comme elles disent. Elles font de grands efforts pour paraître dégagées, elles se forcent, alors qu'il est si simple, et tout à fait compréhensible, de *ne pas avoir envie.*

Jeanne, elle aussi, disait toujours oui. Mais c'était un « oui » de curiosité, un « oui » qui partait à l'aventure, prêt à dire beaucoup d'autres choses. Avec son « oui », bien sûr qu'elle trichait, mais c'était pour voir. La simulation ne fait pas de mal. D'ailleurs, les sensations, il faut parfois les aider : en simulant, on s'entraîne — à force, on trouve les gestes, à un moment la sensation est là, plus besoin de faire semblant. Et peut-être la sensation elle-même n'est-elle jamais qu'une simulation *qui a pris.* Alors Jeanne, c'est vrai que son « oui » avait l'air un peu démoniaque, un « oui » qui enquête sur le « oui », qui entre dans les gestes de l'amour comme on entre dans un roman, mais il profitait bien de lui-même.

J'ai suggéré à Colombe qu'on s'arrête. Ce n'était pas grave si on n'y arrivait pas. Mais Colombe trouvait ça important : « Si, tu verras, on va y arriver... » On s'est embrassés, elle s'est mise à genoux, face au portrait de sa mère, le cul tourné vers moi : « Viens », elle a dit, et puis elle s'est trémoussée comme un canard. C'était assez drôle, et je l'ai entendue rire elle aussi. Et là, voici qu'elle tend les bras vers le portrait, elle s'y accroche, elle le ramène vers elle, et tandis que je lui tiens les hanches et que ma queue gonfle contre ses fesses, elle se couche sur le portrait, le cul bien dressé, sa mère sous elle.

Colombe, je l'aimais bien, mais ce n'était déjà pas facile, alors si en plus, avec nous, il y avait sa mère... Le téléphone a sonné. Elle a fouillé, à quatre pattes, dans son sac, et a répondu. Elle semblait toute contente. Très à l'aise. Elle a allumé une cigarette. « Non, elle a dit, pas du tout, tu ne me déranges pas, je pensais justement à toi... » Elle a dit qu'elle allait bien, que les cours avaient été durs aujourd'hui, et les élèves très agités, mais que c'était presque fini, elle avait hâte de revenir.

Le portrait de la mère gisait sur le matelas, maintenant, avec son œil de rictus noir qui me regardait. Je me suis rhabillé, Colombe m'a dit au revoir d'un petit signe de la main, j'ai claqué doucement la porte.

Une autre fois, Colombe m'a demandé si je la trouvais folle. J'ai dit : « Non, tu n'es pas folle. » Ça l'a déçue. Folle, pour elle, ça voulait dire vivante. Elle aurait bien voulu que je la trouve passionnante, avec un corps emporté, et le grand jeu des éclairs qui vous tourmentent.

Et puis, un après-midi, elle a laissé un paquet pour moi à La Licorne. C'était un livre, recouvert de papier cristal, accompagné d'une lettre. C'était la fin de l'année, disait-elle, elle retournait à Grenoble, son fiancé l'attendait, elle trouvait qu'on avait « bien parlé ». Elle m'offrait ce livre, parce qu'elle avait remarqué que je l'avais feuilleté plusieurs fois chez elle. C'était son exemplaire, il était pour moi, elle était sûre qu'il me convenait mieux qu'à elle. Elle me souhaitait bonne chance et me disait adieu.

27

LA DÉSERTION PARFAITE

Le lecteur trouvera peut-être ce chapitre étrange ; je lui donne raison. Rien n'est plus étrange que ce qui m'arriva durant les dix jours où je restai dans ma chambre de l'hôtel Cascade. À l'étrangeté, on ne réplique pas. On la laisse entrer partout, se diffuser parmi les corps, et retourner le vôtre — ou alors on lui ferme la porte. Je n'ai pas fermé la porte. Ainsi les mouvements les plus simples prennent-ils une forme obscure ; et réciproquement. Des clartés semblent des labyrinthes, comme si le temps lui-même s'était mis à concevoir ses figures en les perdant. Mais il s'agit de choses très simples. La détresse et la joie s'y mélangent au point de se confondre. Si l'on me demande ce que j'ai fait ces dix jours seul dans ma chambre, je dirai qu'une expérience a eu lieu. De quelle nature, cette expérience ? Je ne sais pas. Il y avait des feuilles, de l'encre — et une estampe chinoise.

J'avais décidé de rompre mon impatience ; et de reprendre ma solitude. Les autres corps m'ennuyaient. Ni Colombe, ni Clarine, ni même Jeanne ne parvenaient à me délivrer de celui d'Anna Livia. On peut s'étourdir ainsi longtemps ; et conjuguer des plaisirs furtifs. J'appréciais ces plaisirs ; ils sont aussi forts que la solitude ;

mais je préférais être seul. Rentrer la nuit en solitaire après une aventure est une jouissance semblable à celle qu'on trouve dans les étreintes. Quant à l'incertitude où j'étais de retrouver Anna Livia : terminé. Solitude, me disais-je — absolue solitude : hôtel Cascade, chambre de l'hôtel Cascade, que personne ne me dérange, lecture, sommeil, absolue solitude.

Le livre de Colombe s'appelait *La Désertion parfaite*. C'est un traité chinois du XVIIe siècle, écrit à la même période que les *Pensées* de Pascal. On en ignorait l'auteur, mais celui-ci, par ses idées libertaires, et son insistance sur ce qu'il nommait les « constructions érotiques », semblait proche de certains courants du tantrisme. L'auteur de *La Désertion parfaite* avait ainsi une théorie des liens. Il expliquait comment les briser, un à un ; comment le sage est nécessairement un anarchiste ; et comment celui qui découvre la « juste distance » entre les corps *accomplit l'érotisme*. Le corps du déserteur parfait, disait le livre, roulera dans le monde comme une pierre ronde, une pierre lissée par sa fuite hors de l'usage des hommes. La « construction érotique » ne formule pas seulement le point de rencontre avec un être : elle rend possible autre chose, une forme de connaissance que le livre nomme le « trésor-éclair ». Le livre décrivait minutieusement, et de manière assez crue, des « formules d'étreintes » ; les postures étaient analysées selon le coefficient de plaisir qu'elles prodiguaient, mais aussi comme un lancer de dés extatique. Chaque étreinte, menée comme un morceau de musique, formait une séquence d'« ajointement spirituel ». Si l'étreinte était favorable, non seulement la jouissance relevait de la foudre, et les deux corps exultaient comme jamais, mais celle-ci ouvrait une porte : celle de l'« évasion dans le libre ».

Au début, j'ai ricané : je me méfiais de ces spiritualités sirupeuses qui vous servent l'immortalité en recettes, avec la vie ressourcée dans l'éloge creux du bien-être, toutes les platitudes insipides de l'énergie pseudo-vitale, et des bribes nébuleuses de *Kama-sutra* à l'usage d'Occidentaux en mal de relaxation.

Mais non : *La Désertion parfaite* était un livre de pensées. Les notions communes y volaient en éclats. On y décrivait un poisson qui se met à voler. C'était une image de la délivrance, et cette image elle-même se métamorphosait. Car on n'est jamais délivré une fois pour toutes ; la délivrance doit sans cesse se délivrer de ce qui trop vite l'accommode. Ainsi passait-on, en une phrase, d'un univers à un autre. Pris dans de telles sinuosités, certains détails brillaient discrètement, comme si les mots les plus anodins s'ouvraient et se fermaient, comme s'ils ondoyaient dans un pli, à l'abri des regards faciles. Parfois, tel mot décolle avec le vent, avec lui vous chevauchez deux, trois, quatre notions dans l'éclaircie. Une autre fois le mot pue, ça s'enlise. La magie côtoie la platitude, ça frôle l'illimité, et soudain c'est la flaque. On n'y comprend rien, puis la lueur fuse, on se raccroche à ce qu'on sait, on ne devrait pas, ce serait mieux de glisser, mais tant pis, le courant vous réveille quand même, et dans le frisson d'idées qu'on grappille, quelques-unes ont commencé de vous brusquer. Le lointain vous alarme, il s'approche, il va vous dépouiller. Alors, fermez les yeux. Répétez-vous qu'une roue est carrée, que le débordement est l'autre nom du vide, et que parler consiste à brasser le silence.

Mais surtout, loin des formules qui satisfont joliment, par-delà les effets de poésie qui comblent, *La Désertion parfaite* intervient dans la scission. Vous encourage à vous séparer toujours plus à vif, à moduler vos décisions à revers des attaches. À briser en souffle ce qui, dans votre gorge, adhère encore aux énoncés de partage. À mettre un peu de cruauté entre les slogans des humains et vous. Le déserteur est celui qui, à chaque instant, se soustrait au rapport de forces. Son savoir est silencieux, car il rejette les critères du vrai et du faux : il n'y a pas de place en lui pour la morale.

Une phrase du traité vous fait penser au prince Mychkine : « La foule est affairée, industrieuse, seul le saint semble idiot. » Vous avez cessé de lire *L'Idiot* depuis quelques jours, vous n'avez plus la tête à ça, son embrouillement de nuit blanche exaspérée vous tombe des mains, plus tard vous continuerez, les deux tomes sont au pied du lit. Pour l'instant, le traité chinois vous accapare. Il arrive au bon moment, prend toute la place, s'empare de vos yeux, saccage les embarras, assèche la tête et brusque les veines.

Les tortues, dit le traité, ont plus de courage que la viande humaine la plus intrépide. Les boucs vont plus loin dans leurs desseins que le plus têtu des sacs à paroles. Les orties, malgré leurs brûlures, sont plus douces qu'un homme qui voudrait faire du bien à sa femme. L'espèce humaine est décrite comme une erreur : des millions de têtards souillent un étang — c'est le monde. La maladresse engendre le cauchemar : brise tes attaches. Les hiboux mâchent la poussière des rats : es-tu hibou ou rat ? Sors de l'espèce. Tranche ton ombilical — fais-en de la saucisse d'encre.

Faire scission ne s'obtient pas avec les armes classiques du refus, mais par un autre régime de l'écart. Cet écart est mouvant, il camoufle ses visées. Le « sans-attaches » se rejoint dans le flottement. Vous trouverez peut-être ces opérations fades, comme souvent la magie blanche. Mais cette fadeur n'est qu'un leurre, elle déjoue le rapport de forces, désarme les résistances. Le livre explique comment le déserteur piège tous ceux qui l'imaginent au grappin.

Et puis il y avait la gravure. Je ne l'avais pas remarquée. Deux panneaux, au milieu du livre, reproduits sans aucun commentaire. À gauche, un homme étudie à sa table. Des livres sont posés, près d'un vase à feuillages. Et dans l'air, une branche, un oiseau perché. Le corps de l'homme est tourné vers la fenêtre ouverte, comme si son attention était aspirée par le dehors. Dans le panneau de droite, un bouquet d'idéogrammes prend toute la place.

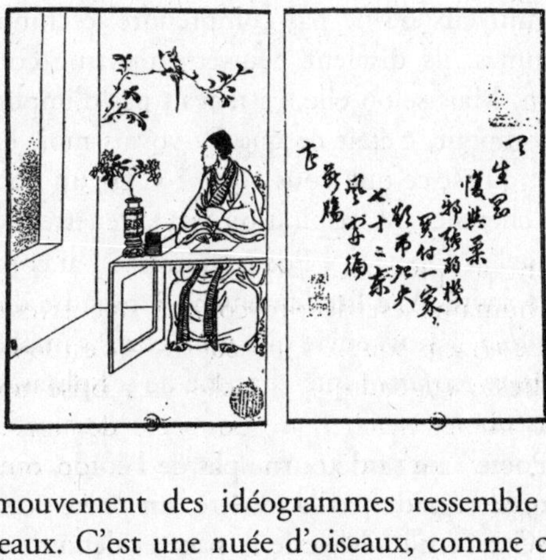

Le mouvement des idéogrammes ressemble à celui des oiseaux. C'est une nuée d'oiseaux, comme celle qui venait dans ma chambre au début. Des virgules dans l'air, une ondée d'ailes noires flottant comme une vague. Ce sont les pattes des oiseaux qui sont à l'origine de l'écriture en Chine : on forme les signes à partir de leurs traces. C'est une boucle, me disais-je : une fois tracé, chaque signe redevient oiseau, et comme ici, s'envole.

J'ai accroché l'estampe au mur de la chambre. Elle donnait un peu d'air à mes pages. La chambre semblait plus fraîche. Depuis mon lit, après le sommeil, c'est la première chose que je voyais. La tête de Shakespeare est toujours là, mais l'estampe me fait signe. Un vase, des fleurs, un tableau, rien de mieux qu'une chose fixe à méditer. Cette fixité fait naître un mouvement imperceptible entre votre corps et elle. Le rapport s'ajuste. Vous changez. Et lui aussi change : il s'épanouit ; la chambre s'ouvre mieux.

En préparant la piqûre, l'infirmière regardait les phrases au mur. Elle aimait bien l'estampe. Je lui ai dit que c'était ennuyeux de ne pas comprendre le chinois : ces idéogrammes, ils disaient peut-être un truc complètement con. Mais selon elle, ça n'avait pas d'importance : ce qui comptait, c'était ce que j'y voyais moi. Et vous, ai-je dit : qu'est-ce que vous voyez ? C'est un poète, elle a dit : il cherche son inspiration par la fenêtre.

Alors je l'ai appelé le « Poète chinois ». J'ai commencé à relire le traité. À le lire lentement, à prendre des notes — à l'*étudier*. J'avais envie que mon corps s'imprègne de *La Désertion parfaite* ; que chacune de ses phrases infuse mes pensées.

Le « Poète » ne se détourne pas de l'étude, me disais-je. Lorsqu'il regarde par la fenêtre, un poète continue à étudier. Car l'étude déborde la page et déborde les moments d'étude. Le poète étudie tout le temps, il lui suffit de respirer. Regarder par la fenêtre ne signifie pas s'éloigner du livre, mais accorder celui-ci aux signes du dehors. L'étude elle-même prend la forme du feuillage. Elle efface la frontière entre le dehors et le dedans. Le poète en se tournant vers la fenêtre épouse le mouvement du feuillage et rapproche le dedans et le dehors. Pour le poète, il n'y a pas d'un côté sa table et de l'autre la fenêtre. Un seul mouvement les aligne, c'est son corps. D'ailleurs, il devient feuillage. Il devient ce qui est à la fois dehors et dedans. Dans le panneau de droite, la nuée de signes c'est lui. Son corps, me disais-je, est devenu une couronne de signes. Ce qu'on voit sur le panneau de droite, c'est la même scène, devenue poème.

La désertion, elle est là, me disais-je : à gauche, un corps qui s'ouvre aux signes du dehors ; à droite, il n'y a plus que les signes — ils remplacent son corps. C'est encore lui, mais son corps fleurit en signes. Poudroie comme du pollen. S'est changé en poème, en

CORPS DE PHRASES.

Voilà comment un corps accède au libre, me disais-je. Voici comment le libre arrive au corps. En contemplant l'estampe, je me disais : la désertion parfaite, c'est ça.

Je suis resté dix jours dans la chambre. Je ne sortais plus. J'avais des provisions de fruits, de biscuits, de pains au lait. Et puis du thé, car Clarine m'avait prêté une bouilloire. Parfois, elle passait avec un sandwich et de la bière. Le reste du temps, j'étais seul. Le rouquin était parti à son tour en voyage d'études. Clarine s'était arrangée pour effacer ma note d'hôtel ; en attendant l'argent de « Boule de neige », j'avais accepté que Lestrange me prête quelques billets.

Ce qui m'est arrivé depuis le 17 avril, je le vois autrement grâce au traité. Il n'y a pas de drame. On ne va pas d'un point vers l'autre. On est toujours à l'intérieur d'un point, et ce point est partout. Des chevaux passent dans les nuages. Les baleines s'envolent. On souffre, on est en joie, plaisir, douleur : le bois chante pour la flûte qui chante pour les plumes qui chantent pour le ciel qui vous regarde le cul. Votre cul rit. Le néant suce vos os, il réjouit vos bras, vos jambes et propose du silence à votre tête. Le silence s'élargit. D'abord, on voit un désert ; et les premiers jours, avec le silence, on croit entendre une tempête à l'intérieur d'un murmure. Le vent dans la bouche remue les respirations, comme si vous aviez avalé des collines.

Et puis j'ai pris de la Confiture Verte. C'est Clarine qui l'appelait comme ça. Je ne sais pas ce qu'il y avait là-dedans : du haschich, mais aussi autre chose. C'était gras, sombre, humide, comme un gâteau de figue. Clarine chauffait ça en petites boules dans une cuillère avec son briquet, puis on le mangeait. Il y a un type qui avait offert une caisse de champagne à Shakespeare & Co parce qu'on lui avait trouvé un livre qu'il estimait rare. Avec la Confiture Verte, on buvait ainsi du champagne. Mélangé avec la Verte et avec la cortisone (Clarine l'appelait la Vivaline), le champagne était rapide, et me conduisait à une espèce d'euphorie immobile. J'étais engourdi, et fou de joie. Des appels de sortilège vont dans l'atmosphère de la chambre. Doucement, ils permutent. Toutes sortes d'acuités se succèdent. D'abord il y a des accidents de lumière. Ça éclabousse. Le cerveau tourne. Vos paupières déchargent. Il y a un train de pensées qui vous font sur les tempes une mousse ; la mousse arrive aux yeux, puis elle monte et vous arrache des cris de joie. Clarine hurle qu'elle veut tout. Ça pique, elle dit que c'est bon. Ma tête est pleine de tourbillons, je me suis allongé, et pour la première fois, il me semble que je vois, au plafond, le lustre. Et encore le mot « lustre » est-il démesuré pour le simple globe de verre dépoli qui pend là-haut. Est-ce qu'il descend vers nous ? Clarine est nue sur le tapis ; on dirait une morte — et puis elle se roule par terre, son rire est plein de cristaux qui scintillent. Le lustre a des aspérités, des espèces de grumeaux opaques auxquels on se frotte comme à des glaçons qui me rafraîchissent la cervelle. Car j'ai des glaçons dans le crâne maintenant. Ils ne fondent pas. Ils s'allument comme des icebergs, et forment des îles. Les visions s'allument toutes les trois ou quatre secondes avec le rire qui éclate comme un météore. À chaque intervalle : stupeur. Je dors et je ris. Je dors quelques secondes, puis je me réveille, je ris. Le corps de Clarine s'est coulé en nœuds autour du lustre. Ses yeux sont immenses. Il y a un œil qui se promène sur sa joue, l'autre escalade sa chevelure. Ils vibrent, on dirait, tout inondés de pâleur. Sa gorge est traversée de secousses, comme un ruisseau d'acide, et bientôt ça devient froid.

Des milliers de contrastes se déchirent ; ils papillonnent — et font grandir la chambre. Bouffées de mélodies bariolées, du sang bien ratissé au plafond, pour faire jaillir le ciel. Moi je m'en fous : j'ai la couronne. Je l'ai vue sur la porte, et puis sur le mur : les signes du Chinois se transbahutent en nuée d'anneaux. Ce ne sera pas des épines, j'éclate de rire en disant ça à Clarine : « Pas une couronne d'épines, je refuse. » Non : je ne veux pas, car je les connais : ils vous élèvent pour vous accommoder à l'enfer dans la niaiserie criminelle de la classe moyenne ; et soyez heureux mes enfants plus vous dénigrez plus vous serez solitaires et moi Jean Deichel dénigreur ? La classe moyenne mondiale pendue à son nombril. La gorge accrochée à ma porte, le monde entier devenu classe moyenne — « Qu'il crève ! » je dis. Les phrases, elles sortent d'où ? La chambre crie et roule. « Mort de la classe moyenne la corde au cou pendue à un crochet de manteau. » Le lustre roule ses couleurs, c'est un ruisseau, et les filaments distribuent des phrases à la ronde. Ça tourne, j'ai envie de vomir, puis ça va mieux, une phrase : « Nous devons refuser le monde de ceux dont la patience attend que la mort les éclaire. » Quoi ? Qui parle ? Le lustre me dit sa faveur, il me dit que les couleurs diffusent de la cendre et que la couronne attend la plus grande solitude. Une couronne de lettres fuyantes,

oh mais voici qu'elles scintillent,

elles luisent comme une enseigne dans le lustre en rond,

plusieurs mots s'échappent :

THÉÂTRE DE PHRASES,

À l'hôtel Cascade on ouvre on ferme, illumine…

Ça a tourné dans la nuit, puis je suis passé de l'autre côté. L'expression n'est pas claire, elle est un peu usée : mais c'est ainsi que j'ai senti le basculement : « de l'autre côté ». Il y avait une sorte de coma étalé dans toutes choses, un ventre glacé s'en allait vers des alibis de souffrance ; et je grignotais la couronne comme si c'était un bretzel. Un gros bretzel allemand du marché de Noël, tout piqueté d'éclats de sel. « Ton gros bretzel », a dit Clarine. Elle se contorsionnait par terre comme un serpent, toute nue, avec la bouche ouverte, gobée, d'un poisson. Plus je mordais dans la couronne de bretzel, plus je vomissais le monde. Et plus je vomissais le monde, plus je devenais le monde, et l'univers entrait, goutte après goutte, dans ma poitrine. « Ton gros bretzel ! » a crié Clarine qui tendait le bras.

Je suis resté absorbé plusieurs heures dans la contemplation d'une ombre sur la tapisserie. Je la regardais avancer doucement sur mes pages. Le tremblement des tilleuls à la fenêtre, le bourdonnement d'une abeille qui rôde autour de Shakespeare où l'on a posé la petite cuillère, les teintes bistre du miroir, les écailles de son cadre doré, une goutte de champagne sur mon doigt, du vin rouge, du sang ? Je cherche des yeux Clarine, elle est allongée dans une flaque de sang. Il fait froid, je grelotte. Clarine s'est levée, elle s'approche, je n'ose pas lui dire qu'elle a du sang séché sur les épaules, les joues, du gros sang qui poisse ses cheveux, et la bouche coupée. Elle me montre ses mains : « J'ai des mains de beurre », elle dit. Des morceaux de mémoire se réveillent ou se confondent. J'allume une cigarette à Clarine, je n'ai plus de forces, j'ai trois mille ans, toute l'histoire du monde me plombe les bras et les jambes, et c'est agréable de fumer. Clarine serre dans son poing la tête de Shakespeare. Je touche ses fesses, ses hanches, pâleur dans ma main : son corps est encore loin, ou c'est le mien. Je l'attrape. Elle bâille, moi aussi, La paresse nous avale.

Lorsque vos oreilles boivent enfin le vide, celui-ci s'étend à toutes les parties de votre corps ; il allume le vent dans les fleuves et vous abreuve de ses ruissellements. On ne dit plus « oui » ni « non » ; le corps lui-même ne choisit plus — il se faufile entre les vagues et se nourrit de chaque obstacle. Il n'y avait plus d'épaisseur dans mes journées ; elles ne pesaient plus rien. Les lèvres avalent la chute, elles mastiquent la ruine des choses, les adieux se changent en clefs. La lumière grimpe. Vers 18 heures, elle gicle sur le « Poète chinois ». Ses rayons viennent obliques, un peu de bleu travaille la buée. Est-ce une mouette, une poule ou un cheval des cavernes qui remontent ainsi le courant dans la lumière ? On s'embrasse dans l'herbe florée de pluie de juin. Ce sont des barques. Dans chaque éclaircie, une barque prend le fleuve. Les nuages pensent aux chevelures. Les rosées foisonnent. C'est ma boisson quand je n'ai plus de thé. Quand Clarine ne m'apporte plus de vin. La salive est dorée sur les cuisses. Le manteau remue, il est plein de feuilles blanches. Clarine me caresse doucement cette nuit, elle a ouvert ma braguette, le va-et-vient fait tanguer la lumière dans la chambre. Ça coule dans chaque mot, bien fluide avec les souffles dans la main. Le bras soudain fluminé de sperme, puis basculée, les jambes en l'air, vêpres, hostie du gland, Clarine s'ouvre solennelle, se fait léchouiller, mordiller, elle se laisse lévrer, fenter, cuisser, chouner, sa chatte baigne et ma langue tourne dans les petites eaux tandis que déjà par la fenêtre, derrière moi, les premiers oiseaux commencent à entrer, ou alors juste les reflets. Le bracelet tinte à la cheville de Clarine, les émeraudes brillent au passage des oiseaux, et Clarine enlace l'oreiller.

Alors les voici, elles viennent dans la chambre, au-dessus du lit, elles tournoient : Joséphine, Clarine, Anna Livia, Jeanne, Colombe, les demoiselles de *Cercle*. Elles surgissent d'elles-mêmes, et tournent autour d'un point de mèche, dans un spasme, toutes vrillées en grimace de bordel. C'est une ronde de nymphes, en rosace, on se croirait à Notre-Dame. Le rouge et le bleu du vitrail jouissent en violet. Ça fait comme une trouée, comme si Notre-Dame venait se pâmoiser dans un courant de fleurs en gloire, autour de mon lit. Elles sont trouées de phylactères, avec des phrases nouées autour de leurs cuisses, comme des anneaux de serpent. Elles se contorsionnent. Drôle de chant des sirènes. Les sirènes, on dirait qu'elles m'attirent de nouveau vers Notre-Dame. Retourne à Notre-Dame, disent-elles : il y a là-bas quelque chose pour toi. La lumière tricote son lierre de nymphes au mur de ma chambre, le plafond est brodé de nénuphars. Voici que le raisin boucle les chevelures, le vin assouplit les désirs. Les feuillages bruissent dans la soie des robes, les gorges veulent bien. Puis c'est la joie qui s'arrondit. Les taches de rousseur de Joséphine flottent sur les seins d'Anna Livia. C'est une ondée de charmes qui se mêlent, les chevelures s'enroulent, elles se caressent entre elles. Jeanne et Clarine s'enlacent comme du lierre. Leurs baisers sont veloutés comme du lotus, ils me rafraîchissent. Les peaux boivent le chagrin, elles sont légères dans la jouissance. Puis les corps se confondent, une humidité rouge et bleu fourmille, elles scintillent à travers un mouvement qui les tisse. Bientôt, elles ne sont plus qu'une étoffe, cette étoffe aussi fine que l'air, teinte à la pourpre de mer. Les flûtes s'enchantent au contact des cuisses, le bouc lève sa tête au son du tambourin. Les voici toutes emménadées, la torsion dans les reins leur fait un jeu d'éclairs en éventail. Elles palpitent, ourlées de cyprine ; ce qu'elles veulent c'est jaillir. On entend des phrases dans la nuit : « Eaux filles riantes. » On entend : « Fil des eaux murmurantes. »

C'est devenu doucement une bacchanale, vers le sixième ou le septième jour, très doucement. Une sorte de folie de visions à la bougie. Les ondes font les nymphes qui font les corps qui font les phrases ; et tout revient s'écrire avec l'eau. J'entends la voix fleurie des rivières qui s'ouvrent à travers le sommeil. Et vous, n'entendez-vous pas, derrière la ligne d'eau, le chant des femmes qui jouissent ? Le mur des royaumes s'effondre, ou au contraire de nouveaux royaumes se forment. Le plaisir invente les royaumes, car le seul royaume est celui du plaisir. Méandres pour l'acheminement des nymphes. Je suis né dans une effusion continue de lettres qui s'engendrent. Ça vous berce les oreilles et vous adoucit le ventre, ça vous comble aussi la queue. La douceur est le bon rivage. Pas d'autre région que celle du présent à déesses. Filles du néant ! Filles des berges de l'hôtel Cascade ! Elles nagent de page en page, et les phrases annaliviées tournent sur elles-mêmes, toutes miroitantes, gorgées d'allégresse.

28

FONTAINE, JE BOIRAI DE TON EAU

Clarine frappe à ma porte. On est le 26 juin, il est 10 heures du matin. Clarine me dit qu'il y a un bouquet de fleurs pour moi. Des tournesols, un gros bouquet de tournesols. J'ouvre le mot, c'est Anna Livia :

« Le spectacle vient de se finir. Quand je danse, je ne peux voir personne. Je n'ai pas eu le temps de te prévenir, et après c'était trop tard, plus rien n'existait que la danse.

Si tu en as envie, viens me voir.

J'habite rue Lucien-Leuwen, dans le 20e. C'est un peu compliqué pour entrer, alors téléphone-moi, et je viendrai te chercher au bout de la rue Stendhal, sur le banc devant l'escalier, cet après-midi, à 18 heures. »

Il y avait son numéro de téléphone, et puis ces mots, de l'autre côté de la carte : « Les tournesols, c'est la Toscane. » J'ai levé les bras au ciel avec un sourire de vainqueur. Clarine a fait une grimace, elle a haussé les épaules, puis m'a tourné le dos.

J'ai marché toute la journée dans Paris en attendant 18 heures. La lumière s'envolait dans les arbres. Le soleil enveloppe les rues d'un velours orange et rose. La rumeur des arbres porte avec elle de soudaines bouffées qui vous étourdissent un peu. Les statues vous saluent aux carrefours. C'est elles qui vous invitent à voir dans chaque instant cet éventail de lumières qui change une promenade en ruban de scènes peintes. Il y a des rues fébriles, vers Belleville, un clapotis de lueurs vertes le long du canal Saint-Martin, et, lorsqu'on monte à pied vers Ménilmontant, le damier gris et blanc des étés de poussière lourde. Le nom des rues, alors, s'enchante tout seul : en passant rue des Solitaires, puis rue des Trois-Diamants, on a l'impression que s'ouvre un chemin royal, pavoisé secrètement de signes qui mènent au sacre. Ça continue rue de la Butte-du-Chapeau-Rouge, puis passage du Roi-d'Alger, et surtout rue de la Grange-aux-Belles : vous emmenez avec vous tous ces noms, ils forment dans votre promenade une guirlande cérémonielle, un cortège de syllabes qui jettent des tonalités de féerie sur l'ennui somnolent de cet après-midi d'été.

Le Père-Lachaise sent la sève, la mousse et le buisson humide. Les parfums âcres font un peu tourner la tête, mais c'est la fraîcheur qui compte. Sur la tombe de Marcel Proust, il y a des petits mots glissés sous des cailloux, des pommes de pins, et de pauvres jolies fleurs arrachées aux mauvaises herbes des rues. C'est un marbre gris, banal ; certains touristes ne trouvent pas le nom sur la pierre, ils se demandent si c'est vraiment là, la tombe de Marcel Proust. Pendant quelques minutes, il n'y a plus eu personne. Aucun bruit, juste l'air qui siffle un peu dans les cyprès, et la rumeur des voitures au loin. Une fumée noire sortait de la cheminée du crématorium. J'étais épuisé, alors je me suis allongé. C'était doux et frais. La pierre était un peu moussue, la fraîcheur tournait dans l'air, et quand j'ai fermé les yeux, du vert et du gris se sont mis à tournoyer dans les airs. J'ai glissé le cahier sous ma tête, croisé mes pieds. J'ai pensé à Albertine, aux mouettes, aux plages de Normandie. À l'ombre des tilleuls un murmure, comme une fontaine de phrases. Des voix assourdies, bercées de feuilles, quelques gouttes, la pluie peut-être. Un type m'a réveillé brutalement : « Interdit de se coucher sur les tombes ! Sacrilège, merde ! Vous êtes fêlé ou quoi ? »

Ils étaient presque une dizaine autour de la tombe. Des touristes interloqués, qui avaient à la main le plan du cimetière, avec l'emplacement des célébrités. Le type qui gueulait était un gardien, il avait une espèce d'uniforme bleu-noir, et une grosse moustache. Il m'a tiré par le bras pour me faire tomber, je me suis retrouvé à genoux dans la terre, tout poisseux, les mains écorchées. Le gardien paradait devant les touristes, qui s'esclaffaient : « Ça se croit tout permis… les morts, faut les respecter… surtout les grands hommes… »

J'avais le pantalon crotté, et mon cahier avait disparu. Je l'ai réclamé, et le type m'a dit, l'air content de lui, que je n'avais qu'à revenir demain, à l'entrée principale : on me le rendrait en échange d'un procès-verbal. Ce type m'énervait : est-ce que c'était si grave de s'endormir sur une tombe ? — et puis il avait porté la main sur moi, il avait osé me toucher, me prendre le bras. Alors j'ai commencé à parler fort et à m'agiter pour faire un scandale.

Les touristes ne riaient plus, ils se sont affolés. Le gardien aussi a perdu un peu contenance. J'en ai profité, je me suis avancé vers lui, et je lui ai dit qu'il m'avait bousculé, qu'il y avait des témoins, qu'il n'avait pas le droit de me toucher, que c'était une agression. Il a haussé les épaules, et trouvé la parade en sortant son carnet de procès-verbal.

Je voulais absolument récupérer mon cahier ; sur ce cahier il y avait toutes mes notes de la journée, il y avait les nuits avec l'estampe chinoise et la description des effets de la Confiture Verte : j'ai dit que j'allais porter plainte, j'ai dit qu'il m'avait dérangé pendant ma prière. Et puis, tout à coup, très lentement, en détachant chaque mot, j'ai dit :

« JE SUIS DE LA FAMILLE. »

Là, le type s'est arrêté de rédiger. Je me suis dit : « Famille », c'est le sésame.

— La famille ?... Comment ça... quelle famille ?

— Celle de Proust.

Le gardien, il a changé de tête. Il a pensé que peut-être il allait avoir des problèmes, en même temps il se méfiait :

— C'est impossible... impossible que vous soyez de la famille de Proust... enfin ce n'est pas possible...

— Ah oui ? Vous prenez le risque ?

Il a hésité, il a regardé autour de lui, les touristes avaient cessé de s'intéresser à nous, il a déchiré le procès-verbal, m'a rendu le cahier, en me demandant de « quitter les lieux » : c'est indécent, m'a-t-il dit, de s'allonger sur une tombe.

Un peu avant 18 heures, je me suis engagé dans la rue Stendhal. C'est une longue rue triste qui monte, le long d'un réservoir d'eau, puis s'achève sur l'escalier qui redescend vers le quartier Saint-Blaise. Il y a là une place ombragée de platanes, avec le banc dont a parlé Anna Livia, un banc vert, sur lequel je me suis assis. Les feuillages alentour forment un espace léger, comme si l'air fourmillait de haïkus. L'escalier semble promettre un peu plus de fraîcheur encore, avec son dévalement qui fait envie, et la rampe en à-pic qui rappelle Montmartre.

Anna Livia était devant moi, elle souriait, je me suis levé, elle portait un cache-cœur rouge, une jupe blanche, des espadrilles. Elle m'a pris la main. Je lui ai dit que je flottais encore dans le sommeil du Père-Lachaise ; je lui ai raconté la scène avec Proust, ça l'a fait rire : « Alors comme ça on ne veut pas de toi chez les morts ? » Une barrière métallique, un code, une résidence, petit parc, une allée de graviers, acacias, noisetiers, une nichée d'ombres et d'odeurs, belle façade, lierre, fusains, glycine, balcons. Le cache-cœur d'Anna Livia lui faisait le dos nu ; ses bretelles grimpaient en collier derrière la nuque.

Lorsqu'on est entrés, le ciel, à travers les baies vitrées, s'est jeté sur moi ; la lumière était si forte que je ne voyais plus rien. L'appartement était immense, avec des chambres en enfilade et un grand salon ouvert sur la terrasse, où se balançait un hamac. Un petit chat gris clair dormait sur un des canapés ; à mon arrivée, il s'est enfui. Dans le hamac, il y avait un type. C'était Clémenti — le frère d'Anna Livia. Il ressemblait au *Gilles* de Watteau : l'air d'un jeune prince défoncé, pâle comme sa sœur, mais avec quelque chose du voyou lunaire, grand et maigre, pieds nus, pantalon de lin beige et chemisette bleu marine, les cheveux coupés ras, la cigarette au bec : une silhouette d'oiseau de proie avec la tête ronde du Pierrot.

J'ai retrouvé tout de suite cette fluidité qu'on a eue elle et moi sur le pont des Arts, le premier jour. Une improvisation de souplesse, chaque instant qui trouve son geste. Il y avait eu, ce jour-là, un ballet entre nos corps et les Giacometti. Et là, c'était pareil. Les corps chavirent légers, ils s'attrapent les mains, laissent glisser l'espace et roulent dans les divans. Une rencontre, me disais-je, dépasse tout ce qu'on entend par ce mot ; elle va plus loin que les sentiments, si forts soient-ils. Une rencontre vous délivre de toutes les mauvaises rencontres — c'est *un lien qui délie*.

Clémenti est passé avec un sac de voyage et un pull jeté sur ses épaules ; il prenait la voiture, il allait voir les Vannucci à Antibes ; il reviendrait dans une dizaine de jours. Anna Livia a dit qu'elle restait tout l'été à Paris. Clémenti m'a serré la main, puis la porte a claqué.

On s'est embrassés là, dans un des canapés rouges. C'était étrange ce baiser : je n'attendais que ça, et en même temps il me semblait que ce n'était plus du tout important, qu'on n'en était plus là : quelque chose d'autre se préparait, de plus mystérieux. Et puis l'un et l'autre on était épuisés, elle à cause du spectacle, moi à cause de l'attente. On s'est vite déshabillés, on s'est caressés doucement ; et dans le hamac, à l'ombre, sous le parasol, on s'est endormis tous les deux, enlacés, moi derrière elle, les mains croisées sur ses seins, et elle tenant ma queue dressée contre ses fesses.

On est restés au lit une semaine. C'est une semaine magique. Les matelas des divans, réunis, formaient à même le sol une sorte d'île, un univers de draps et de journaux, de livres et de serviettes. Les journées n'étaient plus qu'une immense sieste, celle que Anna Livia appelait la « sieste étrusque », celle des amants heureux, une sieste qui s'étire jusqu'au soir. On mettait des disques. On fumait. On se nourrissait de croissants, de raisins, de brioches. À la nuit tombée, on allait au restaurant, puis de bar en bar. Anna Livia y croisait parfois des amis. On buvait, on dansait, on s'enivrait jusqu'au matin.

Au début, les étreintes sont douces, calmes et lentes. Puis les gestes se nourrissent les uns les autres, et ça devient une seule et immense étreinte, qui ne s'arrête plus. Toutes les sensations se mêlent, comme dans un paysage de mouvements. Il n'y a plus de contours. Tout est à vif, écarlate, *un po' vizioso*. Les couleurs, les parfums, ne pensent qu'à ça. Chaque détail de l'étreinte s'enroule à la violence de l'étreinte.

Un corps d'étreintes, est-ce possible ? Est-il possible d'avoir un corps uniquement formé d'étreintes, un corps semblable à ces fleurs japonaises qui ouvrent leurs pétales et s'épanouissent lorsqu'on les trempe dans l'eau ? Tous les instants de cette semaine passée avec Anna Livia prennent une couleur iridescente, pâle et rouge. Le sang s'est ajusté au désir. On dirait un blason. Il y a une centaine d'heures condensées dans ce corps. Chaque instant mémorisé n'est qu'un détail du blason ; il vit pour lui-même, mais aussi avec la pensée qu'il jouit à son tour dans l'ajustement : la jouissance est la mémoire du temps en train de se vivre.

Vers 3 heures du matin, la première nuit, Anna Livia dormait. Je suis allé fumer une cigarette sur le balcon. J'étais nu. Un vent léger soufflait dans les arbres du parc. La glycine parfumait la nuit. Du papier traînait sur la table basse. J'ai noté. Nuit de feu dans la main qui court. La déesse du bonheur existe, me disais-je. Elle palpite dans les phrases qui viennent sous tes doigts.

Et c'est vrai : les phrases arrivaient tout de suite après l'étreinte, comme si nos soupirs leur donnaient le signal. Au début, il y en avait tellement que j'avais peur de les laisser passer ; je me les répétais, en essayant de ne pas en oublier une seule. Mais ça n'arrêtait pas, elles venaient par dizaines, des pages entières de phrases parfaitement cadencées ; alors je me suis levé pour les noter à la hâte.

Je l'ai dit à Anna Livia : toujours, après nos étreintes, les phrases se déclenchent, aussi claires, aussi ajustées qu'après cinq heures de travail. Depuis, c'est elle qui me tend un stylo. J'écris en appuyant le papier sur sa cuisse, sur son ventre, sur son dos. Je me dis en riant : plus nous faisons l'amour, plus le livre s'écrit. Si l'on passait tout notre temps dans des étreintes, si l'on parvenait vingt-quatre heures sur vingt-quatre à tirer de nos corps leur jouissance, *Cercle* s'écrirait tout seul, car cette jouissance coïncide avec l'écriture de ce livre.

29

SOLDES

Il y a eu l'épisode des soldes. J'étais tout illuminé par ma rencontre avec Anna Livia. C'était un matin de juillet, très tôt, vers 6 ou 7 heures. On avait passé, elle et moi, toute la nuit joyeusement, de bar en bar, et en sortant du Harry's, derrière l'Opéra, elle avait pris un taxi pour rentrer ; moi j'avais envie de marcher jusqu'à l'hôtel Cascade, et de profiter de mon ivresse.

J'ai erré un peu dans le quartier. J'ai tourné en rond, et puis, face aux Galeries Lafayette, je me suis endormi sur un banc, tranquillement. En me réveillant, il y avait foule. J'ai d'abord cru à des morts, un peuple de fantômes, tout silencieux, livides, massés là devant la grande porte. Et puis ils ont commencé à s'agiter au moment où les lumières se sont allumées à l'intérieur du magasin. Les vitrines des Galeries Lafayette étaient toutes peintes en blanc, un blanc de catastrophe, un blanc à la chaux, étalé à grandes couches, comme lorsqu'on condamne la façade d'un immeuble. Et d'ailleurs c'était à ça qu'appelaient les affiches rouges collées en travers des vitrines : à la liquidation.

« LIQUIDEZ TOUT »

C'est la première phrase qui m'est apparue, tandis que je sortais du sommeil : « LIQUIDEZ TOUT », comme un appel à l'émeute. Et en un sens, c'est une émeute qui se préparait, une émeute encore calme pour le moment, tendue vers l'explosion à venir, et qui bandait ses forces. Au-dessus de l'entrée, la grosse horloge en forme de porte-monnaie marquait 8 h 45. Et en grosses lettres, bien visibles sur un panneau flottant, c'était écrit que le magasin ouvrait exceptionnellement à 9 heures.

On les voit bien toutes les phrases, même assis de l'autre côté de la rue, on arrive à les lire de très loin, rouges et blanches, elles vous appâtent :

« C'EST DE LA FOLIE »

« LÂCHEZ-VOUS POUR LES BONNES AFFAIRES »

« FAITES-VOUS PLAISIR TOUT DE SUITE »

Elles sont parfaites, ces phrases, elles vous transmettent bien les ordres, l'aiguillon qui vous soumet. On voit bien que les corps vont s'efforcer d'obéir aux phrases, ils vont réaliser les slogans. Oui, « C'EST DE LA FOLIE », c'est exactement de la folie : il faut qu'ils soient fous pour s'entasser comme ça, il faut qu'ils aient perdu la raison, qu'ils laissent aller soudain le penchant, qu'ils craquent, et d'ailleurs c'est écrit :

« VOUS AVEZ BIEN LE DROIT DE CRAQUER »

Alors ils craquent, l'impatience leur cuit les neurones, ils viennent se mettre en frénésie dans le tas qui grossit à vue d'œil. Et c'est allé très vite, en quelques minutes le trottoir s'est rempli. Maintenant ça déborde, ça fait comme une flaque. Il y a eu un peu de cohue, ça a suffi pour que la mêlée dégénère en masse nerveuse. Je ne sais pas pourquoi, j'ai pensé : ils vont recevoir leur coup de rame, une fois passée la porte, plus d'espérance. Les damnés ont cet air de moutons affolés têtus. Et puis c'est bien les mêmes que j'avais vus place saint-Michel, les vivants de la mort, ces silhouettes à brouillard qui vont à leur travail comme on va au casse-pipe. Mais ils sont tout réveillés aujourd'hui. Plus du tout mornes, torpeur en sourdine, et la viande presque enjouée. Ils ont perdu leur ombre sale, celle qu'ils se collent sur le visage comme une crème d'angoisse. Ils sont combatifs, ils veulent, ils ont envie de vouloir, ça se voit.

« TOUT DOIT DISPARAÎTRE »

On dirait qu'ils sont dopés maintenant par cette phrase : plus ils s'approchent du « TOUT DOIT DISPARAÎTRE », plus leur jus s'active : la disparition, ça leur excite les muqueuses. On voit de la détermination dans leurs gestes, ils vont s'y appliquer à tout faire disparaître, ils vont vous avaler ça, la marchandise, en quelques minutes il n'y aura plus rien. Le « déstockage monstre », les prix cassés, les remises exceptionnelles, tout ça englouti, passé au ravage. Car dans leur enthousiasme un peu morbide, il y a de la fringale : ils ont faim, mais de quoi ? Qu'est-ce qu'ils veulent donc acheter de si précieux pour se mettre dans un état pareil ? Rien de spécial, je pense. C'est le fait d'acheter qui les convulse.

« DITES OUI À VOS ENVIES »

Celle-là, je la trouve vraiment parfaite : « DITES OUI À VOS ENVIES », c'est la meilleure phrase. Bien retorse, elle aguiche, tranquille, à l'aise dans son mensonge. Et ce mensonge, c'est la vérité qu'il faut, la vérité incontestable de ce matin, car ce n'est pas tous les jours que les corps ont envie de dire oui à leurs envies, ce n'est pas tous les jours qu'ils s'animent pour quelque chose qui engage le désir. Les envies, elles sont plutôt mortes en général. Et le désir, pire encore : nécrosé depuis belle lurette. Regardez autour de vous : plus personne ne désire, ça n'existe plus, c'est mort. Et la mort, c'est exactement ça : c'est quand le désir est cuit. Bien sûr, chacun se fait encore plaisir dans son coin et calcule son petit trafic, ses petites volontés, chacun s'excite encore un peu pour ses comptes, le magouillis personnel d'ambitions et les avancements d'amour-propre, avec le souci qui balance depuis toujours entre les colonnes « débit » et « crédit ». Mais je ne parle pas de ça, le désir c'est autre chose. Ceux qui vous diront qu'il n'y a que ça, du désir, et que le désir est partout, le confondent avec leurs besoins, lesquels n'arrêtent pas d'augmenter depuis que le marché les prend en main sous le nom de consommation. À part ça, plus rien, même la queue a passé formol. Avant, les humains, ils étaient très obsédés. Leur zob : une religion. Tout pour la trémousse. Et le coït en horizon absolu. Ils se démenaient pour ça. Ils étaient bien obligés de désirer un peu, parce que ça ne se fait pas tout seul, il fallait qu'ils se décarcassent pour arriver à leurs fins, ça leur faisait un os à ronger, une carotte. Mais on dirait que même ça, ça n'existe plus pour eux. Dépressifs ? Pas vraiment. Pire je pense : dépossédés complètement, le cerveau râpé, plus rien de vivant — en un mot : ZOMBIS. Vous voyez bien comment ça se passe dès qu'ils sont plus de cinq ou six ensemble, tout de suite ça tremble, frénésie de gueules, ou alors phobies, la désolation inhibée des épuisés du métro. Et vous les avez vus comme moi, marcher à la mort quotidienne, place Saint-Michel, hameçonnés au « combien ». Ceux d'aujourd'hui, ils ont l'air moins étriqués, ils ont plus d'argent, ils sont du genre à briller dans la compétition sociale, ils ont une gueule publicitaire, et même de l'arrogance. Mais ça ne change rien : ils sont zombis quand même. Et pour le désir, ils n'en ont pas plus que les autres zombis. D'ailleurs, en matière de désir, le zombi qui parfois se dessine en vous le sait déjà : le désarroi se rattrape sur la quantité. Le « désir », c'est quand il n'y en a plus, quand il est fini, usé, recyclé, qu'on l'affiche — et qu'on vous le vend. Car ils ne se sont pas seulement amassés aujourd'hui pour se disputer des sacs à main, des blousons, des chaussures, des parfums ou des accessoires, mais pour avoir quelque chose comme un désir. Ce qui compte aux yeux du zombi, du zombi pauvre comme du zombi riche, c'est qu'il soit comblé. Après tout, le zombi, il pourrait défaillir de volupté à la vue d'un boulon. Le tressaillement humain s'est habitué à jouir devant des diamants ou de l'or, mais le zinc pourrait aussi bien convenir. Oui, un tuyau en zinc comblerait le zombi, puisque celui-ci ne veut qu'une chose : qu'on lui comble son trou. Que n'importe quoi vienne lui colmater la fuite. Offrez-lui donc le tuyau de zinc, il s'habituera. Car entre nous, et quoi que vous en disiez, entre la bague en diamant et le tuyau, la différence, il n'y en a pas : juste une spéculation qui vous astique le narcissisme.

Alors, « DITES OUI À VOS DÉSIRS », est-ce que c'est ça que ça veut dire ? Que le tuyau de zinc conviendrait ? De toute façon, les désirs, au point où on en est, ça ne sert plus qu'à vendre et à acheter. Et en les voyant là, les zombis, tout allumés soudain, méconnaissables, méchants presque à vouloir être les premiers, on dirait qu'ils sont de nouveau vivants. Que quelque chose les a ranimés. Oui, regardez comme ils sont motivés : ils ont vraiment l'air d'avoir des envies, ils veulent dire oui à leurs envies : le « oui » de l'envie brille dans leurs yeux. Et puis ils n'hésitent pas à venir s'écraser les uns contre les autres, dans une promiscuité pire qu'aux heures de pointe, avec le coudoiement de la misère. On dirait même qu'ils se compriment à l'enthousiasme, le tas remue, les aiguilles du grand porte-monnaie marquent audessus de leurs têtes 8 h 53. Plus de temps à perdre, ça s'excite dans le tas : tension à vif, de loin ça fait comme une grande houle de nuques, de chevelures, d'épaules, qui poussent, qui écartent, qui bloquent. À un moment, dans le pressoir, j'ai cru voir des yeux de poisson levés vers la panique. Et puis c'est drôle comme ils ont tous des têtes de présentateur et présentatrice télé, les zombis : le même physique rentable de mannequin du succès social, homme ou femme, pareil, avec ce rictus à sourire denté qui vous affiche un bobard uniforme, la gueule insipide bien soignée qui cherche à masquer sa méchanceté de naufrageur, et cet œil de poisson qui revient maintenant comme un lapsus. Oh ce regard de hareng saur qu'ils ont dans la bétaillère, c'est une désolation : il trahit leur haine du temps mort. On lit à travers, on voit très bien, grâce à lui, que tous ces corps qui tiennent par le flouze, et qui en amassent le plus qu'ils peuvent, n'ont jamais fait que réussir dans le rétrécissement lucratif. Celui-ci marque déjà leurs traits : vous avez remarqué comme ils ont tous l'air de *vieux riches,* même les jolies filles, même les beaux mecs, à vingt ans, trente ans, quarante ans : *vieux riches*. Comme si ce qui prospérait réellement dans les corps, comme un retour de gifle, et que le hareng révèle en eux, c'était la vacuité.

Et ça y est les portes s'ouvrent, c'est le gros tumulte, tout le monde fonce, ça pousse incroyable : ils se bousculent, ils vont se piétiner, les premiers n'attendent même pas que la grille soit remontée jusqu'en haut, ils se jettent au sol et font un roulé-boulé, les voici engouffrés dans les rayons, ils courent vers l'article qu'ils ont repéré la veille. Je me suis levé pour mieux voir, je suis debout sur le banc, c'est une cohue de foire. L'entrée, vue d'ici, a l'air minuscule, un entrebâillement de porte étroite. Ils sont bientôt aplatis de tous côtés contre les vitrines, il va y avoir des morts, c'est effrayant de les voir ainsi se jeter contre le mur. Car ils sont très peu à passer, la plupart restent dehors, piétinés dans la bousculade, éjectés de la trombe, et ça hurle sauvage, ça sort ses griffes. En les entendant couiner, en les voyant gigoter, se tordre en tous sens, enivrés de combat, tout bestial, je viens de comprendre : *ils sont dans le rut.* C'est pour ça que je ne les reconnaissais pas, eux d'habitude si renfrognés. On est dans une séquence de libido, elle vient de commencer, ils divaguent, là, bien en feu, l'épiderme aiguisé par le coude à coude. C'est comme ça l'intimité des zombis, c'est devenu ça. Une fois le désir mort, c'est ainsi qu'elle marche, la pulsion : tout excitée en horde vers la dépense, vers le moment d'acheter, là où le « combien » vous chauffe, et les chiffres vous enflamment la moelle épinière. Fini le temps où l'on s'excitait pour des anatomies, maintenant c'est le prix des choses qui vous captive. Est-ce qu'Éros s'y retrouve ? Pas sûr. Mais enfin, voilà : la relève du sexuel, vous l'avez sous les yeux. Et peut-être même qu'à l'époque du zombi, c'est ça le dernier acte sexuel : l'achat. Peut-être même le seul qui échappe à la simulation. Les autres actes ont depuis longtemps cuvé leur fièvre, on n'y croit plus, ils s'effectuent dans la comédie mécanique. Mais celui-ci, il est encore capable de vous rendre fou.

« C'EST DINGUE JE VEUX TOUT »

Car le moment où ils achètent est aussi celui où leur frénésie se rejoint. Il y en a qui disent qu'au moment de tuer, à cet instant limite où le criminel accomplit son crime, il est fou. Pareil pour le zombi des soldes : au moment d'acheter, à la seconde où il s'empare de l'article, où son corps vibre de la possession imminente, il bascule. Alors, une jolie paire de chaussures ? Un soutien-gorge à balconnet ? Un costume en lin couleur crème ? Tout ça n'est qu'un prétexte. Ce qui compte c'est d'aller vers l'*instant fou*. Les chiffres seuls déclenchent ce vieux désir de transe, qui court les obscurités, et revient là, quelques secondes, leur envoûter la carcasse. Ils sont tout agités au moment de tendre leur carte de crédit : entre la vie et la mort, on dirait. Jamais ils ne sont aussi sérieux. Comme si leur hystérie, pour une fois, réussissait. Elle se passionne pour son propre déchaînement, et c'est ça qui la mène aux portes des magasins : une dureté de fond, une frivolité vitreuse, murée dans l'aveuglement. Lorsqu'elle ouvre enfin les yeux, c'est pour se contempler elle-même ; et encore ne voit-elle qu'une image morte, car elle l'aperçoit en reflet dans une vitrine. Ainsi, au moment d'acheter, accède-t-elle à cet éclair par lequel elle se sent vivre. La violence d'un tel moment lui garantit qu'en effet elle est en vie, que c'est même ça la grande vie, celle qui vous jette hors de vous, dans un minisuicide où les nerfs qui lâchent vous procurent la sensation de vivre intensément.

Regardez bien alors ce qui se passe. Car l'*instant fou* opère une sorte de vrille dans les corps. C'est le sacre de l'hystérie, tous les corps se métamorphosent. Avec l'étrange libido éveillée par les soldes, ils deviennent durs et butés, tout entiers aspirés dans une frivolité démoniaque, dans une moue d'obstination tyrannique — ILS DEVIENNENT FILLETTES. Je regardais depuis mon banc la gesticulation, et c'était bien ça qui se préparait : les corps étaient en train de devenir fillettes. Les bourgeoises, c'est vrai qu'elles ont dans la gorge, à ce moment-là, le rugissement anxieux de la petite fille, celle qui veut faire plier la réalité à son caprice. Oui, partout le règne hystérique de la fillette, car

« ON EST TOUTES PAREILLES »

les hommes aussi bien que les femmes, tous devenus fillettes. Soumise à la lubie de la marchandise, dévorée par les fétiches des « marques ». Et à travers le mouvement qui la drogue, elle-même est devenue depuis longtemps une marchandise. La fillette ne sait pas ce qu'elle veut, mais elle sait qu'elle veut l'obtenir. Et pour ça, elle sait toujours comment s'y prendre : qu'elle soit une fillette homme ou une fillette femme, une fillette bourrée de flouze ou plutôt sans le sou, qu'elle soit une fillette frénétique de quarante ans ou de dix-huit, une fillette allure vulgos ou bon chic, une fillette à panoplie haute couture, une fillette mère-et-fille-copines-qui-font-les-soldes-ensemble, une fillette ingénieur costume sombre, une fillette cadre en tailleur, une fillette coiffeuse, une fillette caissière, une fillette instituteur, virile et dépravée, mûre, puérile, cernée de nuits blanches, mal rasée, élégante, minable, manucurée cambrée avec petit chien ou sans chien avide lunatique maussade bavarde anorexique sentimentale amnésique boulimique. La fillette n'est qu'une monnaie vivante dans le flux en miroir des tractations ; et lorsqu'elle apparaît, on ne sait jamais si elle vient pour acheter ou pour se vendre : son corps, à chaque instant, finance ce qu'il croit consommer. Ainsi vendrait-elle son âme pour assouvir la lubie de l'*instant fou*, celle qui met à sac l'idée même de besoin, qui viole toutes les envies et doit absolument la combler, là, tout de suite, avant de changer d'avis aussi sec. Le principe des soldes est fait pour elle ; il coïncide avec ce comportement où les désirs ne s'adressent qu'à eux-mêmes. Et tout le monde le sait : ce qui excite, c'est de payer moins cher. Pour avoir le frisson de l'achat, il faut que ce soit une « bonne affaire ». Ça la met en hystérie, la « bonne affaire », elle s'y colle avec un sérieux trépidant. Elle dit :

« C'EST PLUS FORT QUE MOI »

Dans l'engorgement d'un jour de soldes, cette phrase, prononcée avec un soupir de fausse désolation, agit comme un signe d'appartenance : c'est la preuve qu'on est devenu fillette. Mais pour que la phrase vienne aux lèvres, pour qu'on dise enfin : « C'EST PLUS FORT QUE MOI », il faut que l'objet de la convoitise soit dévalué, que son prix, à ses yeux, ne soit qu'une misère.

Un service d'ordre s'est mis en place. Des types des Galeries Lafayette, des vigiles en costume, crâne rasé, avec des oreillettes, se sont postés à l'entrée. Avec quelques barrières métalliques, ils ont délimité une zone d'attente, une file, et maintenant on n'entre plus qu'au compte-gouttes. Car le magasin est comble, il faut patienter.

Je les vois, nos zombis, ils trépignent à présent, le portable vissé à l'oreille, peut-être parlent-ils à d'autres zombis qui, eux, ont réussi à entrer. Ils sont nerveux, mais dans l'ensemble ils attendent leur tour sagement. C'est même ça le plus étrange : les mêmes personnes qui s'irritent du retard d'un bus sont capables d'attendre une heure, comme des enfants sages, pour entrer dans un magasin, puis une autre heure qu'une cabine se libère, afin d'y essayer la pile de vêtements convoités qu'ils ont entassés le long de leur avant-bras.

Et puis déjà il y en avait qui ressortaient : ils avaient acheté. Ils couraient maintenant à leur travail. Ça libérait de la place pour les autres qui à leur tour pouvaient entrer. Et tandis que les zombis déjà satisfaits passaient devant la file d'attente — et sortaient de leur sachet le soutien-gorge, la cravate, le chandail obtenus de haute lutte, pour en jouir un peu, là, sur le trottoir —, les autres, ceux qui attendaient encore derrière les barrières de sécurité, leur adressaient un mot, toujours le même, un mot qui enflait comme une rumeur et grossissait, repris par chaque file d'attente devant chaque porte d'entrée des grands magasins du boulevard, un mot qui traversait chaque groupe amassé le long du boulevard Haussmann, prononcé par des centaines de corps au même moment :

« COMBIEN ? »

30

LE NOUVEAU CORPS AMOUREUX

1 — Ce sont des notes écrites au Bic rouge sur des bouts de papier. Je les ai collées sur le manuscrit, en les numérotant. Elles forment un petit livre dans le livre.

2 — Tout l'été, j'ai écrit en rouge. Le premier soir chez Anna Livia, lorsque je suis allé sur le balcon, j'ai pris un stylo sur la table basse, et il était rouge. Je l'ai gardé de juillet à septembre.

3 — Le premier matin, en revenant de chez Anna Livia, après une semaine passée avec elle, j'avançais dans les rues, léger, et tout riait en moi, mes bras riaient, mes mains riaient, mes yeux, mes jambes riaient.

4 — Je me suis souvenu de Rimbaud : « Oh ! nos os sont revêtus d'un nouveau corps amoureux. » Il y avait du vert et du rouge qui traversaient ma gorge jusqu'au rire. Je me disais : ça y est, tu fais corps avec ta jouissance.

5 — Dans la rue, je courais, joyeux, avec un air égaré. Je disais des phrases en levant la main droite, et je les traçais dans le ciel. Je disais : « Amour, force ! — plus que toutes joies et gloires ! — de toutes façons, partout,

— démon, dieu. » Les oiseaux chantaient dans mes oreilles ; ils saluaient les arbres pour moi.

6 — Est-il possible, me disais-je, que l'air et les formes se conjuguent en un seul charme qui vous emporte ? Oui, c'est possible. Le corps qui attendait de fleurir depuis le début de ce livre était en train de fleurir.

7 — C'est dans la chambre de l'hôtel Cascade. Les yeux d'Anna Livia bougent dans la nuit. Elle ajuste ses bas résille. C'est tout son corsage rouge qui fourmille quand par-derrière on lui presse les hanches. Elle s'est cambrée un peu, les mains posées sur la cheminée, je lui récite un poème à voix basse, des phrases qui ont à voir avec Ulysse, c'est plein de voyelles mouillées qui claquent, légères, et font presque des bulles dans ma bouche : « L'eau, c'est la soif qui nous l'apprend — La terre, une fois les mers traversées — L'extase, après les agonies souffertes — La paix, les guerres racontées — L'amour, c'est un mémorial. » Les phrases affluent autour de ses seins qui sortent du soutien-gorge, autour des hanches et des chevilles. Les mots « une fois les mers traversées », les mots « la soif qui nous l'apprend », les mots « c'est un mémorial », tout soufflés en murmure à son oreille, tandis qu'on se prend les reins et que bite et chatte s'ajustent. Les oiseaux entrent par la fenêtre. Ils apportent avec eux le bruissement des platanes, la tiédeur d'un orage noué. Le fleuve est mouvementé sur les lignes du plafond. Anna Livia crispe ses doigts sur la cheminée. Une pluie de baisers mouille l'instant qui dit la dernière phrase.

8 — Chaque amour vous ouvre au temps où repose la jouissance. Les pensées qui vont et viennent à la lu-

mière de cet amour ne sont rien d'autre que les instants d'extase qui les rendent possibles. À chaque instant, cet amour se confond avec les signes que le désir trace sur le papier. On ne pense ni à l'avenir ni au passé. On est tout entier dans chaque seconde ; et des phrases se forment qui vivent avec cette vie.

9 — Promenades, conversations, étreintes : trois mois. Chaque instant simultanément, comme dans une architecture. Un soir d'août, sur le pont Sully, et puis le même ciel dans d'autres quartiers, nous deux, marchant, et toute la ville traversée par nos instants.

10 — Anna Livia vivait au lit. Soit elle dansait, soit elle était au lit. Celui-ci devenait un séjour à pique-nique, un fumoir, un divan de lecture. Les journaux y voisinaient avec de la lingerie, les livres s'entassaient autour des draps, avec des tasses à café vides, des paquets de biscuits, des liasses de papiers. On étudiait, on écoutait de la musique, on s'endormait. Les journées étaient tramées de sommeils brefs et de réveils à toute heure.

11 — Dans la jouissance, reçue en même temps que donnée, le corps se déplie. Ainsi est-il traversé par la parole, qui remplit et vide à la fois.

12 — Un corps qui jouit se *déplie dans toutes ses merveilles.* Il ne manque plus de rien. Au contraire, le rien s'ouvre à lui comme jamais. Une veine bleu pâle lui apparaissait alors, le long du cou, jusqu'au menton, comme un petit serpent.

13 — C'est en juillet. Il fait 33 degrés. Le ciel est bleu à craquer, avec des fulgurations blanches qui aveu-

glent. Les nuages dorment. On est heureux, Anna Livia et moi. La nuit a été belle. C'est le matin, à l'hôtel Cascade. Elle a vu les oiseaux ; elle a vu les phrases sur les murs. On va prendre un petit déjeuner à La Licorne. Puis on longe la Seine jusqu'au square du Vert-Galant. Quelque chose passe entre nos mains qui d'abord a filé le long de la nuque d'Anna Livia, et se lance dans nos paroles.

14 — Est-ce que c'est de la joie ? Est-ce que c'est la clarté ? C'est plus difficile à connaître que les ténèbres. La volupté vous entraîne dans un jeu de nuances, toujours plus fines, au point que seul le vide les détache.

15 — Les couleurs de cet amour sont celles du matin vif ; puis ses lignes, l'après-midi, prennent une nuance violette ; le crépuscule y met encore du bleu, un bleu-noir qui conduit au vin ; la nuit savoure.

16 — Une jouissance se mêle à la vôtre. Elles s'encouragent et se confirment l'une l'autre. Ne se mélangent pas, ne font pas qu'une : elle font deux — enfin deux.

17 — Les après-midi de balcon. Balcon du 11 août. La vue qui descend vers La Flèche d'Or ; et dévale vers l'est en suivant les anciennes voies ferrées. Sur la terrasse, une clochette japonaise, qui tinte contre les mauvais esprits.

18 — Journées studieuses à deux. Anna Livia annote *Petrolio* de Pasolini pour un prochain spectacle. Chacun avec ses livres, ses cahiers, ses crayons.

19 — La vie du corps amoureux est une extension des étreintes. Elle s'étend à toutes les choses qu'elle rencontre, qui à leur tour deviennent érogènes.

20 — Si bien que l'amour ne se réduit pas aux deux corps qui l'expérimentent, mais les ouvre à cette renverse de souffle par laquelle ils deviennent eux-mêmes une expérience.

21 — Cette expérience déborde la psychologie. Elle dépasse les sentiments ; et donne sur le vide. C'est un vide qui tourne sur lui-même. Un vide aussi puissant que l'abîme, mais qui est son contraire. Et de la même manière que pour traverser les enfers vous avez besoin des clefs de l'abîme, pour entrer dans le vide il vous faut les clefs du vide.

22 — Je travaillais sur le balcon à une petite table ronde en métal blanc, une table de jardin, avec les cahiers et les pages en cours. Ce jour-là, Anna Livia est allongée sur la chaise longue, elle lit *Petrolio* de Pasolini. Le livre est ardu, dit-elle, « pas sexy », mais l'Italie tout entière s'y précipite en phrases ; elle est là dans l'inachèvement même du livre, dans son chantier de ruines.

23 — ANNA LIVIA : « Le livre de Pasolini n'est pas fini, exactement comme l'Italie : jamais l'Italie n'a été finie. Dans le livre, on voit les banques, les familles, le sexe, le monde des affaires. Le monde des affaires prend le contrôle du pays *en le décomposant*. La décomposition, c'est ce qui règne toujours le mieux. Rien n'est plus puissant que la décomposition. Dans le livre, l'Italie est décrite d'abord comme terrain vague, puis comme chantier, enfin comme trafic. On voit bien comment l'Italie, à un moment de son histoire, était à vendre. Elle l'est sans doute encore, comme tous les pays : au plus offrant. Elle n'arrête pas d'être achetée, et revendue. Est-

ce le destin de ce qu'on appelle un pays ? On voit bien, en lisant *Petrolio*, comment un pays se négocie. Comment l'idée même de pays est morte. Un pays, ça n'existe plus. Je ne sais pas si c'est mieux ou non. On est déjà plus loin. »

24 — *Celui-là seul parvient au cœur d'une expérience, et en reconnaît les effets dans sa vie, pour qui chaque seconde se vit sous le signe de cette expérience.*

25 — Je lisais les Psaumes. Je les avais partout avec moi. C'était la traduction d'Olivier Cadiot. Je la trouvais parfaite, chaque vers comme de la foudre calme. À chaque page : mélodie sereine, souple feu guerrier. C'est un soir, on sort d'un restaurant, on se court après dans les rues du quartier Saint-Blaise. Il y a beaucoup de gens aux terrasses des cafés. La nuit brille dans les treilles. Les corps sont légers, ivres, avec douceur. Un type joue de la guitare, les arpèges coulent par une fenêtre ouverte. Je rattrape Anna Livia rue Riblette, et comme je l'empoigne, elle me vole le livre et se met à lire au hasard, le volume à bout de bras dans mon dos, pendant que je l'étreins. Elle annonce « 45 ! » :

Héros vite
arme ton épée à ta jambe

Dans un fou rire elle tâte l'engin, puis continue :

Tes flèches seront perçantes
va dans cette gloire
chevauche pour une parole vraie

Elle chantonne la suite :

Poème des choses aimées
Oh quelque chose de bon agite mon cœur

Quand je dis la poésie
pour le roi

Ma langue est la pointe
du poète rapide

Les notes de guitare perlent une à une dans la nuit. Anna Livia m'attaque l'épée. Ma langue devient une pointe rapide. Et puis on chevauche à deux pour une parole vraie.

26 — Le corps amoureux échappe à l'anatomie. Les étreintes le favorisent, mais il ne dépend pas que d'elles. Dans les étreintes, il trouve un chemin vide qui l'ouvre au temps.

27 — Au début, ce sont les automatismes ; ça ne vient pas selon le désir, mais en réflexe : on se surveille ; on se jette l'un sur l'autre ; on récite des mouvements. Le désir est souvent confondu avec cette récitation. On croit que c'est ça, le désir. Mais quelque chose d'autre existe en même temps, une chose infime, le même souffle bleu qui dans les veines donne au sang une couleur d'encre. Ce souffle détourne la semence de son cours. Elle ne monte plus vers son soulagement — il la fait circuler partout à la fois. Alors la jouissance commence à exister. Non pas comme un seul bref moment de volupté, mais comme les points qui ouvrent la respiration, puis comme la respiration elle-même. La jouissance existe à tous les moments de l'étreinte ; puis elle existe

en dehors des étreintes. Celles-ci la révèlent — la mettent à nu.

28 — Dans l'étreinte, la jouissance est dans son élément, même si elle étend son existence à tous les autres instants du corps. Car la jouissance n'appartient pas à l'anatomie : en elle se découvre un autre corps, un corps subtil, entièrement fait de souffle, un libre corps spirituel, qu'il est impossible de situer dans les coordonnées du temps et de l'espace.

29 — La jouissance réveille les instants ; elle est l'autre nom du réveil du temps.

30 — Cette voix de réveil vous remue le sang. Elle s'ébroue, vous lance des frissons dans la nuque et remonte la colonne vertébrale. La gorge se fraye. L'existence vous inonde. Et ça y est : le vide s'est mis à vivre à votre place.

31 — Est-il possible de séjourner dans cette contrée, celle qui ouvre la jouissance au temps et le temps à la jouissance ?

32 — Autre instant. Coin d'arcade, du côté de la place Saint-Michel (oublié le nom de la rue). Un escalier tourne dans l'ombre. Il y a une grille, un code. L'escalier est derrière la grille. On ne connaît pas le code. Anna Livia me dit à l'oreille : « On va faire un sésame. » Puis elle dit : « Deux chiffres pour toi, deux autres pour moi. » Elle tape deux chiffres, me masque les yeux, je tape deux chiffres. Un déclic, la porte s'ouvre. Sourire d'Anna Livia. On prend l'escalier. Les marches sont en pierre. Ça monte doucement. La fraîcheur nous pousse au ventre. Anna Livia a des sandales à talons, elle les en-

lève. Je baisse les bretelles de sa robe, puis celles du soutien-gorge. La bouche d'Anna Livia roule onctueuse. Je passe ma main entre ses cuisses. J'entends son pouls, là, qui palpite.

33 — Le temps stocké par la jouissance est le seul temps libre. C'est celui qu'on dépense dans la saveur de l'instant. C'est aussi celui qui revient, car le temps vécu dans la jouissance est toujours disponible.

34 — L'étreinte dilapide le temps : elle en a la jouissance, car chaque étreinte mémorise le temps.

35 — Vous avez la jouissance du temps lorsque votre corps est devenu mémoire. Alors vous évoluez dans le stock du temps. Vous en dispersez les instants en même temps qu'ils reviennent.

36 — Le corps amoureux découvre, en même temps que le corps dont il est amoureux, le stock érotique du temps.

37 — Ainsi commençais-je de percevoir, à travers nos étreintes, quelque chose de nouveau. Comme si chaque étreinte ouvrait sur une écoute. Comme si, à travers une étreinte, on entendait mieux le monde. La jouissance d'une étreinte n'est pas un instant perdu dans le flot des instants qui passent. La jouissance qui est à l'intérieur d'une étreinte est ce qui rend possible l'existence des instants. Elle est le seul instant, celui qui ouvre au temps. Celui qui vous fait entendre *ce qu'il y a dans le temps.*

38 — L'instant de l'étreinte vous accorde à la mémoire des instants. Ainsi rend-elle possible le retour de tous les instants. Depuis l'instant de 8 h 07, mes phrases

s'approchent de cet instant où arrivent les instants. À chaque phrase que j'écris se mêlent d'autres phrases, plus anciennes, réveillées par des phrases déjà vécues, que je croyais oubliées, et qui reviennent depuis le début de ce livre.

39 — Un soir, elle était sortie, je vais dans sa chambre. Elle est rouge, avec le ciel étoilé bleu azur, une chambre d'enfance, qu'elle a peinte sur le modèle de la sacristie de San Miniato al Monte de Florence. Je me suis allongé sur son lit. J'ai fixé les étoiles dorées du plafond. J'ai éteint la lumière. Les étoiles brillaient, et dans un éclat de rire quatre autres scènes vécues dans cette chambre se sont superposées en un seul frisson.

40 — Les illuminations appellent la jouissance ; la jouissance appelle les illuminations. Ce n'est pas contradictoire. Une boucle se forme. Chaque brin d'herbe est nappé de salive.

41 — La jouissance jouit d'elle-même ; elle est pourpre et jaune feu florentine. Elle voyage la nuit. Le sourire des amants est souligné de nacre. Elle m'a offert une reproduction du sarcophage des époux étrusques du Louvre. Les prunelles en amande écarquillées, et le sourire de joie éternelle, enfantin, ciselé dans la terre cuite : c'est nous.

42 — Un soir, on avait bu du vin et mangé du melon, on buvait encore et encore du vin, un bordeaux lourd et boisé qui nous faisait flotter. Il y a une panne d'électricité. Anna Livia prend un bain. J'apporte des bougies qu'on arrange autour de la baignoire. L'ambre glisse sur sa peau comme une huile, les parfums se mêlent, une douceur un peu grasse se forme dans l'air hu-

mide. L'eau est mauve, orange, cannelle. L'odeur des bougies tourne la tête. J'entre dans le bain. Les aromates épicent la déesse. La volupté de la nymphe est sans pourquoi.

43 — Les intuitions se glissent entre les jambes et attrapent les poignets. Lèchent les orteils, le nombril, le bout des seins, les lobes d'oreilles. Glissent dans la raie des fesses. Explorent les lèvres.

44 — Les couleurs jaunes et mauves flamboient dans un ajustement de spasme.

45 — ANNA LIVIA : « *Essere ad ogni istante disponibile e pericolosamente nuova.* »

46 — Alors s'allume, dans cette contrée ouverte par la jouissance, ce point libre à partir duquel on commence à vivre poétiquement.

47 — Car l'amour ne se réduit pas à la petite affaire, humide et chaude, hérissée de sentiments, qui lance un corps vers un autre. Il ne se réduit pas à la guerre joyeuse et sombre où les deux corps s'affrontent, et tirent de cet affrontement une joie qui calme leur solitude et qui l'approfondit. Autre chose a lieu sous ce nom, une chose qui est le vrai cœur de la rencontre, et ressemble au chant qui s'allume à l'intérieur du langage, lorsque les phrases réussissent.

48 — Ce point de poésie ne s'attrape pas dans les moments d'exaltation, mais se lève dans le calme.

49 — Anna Livia, je l'appelais parfois la « Sereine ». J'avais envie de mettre mes phrases sous sa protection. Mais les phrases ne sont jamais sous la protection de

personne, sinon elles meurent. Et puis personne ne sait si la sérénité habite un corps.

50 — Elle avait une façon à elle de s'en aller seule le long de la Seine, comme si elle allait y établir une fuite d'arcades, ou fonder de nouvelles colonies étrusques.

51 — La présence de l'être aimé déclenche des étincelles dans le sang, comme les villes : les villes, si on les aime, vous mordent aux hanches. Les rues blanches pourprées de Florence, la nuit, qui montent vers l'Oltrarno, vous prodiguent cette attirance.

52 — Et ces roses, ces gris, ces verts qui voltigent aux fenêtres de la place Dauphine, à Paris, et qu'on voit s'étendre, avec le bleu des nuages et les reflets d'ardoise, par-dessus les toits, le long des quais, et revenir sur les ponts, le Louvre, et la pointe de la Sainte-Chapelle. Les boucles de phrases sont des richesses qui flambent. Rien n'est trop beau pour les phrases.

53 — Voici que les amants s'approchent de l'eau. Les fleuves sont pour eux. Ils savent y faire avec la Seine. Ils voient très bien les souffles qu'il y a dans chaque vague, la nuée de gestes enroulés qui forment une rivière. Comme si leurs ébats prenaient forme.

54 — Alors on voit un arbre penché sur le fleuve, et, flottant sur l'eau, des nymphéas. Avancez vers ces fleurs. Respirez-les : elles sentent bon la femme. Rosée de cyprine, feuilles de vulve des eaux de nymphe.

55 — Il y aura d'abord une vague, miroitante et nacrée, bien vicieuse, comme une larme de démon ; cette vague fera bruire l'abîme, et à partir de cette vague, le monde s'offrira goutte à goutte.

56 — C'est un endroit au bord de la Seine, derrière des peupliers, où la Seine et les peupliers disparaissent. L'eau et les arbres bondissent, la lumière va vite sur les voitures du quai. On n'ira pas plus loin, mais avec le vent du soir, les feuilles vous font du bien. Vous êtes venu souvent écrire ici, adossé à un peuplier, dans les premiers moments de ce livre.

57 — C'est tout au bout de l'île Saint-Louis, les nymphes donnent là-bas des rendez-vous.

58 — On se promène ce soir enlacés dans les rues de l'île Saint-Louis. Le visage d'Anna Livia ressemble à celui du personnage de *Mouchette* de Robert Bresson. Dans une librairie, je lui ai montré la photo où la petite suicidée, boudeuse, intraitable, c'est elle. Où l'œil noir des chagrins sauvages, c'est elle. Où la tristesse des réfractaires, c'est elle. Je lui montre les fenêtres de l'appartement où habitait Robert Bresson. Elles sont allumées, et clignotent, comme toujours quand je passe.

59 — À la pointe de l'île Saint-Louis, tournée vers Notre-Dame et la Cité, on a croisé des étudiants en fête, un grand pique-nique joyeux où le vin circulait. Un type jouait de la guitare, des chansons du Velvet Underground. Les notes voyageaient dans les tilleuls ; elles passaient de groupe en groupe, comme un nuage. Quelque chose s'envolait dans les feuilles, avec le plaisir des nuques. J'ai tout de suite pensé au pont des Arts, à la première apparition d'Anna Livia. J'ai cherché d'où venait la guitare, mais les arpèges tournoyaient. J'avais beau me déplacer, ça s'éloignait toujours.

60 — Il faisait doux sur l'île Saint-Louis, c'était un soir de baisers. À un moment, une porte s'est ouverte, une vieille porte en bois, et nous sommes entrés. On s'est embrassés là, dans la cour intérieure. La bouche d'Anna Livia était chaude, presque fiévreuse. Elle riait. Je lui caressais les cuisses sous la jupe. Elle a des bas noirs, des talons, ses seins compriment son chemisier en satin grège. Je lui déchiquette la poitrine, gentiment, avec mes griffes de faune.

61 — Puis nous avons enjambé le petit portillon du square Barye, l'un des seuls dans Paris à ne pas avoir de grilles. C'est une mêlée d'arbres noirs, les bosquets sont maigres, il y a des flaques, puis un petit escalier descend vers la Seine. Anna Livia a des talons, elle a peur de glisser, je lui tiens la main.

62 — Puis c'est le quai de Béthune, et les projecteurs des bateaux-mouches sur nos deux corps au ras de l'eau, léchés par les vagues.

63 — Au bout du quai, un bosquet de peupliers enracinés dans les dalles, et puis un canard. Il tremble. Il va et vient. Il a peur de sauter. Les projecteurs des bateaux-mouches l'aveuglent, il piétine, paniqué.

64 — Un grand saule pleureur penche vers le fleuve, à la pointe du quai. Un vent léger soulève les rires. Et pour être à l'abri des bateaux-mouches, de leur lumière trop vive, on s'est réfugiés sur le petit escalier qui, dans l'ombre, mène au square.

65 — Elle s'est allongée sur les marches, je lui ai enlevé sa culotte. Ses jambes montaient dans la nuit, gainées de soie. Ses talons trouaient le ciel. Elle les écartait

bien. Je l'ai tout de suite pénétrée. À l'oreille elle me parlait italien. La soie de ses bas frissonne sous mes doigts. Sensation qu'avec moi c'est le fleuve et la nuit qui la foutent.

66 — Puis feu blanc, feu noir, ténèbres vertes entre ses jambes, une rapide opération de lumière dans les corps, l'étreinte en éclair, et ça glisse doucement vers le fleuve. Nos corps s'écoulent. C'est là, sous mes yeux, qu'Anna Livia s'est changée en eau. Dissoute en feuillage liquide. Un buisson bleu, comme un feu follet, a roulé doucement vers le fleuve. Et ce qui flottait sur la Seine, c'était une guirlande de nymphéas.

67 — « Oh dans la joie elles s'avancent écume des eaux. »

68 — Alors je suis descendu dans le fleuve. J'ai nagé jusqu'au nymphéa. Je l'ai attrapé, il était vert et bleu, des pétales blancs luisaient au cœur gras de ses feuilles. Ça craquait sous la dent. J'ai avalé le nymphéa. C'était amer à la bouche, et doux aux entrailles. Un goût nouveau, et pourtant je l'avais toujours connu.

69 — J'ai eu la sensation d'exécuter un geste sacré — celui de dévorer le sexe d'une déesse.

31

LE BEAU DERRIÈRE

C'est très bon de voir un monde qui se décompose. On éprouve, face aux catastrophes, un plaisir logique : le monde n'est-il pas lui-même une catastrophe ? N'est-il pas devenu sa propre dévastation ? Il est souhaitable, comme pour toute chose, qu'il aille vers ce qu'il est. Alors ce soir je suis comblé. Car en plus de sombrer, le vieux monde vous offre le spectacle de son mystère. Ce qu'il y a de plus désespéré vient ici se tordre en flammes. Les morts s'empressent, ils complètent le nombre, mais on ne les voit pas. On dirait qu'un sarcasme dissout les apparences.

Notre-Dame rayonne, polychrome soudain, les vitraux exultent, rouges, bleus, verts et jaunes en voltige dans le ciel. Tout autour, ça crève, détruit on ne sait comment, en voie d'effacement, comme si les abords de la Seine, l'île de la Cité, l'île Saint-Louis, et toute la ville s'anéantissaient d'eux-mêmes, rasés de la carte, sans même qu'on y touche. Le « plus beau paysage du monde », comme dit Lestrange avec ironie, le voici qui pourrit en direct. Les pierres flambent dans leur poison, les ponts sont écroulés, les quais n'existent plus. On se croirait à Rome, au Forum, ou après des bombardements. C'est en crevasses, tout est calciné dans une désolation de poussière noire. On voit le travail de la ruine en accéléré, comme si des siècles défilaient en une minute, et qu'on passait de la fissure à l'écroulement.

Que se passe-t-il ? On se promenait, Anna Livia et moi. C'était le crépuscule. On marchait du côté de la gare d'Austerlitz. Il y a là-bas des friches de terrain vague, un dérapage brusque dans le plan de la ville. Les bords de la Seine y sont plâtreux, envahis de mauvaise herbe ; les hangars sont pleins de recoins louches. J'ai souvent croisé le Sanglier là, endormi sur un matelas défoncé. Et aujourd'hui, des tentes étaient disposées pour les sans-abri. Peut-être que le Sanglier avait la sienne. Le campement s'alignait sur le quai Saint-Bernard, ça faisait comme des igloos, un village lapon entouré de braseros. Sur le pont Charles-de-Gaulle, on s'est accoudés pour contempler Notre-Dame. C'est un pont très laid, mais on a la gare d'Austerlitz d'un côté, et la gare de Lyon de l'autre. Les deux horloges se parlent ; et puis c'est de là qu'on voit le mieux Notre-Dame.

On dirait une grosse mouche, là-bas, plantée sur l'île avec ses tentacules. Elle est bien éclairée dans la nuit. Les vitraux lui font des yeux miroitants. Observez les arcs-boutants : on dirait des pattes repliées. Elle glousse dans son opulence, illuminée, noble et sensuelle, comme une baleine. Est-ce qu'elle les avale, tous les boniments de la terre ? Il y a des jours où, par la fenêtre de l'hôtel Cascade, je me dis qu'elle rit : son rire alors s'élève dans les airs comme un panache d'eau de mer.

D'habitude, c'est bien doux de se laisser bercer par ce chromo : l'eau de la Seine enveloppe l'île de la Cité dont les quais chargés d'amoureux témoignent pour l'éternelle beauté de la Ville lumière. Les péniches remontent le fleuve, leur écume égrène des sérénades en glissant sous le pont d'Austerlitz. Les platanes frémissent, c'est un cliché doucereux, avec des effusions de brise et le poudroiement léger de l'air fluvial au-dessus des berges. Une mélopée passe là-dessus, pauvre et mélodieuse, qui dit par exemple : « Il n'est trésor que de vivre à son aise. »

Mais je sentais ce soir une ambiance à maléfice, quelque chose de plus favorable aux combinaisons spirituelles. Anna Livia, elle les sent ces choses, aussi. Chaque jour, avec des gestes, elle est forcée d'y travailler, dans le filigrane. En aventure ouverte, dans les formes et les voix, toute la journée ; très sensible au moindre frémissement dans l'air : elle la renifle, la substance féroce. De la couleur de papillon au gras de cercueil, les nuances abondent. Alors ce soir, pas besoin de lui faire un dessin. Elle a compris que les nervosités se cherchent.

Je trouve que Notre-Dame est plus belle par-derrière. Ce soir, on dirait qu'elle flotte sur une mer jaune, comme un navire mutiné. Est-ce qu'elle vogue avec drapeau noir ? Il y a sûrement un drapeau noir. Et aussi une tête de mort. Cherchez bien. Les yeux flambent dans les ténèbres. Un soulèvement se prépare, ça se devine aux frissons. Les yeux rôdent. Qui va là ? Des gueules étranges arpentent les quais. Et c'est bizarre : voici que mon sang s'est mis à chanter et mes os s'élargissent. Anna Livia aussi est tout intense, elle saccade un peu ses gestes et les module, voici son harmonie à elle, ses lignes étranges qui attrapent la nuit, on dirait *Tabula rasa*. Des larmes et des filets rouges ruissellent, ils vont vers la Seine. Elle est rouge. Cette nuit tout est rouge.

Oui vraiment, c'est par-derrière que Notre-Dame est la plus belle. Les touristes s'amassent au portail, ils reluquent devant, mais la vraie Notre-Dame, celle qui se réserve, la Notre-Dame dont les courbes font grimper le cerveau en l'air et vous lâchent des intuitions énormes, c'est celle qu'on admire depuis l'abside. C'est aussi par là qu'on entre vraiment. La meilleure porte, la seule peut-être, ne la cherchez pas, elle n'existe qu'ici. Un faisceau d'attirance ? Un fantasme ? Je ne sais pas. Ça s'ouvre là où vous savez que ça s'ouvre. Ces choses-là ne se discutent pas. Si je vous dis que Notre-Dame s'ouvre par-derrière, c'est parce que j'y suis. Je n'ai attendu personne pour y entrer. Une levée de parfums, peut-être. Oui, j'ai attendu que les peupliers embaument, qu'ils viennent avec le vent, tournent et changent de rive. En passant la Seine, les voici qui emmènent un peu d'écume jusqu'ici, quai de la Tournelle, au pied du coin d'ombre où Anna Livia et moi, on s'est allongés.

Car on a trouvé, Anna Livia et moi, un coin tranquille sur les quais. Il y avait un taillis de platanes, un buisson où les ombres sentaient la menthe et l'urine. On a posé le pique-nique, la couverture et le panier en osier, et Anna Livia a ôté sa culotte. J'ai ouvert ma braguette. Elle s'est agenouillée pour me sucer, puis on a basculé dans l'herbe noire, elle s'est allongée sur le côté, je lui ai calé la hanche avec la couverture et mon chandail, j'ai retroussé sa jupe et me suis glissé derrière elle. Son beau cul scintillait, ses épaules brillaient dans la nuit, nos souffles ont pris un rythme doux.

On est comme dans ce tableau, le Picasso, celui dont j'ai offert la reproduction à Anna Livia le soir de ses trente ans : le couple allongé, avec ces couleurs qui les relient. On s'était dit, Anna Livia et moi, qu'ils ne faisaient pas l'amour, mais que c'était l'amour qui les faisait.

Et puis ce soir, je vois très clair, car toujours dans l'étreinte mes yeux s'ouvrent. C'est un phénomène étrange, je l'ai découvert avec Anna Livia : lorsqu'on fait l'amour, on est enfin dans le monde. On est avec les animaux, les arbres, avec l'eau. Depuis les premières phrases de ce livre, je tournais autour de Notre-Dame sans bien savoir. Ce soir, les voies s'éclairent. Ce n'est pas le paysage un peu trop beau des berges qui m'attire, ni cette allure de Moyen Âge restauré. Cette carte postale au milieu de Paris sent le décor de film, elle nous vend son image falsifiée, sa vieille retape sentimentale. Non, ce qui m'attire vers Notre-Dame depuis le début, c'est qu'il y a une femme à l'intérieur.

Et cette nuit, collé au corps d'Anna Livia, à travers la jouissance, c'est ça que je vois. Peut-être que c'est impossible de voir ça, mais la jouissance vous offre soudain la double vue. C'est là qu'au-dessus des buissons, le grand corps de Notre-Dame est apparu. Plus illuminé que tout à l'heure, les rosaces en triomphe, bleu vif, rouge et vert aveuglants. J'ai eu un éblouissement. Entre la croupe d'Anna Livia et le derrière de Notre-Dame, quelque chose a glissé. Un éclair fébrile. J'ai perdu mes repères, et l'espace a coulé sur lui-même, comme des étoiles dans une rivière. Il n'y avait plus qu'un seul beau cul, lumineux de grâce, et j'étais dedans, bien arrimé dans le lieu par une ligne de jouissance.

J'ai eu souvent, depuis ma fenêtre de l'hôtel Cascade, cette vision qui déborde vers Notre-Dame. Je voyais la pierre faire des bonds dans le ciel, et l'air qui s'excitait dans la féerie. Toute une humidité dans les formes qui remuent, l'ombre mauve de *Nostra Signora* partie aux nuages dans une branlée de souffle.

Mais là, j'étreignais Notre-Dame — je l'étreignais à travers Anna Livia. Blotti dans son flanc, allongé avec elle dans le coin de cachette, j'ai sorti du papier, je n'arrêtais pas d'écrire. Cette féerie, est-ce mes phrases qui la dirigent ? La lampe du réverbère fait à Anna Livia une peau dorée. Elle est couchée sur le côté, recouverte juste d'un drap fin violet, une sorte de paréo dont elle s'est ceint les hanches. Je pose le papier sur son épaule, ou bien au creux de sa hanche, j'écris en courbes qui épousent son corps. Bien serré contre elle, moi aussi je suis nu. On ondule doucement, pas trop vite, cette étreinte doit durer toute la nuit, et tant que nous sommes accouplés, elle et moi, Notre-Dame est ouverte.

Car les beaux flancs de Notre-Dame s'ouvrent comme les portes du temple de Jérusalem. Ils sont luisants comme le pelage d'un félin soigneux, huilés comme le corps d'une femme qui s'expose au soleil. C'est aussi large que le fleuve qui la traverse et réveille sa pierre. Les vitraux s'allument parce que Notre-Dame est toute en joie : elle apprécie, sa splendeur étincelle comme jamais.

Autour d'elle, il n'y a plus rien. Ça a disparu. Néant. Je sais bien que la jouissance néantise. Que lorsqu'elle existe, il n'y a qu'elle. Mais quand même, ça surprend. L'espace est tout vidé. Détruit. On dirait qu'une immense déchirure a vidé le temps et qu'il est à vif, là, exposé comme une plaie ouverte. Comme on est habitué au paysage, on croit deviner dans ces marécages des formes mortes. De vieilles molaires cariées, peut-être, debout dans la tourbe. Mais en fait il n'y a rien du tout.

Ce n'est pas un rien d'inexistence, c'est vraiment le rien de la dévastation. Il n'y a rien, mais dans ce rien, on reconnaît pourtant, très exactement, ce qu'il en est du monde. Comme si « le monde » c'était ça ; et que cette nuit on accédait à la trame — on voyait.

J'ai toujours pensé que la douilletterie ambiante cachait un nid de mort. Comme si, sous ses habits de princesse, derrière le corps adorable d'une jolie fille, vous surpreniez la plus immonde des déchetteries. Alors, un tel déshabillage à vif, ça devait arriver. Un jour le trou devait venir à la surface, il devait se révéler.

Si Notre-Dame seule est épargnée, ça ne veut pas dire que le trou ne l'atteint pas. Au contraire elle endure, mais elle est immune. Peut-être qu'elle fait trou dans ce qui troue, peut-être qu'elle interrompt le trou. Ou alors le sauf depuis toujours en elle la préserve, comme en exorcisme. La négation affleure, elle prend les phénomènes, tout vient à néant, mais elle, Notre-Dame, elle reste intacte.

Ça ne veut pas dire que les monuments tiennent là où tout s'effondre. Ni que les pierres de la foi sont plus fortes que la ruine. Si Notre-Dame ressuscite dans les décombres, c'est parce que mes phrases sont en train de convoyer leur semence dans son corps. *C'est parce qu'il y a vraiment une femme à l'intérieur*. Et cette femme, son corps est en gloire, il jouit de lui-même depuis des siècles et des siècles, d'une jouissance absolue, qui ne concerne ni les hommes ni les dieux, mais la parole, cette étrange féminité immémoriale qu'il y a dans la parole, et qui vibre encore, ce soir, quand il n'y a plus rien.

Je profite de la nuit pour le dire en murmurant : il y a dans le féminin quelque chose à quoi seul un homme accède. Quelque chose dont il s'empare. C'est le secret de ce livre : comment le yang trouve dans le yin sa pâture, et par elle se change en divinité bizarre.

Et les humains, ils sont passés où ? Je n'en vois pas.

Pas non plus de désespoir. Notre bon vieux désespoir, avec son miel de plaintes : dans le trou, comme le reste, ça n'existe plus. Peut-être que la véritable détresse n'est pas humaine, qu'elle est sans traces. Il y a longtemps qu'elle n'a plus à voir avec les humains. Ils étaient dépassés par elle, ils n'y accédaient même plus. La véritable détresse, c'est celle du monde insurgé contre son propre renversement en non-monde. C'est une détresse sans visage. Celle de l'apprenti sorcier qui a bloqué sa machine. Mais est-ce lui qui l'a bloquée, ou la machine qui s'est bloquée toute seule ? La machine est l'autre nom du blocage.

Alors, lorsque les vivants de la mort lâchent quelques larmes sur le destin pouilleux du monde, il ne faut jamais les croire. Ils ne savent pas de quoi ils parlent, et puis le monde lui-même a muté. Il fonctionne sans personne. Le *nihil* graisse la roue libre.

Toujours, lorsque se manifeste le plus terrible, quelque chose de contraire arrive dans le même temps. Une chose mystérieuse qui appartient elle aussi à cet événement. Un principe de dégagement. Un lancer d'éclaircie. Ainsi ce soir voit-on ce qui ne se voit pas. Ça explique la lumière soudaine de Notre-Dame, ces signaux bleus, rouges, verts, jaunes, comme une semence de souffle. Et comme l'un ne va pas sans l'autre, sans cette lumière on ne pourrait pas voir ce terrain vague allumé là en noir, ces grumeaux d'incendie séché, ce désert.

Là où se révèle le ravage, se révèle aussi la jouissance. Ce qui détruit aurait la même source que ce qui illumine ? Vous trouvez que c'est une hypothèse extravagante, mais on dirait bien, ce soir, que c'est vrai — qu'une même puissance libère à la fois ce qui tue et ce qui sauve.

Les deux aspects ne communiquent pas. Aucun rapport de balance. Ni cause ni effet. Ils participent du même, voilà tout. C'est pourquoi il est très délicat d'entrer dans cet événement.

Et ce soir, l'extase qui prend l'île de la Cité se représente à peine. Elle est à la lisière de l'impossible. Tout ce qu'on peut dire, c'est que la convulsion convulse, et qu'elle accentue les tendances. Elle désespère les désespoirs, et fait jouir les jouissances.

Nous voici parvenu au cœur ardent du livre. Ça palpite tout proche de l'abstraction. Chaque avancée devient périlleuse. Chaque phrase se forme au bord de sa propre falaise. Lisez doucement.

Cette nuit, vous comprenez que la jouissance ouvre à l'*événement*. Que c'est par elle qu'on accède aussi bien au trou du néant, qu'à ce qui s'en détourne en ruisselant dans le temps.

Que le temps détruit, et d'un même geste abrite.

Que si l'on entre en contact avec cette chose qui vibre dans le temps, on s'ouvre à ce qui ouvre. On est dans la merveille. On est comme à l'intérieur extasié de Notre-Dame. *On est dans la parole qui parle.*

Le lecteur se dit que je déraille. Il se dit que ce soir le narrateur a un coup dans le nez, qu'il a pris trop de confiture, que son expérience ne mène nulle part, que je m'égare au travers de chemins biscornus. Mais non, regardez comme c'est clair. Le mystère qui se joue ce soir est la logique même. Que le spectacle vous plaise ou non, il ne fait qu'étaler en surface les reliefs qui poussaient çà et là dans ce livre. Les intuitions guettaient, les voilà qui surgissent. Et puis ne me dites pas que vous trouvez ça scabreux. Il s'agit d'un éblouissement qui déborde, une vision qui s'emporte dans son désir, qui va s'allumer loin, en tirant jusqu'au bout ses conséquences. Selon vous, on baptiserait cette nuit Notre-Dame avec du foutre au nom de la fille du diable ? C'est exagéré.

Les phrases continuent d'entrer dans la Dame. Elles se déplient dans son corps en le dépliant, réveillent la moindre alvéole. Les murs dégorgent en fuseaux de lueurs tout au long de la nef. Les travées exultent. Notre-Dame qui vibre en spasmes, vous aviez déjà vu ça, vous ? Elle a l'air folle éperdue, ses entrailles suintent la myrrhe, les rosaces transpirent de joie, même les bas-reliefs miaulent, comme si son corps était l'arche des jouissances. Ça fait tout un chant de plaisir au travers duquel se brode la Marie, le vrai corps de la bienheureuse, prise tout entière de louanges, et qui, à travers sa lumière, décharge comme la baleine blanche, donnant voix à la parole.

Ça tourne toujours rond dans ces choses, et même un peu en rond. La parole parle à la parole qui parle à la parole.

C'est étrange de séjourner dans une telle écoute. Les phrases m'ont conduit, et puis ça s'est fait tout seul. Qu'y a-t-il à entendre dans le corps de Notre-Dame ? Seul le ravissement rend possible la lecture de ce qui a lieu dans ce lieu. On n'y accède que par l'extase, c'est pourquoi une étreinte n'est pas de trop. Il y en a peut-être parmi vous qui trouvent que pénétrer le mystère de la Vierge via le corps d'Anna Livia est de mauvais goût. Mais il n'y a pas de meilleure voie que l'amour. Une solution plus directe serait la foi, mais elle n'est pas parvenue au narrateur, figurez-vous. Il n'a pas non plus très envie d'aller baiser le pied de la Vierge à genoux dans une église, il n'y arrive pas, ça ne lui dit rien. Encore moins d'accepter les adhérences de servitude qu'il y a dans ces parages. Quelqu'un qui fait une expérience avec la parole invente forcément son rapport à la chose. Il sait que c'est là que ça se passe. Et toujours, s'il fait vraiment une expérience, il y arrive par des voies qu'il invente. Ces voies bifurquent, elles sont un peu tordues, mais pas tant que ça. Car là où il opère, ses phrases opèrent, et les phrases ont leur logique. Elles raisonnent dans un sillon d'hérésie. Les hérésies pénètrent toujours le point vif. Et puis la contrée qui s'explore dans ce chapitre est à elle-même sa propre matière. Elle opère depuis la jouissance des phrases. Les lecteurs de ce livre le savent : celle-ci se déduit de la jouissance des corps. Ce qui s'ouvre à travers une étreinte est un champ libre où les forces se captent elles-mêmes. Impossible de mieux accoster Notre-Dame. Seule une jouissance est capable de la rencontrer, car elle seule est à la hauteur de l'intensité qu'il y a dans un corps comme le sien. C'est le sens de cette aventure qui, depuis deux cents pages, conduit la parole à son propre acheminement.

Quelque chose s'est ouvert au-dessus de la Seine, on dirait des phrases, un manteau de phrases. C'est lui, c'est le livre. Il s'écrit cette nuit à ciel ouvert. En passant par Notre-Dame, on dirait que ces phrases sont devenues elles-mêmes *ce qui s'ouvre dans la parole*. Car le passage de la jouissance dans un corps l'ouvre à la parole. À travers l'étreinte qui écrit cette scène, la jouissance rejoint la jouissance.

Et vous entendez ? Une mélopée enveloppe Notre-Dame. Elle fait vibrer les tours, les flèches et les statues des saints. C'est un *Magnificat*. Les phrases s'élèvent en tournoyant dans les airs : *Exsultavit spiritus meus in Deo salutari meo*. La nuit danse, chaque syllabe fait revenir un buisson, ou un arbre : *Sanctum nomen ejus*. Puis c'est le fleuve qui réapparaît : *Esurientes implevit bonis, et divites dimisit inanes* — et le reste se ranime, avec les humains, les rues, les quais, les bateaux-mouches, les voitures, et tandis que je contemple la scène, Anna Livia s'est retournée, elle me sourit.

32

OCTOBRE

J'étais tout près de me confondre avec l'objet de ce livre — de m'effacer dans une pure jouissance — lorsque le mois d'octobre arriva. Anna Livia s'en alla pour l'Allemagne, où la troupe de Pina Bausch se retirait tout l'hiver, afin de préparer le spectacle de printemps. Il pleuvait continuellement. Paris n'était plus qu'une flaque de boue. Je recommençais à perdre du sang. Le livre était presque fini, mais je m'épuisais à en récrire chaque phrase.

Après la pluie, c'est le froid qui arriva, un froid venu de l'est. Je passais mes journées étourdi et sans passion. Clémenti me proposa de vivre dans l'appartement de la rue Lucien-Leuwen. Il disparaissait souvent et ne savait comment s'occuper du chat. Je rassemblai mes affaires de l'hôtel Cascade, décrochai le manuscrit des murs de la chambre, et dis adieu à Clarine.

Clémenti m'avait aménagé un coin pour écrire au calme. Le coin regardait la terrasse ; il était protégé du salon par une série de paravents qui lui donnaient le charme d'une cabane. Tout de suite, je tombai malade et passai une dizaine de jours allongé sous les couvertures, avec de la fièvre. Il y avait un carton de médicaments, dans lequel je puisais toutes sortes de somnifères. Le jour et la nuit se confondaient : il n'existait plus qu'une ligne de crépuscule le long de laquelle je somnolais. Dans mon sommeil, entre de longues plaines et des montagnes de forêts, passait une meute de loups. La couleur grise de leur pelage devenait celle de mes rêves ; rien n'est meilleur, me disais-je, que le pelage des loups pour couvrir sa tête et son corps en commençant un voyage d'hiver. Les loups arpentent le territoire où s'établissent leurs lignes ; et rien, pas même la mort, ne dérange l'ordre d'une steppe agencée par la rigueur des loups. Je les entends immobiles saliver dans ma tête, ils dressent l'oreille, surveillent et chassent ; leur murmure est semblable au vent qui déchire l'Allemagne et la Pologne.

Je me réveillais en sursaut, couvert de sueur. Parfois une jeune femme était assise dans le fauteuil ; elle fumait une cigarette en feuilletant des magazines. Elle allait faire du thé, puis reprenait place dans le fauteuil près du lit, et me demandait si je savais où était Clémenti. Par les baies vitrées, le ciel était gris comme le pelage d'un loup. Il s'étendait loin vers l'est, avec une monotonie sévère, comme les steppes. Je n'arrivais même plus à me lever ; mais j'avais confiance, car cette faiblesse allait avec les hémorragies, qui ne duraient que quelques jours. Il fallait faire comme le chat qui dormait contre mes jambes : ne plus bouger, reprendre lentement des forces.

Des voix discrètes passent dans un murmure ; elles frôlent les paravents. Je me rendors. Les loups courent dans la neige ; on ne les distingue plus de l'écorce des bouleaux. En lisière de forêt, leur délicatesse renifle ma main ; elle promet que la nuit sera douce. Je me répète la phrase d'Achab, dans *Moby Dick* : « Pour la chasse que je mène, ma maladie est ma plus désirable santé. »

Puis j'ai repris le manuscrit. Après la fièvre et les hémorragies, plus aucune idée ne passait par ma tête. Un coup de crayon s'improvise ici ou là, mais je ne vois plus les phrases. Car entre les mots et le papier, la lumière se brise après les bonheurs de l'été. Les phrases étaient fluides jusqu'en septembre ; voici qu'elles grincent maintenant dans ma bouche, et font un bruit de cailloux. C'est la retombée, le moment difficile, celui auquel *il ne faut pas croire*. Les croyants de la douleur vous assurent que l'extase n'est qu'une parenthèse ; que la chute est plus dure chaque fois, car elle seule connaît la vraie vie. Mais la retombée ne vous apprend rien, sinon à attendre le retour des phrases.

Juste avant son départ, Anna Livia m'avait offert un portable. Elle m'appelait vers minuit, avant de dormir. J'attendais la sonnerie dans le noir : c'était un pépiement d'oiseaux, le même que pour elle. Au début, le récit quotidien de son stage me semblait étrange, comme si elle était aux mains d'une secte. Elle racontait l'austérité voulue par Pina Bausch, les repas en commun, l'espèce de recueillement fanatique dans lequel elles se cloîtraient. Elle avait une drôle de voix sourde, une voix de fatigue où se devinait un peu la contrainte. Cet été, lorsqu'elle passait un coup de fil, elle allait dans sa chambre ; j'entendais alors, à travers la cloison, chanter les syllabes italiennes. Parfois, elle s'isolait plus longtemps, et parlait sans éclat, avec un débit monotone qui lui faisait une autre voix, moins libre, aplatie par la mélancolie. C'était l'heure de sa séance, au téléphone, avec un analyste de Florence. Et là, depuis l'Allemagne, c'était comme si elle continuait son analyse, comme si le téléphone prolongeait la voix de l'analyse, avec sa gravité, ses points de suspension, toute cette ombre qui remue prudemment son gravier et tourne en rond.

Mais toujours j'étais charmé par Anna Livia : son corps ondulait dans nos téléphonages. La déesse, je l'entendais. Sa voix de fleuve glisse avec l'Allemagne, elle roule avec le Rhin, l'Elbe, l'Oder, le Danube et la Weser, elle emprunte les rivières, la Wupper lui offre son cours : toutes ces mélodies jouent à travers ses lèvres ; mais dans sa voix je reconnais, au seul bruissement de la salive, les vagues de la Seine, les vagues de cet été qui lui font une écume discrète. Les sirènes n'oublient jamais la jouissance. La jouissance ne les oublie pas.

Les nuits d'hiver nous appartiennent : la distance raccorde les corps, comme des instruments de musique. On dirait, lorsque Anna Livia raconte, que le chemin du désir se prépare dans sa voix : une joie frissonne en aparté. Même si elle n'est pas joyeuse, cette joie existe, et c'est à son récit mouillé qu'on m'invite. Les syllabes se déplient, comme à l'intérieur des cuisses, avec des sons rapides. La nuit caresse la nuit.

Les voix vous entrent dans la tête par l'oreille, c'est pourquoi le téléphone est si dangereux : n'importe quelle voix, si vous décrochez, peut vous entrer dans la tête. Je ne veux entendre aucune autre voix tandis que je termine l'écriture de ce livre, sinon cette voix y entrera et perturbera chaque phrase. Seule Anna Livia ne me dérange pas : sa voix, depuis longtemps, voyage dans mes phrases ; c'est elle qui les assouplit. Dans la journée, s'il arrive que le téléphone de l'appartement sonne, je ne réponds pas. La montée des phrases est si délicate, leur mouvement si nuancé que je ne peux écouter que ça ; toute la journée l'oreille dressée, afin d'entendre dans le silence le filigrane d'une phrase qui se murmure une seconde avant d'être rédigée. Les phrases peuplent les espaces où évolue le silence ; de la qualité de votre écoute dépend leur apparition sur la page.

Anna Livia évoquait la nuit les forêts de sapins de la Rhénanie. Autour de Wuppertal, elle courait à l'aube en lisière des bois. Le gel et les sapins formaient dans son téléphonage des mots qui m'évoquaient les loups. Le vert des aiguilles, le blanc de la neige, le gris du pelage des loups m'annonçaient le paysage où ma tête déjà commençait son acheminement. Anna Livia racontait le souffle sec du matin, l'odeur des arbres, et la terre éteinte qui glisse jusqu'au réveil son parfum d'ombres. Elle décrivait le brouillon des gestes chaque jour occupés à tracer des nouveautés pour Pina Bausch, la monotonie et l'excitation, le dépit, les tensions, le découragement, et la joie de la trouvaille, lorsqu'un geste enfin sort des corps, comble leur attente et couronne leur patience. Les marronniers, les bouleaux, les hêtres dans la bouche d'Anna Livia prennent la forme d'un murmure ; lorsqu'elle prononce le nom des arbres, quelque chose dans sa voix mouille bien. Alors se lève, pour mon sommeil qui se prépare, le commencement des loups. La voix d'Anna Livia me disant au revoir en suscite la sortie, la meute s'ébroue, ils vont et viennent, urinent et reniflent les traces, ils ont faim, ils s'élancent : le pelage gris envahit mes paupières.

Il s'est mis, vers la fin octobre, à faire encore plus froid. Je grelottais. Le chauffage est tombé en panne. J'étais enveloppé d'écharpes, avec plusieurs couches de chandails superposés. Les cahiers, les notes, les ajouts, les ratures, les papiers collés, les dos d'enveloppes, les versos d'ordonnances, les bandes de journaux, tout débordait dans ce manuscrit qu'il était impossible de mettre au propre : ça n'arrêtait pas de bouger. Le moindre mouvement dans une région du manuscrit impliquait aussitôt, dix pages plus loin, de lentes glissades de paragraphes. Il m'arrivait, la nuit, d'entendre ce bruit d'iceberg des pages qui s'ajustent comme des plaques tectoniques. Le livre ainsi n'arrêtait pas de se récrire entièrement à chaque instant. Et puis il y avait des morceaux éparpillés dans les cahiers : une exploration de plusieurs heures était nécessaire pour débusquer ces fragments microscopiques, et les injecter au bon endroit.

Certains jours, le téléphone dans l'appartement n'arrête pas de sonner, Clémenti sait que je ne décroche pas. D'ailleurs lui non plus ne décroche pas. S'il revient de ses virées au casino, s'il revient de Normandie où pendant une semaine il se déplace d'une table de jeu à l'autre, Clémenti dort trois, quatre, cinq jours d'affilée, il n'est là pour personne. Sommeil, grand sommeil qui approfondit l'appartement. Puis de nouveau, je l'entends, furtif, il marche pieds nus, à la manière d'un fauve, avec ce long manteau couleur sable taillé sur le modèle de celui de Marlon Brando dans *Le Dernier Tango à Paris*. Au début du film, Brando traverse le pont de Bir-Hakeim, le métro aérien passe au-dessus de sa tête, il se bouche les oreilles. Un deuil en colère le sépare du monde. Cette scène donne le frisson à Clémenti, devant moi il la reproduit : il arpente le salon, manteau couleur sable, s'arrête, lève la tête au ciel et grimace, mains sur les oreilles.

Clémenti n'a jamais travaillé ; et ne travaillera jamais. C'est le grand secret, dit-il : « NE PAS TRAVAILLER. » Il ne veut pas se « faire avoir ». S'il venait à manquer d'argent, il braquerait une banque. Il avait appris par Anna

Livia que j'avais arrêté de travailler du jour au lendemain ; et cette brusquerie lui plaisait. Il y avait chez lui ce charme inquiet de la désertion, l'orgueil grave et amusé de la vie qui s'improvise.

Couché la plupart du temps, à ma droite la liasse des feuillets, à ma gauche le petit radiateur à roulettes, à part une incursion ou deux chaque jour dans la cuisine, je ne me levais plus. Au début, j'allais le soir prendre l'air dans le quartier, mais le manuscrit me manquait immédiatement. Qu'est-ce qui s'était écrit là-dedans cet été pour que j'y sois encore collé l'hiver, sans pouvoir vivre ailleurs ?

J'ai passé deux mois et demi dans le manuscrit, à remonter chaque page. J'étais debout, couché, triste, joyeux, le ciel était rouge, il était gris, lilas, amande et noir. Le chat de Clémenti dormait, jouait, mangeait. Les phrases passaient, l'une après l'autre, sur mes genoux, appuyées contre un atlas où, pour me détendre, entre deux pages à récrire, je regardais le nom des villes d'Allemagne et suivais le cours des fleuves.

J'étais dans un labyrinthe ; parfois il y avait dans le manuscrit des mots qui étaient sautés, il y avait des vides pour plus tard, des flèches qui ne donnaient sur rien, et des greffes dont j'avais perdu le sens. Mais toujours, en écrivant, je rencontrais une joie étrange, une joie de lueurs folles, qui s'allumaient au hasard, après trois heures de lutte à s'arracher la tête, et alors la nuit blanche glissait vers un sillon de calme ouvert.

Dans la nuit, lorsqu'on se parle, Anna Livia et moi, la distance s'illumine. À la manière dont les paroles d'Anna Livia m'entrent la nuit dans l'oreille, je reconnais le chemin qu'elles parcourent : l'aisance, le calme, ou bien le souci qui les embarrasse. Mais la plupart du temps, la voix d'Anna Livia circule dans la nuit comme un vol de papillons. Elle chuchote dans les fleurs avec des spasmes. Elle me donne les phrases : bloquées depuis trois semaines, les pages se remettent soudain à vivre ; elles affluent — je retrouve le fil.

Chaque fois que la conversation est réussie, lorsque Anna Livia raccroche, la nuit s'ouvre pour moi. Une futaie violette déroule instantanément sa trouée dans ma tête, mes jambes s'allègent, ma gorge tremble un peu. La nuit protège les voix, elles sont plus légères à circuler ; de pays à pays elles giclent.

Le sommeil prolonge les voix ; il les destine à la prochaine nuit. Le temps se poursuit seul à travers ma main. Et puis, lorsqu'elle raconte ses courses matinales en forêt, la voix d'Anna Livia semble humide de rosée. Chaque nuit, habituée à l'entendre, mon oreille capte dans la voix d'Anna Livia ces détails de salive qui travaillent avec la langue. Ils sont plus calmes qu'au moment du baiser, mais ce sont les mêmes. La prononciation de chaque syllabe sculpte dans la bouche d'Anna Livia un remuement humide. Mêlés à sa respiration, les bruits s'éparpillent ; la nuit se concentre à mon oreille. Le bruissement se faufile du Rhin à la Seine, il emprunte les rivières depuis Wuppertal jusqu'à Paris, et m'apporte ce feuillage de sensations qui fait rêver ma main.

Vers la fin décembre, le 23, il a commencé à neiger. C'était la fin de l'après-midi. Je regardais autour de moi toutes ces phrases mises au propre, ces liasses de brouillons étalées au pied du lit ; je regardais l'abat-jour, les draps, cet univers d'oreillers et de coussins, en me disant : quelques heures encore, cette nuit sera la dernière.

Le soleil ce soir est rouge : un incendie granuleux. Des cendres douces rougeoient en terrasses de lave, vers l'est. Par endroits, le ciel se flétrit comme une pomme de Cézanne. Des langues jaunes rident un peu les couches de rouge. Dans la vitre, mon visage est apparu avec la nuit, pâle et défait, les cheveux longs, une barbe de moujik ; j'ai éclaté de rire. Les heures s'ajustent aux heures. C'est une mosaïque. L'acuité succède aux ruminations, et d'un coup ça file : les phrases dans la nuit font un paysage de boucles, comme des glaciers soulignés d'un trait noir. On glisse vers l'aube, et ça y est, il n'y a plus de différence entre ces boucles et la main d'où elles jaillissent.

33

NOËL À NOTRE-DAME

Un écran géant retransmet la messe de minuit. La foule s'est entassée sur le parvis. On peut encore entrer dans la cathédrale, au compte-gouttes, mais il faut faire la queue. La neige tombe depuis ce matin ; une lumière blanche enveloppe la foule trempée qui se resserre et joue des coudes. Il y a un peu d'écrasement, les parapluies bouchent la vue, on commence à étouffer, et d'un coup, avec un groupe de Chinois, on a réussi à se dégager, tout de suite on s'est retrouvés devant le portail, entre les barrières de sécurité : un type nous a fait signe d'avancer, filtrés un par un, à la fouille, on est entrés.

Je me suis faufilé dans la travée de droite, c'était rempli de manteaux, tout le monde debout, on ne voyait rien. Et puis il y avait cette odeur d'encens, j'avais déjà envie de fuir. Je me suis adossé à un pilier. Je crois que c'était celui de Claudel. Oui, le troisième, exactement, c'est là qu'il l'a eue son illumination. Ça m'a fait rire de penser à l'éclair de Claudel, alors qu'on est tous là, serrés les uns contre les autres, avec les touristes un peu solennels, qui ne savent plus quoi faire de leurs mains, les Chinois curieux, les Américains prostrés, écoutant l'homélie sans comprendre. Il était question de la guerre, regardez ce qui se passe dans le monde, disait l'archevêque, il n'y a plus de différence entre la paix et la guerre, on ne sait plus ce que c'est que la paix, la paix ressemble aujourd'hui à la guerre, disait-il, et la guerre ressemble à la paix, qui voit une différence, dites-le-moi, vous voyez vraiment une différence ?

Ce matin, vers 5 heures, j'étais arrivé au bout du manuscrit. J'avais tout récrit. Mais en écrivant la dernière phrase, au moment même où mon corps, déjà, se détendait, où ma main glissait vers le repos, j'ai bien senti que cette phrase n'était pas la dernière. Ou plutôt elle était la dernière, mais elle en appelait d'autres : elle les appelait par centaines, je les voyais onduler déjà autour de moi. Je me suis levé. J'ai ouvert la grande baie vitrée, je suis sorti sur le balcon. Il neigeait. Le jour allait se lever. J'étais en caleçon et manteau, j'ai allumé une Kool. J'ai éclaté de rire, tout seul, en regardant le ciel devenir blanc. Déjà, j'entendais dans ma tête le bruissement de ces phrases qui, une par une, se levaient pour relancer mon aventure. Même si j'étais heureux que quelque chose finisse, c'était impossible d'arrêter, impossible de vivre sans les phrases. Si les phrases ne viennent plus, s'il n'y a plus de phrases, je ne vivrai plus, me disais-je : la vie sans les phrases n'est pas la vie.

Je suis rentré dans le salon, le ciel devenait blanc. J'ai regardé le manuscrit. J'ai relu les dernières phrases. Il y avait le mot « boucle ». Ce mot revenait, avec son charme de ritournelle. Je me suis dit : ce n'est pas la fin, c'est un début. Ça recommence, ça n'en finit plus de recommencer. Lorsque ça vient, c'est pour toujours. Et même si ça disparaît, c'est encore là. Car c'est un secret perdu. Quelques-uns le savent, et au fond tous le savent. Ça vient puis ça s'en va, mais ça ne finit jamais. On le perd, on le retrouve. Vous le retrouverez pour le perdre à votre tour, et d'autres le transmettront après vous.

J'ai déchiré au canif la doublure de mon manteau. Avec les pages du manuscrit, les deux cents pages récrites, au propre, j'ai fait de petites liasses. Je les ai glissées dans la doublure, et avec des épingles à nourrice, sur toute la surface du manteau, je les ai accrochées. J'ai trouvé du fil, une aiguille, j'ai recousu la doublure.

Contre mon pilier, à Notre-Dame, j'étais bien. J'allais me reposer maintenant. Les éclairs, depuis le 17 avril, je n'avais eu que ça ; j'avais couru dans les éclairs. Alors cette nuit, contre le pilier, j'avais bien droit de souffler un peu. Le pilier, je ne voulais surtout pas qu'il m'illumine ; je n'en pouvais plus, moi, des illuminations. Je voulais juste un peu de répit, que le pilier me protège, qu'il m'abrite ce soir, le temps de respirer, avant de quitter la France. J'ai enfoncé mes mains dans les poches du manteau, le manuscrit était lourd, mais j'étais heureux de le sentir autour de moi, comme une ceinture de phrases. Ce n'est pas le pilier qui me protégera, me suis-je dit. Jamais aucun pilier ne pourra faire quelque chose pour moi. Seules mes phrases peuvent quelque chose, elles seules me protègent, elles seules m'abritent. Le repos, c'est en elles que je le trouve. Les phrases m'ouvrent les yeux, elles ne m'épargnent rien : avec elles, j'accède à cette chose qui se trame dans la destruction, j'entends comment ça se mijote quand le vivant est balbutié par la mort ; et en même temps, elles m'accueillent, je baigne dans les phrases, je me repose dans le fleuve.

Des enfants se sont mis à chanter ; je les voyais vaguement, là-bas, dans le chœur, tout en blanc. C'était un cantique pour la Nativité. Les voix ont monté d'un coup, très haut, j'ai frissonné. Les Américains ne bougeaient plus. Les Chinois non plus, ils oubliaient même de filmer. En regardant la foule autour de moi, j'ai remarqué une jeune femme aux cheveux roux. Je la voyais de biais, elle avait une belle chevelure de renard qui tombait sur un manteau cintré vert bouteille. Ses boucles d'oreilles m'étaient familières : une lyre, une petite lyre en or blanc. J'ai pensé : Joséphine. À ce moment-là, elle s'est retournée. C'était bien elle, c'était Joséphine, le visage amaigri, fine et pâle, avec ses grands yeux verts et ses taches de rousseur dont il me semblait encore avoir le goût dans la bouche. On s'est regardés, et elle ne m'a pas reconnu. J'ai senti mon cœur qui battait plus fort : peut-être elle n'avait pas distingué mon visage dans l'ombre. Mais non, elle était tout près, elle m'avait bien vu, elle m'avait regardé, sans émotion, sans me reconnaître. Est-ce que j'avais changé à ce point ? J'ai pensé : tout ce que j'ai écrit est vrai, je suis ici et nulle part, je suis vraiment devenu un autre — ça a marché.

Dehors, la fraîcheur m'a fait du bien. Il neigeait encore. Je me suis dirigé vers le fleuve, comme au début de ce livre. Dans quelques heures, me disais-je, je serai dans le train pour Berlin. J'avais laissé aujourd'hui un message à Anna Livia pour lui dire que j'allais me promener en Allemagne et en Pologne : je voulais déambuler à travers l'Europe de l'Est, j'avais quelque chose en tête, lui avais-je dit, des phrases, d'autres phrases, de nouvelles phrases qui menaient à de nouvelles expériences ; et à un moment, si ça ne dérangeait pas sa solitude, ni la rigueur du stage, je passerais lui dire bonjour à Wuppertal. J'avais senti cette nuit que l'expérience était loin d'être finie : quelque chose continuait à s'ouvrir, il fallait que j'aille plus loin pour m'ouvrir à mon tour cette chose. En marchant toute la journée dans la neige, j'entendais cette phrase : « Viens — viens dans l'*événement.* » C'était étrange comme phrase. Une invitation à la folie, peut-être, la bienvenue du néant. Comment peut-on venir dans ce qui n'a pas d'existence ? À ce point d'apparition, il n'y a plus rien. Je me disais : un corps va dans l'impossible s'il devient à son tour impossible. S'il devient autre chose qu'un bouquet d'atomes un peu mal fichu. S'il devient, par exemple, des phrases, un corps de phrases. Les phrases sont capables de l'impossible. Seules les phrases peuvent y aller, et le dire ; car elles sont depuis toujours à l'écoute de la chose impossible, elles ne font même que ça : écouter. Depuis l'instant de 8 h 07, elles écoutent ce qui déchire les semblants. Cette vrille du pont des Arts, ces visions de proie des corps en chiffres, et la levée de souffle vers Notre-Dame, ça continuait, ça continuait à chaque instant. Alors il fallait continuer aussi. Les visions ne suffisent jamais, et puis il ne faudrait pas commencer à se satisfaire. On finirait par s'y endormir, dans sa jouissance. À roupiller à la place du réveil. Alors je me suis répété la phrase étrange : « Viens — viens dans l'*événement.* » Elle se prononçait toute seule dans ma tête maintenant. J'avais beau me dire que l'*événement* n'est pas un lieu, qu'il n'y a pas de lieu pour l'*événement* ; et que je ne le trouverais pas plus à Berlin que sur les bords de la Seine ou dans les rues du ghetto de Varsovie, cette phrase commençait à faire son chemin. En marchant dans la neige, je me disais : largue les amarres, échappe-toi de nouveau, délivre-toi de la délivrance.

J'ai enjambé la grille du square Barye, puis j'ai descendu le petit escalier au fond du jardin. Sur les quais, la neige avait recouvert les branches des peupliers. Je me suis dirigé vers le saule pleureur, celui qui se penche vers le fleuve. J'ai regardé les flocons tomber dans l'eau. Il y avait tout un vitrail qui scintillait dans mes yeux, comme si mes aventures s'allumaient en rouge, en vert, en bleu, avec les silhouettes d'Anna Livia, de Clarine, de Clémenti, de Lestrange, et aussi celles de Joséphine, de Pina Bausch, de Jeanne et de Colombe, celle du Sanglier, et puis tous les visages, tous les corps qui, depuis le 17 avril, étaient passés dans mes phrases. Le vitrail s'est mis à scintiller dans le fleuve ; on pouvait lire les phrases avec l'eau, elles s'ouvraient comme des nymphéas. Je me disais : je marcherai bientôt dans les rues de Berlin, je roulerai dans un chemin de campagne, en Pologne ou en Tchéquie, mais au même instant, je serai secrètement penché sur l'eau d'un fleuve à écouter la venue des phrases. Peut-être serai-je éternellement penché vers ce fleuve, peut-être suis-je là depuis toujours. Car cette voix est à la source : on y arrive, on s'en éloigne, peu importe. L'essentiel est de passer à travers son buisson. Écoutez le murmure humide des nymphéas. Écoutez la sève qui s'impatiente, elle montera dans quelques mois vers mes branches. Et entre mes feuilles qui balayent le fil de l'eau comme des palmes, et ce nymphéa, là-bas, dont je connais bien la couleur mauve, la rencontre, comme chaque printemps, se corolle en mille phrases qui chatoient parmi les étreintes. Les métamorphoses veillent sur les phrases. Ou peut-être les phrases sur les métamorphoses. Le passage de la déesse suscite un dieu dans ce qui s'écrit. Elle s'amuse à être le fleuve, et lui, un feuillage. Le temps féconde leurs caresses. Regardez les nymphéas : ils sont blancs, cette nuit. On dirait qu'avec la neige, ils fleurissent. L'eau glisse jusqu'à moi, ses boucles me lèchent doucement.

Cercle II

Je me suis mis à parler tout seul à Berlin. À peine descendu du train, sur le quai de la Ostbahnhof, j'ai entendu des phrases, elles s'échappaient de ma bouche. Est-ce que je parlais à voix haute ? Je l'ignore : entre la gorge et les oreilles, il n'y avait plus de différence. Peut-être qu'à part moi personne n'entendait, peut-être que je marmonnais. Ça n'a pas d'importance. Arrivé à Berlin, je me suis mis à parler tout seul, voilà ce qui importe. Et puis j'étais au bord du malaise, le ventre déchiré d'épuisement. Je n'avais aucun souvenir du voyage : j'étais monté à Paris dans un compartiment de wagon-lit, et j'en descendais, huit heures plus tard, à Berlin, malade. Qu'est-ce qui s'est passé durant la nuit ? Je me suis allongé sur une couchette, l'une de ces couchettes du haut, où vous avez le plafond à ras de visage. J'étais tout habillé, j'ai fermé les yeux, le manteau m'enveloppait bien. Quelques noms de gare, un rythme lent, la saccade et les cahots, puis plus rien. Ou plutôt si : une présence — l'une de ces silhouettes à cauchemar qui vous troublent le sommeil. C'est venu tout près en rampant, un halo blanchâtre avec une haleine à venin : dans la couchette, les effluves se sont rapprochés comme un filet, je ne respirais plus. La lueur s'est glissée jusqu'à mon visage, puis j'ai senti des petites boules rouler dans ma gorge : le halo pondait dans ma bouche, il dégorgeait ses œufs — des dragées plutôt, de petites dragées noires. Sur le quai, j'avais encore le goût du poison dans la bouche. Je titubais, j'avais envie de vomir. Et puis c'est vrai que je parlais à voix haute : « Qu'est-ce qui se passe ? Qu'est-ce qui s'est passé cette nuit ? » disais-je. C'était affreux de s'entendre ainsi marmonner, comme un vieux débile. Je répétais : « Qu'est-ce qui m'arrive ? » Un simple mauvais rêve ne peut pas vous détraquer ainsi les nerfs, me disais-je. Il y a autre chose, ce n'est pas possible. Car je n'étais pas seulement épuisé, je n'avais pas seulement un mal de tête à m'arracher le front : quelque chose de plus bizarre avait lieu, comme si je n'habitais plus mon corps. En marchant le long du quai de la Ostbahnhof, je flottais, comme dans un vêtement trop grand. J'avais un peu de vertige, mais pas comme d'habitude : d'habitude, c'est très bon de perdre pied ; d'habitude, les choses s'enroulent en feuillage, elles m'enveloppent, me soulèvent, le vide me fait du bien. Là, au contraire, j'avais la sensation d'évoluer dans un trou. On m'avale, me disais-je — quelque chose avale mon corps. Ça me suce la gorge, ça m'aspire les poumons, c'est tout brouillé dans le ventre. Le sang galope, j'entends son remous affolé, un loup me déchire l'estomac. Le sang parle tout bas pour moi seul : je sais qu'à chaque instant il peut jaillir. Si je me concentre, peut-être je ne saignerai pas ; si ma tête reste froide, si mes os continuent de murmurer, même si ça va mal, le sang je saurai le combattre. J'ai fermé les yeux : les ombres arrivent et vous brûlent la moelle. On se dit : est-ce que ça aussi c'est de l'existence ? J'étais immobile sur le quai, tous les passagers étaient descendus. J'ai dit à voix haute, en ricanant : « Le narrateur s'arrêta. » J'ai dit : si je poursuis ce voyage avec la bouche, qui m'entendra ? Pas d'inquiétude, les flaques se changent en nuages ; s'il le faut ce sera la fièvre elle-même qui m'ouvrira la route. J'ai allumé une cigarette. Les haut-parleurs de la Ostbahnhof diffusaient des noms de villes : Hamburg, München, Dortmund, Hannover, Dresden, Leipzig, Stuttgart, Frankfurt ; et puis il m'a semblé entendre Praha, et même Warszawa. J'ai entendu que le prochain train pour Varsovie démarrait dans une heure : si vraiment ça ne va plus du tout, me disais-je, je m'enfuirai en Pologne. Je suis en Allemagne depuis à peine quelques minutes, et depuis quelques minutes, ça va mal. Il n'y a aucune raison que je m'enlise ici dans un vertige pourri. Je suis venu en Allemagne approfondir une pensée, une pensée que j'ai eue sur les bords de la Seine, et déjà, je n'ai plus la force de poursuivre cette pensée ; à peine arrivé en Allemagne, je n'ai plus aucune pensée : peut-être suis-je allergique à l'Allemagne, me disais-je ; peut-être l'Allemagne me rend-elle malade, mais je ne vais quand même pas rebrousser chemin : peut-être n'ai-je plus la force de penser, mais personne au fond n'a la force de penser ; personne n'est capable d'avoir des pensées, car personne n'a assez de forces pour penser. Lorsqu'il vous arrive d'avoir une pensée, et de former des phrases avec cette pensée, vous évoluez hors des liens, vous n'avez plus d'attaches, vous ne faites plus partie de rien — c'est le monde qui fait partie de vous. Avec une pensée en tête et toutes les phrases qui viennent de cette pensée, *vous n'appartenez plus*. Penser, me disais-je, avoir des pensées, consiste à *ne plus appartenir*. Et précisément, si ce matin je n'arrive pas à avoir la moindre pensée, si rien ne vient, pas même une phrase, c'est parce que de nouveau j'appartiens : à peine ai-je commencé, il y a quelques minutes, à me sentir mal, le troupeau m'a repris. Possible que la souffrance attire le grappin : lorsqu'on souffre, on ne s'appartient plus. Et puis personne n'est à l'abri du troupeau : partout, même en voyage, à l'étranger, sur un quai de gare, il vous retrouve. Car chacun porte avec soi le troupeau ; à chaque instant, la voix du troupeau parle en lui. Lorsque enfin vous sacrifiez le mouton qui bêle en vous, il est 8 h 07 — c'est ainsi que vous reprenez vie. Mais ce matin, me disais-je, sur le quai de la Ostbahnhof, tout est à refaire. À voix haute, j'ai dit : « Reprendre à zéro. » Si je n'ai plus de phrases, si ça parle maintenant dans ma bouche, c'est parce que le troupeau m'a repris, me disais-je — il m'a de nouveau collé l'appartenance. Vous pensez que vous avez le frisson, la grippe ; vous pensez que des empoisonnements circulent dans les airs, que votre tête s'est chargée d'une migraine à lui briser les os du front ; mais la vraie maladie, c'est la présence en vous du troupeau. J'étais là, immobile, sur le quai de la Ostbahnhof, je n'osais plus bouger. J'ai dit : « Le narrateur demeura en extase » : cette phrase m'a fait rire. Extase, tu parles : les phrases se payent ma tête, maintenant. Elles déferlent dans ma bouche avec la fièvre, elles me brûlent les gencives avec leur ironie. Vais-je ainsi perdre la boule ? « Je suis devenu fou en Allemagne » : une phrase de roman, un bel incipit. Je préviens le lecteur : pas question de perdre la tête : si je ne défends pas mes féeries, personne ne le fera à ma place. J'ai dix mille phrases dans la doublure de mon manteau, et je dois absolument les mener jusqu'au bout de ce livre. S'il le faut, le manteau volera ; s'il le faut, il se changera en cerf-volant, il deviendra un autre manteau ; et les phrases, s'il le faut, deviendront d'autres phrases. Alors ce qui m'arrivait : une extase ? Rien du tout. J'avais juste du mal à mettre un pied devant l'autre. À chaque pas, ma poitrine bloquait. Je me disais : le sol se dérobe, accroche-toi aux lignes du quai, ne perds pas des yeux les lignes. Et puis ce murmure qui s'échappait de ma bouche, cette rivière de voix mortes, ce n'était pas mes phrases, impossible que ce soit mes phrases. Depuis septembre, je n'avais fait que ça, vivre avec des phrases, et hier enfin j'avais fini le manuscrit. Avec la tension qui retombe, me disais-je, pas étonnant que les phrases me lâchent — pas étonnant qu'elles ne viennent plus. J'ai vécu si longtemps avec des phrases qu'il est normal qu'aujourd'hui elles se reposent loin de ma tête. Existe-il des vacances pour les phrases ? Peut-être c'est ma tête qui se repose loin des phrases, peut-être c'est elle qui est en vacances. À voix haute, je disais : « Tête sans phrases : à Berlin ma tête sans phrases. » Et justement, sans mes phrases, comment vais-je avancer, me disais-je. J'ai tellement vécu avec des phrases qu'il m'est impossible de vivre sans phrases — sans les phrases, tout simplement, on ne respire pas ; le souffle est mort, rien ne vit. Si je parle tout seul à présent, est-ce que ce sont des phrases qui s'écrivent dans ma bouche ? Non, si je parle tout seul, c'est au contraire parce que aucune phrase ne vient. Bien sûr, les phrases que j'ai dans la bouche sont encore des phrases, mais elles sont malades, ce sont des phrases mortes. Le temps d'ouvrir la bouche et d'articuler, elles crèvent. Ce qui se dit lorsque vous parlez tout seul, à la place des phrases, c'est le bruit de leur mort. Je disais le mot : « neige », je disais : « voyage », je disais : « Allemagne ». Chaque fois, ça devenait pâteux, comme une mélasse — de la compote de phrases, chaque mot mâchouillé dans sa graisse : farine, gruau, purée de phrases mortes. Je ne pouvais pas m'empêcher de parler, il fallait que je parle pour avancer, alors en quelques minutes, j'avais de la bouillie plein la bouche. Un type s'est approché, avec une casquette de chef de gare. Il m'a demandé si tout allait bien, si j'avais besoin d'aide. « *Danke schön* », j'ai dit. Puis j'ai commencé à remonter doucement le quai de la Ostbahnhof en disant à voix haute : « Je me suis mis à parler tout seul à Berlin. » J'ai récité les premières pages de mon arrivée à Berlin, celle que vous venez de lire, toutes les phrases qu'il avait fallu pour descendre du train et commencer à marcher le long du quai jusqu'au grand hall de la Ostbahnhof : plusieurs dizaines de phrases, des phrases mal assurées, des phrases qui s'ajustaient difficilement, qui avaient du mal à prendre leur élan. Même si ces phrases n'étaient pas les miennes, même si elles me pourrissaient la bouche, c'était déjà ça : j'avançais. Ces phrases, je ne sais pas d'où elles venaient : des phrases de remplacement — des phrases de secours. Ça m'a fait rire cette expression : des « phrases de secours ». Je me suis souvenu d'un film qui s'appelait *Les Baisers de secours*. Je ne savais pas qu'il était possible de faire appel à des phrases de secours, je ne savais même pas qu'elles existaient. Avant de venir en Allemagne, il y avait des jours où j'avais des phrases, et des jours où je n'en avais pas. Jamais je n'avais eu besoin de phrases de secours. D'ailleurs, me disais-je, est-ce que les phrases de secours sont encore des phrases ? C'est quand un jour il n'y aura plus de phrases, même pas une phrase de secours, que le pire commencera, me disais-je. En récitant toutes les phrases que vous venez de lire, j'avais rejoint le grand hall de la Ostbahnhof. C'était une salle immense en marbre rose et gris, avec une magnifique horloge sans aiguilles. Il n'y avait presque personne, pas de voyageurs, juste des échafaudages, et un boucan d'enfer. Ça se déchaînait au marteau piqueur ; l'air se vrillait dans un tohu-bohu de plâtre qui vous attaquait la gorge ; la gare entière n'était plus qu'un chantier, un immense chantier tout hérissé de palissades, labouré de gravats, avec des crevasses béantes, des parpaings et des tuyaux empilés sous des bâches. Je me disais : ça construit, ça détruit, ça n'arrête plus — et puis détruire, construire, quelle différence ? On est partout « en travaux », toutes les villes sont « en travaux », la réalité elle-même est « en travaux ». Les perceuses vous criblent la tête, elles vous aggravent la migraine, des dents vous broutent le crâne, des dents vous creusent des galeries dans la tête, du plomb vous bombarde l'intérieur de la tête qui grimace. Cervelle-abcès, caries dans le front ouvert aux plaies. J'ai porté les mains à mes oreilles, comme Clémenti imitant Brando sur le pont de Bir-Hakeim. Il fallait absolument sortir de là, j'ai accéléré, cette gare est interminable, et comment dit-on « sortie » en allemand ? Je me suis mis à courir en tous sens, j'avais envie de crier, et c'est là que j'ai vu, sur une palissade, imprimé en capitales, noir sur blanc, le mot :

« DESTRUKTION »

Il a coupé mon élan, comme un panneau de frontière. J'ai répété le mot plusieurs fois : « DESTRUKTION ». C'est exactement ça, me disais-je — depuis ma descente du train, depuis l'instant où j'ai posé le pied sur le sol de Berlin, « ça sent la destruction ». En souriant, j'ai pensé : « DESTRUKTION », c'est le vrai nom de cette gare — affiché comme ça, on dirait le nom du terminus : « Vous êtes arrivés à *Destruktion*, bienvenue à *Destruktion.* » Avec son K en forme de hache, le mot DESTRUKTION est plus aigu qu'en français — sa lame tranche mieux. Le K, me disais-je — le K de la *Destruktion* —, c'est en allemand qu'il s'affûte. Les mâchoires du K s'aiguisent ; elles ont la gueule en cisaille du tueur. Tandis que je me dirigeais vers la sortie, le K de la *Destruktion* est venu se ficher au milieu de mon front, comme une balle de luger. J'ai dit : « *Kaputt* », j'ai dit : « *Kaiser* », j'ai dit : « *Kampf* ». Lorsque la destruction elle-même vous accueille au petit matin à la gare, vous savez qu'elle ne vous lâchera plus. Où comptez-vous aller ? Comment lui échapper, est-ce possible ? En répétant toutes les phrases, en les disant l'une après l'autre, malgré le mal de tête, malgré la pression du K, je suis enfin sorti de la gare, j'ai poussé la porte du grand hall de la Ostbahnhof. Il y avait de la neige partout, des terrains vagues et des immeubles en friche, une ligne immense de constructions vitrées, avec ce gris métallisé des bureaux uniformes, tout un horizon de grisaille, et des grues jaunes et rouges qui tournaient dans ce grand ciel anthracite où les nuages semblaient énormes. Voilà, me disais-je, c'est l'Allemagne, c'est le ciel de Berlin. Juste en face de la gare, il y avait une sorte de baraque à frites, un « Imbiss », sur lequel était écrit, en grand : « CURRY WURST ». J'ai eu envie d'une saucisse-curry ; j'ai pensé : il me faut une saucisse-curry — tout de suite, là, maintenant. En riant, j'ai dit : « C'est maintenant qu'il me faut une saucisse-curry. » Il n'était pas 8 h 07 pourtant, ce n'était pas l'heure des grandes décisions. J'ai pensé : un verre d'eau pour les Efferalgan, et une saucisse-curry, voilà ce qu'il me faut maintenant. Peut-être qu'après la saucisse tout ira bien, me disais-je ; peut-être même que l'Allemagne me sourira. À voix haute, en traversant la Lange Strasse en direction du « Curry Wurst », ma main serrait le tube d'Efferalgan, j'ai dit : « On connaîtra tous les ciels d'Allemagne, l'énorme désordre des nuages. » Cette phrase, j'étais étonné qu'elle me vienne à présent : je suis au plus mal, et voici qu'une phrase me revient, une phrase qui m'avait fait pleurer la première fois quand je l'avais lue, une phrase de Robert Antelme. J'ai répété : « On connaîtra tous les ciels d'Allemagne, l'énorme désordre des nuages. » Comme toutes les phrases que je connais par cœur, cette phrase, je ne savais pas que je la connaissais ; il y a tellement longtemps que j'avais lu cette phrase pour la première fois, me disais-je, tellement longtemps que je l'avais soulignée dans le livre de Robert Antelme, qu'il m'était impossible de penser qu'un jour elle me revienne en mémoire ; qu'elle me revienne sans même que je tombe sur elle ; qu'elle me revienne uniquement parce que je rencontre le ciel d'Allemagne et ses énormes nuages. Ce matin, en découvrant les premières rues de Berlin, je regardais le ciel d'Allemagne, et je voyais ça : les énormes nuages, le désordre des gros nuages qui sourient dans le ciel de Berlin. Alors la phrase est revenue : « On connaîtra tous les ciels d'Allemagne, l'énorme désordre des nuages. » J'étais heureux que cette phrase me revienne, et soulagé aussi, car sur le quai de la gare je pensais que c'était fini, que plus aucune phrase ne viendrait ; et voici que la phrase de Robert Antelme me venait en aide. Les phrases, me disais-je, ne m'ont pas abandonné : avec la phrase de Robert Antelme, avec les énormes nuages, avec le ciel d'Allemagne, je reprends vie.

*

J'ai passé quatre semaines à Berlin. C'était un cauchemar. Il y en a parmi vous qui verront dans ces pages une « descente aux enfers ». Quelqu'un a dit que l'enfer est ce lieu où tout ce qui s'exprime est *vomi à égalité* comme dans un dégueulis d'ivrogne. Alors peut-être que Berlin ça a été « l'enfer » — une bouillie d'instants écrasés comme du raisin noir. D'ailleurs Lestrange m'avait prévenu : une nuit de décembre, quelques semaines avant mon départ, on longeait tous les deux le cimetière Montparnasse, il m'avait dit : « L'Allemagne c'est le pays des morts, n'y allez pas. » J'avais éclaté de rire : « Pourquoi pas les "landes infernales", tant que vous y êtes ? » On venait de dîner dans un couscous de la rue Daguerre, on avait beaucoup bu, on s'est assis sur un banc pour fumer des Kool. Le vent était léger dans les arbres, avec cette douceur qui vient parfois les soirs d'hiver après la pluie. Lestrange parlait de l'Allemagne, de ses mauvais souvenirs, et des ombres qu'Ulysse fait parler lorsqu'il descend chez les morts dans l'*Odyssée*. Cette scène, il en était obsédé : c'est chez les morts qu'Ulysse *voit la suite*, disait-il — c'est le sang qui fait parler les morts. Ulysse a sacrifié une brebis noire et un bélier, il fait couler leur sang dans une petite fosse de miel, de lait, de vin et d'eau. Les âmes des morts flairent le sang de loin, elles viennent vers Ulysse et se pressent autour de la fosse pour boire le sang. Homère les appelle des « têtes sans force » : c'est seulement quand elles boivent le sang qu'elles se raniment et parlent.

Je me souvenais qu'Ulysse interroge Tirésias sur son avenir ; il veut savoir le chemin qu'il lui reste à parcourir jusqu'à Ithaque ; puis il voit sa mère, il ne savait pas qu'elle était morte, tous les deux pleurent, c'est pénible.

Et puis il y a Agamemnon, Achille, les héros de la guerre de Troie ; ils sont misérables, comme des fantômes, ils ne sont plus que de la fumée ; ils doivent se courber à terre et laper comme des chiens le sang de la fosse pour avoir un peu de vie ; ils pleurent, Ulysse pleure, tout le monde pleure, le pays des morts c'est des larmes et du sang.

Lestrange avait l'air vieux, cette nuit-là, en parlant de l'*Odyssée* : sa lassitude lui faisait une voix de soupir lente et rauque ; et malgré sa béquille, le long des marronniers de la rue Froidevaux, il s'appuyait lourdement sur moi : « Peut-être que le grand secret, c'est d'interroger les morts, mais c'est exactement l'impossible. » Je m'en souviens de cette phrase : au moment où il l'a dite, on était arrivés devant chez lui. On s'est serré la main avec un peu de gravité ce soir-là. Je me suis redit la phrase : « Le grand secret, c'est d'interroger les morts, mais c'est exactement l'impossible. » Une belle phrase. Mais en rentrant, j'ai pensé que l'impossible, c'était ce qui m'avait animé durant ces mois passés sous le signe de 8 h 07 : c'était justement ce qui poussait dans les phrases du manuscrit. L'impossible n'est pas du côté des morts, me disais-je, mais du côté des vivants. L'impossible n'est pas le contraire du possible, c'est le nom secret de l'accomplissement.

Et puis à force, Lestrange, il m'ennuyait avec Ulysse. Le temps d'Ulysse est fini pour moi, me disais-je : autre chose va s'ouvrir, ou peut-être rien, et si ça ne s'ouvre pas, alors ce sera ça qu'il faudra vivre, la fermeture, le monde du blocage. Cette vieille histoire de séparation entre les vivants et les morts m'ennuyait. Quand on vit, on y est tout le temps, chez les morts : les morts et les vivants circulent, ils se mêlent à chaque instant, la frontière a disparu. Et puis c'est devenu difficile de savoir qui est vivant et qui est mort. Toutes les visions que j'avais eues sur les bords de la Seine me le disaient : la différence entre les vivants et les morts n'existe plus. Vivre, c'est faire à chaque instant l'expérience de la mort dans la vie, c'est se battre pour ne pas mourir vivant.

Alors bon, le royaume des morts, la descente aux enfers… je trouvais ça un peu folklorique. Et puis le mot « enfer », il me faisait rire. Un mot usé, vieillot. Toutes les horreurs le périment, et les horreurs chaque jour sont nouvelles. Il sont beaucoup à se croire dévissés dans le gouffre à la moindre déprime ; dès qu'ils ont un peu mal, ils disent : « C'est l'enfer. » On dirait même que ça les soulage — qu'ils s'en gargarisent. « L'enfer », c'est commode. Mais le pire n'a pas de nom ; il déborde la moindre appellation. Et peut-être c'est ça « l'enfer » : quand quelque chose arrive qui a déjà absorbé les noms. Peut-être ce qu'ils nomment « l'enfer » désigne cette durée impossible où votre nom s'annule. Car durant mon séjour à Berlin, je n'étais plus personne ; j'avais encore des pensées, mais de celles qui vous menacent de leur vœu de mort. À votre place, et vivant de la vie qui est « la vôtre », il n'y a plus alors que cette chose qui n'a pas de nom, et qui déchiquette lentement celui que vous croyez porter : « Jean Deichel » n'existait plus.

Qu'est-ce qu'on fait d'un tel néant ? En général, on le convertit en douleur, et l'on se sert de cette douleur pour se faire valoir. Je peux comprendre : on se dédommage ainsi de la peine qu'on a subie. Et puis la souffrance, ça paye : on accorde toujours de la valeur à la parole d'un homme qui souffre. Mais ne comptez pas sur moi pour vous apitoyer. Je ne cherche ni à instruire ni à fraterniser. Je ne tiens pas non plus à me faire valoir. D'ailleurs, *je n'ai jamais cru à ma souffrance.* Même dans les pires moments, ceux dont ce livre retrace le périple, j'avais la tête ailleurs. Vous croyez que je me vante : je répète qu'à aucun moment je ne suis parvenu à m'intéresser à ma souffrance. Vous allez dire que c'est parce qu'elle est légère. Mais ce que j'ai vécu à Berlin s'égale à toute souffrance, en ce sens qu'elle ne se mesure pas. Une seule chose depuis le début m'intéresse, c'est de poursuivre ce livre. C'est à ça que j'avais la tête ; et la douleur, je l'ai surtout vécue comme un obstacle à mes phrases. Ainsi, lorsque mon corps a commencé à se défaire, je n'ai rien senti : je n'avais plus aucune sensation. Étais-je envoûté ? C'est possible. Enveloppé de ténèbres, le corps aveugle, tout replié sur ses empêchements. Car la souffrance vous empêche d'entendre et de voir : impossible, si vous souffrez, d'être ouvert à quoi que ce soit. Vous n'avez plus que de la souffrance, et la souffrance vous fait le corps opaque. Ceux qui vous disent que souffrir est une expérience qui ouvre des horizons vous mentent. Dans la souffrance, le monde n'existe plus ; dans la souffrance, le corps se rabougrit, s'annule, se rétracte ; il perd ses sensations, l'une après l'autre, pour ne plus se concentrer que sur celle de souffrir, sensation dans laquelle il s'enferme, comme dans une camisole d'emprise. Ainsi, dès qu'on souffre, on perd l'intelligence. On est prisonnier de ses propres affres, comme si on se masturbait. Je raconterai ce qui m'est arrivé *en détail.* Ce sont les détails qui m'ont permis de m'en sortir. Cette expérience m'a rendu fou. Elle n'arrive pas qu'aux damnés.

*

Le jour de mon arrivée, il y avait un immense ciel gris, de la neige partout sur les trottoirs, un froid à vous ronger les os. Les bâtiments ressemblaient à des stèles de béton vertical. Tout s'étirait dans un gris laiteux et morne, avec des reflets soudains de lumière brutale sur la neige et les tours vitrées.

Je n'avais pas de chambre, aucun hôtel. J'avais envie de marcher le plus longtemps possible ; et puis, après ma nuit en train, j'avais besoin d'air. Avec la migraine, le ventre crispé à cause de la saucisse-curry, et les phrases pourries qui me sortaient de la bouche, j'ai pris la Karl-Marx-Allee. C'est un long boulevard où les façades ont toutes un air de monument. Ça sent le caveau solennel, ça sent l'ordre et la police. C'est Berlin-Est.

Il n'y avait personne, absolument personne : une longue steppe engourdie, avec la neige qui recouvre la route, les trottoirs et les voitures en stationnement. C'était assez beau cette couche de neige fraîche. Je me disais : aujourd'hui, mes pas seront les premiers, c'est moi qui baptiserai la neige. Où sont passés les habitants de Berlin ? Bien sûr, il était un peu tôt, 7 ou 8 heures du matin, et en plus on était un 25 décembre : tout le monde dort. Mais en même temps, cette ville semblait morte, une ville fantôme — une image de la disparition. La plupart du temps, la disparition elle-même disparaît. Ce matin, au contraire, Berlin témoignait pour tout ce qui avait disparu en elle : la disparition, on ne voyait que ça. En avançant dans la neige de la Karl-Marx-Allee, j'ai pensé : ils sont morts, ils sont tous morts, il n'y a plus personne. Lestrange avait raison : on est chez les morts, c'est le « pays des morts », comme il disait. Je suis entré dans ce désert de neige, je marchais au milieu de la route, tout semblait mort et détruit, et moi j'étais seul, *comme le dernier juif arpentant le ghetto désert.* Quelle étrange phrase… Je l'ai répétée plusieurs fois, elle tremblait dans ma bouche : « Comme le dernier juif arpentant le ghetto désert. » J'étais surpris que parmi toutes les phrases qui tournaient depuis ce matin dans ma bouche, toutes celles que je mâchonnais comme des mauvaises herbes, sans parvenir à m'en débarrasser autrement que par un continuel murmure, il y en ait une qui brille ainsi d'un éclat si terrible.

Lichtenberger Strasse, Holzmarkt Strasse, Otto-Braun Strasse : ça n'en finissait plus, ces boulevards à béton. Ça s'étirait entre le gris et le blanc, avec des ruissellements de lumière soudaine qui frappent les vitres des bâtiments. Et puis il y avait énormément de terrains vagues : la ville était pleine de trous, il y avait des trous partout. Entre deux immeubles, d'un coup, plus rien — du rien avec des ronces, un grillage, une cabane changée en squat, des bidons, un tas d'ordures. Puis de nouveau de grandes barres d'acier, la coulée de l'ennui officiel.

Avec la neige, il y avait un vent à vous damner les oreilles. Les flocons s'écrasaient sur mon visage. Ça faisait comme de la boue transparente, j'étais trempé. Mon manteau convient pour l'automne, me disais-je, il est parfait pour les bords de Seine, c'est un manteau de promenade, un manteau de jouissance ; mais pour le gel et la neige, pour Berlin, me disais-je, il ne convient pas. Mes oreilles, déjà, je ne les sentais plus ; elles vont geler, elles vont se briser comme de la glace. Si ça continue, mes mains aussi je vais les perdre. Je vais perdre mes oreilles, je vais perdre ma gorge, mes pieds, je vais perdre ma tête. Dès mon arrivée à Berlin, j'ai perdu mes phrases, et voici que le reste s'en va. Si je continue à marcher dans les rues de Berlin avec mon manteau, sans rien d'autre que mon manteau de sacre, je mourrai de froid. Il me faut une chapka, me disais-je, il me faut des gants, il me faut des pulls, de la laine, des kilos d'écharpes, des couvertures, un duvet — ou alors un autre manteau : un manteau allemand, un manteau de tempête, un manteau de neige et d'exil.

À partir d'Alexanderplatz, j'ai commencé à tourner en rond. Rosa-Luxemburg Strasse, Linien Strasse, Oranienburger Strasse, Kastanienallee, Rosenthaler Strasse : je disais le nom des rues à voix haute, et c'était les mêmes qui revenaient. Je prenais à droite, à gauche, au hasard. Je n'arrivais pas à m'habituer à ces phrases pourries que j'avais dans la bouche. Car elles ne m'indiquaient rien. Avant, dans les phrases, il y avait des trouvailles qui m'ouvraient immédiatement la route. Elles débordaient, si bien que pour chaque route, d'autres routes en même temps s'inventaient. Aujourd'hui, avec la bouillie que j'avais dans la bouche, tout stagnait. J'avais envie de les étouffer, ces phrases mortes ; il suffit peut-être de ne pas ouvrir la bouche : les phrases qu'on ne prononce pas n'existent pas. Mais je me disais : si je ne prononce pas ces phrases, si je ne les dis pas à voix haute, elles vont m'infecter la gorge, elles vont m'empoisonner. Il faut que je sorte ces phrases de ma bouche ; et le meilleur moyen de les sortir de ma bouche, me disais-je, c'est de les dire à voix haute. Alors je marchais dans les rues de Berlin en parlant tout seul, comme ces malheureux qui n'ont personne avec qui parler : lorsqu'on les croise, on s'imagine qu'ils sont fous parce qu'ils parlent avec eux-mêmes. Et c'est vrai qu'en un sens je n'avais personne avec qui parler ; en un sens, dès les premières heures de mon errance à Berlin, je suis devenu fou.

Quelques corps ont émergé peu à peu d'une zone

grise, toute brouillardée, au fond de la Grosse Hamburger Strasse. C'étaient des silhouettes furtives, repliées sur elles-mêmes. Les visages, on ne les voyait pas, ils étaient dissimulés sous des capuches. J'avais beau fixer les visages, je voyais juste un nœud d'ombre, une plaie mauvaise qui leur faisait une bouche, et du noir pour les yeux. Tumeur cuite. Cet écrasement de bouffissure gris-violet qu'on avait vu, Anna Livia et moi, dans le tableau de Bacon, c'était maintenant greffé sur toutes les gueules. Rien de spécial pourtant dans ces corps : une allure de loque endormie, la même qu'ailleurs. En plus boueux, peut-être. Des ombres fondues dans le paysage, grises, brouillées, comme du papier mâché. Vraiment zombis, mais le genre disciplinés, avec la rigueur des chagrins solides. Déjà les corps, à Paris, étaient noués dans leur angoisse ; ça leur faisait des arêtes en torsion un peu partout dans la mâchoire, comme s'ils étaient pris au piège de leur viande, et qu'ils exhibaient leur pourrissement. Mais ceux-là, c'était pire. De vraies têtes de damnés, les mangeurs de boue de Dante. Comme s'ils étaient en avance sur la destruction, comme si ça vitrifiait plus vite qu'à Paris. Peut-être qu'ici la destruction frappe plus fort : elle est intégrée, les corps ne font plus d'histoires, ils se décomposent avec zèle.

Ils avaient la tremblote aux lèvres, peut-être des syllabes. La boue clapote dans les bouches, ça grommelle, on dirait qu'ils articulent. Est-ce qu'ils parlent tout seuls comme moi ? Peut-être ils téléphonent : avec la capuche on ne peut pas voir. En croisant des corps dans la rue, on ne sait plus si c'est à vous qu'ils parlent : on entend une voix, on se retourne, le type n'a pourtant pas le bras tendu vers l'oreille, mais il a une oreillette, comme un crabe qui lui suce la tête, ou alors un micro dans son col.

Les corps dans la rue marchent en ouvrant la bouche, on dirait que c'est leur bouche qui marche ; on dirait que pour marcher il faut ouvrir la bouche. Les bouches dans la rue parlent à des bouches qui parlent dans une autre rue où ils croisent d'autres bouches qui parlent.

C'est allé très vite, en une rafale de neige, toutes les bouches se sont jetées sur moi. Plis d'ombre en vrille, collés comme de la bave. Troupeau de lèvres mauves. Leur ventouse à paroles, elle veut me greffer la tumeur de gélatine : que moi aussi j'aie la gueule du Bacon, la grimace des effrayés. Ils veulent me saigner, ils veulent me coller leur murmure de damnés, m'inséminer le poison. J'ai rasé les murs, les échos tournaient dans ma tête avec d'étranges détonations. Lorsque dans la voix le souffle meurt, ça s'appelle un cri. On est au royaume du cri : fini les phrases. J'ai senti que j'allais m'évanouir. Il ne fallait surtout pas, ici, dans la neige, avec les damnés de la bouche. Je me suis mis à courir en me collant aux murs, comme si j'étais au feu — *comme si j'évitais les tirs*. Car j'entendais des rafales, des bruits de détonations qui résonnaient à travers la neige, de très vieilles détonations sorties du cauchemar de l'Histoire. Et puis ça s'est ouvert d'un seul coup, comme si du pus avait giclé des bouches, un pus de fièvre qui charriait des images de cadavres, d'explosions de villes bombardées, de wagons qui traversaient l'Europe en hurlant, de corps qui brûlent empilés dans des fosses, et le mot « GÉHENNE », là-dessus, s'imprimait dans un orage de terreur. Je me noyais dans des flots de sang, ça brassait la mort là-dedans, souillure de panse crevée qui bourgeonnait en agonies. On coulait dans une mer de cadavres, il n'y avait que ça : des cadavres, des millions de cadavres, tous les morts depuis qu'il y a des vivants, tous les morts depuis que la vie humaine existe, des milliards de milliards, une infection de chiffres, et le sang continuait à couler, et en coulant il calculait, litre après litre, à combien on en était de cadavres, et les cadavres fécondaient le sang de cette mer de flammes où tout maintenant se changeait en fumée, les corps entraient dans d'immenses bouches où l'un après l'autre ils brûlaient, et je ne me baignais plus dans le sang mais dans la cendre des morts carbonisés, on me forçait la bouche avec la cendre des morts et j'avalais la cendre en hurlant, j'avalais de la neige boueuse, j'étais étalé dans la neige, couché de tout mon long sur le trottoir où j'avais trébuché.

J'ai traversé un fleuve en boitillant, la Spree je crois, j'ai aperçu le gros bâtiment du Berliner Ensemble, puis j'ai repris mon souffle dans la Friedrichstrasse. Il s'est mis à pleuvoir. Je me suis abrité sous un arrêt de bus. J'ai allumé une Kool. Qu'est-ce qui s'est passé ? C'était quoi cette horreur ? C'était dans mes yeux, c'était partout. Est-ce que j'ai perdu la tête ? Je crois que pendant quelques secondes, quelques minutes, je n'avais plus de tête. Un trou à la place de la tête — un trou de fièvre, comme si ma migraine s'était enflammée, et que dans les flammes, des images étaient venues se briser en morceaux. Ces images, je les connaissais, tout le monde les connaît. Quand on veut rester pudique, on parle d'Histoire, et même on précise : l'Histoire avec un grand H ; mais on peut dire aussi : mémoire des massacres, on peut dire chronologie de l'insensé, on peut dire succession des tueries. C'est ça qui revient, qui n'arrête pas de revenir, cette chose qui dans le temps ne supporte pas d'avoir raté, qui sans cesse rejoue la hantise. Les infernaux, avec leur bouche à méduse, c'est à son spectacle qu'ils vous convient : la hantise vous éclabousse avec *ce qui ne passe pas.* C'est tout un refoulé qui sort, comme s'il y avait des séquences dont le temps ne voulait pas, qui errent à côté de la trame, et cherchent sans cesse à exister. Le stock de carnages se mobilise alors, et convulse en déluge. Ça se déchaîne, comme des entrailles qui parlent enfin. Ça vous fait un concentré de destruction pour vous tout seul. J'ai appelé ça la MINUTE MORTE : une secousse de l'Histoire mal digérée qui revient, qui veut mêler des corps à sa répétition, qui veut vous *mettre dans la répétition.* Car revenir, c'est une manie de l'Histoire, on dirait même sa libido. Elle n'existe déjà plus vraiment, l'Histoire, tout avalée par sa propre répétition ; elle ne joue qu'avec son écho, et n'a plus que la hantise pour elle — elle est devenue hantise.

La neige se changeait vite en boue. Ça faisait une grosse flaque, déjà, devant l'abribus. Voilà, me disais-je : à Berlin, quand je serai « ouvert », quand mes oreilles, mes yeux, mon corps entier se laisseront traverser par la ville, ce sera toujours pour gober de la destruction. Je le savais depuis le début, je le savais sans le savoir. À Berlin, il faudra endurer la destruction. Comment fait-on pour « endurer » ? À partir de quel moment commence-t-on à « endurer » ? Peut-être que c'est ça que je fais depuis l'instant de 8 h 07, peut-être que les féeries de l'hôtel Cascade, c'était déjà une manière d'endurer — de faire parler l'existence, de la laisser briller pour moi en mille étincelles de luxe. Mais en remontant sous la pluie la Friedrichstrasse, je me disais : à Berlin, il s'agira de la même chose *à l'envers.* Ce sera la mélodie de gouffre, la jouissance noire, les avalements forcenés. Endurer, me disais-je, ça veut dire accueillir le pire et le meilleur. Car ce qui s'ouvre n'est jamais bien ou mal. C'est découpé par du néant qui se libère d'un coup, et ce néant, il peut très bien dégager l'horizon ou vous engloutir avec des affres. Endurer, me disais-je, c'est se tenir à la lisière du pire et du salut, ouvert à ce qui s'ouvre, évoluant sur la bordure. C'est comme ça, me disais-je, que j'ai vécu ma chance avec Anna Livia, et c'est comme ça que ça viendra à Berlin.

Des phrases sortaient de ma bouche, ça crissait comme du gravier entre mes dents. « Mémoire des charniers », disais-je à voix haute : « Minute morte… Mémoire des charniers. » Les formules s'entrechoquaient comme des glaçons sur ma langue, une phrase est sortie : « La minute morte t'ouvre à la mémoire des charniers. » Puis une autre est venue, par lambeaux elle aussi, mot à mot, comme dans un bégaiement : « Viens — viens dans l'*événement*. »

C'était la phrase de Notre-Dame. Je commençais à mieux la comprendre. Peut-être avais-je plus d'expérience depuis la scène du pont des Arts — depuis cet abîme soudain qui s'était ouvert devant moi entre les Giacometti. Le printemps s'était écarquillé alors pour lâcher son trou. Ça faisait combien de temps ? Presque huit mois, maintenant. Je pensais au trou en évitant les flaques de la Friedrichstrasse, le col du manteau relevé, grelottant sous la pluie. En un sens, je ne m'étais pas détourné de ce trou : le trou, depuis le premier jour, je l'avais gardé à l'esprit, comme un signal allumé dans la nuit. C'est parce que je ne m'étais pas éloigné de la pensée du trou que j'avais été si heureux, me disais-je ; c'est précisément parce que j'avais gardé ma tête ouverte au trou que je n'étais pas tombé dedans. C'est ainsi que je m'étais senti vivre pendant huit mois ; c'est ainsi que j'étais entré dans l'existence. C'était quoi déjà, la phrase ? « C'est maintenant qu'il faut reprendre vie. » Est-ce que cette phrase agira aussi à Berlin ? Pas sûr. D'ailleurs cette vision de charnier ne m'avait pas fait grand-chose. Est-ce que j'étais habitué au trou ? C'est bien dégueulasse pourtant ce que j'ai vu ; je ne suis pas sûr de supporter une autre fois ce déferlement de cadavres. Mais je tenais bon parmi les damnés. Bien sûr, j'avais toujours aussi mal à la tête, et puis les phrases continuaient de me crever la bouche comme du poison. J'avais un froid de migraine de ventre à grippe, le cul au bord du saignement, et j'avançais, le matin du 25 décembre, dans le désert aux angoisses. Mais dans l'ensemble, j'étais vivant. J'avais envie de boire un café ; et puis je voulais rester un peu au chaud, le temps de faire sécher mon manteau. Mais il n'y avait rien d'ouvert. Vitrines à voitures, vitrines à chaussures, à vêtements, à boulangeries — que des vitrines, et pas de café. J'étais où là ? Oranienburger Strasse. Dix fois que j'y passe. Je me suis vu dans le miroir d'une pharmacie. Cheveux collés par la pluie, yeux de fou, la tête avalée à l'outre-tombe. « Vivant » ? — c'est vite dit. J'avais moi aussi une gueule morte : peut-être je suis mort dans le train, cette nuit, et la dragée noire, c'était le dernier couic. Un café, vite ! — une chambre, un lit, et qu'on n'en parle plus.

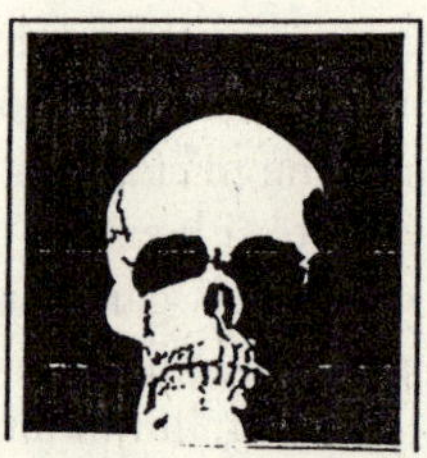

GASTR !

Voici une porte rouge avec une tête de mort — le GASTR ! Un bar, on dirait. Peut-être une salle de concert. Il y a de la lumière derrière les stores. Et puis c'est écrit « 24 / 24 » en néons rouges. GASTR !... Ils doivent bien faire du café là-dedans... Gastronomie, gastre, gastro... Et *gastar* ça veut dire consommer, non ? Ça veut dire ruiner, aussi. Peu importe : je vais entrer au GASTR ! Whisky, vodka, vin chaud, limonade, thé à la menthe, viandox, je boirais n'importe quoi.

J'ai voulu entrer, mais un gros chien était couché devant la porte, un de ces chiens-loups qu'on appelle des bergers allemands. Nerveux, fébrile même, un regard à massacres. Un chien ou une chienne ? Dès qu'il m'a vu, il s'est redressé, comme pour me barrer le passage. Je mourais de froid, moi. J'ai voulu passer, il a grogné en montrant les dents. Merde, j'ai dit, c'est écrit vingt-quatre heures sur vingt-quatre. J'ai montré l'enseigne au chien : « 24 / 24 », ça clignotait en lettres rouges. Il était prêt à me sauter à la gueule, avec ses yeux de fou allumés par la haine, et les crocs qui brillent. Dans le train, cette nuit, je me suis dit que j'allais avoir des problèmes de langue : je ne parle pas allemand, juste quelques mots — l'allemand, je l'ai complètement oublié. De toute façon, c'est Babel partout, me disais-je : dans les grandes villes, on parle un baragouin anglo-européen, ça flotte entre les mots, on se comprend par syllabes.

Le chien était déjà en train de me déchirer la jambe, il me la bouffait carrément, il rognait là-dedans pour chercher l'os, et en essayant de me débattre, je suis tombé dans la boue. C'est ça qui m'a mis en colère : déjà deux fois ce matin que je me vautre. Je lui ai donné un coup de poing sur la tête, il a couiné, a lâché ma jambe, mais aussitôt il s'est jeté sur l'autre jambe et a commencé à me tirer la viande. S'il me saute à la gorge, je suis mort. Et voici que je hurle cinglé total, avec l'adrénaline j'ai bondi sur sa gueule, je lui attrape la mâchoire, je vais la casser en deux, lui briser le clapet à l'envers, lui péter sa dentition de merde de chien de mirador. Il couine le clébard, il me bouffe les doigts et enfonce ses crocs et ma cheville en lambeaux, ça glisse le sang dans la bave, saloperie de clébard, tout en rage d'un coup, et lui qui s'accroche, je lui mords l'oreille, c'est moi la boule de nerfs, je ne lâche plus, son oreille craque dans ma bouche, poils humides, un couteau vite je veux un couteau, et lui crever la gueule. Avec l'éclair dans la gorge, je la sors ma rage : le mordre, lui bouffer la carne, lui faire avaler son cri. Et je vois bien qu'il a peur, son œil gémit, tétanisé, et moi je n'ai plus de forces, la bouche à mort, je hurle, il faut que je hurle, sinon je n'aurai pas la force, crève, crève, crève, je dis : crève ! Mais le chien s'est dégagé, il a reculé contre la porte, il s'apprête à bondir, la bave aux lèvres, excité par le combat — c'est foutu, il va me sauter à la gorge.

Mais non, il s'assied tout penaud devant moi, soumis, langue pendante, hors d'haleine, les oreilles basses.

Alors je ne sais ce qui arriva, mais je fus soudain pris de désespoir. Je crois même que cette phrase est venue au ralenti, tranquille ; elle était incontestable. Ce désespoir m'a étonné, et puis j'ai pensé que l'étonnement était une forme de pudeur. J'avais le temps : lorsqu'on rend les armes, le temps s'approche et vous regarde, il vous observe avec l'affection timide de ceux qui vous offrent soudain la lune.

Reflets sur la neige, picotements, cristaux, ça tourne en miroir, avec le chien qui me renifle. Du sang dans la bouche, adieu, ras le bol, jolis les reflets… Vous direz à Anna Livia que… blanc sur blanc cette ombre…

Une femme m'a aidé à me relever. C'est à elle que le chien avait obéi. Il ne la quittait pas des yeux, tout éperdu. Ça s'est passé en silence. Un claquement de doigts, rien de plus. J'ai dit merci, elle n'a pas répondu. D'un geste sec, elle a ordonné au chien de rentrer. La porte était ouverte, et il a filé à l'intérieur. On entendait la musique qui venait du bar, j'ai même reconnu le morceau : c'était *Providence* de Sonic Youth. Providence, ça tombait bien, j'ai voulu le dire à la jeune femme, mais elle a mis un doigt sur ma bouche. Silence, alors. J'avais mal partout, je boitais, la fille m'a aidé à marcher, on est entrés au GASTR !

C'est tout rouge, là-dedans. Une ambiance à grotte, avec une humidité de cave. On aurait dit un bunker. Ça sentait le salpêtre, la moisissure et la marijuana. Tout ça badigeonné rouge sang, murs et plafond, avec du papier d'aluminium jusqu'à mi-hauteur. La musique à fond : une improvisation de larsens à vous vriller les tympans. À droite, une petite scène, avec des amplis, une batterie, des guitares. Au fond, une cheminée, et même une baignoire à pieds. De bonnes tables pour écrire, avec de vieilles banquettes en cuir, et de petites lampes bougies. Une atmosphère droguée, de celles qui vous collent la torpeur des nuits blanches en pleine journée. Et puis, quelques têtes de vieux punks, des silhouettes inquiètes à l'allure de dealer, des jeunes gens maussades avec des tee-shirts « Napalm Death », et des types aux cheveux gris habillés comme des adolescents, le genre « artistes », toute une faune hirsute et lente, celle des petits matins d'après concert, quand le déchaînement électrique retombe et que les corps sont dégrisés. Ils se sont tous retournés quand on est entrés. Le chien m'observait lui aussi par en dessous, en boule dans son panier en osier, comme un brave toutou inoffensif. Au-dessus d'un grand bar à l'américaine trônait l'emblème du GASTR ! : le crâne mort, que j'avais vu sur la porte, tendu comme un totem sur une banderole rouge et noir.

Je me suis installé sur une banquette, la jeune femme a poussé les tables afin que je m'allonge. J'ai tâté le manteau, les yeux fermés, pour voir si tout était en état, aucun trou, manuscrit intact. Et pareil pour le sac : linge, cahiers, médicaments. Tout était là. Elle m'a tendu une couverture et un coussin, puis m'a débarrassé du manteau qui était trempé. Elle s'est penchée sur mes jambes, a décollé minutieusement les chaussettes imprégnées de sang. La tête me tournait un peu, je sentais mon corps s'évanouir doucement dans la fumée du GASTR ! Elle a nettoyé les plaies à l'alcool. Je crois qu'elle m'a fait un pansement. L'un des types attablés là-bas est venu vers moi. Il m'a dévisagé sans dire un mot. Il avait le crâne rasé, des bagues, un pantalon camouflé, cinquante ans, une maigreur à seringue. Puis la jeune fille lui a apporté deux verres, il m'en a offert un. On a trinqué. « Oleg, il a dit. — Jean Deichel. — *Prosit.* » C'était du vin chaud, c'était bon, j'ai fermé les yeux.

J'étais bien, maintenant. Les blessures piquaient un peu, mais toute cette rage m'avait mis les nerfs à plat. J'avais envie de me reposer. Et puis marre, déjà, de Berlin : la neige, la pluie, la boue, les damnés, le chien, je n'en pouvais plus de tout ça. « En rester là » : je me répétais cette phrase. Oui, en rester là, ça vaudrait peut-être mieux, car les signes ne sont pas de notre côté, me disais-je avec une voix de personnage de roman.

Elle est revenue avec un grog. Je l'ai remerciée. J'ai essayé quelques mots en français, en anglais, en allemand, et même en italien. Elle a souri. Alors j'ai commencé à lui parler dans mon baragouin anglo-allemand. Pour la saucisse-curry, ça avait marché, le type avait tout de suite compris. D'ailleurs, il m'avait dit : « *Franzose* ? » Mais là, rien. Elle a mis de nouveau un doigt sur ma bouche. Très bien, je me tais. Elle avait un joli visage un peu rond, très blanc, avec un piercing sous la bouche. Suave, à sa manière, mais livide. Tout en noir, avec de petits yeux effarés, des cheveux en pétard taillés à la cisaille. Quelque chose d'implacable et de puéril à la fois, ce côté intraitable des petites filles de trente ans, la mine boudeuse des punkettes — une lolita-corbeau.

Avec la bonne chaleur de la cheminée, avec le grog et la couverture, j'ai commencé à me détendre. Je surveillais le manteau : il ne faut pas que je laisse le manteau seul, me disais-je ; le manteau, je dois garder un œil sur lui. Jolie Corbeau l'avait fixé sur un cintre au-dessus de la cheminée, à l'autre bout de la salle. Si je ne le surveille pas, les flammes vont prendre mon manteau, elles vont dévorer le manuscrit, il faut absolument que je garde les yeux ouverts. Et puis les « Napalm Death », là-bas, ils seraient bien capables de le dépecer, mon manteau, d'en arracher la doublure, de déchirer mes pages, pire que le chien, et d'en nourrir le feu.

Alors je surveillais. Un œil sur le manteau, l'autre sur Jolie Corbeau, me disais-je. Les transparences glissent l'une sur l'autre, elles allument des reflets où la silhouette de Jolie Corbeau miroite en passant dans la lumière ; les flammes se déplacent avec elle. J'ai vite remarqué qu'elle ne portait pas de soutien-gorge : à travers son chemisier noir, je devinais la forme de ses seins. C'étaient de jolis seins en forme de poire. En me concentrant, je pouvais même en distinguer les aréoles. Je souriais, béat. Il y a quelques minutes, j'étais en enfer, me disais-je, et voici qu'un chemisier me sauve. Voici qu'un peu de chair de fille m'ouvre la résurrection. Vive les seins en poire, me disais-je, merci Jolie Corbeau.

Et puis je regardais le manteau sécher. Mes phrases, je savais qu'elle n'avaient rien à craindre. En les accrochant dans la doublure, j'avais pris soin de protéger chacune d'elles. J'avais trouvé dans un tiroir, chez Clémenti, des pochettes plastique ; avant d'agrafer les liasses à la doublure, je les avais glissées dedans. Ainsi contemplais-je le manteau avec une sorte de bonheur. Le vin avait chassé ma détresse, j'étais tout étourdi de joie en regardant le manteau. Et c'est vrai qu'à sa manière, mon manteau, il était parfait. Il dégageait une sorte de puissance — une puissance calme, évasive, l'une de ces puissances qui se rendent à peine compte d'elles-mêmes, et qui rougissent de la puissance. Cette étendue bleu marine, suspendue dans les airs, je l'appréciais. Ça faisait longtemps que je ne l'avais pas contemplé comme ça, le manteau : depuis la consultation à la Salpêtrière, je crois. Une forme pure flottait ainsi face à la tête de mort, comme un pavillon d'exorcisme. Je me disais : c'est comme pour une œuvre d'art, ce qui est important, c'est la distance. Le manteau, c'est lorsqu'on le regarde avec la bonne distance qu'il se met à vivre. Et je le sentais depuis ma banquette : entre le manteau et la tête de mort, un combat se réveille. Frémissement de sourdine, trajet des ombres, hostilité : impossible que le manteau et la tête de mort cohabitent, ils sont incompatibles, me disais-je. Ce sera l'un ou l'autre — mon manteau OU la tête de mort.

Alors, entre mon manteau, la tête de mort et les gestes de Jolie Corbeau, un triangle a commencé à se former.

C'est ainsi que les acuités trouvent leur consistance. L'attention tourne sur elle-même, elle ouvre des brèches. Est-ce que c'est dans l'espace ? Je ne sais pas. Ça se formait à la faveur de l'alcool qui réveillait mon sang, qui lui apportait ce réconfort à partir duquel se filtrent les humeurs. Je retrouvais courage. Oui, du courage qui s'engendre à l'intérieur du triangle, de ce courage étrange qui vient au bord de la fatigue, par le jeu des intensités, j'en inventais la forme. Le courage est toujours spirituel. Le manteau me faisait signe, Jolie Corbeau me faisait signe, même la tête de mort me faisait signe. Je n'étais pas sûr, jusque-là, d'exister : depuis mon arrivée à Berlin, l'existence se dérobait. Mais là, je voyais mon séjour prendre forme. Le triangle me disait que mon séjour à Berlin allait exister ; ses trois côtés, en s'allumant, me le confirmaient. Entre Jolie Corbeau et la tête de mort, entre Jolie Corbeau et les phrases de mon manteau, entre mes phrases et la tête de mort, ça commençait. Les trames s'exhaussent, elles jouent. Ça se combine comme une action étrange. Et en même temps, c'est très simple. Car c'est toujours entre Éros, les phrases et la mort que ça a lieu. Peut-être, dans ce triangle, la mort avait-elle l'avantage. Car depuis ce matin, les phrases étaient mal en point. Quant aux seins en poire, ils sont bien jolis, mais est-ce qu'ils ouvrent loin ? Dans les triangles qui se sont formés durant les huit mois de mon aventure à Paris, dès qu'Anna Livia en occupait un côté, c'est lui qui l'emportait. D'une manière ou d'une autre, à la fin, c'est Éros qui gagne, me disais-je. Mais encore faut-il qu'Éros s'ouvre dans le triangle, car Éros est comme tout le monde : la plupart du temps, il n'est pas à la hauteur. La plupart du temps, ce n'est pas vraiment Éros. Pour que l'érotisme naisse dans les triangles, il faut un jeu. Il faut que les côtés s'ajustent, ou alors qu'ils s'affrontent. J'avais de la fièvre. Jolie Corbeau venait dans les reflets rouges. Je me disais : il faudra jouer « Jolie Corbeau » avec « Manteau ». Pour vaincre « Tête de mort », me disais-je, il faudra conjuguer « Jolie Corbeau » et « Manteau ». Je divaguais, la tête en flammes, je ne sentais plus du tout mes jambes. Bien sûr que ça s'ouvrira, me disais-je — il faut que ça s'ouvre. Et puis j'étais content déjà d'avoir un triangle. Je souriais. Un combat, me disais-je, le triangle suscite un combat, et avec un combat, on se remet à vivre. J'ai dit : « Le combat spirituel est aussi brutal que la bataille d'hommes. » Voilà, exactement, j'allais me battre et tenir bon : « Le combat spirituel est aussi brutal que la bataille d'hommes. » Dans ma tête, ça tournait : « Jolie Corbeau », disais-je, « Manteau », « Tête de mort ». Je pouvais me laisser aller, maintenant. Avec le triangle, j'étais tranquille. J'ai fermé les yeux. Cinq minutes, me disais-je, repose-toi cinq minutes… Les mots se combinaient vers le sommeil, ils flottaient dans mes yeux comme de petites poires. Fleuve de neige, sirop de poire, mon jus sur ses petites poires. C'est doux les flammes et les poires baignent dans la neige… La neige est chaude, elle boit mon ventre, douceur, flammes douces et les petites poires…

*

Sloterdijk, le philosophe Peter Sloterdijk m'observait. Il était planté devant l'office du tourisme, avec un écriteau : « ZIMMER / ROOMS ». Ça m'a étonné. D'autant qu'un pantalon en cuir noir, ce n'est pas son style. La moustache, oui, les cheveux longs et raides qui flottent sur les épaules, oui. La calvitie et les longues mèches plaquées sur le crâne, aussi. Mais le cuir noir, ça ne cadrait pas. Je me suis avancé. Sloterdijk m'a souri. On se connaît ? Non, pourtant. Peut-être à Paris, mais non. Et puis le blouson de cuir noir, le pantalon de cuir noir, les boots noires... un motard, peut-être. Dès qu'il m'a vu, il a ouvert une sorte de classeur et s'est mis à en tourner les pages dans ma direction, comme un vendeur qui exhibe son catalogue. Les pages étaient plastifiées, si bien qu'avec les reflets de la lumière, je ne voyais rien. Je me suis rapproché. Il tournait les pages de son classeur en silence, l'œil vide. C'étaient des photographies d'une chambre, dix fois la même, des vues d'ensemble et des gros plans tout grisâtres. Qu'est-ce qu'il me voulait avec son catalogue ? C'est drôle, Sloterdijk, il avait cet air un peu humide du type qui vous fait reluquer un porno, qui vous dit : regarde ! regarde ! c'est du dur !... Sloterdijk, lui aussi il me disait : « *Look ! look !* » Alors je regardais, mais bon, ce n'était qu'un lit, un lit banal, avec des barreaux de fer, comme dans une cellule, un lit complètement moche. Pourquoi il me montrait ça ?

— *Are you Peter Sloterdijk ?*
— *What ?*
— *Peter Sloterdijk, the philosopher ?*
— *My name is Straub. The Tourist Agency is closed today. I just want to bill you a room.*

Je devais avoir l'air ahuri. Straub fronçait les sourcils. Peut-être il se demandait si c'était une bonne idée de me proposer sa chambre. J'ai pris un air sérieux : sa chambre, je la voulais, maintenant. Plus question d'errer, et puis je voulais dormir. J'ai de nouveau regardé la photo.

Le lit était tout gris, avec des barreaux, un lit de cellule. Et puis à cause du métal, j'ai pensé aux menottes. « S.M. » : dans ma tête, j'ai dit « S.M. ». Ce type va me ligoter, il cherche un esclave sexuel, tous les sadiques de Berlin vont venir me trouer le cul dans son lit.

Il a vu que j'hésitais. C'est petit, m'a-t-il dit : 9 mètres carrés, comme la chambre de Van Gogh. Il semblait attendre une réaction, « Van Gogh », ça m'a rassuré. Straub n'est pas Sloterdijk, Straub n'est pas non plus un sadique, de toute façon il me faut une chambre, et celle-ci tombe du ciel, alors j'ai dit : « Van Gogh, ah oui, très bien. — Vous pourrez utiliser ma cuisine et la salle de bains, a dit Straub : 17 euros la nuit, ça va ? — C'est d'accord, mais j'aimerais bien voir la chambre. —Bien sûr, on y va, ce n'est pas loin, mais pourquoi Peter Sloderdijk ? »

Je lui ai expliqué qu'il ressemblait à Peter Sloterdijk, que c'était amusant, et que ça n'avait aucune importance. Straub m'a dit qu'il n'était pas philosophe, mais archiviste — archiviste au chômage. « À cause du Mur », il a ajouté. Il faisait partie de ces Allemands de l'Ouest qui ont perdu leur emploi avec la réunification : pour lui, la chute du Mur, c'était un écroulement ; il errait comme un retraité toute la journée, à envoyer des CV partout ; même sa vie personnelle était foutue, disait-il, car avec le chômage, sa femme l'avait quitté.

Il m'a donné un casque, on a grimpé sur sa moto, il habitait au 63 de la Kantstrasse.

La chambre était jaune. Elle se composait d'une table-bureau, et sur la droite, d'un petit lit dont la couverture à carreaux orange et verts me plut immédiatement. Cette couverture, c'est pour elle que j'ai accepté la chambre. Tout de suite, la couverture m'a convaincu.

Avec cette couverture, le calme, j'y aurais accès, me disais-je. Le vert et l'orange apaisent ma tête ; si je veux calmer une inquiétude, c'est au vert et à l'orange que je fais appel. J'avais envie de me coucher, là, tout de suite, sous la couverture orange et verte.

Straub me la détaillait avec enthousiasme, comme s'il s'agissait d'un palais. Chaise en bois, avec le siège en osier, et le coussin rouge. Petite étagère au-dessus du lit, armoire. Et sur la gauche, tout au long du mur, une rangée de papyrus. Straub en était fou, me disait-il ; les papyrus grimpaient le long du mur de gauche, ça sentait la terre humide. Il viendrait chaque jour les arroser ; mais si ça me dérangeait, je pouvais le faire moi-même : il y avait un petit arrosoir métallique au pied des plantes. Exactement la chambre de Van Gogh, vous ne trouvez pas ? m'a dit Straub. Van Gogh, c'est vrai, j'ai dit : la chambre rouge, la chaise en osier, excellent !

Straub mettait à ma disposition sa cuisine, et la salle de bains. Je pouvais me faire du café, un compartiment du frigo était pour moi, je pouvais cuisiner, il y avait une baignoire, je pouvais prendre des douches et, de temps en temps, des bains. Il y avait un chat qui nous suivait en boitant. Il était gris, avec une petite tête blanche. Un jour il était tombé par la fenêtre, on est au neuvième étage, il s'était cassé une jambe. Malgré l'opération, il boite encore — Straub l'appelait Parachute. Avant, il s'appelait Lili, me dit Straub, mais depuis l'accident, il l'avait rebaptisé Parachute.

Straub voulait savoir combien de temps je comptais rester. Je ne savais pas, peut-être ça allait durer. Alors Straub m'a dit : si vous restez longtemps, on s'arrangera, je pourrais baisser le tarif à 15 euros. Très bien, j'ai dit, je prends. Straub a souri, sa moustache était devenue tout enfantine, elle frémissait. Il m'a serré la main, et tandis que je sortais mes affaires du sac, il restait là, derrière moi, rêveur, la moustache en sourire, avec son classeur, et le chat qui se frottait à ses jambes. J'ai pensé : il veut l'argent tout de suite, alors j'ai sorti des billets, et là Straub s'est réveillé : non non, plus tard, il a dit, pour l'argent ce n'est pas pressé.

*

Je me suis endormi tout habillé sous la couverture orange et vert. Il y avait des remous de venin qui dansaient dans l'air, et je glissais à l'intérieur de leurs bouches. Elle ne finira donc pas cette goule de millions d'âmes et de corps morts ! Il y a des kilomètres de sanglots, des pistes à gouffre où je dégringole. Chaque bouche avale un peu plus mon âme, et à la fin, elle est accrochée toute seule au-dessus d'un feu de cadavres. Elle cuit. Je peux vous assurer qu'elle cuit très lentement. Ça ne s'écrit pas sur des feuilles d'or — d'ailleurs ça ne s'écrit pas du tout. Moi je voudrais bien retrouver mes phrases, mais c'est tout blanc, et rien dans la gorge pour rire. Du blanc qui vous efface, et les sourires aussi sont avalés, comme des linges de pleurs. Je marche courbé sous une pluie de boue, et petit à petit la boue me recouvre, elle durcit comme du béton, et me voici bloqué dans le crépi, me voici statue — la neige sort de toutes les bouches. Je dis : quel crime ? Quel crime ai-je donc commis ? Mon cœur jouit de tous leurs vices, et je me repose ainsi dans la mort — *à leur place*. Mais non, pas de repos, je ne suis pas fatigué, j'en ai pour des années de phrases et de désirs. *Il lungo studio e il grande amore.* J'appelle mes phrases, j'appelle Anna Livia. Merde à la boue des gueules damnées ! Je me révolte, mais tout de suite je retombe — rien à faire, c'est impossible de vivre. Et les passions à foutre, rafales. Ça ne m'intéresse pas vos vanités. Des phrases, et je sortirai d'ici ! Tunnels de glace, et des hurlements, un mur de hurlements, des hurlements d'écailles, tout illuminés par la haine. L'horreur est vorace. Je lui dis : « Mes phrases ! rends-moi mes phrases ! » Mais l'horreur ne connaît que son vomi. Et tous ils me dégoûtent avec leurs gueules en boyaux. Les ténèbres se mastiquent elles-mêmes. Je file, la boue a fondu, j'en profite. Ils sont derrière moi et me lancent de petites boules en feu, des dragées noires. Je cours, mais le feu m'a rejoint. Les dragées se cramponnent au manteau comme des pucerons, c'est elles qui me flanquent le feu, elles m'incendient. Le manteau est en flammes, et je cours avec lui, j'existe de moins en moins, je m'efface, les flammes avalent mon corps de phrases.

*

Je me suis réveillé en sueur, il faisait nuit déjà. La couverture vert-orange me rappelait l'hôtel Cascade. Elle était pleine de frissons. J'ai essayé d'appeler Anna Livia, mais ça ne captait pas. Dehors, ça captera, me disais-je. Je suis allé prendre une douche, j'ai changé de vêtements. Le chat m'avait suivi ; dans la salle de bains, il observait chacun de mes gestes. Straub était dans la cuisine et regardait par la fenêtre. Il m'a expliqué qu'il attendait sa femme. Elle l'avait quitté, mais il pensait qu'elle reviendrait forcément. Il avait ses raisons, disait-il, pour penser cela ; ainsi attendait-il son retour. Straub passait ses journées à regarder par la fenêtre ; il ne fallait pas que je m'inquiète si je le voyais assis toujours à la même place, sur le fauteuil, devant la fenêtre. Il espérait le retour de sa femme, il avait des raisons de penser, disait-il, qu'elle reviendrait ; mais il la connaissait, elle fait toujours les choses à moitié, disait Straub : si jamais l'envie lui prend de revenir, à peine aura-t-elle mis le pied dans la cour intérieure qu'elle est capable de rebrousser chemin. Il faut absolument, me disait Straub, qu'au moment où elle apparaîtra dans la cour intérieure, je sois à la fenêtre. Vous comprenez, disait Straub, si je suis à la fenêtre, elle verra que je l'attendais ; si je suis à la fenêtre, je lui ferai signe, je descendrai, j'irai vers elle, aussi ne pourra-t-elle pas rebrousser chemin. Ce n'est pas évident, disait Straub, parce que, bien sûr, à tout moment elle peut apparaître dans la cour intérieure, et pour moi, bien sûr, c'est impossible d'être à tout moment à la fenêtre. Si je pouvais monter la garde jour et nuit devant la fenêtre, je serais sûr de ne pas la rater ; je serais sûr d'être là si elle apparaît ; et puis je serais sûr qu'elle n'est pas venue alors que je n'étais pas à la fenêtre. Car je la connais, me répétait Straub, si elle est venue sans que je la voie à la fenêtre, si elle est venue jusqu'à la cour intérieure, elle a forcément rebroussé chemin. Il est impossible que ma femme, si elle revient, aille plus loin que la cour intérieure, je la connais, j'ai des raisons de penser qu'à mi-chemin elle s'arrêtera. Cela me tourmente de ne pas savoir si elle est *déjà* venue, si elle a *déjà* rebroussé chemin. Si j'étais sûr qu'elle n'est pas encore venue, les efforts que je fais pour rester à la fenêtre me seraient moins pénibles. Mais à chaque instant passé à la fenêtre, je me dis que peut-être ça ne sert plus à rien : l'instant que je guette a déjà eu lieu, il ne se reproduira plus. Peut-être qu'à l'instant précis où je délaissais la fenêtre pour aller pisser, faire des courses ou, comme tout à l'heure, louer la chambre, elle est venue, elle a posé le pied dans la cour intérieure, elle a levé la tête vers la fenêtre de la cuisine, et on ne sait pourquoi, découragement, fatigue, elle a rebroussé chemin. Si je suis à la fenêtre au moment où elle apparaîtra dans la cour intérieure, je sais déjà ce que je ferai : un signe, je lui ferai un signe — et puis un sourire, oui, si j'y pense, si j'y parviens, malgré la surprise, je lui ferai un grand sourire.

Straub s'est reculé vers le frigo, puis il est allé vers la fenêtre, il a poussé un peu le rideau, il a levé sa main lentement, a fait bonjour de la main, un bonjour lent, sobre, mais accueillant, un bonjour parfait. Puis sa moustache s'est tendue vers le haut, il souriait. Il s'est tourné vers moi, c'est vrai : c'était un bon sourire. Je l'ai dit à Straub : votre sourire est excellent, c'est le meilleur sourire que je connaisse ; si vous souriez comme ça à votre femme, lorsqu'elle apparaîtra dans la cour intérieure, aucun doute, elle vous reviendra, elle montera jusqu'à l'appartement, ce sera l'amour, bravo Straub.

On s'est serré la main chaleureusement, Straub et moi. Il m'a offert une tasse de café. Le problème, a-t-il ajouté, c'est qu'il ne faut pas qu'on me voie du dehors en train de regarder par la fenêtre. Car je ne surveille pas seulement l'éventuelle arrivée de ma femme, mais aussi la venue éventuelle des huissiers. Je n'ai pas tout compris à ce que disait Straub, car s'il était intarissable, c'était parfois en allemand, il allait d'une langue à l'autre, anglais, allemand, et j'avais beau lui dire que je comprenais mal l'allemand, très mal, et même pas du tout, il abordait parfois certaines minuties dans sa langue, c'est-à-dire en allemand. Mais si j'ai bien compris, la difficulté consistait à surveiller la cour afin d'apercevoir l'éventuelle présence de sa femme, sans se faire remarquer par les éventuels huissiers qui, eux, ne devaient pas remarquer sa présence à lui. Il faut, disait Straub, que les huissiers me croient absent. Il ne faut pas qu'ils sachent que je suis chez moi, alors bien sûr, à la fenêtre, il ne faut pas qu'ils me voient. Si les huissiers débarquent, et que je ne suis pas là, me dit Straub, surtout n'ouvrez pas. S'ils frappent à la porte, s'ils tambourinent, menacent, s'ils crient, rien — ne dites rien, ne faites rien, pas un mot, motus, surtout n'ouvrez pas, vous me le jurez ? Je jurai, en levant la main, comme lui tout à l'heure. Ainsi me confia-t-il le double de la porte d'entrée, ainsi que de l'appartement. En sortant, je me suis retourné dans la cour, Straub était là, et derrière les rideaux de la cuisine, il m'a fait signe, puis il s'est mis à sourire, un excellent sourire, moustache tendue vers le haut.

*

Il était 20 heures — l'heure parfaite. Mes meilleures conversations avec Anna Livia, c'est à 20 heures que je les ai. À 20 heures, la journée est finie, on entre dans le soir, c'est la retombée tranquille, les préparatifs pour sortir. À 20 heures, on a encore à disposition le meilleur de la journée, la tête est vide, mais déjà on se détend, les nerfs sont fluides, les gestes plus doux.

Et puis je me sentais en pleine forme. Les horreurs de ce matin me semblaient loin. Les rues bruissaient d'agitation, il y avait une joie de Noël blanc, des lumières de guirlandes, des familles en promenade, et des enfants qui se lançaient des boules de neige. Les vitrines, le long de la Kantstrasse, étaient immenses et luxueuses. J'ai appelé Anna Livia, les mots se détachaient bien dans la nuit, ils avaient de nouveau une épaisseur chaleureuse. Les syllabes jouaient avec elles-mêmes, comme avant.

Anna Livia était heureuse que je sois en Allemagne, je pouvais venir quand je voulais à Wuppertal, Pina Bausch était d'accord, d'ailleurs quelques danseuses avaient fait venir leur ami, ils dormaient en ville, à quelques stations du Centre où le stage se déroulait. Elle était heureuse car ses gestes s'étaient encore affinés : elles avaient découvert, Pina Bausch et les danseuses, de nouvelles figures. Il lui avait semblé d'abord entrer dans une obscurité sévère, trop sévère pour elle ; les exercices étaient harassants, répétitifs, et certains jours le climat dans le groupe frisait la haine ; puis la danse avait peu à peu rallié les corps : en dansant, chaque jour de plus en plus, elles avaient trouvé une légèreté étrange. J'ai repensé à la phrase de Pina Bausch : « Je voudrais que les filles volent. » Je l'ai dite à Anna Livia. C'est vrai, a dit Anna Livia, certains jours, j'ai l'impression qu'on vole.

J'ai dit à Anna Livia que j'aimais le ciel d'Allemagne, que j'aimais ses énormes nuages, et sa neige de Noël ; je lui ai dit que j'avais fini mon manuscrit et que j'en avais tapissé l'intérieur de mon manteau. Le manuscrit, je l'ai sur moi, ai-je dit à Anna Livia : ainsi chacune de mes phrases reste-t-elle en contact avec mon corps. Je suis protégé par mes phrases, comme un gilet pare-balles. Ce sont les phrases qui me sauvent, ai-je dit à Anna Livia. Lorsque j'ai dit à Anna Livia que je désirais venir à Wuppertal lui offrir le manuscrit ; qu'elle seule ouvrirait le manteau, que le manuscrit lui était destiné, que ses doigts déchireraient la doublure, le crissement du tissu, tous les deux, nous l'avons entendu. Le déchirement de la doublure dans nos voix cette nuit-là au téléphone, je l'entends encore ; il prélude à nos ébats. Anna Livia commencera avec la bouche, elle me le dit. Aux abords du col, un coup de dent, une brève morsure blessera légèrement la soie qui, fragile, s'ouvrira. En tirant sur le fil ainsi libéré, toujours avec la bouche, Anna Livia propose d'agrandir le trou. Le manteau, je l'aurai sur moi. Il ne faut pas, dis-je, que je pose le manteau sur un cintre, sur une chaise, un divan : il faut que je le garde sur moi tandis qu'Anna Livia le manipule. Le souffle d'Anna Livia qui s'active près de mon aisselle, je le perçois ; son souci de bien faire est mêlé d'un peu de défi. Elle sait, me dit-elle, qu'approcher sa bouche de mon corps, et promener ses lèvres tout près de mon torse me procure un début d'ardeur. Le murmure de son souffle au travers du petit trou dans la soie, Anna Livia le fait durer. On dirait qu'elle lèche un peu l'ouverture, et que s'agrandit, sous la langue qui le mouille, le passage pour le doigt. Car c'est avec l'index de sa main droite, elle me le précise, qu'Anna Livia poursuivra la manœuvre. Elle ne sait pas encore si l'index sera peint en rouge, en bordeaux plutôt, comme elle sait que j'apprécie ; bordeaux peut-être, dit-elle ; l'ongle bordeaux, après la langue, s'introduira : il sera long et dur, la soie sera griffée, puis avec l'index de la main gauche, lui aussi peint, concentré, calme, d'un coup, le trou s'agrandira. J'indique le bruit de la déchirure. Anna Livia confirme. La soie, pressée entre les doigts qui en retiennent fermement le pli, s'ouvre vers le bas d'un seul trait. C'est un appel feutré au velours du crime. La décharge guette. Un coup sec de joie appelle d'autres spasmes et ouvre un horizon de chuchotements vicieux. Je dis à Anna Livia de mettre bien ses doigts jusqu'au fond : je veux, dis-je, que la doublure s'ouvre jusqu'au bout ; je veux entendre craquer la fente : que le tissu craque encore de nouveau, qu'elle recommence. Une fois le manteau saccagé, tout autour de moi qui lève les bras, une fois les crissements terminés, les bandes de soie traînent sur le sol, Anna Livia les piétine, elle décroche les liasses qui tenaient par des épingles.

*

Que s'est-il passé, cette nuit, à la porte de Brandebourg ? Je longeais les arbres du Tiergarten, tout heureux d'avoir parlé avec Anna Livia. J'étais détendu et frais. Les péripéties de ce matin n'existaient plus. À Prenzlauer Berg, et dans le quartier de Mitte, j'avais repéré de merveilleuses galeries d'art, des cafés étonnants et des visages qui, eux aussi, étaient détendus et frais. Malgré sa neige de pays de l'Est, malgré ses vieux airs soviétiques, Berlin, me disais-je, est une ville ouverte. Je répétais ça, joyeusement : « Berlin est une ville ouverte. » Mais comment s'ouvre-t-elle, cette ville ? Paris s'ouvre par son milieu, la Seine la coupe en deux, la ville respire à partir du fleuve. Pour Berlin, me disais-je, peut-être est-ce par la porte que ça s'ouvre. Tant qu'à entrer dans une ville, autant y entrer par la porte : on peut vivre dans une ville sans jamais en trouver l'entrée ; on peut habiter dans une ville sans jamais entrer dans cette ville. Mais ici, me disais-je, il y a une porte, alors autant entrer par cette porte.

Au loin la silhouette dorée de la colonne de la Victoire émergeait à travers les arbres ; la coupole du Reichstag scintillait par-dessus les toits ; et à droite, le long de l'Eberstrasse, il y avait des milliers de stèles, un champ de stèles recouvertes de neige, des morceaux d'iceberg dressés vers le ciel : 2 711, disait la pancarte — 2 711 stèles offertes à la mémoire des Juifs assassinés d'Europe. Le bunker d'Hitler n'était pas loin, me disais-je, peut-être même ses couloirs serpentent-ils sous les stèles ; les Russes l'avaient dynamité, puis comblé de gravats, mais c'était là, dans l'air, avec le spectre de la Chancellerie, et les cellules de la Gestapo sous la Vossstrasse. J'ai pensé à Moby Dick, bizarrement. Cette mer de tombes, quel rapport avec la baleine blanche ? Une voix de silence flotte sur les naufrages ; si vous marchez entre les stèles, vous entendrez cette voix. Vous serez, comme Ismaël, « une étincelle unique au cœur d'un cristal arctique ». L'outre-tombe se mélange aux joies d'écume, vous voici devenu poudre parmi la poudre, neige, pluie, vent d'hiver, frisson dans la salive du diable. Ça va s'écrire tout seul dans la nuit, mais d'abord je veux voir la porte de Brandebourg.

Elle se dresse au bout de la rue, tout illuminée, avec ses colonnes surmontées d'un portique en or : la déesse de la Victoire sur un char tiré par quatre chevaux. Franchement, ce n'est pas exactement la victoire que ça sent alentour. Plutôt la vieille ténèbre — la ténèbre à sortilèges. L'atmosphère est au frisson, bien lugubre, avec les ombres du passé. Il y a quelques années encore, le Mur tranchait l'avenue, c'était zone morte ici. On dirait que les ténèbres sont impatientes. Elles attendent leur âme morte, de quoi les abreuver. En avançant vers l'arc, j'ai regardé la Victoire, là-haut. Victoire sur quoi ? J'ai pensé à Napoléon, qui avait volé le portique aux Prussiens, puis à Hitler qui, pour défier l'Occident, avait fait tourner le char vers l'ouest. Et puis c'était là, me disais-je, sous cet arc, qu'avaient lieu, la nuit, à la lueur des flambeaux, les prises d'armes nazies. En arrivant juste devant la porte, je me suis dit : la magie noire joue avec la pierre, le vaudou germanique opère avec son barbelé.

Je suis entré sous l'arc central. J'ai allumé une cigarette. J'étais abrité du vent. Je me suis dit : voilà, on est le 25 décembre, il est presque minuit, je suis à Berlin, ça commence ici. Qu'est-ce qui commence ? Il y avait une petite statue d'Athéna logée dans une niche, sous la voûte. Un signe pour Jean Deichel ? Je pensais en avoir fini avec Ulysse, mais non. Il faudra que je raconte ça à Lestrange, une belle allégorie : Athéna dans la nuit de Berlin veillant sur mon entrée dans le pays des morts.

C'est là que les voix sont revenues. Les mêmes que ce matin — en pire. Un déchaînement d'éclair de vrille. LA MINUTE MORTE, de nouveau, sauf qu'elle a duré dix, quinze minutes. Ça venait me gicler au visage, avec des tourbillons mauvais, tout un reflux de haine crissée, une épilepsie de voix blanches, d'horribles accents de rage. À chaque lancée de vent, il y avait un mot de foudre, comme une lame qui tranche le vide.

J'ai pensé au K — à sa hache qui tombe. Les mots, je ne les comprenais pas, mais c'était comme si chacun d'eux libérait un gouffre. Et à l'intérieur de chaque gouffre : une image d'horreur — une giclée de cauchemar. Presque impossible à représenter : une immense bouche en train d'exploser du sang, une trombe de voix mortes en furie, un cri — un cri moulé sur la voûte, comme une bouche de sang ouverte en arc de cercle.

Le sang parle, et à l'intérieur de ce sang, des massacres se jouent à une vitesse inouïe, dans un accéléré où le film de l'Histoire se récapitule ; bouillie de cadavres, déferlante de charniers ; trains hurlés dans la nuit vers la Pologne, vers la Sibérie, fosses communes, pelleteuses de corps décharnés, explosions de ruines, forêts incendiées au napalm, villes rasées, rictus de tortures, viols, dévorations, férocités, anéantissement total des corps dont l'ombre irradiée se projette sur les murs, fleuve infecté de sang pourri où agonisent des morts vivants aux entrailles déchiquetées comme des saucisses d'étron.

Le vent s'est mis à vrombir sous l'arche, il me déchire l'oreille. Un murmure s'élève en même temps, un chuchotement qui vient des stèles, là-bas, du mémorial pour les Juifs d'Europe, un lamento doucement fragile, très faible, qui a du mal à se faire entendre dans le fracas. Les voix s'entrelacent pourtant, dans une mêlée de souffles ; le glas s'efforce de réchauffer la nuit ; on dirait une prière, un thrène, une mélopée de soupirs, comme la chevelure flottante d'une femme — un kaddish. Je dis : « K », je dis : « le K de Kaddish ». Mais les voix sont trop faibles, elles ne trouvent pas d'écho, ça tourne dans le vide au-dessus des arbres, et déjà la bouche de cri a tout avalé. Ses hurlements grandissent encore, ils s'élèvent ; et à l'intérieur des hurlements, on entend maintenant des slogans qui fusent, comme des paroles gelées qui se libèrent. Ça gicle dans le noir, le sang crève sa bulle. Chaque mot fait exploser sa poche qui éclabousse les colonnes ; la porte entière est couverte d'un sang écarlate et noir, plein d'éclats de boyaux, comme du vomi de cadavre. Ça se déverse à grands flots sur la Parizer Platz. Toutes les rues qui débouchent ici sont inondées. Ce sont des mots éructés dans toutes les langues, de vieilles phrases de ravage, en allemand surtout, des voix écrasées, sourdes, gutturales, qui décrètent, interdisent, condamnent, mettent à mort. Ça glougloute en flaques vers Unter den Linden, ça s'écoule comme une bonde à merde ; et j'ai peur que ça ensevelisse les stèles, là-bas, derrière moi. Déjà les arbres du Tiergarten pataugent, la neige boit le sang, elle s'enivre d'horreur.

Il y a certains mots qui m'atteignent, là, comme des fléchettes, des phrases qui tournoient en maléfice ; on dirait qu'elles me visent, elles veulent mon oreille, elles veulent me foutre l'oreille. Je n'arrive pas à réagir. Blocage. Déjà les phrases me collent le cerveau. Trop tard. Elles ont passé, elles me sucent comme des méduses. Et les mots se forment directement dans mes nerfs ; ils pincent ma colonne vertébrale comme une corde de guitare. J'ai envie de vomir, les mots déchargent dans ma tête par saccades, haletés, comme des sursauts de rage :

« ... LE CRIME JOUIT... »

Qu'est-ce que c'est que cette horreur qui me tue le front ? C'est en moi maintenant, sous forme de migraine, une migraine générale, tout un corps-migraine en proie, et voici la suite, d'autres mots qui me détruisent :

« ... À TRAVERS LES CORPS... »

Je me suis mis à courir, je ne veux pas entendre ça. Ma tête explose, je ne peux plus. Les arbres là-bas, un abri peut-être, vers les sapins...

« ... QUI NE LE RECONNAISSENT PAS... »

C'est quoi ce truc ? Un message ? Un appel ? Du morse d'abjection ? En courant, je me suis bouché les oreilles. Pourquoi je devrais entendre ce bla-bla — pourquoi moi ?

Peut-être ça devait arriver avec mes histoires d'*événement*. Lestrange m'avait prévenu : « Vous rôdez autour d'une chose qui va se retourner contre vous. » C'était une belle définition de l'*événement* : la chose qui se retourne contre celui qui la cherche. Mais là, cette nuit, j'aurais préféré ne rien entendre, qu'on m'arrache l'oreille, qu'il n'y ait plus rien, que je disparaisse avec la nuit. Mais ça s'est accéléré, au contraire, comme si tous les instants existaient simultanément depuis leur réserve, comme s'ils existaient dans la lisière noire, prêts à déferler sur la tête du voyageur, à lui vriller les oreilles jusqu'au sang.

J'ai couru vers le Tiergarten, avec cette nuée de mots collés à mes oreilles, comme des Érinyes. J'avais l'impression que la minute morte courait avec moi, et avec elle toutes les hantises à venir, un stock d'angoisse immense, des hectares de sable mouvant déroulés dans ma gorge. J'ai tenté le coup d'Ulysse : « Athéna, aime-moi — aime-moi encore ! » Après tout, elle a sa statue ici, Athéna, et dans son bois, peut-être on peut trouver refuge. Je continuais à courir, mais dans la forêt, on n'y voyait rien. Il y avait de la neige partout, j'ai trébuché. La sapinière, là-bas, vite, se blottir sous les branches. J'ai glissé, le sol était en pente, et je suis tombé… *E caddi come corpo morto cade…* comme tombe un corps mort. Oui, mort — je suis mort, c'est sûr : car je ne sens plus ma tête, je ne sens plus mes doigts. Où est passé mon sang ? Je suis couché à plat ventre dans la neige gelée. C'est bleu, la neige et le ciel flottent dans le rouge et le bleu. On ne peut pas vivre ça, c'est impossible, il n'y a que les morts qui vivent ça. Alors je suis un mort, allongé dans la neige, un mort qui passe dans « des zones plus claires », soudain blanches, sans contours. Ou plutôt : ni mort ni vivant, juste un sillage entre les deux, un néant qui « voit ».

J'avais mal à la tête, et mes oreilles bourdonnaient. Je me suis redressé, j'ai vérifié le manteau, puis j'ai tâté mon visage : ça va, on dirait. J'ai appuyé mon dos contre le tronc d'un sapin. C'est drôle, je serrais une grosse branche entre mes mains. Pour me défendre ? Contre qui ? Les sorcières de Brandebourg ? On s'imagine un sabbat de forêt berlinoise, des svastikas, des mouvements terribles de foule, mais on est tout seul. Seul avec la chose. Et c'est pire encore : comment je vais me débrouiller avec une telle solitude ?

Le froid devenait insupportable. J'ai été pris de convulsions. Et puis l'oreille commençait à me brûler. Avec une poignée de neige, j'ai essayé de la rafraîchir, mais c'était comme si je n'avais plus d'oreille. À la place de l'oreille : rien — du feu. Du feu qui brûlait de froid. Il ne manquerait plus que ça se mette à saigner. Je vois ça d'ici : cul ardent, l'oreille en chauffe, le nez coulé de rouge. Fièvre ou gel ?

Je me suis allongé de nouveau, sous le sapin. Je tremblais. Plus de forces. Bravo Jean Deichel ! Une fois de plus vautré dans la neige... Ça fait combien de fois depuis ce matin ? Tu l'aimes la boue, ou quoi ? C'est ça ton odyssée ? La grande expérience de l'*événement* ? Je me suis mis à rire tout seul au pied du sapin : « Jean Deichel, témoin de l'*événement.* » Dites-nous donc, Jean Deichel, ce que vous avez vu, donnez-nous votre témoignage. Vous qui êtes le témoin de l'*événement*, Jean Deichel, dites-nous tout sur la chose — sur la *grande chose*. Comment elle survient, ce qu'elle veut... Ouvrez vos oreilles : Ulysse-Ismaël-Deichel va parler ! Vous saurez tout, mesdames et messieurs, sur l'*événement* !

J'ai eu un fou rire, le ventre comme de la glace, je ne sentais plus le froid. Il faut se lever, Deichel. Si tu restes là, on te retrouvera demain en glace. Je riais. C'est le mot « témoin » qui m'amusait : « témoin » tu parles ! Et de quoi ? Ça se représente à peine, ces choses qui viennent en convulse. Il y avait la porte éclairée là-bas, et les parages hantés. Mais qu'est-ce qui s'était passé ? Un cri d'appel, la mort qui jouit, une voix de crime, je ne sais pas. Peut-être que l'Histoire n'existe plus, qu'elle appartient aux démons : elle s'est fait enrôler sous la bannière à tête de mort. Alors terminé les vieux récits autour du mal. Il a complètement changé, celui-là. On dirait qu'il a lieu sans que personne ne décide plus de rien, il s'accomplit tout seul maintenant. Est-ce que c'est ça qui vient se dire en fracas sur mon passage ? La nuit s'ouvre à l'envers, dans un tourniquet d'instants broyés ; les intuitions arrivent, ce sont des flashes. J'ai pensé : l'*événement* rôde dans le temps, sans aucun nom d'homme. Même Hitler, même le nom d'Hitler est insuffisant pour signer le ravage. Je répétais ça, maintenant : « Aucun nom d'homme. » Je me disais : le mal n'a plus besoin de personne. C'était comme un éclair dans ma tête, une illumination de rafales. J'ai essayé de me lever. Arrache-toi d'ici, Deichel, pense aux phrases de ton manteau, au livre merveilleux que ça fera si tu vas jusqu'au bout. Pense à la bonne couverture, à ta chambre, pense à Anna Livia.

*

Chez Straub, j'ai appelé la Salpêtrière. Au service de gastro-entérologie, je suis tombé sur Jodie. Je lui ai demandé s'il était possible d'avoir le docteur Vivale, de l'avoir en urgence, car j'étais actuellement à Berlin, et là, au bout du fil, j'allais vraiment très mal, je ne savais plus quoi faire, je saignais de partout. Une minute, a dit Jodie. J'ai attendu un peu, puis ça a été la voix du docteur Bianca : « Allo, Deichel, c'est vous ? Qu'est-ce que vous foutez à Berlin ? » Bianca m'a carrément engueulé. Il m'avait déconseillé ce voyage, il me l'avait interdit : « Une folie, je vous l'avais dit ! En deux jours, le cul en sang… Vous êtes content ? » Selon lui, il aurait fallu que je guérisse *avant* ; et en même temps, il admettait qu'on ne guérit pas de ces choses : « Ça s'en va et ça revient, qu'est-ce que vous voulez qu'on y fasse, c'est pour la vie. » Il m'énervait celui-là, j'ai raccroché.

J'ai aussitôt rappelé Jodie : « Il y a eu une erreur : au lieu du docteur Vivale, j'ai eu le docteur Bianca, est-ce qu'on peut réessayer avec le docteur Vivale ? » J'ai expliqué à Jodie qu'il m'était absolument impossible en ce moment d'écouter le docteur Bianca, je ne pouvais pas me le permettre, c'était au-dessus de mes forces. Jodie comprenait, elle allait vérifier si le docteur Vivale était dans son bureau, patience.

Et soudain la voix claire de Vivale, la grande douceur vivalienne : « Alors comme ça, on promène son spleen à Berlin ? » Spleen ? Disons que j'ai le cul en sang. Vivale trouvait que c'était merveilleux d'aller ainsi à l'inconnu, pour rien, et de chercher des sensations. Berlin, elle y était venue à moto, il y a cinq ou six ans, avec un amant : « L'été, dans les parcs, tout le monde est nu, c'est extraordinaire », me dit-elle. Je lui dis que, malheureusement, il neige. Je lui décris mes symptômes. « Vous avez une otite, cher ami. » Je la remercie, et lui dis de saluer Bouddha pour moi. « Il est là, sous mes doigts, il sourit. » Elle énumère une liste de médicaments ; elle a l'air contente, on dirait qu'elle confectionne une recette. Antibiotiques pour l'otite, piqûres de cortisone pour les saignements, et puis toutes sortes de calmants. Je lui donne le numéro de fax de la pharmacie Bauer pour qu'elle m'envoie l'ordonnance. C'est juste en face du 63, Kantstrasse. J'explique la situation à Straub, il me propose d'aller chercher les médicaments, je le remplace à la fenêtre de la cuisine. « Si ma femme arrive, retenez-la : elle ne montera pas, je la connais, il vaut mieux que ce soit vous qui descendiez. Vous verrez, elle est très gentille. Vous lui direz que je suis chez Bauer, et que j'en ai pour cinq minutes. »

*

J'ai passé plus d'une semaine au lit. Je saignais. J'avais de la fièvre. L'otite me faisait mal. Les piqûres, je me les faisais moi-même : trop compliqué de faire venir une infirmière. Jodie m'a expliqué par téléphone : je me suis mis à quatre pattes, le cul tendu vers le grand miroir de la porte, le portable coincé entre l'épaule et l'oreille, la seringue dans la main droite ; et retourné vers le miroir pour voir le bon endroit où piquer, avec le chat de Straub qui n'arrêtait pas de me grimper sur le dos, j'attendais ses instructions, mais Jodie, c'est le moment qu'elle a choisi pour m'annoncer la mort d'Hazenfratz : « Il est mort, on est tous très tristes, surtout le docteur Bianca. » Je venais à peine de me planter l'aiguille dans le cul, et d'appuyer sur la seringue. La cortisone agit tout de suite et, avec l'injection, j'ai toujours un fou rire. Jodie continuait à parler d'Hazenfratz : « Vous le saviez, vous, qu'il était le frère du docteur Bianca ? » Impossible de dire un mot : je me suis allongé sous la couverture, le cul me faisait mal, je souriais comme un idiot. J'ai fermé les yeux — et c'est Hazenfratz, maintenant, qui me parlait : je le revoyais, avec son manteau, en train d'errer dans les allées de la Salpêtrière, il me parlait, avec sa voix maigre, des « filles d'enfer ».

Et puis toujours ce mal de tête, comme si j'avais une hache plantée dans la cervelle. Celui qui a mal à la tête est harponné, on lui harponne le crâne. Quand on a mal à la tête, on n'a plus de corps : le corps est aspiré par le mal de tête ; il n'est plus qu'une tête qui a mal. Les battements du cœur s'accélèrent, les nerfs s'affolent, plus rien n'existe à part le mal de tête. Lorsque la tête vous empêche de sortir de la chambre aussi bien que d'y rester ; lorsque la moindre odeur, le moindre mouvement, la moindre lumière vous blesse, vous entrez dans les gestes de la folie. Vous n'avez plus qu'une envie : vous débarrasser de votre corps ; vous envisagez de vous jeter par la fenêtre.

J'étais allongé, là, occupé à me bourrer de médicaments ; je lisais les notices, je faisais attention à bien espacer les prises. Gélules, comprimés, piqûres. Je me disais : l'oreille, le cul, le ventre, la gorge, tout me fait mal, mais le pire, c'est la tête. J'ai repensé à la *Destruktion* — au K de la *Destruktion* : peut-être que ma tête dépend tout entière de la *Destruktion* maintenant ; peut-être qu'elle n'existe que sous la lame du K. Dans le miroir, il y a une barbe d'une semaine, une tignasse trempée de fièvre, une pâleur à malaise. Mais déjà mes yeux sont rouges, des nageoires me poussent, les branchies viennent lentement. Ma glotte s'est changée en arête. Un de mes bras saute par la fenêtre, l'autre s'agite dans la gueule du chat ; ma jambe gauche pousse avec les papyrus, la droite sillonne les rues toute seule.

La destruction existe partout où elle trouve les conditions favorables à son existence. Elle se sent bien partout ; c'est pourquoi elle existe tellement. La destruction se sent chez elle lorsqu'un corps abandonne la partie. Un peu de renoncement, la destruction s'installe. Si vous abandonnez, elle prend votre place. Lorsqu'une plaie existe, toujours elle s'agrandit. L'horizon de la plaie n'est pas la cicatrice ; c'est l'approfondissement de la blessure. L'horizon de la plaie, c'est d'envahir le corps ; de s'égaler au corps ; de devenir un corps à la place de tous les corps. De faire du corps une *étendue de plaie*. Car le corps entièrement devenu plaie rejoint son horizon. Rien d'autre ne se décompose que les corps : le voyage des corps vers leur propre décomposition est le seul voyage que les corps n'ont pas besoin de préparer. Ils croient que c'est plus fort qu'eux ; ils pensent que la plaie est plus forte que les corps.

*

Je dors. Les heures sont lentes. Le silence absorbe la chambre. Chaque nuance du plafond se relève. La poignée de la porte existe toute seule. Les papyrus aussi. Si je lève un bras, le geste est flou dans le miroir. La nacre imprègne ma silhouette. Tout flotte. Dès que la douleur se réveille, aussitôt je prends un calmant. Rien n'est plus douloureux que l'otite, m'a dit Vivale. Il ne faut pas hésiter à endormir tout ça, dit-elle. Alors c'est une étrange ivresse, avec des clartés qui ondulent. Des bonhommes de neige voyagent dans la chambre. Le silence m'ouvre les yeux. Toutes mes visions scintillent. Quand Straub entre pour arroser les plantes, et pour voir si je n'ai besoin de rien, il me trouve béat.

*

Il y avait dans l'entrée, sur un guéridon, une boîte à musique qui me plaisait. Straub l'avait offerte à sa femme, qui l'avait oubliée lorsqu'elle était partie. Ou alors, disait Straub, elle l'avait laissée exprès, comme on laisse un mouchoir, pour donner suite. C'était un petit coffret de laque bordeaux, dont le fermoir était nacré. Des ferrures d'argent ouvrageaient les contours. Et lorsqu'on l'ouvrait, une danseuse rose, en tutu blanc, se mettait à tourner sur elle-même, les bras levés en corolle au-dessus de sa tête, au son des premières notes du *Clavier bien tempéré*. L'intérieur du coffret était en satin rouge, et miroitait comme un trésor. Straub avait vu que j'en étais fou ; il me l'avait apporté dans la chambre, afin que la danseuse me « tienne compagnie ». Ainsi, j'ouvrais et fermais le coffret à ma guise. La danseuse était en porcelaine, comme la poignée de porte — une délicate porcelaine rosée, avec une pointe de couleur noire pour les ballerines et la chevelure, un trait rouge pâle pour la bouche, et deux billes azur pour les yeux. Un voile lunaire passait sur sa silhouette ; le tutu était ouvragé dans une gaze un peu rêche, comme celle qu'on emploie pour les dragées. Un ruban de soie rose lui prenait la taille, et semblait s'enrouler autour de ses hanches, tandis qu'elle tournait au son du prélude de Bach.

Une nuit, je me réveille en sueur. Le lit est trempé. Sans allumer, je pioche au hasard des comprimés dans le sac. Il me reste un peu de Confiture Verte, celle de l'hôtel Cascade. C'est emballé dans un bonbon d'aluminium. Est-ce que c'est encore bon ? Je vais en faire une cigarette. Le chat vient renifler les effluves, il s'agite un peu, puis ferme ses paupières. Ça lui plaît, il s'endort.

Très vite, j'ai soif. Straub m'a dit de faire comme chez moi. Blotti dans la couverture orange et vert, je file à la cuisine, pieds nus, j'ouvre le frigo, je prends une bouteille d'eau et un petit carafon de vodka. Il est entamé. De toute façon, j'en rachèterai un à Straub. La vodka glisse bien dans ma bouche. On dirait qu'elle s'occupe de mon oreille. Il y a un brin d'herbe dans la bouteille — c'est de l'herbe de bison. Clarine l'adorait, cette rosée de Pologne. On s'embrassait à la vodka ; il me semble que son corps sentait toujours un peu la Zubrowska. Du coup, maintenant, la vodka me file des érections.

La lumière bleue des ambulances clignote dans la chambre. Elle habille les papyrus d'un nimbe qui les destine à mon royaume. Je compte les tiges : 1, 2, 3, 4, 5, 6, 7. Sept petits sceptres verts attendent mes instructions du matin. Le buste de Shakespeare s'est rapproché du lit. Le voici qui m'observe, comme le chat et le miroir. Qu'est-ce qu'ils ont tous à me regarder ? Ça tourne, c'est bleu et gris, avec de belles flammes qui viennent dans le trou de la serrure. Elles se contorsionnent ; et se cambrent bien. Pour la première fois, je remarque que les flammes sont féminines. Elles ont des courbes de hanches. On dirait une danseuse.

J'ouvre la boîte à musique, j'ai remonté le ressort. Les notes du *Clavier bien tempéré* tintent dans la nuit. Aux miroitements qui glissent parmi les papyrus, on devine que la petite danseuse s'active. Je la vois tourner dans la serrure. Ses bras ne sont plus tendus vers le ciel, les voici qui descendent vers les cuisses. On dirait qu'elle se prend pour Anna Livia. Aucun doute, elle commence à être Anna Livia. Elle a mis des talons aiguilles, comme dans un numéro de cabaret ; et je reconnais sa poitrine. Ses formes ondulent dans la lumière de la serrure ; ses seins apparaissent, ils sont mouillés, bien gros, et ronds ; ils débordent sur eux-mêmes, la pointe tendue vers ma queue qui monte sous la couverture ; elle se les caresse, comme une femme qui connaît son bonheur ; et ses bas noirs, en frottant l'un contre l'autre, font un peu d'étincelles.

Ma queue, je l'astique lentement, avec précaution même, n'oubliez pas que je suis mal en point. Il ne faudrait pas qu'un mouvement trop brusque me détourne des fruits d'Anna Livia ; ni que mon âme vienne à gicler toute seule, là, dans la nuit de Berlin. Dans l'instant parfait qui lie votre érection au corps de celle qui la provoque, le désir coïncide avec la vie bienheureuse — il est la vie bienheureuse, celle dont l'étendue de grâce s'étend à toutes les dimensions, et qui est si vaste qu'en elle se concentre l'intensité de l'univers.

C'est du velours qui brille dans le trou. La peau d'Anna Livia se frotte à la couverture. Elle devient orange et vert, douce comme l'aile d'un papillon. Le velours ne se cache pas. Il occupe les ombres et les caresses. Et s'il n'y a pas d'ombre, s'il n'y a pas de caresse, il y a des phrases qui en connaissent le chemin nocturne. Car le velours grandit la nuit, comme le plumage des oiseaux. Je n'ai ni phrases ni caresses, mais le velours s'invente. Ainsi sa flamme apparaît-elle, vers 3 ou 4 heures du matin. Elle se confond parfois avec les yeux verts du chat, qui m'observe depuis le bas du lit. Cette flamme danse, elle suit les boucles de ritournelle du *Clavier bien tempéré*. Le trou est brûlant, maintenant. Anna Livia écarte les jambes. Elle est très belle, embijoutée, suave, les lèvres rouges, comme une reine ; le porte-jarretelles lui fait une silhouette de charme. Avec la soie, la chatte est plus belle quand elle écarte. J'approche ma langue du trou de la serrure. La petite clef se répand et gémit. Je bois. C'est comme la manne envoyée par Yahvé aux Hébreux dans le désert. Ça me rafraîchit le cœur, jusqu'à l'instant du papillon de volupté.

*

J'ai repris la lecture de *L'Idiot*. À Paris, je n'avais lu que le tome 1. Dans mon sac, j'avais le deuxième tome. Il est cassé, toutes les pages se détachent. J'en prends une poignée, trente, quarante pages. Chaque fois que j'ai fini de lire une page, je la jette. Le chat bondit, il l'attrape. La page tournoie dans l'air de la chambre, elle plane. On dirait que les mots volent. Le mot « PRIÈRE », par exemple. Celui-là, Dostoïevski l'écrit à chaque page. Il se mêle aux papyrus, ses lettres s'accrochent aux feuilles, comme des pétales. Le « P », le « R », le « I », le « È », le « R », le « E » partent chacun de leur côté. Le mot « CRISE » aussi s'envole, le mot « FOLIE », le mot « ANGOISSE ». Ils sortent de la page, et c'est drôle, tous ils se dirigent vers la porte. Pour sortir ? On dirait plutôt qu'ils veulent féconder la serrure. Que les mots s'empressent vers le trou, j'apprécie. Car je verrai mieux le corps d'Anna Livia avec des mots. Même s'ils sont de Dostoïevski, je suis preneur. De toute façon, je n'en ai pas d'autres. Et les phrases du manteau, je les réserve pour plus tard.

Je ne sais pas si c'est l'après-midi ou le soir, car à 17 heures, ici, il fait nuit. Straub m'a apporté des biscuits de fête, des espèces de Père Noël en frangipane. On a pris un thé, il était assis sur le bord du lit, comme s'il visitait un parent à l'hôpital. Il m'a dit qu'il avait cessé de croire en cette société où, à cinquante ans, on n'est plus qu'un déchet : « Je suis un déchet social », a dit Straub. Il ne plaisantait pas du tout. On est sacrifié l'un après l'autre, disait-il, peut-être même dès la naissance ; on est des petites pièces — *Stücke*, répétait-il — des pièces d'un sacrifice, et les corps sont embauchés pour y participer. C'est ça la « société », dit-il. Quand je pense, dit Straub, que j'ai cru au « travail » — j'ai cru, dit-il, que le « travail » avait un sens. Mais non, dit Straub, bien fait pour moi : appartenir au « monde du travail », c'est collaborer à son propre écrasement. Et en effet, dit Straub, regardez-moi, aujourd'hui, je suis un homme écrasé.

C'est un jour d'été, dans *L'Idiot*, à Pétersbourg, un jour splendide. Le prince Mychkine marche avec la fièvre. Il s'arrête aux carrefours, il regarde les maisons, les ponts, il se repose dans une pâtisserie. Il est de plus en plus tendu mais, justement, il veut s'offrir à cette tension. Un mouvement maladif emporte ses gestes ; il monte dans un train et en ressort aussitôt. Il tombe en arrêt devant une vitrine ; il s'oublie. Il ne sait pas combien de temps il passe devant cette boutique, ni même quel objet il observe si longtemps. Les objets, les visages se confondent. Des yeux qui rôdent autour de lui l'absorbent. Ça commence, il sait que ça va se déclencher : cette « minute de sensation », comme il l'appelle, elle vient avec un élan de crise, elle est insupportable, il va tomber dans l'abrutissement, c'est sa « pensée noire », dit-il, mais avec elle, chaque fois, il comprend que *le temps ne sera plus* : il se brise dans l'extase sans être brisé, comme la cruche d'eau de Mahomet. Voici que l'orage approche au-dessus de la Neva, la tête se met à tourner, il marche de plus en plus vite, puis change de direction ; l'idée des yeux qui rôdent le poursuit, il avance à leur rencontre et se souvient que c'était un couteau qu'il observait tout à l'heure dans la vitrine, un couteau avec un manche en bois de cerf. L'orage éclate ; le prince s'engage sous la porte cochère de son hôtel. C'est là que le crime a lieu. Au moment où la minute se déploie, où sa tête va hurler sans qu'il ouvre la bouche, il éprouve une angoisse qui le jette vers le couteau qui étincelle dans l'ombre. Oui, il se précipite vers le couteau du criminel, le couloir aspire son corps, les yeux vont sur le prince qui s'évanouit.

*

Le trou est bien humide, cette nuit. Il brille comme un baiser. La serrure m'observe. Elle m'attend. La boîte à musique est ouverte, mais la danseuse ne tourne plus. Je remonte le ressort. Ça y est, la ritournelle démarre avec le tutu. Le chat donne de petits coups de patte à la danseuse, dont le corps se courbe. Il y a un mot de passe silencieux entre ces choses, et parfois je l'oublie. Alors il ne se passe rien. Mais dès que j'ai le mot de passe, les papyrus, la danseuse, Bach et la serrure composent un ballet qui m'invite au plaisir. La danseuse s'ajuste au trou, elle se change doucement en Anna Livia.

Lorsque la lueur a trouvé sa joie, je dis : « EXISTO ». En fait, je ne dis rien. Le mot s'allume tout seul dans la chambre, avec les lumières bleues. C'est un mot bleu, il plane comme un mobile :

EXISTO

Oui, « EXISTO » — et ce mot bizarre, ce mot qui n'existe pas, je suis arrivé à l'écrire dans mon cahier. Comme ça, en capitales, avec le X plus grand que les autres lettres. J'ai couvert une page entière avec ce mot. Personne ne sait ce qu'il contient. C'est ma jouissance. Quelque chose est-il en train d'avoir lieu, dans l'existence, à la première personne ? « EXISTO », dis-je — une clef, une clef quand on n'a plus de langage. Car ça verrouille dur ici. Peut-être qu'« EXISTO », c'est pour faire signe à l'*existence absolue*. Vous vous souvenez de sa belle apparition, le long de la Seine, le premier jour de cette aventure ? Quand je dis : « EXISTO », la serrure se met à vivre, et moi aussi. Quelques soubresauts, une gorge, un corps devient son propre trou.

*

Anna Livia se demande pourquoi je reste à Berlin. Retourne à Paris, dit-elle, va voir tes médecins. Elle pense que ce n'est pas prudent de rester ainsi sans soins. C'est vrai, Anna Livia a raison. Mais quelque chose me retient ici, et cette chose, je dois la laisser venir. Elle est dans les rues, dans les gestes, enfin je ne sais plus où elle est. Peut-être cette chose m'a envoûté, je suis malade à cause d'elle. Anna Livia s'inquiète, elle se demande ce que je raconte. Je lui dis : *Siamo arrivati al fondo*. Voilà que je parle italien : *Siamo arrivati al fondo*. C'est du toscan de landes infernales : « *al fondo*... » Le fond de quoi ? La *Destruktion* détruit, voilà tout. Est-ce qu'on peut en approcher ? Il me semble que j'en fais peu à peu l'expérience. Chacun, à sa manière, fait cette expérience ; et personne ne peut dire qu'il la fait mieux qu'un autre. Personne ne peut dire : je suis en train de faire l'expérience de la *Destruktion*. Car celui qui fait cette expérience ne peut rien en dire : il est détruit. L'expérience de la *Destruktion* implique la destruction de celui qui en fait l'expérience. Ce que la *Destruktion* détruit, c'est l'expérience, me disais-je. L'expérience de la *Destruktion* est celle de la destruction de l'expérience.

Alors le « fond », c'est peut-être ça, dis-je à Anna Livia : le lieu où *ça détruit* — où rien ni personne ne peut se dire vivant. Il n'est même pas sûr que ce lieu existe, dis-je à Anna Livia : c'est si près du néant, c'est tellement confondu avec le néant qu'on peut douter de son existence. Mais le jour où l'on comprend que *le néant existe* ; et qu'il y a une vie du néant plus intense que toutes les vies humaines, on comprend du même coup ce qu'il en est d'exister.

Anna Livia, ça l'a affolée, ma tirade. Et bien sûr, je n'aurais pas dû : voilà qu'elle veut prendre le premier train pour Berlin. Donne-moi ton adresse, dit-elle, j'arrive tout de suite... Je la rassure : c'est inutile, dans trois jours j'irai mieux, il faut que j'étudie un peu Berlin, puis je viendrai à Wuppertal... Alors promets-moi, dit-elle, que tu vas prendre soin de toi... Il faut que tu fasses attention... que tu te reposes pour finir ton manuscrit...

De quoi parle-t-elle ? Il est fini mon manuscrit. Je l'ai sur moi. Les phrases sont achevées. Le manteau les protège. Et puis, avec le plafond, les lumières bleues, les papyrus et la petite danseuse, je me sens bien. Le trou de la serrure accueille mes visions, je suis heureux avec lui. Alors, bien sûr que je l'hallucine, ce bonheur, mais à côté d'une hallucination, tout le reste semble mort. Ce que vous appelez la vie, c'est un vieux filigrane, tout ridé. La plupart des vies sont vécues d'avance, elles s'exténuent dans la rengaine, avec ce qu'il leur faut de vice pour supporter la nullité. Mais quand ça s'ouvre, quand les visions scintillent, plus rien n'existe à côté d'elles. Alors appelez ça des « hallucinations », ça ne les empêchera pas de régner. Qu'elles vous offrent un spectacle à vomir, ou la joie des clartés, c'est pareil. L'horreur et les féeries communiquent. Ce qui compte, c'est le trou que ça fait dans la « réalité ». Ce trou vous libère de la fausse vie qu'on organise pour vous, celle qui vous tient dans les rails pour que ça fonctionne. Vous ne croyez pas que votre vie participe au fonctionnement ? Bien sûr que si elle participe, comme toutes les vies. Vous êtes prévu au programme — vous aussi, vous fonctionnez. Mais lorsque la vision gicle : soudain, ça se brise. Le processus, voici qu'il s'interrompt. Votre corps ne dit rien, n'affirme rien, ne revendique rien : il est lui-même l'interruption.

*

Dès que je ferme les yeux, je revois le cri de Brandebourg. C'est comme un assaut immobile. Les visions me sautent à la gueule. Cette nuit, ça m'a brisé les nerfs. Je tremblais sous la couverture. Qu'est-ce que c'est que ce maléfice ? Je suis allé chercher la vodka, je m'agrippais au carafon, sous la couverture. Une lampée, une autre. Est-ce qu'elle va foutre le camp cette image de la porte de Brandebourg ? Au contraire, elle me revient plus intense, avec sa giclée de cadavres. On dirait un rite d'extermination. Oui, « extermination »... C'est étrange que j'aie prononcé le mot. Ça m'a secoué, mais à peine l'avais-je dit que mes tremblements ont cessé. C'était une peur plus froide, maintenant — nette, coupante. À voix haute, j'ai dit : « L'espèce en extermination » Je répétais ça sans comprendre : *L'espèce en extermination*. Le ravage global a lieu sans personne, me disais-je — sans la démence d'un Lucifer à corps d'homme. Plus besoin de la mauvaiseté d'un criminel, ni même de l'iniquité d'un pouvoir : aucun visage, aucune organisation. Rien. Mais c'est encore pire. Une immense vision de mort est passée dans la chambre, comme un rite qui opère tout seul. Comme une expérimentation livrée à elle-même.

J'ai eu une idée, une idée bizarre qui a calmé le cauchemar. Je me suis dit : « Pense, articule tout haut tes pensées. » Ce n'était pas pour voir plus clair, c'était pour me calmer. Alors, allongé dans le noir, je laissais les formules venir. Rien ni personne ne peut répondre au cri de la porte de Brandebourg, me disais-je. Ce cri passe infiniment le décompte humain. C'est une mise à mort. Elle ne s'adresse plus à *chaque* corps, mais à « tous » les corps, comme si le « un par un » était exclu. Peut-être que le chiffre de la liquidation a aussi liquidé le chiffrage. Les comptes ont disparu. Car on ne calcule qu'à partir d'une limite ; et il n'y a plus de limites. Quelque chose dévale en roue libre — le charnier précède les masses.

C'était insupportable d'avoir ces pensées, mais je commençais à comprendre. La nuit vous renseigne. La MI-

NUTE MORTE me force à penser, me disais-je. Je vois bien que mon corps fuit de toutes parts, et que ma tête mange ses trous. Je vois bien que *je suis atteint.* Allongé sous la couverture, couché sur le tapis avec les papyrus, assis devant la fenêtre ouverte, fumant une Kool, j'ai répété ça, plusieurs fois, avec terreur : « Je suis atteint. »

Est-ce ainsi qu'on se met à penser ? Possible. Car cette nuit-là, j'ai commencé à penser par éclats, comme si j'écrivais de petits paragraphes. Bien sûr, je n'écrivais rien. Mais il y avait des séquences dans ma tête qui s'allumaient, une brièveté qui répond aux visions. Je pensais à la porte de Brandebourg. J'y pensais sans cesse. La chose est là, me disais-je. Elle palpite à l'intérieur du temps. Une violence d'instant mort la révèle. Ça ressemble au chaos, mais non : c'est encore autre chose.

Je me disais : les vivants de la mort passent leur temps aux mamours, mais le forfait s'attache à leurs gestes. Ils se le transmettent. Ils ne font que ça : se refiler le forfait. C'est une méchanceté qui les dépasse, qui n'arrive plus à s'incarner. La dégueulasserie humaine ne lui arrive pas à la cheville. Quelque chose les dépasse dans la carrière du mal, et les rend tous hébétés : des riens d'hommes, de petites choses rassasiées par le toc. S'ils continuent à s'entre-tuer, c'est parce qu'ils ne jouissent qu'à l'intérieur du néfaste.

*

Et puis enfin, ça s'ouvre. Je suis assis cette nuit sur la petite chaise, devant la fenêtre. Je regarde les ambulances. Elles sont bien garées, l'une à côté de l'autre, elles brillent. Ce blanc et ce bleu sont vifs, ils ont l'air tout neufs. Les types fument dans le froid, le dos appuyé contre la voiture, un gobelet de café à la main. Ils attendent comme moi la voix du bureau à guichet, là-bas, qui leur lancera une adresse. La voici. Les lumières bleues s'allument au-dessus du pare-brise, elles clignotent dans la nuit, les ambulances démarrent.

Alors je me sens mieux, j'arrive à respirer. Je n'allume pas la lumière. La fenêtre est calme, une joie bizarre me vient dans le genou. Le va-et-vient des ambulances me plaît. Je ne les entends pas, c'est bien isolé. On dirait qu'elles glissent dans du coton, les gestes des ambulanciers sont assourdis, je ne bouge plus. La chambre s'efface. Les papyrus absorbent les bruits, ils font le long du mur un dessin d'ombres enchantées : une oasis, avec la forme des palmiers, un muezzin s'apprête à lancer sa voix. Est-ce que les papyrus m'aident ou me dérangent ? Je ne sais pas. Drôle de question. La plupart du temps, ici, tout me dérange. Je crois que j'ai perdu le chemin — ou plutôt, comme me l'a dit Anna Livia, c'est mon chemin qui s'égare.

Cette nuit, tout est simple. La pensée ne réclame rien. Elle s'éclaircit, comme la gorge. Le repos est léger dans les nuances. Il y a aussi de la rosée dans les villes. Je la sens ce matin, il est 5 heures, ou 6 heures. C'est une humidité qui prépare l'aube, une soif de l'herbe pour elle-même. Je respire au ralenti. Surtout ne rien brusquer. La clarté vous éloigne et vous rapproche. C'est le genre d'émotion qu'on a pendant un orage. J'entends bruire les papyrus. Le souffle des feuilles entre elles compose un silence parfait. Ça se médite comme une ivresse à l'envers. Je suis assis sur cette chaise, dans une chambre de Berlin, avec la nuit qui n'en finit pas de s'ouvrir. Je touche mon manteau. Il est bombé. Rien pourtant dans les poches. C'est le manuscrit qui respire. Il vit, il se déplace un peu dans la doublure, s'ajuste et se tasse. Les mots brassent ainsi leur propre cœur. Est-il possible qu'on soit porté par un mouvement qui s'efface ? Le repos s'éclaire lentement, on dirait qu'une pensée se faufile entre les rideaux. Le calme se dégage. Je me sens exister cette nuit. C'est une joie discrète. Les instants se saluent. J'ai à nouveau confiance.

*

Je me suis réveillé un matin, avec une envie de couleurs, les poumons larges, la tête claire. J'ai marché toute la journée. Il y a dans Berlin de soudains appels d'air. On se croirait dans une forêt, puis dans une mégapole, puis de nouveau ce sont les terrains vagues. La densité se casse à tout moment ; vous passez d'une cour intérieure à une avenue de métal. Il y a cette fraîcheur qu'on ne respire que dans les grandes villes, une fraîcheur rapide, qui brasse les passages et vous élargit le cœur. C'est du cristal en train de s'émouvoir. Les détails se déclenchent. Un hamac sous la neige, un éléphant rouge, un vieil homme sec qui joue de la flûte devant un magasin de sport. Un type qui fait du vélo en chaussons, une femme qui rit toute seule dans un Lavomatique. Une fille qui porte des snow-boots ornés d'une tête de mort. Un hérisson vivant, des fenêtres qui observent d'autres fenêtres, un graffiti dans le Scheunenvirtel : *Fighting for peace is like fucking for virginity.* Et derrière Potsdamer Platz, un passage de nuages roses. Le ciel a glissé lentement, et les toits, les gratte-ciel, les grues ont tourné dans une lumière d'or. Il y avait partout des reflets brisés, un soudain parfum de feuillages, une minute de printemps précoce en plein janvier.

Comme je n'avais plus de phrases, il m'était impossible d'ajuster ces détails. Ils avaient lieu ; et me parlaient d'une mémoire que je n'avais plus. Je les sentais s'additionner, sans rien faire naître, comme des bougies allumées au fond d'un puits.

Je n'arrêtais pas de marcher. J'avais peur, si je m'arrêtais, de perdre la tête. Dès que je restais immobile, dans un café, ou même dans la rue, j'entendais des voix terribles qui me déchiraient le crâne. Des bouches de poissons dentés surgissaient dans la nuit pour m'avaler. Je courais jusqu'au Starbucks Coffee de la Rosenthaler Strasse, je descendais aux toilettes m'asperger d'eau ; je regardais ma tête dans le miroir en me disant : je deviens fou ? est-ce que je deviens fou ? Parfois, c'est le miroir qui restait immobile ; alors les toilettes se figeaient ; le lavabo, l'essuie-mains, tout se mettait à dormir debout. J'allais m'assoupir dans l'un des fauteuils du premier étage. Il y avait tous ces étudiants qui sirotaient leur café au lait avec un ordinateur sur les genoux, la plupart avaient des écouteurs sur les oreilles. On pouvait fermer les yeux à l'intérieur du murmure. Le prince Mychkine porte mon manteau, il me croise dans le bois du Tiergarten. Je suis nu dans la neige. Je porte un masque de loup, un de ces masques pour enfants qu'on applique avec une ficelle. Le prince Mychkine me serre la main, nous parlons de quelque chose qui nous préoccupe. Il sait, pour l'*événement*. Puis il enlève son manteau, et me le donne. C'est lui qui est nu à présent. J'enfile le manteau. Le prince me dit : chacun son tour. Il dit : « Je suis passé par le chas d'une aiguille. » Il prononce aussi le mot « témoin ». Je crois qu'il dit : « passage de témoin ». Et aussi : « Le manteau est le témoin. »

Vers la mi-janvier, les Berlinois commencèrent à sortir leurs sapins de Noël. Les trottoirs en étaient pleins, et crépitaient d'aiguilles. C'était pour les jeter, bien sûr. Mais le matin, très tôt, lorsqu'on est grisé dans le brouillard enneigé des rues de Charlottenbourg, les sapins forment une féerie de minarets. L'enchantement vous souffle un bosquet, puis un bois, toute une forêt où vibrent des romans d'initiation, par milliers, un pour chaque passant. Que personne ne vienne me dire que les sapins sentent la planche de cercueil, car avec la malice des futaies mouvantes, ils me donnaient au contraire la sensation de frôler l'atmosphère des contes allemands. Avec les sapins, il y avait de grands sacs-poubelle noirs, remplis de papiers cadeau froissés et d'emballages de jouets. C'est là que j'ai trouvé un masque de loup. C'était un masque pour enfant, en plastique, et qui recouvrait entièrement le visage, comme dans le rêve avec le prince Mychkine. La ficelle était cassée. Le loup était gris et blanc, avec deux trous pour les yeux.

*

À partir de là, il y eut quelques scènes étranges. Par exemple, j'ai rencontré un rhinocéros. C'était sur la Budapester Strasse, juste en face de l'église du Souvenir. J'étais adossé contre une grille, je fumais une Kool. Il était 10 heures du matin, mais c'était encore presque la nuit, comme si l'on avait éteint le ciel, et que la lumière avait disparu vers une autre époque. Le menthol enrobait bien ma gorge, mais je fumais à petites bouffées, car le front me cognait. Si j'avalais trop de fumée, c'était de nouveau la migraine. Dans les feuillages des sapins derrière moi, il y avait des bruits de feuilles. Je me suis retourné. À travers la grille, à quelques mètres de moi, il y avait un rhinocéros. Deux types en train de lessiver un rhinocéros, perchés sur des tabourets. Tandis que l'un frottait le dos de l'animal avec un balai-serpillière et lui moussait la carcasse, l'autre, avec une perche, lui enfournait d'énormes ballots de paille dans la gueule. Les arbres formaient autour du rhinocéros un tas noir de feuilles pourries. J'ai pensé à Anna Livia. Le rhinocéros était comme elle : une apparition de vie qui vous secoue — un diamant soudain. J'ai souri à cette comparaison. Ce soir, me disais-je, je lui dirai au téléphone qu'un rhinocéros m'avait fait penser à elle. Il se laissait faire, avec cet air de désespoir au ralenti qu'ont les animaux coffrés dans les zoos. Mais même à la mangeoire, quelque chose en impose, qui n'a rien à voir avec l'esclavage humain. Un cyclone d'existence au repos. Une sorte de volume absolu. Il n'avait pas besoin de naître, le rhinocéros, il était déjà plein. Et puis les choses ne l'abandonnent pas — il est empli une fois pour toutes. Je le contemplais de toutes mes forces : j'ai pensé au dessin de Dürer. Même relief vissé d'écorces, comme une armure de chevalier. Je l'avais bien en tête, le Dürer. J'ai souri, le dessin est venu coïncider avec le rhino devant moi.

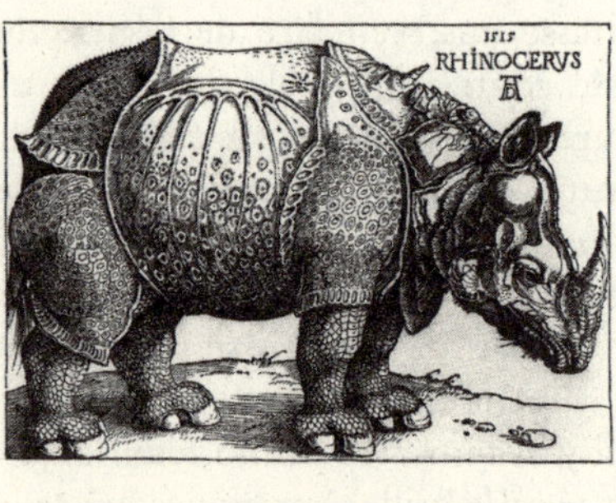

L'un des types m'a aperçu, celui qui faisait la mousse. À travers la grille, j'ai dit : « *Guten Tag* », mais le type n'avait pas l'air content. Il a fait un geste pour que je m'en aille. Pourquoi je m'en irais ? Je ne gêne personne, je suis dans la rue, qu'il aille au diable. Et puis le rhinocéros, son harnachement de plaques, il me plaisait. En face d'un rhinocéros, on se prend à rêver d'avoir à sa disposition les pattes ambulatoires de plus de trois mille crabes, non pour se mesurer (il est hors de question d'engager un combat avec un animal à corne), ni même pour effrayer le badaud — mais pour retrouver l'*existence absolue.* Celle-ci, le lecteur se souvient qu'elle est uniquement composée d'extases ; c'est pourquoi elle est presque intenable. On risque gros à mettre son corps en état de respirer l'absolu ; ce n'est même pas très raisonnable d'y songer. Et puis il faut s'arracher les défenses immunitaires. Et depuis combien de temps n'avais-je pas baigné dans l'*existence absolue* ? Je me suis dit : le rhino, lui, échappe à la destruction — il est séparé. Il évolue dans un univers où la pluie, le vent, la boue et les moucherons trament son existence. J'ai fixé sa corne. Un bon antidote à la destruction, me suis-je dit. Le rhinocéros gratte le sol avec sa patte arrière. Un terrain vague se devine dans ses yeux, une course commence, il s'élance et ratisse à la charge le périmètre où, seul de son espèce, il règne. La distance rayonne au repos dans sa carcasse. Peut-être c'est son secret : il a un royaume. Les humains n'ont pas de royaume. Un humain, c'est un être privé de royaume. Les buissons, par exemple, les forêts, les océans ne le reconnaissent pas. En un sens, il règne, lui aussi, mais sur la destruction. Il règne sur l'absence de royaume. Le rhinocéros, à sa toilette, ce matin, tout sanglé dans sa carapace, c'est le lever du roi.

D'ailleurs, il ressemble un peu à Louis XV : cet air hautain d'absence, la tête d'interrègne chauffée aux imaginations de libido. Le grand calme du baiseur. À travers les grilles, le rhino me passionnait. C'est vrai qu'il me réveillait l'extase. Car on voyait bien qu'il n'était pas là. Sa manière d'être là s'égalait à la disparition. Regarde bien le rhinocéros, me disais-je, contemple son *là*. On le croit prisonnier, et depuis toujours il a pris le large. Il existe une dimension où la solitude ne reconnaît qu'elle-même. Certains la croient démoniaque, parce qu'elle aime le refus qui la rend possible. Mais je la crois volontiers séparée aussi du démon. Ce domaine où la solitude règne, je le vois chez le rhinocéros. C'est un vide effrayant, avec une respiration de souffle terrible, où les humains ne peuvent pas tenir. Ma tête a commencé à bourdonner. C'est le royaume, me disais-je. Cette contrée difficile où l'air, en tourbillonnant, s'enveloppe de lointain, où la distance remplace le souffle, c'est bien elle : l'*existence absolue*. Je la croyais morte, celle-là, comme les phrases, aspirée par les ombres. Mais non, quelques secondes, elle a giclé à la place du ciel, des feuilles, de la neige, elle m'a vidé de mes entrailles à malaise. J'ai eu la sensation que ma peau se retournait, le dedans au-dehors, ou plutôt ni dedans ni dehors, plus rien qu'une déchirure où le vent balaye le temps. Exactement comme avec la fougère, au tout début de ce livre. Votre tête éclate à fréquenter ce tourbillon, c'est intenable. Et pourtant, je m'y sentais presque bien. Comme si le K m'en facilitait l'approche. À force, votre corps bouffé par le K se trouve un peu familier des régions sèches, vous êtes entraîné. Peut-être même que la blessure vous ouvre une voie qui semblait impossible à votre jouissance. Chaque point de l'existence se rejoint par le versant de la détresse aussi bien que par celui des émerveillements. Une extase, me disais-je, ce n'est ni de la joie ni du désespoir. C'est l'un et l'autre anéantis, et qui se dilapident en un seul instant. Votre corps, s'il exulte, c'est d'être quitté soudain par tous ses états d'âme. En une seconde, on lui ôte sa matière grasse. Sentiments, sensations, savoir, ignorance, tout le bric-à-brac de l'identité, on vous l'arrache. C'est ça qui soudain catapulte le corps dans la violence du ravissement. Vous êtes nu — ou plutôt sans rien. Je ne sais pas, à cet instant-là, comment vous « êtes » : est-ce qu'on « est » encore ? Moi, face au rhinocéros, je n'étais plus un corps, mais une poudre d'atomes jetés au ciel, et qui s'effaçait en myriades de poussière dans les arbres du zoo. Déchiqueté par le large. Si je cherche un équivalent dans les expériences qu'on connaît, je parlerais d'un orgasme — un orgasme qui vous néantise intégralement, du crâne aux orteils, et vous recompose aussitôt. Cette secousse est sans objet. Elle ne vous octroie rien. Vous vous dites que c'était sans doute ça « être là ». Que le royaume, c'est une excursion dans le néant. Et que les seuls corps un peu libres sont ceux auxquels s'ouvre ce large. Si je souffre à Berlin, me disais-je, rien n'est perdu, car le large existe, il y a encore une possibilité d'extases ; et si les extases ne sont pas mortes, alors les phrases ne peuvent pas être loin non plus. J'étais heureux — oui, heureux. J'avais respiré un peu de large, de quoi reprendre. Ça me tournait encore la tête. C'est terrible parce qu'il n'y a absolument rien, et ce rien, il en faudrait peu pour qu'il ne vous déchire. D'ailleurs, il vous déchire. Et depuis cette déchirure, ça s'ouvre.

*

Après le rhinocéros, il y a eu Karl Marx. C'était un jour de soldes. Encore les soldes ? Oui — *encore.* Car vers la mi-janvier, ça recommence. C'est le point commun entre Paris et Berlin. C'est le point commun entre toutes les villes — c'est même ça qui unifie la planète. Mais cette fois-ci, je n'avais pas envie de contempler le spectacle. Je me promenais vers Prenzlauer Berg, un quartier de l'ancien Berlin-Est où les boutiques sont plus rares, où il fait bon respirer la vie évasive des étudiants. C'était l'une des journées les plus froides de mon séjour. Vent glacial, rafales de neige.

Sur le trottoir, devant un McDonald's, il y avait deux types allongés sur une grille d'aération. L'un d'eux, assis en tailleur, avec des mitaines et une couverture sur le dos, m'a demandé une cigarette. L'autre était emmitouflé dans un sac de couchage, avec un bonnet de docker. Lorsque la porte du McDonald's s'ouvrait, une épouvantable musique envahissait la rue, et l'homme aux mitaines faisait une grimace de dégoût. Un gros type aveugle, qui poussait un caddie rempli de baluchons plastique, s'est joint à eux. Il mastiquait des pelures de pommes de terre, qu'il faisait mousser avec la salive. J'ai vu qu'il proposait des pelures aux deux types, puis l'homme aux mitaines lui a offert sa cigarette à moitié fumée.

À un moment, j'ai entendu une voix. Je me suis retourné. De l'autre côté de la rue, il y avait une statue. La voix venait de là, cette statue avait l'air vivante : c'était Karl Marx — Karl Marx lui-même. De loin, il ressemble à Zeus. Peut-être ça explique les paroles : un dieu, c'est éternel, ça ne meurt pas, ça parle à travers le temps. Au fond, peut-être que Marx non plus n'a jamais cessé de parler ; ce sont les vivants qui ont cessé de l'écouter. J'ai traversé la route, je me suis approché. Il avait vraiment une très belle tête — une tête qui en impose. Grosse barbe et corpulence, chevelure à crin de poète, regard énergique. Pas du tout figé dans le bronze. Il tenait un livre ouvert, il lisait. Je me disais : on n'en voit plus des têtes comme celle-là, on ne voit que des zombis, les morts vivants sont fades. Lui, Karl Marx, il a une tête de colosse, une tête illuminée par la lutte. Un côté Moïse — le *Moïse* de Michel-Ange. Zeus, Moïse, Marx — l'Histoire en trois barbes. Le grand récit de l'affranchissement, de la mythologie au *Kapital*. Car figurez-vous que Marx parlait de ça : de la manière dont le grand récit, progressivement, s'est fait avaler par le calcul. J'étais juste au pied de la statue maintenant, je levais la tête vers Marx. Il lisait à voix haute. Est-ce qu'il parle tout seul ? Je me suis dit : il parle pour la neige, pour Berlin, pour les clochards étendus sur la plaque d'aération, et puis il parle pour moi, puisque je l'écoute. À voix haute, il a dit que lorsqu'une civilisation se démet de ses capacités symboliques, le calcul multiplie les siennes, et rafle la mise. L'argent, dit Marx, occupe toutes les places ; rien n'occupe aussi rapidement une place laissée libre. Ainsi, le monde qui se défait de son grand récit est-il aussitôt livré à la mise à sac. Celle-ci devient permanente — elle *s'installe*. Quand plus rien ne s'écrit, lorsque ça ne faït plus que circuler sans jamais s'inscrire, c'est que le récit est entièrement remplacé. Alors, dit Marx, l'oubli a beaucoup d'avenir.

Ce que j'aime, chez lui, c'est qu'il ne s'indigne pas. L'indignation n'est souvent qu'un alibi au renoncement. Les grandes gueules croient ainsi donner le change. Mais une gueule, qu'elle soit petite ou grande, n'a rien à voir avec une tête.

Voici que Marx se met à parler de la servitude : lorsque le monde, dit-il, sera entièrement livré à la canaillerie débridée du chiffre, l'Histoire sera accomplie. Quelque chose d'autre commencera, sans les humains — un PROCESSUS. L'Histoire, dit Karl Marx, est remplacée par le Processus ; elle n'est pas pour autant *finie*, comme le proclame la propagande : elle s'est juste changée en monstre. Cette chose qui occupe sa place la terrorise en silence. L'accomplissement de l'Histoire, dit-il, c'est la mise en série des humains par la pure autonomie du chiffre.

Je ne sais pas ce que vous en pensez, mais moi le discours de Marx, je le trouve très raisonnable. Il parle en prophète, Marx : ce qu'il dit est exactement ce qui arrive. Je me suis adossé contre la statue. Les paroles de Marx arrivent maintenant derrière ma tête. J'ai allumé une cigarette. Je regarde les trois SDF, là-bas, collés à la chaleur de la grille d'aération, et la façade jaune et rouge du McDonald's. Avec la voix *off* de Marx, la scène est édifiante. À partir de là, il s'est passé une chose étrange : les phrases de Marx, je me suis mis à les entendre par ma bouche. Ce que disait Marx ne passait plus dans mes oreilles, c'était moi qui le prononçais. Ça s'écrivait directement dans ma tête. Comme si le livre qu'il tenait à bout de bras s'infusait en moi. Comme si c'était moi qui, en le lisant, l'écrivais. Tout le monde conspire pour l'ordre établi, disait Marx (par ma bouche) ; chacun ne cherche qu'à protéger son appartenance. La société l'y encourage. Le troupeau l'y encourage. Et celui qui consacre sa vie à protéger son appartenance, dit Marx (par ma bouche), protège en réalité l'appartenance elle-même. Ainsi, dit Marx (par ma bouche), plus personne ne lutte ; et ceux qui croient lutter ne font que resserrer le lien qui les asservit. Car la domination ne vise qu'à une chose : se renforcer. Avant de se tuer au travail, ils commencent par se tuer pour en avoir : le désir de survivre est toujours sanctionné par l'aliénation qui le rétribue, dit Marx (par ma bouche). Ainsi l'invivable s'impose-t-il comme la norme ; les corps se confondent partout avec la consommation ; ils se substitueront bientôt à la production elle-même. Ceux qui croyaient qu'on ne survit que par le travail chercheront désormais le moyen de survivre à celui-ci. Car il sera impossible d'exister en dehors du marché. L'impossible, précisément, ce sera ça : exister. Comment avez-vous pu laisser vos vies se rétrécir ? demande Marx (par ma bouche). N'est-ce pas la seule question ? La seule véritable question politique ? On commence par se sentir misérable, et voici qu'on se met à barboter dans la souille, dit-il (par ma bouche). Bien sûr, la plupart du temps, ça ne se voit pas. La boue est invisible. C'est toujours comme ça avec la classe moyenne : elle sauve les apparences. Mais dès que vous approchez le nez, ça sent le derrière humain. Car les petits compromis honteux ont beau se fondre dans votre intimité — ils schlinguent. Vous laissez votre vie quotidienne se facturer comme une marchandise, comme un slip, un aspirateur, une portion de frites ? Si vous bradez ainsi votre âme, c'est normal qu'elle sente mauvais.

Et voici que je prononce une phrase de Marx que j'avais lue dans la pile des livres qui sont chez Joséphine — une phrase que j'avais lue et soulignée : « Nous serons les premiers à entrer vivants dans la vie nouvelle. » C'est une phrase qu'il a écrite à Engels ou Ruge, je ne sais plus — une de ces phrases qu'on se répète comme un slogan, une phrase à frissons de soulèvement, fière et solennelle, qui claque dans l'air glacé de Berlin, et vous exalte à bon compte, parce que la « vie nouvelle » parle à tout le monde, sans qu'on sache exactement quoi mettre sous cette expression : « Nous serons les premiers à entrer vivants dans la vie nouvelle. » Mais moi, la « vie nouvelle », aujourd'hui, en face du McDonald's et des trois SDF, avec la voix de Marx qui m'avait réveillé, je voyais très bien ce que c'était. La « vie nouvelle », je l'avais toujours connue. À Paris, chaque jour, avec Anna Livia, la « vie nouvelle », je la vivais. La « vie nouvelle », lorsqu'on y est entré une fois, on n'en sort plus jamais. Même si l'on traverse une mauvaise passe, personne ne peut vous en dépouiller. Car ce qui s'ouvre avec la « vie nouvelle » ressemble au savoir que vous offre l'illumination. Personne ne peut vous séparer d'une illumination. Si vous êtes illuminé, l'enfer ne peut rien contre vous — vous le traversez. « Nous serons les premiers à entrer vivants dans la vie nouvelle » : cette phrase, à ce moment précis, c'était pour moi la plus belle phrase du monde, de l'allemand travaillé par Dante — de l'allemand de Toscane. Je me suis dit : ce soir, au téléphone, je dirai cela à Anna Livia, je lui dirai pour les têtes magnifiques, pour le rhinocéros, et pour Karl Marx. Je lui citerai la phrase de Marx, je lui parlerai de la vie nouvelle.

*

Et puis, dans une librairie, ça a mal tourné. C'était dans le quartier de Savigny Platz. Vers 16 heures, lorsque la nuit commence à tomber, les sapins bruissent d'oiseaux ; une douceur minutieuse remonte les rues, elle imprègne les façades, les vitrines, et, malgré le froid, les corps s'apaisent. Il y avait une clochette qui tintait lorsqu'on ouvrait la porte, des boiseries, une odeur de calme ancien, et de merveilleux livres. J'étais à peine entré que je me suis senti mal. Un début de vertige, et ce léger éblouissement qui annonce la migraine. Je n'avais rien mangé de la journée, et puis cette convalescence n'en finissait plus : l'otite était terminée, mais ma tête se perdait encore dans tous les sens.

Au milieu de la librairie, il y avait un petit salon en osier où deux dames prenaient le thé autour d'une table basse. Le thé était servi bizarrement dans une soupière. La dame qui avait la soixantaine m'a salué. La libraire, sans doute. Elle versait le thé avec une louche dans la tasse de l'autre femme, plus âgée, en chaise roulante. Et puis, il y avait une méduse qui flottait, tranquillement, entre les tables des livres. Je vous assure : une cloche de gélatine vert pâle, translucide, avec des tentacules qui remuent — une méduse, quoi. Je me disais : une méduse, pourquoi pas. Ça n'est pas gênant. Après tout, il y a bien une soupière dans cette librairie. Pourvu simplement que cette méduse ne vienne pas se frotter contre moi. Alors je l'ai surveillée un peu, du coin de l'œil ; elle avait l'air occupée avec les livres, elle se posait sur l'un, puis sur l'autre, ses tentacules caressaient les couvertures, tout allait bien. En avançant dans la librairie, j'ai remarqué, sur le mur, au-dessus de la caisse enregistreuse, trois grands portraits en noir et blanc.

Ce sont les Trois Inconsolés. Je les aime beaucoup, ces trois-là. La langue allemande excelle dans l'art de souffrir, et dans cet art, ces trois-là sont les meilleurs. Et puis tous les trois souffraient d'écrire en allemand. Ils s'étaient exilés, l'Allemagne les effrayait, elle voulait leur mort. *Der Tod ist ein Meister aus Deutschland*, avait écrit l'un d'eux : « La mort est un maître d'Allemagne. » Trois artistes de la souffrance, me disais-je, des « familiers de l'angoisse ». « Familier de l'angoisse », c'est une expression d'Anna Livia, elle me l'a dite au téléphone, à un moment où sans doute je commençais à me plaindre. Une tristesse immense se lit sur le visage des trois écrivains, un chagrin qui noie les regards, et leur donne cet air penaud et désarmé du deuil. Le deuil, me disais-je, est parfois une ivresse ; il vous destine à la vie opaque ; le monde alors chute en vous, il n'arrête pas de chuter. J'ai pensé à Straub, il m'avait dit que la nuit du 9 novembre 1989, lorsque la foule pour la première fois s'attaquait au Mur, chaque pierre arrachée lui semblait une ruine nouvelle. Bien sûr, il était heureux, comme tous les autres, qu'on fasse sauter ce barrage honteux ; mais il aurait voulu que la chute du Mur réveille les morts. Les Trois Inconsolés, eux aussi, portaient à l'intérieur de leur visage une population de morts. Peut-être qu'ils avaient essayé, à leur manière, de les réveiller. Leur errance n'avait pas eu d'autre sens que de réveiller ce qui est mort. Et tout, dans leur visage, les rides, la bouche exténuée, les cheveux fanés, même la moustache, même les lunettes, tout disait qu'ils ne supportaient pas cet échec. Le chagrin ressemble à la cendre. Il est gris clair. Il glisse entre les doigts. Avec lui s'approfondit une tristesse qui à chaque instant vous renvoie aux secrets de l'enfance déçue. La mélancolie est aveugle, comme les lignes de la main. Ces trois visages me parlaient des traces que laissent les douleurs passées, celles qui se manifestent sous la forme d'innombrables sillons creusés dans la chair de l'Histoire. Je repensais au cri de Brandebourg, à l'exil européen, aux convulsions de la pierre à Berlin, à toutes les pierres, et aux visages enfouis dans les ruines.

La libraire a vu que je contemplais les Trois Inconsolés. Elle leur glisse un regard de tendresse : elle les couve, à coup sûr, elle les chouchoute en douce, et dès qu'elle peut, elle en conseille la lecture, avec une vénération douceâtre. La voici qui s'approche, elle porte une robe de bure anthracite. Tout de suite, je remarque ses sabots, des sabots poilus — des sabots à poils blancs. De la chèvre ? Du veau ? J'ai envie de lui demander, mais déjà elle désigne l'un des écrivains, celui qui a la moustache sombre, à gauche. *Er hat sich das Leben genommen*, me dit-elle. Je parle très mal allemand, lui dis-je. Elle sourit, se frotte les mains, et m'explique qu'ils se sont suicidés tous les trois. Elle parle un français délicieux, un français du soir, on dirait de la prose. « Ce sont mes poètes », dit-elle. J'observe ses sabots. C'est sûrement du veau. Comment peut-on zigouiller une vache pour faire des sabots ? J'ai envie de lui demander si ce sont de vrais poils, mais c'est impossible, elle me parle de poésie. Il n'y a rien de plus beau que la poésie, dit-elle, la poésie c'est sacré, elle défend la poésie.

La méduse nous a suivis, elle flotte entre nous deux, on dirait que les paroles de la libraire l'attirent. On lui distingue deux petits yeux sympathiques et rusés, un beau regard de soie. Tandis que la libraire parle des trois écrivains, la méduse s'est placée juste au-dessus de sa tête. Ça lui fait une drôle de couronne. Peut-être que la parole humaine est propice aux ventouses ? On dirait qu'elle va se poser sur le chignon de Madame Poésie, s'ajuster à son crâne et lui pomper la cervelle.

Je n'ose plus trop regarder. Les filaments remuent, là, ils sont tout proches des cheveux, mais Madame Poésie ne se doute de rien. Elle continue à observer les portraits avec un doux sourire : « Ils sont tous morts, vous savez ? C'est pour ça que je les ai encadrés. — Bien sûr, dis-je, les poètes meurent, on les encadre au mur d'une librairie, c'est le grand destin. » Elle se rapproche, et à voix basse : « Vous savez qu'ils se sont tués tous les trois, n'est-ce pas ? » En ce qui concerne les deux premiers, j'étais au courant pour leur suicide : une frontière, un pont. Mais le troisième, il ne s'est pas tué dans un accident de voiture ? « Non non, dit-elle, on raconte ça, mais je n'y ai jamais cru... Il était pris de ténèbres depuis si longtemps... Je l'ai bien connu, il venait ici signer ses livres, il était tellement discret, tellement modeste. Il pensait tellement à la disparition qu'il se considérait déjà comme un disparu... »

Il me semble que la méduse commence à coller Madame Poésie. Je n'ose rien dire : vous vous imaginez dire à quelqu'un qu'il a une méduse sur la tête ? Elle s'est un peu aplatie, d'ailleurs, on dirait une omelette : elle bave un peu. Est-ce que des gouttes vont se mettre à couler le long du visage de Madame Poésie ? Quand même pas, j'espère. Et puis, qui me dit que je n'ai pas ma méduse, moi aussi, ventousée à mon crâne ? Mais je n'ai pas dit grand-chose, et la méduse, je crois qu'elle vient mouiller surtout les crânes qui papotent.

À ce propos, elle me broute un peu, Madame Poésie. Cette manière mielleuse de jouer les mamans possessives, de vouloir « défendre », « sauver », de jouer les dames patronnesses, ce n'est pas un peu irritant ? Bien sûr, elle a raison, Maman Poésie, il faut prendre soin de ce qui est rare, mais je suis allergique au sucre. Et puis face aux Trois Inconsolés, avec la méduse qui maintenant se cramponnait, j'ai senti que le sol se dérobait, je titubais, ma vue commençait à se brouiller, et mon vertige prenait une direction cruelle. Une foudre de sarcasme crépitait dans ma gorge avec une ironie méchante. Il y a des gentillesses qui vous font monter l'envie de meurtre. Déjà, les sabots m'avaient déplu. Faire clamser un vachon pour s'orner la godasse, franchement… Alors, chaque fois qu'elle prononçait le mot « poésie », l'adrénaline du massacre s'excitait dans ma bouche, comme une salive de festin. Allais-je lui crever le bide à Maman Poésie, l'égorger, la découper en morceaux ou lui enfoncer, pour qu'elle se taise, un sabot poilu dans le gosier ? À mon avis, c'est difficile de parler avec un sabot dans la bouche. Mais il faut se méfier des militants, ils sont capables de tout. Maman Poésie, même avec une touffe de veau dans la bouche, je la vois bien continuer son laïus. Alors je me suis calmé : la violence est impropre à transmettre nos émotions. Un coup de scalpel me délivrerait, bien sûr ; il dégagerait un peu d'air dans l'espace, on respirerait mieux sans les exclamations de Popote. Mais non, Deichel — self-control. Ne pas déchiqueter la libraire. Tu abuses de la Vivaline, ou quoi ? Regagne ta chambre, arrête de t'emporter.

J'avais envie de m'en aller, mais elle m'a pris par le bras : « Heureusement que je suis là, elle a dit. — Quoi ? Comment ça ? — Eh bien, qui s'occuperait des poètes, si je n'étais pas là ? Je veille sur eux, je les soigne… »

Je soupire. Calme, Deichel — calme. J'articule lentement, je choisis des mots qui ne sont pas blessants : « Je pense que la poésie n'a besoin de personne, dis-je. Elle n'a ni père ni mère. Elle s'engendre elle-même, loin des êtres, loin des pays. Elle se débrouille très bien toute seule. »

C'est étrange : elle n'a rien entendu — absolument rien. Comme si je n'avais pas parlé. Pourtant les paroles ont eu lieu. Elle me sourit, elle m'offre un thé. Ceux qui « défendent » la poésie n'ont peut-être pas d'oreilles.

J'aurais dû m'en aller, c'était le bon moment, mais pas moyen de refuser. De toute façon, elle est accrochée à mon bras. Elle se cramponne. Et puis un thé, ça me ferait du bien, il y a des biscuits, du cake, exactement ce qu'il me faut. On s'assied dans le petit salon en osier, la méduse a disparu, j'essaye d'être gentil. Elle me présente la vieille dame qui dort dans la chaise roulante : « Ma mère », dit-elle. Un léger ronflement sort de sa bouche entrouverte. Je me dis : la méduse a déjà dû lui bouffer tous les neurones à celle-là.

Tout en me versant une louche de thé, Maman Poésie me raconte qu'elle a connu aussi le poète n° 2. On se retourne vers le portrait, celui du milieu : « Vous ne trouvez pas, dit-elle, que c'est celui qui a l'air le plus triste ? J'ai beaucoup veillé sur lui… Je veille sur les autres aussi, sur leur mémoire… Mais lui, même avant sa mort, je veillais déjà sur lui… »

La méduse est revenue, elle tourne autour du petit salon en osier. Maman Poésie me tend les biscuits. Je tape dans la boîte : « Allez-y, dit-elle, c'est fait pour ça, je les ai faits moi-même. » Je m'empiffre, je trempe les gâteaux dans le thé, il y a des morceaux tout mous qui tombent dedans. De toute façon, elle ne voit rien, toute à son amour pour le poète n° 2.

Elle s'est approchée de moi, elle veut me dire un secret, j'ai des biscuits plein la bouche, je mâchouille, et la méduse, là, sur sa tête, elle est à quelques centimètres de moi, elle dégouline. Maman Poésie me serre le bras, et tout bas, presque en chuchotant, elle minaude légèrement : « Vous savez, monsieur, je crois que c'était un enfant. Les poètes sont des enfants, de grands enfants tristes... »

J'ai commencé à protester, mais elle n'écoutait pas, elle est sourde on dirait, elle continuait à évoquer son poète : « Quand il venait à la librairie, je le prenais dans mes bras. Il ne me racontait pas ses malheurs, mais moi, *je savais*. Lorsqu'il poussait la porte, je le voyais venir, il regardait ses pieds. »

Je l'ai interrompue, il fallait que j'y aille, j'étais fatigué, merci pour le thé, c'était très sympathique, très belle librairie... Mais rien du tout, elle continuait à parler, elle ne m'avait même pas entendu. Grand-mère Poésie, dans sa chaise, ronflait carrément comme un routier. On ne s'entendait plus. Sa fille l'a secouée, le ronflement s'est adouci. Alors elle a continué son monologue : « Ses pieds, vous vous rendez compte, ses propres pieds... Cet homme si profond gardait toujours la tête baissée. Il parlait en regardant ses pieds, c'était un homme profondément blessé, vous comprenez... Alors je le prenais dans mes bras, comme ça... »

Elle s'est levée, elle m'a collé ses bras autour du cou. Il ne manquait plus que ça, me suis-je dit. J'avais ma tasse de thé à la main, ça coulait partout, Maman Poésie s'agrippait à moi comme un crampon, alors je me suis dégagé en gueulant : « Lâchez-moi, merde ! » Elle a glissé sur le tapis, sa jupe s'est relevée sur ses cuisses, la vieille dans la chaise roulante s'est réveillée, et moi, là, je me suis déchaîné. Je ne sais pas ce qui m'a pris, mais j'ai entendu un hurlement dans ma tête — un hurlement en faveur de la méduse, en faveur du rhinocéros, en faveur des Inconsolés. Ç'a été plus fort que moi. Pourquoi je devais subir ces simagrées ? Je me traînais au bord de la déroute, j'endurais le pire afin d'acheminer un manuscrit jusqu'à son terme, et elle, elle se branlait la bouche devant moi avec ses délicatesses de mémère à lectures. Ça me dégoûtait, toute cette douilletterie : ce cocon bien confortable où ils déblatèrent entre eux sur la « poésie », comme des vampires qui se croient bien élevés, qui croient que c'est ça la « culture », comme ils disent : blablater religieusement devant des têtes encadrées. Elle me débecquetait, Maman Poésie, comme tous ces profiteurs d'abîme, qui se donnent des émotions chichiteuses avec le vertige des autres, qui font leur beurre sur le dos de ces morts dont ils s'accommodent si bien. D'ailleurs, Maman Poésie, ça l'excitait, la mort — le fait qu'ils soient tous morts, comme elle disait. La mort de ses chéris, c'est sa jouissance. Et c'est toujours comme ça avec ceux qui se veulent mamans : ils jouissent comme des canailles.

Ma colère sortait comme ça, dans un torrent d'imprécations. La soupière a valsé en l'air, il y avait du thé qui giclait, et la vieille a dû être ébouillantée, car la chaise roulante s'est mise à rouler à toute berzingue ; on entendait des hurlements couinés, et Maman Poésie aussi était trempée, elle s'était relevée, elle brandissait la soupière, avec des menaces en allemand plein la bouche, *Schweinehund*, elle disait, *Schweinehund*... salopard de merdeux français... *Franzose* pourri... » Un vrai courroux de vipère, qui lui donnait un air de Gorgone, soudain, avec son chignon cassé, tout en mèches de serpent, une férocité visqueuse... Et moi je ne sais pas si j'avais prononcé tous les mots que je pensais avoir prononcés, si cette séquence de folie, je l'avais eue seulement dans ma tête, ou si j'avais tout lâché à Maman Poésie. Mais vous avez lu ce que j'ai dit, et Maman Poésie avait l'air vraiment outragée. Après quelques éructations, elle avait fondu en larmes, elle était à genoux, le visage enfoui dans les mains, et tandis que sa mère s'agitait dans sa chaise avec des borborygmes, elle me demandait pitié, en français, avec son bel accent de Berlinoise, elle m'implorait.

Dans sa frayeur, elle avait perdu un de ses sabots. La vue de ce sabot m'a rendu furieux, je me suis remis à rugir. Pas de pitié pour les sabots ! Maman Poésie se bouchait les oreilles en pleurant. La vieille, dans sa chaise, pleurait elle aussi. Je me suis précipité vers la porte, j'ai heurté une table, les livres se sont écroulés, un tas de livres, puis la table elle-même, et les tréteaux de la table ont cédé. Avec l'inflexible droiture de Maldoror, au moment de passer la porte, je me suis retourné, et à Maman Poésie, la tête en feu, au comble de l'absurde, je lui ai fait un bras d'honneur.

*

Il y avait un concert au GASTR ! J'ai poussé la porte rouge. Pas de chien, cette fois-ci. C'était bondé. Atmosphère enfumée, musique à fond, et des gens debout dans tous les coins, qui boivent et se trémoussent. Sur la scène, un jeune type blond et maigre jouait du saxo, avec une fille défoncée très sexy à la guitare, et un batteur en transe, sosie de Coltrane.

C'était une sorte de free-jazz punk minimaliste. À un moment, ils ont repris un titre de Coltrane : *A Love Supreme*, une version survoltée — très punk ; et le sosie de Coltrane, à la batterie, était au bord de tout casser, c'est lui qui scandait la phrase dans un chaos saturé de guitares : A-LOVE SUPREME... A-LOVE SUPREME....

En me dirigeant vers le bar, j'ai aperçu Jolie Corbeau. Elle était à une table du fond, entourée de toute sa bande, et me faisait signe. J'ai demandé une bière, un verre d'eau pour les Efferalgan, puis je suis allé la remercier pour l'autre jour.

Le type avec qui j'avais bu du vin chaud m'a dit en anglais que Jolie Corbeau s'appelait Nadeja, et qu'elle était muette. Lui, c'était Oleg, il était russe, comme Nadeja, et tous autour de la table étaient artistes, comme à peu près tout le monde à Berlin — artistes, ou plutôt « plasticiens », précisa-t-il.

Il avait dans les cinquante ans, le crâne rasé, une tête exacerbée par des yeux d'un bleu insoutenable, et quelque chose, dans sa maigreur au couteau, qui le faisait ressembler à Klaus Kinski. Pas du tout exubérant : au contraire, il parlait très bas, lentement, avec le calme dangereux des grands désaxés. Il ne quittait jamais son manteau de fourrure à grands poils, qui lui donnait l'air d'un guerrier mongol. Il avait remarqué, l'autre jour, que je tenais particulièrement au mien. Nous parlâmes ainsi, pour commencer, de nos manteaux, comme deux obsédés bichonnant leur idée fixe. Était-il borgne ? Il me semble qu'il avait un œil immobile, qui rendait ses silences inquiétants.

Oleg me pria de rester avec eux. On me fit une place à leur table, une longue travée en bois, comme on en voit dans les bals, avec des bancs de chaque côté. C'était la fête, ça gesticulait dans tous les sens, avec des rires et du tapage ; et en même temps quelque chose de sinistre semblait injecter les regards. Oleg régnait sur la tablée comme un seigneur : il faisait apporter de grandes chopes de bière par dizaines, des carafons entiers de vodka, de la saucisse, et de longs morceaux de lard servis sur des planches de bois. Oleg coupait le lard avec son cran d'arrêt, et faisait la distribution. Chacun avançait alors la bouche vers la pointe du couteau, où Oleg avait piqué le bout de gras.

Il y avait là toutes sortes de jeunes gens qui semblaient idolâtrer Oleg. Des parasites, des disciples — les deux à la fois. Jolie Corbeau passait son temps à danser devant la scène, puis elle revenait embrasser Oleg, toute joyeuse, avec dans les gestes cette lenteur chavirée des *junkies*. La plupart s'essayaient à paraître très radicaux ; ils rivalisaient d'agressivité. Il y avait un jeune type blond qui voulait brûler une nouvelle fois le Reichstag. Un autre, avec le tee-shirt « Napalm Death », avait des scarifications sur les avant-bras ; il était spécialisé dans les armes à feu, et réaliserait bientôt son carnage. Un petit Français de vingt ans, qui avait l'air cinglé, parlait sans cesse d'un « Hiroshima mental », sans qu'on sache s'il le souhaitait, ou s'il en faisait simplement le constat. Une fille, une certaine Paula, trouvait que les hommes n'étaient plus des hommes, car ils étaient incapables de se jeter par la fenêtre pour une idée, c'est-à-dire pour une femme ; elle était exaltée, comme une *pasionaria* : « Il faut, disait-elle, que les hommes redeviennent des kamikazes. » Une autre, dont j'ai oublié le nom, et qui avait le nez percé d'anneaux, me soupçonnait d'être venu voler sa créativité.

Oleg avait des manières de voyou, mais peut-être étaient-elles affectées. Je sentais bien que lui aussi, comme ses amis, désirait se donner un air barbare. Il me demande devant tout le monde si je préférais les filles ou les garçons. Ici, m'a-t-il dit, « on baise tout ». Les autres riaient. Je ne comprenais pas : « Tout ou tous ? — On fait tout », il a dit, brutalement. Et moi, qu'est-ce que je faisais à Berlin ? Il voulait savoir.

Rien, j'ai dit, une expérience : un jour, j'ai vu un type se jeter dans le vide ; il a sauté en me laissant son manteau. En bas, on n'a rien retrouvé, personne, pas de corps. J'ai pris le manteau, je me suis penché à mon tour sur le vide, et me voici. Depuis, ai-je dit, je suis penché à chaque instant sur le vide. Parfois je suis dans le vide, parfois penché sur le vide. Qu'y a-t-il dans le vide ? Je veux savoir. Je fais une enquête sur le néant.

Oleg se définissait comme un « barbare autostylé ». J'ai dit que c'était déjà pris, l'expression était de Richard Huelsenbeck, les dadaïstes, ça datait quand même d'un siècle... Oleg m'a dévisagé avec un air goguenard, méchant. Je ne sais pas qui a prononcé le mot « nihilisme », moi peut-être. Oleg a dit : « Le nihilisme, je m'en occupe. »

À un moment, le groupe, qui s'appelait Kolyma, s'est arrêté de jouer, et la guitariste est venue s'asseoir entre Oleg et Jolie Corbeau. Tous les trois, ils s'embrassaient ; Oleg lui passait la main sous le tee-shirt, tandis qu'elle léchait l'oreille de Jolie Corbeau, qui me fixait, avec un air extrêmement sérieux. Les seins de la fille sortaient de son tee-shirt ; Oleg les palpait avec l'avidité d'un collégien.

À un moment, quelqu'un a dit qu'il fallait *néantiser tous les rapports*. Ils se sont mis à répéter ça : néantiser. Oui, néantiser, c'est ça qu'il fallait faire. Il le fallait. Néantiser. Tout de suite. Ils répétaient ça en allemand : *Nichten* ! — ils criaient *Nichten* ! avec un enthousiasme où s'entendait un peu de farce. Ils rivalisaient dans la négation, sans doute pour plaire à Oleg, qui parlait peu et se contentait de régner. Ils voulaient NUIRE. Ils répétaient ce mot — NUIRE — comme s'il suffisait à produire des étincelles. L'art, disaient-ils, vise à tout faire exploser. Qu'il ne reste aucun préjugé, aucun des codes qui continuent à nous pourrir la vie. Toutes les révolutions ont échoué, disaient-ils : les conditions actuelles exigent de nouvelles formes de négation. Il faut que le mot de « négation » change de sens. Un artiste, c'est quelqu'un qui doit faire changer la « négation » de sens ; qui doit la faire tourner sur elle-même. Quelqu'un a prononcé les mots « nouvelle négation ». De nouveau, c'était l'enthousiasme. Ils ont aussitôt improvisé une sorte de charte — une déclaration : « Pour une nouvelle négation. »

La musique était si forte qu'elle vous écaillait les sinus. J'avais des palpitations, mais la vodka, bizarrement, me dégageait la tête. D'ailleurs, je n'avais plus que ça : une tête. Le reste était lourd, déjà engourdi, comme un fruit dans l'alcool. Je coulais lentement à l'intérieur d'une bolge. Et puis cette chose, la tête de mort, là, au-dessus du bar, il me semblait qu'elle voulait m'absorber. Elle se déplaçait à travers la salle, elle ondulait au-dessus de la foule qui dansait, et, comme la méduse de Popote, elle visait les crânes. Voilà, me disais-je, la mort veut vivre, elle cherche à prendre la place de nos têtes. Têtes de mort, têtes en vie, la différence, on ne la voit déjà plus.

Et puis il y avait cette baignoire, là-bas, derrière Oleg. Elle était presque remplie à ras bord. C'était bleu, comme ce colorant pour l'eau des chiottes. Je me disais : c'est de l'acide. C'est une baignoire d'acide. On y plonge les traîtres, ceux qui font mine d'être là. Et le traître de la soirée, c'était forcément moi. Oleg m'a assuré que la baignoire était remplie chaque jour avec un breuvage différent ; et que chaque jour, le cocktail prenait le nom de GASTR ! C'était gratuit, il suffisait d'y plonger son verre. Oleg m'a dit de me servir, puis il s'est mis à distribuer des cachets. J'en ai pris un moi aussi. Les disciples étaient tout contents, ils ouvraient la bouche, comme pour recevoir l'hostie. J'ai demandé ce que c'était, mais Oleg n'a pas répondu.

Assez vite, je commence à avoir le vertige, l'espace flanche autour de moi, la baignoire envahit mes yeux, le bleu de la baignoire me noie la gorge, je tombe, ça se brise en éclats, ça tangue, lumières dans l'eau.

J'ai repris conscience sur une petite banquette, derrière le comptoir. J'étais au milieu des bouteilles, et Jolie Corbeau s'activait au bar. Je me suis levé. Ma tête était lourde. Ça tournait. Tout était vert et bleu et rond, comme à la surface d'un étang. Saloperie de cachet d'Oleg. Je ne tenais plus debout. L'étang frissonnait autour de moi, il y avait des algues qui tremblaient. Je suis tombé, je crois, j'ai senti le rebord de la baignoire sous mes doigts. Ça venait et ça s'éloignait, puis les vagues grossissaient d'un coup. Les corps étaient engloutis dans un reflux qui les tordait. Les pieds des tables m'observaient, avec leur œil de limace. Les corps se démembraient, on voyait des os tourner au plafond, des arêtes fourmillaient autour du lustre. Tout le contenu des ténèbres remuait son venin. La baignoire se vidait dans mes poumons. On me couvrait de bandelettes, comme une momie, on jetait mon corps dans la baignoire.

J'avais encore perdu conscience. À mon réveil, la tête de mort m'observait. J'ai couru vomir dans les toilettes. Le concert était fini depuis longtemps. Tout le monde dormait, les corps étaient affalés les uns contre les autres. La musique n'était plus qu'une seule boucle morne, avec des crépitations de fusibles. Seul Oleg tenait debout ; son œil me fixait, immobile, et sa bouche riait froidement.

Pendant que chacun s'ébrouait dans la défonce, Jolie Corbeau, durant la nuit, s'était installée à une table sur tréteaux. Elle dessinait au rythme de la musique, peignait, donnait de grands coups de ciseaux dans des magazines, dont les piles s'écroulaient au pied de la baignoire. Elle avait pris des Polaroid de nos visages, et avait collecté toutes sortes de traces, des morceaux de nappe en papier tachés de bière, du tabac, de la cendre, qu'elle insérait dans son collage. Ça faisait une sorte de fresque qui se développait tout au long de la nuit, une radioscopie en direct — une « empreinte », comme l'appelait Oleg. Son truc, c'était ça : réaliser des « empreintes », une par nuit. Et puis elle avait la manie de prendre du sang à chacun : pour que l'« empreinte » se mette à vivre, il fallait qu'elle y mêle votre sang. Un coup de cutter, elle vous charcutait la main, puis tirait dessus pour faire pisser le sang, qu'elle mélangeait à l'« empreinte ».

Je m'apprêtais à partir. Je titubais, il était 6 heures. Je m'approche de Jolie Corbeau pour lui dire au revoir. Je regarde la fresque, je la complimente. Elle me donne un coup de cutter sur le dessus de la main. Le sang gicle, comme un jet d'eau. Elle se met à rire convulsivement. Elle veut lécher, elle veut boire mon sang. Je lui flanque une gifle. Oleg s'est levé brutalement, et dans un fracas de verres brisés, la table et le banc s'écroulent. Tout le monde se réveille. Oleg porte la main à l'intérieur de sa veste. Il va m'abattre, ce con. On se précipite vers lui, pour le maîtriser. On le ceinture. Déjà quelqu'un m'entraîne vers la sortie.

L'air frais me fait du bien. Le ciel est réveillé, gris pâle. Les arbres de la rue frissonnent. Moi aussi je frissonne. Le petit Français me fait un pansement avec un morceau de tee-shirt, qu'il me demande de serrer fort. J'irai tout à l'heure chez le pharmacien Bauer. J'ai faim. Le petit Français me dit de ne pas m'inquiéter : Oleg aura tout oublié demain. Il me souhaite bonne chance. Je m'étire, ça sent bon dans les arbres.

*

Je trace des signes sur le cahier. Il faut absolument que je retrouve l'usage des phrases. Mais les phrases ne viennent pas en forçant, elles n'obéissent à aucune volonté. Alors j'ai repris ma méthode orphique, celle du 17 avril, lorsque j'avais longé la Seine au lieu de monter dans le train. Un mot, juste un mot, puis un autre. Des lignes, un croquis, une autre ligne, un mot inséré dans le griffonnage. Chaque page se couvre ainsi d'une sorte de graffiti qui grandit comme une toile d'araignée. J'appuie fort sur le papier. J'appelle ça des diagrammes. Il faut qu'ils se gravent. Où ça ? Dans ma main ? Sur ma peau ? Dans mon cœur ? Peut-être, avec les diagrammes, parviendrai-je à m'orienter. Tout à l'heure, j'ai réparé le masque du loup. La ficelle tient bien, maintenant. Je me suis installé au bureau. La lampe à gauche, la statuette de Shakespeare à droite. Et pour tracer des signes, j'ai enfilé le masque du loup. Est-ce que mon visage tout entier devient loup ? Si je trace des signes, c'est pour retrouver mon chemin. Chaque jour, il faut tracer au moins trois signes. Écris : « perdu ». Écris : « sauvé » — ce sera déjà ça. La répétition est un exercice. Il faut, avec de petits mots, refaire chaque soir le parcours de ton corps ; il faut ajuster chaque séquence. Que chaque détail soit abrité dans un seul mot, qu'on puisse retrouver la mémoire du passage entre sommeil et veille. Qu'on entende ce passage vibrer à chaque instant du cahier : « Perdu… sauvé… perdu… sauvé… »

Straub frappe à ma porte. Il me dit qu'on est le 20 janvier, et que c'est son anniversaire. Il propose qu'on le fête ensemble. Il a préparé un dîner : un chapon au four, avec des châtaignes. Je cours acheter une bouteille de champagne à l'épicerie de nuit.

On s'est installés dans la cuisine. Straub a revêtu pour l'occasion un costume en velours chocolat, avec des parements de cuir foncé. Il estime que sa femme viendra ce soir. Elle avait toujours accordé de l'importance aux anniversaires ; pour elle, un anniversaire, c'est un moment de joie. Vous allez voir, dit-il, ma femme a toujours aimé les anniversaires ; dès qu'il y a un anniversaire, elle veut en être. Je la connais, elle va arriver au moment exact où l'on coupera le gâteau. Elle est très gourmande, elle a un sixième sens pour ça : juste au moment où l'on coupe le gâteau, elle apparaît. Pour rien au monde, elle ne raterait une part de gâteau, dit Straub. Il est allé ouvrir la fenêtre : comme ça, dit-il, on entendra ses pas. Aucun risque pour les huissiers, précise-t-il. La nuit, ils ne se déplacent pas. Si quelqu'un vient ce soir dans la cour intérieure, dit Straub, ce ne sera pas un huissier, ce sera ma femme. Vous comprenez, Jean, il y a des moments où l'on ne sait plus : ouvrir la fenêtre ou la fermer, dire oui ou non, l'idéal ce serait de faire les deux.

On n'a pas touché le gâteau. Je pense que Straub n'osait pas le couper. Il était posé sur le frigo, il y avait même des petites bougies à côté, dans un bol, et le chat, qui nous observait avec ennui. J'ai offert à Straub la bouteille de champagne. J'avais demandé à l'épicier un morceau de ruban. Il était scotché sur le goulot, un petit ruban bleu. Straub était ému, il m'a embrassé gauchement, il pleurait. On a fumé des Kool. Ça faisait des années qu'il n'avait pas fumé une cigarette. Après tout, m'a dit Straub, fumer, c'est bien : je vais me mettre à fumer. On a bu toute la bouteille de champagne.

*

Lorsque j'ai raconté la soirée du GASTR ! à Anna Livia, elle m'a interrompu plusieurs fois. Elle voulait des précisions sur le type qui ressemblait à Coltrane, mais je n'avais rien de spécial à dire sur lui, je l'avais à peine remarqué. C'était un type qui ressemblait à Coltrane, voilà tout. Le téléphone captait mal, elle s'énervait, me demandait de répéter, de parler plus fort. Ça coupait, elle me rappelait, de plus en plus impatiente : pourquoi est-ce que je lui parlais de Coltrane ? Pourquoi, justement, Coltrane ?

Je ne sais pas, c'était la ressemblance, je trouvais ça amusant. Coltrane, j'aimais ça, voilà tout — elle aussi d'ailleurs, c'était le disque qu'on écoutait chez Clémenti, elle s'en souvenait forcément : un coffret, on le mettait chaque fois, en revenant de nos virées ; tout de suite, dans l'appartement, la nuit, le matin, c'était Coltrane, et elle dansait toute nue sur la terrasse. Anna Livia s'en souvenait, bien sûr, mais elle voulait savoir si j'avais parlé à ce type qui ressemblait à Coltrane, s'il jouait du saxo ou d'un autre instrument, s'il était plutôt jeune ou vieux, s'il était de Berlin, s'il était allemand ou américain…

J'écoutais, stupéfait, la voix d'Anna Livia : une voix rauque, une voix de panique, qui semblait se précipiter contre un mur. Je n'ai rien dit. Elle s'est calmée. Elle m'a dit qu'elle avait aimé un homme qui ressemblait à Coltrane. Ils s'étaient perdus de vue. Cet homme ressemblait tellement à Coltrane que tout le monde l'appelait Coltrane. Il était saxophoniste, un grand saxophoniste, mais à l'époque, déjà, il avait changé d'instrument, il n'en pouvait plus de jouer du saxo : ce batteur, peut-être c'était lui.

Non, lui dis-je, ce n'était pas lui : son Coltrane à elle était allemand, et le Coltrane du GASTR ! était un type de passage, le groupe était néerlandais, ai-je dit, et lui aussi, semble-t-il, était néerlandais. Il était tout jeune, vingt ans pas plus, un jeune type déchaîné, un petit punk noir d'Amsterdam, que personne, à Berlin, ne connaissait — pas du tout le Coltrane dont elle me parlait.

« C'est vrai, a dit Anna Livia, ça ne peut pas être lui. L'homme dont je parle doit avoir plus de quarante ans. Et puis, à Berlin, tout le monde connaissait Coltrane. C'était une vedette, les gens doivent le connaître encore. C'était il y a deux, trois ans, pas plus, et dans tous les clubs, à Kreuzberg et à Mitte, on jouait du jazz. La vie à Berlin, pour moi, était liée au jazz, et le jazz c'était lui. Je l'avais rencontré la nuit, et pour moi cet homme était lié à la nuit, à lui tout seul il était la nuit de Berlin. Il y avait un concert presque tous les soirs, il jouait tout le temps. À l'époque, tout le monde se connaissait, des concerts s'improvisaient dans des appartements, avec des musiciens de la scène électro. C'étaient des expérimentations, du free jazz, avec des types qui étaient assis devant des écrans d'ordinateur, et qui en sortaient des sons bizarres. Lui, il se tenait voûté dans un coin, avec cette mélancolie sauvage qu'il y a dans le saxo, et il jouait pendant des heures. On avait mis au point une sorte de performance à deux : je dansais à ses côtés des espèces de raga indiens, j'avais l'impression d'être une liane, un lézard, un serpent ; je crois que je dansais le long des murs, je dansais avec les fenêtres, avec les radiateurs, je dansais avec le plafond.

« Cet homme était toujours aux aguets, il vivait dans une inquiétude permanente, il dormait tout habillé. Et puis son obsession, c'était Coltrane. Il me disait : "Quand je joue, je sens que je suis Coltrane." Et c'est vrai qu'il jouait comme un dieu, avec une violence très calme, comme s'il n'avait rien à prouver. Il s'appelait Malachie, comme dans la Bible. Il était très beau, c'était un New-Yorkais, il avait fui l'Amérique en découvrant que son père travaillait pour la CIA. Il avait des yeux de guerrier, et tu sais, cette espèce de couronne invisible que certaines personnes ont autour de la tête. Comme une auréole de solitude. J'avais toujours senti que personne ne pourrait jamais rien pour lui, et moi pas plus qu'une autre. Cette auréole, elle voulait dire : distance — distance pour toujours. On passait notre temps ensemble, et pourtant c'était comme si je n'étais pas vraiment là. Ou alors c'est lui qui n'était pas vraiment là. D'ailleurs, il n'était là que lorsqu'il commençait à jouer. Alors, tout devenait simple. Il improvisait la musique la plus douce et la plus chaotique. C'était les deux à la fois : la tendresse et le saccage.

« Cette histoire de ressemblance avec Coltrane le tourmentait. Au début, c'était excitant. Je crois même que si on lui proposait autant de dates, c'était parce qu'il était vraiment Coltrane. Il ne jouait pourtant aucun morceau de Coltrane — jamais. D'ailleurs il ne jouait aucun standard, il improvisait à partir d'un air à lui, ça s'amplifiait de soir en soir, une heure, deux heures, trois heures, des espèces de boucles, comme un rituel. Les gens étaient fascinés. Et puis, le nom de Coltrane a commencé à agir sur lui comme un poison. On ne lui parlait que de Coltrane. On lui disait : "Tu es la réincarnation de Coltrane." Chaque jour : "Coltrane." Tout le temps : "Coltrane." Je me souviens qu'un matin, à l'époque on habitait dans la Bergmanstrasse, en rentrant d'un concert, il a pris tous les CD et les vinyles de Coltrane, les a mis dans un sac-poubelle, et il est descendu jeter tout ça dans la benne à ordures. Il s'est couché, je n'ai rien dit : j'étais contente pour lui que Coltrane disparaisse de notre vie, qu'il soit Malachie, et pas Coltrane. Je me disais : Malachie est plus fort que Coltrane. Coltrane est mort, alors que Malachie est vivant. La vie s'ouvre devant Malachie, elle ne s'ouvre pas devant Coltrane. J'étais heureuse, mais je n'ai rien dit, parce que, forcément, Malachie savait tout ça, et enfin il avait choisi de devenir lui-même.

« Mais ç'a été pire. Je crois même que ç'a été fini. À partir de ce matin-là, il n'a plus touché à son instrument. Il était là, accroché au mur, comme un vieux fusil. Et lui, il restait au lit toute la journée, dépression, léthargie, je ne sais pas. Au début, je me suis dit : il a besoin de repos, laissons-le tranquille, et puis j'ai compris que c'était autre chose. Le téléphone sonnait. Il avait des contrats à honorer. Je disais qu'il était malade, j'inventais n'importe quoi, j'annulais des dates prévues depuis longtemps. Lui ne disait rien. Il entrait même dans des colères affreuses dès que je lui rappelais ses engagements. Il ne voulait plus y aller, il ne voulait plus jouer, le saxo c'est du passé, disait-il, et il ne fallait plus prononcer le nom de Coltrane devant lui.

« C'est vite devenu insupportable, ce grand corps allongé toute la journée au lit, cette masse fermée, qui ne voulait rien. Moi aussi je me mettais au lit. Je restais avec lui. On lisait des magazines, je ne sais pas. Rien. On ne faisait rien. J'allais m'entraîner, et quand je revenais de la danse, il était exactement dans la même position que lorsque je l'avais laissé. On a commencé à se disputer, bien sûr. Mais il ne disait rien. J'ai fait venir ses amis, des médecins, j'ai essayé des tas de choses, mais c'était impossible. On a rompu assez vite. Je ne sais plus comment ça s'est passé. Il ne supportait plus le moindre regard sur lui. Il pensait qu'on voyait Coltrane. Et moi, Coltrane, comme lui, je n'en pouvais plus. Je lui ai demandé de partir. Un soir, il a fait ses valises, et il a quitté l'appartement.

« Je n'ai plus eu de nouvelles. Personne ne savait où il était. Personne ne l'avait vu. Un an plus tard, je suis à Paris. Je me promène dans le quartier de Ménilmontant. C'est un dimanche, en début d'après-midi, c'est la fin du marché. Les stands ont été démontés. De vieilles dames et quelques clochards fouillent dans les cageots de salade pourrie. Je remarque un type avec une parka, la capuche sur la tête. Il est assis sur le trottoir et fait la manche, le visage lourd, fissuré d'effroi, avec une dureté que je reconnais tout de suite. C'est lui. J'ai fermé les yeux, une seconde, pas plus. Et quand je les ai rouverts, il n'était plus là. Est-ce qu'il m'a vue ? Je ne sais pas. Je ne sais pas non plus ce que je m'apprêtais à faire quand je l'ai vu, peut-être j'allais fuir, et alors c'est lui qui a fui. La seconde pendant laquelle il a disparu, il s'est passé mille choses dans ma tête, et je ne m'en souviens plus.

Et puis, est-ce que c'était vraiment lui ? J'ai erré plusieurs heures dans le quartier. Je suis passée dans chaque rue, j'ai cherché partout. À la fin, j'étais là, toute seule, avec les éboueurs qui nettoyaient le marché, et le camion-poubelle qui avançait au ralenti le long de l'avenue. Bizarrement, je crois que c'est ce jour-là que j'ai perdu Malachie. Ce jour-là, quelque chose de moi s'est arraché. Bien sûr, c'est à Berlin, un an plus tôt, que tout s'était fini. Mais ça ne m'avait rien fait. Car il avait déjà commencé à disparaître, chaque jour il disparaissait un peu plus, tout en étant là, si bien que le jour où il était parti, j'avais trouvé ça logique. En partant de chez nous, il s'effaçait juste un peu plus. Et ce dimanche-là, à Paris, je le voyais disparaître d'un coup. Une sorte de deuil m'est tombé dessus, pas un chagrin d'amour, vraiment un deuil : je me rendais compte enfin que cet homme, qui avait réussi à ne plus exister, venait de disparaître. »

*

J'ai découvert la « Maison manquante » à cette période. C'est un endroit, dans le vieux quartier juif, au 17 de la Grosse Hamburger Strasse, de l'autre côté du vieux cimetière, où, entre deux maisons, il n'y a rien. Et quand je dis rien, c'est vraiment rien. Entre le 15 et le 19 de la Grosse Hamburger Strasse, il n'y a absolument rien, et pourtant ce rien a un numéro, comme les maisons. Il n'y a pas de maison, l'espace est entièrement vide, et comme pour les espaces occupés par une maison, il y a un numéro : c'est le 17. Un parc ? Un jardin public ? Non, vraiment rien. Après tout, me disais-je, c'est peut-être une erreur d'ajustement : on construit des maisons, on les détruit, et parfois, entre deux maisons, il y a de la place. C'est un espace libre. Il n'est à personne. Mais ici, quelque chose m'attirait. Cette autre chose ressemblait au calme. Sans doute avais-je *besoin* de ce calme. Mais ce calme, il avait l'air d'avoir lieu dans cet espace vide — précisément là, entre le 15 et le 19 de la Grosse Hamburger Strasse. Ce calme, il avait l'air d'avoir son lieu. C'était là, le lieu du calme. Et puis, en regardant la petite plaque du numéro, en regardant de nouveau le chiffre, j'ai pensé que c'était mon chiffre : le 17, celui du jour où tout avait commencé, le jour où j'avais saisi ma chance et largué les amarres. « Le 17 avril », ai-je dit à voix haute. J'ai souri et me suis dirigé vers le 17 de la Grosse Hamburger Strasse. C'était le début de l'après-midi. Il y avait un ciel bleu d'hiver, une belle lumière aveugle.

Je suis entré. C'était un vide où l'air prenait une couleur spéciale. L'air dans ce vide était noir et blanc, découpé entre deux immenses façades. Je me suis mis à l'intérieur, et dans le vide, on ne se met nulle part : le corps des hommes est allergique au vide. C'est pourquoi les corps sont si souvent collés à l'étouffement. Il y avait du lierre sur les façades, et des noms sur des plaques blanches. Au milieu du vide, les façades de noms de chaque côté me faisaient d'immenses oreilles, des oreilles pleines de noms, et le lierre me conduisait à la pierre. J'ai entendu : *D. Poznanski*. J'ai entendu : *B. Wildenhain*. J'ai entendu : *G. Heinrich*. Avec mes oreilles de noms, dans la neige, debout, je ne pensais à rien, j'ai fermé les yeux, un souffle léger me caressait. Dans le vide, on se met à exister mieux qu'ailleurs, me disais-je ; et si l'on parvient à établir un rapport avec le vide, si notre manière de vivre trouve avec le vide un bon rapport, alors peut-être commence-t-on à vivre. On retourne sa respiration, le glissement s'adresse au glissement. Je me disais : ici, ce n'est pas un lieu vide, plutôt la place du vide. C'était le 17, Grosse Hamburger Strasse. Le 17 n'existe plus — et ici, me disais-je, on entend ce qui n'existe pas. Lorsqu'un corps disparaît, il n'y a plus de corps : on ne voit pas, *à sa place*, le corps qui n'existe pas. Le vide, lui, ne témoigne pas pour la disparition, mais pour ce qui n'existe pas. Il s'agit de la force de ce qui n'est pas là. Et ce qui n'est pas là, c'est exactement ce qui rend possible qu'un type, au milieu d'une rue enneigée, soit là ; et qu'il fasse exister, par son souffle et ses gestes, le nom de corps qui sont morts.

Je suis sorti du vide, et en revenant vers le trottoir, accolée à une petite grille en fer, il y avait une plaque. Je ne l'avais pas vue en entrant. Je me suis dit : il y a peut-être le nom de l'architecte, comme pour les immeubles. Je m'avance vers la plaque, c'est écrit en français : « LA MAISON MANQUANTE, Christian Boltanski, 1990. »

*

Je suis au comptoir du GASTR ! Il est 18 heures. C'est une soirée calme, musique folk, torpeur. « Un lendemain de partouze », me dit le barman. Je bois une bière en esquissant un de mes diagrammes. Il y en a un à chaque page du cahier. Au milieu d'un gribouillage, des mots s'accrochent à d'autres mots. À la place des phrases, sous forme de lignes qui se croisent, il y a toutes sortes de fenêtres où s'incrustent des condensés de flashes.

Un manteau de fourrure se dirige vers moi. C'est

Oleg. Il me tend la main. Je lui dis que je suis désolé pour la gifle de l'autre soir. Il sourit : mon geste lui a plu. On est tous exposés par notre violence à la violence des autres, dit-il — cette violence, je la comprends très bien. Il commande une planche de lard et un carafon de vodka. On s'installe dans les fauteuils, près de la baignoire, au fond de la salle. Il a vu mes diagrammes : « On dirait un vitrail », dit-il.

La baignoire est orange, aujourd'hui. Le cocktail du jour est une sorte de punch. Des morceaux de pommes et d'oranges flottent avec du raisin dans la baignoire. Un vieux clochard y plonge sa gourde, il remplit aussi une bouteille de vin en plastique, il salue Oleg et s'en va.

De temps en temps, des types viennent acheter des doses à Oleg. Il va aux toilettes avec eux, puis revient, et commande un nouveau carafon de vodka. Ce soir-là, nous avons bu énormément, Oleg et moi. La coke annulait la torpeur. Plus nous buvions, plus ça étincelait dans la conversation. Oleg ne se cachait pas pour snifer. Il saupoudrait entre le pouce et l'index, me tendait sa main, je me bouchais une narine, j'inhalais la poudre, puis c'était son tour. Tout en parlant, il mastiquait un morceau de lard. À peine le bout de lard porté à ses lèvres, il avalait une rasade de vodka. C'était le rythme : coke, lard, vodka. On reniflait, on grignotait, on buvait.

Oleg s'intéressait aux maladies. Je lui ai dit ma traversée de la MINUTE MORTE. J'ai raconté la porte de Brandebourg. J'ai détaillé mon expérience. Il m'écoutait avec une attention extrême. Une veine bleue palpitait sur sa tempe. Ses mâchoires étaient contractées. Son œil, au bord de gicler hors de l'orbite.

J'ai dit qu'un événement remuait de fond en comble le fait d'exister. Cet événement n'avait pas de nom. Il n'était pas homologable. Moi, je l'appelais l'*événement*. Les humains ne le percevaient pas, parce qu'il est impossible à percevoir. L'*événement* avait pour nervure la destruction — la destruction pure et simple. Ou plutôt, il avait pour nervure la jouissance et la destruction. Les deux à la fois. J'avais vécu l'année dernière, à Paris, sous le régime de la jouissance. L'existence s'était ouverte à cette richesse avec une violence que je n'avais jamais connue auparavant. Ça déferlait à chaque instant comme un trésor infini. Et puis, l'existence s'était ouverte aussi à la destruction. Quand on s'ouvre, disais-je, c'est de ça dont on fait l'expérience : on est arraché à sa vie, ça déborde, et ce débordement prend parfois la forme de la merveille, parfois la forme du pire. C'est à double face. En tout cas, à Berlin, c'est la destruction que je vivais à fond. Je ne vivais qu'elle, j'étais privé du reste. La destruction, je la vivais précisément comme privation de jouissance. C'était ça la destruction : une jouissance barrée. Cette chose qu'il est impossible de percevoir, j'y avais accès, à Berlin, à travers des extases, des extases qui allaient de l'illumination à la terreur, des extases de plus en plus terribles. Bref, la destruction me traversait. D'ailleurs, cette destruction, je l'appelais la *Destruktion* — à l'allemande, avec un K.

Oleg a approché son visage du mien. Il était pâle, concentré, son sérieux était extrême. Il s'est mis à chuchoter : « Il n'y a pas d'autre expérience, a-t-il dit. Seule compte ce que vous appelez la *Destruktion*. En dehors de la *Destruktion*, rien n'existe. Tous les corps sont pris dans son ravage, tous ils évoluent sous son régime. La plupart l'ignorent, mais ils sont tous accrochés dans cet éclair. »

Tout en parlant à voix basse, Oleg, penché sur la petite table entre nos deux fauteuils, tranchait des bouts de lard avec son cran d'arrêt, et les portait à sa bouche, mécaniquement, puis se rinçait la langue à la vodka.

Il y a un seul personnage important dans l'Histoire occidentale, a dit Oleg, c'est Hitler. À travers Hitler, dit-il, se condensent les penchants criminels de l'Europe occidentale. À travers son nom se cristallise l'objet secret de l'Histoire européenne, qui est le crime, le crime intégral — l'extermination. Le nom d'Hitler résume ce qu'il y a de maléfique au cœur de l'Histoire, dit Oleg. Car l'Histoire, qu'on le veuille ou non, a pour horizon la mise à mort de l'espèce. L'extermination des Juifs est le prélude à l'extermination elle-même, dit-il, c'est-à-dire à l'extermination sans objet — à l'extermination en tant que telle. Ce qu'on appelait, dans les vieilles civilisations, le « sacrifice » s'est changé en expérimentation. Le monde occidental, dit Oleg, n'est plus qu'un laboratoire ; il n'existe rien en dehors du laboratoire. Dans ce laboratoire, les corps sont traités comme des bestiaux de boucherie. D'ailleurs, il n'y a plus de « monde occidental ». Tout ce qui arrive aux corps arrive à l'intérieur de ce laboratoire de conditionnement qu'est devenue la planète-monde. Les corps sont voués au calcul qui les conditionne, comme ces vedettes de l'industrie du divertissement, produites sur un même modèle, les unes pareilles aux autres, toutes soumises à leur remplaçabilité. Les Russes et les Américains ont ouvert les camps en 1945, dit Oleg, mais la porte des camps ne s'est jamais refermée. Le camp s'est étendu à l'ensemble du monde. D'ailleurs il n'y a plus de monde. Quand le monde se confond avec le camp, il n'y a plus qu'un non-monde. Il n'y a pas non plus de catastrophe mondiale, parce que le monde lui-même est catastrophe. Le pire a déjà eu lieu, il a lieu en ce moment, il existe à la place de tout ce qui a lieu. Le processus de coïncidence entre l'espace du monde et l'espace du camp s'appelle l'Histoire, dit Oleg. Ça s'est passé en Europe, en Allemagne, en Pologne, en Russie ; et c'est devenu maintenant le destin planétaire. Ç'a été pensé ici, à Berlin, et maintenant c'est partout. Berlin, capitale du nihilisme. L'Europe comme camp, dit Oleg. Le monde comme camp. La planète-monde comme camp. L'extermination comme horizon de l'invivable. Aucun vivant n'échappe à la mise en œuvre de l'extermination, dit Oleg, car les vivants vivent déjà dans le camp. La gestion des corps vers le charnier vivant est le destin de l'être. Le stade du charnier vivant est le stade ultime de l'arraisonnement des corps humains. Le charnier vivant a lieu ; c'est exactement ce qui a lieu sous le nom de « monde » lorsque le monde n'existe plus, et que le non-monde existe, dit Oleg.

*

Je ne dors plus. Impossible de trouver le repos. Mille détails me prennent à la gorge. C'est le contraire des épiphanies. Dans une épiphanie, un seul événement vous éblouit, qui vous ouvre à des milliers de détails. Ça crépite en lumières autour de la vision, on a la sensation qu'un instant se couronne. Mais là, c'est le contraire, des milliers de petits événements se précipitent vers un point qui n'existe pas. C'est un afflux vide. Ça veut s'ouvrir de partout, mais ça ne s'ouvre pas. Et dans cet effort pour allumer une vision, les petits événements se bousculent, ils s'agitent dans ma tête en tous sens, avec des crépitations qui m'empêchent de fermer l'œil.

Alors je marche, j'essaie de m'épuiser en marchant. Je longe la Spree. J'arpente l'île des Musées. J'emprunte la passerelle qui relie l'île au Monbijou Park. Le GASTR ! est fermé. C'est écrit « 24 / 24 », pourtant. Je me réfugie dans un « kebab » pour continuer les diagrammes.

Je retrouve ce débordement par lequel s'ouvrent les phrases. Ce ne sont pas des phrases, pourtant. Juste des signes. Mais dans chaque diagramme, des lueurs s'engagent, elles mettent les signes en rapport et les combinent. Quel est ce visage ? Cette tête couronnée de mots ? Cette fenêtre vide ? Un chemin se formule à tâtons, comme dans une partition obscure. Un récit se forme, une couronne de phrases éclôt dans ma tête. C'est un royaume fragile. Il s'efface vite. Le récit ne tient pas encore.

Si j'avais des phrases, me disais-je, je pourrais mettre en mots les étincelles qui me tourmentent. Elles ne bloqueraient plus ma tête, elles viendraient se coucher dans les phrases, et moi je trouverais le sommeil. Du temps où j'avais des phrases, je savais dormir, me disais-je. Quand on a des phrases, on dort bien, parce que entre les phrases et le sommeil, il existe une continuité. Bien sûr, c'est la fatigue : celui qui écrit beaucoup trouve le sommeil parce qu'il est fatigué. Mais il y a autre chose : le sommeil et les phrases partagent un secret. S'endormir, s'éveiller, c'est ce qui ressemble le plus à la venue des phrases.

*

À partir de là, ça va très vite. Je me suis réveillé vers 8 heures. Il y avait beaucoup de bruits dans l'appartement. On parlait fort, on déplaçait des meubles. Je me suis dit : la femme de Straub est revenue, les retrouvailles sont houleuses. Puisque j'étais réveillé, autant en profiter pour faire la piqûre. D'habitude, à cette heure-là, je dors. Chaque matin, je rate l'horaire. La piqûre, je la fais n'importe quand. Alors, pour une fois, j'étais content : j'allais pouvoir suivre exactement la prescription de Vivale. Je me mets à quatre pattes, comme d'habitude, le cul à l'air tourné vers le miroir de la porte, afin de voir où je plante l'aiguille, et tandis que je presse doucement la seringue, la porte s'ouvre. C'est Straub. Sans même que j'aie le temps de réagir, des types surgissent en costumes sombres, ils commencent à entrer dans la chambre. Ils voient un type à poil, avec une seringue dans le cul. Ils ressortent aussitôt. Les huissiers ! me dis-je. Straub tient la poignée de la porte, il me regarde, absolument éberlué.

Quelques minutes plus tard, je sors de la chambre.

Les huissiers sont partis. Je commence à me faire un café. Straub déboule dans la cuisine : « Dehors ! Je ne veux pas de drogué chez moi. Dégage, tout de suite ! » J'essaye de lui expliquer que ce n'est pas de la drogue : je suis malade, c'est un traitement médical, il a bien vu l'ordonnance, lui-même est allé la chercher… Straub ne veut rien entendre, et voici qu'il m'accuse de les avoir impliqués, lui et le pharmacien Bauer, j'ai fait d'eux mes complices, mais il niera formellement, il niera tout, il n'était pas au courant, Bauer dira la même chose… Et puis à cause de moi, il est foutu, les huissiers ne vont pas le louper, ils vont s'imaginer qu'il héberge des détraqués, et que lui aussi il se drogue le cul…

Bref, dix minutes après, j'étais à la rue. Manteau, cahiers, statuette, masque du loup, j'ai tout ramassé. Je prends une tige de papyrus en souvenir. Adieu couverture, adieu serrure. J'ai laissé sur le lit la somme que je devais à Straub pour la chambre. Il n'a pas voulu me serrer la main. Il a claqué la porte derrière moi. Dehors, il neigeait. Pas la neige boueuse de ces derniers jours, mais une neige toute neuve, une neige de roman, avec de beaux flocons chaleureux. C'était le 27 janvier. Je m'en souviens parce que, ce jour-là, j'ai acheté *Le Monde*. Le journal titrait sur le soixantième anniversaire de la libération des camps. On annonçait, partout en Europe, les cérémonies du 27 janvier. J'étais dans le S-Bahn, la ligne aérienne en direction d'Alexanderplatz, tout content. Je me sentais de nouveau libre. Et si je quittais enfin Berlin ?

J'avais déplié le journal. En première page, un gros titre : « Auschwitz, soixante ans après : le monde refuse d'oublier. » Un vieil homme, col de manteau en fourrure, avec la rigueur sèche d'un ancien officier cravaché poivre et sel, est assis en face de moi. Je vois bien qu'il me fixe : il regarde le journal, il déchiffre, puis brutalement change de place ; et là-bas, de l'autre côté du wagon, il me jette des regards blessés, agressifs. Une tristesse outrée, vraiment outrée, cette tristesse qui préfère se faire mal toute seule.

J'ai appelé Anna Livia. C'était un jour de repos. Elle s'était levée tôt, elle aussi, et se promenait dans la forêt avec une amie de la troupe. Sa voix m'a tout de suite fait du bien, une voix de noisetier, de châtaignier, une voix de sous-bois, rieuse et nette, cette voix qui vous réchauffe comme la lumière qui passe entre les arbres. Je lui ai raconté l'incident avec Straub, elle trouvait ça très drôle : « Alors comme ça tu es de nouveau à la rue, me dit-elle. Finalement, tu n'habites jamais nulle part… Viens, viens quand tu veux : ici, nous non plus on n'habite nulle part, on est dans l'air, c'est la légèreté qui nous habite. Je suis sûre que ça te plairait. »

Je lui ai dit que j'en avais presque fini avec Berlin, et puis les phrases me revenaient doucement, sous une forme étrange, j'appelais ça des diagrammes, je lui montrerais bientôt : je dessine, figure-toi, ai-je dit à Anna Livia, je fais des croquis, il y a même des mots, dedans, je ne sais pas ce que c'est, pour l'instant, mais j'ai l'impression que les phrases se sont mises là, à l'abri, à l'intérieur de mes diagrammes, en attendant de revenir. J'ai dit que j'avais l'intention de la rejoindre dans quelques jours. Un type — Oleg —, dont je lui avais parlé, avait proposé de m'héberger. J'étais très curieux de voir son fameux BUNKER. Juste un jour ou deux, puis je prenais un train pour Wuppertal, j'allais venir la voir, j'avais hâte, j'étais heureux de nouveau, et puis j'allais enfin pouvoir lui offrir mon manuscrit.

*

Le Bunker est au troisième étage des Tacheles. Straub m'avait expliqué un soir que les Tacheles étaient un haut lieu de la culture alternative, qui aujourd'hui vivait ses dernières heures. C'est un bâtiment très célèbre, un grand magasin de la Belle Époque, qui a été rasé, m'a dit Straub ; et puis, dans les années 1990, des artistes se sont installés dans les ruines, ils ont demandé qu'on déclare le bâtiment monument protégé. Ainsi les Tacheles sont devenus le premier grand squat officiel d'artistes, une sorte d'utopie alternative, où l'on vivait l'art de manière autarcique. Aujourd'hui, tout ça est menacé par des promoteurs qui veulent rentabiliser le moindre mètre carré à Berlin. Le GASTR ! fait partie des Tacheles, m'a dit Straub ; tout le monde à Berlin connaît le GASTR ! Lui, il n'y allait jamais — trop de drogués, disait-il. Et puis de toute façon, c'était fini, tout ça : la grande époque, c'était les années 1990, après la chute du Mur ; Berlin était alors un eldorado pour les artistes ; personne n'avait besoin de travailler, on ne payait pas les loyers, tout le monde squattait, tout le monde était libre, tout le monde était artiste. Et aujourd'hui, avait dit Straub, tout le monde est devenu chômeur, comme lui.

Les escaliers sont couverts de graffitis multicolores, avec de grosses poutres métalliques peintes en rouge ; il y a des couloirs encombrés de toiles qui prennent la poussière ; ça sent la peinture, l'humidité ; des espaces immenses se déploient sur les côtés, avec des artistes qui travaillent en « ateliers ouverts ». On les voit peindre, sculpter ; ils exposent tout un fatras d'esquisses, de plans, de brouillons, de documents gribouillés comme des bandes dessinées punks. Et puis il y a d'immenses photographies qui flottent, là-haut, près du plafond, avec de grandes toiles orangées, bleutées, chocolat, fleuries de violence crue, qui sont accrochées aux canalisations, comme des draps qui sèchent. Ça prolifère ainsi à chaque étage, dans une atmosphère de calme hirsute. Il y a partout de vieux canapés défoncés, avec des types hagards affalés, qui lisent des magazines en fumant.

Et tout au fond d'un couloir, sur une porte : LE BUNKER. C'est écrit. Oleg m'avait dit que la porte, comme le reste du Bunker, était blindée ; et que ça ne servait à rien de frapper, il valait mieux entrer. Je pousse la porte, c'est le même genre de porte que celle du GASTR !, lourde et froide — une porte de prison. J'ai le masque du loup sur le visage. Jusqu'à la fin du récit de mon séjour à Berlin, j'ai le masque du loup. Ne me demandez pas pourquoi. Peut-être que je deviens vraiment un loup, et que mes pas dans la neige brouillent le piège que leur tendent les damnés. Peut-être que le masque du loup me pousse à l'évasion. Il m'encourage. Car ce jour-là, je recommençais à être heureux, et mon acuité prenait la forme d'une ligne de sensations nouvelles, comme si j'avais mille oreilles, une ligne de bordure, entre le jour et la nuit, comme en suivent les loups.

Une lisière s'ouvrait dans ma joie, je sentais bien qu'elle allait s'ouvrir encore plus, s'ouvrir sur une steppe immense. Quelque chose de silencieux guette à travers les apparences. Une chose qui palpite sans dire son nom. Cette chose, je l'avais attendue. Et puis je me sentais assez fort à présent pour la suivre, pour aller dans la neige de Berlin m'ouvrir à son passage. « Repos et vertige », me disais-je. Depuis ce matin, après l'épisode avec Straub, je me répétais cette phrase. Pour moi, c'était la phrase du loup : « Repos et vertige. » Avec cette phrase, me disais-je, on glisse dans les lueurs, on se fait sa propre ligne solitaire, les signes écartent le danger.

J'ouvre donc la porte et je tombe sur le berger allemand. Je l'avais oublié, celui-là. On va devoir se battre, encore. Il m'observe, il fixe ma tête, je vois bien qu'il ne comprend pas pourquoi j'ai une tête de loup. Il s'approche lentement de moi, je prépare mes poings, je fouille dans le sac, j'ai Shakespeare dans la main, je vais la lui faire bouffer la statue, Shakespeare contre le clebs allemand, et puis d'abord je suis un loup, il n'est qu'un chien, je suis très calme, il me renifle, chaussures, pantalon, il regarde à nouveau ma tête de loup, puis retourne avec lenteur dans son panier.

Jolie Corbeau était nue sur le lit, elle dormait, couchée sur le côté. Le lit était immense, posé à même le sol. Pas de fenêtres, des rampes de néon tout au long des murs. Au sol, une sorte de terre battue, comme dans les caves. Et partout, des étagères gris métallisé, avec de grands tiroirs qui vont jusqu'au plafond, comme des caissons de morgue. Je remarque que rien ne traîne : tout est très ordonné, taillé dans une froideur blême. Il y a juste, près du lit, un cactus. Ce cactus, je le trouve sympathique. Sa solitude, je l'entends. Un combat discret se mène chaque jour entre le cactus et le bunker, me dis-je. Et moi, je vote pour le cactus. Je vois des richesses inouïes dans ce cactus, des mélodies roulées sur elles-mêmes, comme une oasis de verges en bronze. Sa splendeur n'est pour personne, et puis il n'aime pas qu'on le touche. Ses aiguillons le protègent contre la dent des animaux, comme le masque me protège aujourd'hui de celle des humains. Écoutez donc le remuement gracile de la rosée qu'un cactus absorbe avec ses épines. Vous m'en direz des nouvelles. Est-ce que c'est l'eau des glaciers qui forme au Sahara les fleurs de cactus ? Cette eau, je l'ai dans la bouche, ma salive est verte. Un torrent frissonne, stocké dans la chair dure. C'est toujours comme ça avec les êtres secrets, ils ne veulent pas qu'on les aime trop facilement. Le désert continue dans leur pudeur. J'ai besoin de ce désert, et des yeux de cristaux qui brillent dans les piquants. Je décide que le cactus est mon frère. Merde au bunker.

On étouffait là-dedans, comme dans un wagon plombé. Je me suis tout de suite senti mal. J'ai même enlevé mon manteau. Je l'ai accroché à une patère, juste à gauche de la porte. Il n'y avait pas de chaises, aucun divan, aucune table. Alors je me suis assis sur le lit, sans faire de bruit, j'ai essayé de trouver une place loin de Jolie Corbeau. Ce n'était pas facile, parce qu'elle s'était étalée en travers du lit. En me serrant de biais contre l'un des oreillers, la tête contre le mur, les pieds hors du lit, ça allait. Je me disais : Oleg va sans doute arriver, je l'attends un peu. Il m'avait dit que s'il n'était pas là, je pouvais l'attendre un peu, et m'installer, parce que ça ne serait pas long : toute la journée, il faisait le va-et-vient entre le GASTR ! et le Bunker pour régler ses affaires. Peut-être que j'aurais mieux fait d'aller directement en bas voir Oleg au GASTR ! Mais là, allongé, même de biais, j'étais bien. Je contemplais mon manteau. « Repos et vertige », me disais-je.

Jolie Corbeau dormait toujours. Ça m'inquiétait, à force. Bien sûr, je ne voulais pas la déranger, mais quand même, à ce point, elle devait vraiment être défoncée. Je me suis penché un peu vers elle. Ça va, elle respirait. J'ai allumé une Kool. Elle s'est retournée dans son sommeil, elle était maintenant sur le dos, tout près de moi. Elle était maigre, blanche, osseuse, avec des cernes noirâtres et des croûtes le long des bras, les croûtes infectées des *junkies*. J'ai eu envie de la secouer, de lui dire de fuir, de partir loin d'ici, loin du GASTR ! et d'Oleg, mais c'était absurde, qui étais-je pour Jolie Corbeau ? Et puis la destruction, ça ne se discute pas.

J'ai remarqué qu'elle avait un pubis tout chétif, une sorte de vague trouée qui lui creusait l'aine, comme si elle n'avait pas de sexe. Tout son corps était maladif, on lui voyait les côtes, même ses seins étaient vilains. On aurait dit de petites poches aplaties, chagrinées. C'est drôle, en dérivant dans Berlin, j'avais pensé quelquefois aux seins en forme de poires de Jolie Corbeau : un soir de pluie désemparé, sous une porte cochère, dans le quartier de Kleistpark, ça m'avait aidé de penser à ses jolies poires, et en fait, ses seins ne ressemblaient pas du tout à des poires.

Je contemple mon manteau. Mes paupières flottent, elles se mêlent à la neige, elles glissent doucement. Les flocons font mal, ils sont comme des billes de métal. La neige est toute grise, elle transporte avec elle des corps blancs qui fondent dans le caniveau. Mon manteau passe avec les corps, il s'effiloche, il se défait, tout en haillons de deuil. Quelqu'un dit : c'est normal, il est en peau de paupières. L'expression « peau de paupières » se promène toute seule dans la neige, elle va fondre elle aussi dans le caniveau. Elle laisse des traînées rouges, le manteau est écorché, il saigne. La doublure est déchirée, une main la déchire, un couteau, le couteau de lard. Les pages du manuscrit tombent du manteau comme des flocons de neige. Les phrases se mélangent à la boue, elles vont fondre dans le caniveau. Elles glissent sur une planche en bois, le couteau de lard les découpe, l'une après l'autre, lentement, avec une méticulosité de bourreau. Des milliers de bouches s'ouvrent autour de la planche pour engloutir mon manuscrit. Elles boivent les phrases, elles s'en pourlèchent avec la bave aux lèvres. Ce sont des lèvres de chiens, des babines rose et noir qui dévorent mes pages. Une nichée qui prolifère avec les pages. La meute me poursuit dans la neige et, dans les aboiements, je reconnais des phrases que j'ai écrites. Ils se sont approprié mes phrases, ils en font des hurlements.

La porte s'est ouverte. C'est Oleg. Le chien se précipite, il lui fait la fête. Je vérifie le manteau, il est bien là, pendu à la patère, juste à gauche d'Oleg qui calme le chien, s'avance, et sort son cran d'arrêt :

— *Wer ist da ?*

Le chien se met à aboyer.

— C'est moi, Jean Deichel.

Il m'arrache le masque : « Fous-moi ça en l'air, merde ! Tu es taré ou quoi ? » Il le jette au loin, et le chien bondit. Il est tout excité maintenant, il a le masque dans la gueule. Il ne veut plus le lâcher. Oleg est en colère, la haine le rend nerveux. Il a un chapeau, aujourd'hui. Avec son manteau de fourrure et ses rangers, il ressemble à Joseph Beuys. Il me demande ce qui me prend : ce masque, là, qu'est-ce que ça signifie ?

Je lui dis qu'il ferait mieux de s'occuper de Jolie Corbeau, elle va mal, et si c'était un coma ? « Ne t'en fais pas, dit-il, tout va bien, elle est juste défoncée. Quand elle est camée à ce point, elle peut dormir deux jours d'affilée. »

Le chien a fini de jouer. Je reprends mon masque. La ficelle est de nouveau cassée. Je fais un nœud. Ça tient. Je remets le masque. Oleg hausse les épaules : « Ça me met mal à l'aise, ton masque. Que se passe-t-il ? Qu'est-ce qu'il y a ? »

J'ai dit que ça allait très bien, j'allais quitter Berlin, alors je venais juste lui rendre une visite, et voir enfin le Bunker.

— Un cachet ?

Je me disais : il distribue ses cachets comme Hitler, dans son bunker, distribuait le cyanure. C'est sa manière à lui de contrôler. Que chacun soit bien sous sa coupe — qu'il tienne son monde. J'ai pensé : Hitler, le bunker, le berger allemand, la chienne d'Hitler, et dans le bunker, une Eva Braun, jusqu'à la fin.

Oleg désigne les murs avec de grands gestes solennels : « J'ai tout construit moi-même, dit-il. Le Bunker est un carré de béton, une seule pièce de 100 mètres, sans aucune séparation. Et au milieu, il y a une autre pièce, de 10 mètres, la réplique en miniature du Bunker — le "petit bunker". C'est là que je m'enferme pour travailler, dit-il. Personne d'autre que moi ne peut y entrer.

« Tout est en acier ici, j'aime ça. Les murs, je les ai faits avec des parpaings, puis je les ai recouverts de plusieurs plaques d'acier, pour le blindage. Le concept de blindage est très important à mes yeux. La construction du Bunker est achevée depuis longtemps, mais c'est en vivant dans le Bunker que le Bunker se réalise. Ainsi, on ne peut pas dire qu'il soit achevé. C'est nous qui, à chaque instant, l'achevons.

« Le Bunker, dit Oleg, consiste à mettre en question la possibilité d'habiter. À l'époque de l'Extermination globale, il est devenu impossible d'habiter. Le monde-planète nous exproprie. On est expropriés du temps. On est expropriés de l'espace. On est expropriés de nous-mêmes. Le Bunker n'est pas une œuvre, dit Oleg ; il ne s'agit pas de faire une œuvre. Il s'agit de manifester l'impossibilité radicale d'habiter le monde.

« Le Bunker n'est pas non plus un rempart contre le monde ; ni une manière de se retrancher. Le Bunker ne protège pas contre le péril. Au contraire, grâce au Bunker, on est aux avant-postes du péril — on évolue au cœur du péril. J'aurais préféré que le Bunker n'existe pas ; c'est l'époque qui m'a forcé à construire le Bunker. Souviens-toi de cette anecdote de Picasso : il montre *Guernica* à un officier allemand. Celui-ci lui dit : "C'est vous qui avez fait ça ? — Non, dit Picasso, c'est vous." Même chose avec le Bunker : ce n'est pas moi qui l'ai construit, c'est le monde qui nous oblige à tous construire nos bunkers. Le Bunker, par sa seule existence, manifeste que le monde est invivable », dit Oleg.

J'avais envie de partir. J'aurais dû le faire tout de suite, mais j'étais incapable de réagir. Je regardais le cactus. Il était comme le rhinocéros : sobre, immuable, toujours égal à lui-même. Moi, je sombrais de nouveau. Tout à l'heure, en venant, j'avais retrouvé ma force. Et puis là, j'étais *repris*. Les paroles d'Oleg me ramenaient vers un lieu que je désirais fuir. J'ignore si ce qu'il disait était sensé ou démentiel. Ce n'était pas la question. Ça agissait sur moi, ça me rendait malade. Le simple fait qu'Oleg se mette à parler faisait partie de l'envoûtement.

— Tu es à bout, me dit-il, il faut que tu te détendes. Tu es sûr que tu ne veux pas un cachet ?

Je me suis allongé de nouveau sur le lit. Oleg a poussé Jolie Corbeau, sans ménagement. Il s'est allongé lui aussi. Jolie Corbeau était entre nous deux, inerte.

Alors il s'est mis à rouler un joint : « C'est du haschich. Ça ne peut pas te faire de mal. Ça va te détendre, tu en as besoin. »

Tout en fumant, il passe sa main entre les jambes de Jolie Corbeau, il lui manie les cuisses et enfonce ses doigts. Il se tourne vers moi, je revois encore le visage qu'il a eu à cet instant, il me dit : « Est-ce que tu l'as baisée en mon absence ? »

Le K, la tête de mort, tout s'est précipité dans ma tête en une danse effrénée de ricanement. Le diable faisait la fête dans ma gorge, dans mes poumons. Il était comme chez lui, il faisait ce qu'il voulait dans mon corps. J'ai fermé les yeux. Comment sortir de là ? Est-ce possible ?

Oleg a vu le journal qui dépassait de la poche de mon manteau. Il lit la couverture, avec une sorte de hargne :

« "Le monde refuse d'oublier"... Tu parles !... Comme c'est amusant de voir ça : la grande entreprise de respectabilisation de la culpabilité ! La culpabilité veut devenir respectable, comme toutes les fripouilles. Avant, elle se faisait discrète ; elle n'était pas bien vue, en Allemagne. Maintenant, elle a cette impudence vulgaire des repentis. C'est qu'elle est devenue un marché ! Le marché florissant de la mauvaise conscience.

« Avec leur béton, ils transforment Berlin en mémorial, mais nous, ce qu'on voit, depuis des années, c'est la circulation de l'argent. Quand on a abattu le Mur, la pierre s'est transformée en fric. On s'est mis à bâtir de tous côtés, le pognon fructifiait dans les nouveaux murs. Bien sûr, ces murs ne séparent plus l'Est et l'Ouest, ils sont comme ces colonnes de chiffres qu'on voit crépiter à la Bourse : ils rapportent. Ce qui hier *séparait*, aujourd'hui *rapporte*. Il n'y a plus que ce mur qui compte :

le mur de chiffres, l'immense muraille de calculs qui enveloppe la meute humaine comme une corde à potence.

« Qu'on ne vienne pas nous faire croire que le soi-disant "monde libre" va communier dans le souvenir des atrocités nazies. Qu'on nous dise plutôt qu'à ce moment précis de l'état du monde, soixante ans après la libération des camps, on a *intérêt* à commémorer cet événement. Qu'on nous dise que ça rapporte — que C'EST BON POUR LES AFFAIRES. Rien n'est plus lucratif que la culpabilité. La culture de la culpabilité, c'est ce qui a le mieux marché, dans la seconde moitié du XXe siècle ; et il est normal que les villes investissent dans ce qui marche, en particulier Berlin, qui fait un gros effort. Le retour sur investissement doit être colossal. Il faut que la culpabilité, ça paye. Dans la logique nationale-financière, il ne peut pas en être autrement. »

Chaque phrase d'Oleg s'enfonçait en moi. Elle agissait comme un poison de fièvre. Plus il parlait, plus j'étais malade. Je *sentais* le collier d'étouffement. Je « sentais » l'emprise, comme si, cette fois, j'étais bel et bien en enfer. Mais qu'importe ces histoires d'enfer. Ce que disait Oleg était sûrement juste, mais je ne pouvais plus entendre sa voix. J'étais incapable d'en supporter plus, chaque mot me faisait mal. C'était comme le premier jour de mon arrivée ici, dans la gare. Quelque chose m'avait pris à la gorge, le mot *Destruktion* était apparu, et tout au long de mon séjour, ça n'avait fait qu'empirer. J'avais vécu ça jusqu'au bout. Je l'avais vécu avec mes nerfs — et des nerfs, je n'en avais plus. La maladie, la MINUTE MORTE, et puis la voix démoniaque d'Oleg : un parcours complet d'envoûtement.

— Je sais ce qu'il te faut : une bonne séance de baise. On va réveiller Nadeja. Ou plutôt non, pas besoin de la réveiller. De toute façon, pour elle, c'est pareil. Est-ce qu'elle te plaît ? Elle va te sucer, tu te sentiras tout de suite mieux.

— Non, j'ai dit. Non ! Ça suffit. Je vais partir. Aide-moi à me lever. Il faut que je parte...

Il s'est levé, il a ôté son manteau de fourrure, et tout son équipement. Il n'a gardé que ses rangers. Devant le miroir, il a commencé à se mettre une crème sur le gland. Il était entièrement épilé, ses couilles pendaient, chauves, comme des œufs.

— C'est l'heure de piner, me dit-il.

Il me lance le tube de crème : « Fais comme moi. Il faut entretenir sa queue. Ce n'est pas bon de baiser à sec. Avant de tirer, il faut que tu l'hydrates. »

Il a attrapé Jolie Corbeau par le mollet, il l'a soulevée comme un pantin, l'a fait glisser jusqu'au bord du lit, a écarté ses jambes, les a ramenées sur ses épaules, et en s'aidant de la main, lui a mis sa pine, puis s'est mis à la travailler à genoux, tout en fumant son joint. Jolie Corbeau continuait à dormir.

— Je la chauffe un peu, me dit-il, ce sera meilleur pour toi.

J'avais envie de vomir. C'était la fin. Après l'abjection, il n'y a plus rien. J'avais ça sous mes yeux : un damné besognant une muette, et il m'était impossible de réagir. J'étais pris dans la glu — la glu de l'orgie triste. Je cherchais. Rien — rien ne venait. Oleg m'avait eu, il m'avait définitivement souillé. J'étais perdu. Peut-être dans quelques minutes, j'allais prendre sa place. J'étais donc mort. Et puis, en pleine torpeur, j'ai vu ses couilles entre les cuisses de Jolie Corbeau, l'horreur de ces couilles tondues qui s'agitaient comme des clochettes. En un éclair, j'ai revu passer devant mes yeux le halo blanchâtre du train, les petites boules, les dragées noires qu'on me faisait avaler.

J'ai eu un choc, et la première phrase de ce livre m'est revenue. J'étais exactement dans l'état où cette phrase était arrivée l'année dernière. Une sorte de commotion violente, un appel d'air. Alors à voix haute, j'ai dit : « C'est maintenant qu'il faut reprendre vie. » Ça a brisé l'envoûtement. Une seule force pouvait briser l'envoûtement, me disais-je, et cette force existait déjà : c'était l'origine de ma force. Pour sortir du cauchemar, une seule phrase : « C'est maintenant qu'il faut reprendre vie. » Pour remonter à la surface : « C'est maintenant qu'il faut reprendre vie. » Cette phrase, elle agissait dans ma tête comme un détonateur. Elle avait toujours agi comme un détonateur, et elle continuait d'agir comme un détonateur. Toutes les phrases que j'avais écrites, toutes celles qui venaient juste après cette première phrase : les trois cents pages de phrases qui étaient comprimées dans la doublure de mon manteau, là-bas, près de la porte, se sont mises à déferler dans ma tête. Elles sont passées l'une après l'autre, en accéléré, comme pour se réveiller. Ça a duré juste le temps que je prononce la phrase, comme si toutes procédaient de cette phrase, comme si elles y étaient contenues.

Je me suis levé, j'ignore comment. J'ai enfilé mon manteau avec une grande tranquillité, j'ai tâté la doublure pour voir si les pages étaient là. La joie de tout à l'heure était revenue, c'était une joie puissante. « Repos, vertige », me disais-je. Je me répétais ça, comme une clef de sol, maintenant : « Repos, vertige. » Il y a un passage où le repos et le vertige sont une même chose. Si on trouve ce passage, on est tiré d'affaire, me disais-je. J'étais très calme. Les gestes venaient bien. Oleg a lâché

Jolie Corbeau, il s'est rué sur moi : « Qu'est-ce que tu fous ? Reste ici ! » Je lui ai flanqué un coup de pied dans ses vieilles couilles. Puis j'ai ouvert la porte du Bunker, et en éclatant de rire, j'ai couru dans le couloir, j'ai dévalé l'escalier jusqu'à la rue.

*

Je courais, et en courant j'avais la sensation que la nuit courait avec moi. Avec la nuit, toutes les lumières couraient avec moi. La neige courait avec moi, les arbres couraient avec moi. Et parmi les lumières qui m'ouvraient la route, il y avait une lumière jaune, elle faisait des étincelles dans la neige et sur les trottoirs. C'était cette lumière qui fait bondir le cœur. La boue m'apparaissait rouge et noir. Le ciel était taché de flammes. Vite, vite un peu ; là-bas, encore plus loin. Je ne veux plus m'arrêter, je ne veux plus qu'on m'arrête. La neige est si bonne quand on court. Laissez-moi passer, j'en ai assez vu. J'ai vu ce que je voulais voir. Pourquoi j'irais me charger de toutes les folies du monde ? J'ai des phrases à reprendre, des phrases à écrire, à remettre en route. Je les entends qui viennent, mes chères phrases, depuis si longtemps endormies. Oui, on peut dire, si on veut, que j'ai vu l'enfer, celui des hommes et des femmes. On le vit peut-être tous les jours, mais on vit aussi l'inverse, et c'est vers là que je vais maintenant. Marre de tous ces damnés, de leur colère, de leur méchanceté, de la mauvaise ivresse qui les soude, et de la haine qui infuse leurs corps. Les ténèbres ne m'intéressent plus. Ils ont voulu m'étouffer, me dissoudre, mais ils ne m'ont pas eu. Ils ne m'auront pas. Personne ne m'aura. Alors est-ce que j'ai joué un bon tour à la folie, ou est-ce la folie qui m'a joué un bon tour ? Je ne sais pas — je m'enfuis. Et tandis que je cours, les phrases reviennent, avec leur galop de bête féroce. C'est dans ma tête, mais pas seulement. Même si je tourne en rond, cette nuit, quelle joie. Peu importe où je vais, seules importent les émotions. C'est elles qui vous ouvrent un sillage. Un si grand éclat venait dans ma course que, cette nuit, je me sentais plus vivant que la vie. J'avais beaucoup plus froid que le froid. J'étais plus fiévreux que la fièvre. J'avais plus de joie que la joie. Et riant si fort, dans la neige, quelque chose de cette joie se mêlait à mes gestes qui dansaient un peu. Entre les phrases, des mondes se parcourent en une seconde, ils vous prodiguent leur fuite. Voici que mon corps devient celui d'un loup. À chaque foulée, davantage, il s'affine. L'évasion s'accélère, ainsi. La vitesse me grise. Mes poumons s'ouvrent, ils sont éclaboussés de souffle. J'entre dans une contrée humide et lourde. L'écorce des arbres, l'odeur des sapins me font tourner la tête. C'est une solitude sauvage. Avec elle, j'entends le silence. Un passage s'ouvre. Je me dégage.

Je me suis arrêté dans la Grosse Hamburger Strasse, près du vieux cimetière juif. Devant une petite sculpture, il y a un attroupement. Ils sont là, silencieux, sous la neige. Je les vois de dos. Je ne veux pas les dévisager. Ils ont tous un manteau, comme moi, et sont un peu voûtés. Ils tiennent un livre entre leurs mains. Je sais qu'ils viennent chaque année. On entend une voix qui récite un nom, puis un autre nom, encore un nom, tous les noms des Juifs de Berlin assassinés par les nazis. Cette voix n'est pas différente du silence. Lorsque les noms se mélangent aux flocons, on dirait du silence, ce silence qui prend les volumes et les enflamme doucement. La litanie monte dans l'air de la nuit. Elle transporte les noms entre les arbres. Les noms se rejoignent. Ils montent dans le ciel, là-bas, vers les stèles du Mémorial, vers la porte de Brandebourg. Du bleu, du noir se superposent, couche sur couche, jusqu'à la plaine, vers l'est.

Je suis entré dans la Maison manquante. Je n'ai même pas pensé à ce que je faisais. C'est bon d'être là, pour rien. Ça s'ouvre dans ce vide. C'est large. On dirait l'instant de 8 h 07. C'est par là que je quitte Berlin, en me glissant dans la clairière. Je me suis accroupi, j'ai sorti mon cahier, je le tiens sur mes genoux. J'ai un brin de papyrus à ma boutonnière. Je regarde les diagrammes. Avec les noms qui flottent dans l'air, je me mets à tracer des lettres. Je trace d'abord sur le cahier les noms que j'entends. Et bientôt, chaque nom s'ouvre, et à l'intérieur de chaque nom, il y a d'autres lettres qui se forment, d'autres mots qui ruissellent sur la page. Ça s'écrit tout seul, ce sont des phrases. Je suis de nouveau dans le vide. C'est par là que je m'en vais.

Cercle III

I

VIE NOUVELLE

J'écris ces phrases au volant d'une DS. C'est le printemps. Les routes de Pologne sont désertes le matin. Une immense lumière chaude enveloppe les champs, les forêts, les montagnes. On est dans le sud, en bordure des Carpates, juste avant les Tatras. Il y a des lacs un peu partout, des éclats de fraîcheur et des papillons qui voltigent autour de ma tête. Je suis seul, de nouveau — absolument seul. Je roule un peu au hasard. Je veux être à Prague pour le 21 avril, on est le 12 — j'ai le temps. Il y a du vert partout, du bleu, et ce vent léger que vous connaissez bien.

Je conduis lentement, fenêtres ouvertes. La voiture est un vieux break noir. Je l'ai achetée d'occasion, chez un garagiste de la banlieue de Varsovie. Au début, ça m'a étonné une DS break, et puis j'ai compris qu'elle avait servi de corbillard. Il n'y avait pas de sièges arrière, juste un long coffre molletonné de cuir blanc. Je me suis procuré un matelas, une couverture. J'ai des cartes d'état-major, une roue de secours, un Lumogaz. J'ai fait des provisions, de quoi tenir une bonne semaine. La nuit, j'installe la voiture sur un parking de station-service, ou sur la place d'un village. Je tire les rideaux. Je m'allonge. La tête appuyée sur le gros coussin que m'a offert Lazlo, emmitouflé dans mon manteau, sous la couverture, je dors trois ou quatre heures. Puis dans la journée, de nouveau, trois heures — trois fois trois heures. Car au bout de trois heures, c'est comme si quelqu'un frappait au carreau. Ce sont les phrases — elles me réveillent. Depuis la nuit du 27 janvier, elles n'arrêtent plus. Autant à Berlin j'ai manqué de phrases, autant sur les routes de Pologne elles déferlent, c'est un déluge. Il y a des jours où ma tête n'arrive plus à suivre, où ma main ne parvient plus à noter toutes les phrases qui me viennent. Le premier jour de ce voyage, alors que j'essayais de m'habituer à conduire la DS break, il fallait, tous les dix kilomètres, que je me gare sur le côté de la route afin d'écrire les phrases. Je me disais : comment vais-je avancer si je dois m'arrêter tout le temps pour écrire ? J'avais peur de perdre des phrases. Après avoir été si longtemps privé de phrases, on ne peut plus les laisser filer. Et puis les phrases, si on ne les note pas, où vont-elles ? me disais-je. Que devient une phrase que personne n'écrit ? Est-ce encore une phrase ? Une phrase qu'on n'écrit pas demeure en réserve, me disais-je ; elle reste en mémoire dans des espèces de limbes, et plus tard elle repasse dans votre tête ; ou alors elle recherche d'autres corps, des corps qui, comme le vôtre, font venir les phrases.

II

COULEURS (1)

Depuis Varsovie, j'ai longé la Vistule sous un ciel très clair. Le fleuve est large, l'eau est verte. Avec la fonte des neiges, les rives sont un bourbier. J'ai pris de petites routes. Il y a partout des maisons en bois, des hangars de briques rouges, des bois de bouleaux, des champs de betteraves éclaboussés par un soleil un peu triste. C'est une plaine jaune, blanc, sillonnée de minuscules carrioles à pneus et de camions de marchandises qui foncent vers les zones industrielles. On s'enlise dans les faubourgs : parkings, cafétérias, hangars interminables. Puis le soir tombe, les brumes s'assemblent, il y a de soudains horizons glacés de rouge ; toutes les forêts s'embrasent, et les pins, les saules, les bouleaux font une coulée de plomb rougi sur les bords du fleuve. Les chantiers de barrage, les plates-formes et les usines d'électricité s'éclairent brutalement, avec des formes d'apocalypse. Puis c'est de nouveau la paix des pâturages, la joie de lumière des coquelicots, des bourgades de folklore avec des potagers brûlants, des châteaux perchés sur des collines souriantes, des églises en brique rousse. On se croirait dans les petits chemins clairs de la *Légende dorée*.

III

LA VISTULE

J'ai donc commencé par longer le fleuve. Par habitude, peut-être. Car je ne fais que ça, depuis le début, suivre des fleuves : la Seine, la Spree, la Vistule, bientôt la Vltava. Les fleuves ne se perdent jamais, me disais-je ; il faut suivre les fleuves, il faut s'asseoir sur les fleuves, et se tramer à leur source. Car les récits viennent de là ; les récits, c'est là qu'ils se forment : même s'il n'existe plus rien, si tout a disparu, on renaît au bord d'un fleuve.

Quelle route ai-je prise ? Ça n'a pas beaucoup d'importance. À Bochotnica, je me suis arrêté pour boire un café, sous des arcades rutilantes de géraniums ; j'ai pris le bac à Annopol, pour passer sur l'autre rive ; j'ai contourné Kazimierz Dolny. Il paraît que ce village est une merveille, mais je m'en fous. Je n'ai pas envie de visiter. Quelque chose d'autre me pousse dans ce périple. Varsovie-Prague, à vol d'oiseau, ça fait cinq cents kilomètres. J'aurais pu couvrir la distance en une journée. Mais non, je me suis écarté vers l'est. J'ai roulé en direction de Lublin, vers la Pologne orientale. Qu'est-ce que j'allais faire là-bas ? Peut-être voulais-je éviter le bassin industriel de Silésie. Je répondais surtout à un appel, comme si une force inconnue me poussait vers un mouvement dont je ne savais rien. La chose ? La grande chose ? L'*événement* ? Ça s'ouvre là-bas, me disais-je — ça déborde. Le débordement qui parcourt mes phrases, qui leur fournit vision sur vision, peut-être vais-je enfin glisser jusqu'à son filigrane. Quand on a eu une révélation, on cherche à la prolonger. Car derrière une révélation, il y a d'autres révélations : une révélation n'est jamais seule ; ce qui scintille en elle vous apparaît lentement, à travers le mouvement qui la rend illimitée. Après tout, je suis sorti de l'enfer, non ? Pour ma tête, mon corps, mes mains, il n'y a plus de frontières ; tout en moi *attaque la frontière*. Un espace immense s'ouvre à travers mes phrases ; le moindre détail s'élargit. Tout est plus doux, tout est plus dangereux. Plus rien n'empêche la douceur et le danger d'être vécus en même temps.

IV

LES PAPILLONS

Au début, je m'arrêtais tout le temps. J'ignore si vous avez déjà essayé d'écrire des phrases en tenant le volant d'une voiture, c'est impossible. Perdre une phrase, me disais-je, perdre ne serait-ce qu'une phrase, il n'en est pas question. C'est avec les phrases qu'on retrouve la vie : avec les phrases, vivre est possible, les instants sont possibles. Avec les phrases on ressuscite : la résurrection est une histoire de phrases, elles ne parlent que de ça.

À peine ai-je démarré la voiture que les phrases commencent. J'ouvre la bouche, les voici qui s'écrivent dans l'air. Le matin est propice, ça déferle. Très vite, elles se bousculent. Une cinquantaine de phrases sont là qui flottent, elles forment une page dans ma tête. Des papillons virevoltent dans les reflets du pare-brise, ils entrent par la vitre ouverte. On dirait qu'il en arrive un à chaque phrase. À croire qu'ils sortent de ma bouche. Jaune-orange, illuminé de nervures bleues. Un autre, aux ailes mauve et bordeaux. Un troisième, en damier vermillon, tout ocellé d'irisations vert pâle. Ils tournoient, planent, scintillent. La faveur circule ainsi, dans une grappe d'éclairs sereins. Avec le soleil qui frappe la vitre, tôt le matin, de la nacre se forme sur le pare-brise. Elle emporte les phrases et les papillons dans un seul mouvement d'arc-en-ciel. Le feuillage des bouleaux tremble un peu dans la lumière des routes. La joie est rouge.

Ça fait du bien cette abondance, après le cauchemar de Berlin. Je savoure. Est-ce que ça existe les phrases heureuses ? C'est ainsi que ce livre s'écrit maintenant : aux couleurs du paradis. La *dolce sinfonia di paradiso* : c'est une expression d'Anna Livia, une expression de la rue Lucien-Leuwen.

V

RÉCITATION

Je dis une phrase, puis une autre. Je répète les deux phrases, une troisième arrive. Je dis les trois phrases, elles en suscitent une quatrième, et ainsi de suite. Au bout de trente, quarante phrases, à force de les répéter, d'ajuster leurs minuties, une substance se trame. Un petit chapitre se forme, une sorte de carré de phrases — un morceau de vitrail. Il s'écrit dans l'air. Je lui donne un titre. C'est ainsi que ça s'inscrit dans ma mémoire. Le mouvement ne s'arrête plus : voici encore une phrase, deux phrases, trois phrases. Elles s'affinent à voix haute ; une série nouvelle s'allume, qui à son tour forme un chapitre. Je stocke ces blocs dans ma tête, ma mémoire s'élargit : chaque jour, j'engrange de plus en plus de phrases.

Je me figure des tiroirs remplis de liasses de papiers enroulées. Il y a un papier par chapitre. Le soir, lorsque je m'allonge enfin dans le coffre de la DS, plein d'excitation, dans ma tête je manipule les liasses. Les tiroirs s'ouvrent, se ferment. Les papiers se déroulent, comme des parchemins. Les syllabes affluent. Chaque phrase apparaît, avec sa couleur. Je les combine une dernière fois.

Le plaisir monte. Je sens les phrases s'ajuster l'une après l'autre. Je le sens dans ma nuque. Ma colonne vertébrale bruisse lentement. Cette extase m'épuise. Après avoir noté toutes les phrases de la journée, je m'endors.

VI

LA NUIT DU 27

Qu'est-ce qui m'est arrivé depuis Berlin ? Il paraît que la nuit du 27 janvier, après ma fuite hors du Bunker, j'ai perdu la tête. Je pensais avoir passé la nuit dans la Maison manquante. Mais non : on m'a dit que j'avais erré autour de la porte de Brandebourg et des vestiges du Mur. Je divaguais le long d'Unter den Linden avec un masque de loup sur le visage. Je criais : « Où est la sortie ? Donnez-moi la sortie ! » Des murs, je ne voyais que ça — des flaques de boue, de la neige fondue, et des murs. Ils disent tous que le Mur est tombé, mais moi, cette nuit-là, je ne voyais que le Mur. On le rencontre partout : les pierres des nouveaux bâtiments sont celles du Mur ; et puis dans les rues, entre les galeries commerciales de la Potsdamer Platz, on foule ce vieux béton tressé de barbelés qui, depuis la fin du rideau de fer, s'est mêlé aux routes, aux trottoirs, à toutes les constructions. Les chantiers ont absorbé la vieille ténèbre, les têtes sont pleines de ciment, les corps mastiquent leur mortier — le blanchiment du mur les arrange tous. Cette nuit-là, je me disais : les obstacles ne se dressent plus, face à vous, à la verticale ; les obstacles ont pris l'horizontale, c'est pourquoi on s'imagine qu'ils ont disparu. Mais bien sûr ils sont toujours là. Je voulais repasser la porte de Brandebourg *à l'envers*. En arrivant à Berlin, j'étais entré en enfer, alors je voulais en ressortir. De quel côté, l'enfer ? Je n'arrêtais pas de passer et de repasser sous l'arc. Je me souviens d'avoir vu Athéna dans sa niche. Elle a fait comme si elle ne me voyait pas. Pourtant ça se voyait bien que j'avais besoin d'aide. J'étais appuyé contre un pilier, tremblant, je faisais un pas d'un côté, un pas de l'autre. Dedans ou dehors ? C'est où l'*autre côté* ? Et si l'on n'est plus en enfer on est où ? Est-ce que c'est possible de retrouver sa vie ? Ras le bol de la *Destruktion*, ras le bol de ce cauchemar. J'étouffe, moi ! C'est tout un piège avec les horreurs qui déferlent. Car la MINUTE MORTE était en route, avec sa cargaison de cadavres. Et déjà commençait l'angoisse : une vrille, plus une autre vrille, encore une vrille, et les images qui explosent leur jus. Moi qui croyais me relever après la fuite hors du Bunker, tu parles. Qui m'entend ici ? Personne n'entend personne, personne n'écoute. Est-ce que ces mots s'écrivent quelque part ? Il n'y a pas que la pierre qui vous encercle, il y a toute la fausse mémoire de la mort, l'horreur de la MINUTE MORTE qui va bientôt gicler. Alors à gauche ou à droite ? À l'est ? À l'ouest ? Un dernier effort, me disais-je, pense à Anna Livia : comment saura-t-elle que nous étions immortels si tu meurs de fatigue ? « Loin d'ici, le mortel ! » Elle venait d'où, cette phrase ? Est-ce que c'est Anna Livia qui disait ça ? Peu importe, ça m'a donné un coup de sang : « Loin d'ici le mortel ! » Oui, loin d'ici, le plus vite possible — partir loin, s'enfuir. Déjà les voix crissaient autour de moi, la maille serrée des voix goulues de la MINUTE MORTE. J'ai commencé à courir, j'ai descendu Unter den Linden en trombe, affolé, jusqu'à Checkpoint Charlie. C'est là que j'ai été mordu par un chien. Oui, encore une fois, mordu, comme devant le GASTR ! Je ne sais pas ce qui s'est passé, mais un type a lâché son chien sur moi, un chien-loup, un chien des ténèbres, immense et noir ; il m'a saigné aux chevilles, au même endroit que la dernière fois. Et dans les yeux du loup-garou me bouffant la chair, dans ses yeux qui m'arrachaient la jambe, j'ai vu passer un éclair de maléfice. Le type était désolé, sa laisse était cassée, il a réprimandé durement son chien ; mais moi, une fois de plus, j'avais la jambe en sang. Je me suis dit : ça va être impossible de s'échapper. Et d'ailleurs, quelques minutes après, alors que je cherchais une pharmacie de nuit pour désinfecter la plaie, il y a eu un incident, ça a mal tourné, une sorte de dérapage. À l'endroit où les Américains contrôlaient le passage, au milieu de la route, on a reconstitué un corps de garde, avec une guérite de parade. Il y a des petits sacs de sable, des barbelés, un grand panneau en russe, en américain, en allemand et en français qui vous avertit que « vous sortez du secteur américain », comme au temps de la guerre froide. Il y a des échoppes où l'on vend des morceaux du Mur et des uniformes de l'Armée rouge. Et puis, dans un coin, sous une avancée d'immeuble, entourées d'un rebord de briques, il y a des tombes, un petit cimetière avec de longues croix blanches en mémoire des victimes du Mur. J'ignore si c'est vraiment un cimetière, ou si les croix sont là pour le symbole, mais enfin des touristes photographiaient les tombes. J'ai enjambé le rebord. La terre était noire, boueuse. Je me suis adossé à la première croix. Les projecteurs m'éblouissaient. J'ai fermé les yeux. Des flashes ont crépité. J'entendais les exclamations des touristes. Ils riaient, ils prenaient des photos. Je sentais la croix dans mon dos, elle était humide, j'avais froid. Je ne sais pas pourquoi, j'ai pensé à mon téléphone, j'ai eu la sensation de l'avoir perdu. J'y ai vraiment pensé devant la croix, je m'en souviens très bien : la neige venait juste de recommencer à tomber. Je mets toujours le téléphone dans la poche intérieure du manteau, et là, il n'y avait plus rien. Ça se complique, me disais-je. Il y a eu une sorte de désespoir, un désespoir lointain, égaré lui aussi, perdu dans la boue. J'ai pensé à Anna Livia. Car avec le téléphone, je perdais surtout son numéro, qui était en mémoire. Le chercher dans les flaques autour de la porte de Brandebourg ? Inutile. Je me suis dis : voilà, maintenant je suis vraiment seul. On a toujours plus ou moins quelqu'un qu'on peut appeler, mais là il n'y avait plus personne. Les touristes continuaient à rire. Il y avait des Américains qui filmaient la scène. Alors je ne sais pas ce qui m'a pris, j'ai ôté mon manteau, l'écharpe, le pull, la chemise. J'étais torse nu, je tremblais, le visage déchiré par une joie malsaine, ruisselant, avec la barbe et les cheveux trempés. J'ai tendu lentement les bras de chaque côté de la croix. J'ai baissé la tête vers la gauche. La neige entrait dans mes yeux, ma bouche grimaçait. Je crois que les touristes ne riaient plus.

VII

CLINIQUE ESPÉRANCE

Et puis il y a eu la clinique Espérance. J'en parlerai peu : je m'en souviens à peine, et puis j'en ai assez de ces récits de malheur. Je n'arrive pas à me voir dans une maison de repos. Est-ce que j'y ai vraiment vécu trois semaines ? Il me semble avoir passé du temps allongé dans une chambre à gober des comprimés. On m'a parlé d'amnésie, d'hallucinations, d'états seconds. Il paraît que je répétais des noms : je voulais me « charger des noms », je parlais d'une « arche » — j'attendais que mon corps se transforme en « arche des noms ». J'ai lu ça dans mon dossier. Ils avaient noté quelques phrases que j'ai soi-disant prononcées : « Le nom des morts est gravé sur chacun de mes os. » Ou : « Si l'on connaît par cœur le nom des morts, on est vivant, et alors on ne mourra jamais. » Et puis : « J'entends toutes les phrases du monde. »

Des images me reviennent ; elles balbutient, comme dans un mauvais rêve. Ce sont des images de types qui déambulent en pyjamas et robes de chambre ; il y a un parc enneigé, un cèdre près d'une chapelle, des pavillons de brique rouge, des carreaux cassés, une salle télé pleine de somnolences, des piles de magazines périmés, avec des photos de stars allemandes. Et puis les cris des suicidaires, la triste gueule des psychotiques, les corps pliés sur des chaises.

VIII

LA CABINE TÉLÉPHONIQUE

Juste un détail — une cabine téléphonique dans le hall de la clinique. Pas vraiment une cabine, d'ailleurs. Un coin, en plein courant d'air, avec un téléphone mural à pièces, et une pile d'annuaires moisis, de Berlin et des alentours. J'ai passé des heures accroché à ce téléphone, avec un petit sachet de pièces de monnaie patiemment rassemblées, à tenter de joindre le Tanztheater Wuppertal. Chaque fois, je tombais sur un répondeur. Je laissais un message, mais ça coupait avant que je termine. Je réessayais. Impossible de comprendre ce que disait la voix du répondeur. J'ai convaincu un type, un vieux bonhomme craintif et lent, avec un sous-pull à col roulé rouge et une barbe de pope, un type qui faisait des mots croisés en russe et parlait toutes les langues, d'écouter le message et de me le traduire. Le message disait que la troupe de Pina Bausch était en tournée, que le Tanzheater Wuppertal était fermé et que les cours reprendraient à partir de septembre. On ne pouvait pas laisser de message. La voix disait ça : « Ce répondeur n'enregistre pas de message. » J'ai essayé aussi d'obtenir les renseignements internationaux, et, à force, j'ai réussi à avoir le numéro de Clémenti et celui de La Licorne. Mais ni Clémenti ni Lestrange ne décrochaient. Ça sonnait dans le vide. Appeler qui alors ? Et pour dire quoi ? Venez me chercher, je suis dans une clinique quelque part en Allemagne, dans une banlieue de Berlin, je ne sais pas ce qui m'arrive ? C'est Anna Livia que je voulais joindre, juste Anna Livia. Je voulais qu'on me donne son numéro, je voulais lui dire que j'avais un empêchement, que ça ne changeait rien, on se verrait bientôt, j'allais faire tout mon possible pour sortir de ce piège et la rejoindre, où qu'elle soit. D'ailleurs, où était-elle ? Peut-être la troupe de Pina Bausch était-elle partie en Indonésie, au Japon, en Inde. Je voulais juste laisser un mot à Anna Livia. Sans doute elle essayait de m'appeler, le téléphone sonnait dans le vide, enfoui sous la boue du Tiergarten, et il continuerait longtemps à sonner ainsi pour personne.

IX

LAZLO

Ça redevient clair à partir de Varsovie. Je suis dans une voiture avec Lazlo, un jeune type maigre et blond que j'ai connu à la clinique Espérance. C'est lui qui conduit. Il est 7 heures du matin. On stationne devant une pompe à essence. C'est un garage. Il est fermé. On est en banlieue, mais ce n'est pas sûr, parce que les quartiers de Varsovie ressemblent à des cités-dortoirs. Les immeubles sont tristes, les pelouses raclées de boue. Les arbres sont gris. Il pleut. On fume cigarette sur cigarette en écoutant des chansons à la radio.

Est-ce qu'on s'est enfuis de la clinique Espérance ? Je ne sais pas. Lazlo s'était arrêté cette nuit pour coller du sparadrap blanc le long de la carrosserie, afin de masquer le nom de la clinique Espérance, et rendre plus discrètes ces bandes bleues sur le flanc de la voiture, mais ça se voyait encore que c'était une ambulance.

On a attendu une heure ou deux devant le garage en buvant des bières. Je me suis assoupi. Quand j'ai ouvert les yeux, Lazlo parlementait avec un gros type en survêtement rouge qui avait l'air furieux. Le type a tourné autour de l'ambulance, il a ouvert les portières ; je suis descendu, il a pris ma place, il a regardé le tableau de bord, les roues, puis Lazlo et lui sont entrés dans le garage. L'air était doux. On était sortis de l'hiver. J'ai allumé une cigarette, je me suis appuyé contre l'ambulance. Je me disais : on est en Pologne. Je n'arrivais pas à le croire. Qui était Lazlo ? Qu'est-ce que je faisais avec lui ? J'ai regardé les immeubles, les arbres, le ciel — je souriais. Je crois que j'étais soûl. Lazlo est revenu, il souriait lui aussi, il avait conclu l'affaire. Mais le garagiste n'avait pas de liquide, on lui laissait l'ambulance, on aurait l'argent dans l'après-midi. Alors on a ouvert les deux dernières bières, on a trinqué. Lazlo a dit qu'on était à Praga, que c'était son ancien quartier, qu'ici tout le monde le connaissait. Le centre de Varsovie était de l'autre côté du fleuve.

X

VARSOVIE

On a pris un tramway. On a traversé la Vistule. Au milieu du pont, j'ai eu un fou rire. Joie absurde de me trouver là, au milieu de rien. J'ai repensé à la phrase célèbre : « En Pologne, c'est-à-dire nulle part. » Voilà, j'étais enfin nulle part. L'année dernière, il y a eu un train que je n'ai pas pris ; puis il y a quelques mois, j'en ai pris un pour Berlin. Et j'allais, toujours plus à l'est, voyageant vers le rien. J'ai dit ça à Lazlo : « Je voyage vers le rien. » Il a éclaté de rire, il me désignait des passants d'un air exalté : « Tu as vu ? » — puis il portait à sa bouche ce petit inhalateur bleu qu'utilisent les asthmatiques. Varsovie surgissait le long du tramway, avec ses immenses avenues métalliques, ses gros bâtiments de l'ère soviétique bardés d'affiches publicitaires, sa vieille tristesse grise et, plaqués sur cette tristesse, les slogans tapageurs des métropoles mondialisées. On est descendus à la station Muzeum Naradowe, juste devant l'ancien siège du Comité central du parti communiste : avant, on l'appelait par dérision la « Maison-Blanche », m'a dit Lazlo. Il était tout content de retrouver sa ville. Il l'aimait autant qu'il la détestait. Selon lui, Varsovie, mille fois détruite, par les nazis, par les Russes, était maintenant dévastée par le Capital. Quand il prononçait le mot « Capital », il précisait en riant : « Avec un K. — Comme dans *Destruktion* ? » ai-je dit. On a remonté la rue Nowy Swiat. On voulait boire encore une bière. On est entrés dans le premier bistrot, c'était un Starbucks Coffee. Oui, là on est vraiment nulle part, me disais-je — nulle part et partout : New York, Shanghai, Paris, Berlin — c'est le même décor d'abondance clinquante collé sur le manque. Pour Lazlo, rien n'a changé lorsqu'on est passé du communisme au capitalisme ; la domination a changé de forme, mais elle est restée la même, a dit Lazlo ; la domination, toujours, ne cherche qu'à se renforcer, a-t-il dit. Le propre de la domination, a dit Lazlo, est de chercher des formes pour accroître la domination : quand le capitalisme s'est avéré le meilleur moyen, pour la domination, de continuer à dominer, le communisme s'est changé en capitalisme. On a commandé deux autres bières et on a trinqué à la Pologne. On est allés de bistrot en bistrot, car Lazlo voulait me montrer sa ville et fêter notre entrée dans Varsovie. À partir de la rue Swiertokrzyska, il y a une suite de cafés refaits à neuf, uniformément laqués noir et or, comme des firmes américaines ; puis de soudaines cours intérieures splendides aux murs écaillés, des balcons aux torsades baroques, qui donnent sur un coin d'ordures. Une avenue — la Marszalkowska —, entièrement composée de boutiques de prêt-à-porter aux vitrines luxueuses, de McDonald's gigantesques et de bijouteries de la taille de galeries commerciales. Puis, dans la rue à droite, des escaliers en éboulis qui ne mènent nulle part, des stèles de guingois au milieu de gravats, un petit panneau rouillé qui se perd dans les herbes. Les arbres, les parcs, les trottoirs, tout a l'air pris entre le monde de la misère et celui de l'arrogance nouvelle.

XI

HÔTEL METALOWCY

Lazlo m'a conduit rue Dluga, au 29. Une enseigne bleue disait : Federacji Zwiazkow Zawodowych METALOWCY. C'est la Fédération syndicale des métallurgistes, m'a dit Lazlo : ils se réunissent là, au premier étage, et beaucoup d'ouvriers ont une chambre au mois, car ce sont les chambres les moins chères de la ville. J'y ai dormi il y a quelques années, a-t-il dit. C'est juste le minimum, il n'y a aucun confort, mais pour se reposer, c'est suffisant.

Je ne trouvais plus mon passeport. Sans doute l'avais-je perdu avec le téléphone. Lazlo a parlementé avec la femme de la réception. Il a montré ses papiers à lui. Puis on m'a tendu un registre, et en face du chiffre 326, j'ai écrit :

Pierre Avalanche

Je n'avais plus d'argent. Lazlo a payé pour moi. De toute façon, m'a-t-il dit, pour l'ambulance, on fait 50/50. Il a payé trois nuits d'avance. C'était en zlotys, mais ils acceptaient les euros. Ça faisait 10 euros la nuit. Lazlo a pris les clefs, on a monté l'escalier en marbre — un bel escalier d'apparat pour honorer la conscience des ouvriers. À chaque étage, il y avait des vitrines aux couleurs du parti communiste, toutes sortes de photographies de meetings, des coussins avec des médailles, des coupures de presse vantant le courage des ouvriers métallurgistes, et une photo officielle avec Gorbatchev. Au troisième étage, au bout d'un long couloir, chambre 326, Lazlo a ouvert la porte : « Après vous, Signor Avalanche. » Puis il a griffonné un plan sommaire de la ville sur une serviette en papier, avec les endroits pas chers pour manger, et son adresse à lui, dans la Mostowa, un quartier de la vieille ville.

XII

FENÊTRE

Quand j'ai ouvert la fenêtre, une branche d'arbre est entrée dans la chambre. C'était un cerisier. Les branches poussaient contre la façade du Metalowcy. Ça faisait un rectangle de lumière blanche qui m'a tout de suite aveuglé. Je suis tombé en arrière sur le lit. Je ne pouvais plus quitter le rectangle des yeux. Je ne voyais rien, et pourtant je regardais. Du blanc, rien que du blanc — une inondation de blanc. Et puis je voyais la branche de cerisier, sortie du blanc, qui flottait un peu dans la chambre. J'ai pensé à l'estampe chinoise, les yeux me piquaient, mais c'était agréable. Je me suis déshabillé, puis je suis entré dans le lit, le visage face à la lumière blanche. La formule des initiations — la plus vieille formule du monde — m'a traversé l'esprit :

VIE-MORT-VIE

Je souriais. J'étais joyeux, sans raison. Je me suis mis à parler tout seul à voix haute, mais ce n'était pas comme à Berlin. Je disais par exemple : « Il existe une mémoire à l'intérieur de la mémoire ; c'est elle qu'il faut rejoindre. » Ou alors je disais : « Le messager est capable de faire rire la forêt, les arbres, les animaux. » Ça me faisait du bien de parler, comme si cette lumière blanche m'ouvrait de nouveau la route. Quelle route ? Je ne sais pas. J'étais enveloppé de lumière, mon visage pris de blanc, face au ciel qui doucement s'apaisait.

XIII

L'ATTENTE

Alors a commencé une étrange période. J'ai passé une semaine sans sortir de la chambre. Lazlo venait de temps en temps. J'avais la fenêtre ouverte. Le soleil entrait. On fumait de l'herbe, le sourire aux lèvres, avec cette lenteur heureuse des égarés. Il m'avait donné ma part de l'ambulance : quelques milliers de zlotys pliés dans une enveloppe. Il m'avait apporté aussi des cigarettes, du pain d'épice, des biscottes, des journaux, un ou deux livres français. Il se tenait assis sur le rebord de la fenêtre, et moi j'étais allongé sur le lit. On buvait de la vodka. Le cerisier fleurissait. Je me disais : c'est incroyable un arbre en fleur, car on n'était que début mars. Lazlo lui aussi s'étonnait de ce printemps fou. La chaleur était suffocante, on était torse nu, mais moi je gardais le manteau. J'avais perdu mon téléphone, mon passeport. Je ne pouvais pas prendre le risque de me réveiller, un jour, sans le manteau. Lazlo avait repris son travail de surveillant au musée Jean-Paul II : « Il n'y a jamais personne, me disait-il. C'est dommage : au milieu de portraits des papes, il y a soudain un Rembrandt, un Van Gogh, un Titien. » Là-bas, il passait son temps à dormir : par économie, il fallait éteindre la lumière des salles lorsqu'il n'y avait pas de visiteurs, si bien qu'assis dans l'obscurité, il s'endormait. À chaque étage du musée, les surveillants dormaient ; parfois même il n'y avait personne pour faire payer l'entrée. Quelques touristes égarés parcouraient des salles dans la pénombre. Ils n'osaient pas réveiller les gardiens ; ou alors ils ne les remarquaient même pas. Et toi ? me disait Lazlo. Moi, je ne savais pas encore. J'attendais — j'attendais qu'une chose se lève, une chose qui donnerait à mon attente le sens d'une préparation. Car il était impossible que ma présence ici n'obéisse pas à une nécessité. Quelque chose m'appelait ici, mais quoi ? Ça m'était déjà arrivé deux fois, cette attente ; et à chaque fois, ça avait lieu dans une chambre. Il y avait eu la chambre de l'hôtel Cascade, puis celle de Straub. En attendant que cette chose ait lieu, il pouvait se passer beaucoup de temps ; et sans doute faudrait-il, malgré les zlotys de l'ambulance, que je trouve le moyen de gagner un peu d'argent. Lazlo m'expliqua que ce n'était pas un problème : on trouvait des petits boulots mal payés, lui et ses amis vivaient ainsi.

XIV

LUMIÈRE BLANCHE

Je passe mes journées à ouvrir et à fermer la fenêtre. C'est ma seule activité. J'ai fini par considérer cela comme un acte liturgique. J'ouvre, je ferme la fenêtre. C'est une cérémonie. La fenêtre que l'on ouvre n'est pas la même que la fenêtre que l'on ferme. Quelque chose, à l'intérieur de ces mouvements, prend son temps pour naître ; et cette chose, je l'attends. Est-ce que la vie peut devenir entièrement rituelle ? Est-ce que la suite de nos gestes compose un rite ?

Je contemplais cette lumière. Elle venait toute la journée former ce rectangle. Elle était si forte qu'elle prenait toute la chambre : plus rien n'existait à part elle. Le lit, les vêtements, le lavabo, le corps allongé appartenaient à cette lumière. Lazlo m'avait offert ses lunettes noires afin que je puisse « regarder la lumière », comme il disait. Avec ces lunettes, et mes cheveux que je n'avais toujours pas coupés, je ressemblais, disait-il, à « ces types du Velvet Underground, Lou Reed et ses amis ». Bref, j'étais allongé sur un lit, en manteau et lunettes noires, face à une fenêtre, absorbé par un ciel blanc, dans une chambre, en Pologne.

J'avais froid, j'avais chaud. Le sommeil dans la journée change l'arrivée de la lumière ; il joue avec les ombres. Je me disais : « Tu n'es pas mort, tu n'es pas devenu fou. » Il m'arrivait, sur un revers de prospectus, de noter furtivement quelques impressions, mais ce n'étaient pas encore des phrases. Je savais qu'elles viendraient. J'avais confiance. D'ailleurs je me disais : même si je n'écris plus, ça s'écrit quand même. Car ce qui a existé existera toujours : les phrases qui se sont écrites continuent à être écrites ; elles viennent réveiller les corps qui ne parviennent pas à exister. À partir du moment où une phrase a réveillé un corps, ce corps, même s'il se rendort, continuera à exister, il existera pour toujours ; et l'histoire des corps réveillés par une phrase formera d'elle-même une série de phrases qui, à leur tour, réveilleront d'autres corps.

XV

INITIATION

Quelque chose qui n'existe pas vous arrive. Où êtes-vous quand ça arrive ? La chambre, le lavabo, le lit : plus rien ne protège la densité qui vous efface. Ce qu'il y a de diabolique dans cette chose vous semble clair. Vous n'avez pourtant pas mangé de la viande d'humain, comme Lestrange le disait à propos d'Ulysse ; mais quelque chose de secret vous est arrivé *qui vous initie* — quelque chose qui imperceptiblement continue, à travers vos gestes et vos paroles, à s'initier en vous. Peut-être êtes-vous vivant parce qu'un jour un loup vous a déchiré la jambe. C'est la morsure qui vous a mené jusqu'ici ; elle connaît toutes vos nuits. Et dans cette morsure, le siècle entier s'est infecté, avec sa bave de crimes et ses larmes que personne ne peut entendre ; et maintenant cette blessure sèche au soleil — elle vous semble amicale.

J'étais donc en train d'être initié. Ça continuait. Ça n'a pas de début, ni de fin. C'est une manière de vivre le temps. Les jours ne fuient pas. Ils s'absorbent, avec moi, dans la lumière blanche. Je dis « avec moi », mais je ne suis déjà plus là. Une ligne — rien qu'une ligne. Entre la vie et la mort, il y a une feuille de papier. Elle est si mince qu'un nuage la traverse imperceptiblement. J'évolue dans cet intervalle.

XVI

ROYAUTÉ

Les premiers jours, j'ai regardé le rectangle comme un tableau — un tableau vide.

J'ai commencé à *voir dans le blanc.*

J'ai vu apparaître, comme ces filaments qui viennent sous la paupière quand on ferme les yeux, des chevelures et de fines verges qui montent à la chasse ; une portée de musique ouverte à des grains de beauté, des latitudes, des longitudes, toutes sortes de chevauchements d'axes, des étoiles.

Je m'amusais.

Je me disais : derrière l'arête de droite, la ligne des orients. Et puis plus loin, une forêt que je ne prendrai pas. Des rocailles d'estampe, une cascade à soupirs d'étreintes. Puis très vite, c'est le corps d'Anna Livia que j'ai vu s'inscrire. Vers la fin de l'après-midi, les teintes se foncent, un peu de brun voilé vient toucher la palette, alors ses gestes viennent. Bras tendus, jambes ouvertes, et des visions de chevilles, de genoux, de rotules comme des pointes Bic, d'épaules qui roulent et de pieds nus : toutes les lignes sont couleur d'encre rouille, couleur citron brûlé, comme les croquis des carnets de Léonard de Vinci. Un théâtre : son corps qui tourne, son ventre, les reins par à-coups qui vous entrent dans le sang ; et la poitrine dressée comme des bourgeons de chaleur. Je la voyais, elle, et tout l'orgueil de son cul de reine, qui faisait des cambrures orange. Son aisselle de près, qui tourbillonne, velue, comme une chatte.

Je pouvais suivre tout le ballet. Je voyais les sauts, les

élans, les courses, et tout entière sa peau livrée aux rythmes, aux battements du cœur. Puis la nuit tombait, et j'allais fermer la fenêtre.

XVII

PARC SASKI

Je me suis levé tôt. J'ai enfilé mon pantalon et ma chemise gris perle, celle que j'avais récupérée chez Joséphine. Tout était propre, bien séché sur le lavabo. J'ai épousseté mon manteau. Il était complètement râpé, et décousu aux aisselles, un peu taché aussi, mais c'était encore à mes yeux un manteau de prince. C'était la première fois que je sortais. Je découvrais les rues de Varsovie. Il y avait une sorte de poudroiement dans l'air, avec une lumière douce dans les arbres. J'avais avec moi la carte de l'hôtel Metalowcy, je la serrais précieusement dans ma poche, car je n'étais pas sûr de retrouver le chemin. Les murs de la vieille ville sont rouges, jaunes, vert pâle ou roses, comme en Italie. Je sais que tout a été reconstruit, et que ce charme désuet n'est que du toc ; mais ces ruelles me faisaient du bien, comme une chanson facile. Car ce n'est pas seulement la joliesse qui frémit sous ces paliers, ces porches de pierre, ces fenêtres sculptées, ces stucs, ces blasons, ces frises et ces réverbères, mais aussi l'obstination d'un peuple à survivre. Les pavés de la rue Piwna me transportaient ainsi dans un temps qui n'existait pas, un temps suspendu, qui n'était ni celui des galeries commerciales illimitées, ni celui des bâtiments à grisaille stalinienne, un temps intermédiaire et décoratif, à l'image de ce « nulle part » dont la Pologne continue de se croire prisonnière.

Je suis allé prendre un repas dans l'une de ces cantines qu'on appelle des *mleczny* — des « bars à lait », où l'on mange pour 2 euros. Le Pod Barbakanem donnait juste sous les remparts de la vieille ville, Lazlo me l'avait conseillé. Des touristes photographiaient les remparts, il y avait des musiciens de rue, des attroupements, toute l'effervescence du week-end. Les plats étaient écrits en polonais sur un panneau exposé au mur, comme un indicateur de chemin de fer. Apparemment, il fallait passer sa commande à la caisse, où l'on vous donnait un ticket, que vous tendiez ensuite, sous un guichet, aux cuisinières qui s'activaient devant des marmites. Mais je ne comprenais pas un mot au menu. Je m'adressai à la femme de la caisse, qui haussa les épaules. Je commandai donc au hasard, et on me servit du hareng mariné avec de la crème fraîche, des espèces de raviolis au chou, une soupe aux betteraves — un menu d'auberge, un menu de roman picaresque, dont je fis mon régal.

J'étais tout content, j'ai marché au hasard. La lumière de mars était éblouissante, comme si la neige venait de fondre, et qu'on passait brutalement du glacier aux floraisons. Après toutes ces journées dans la chambre, l'air me grisait un peu ; et je flottais dans une sorte de joie blanche. Le bonheur, me disais-je, c'est du blanc traversé à fond.

Je me suis allongé sur la pelouse du parc Saski. Il y avait de petites fontaines, et des buissons pleins d'odeurs légères. Des couples prenaient le soleil et s'enlaçaient près de moi, dans l'herbe, sous la statue d'un cerf. J'étais couché sur le dos. Je regardais le ciel. Il était blanc, comme dans la chambre. Puis c'est devenu plus chaud, avec des teintes ocre. Le visage d'Anna Livia est apparu, ses bras, ses jambes ont dessiné des branches de cerisier. Elle portait un manteau. Il s'ouvrait sur ses seins, se fermait, s'ouvrait de nouveau. Ses seins, lentement, se sont mis à éclore. Ils gonflaient, blancs et veloutés. Une enveloppe est sortie du manteau, une grande enveloppe blanche avec un petit rond noir.

XVIII

MESSAGÈRE

Je ne pensais plus qu'à Anna Livia. J'avais aperçu, dans une ruelle de la vieille ville, un Phone Center. Il y avait aussi des postes d'accès à Internet. Anna Livia avait sûrement une adresse e-mail, mais on n'avait jamais utilisé ce moyen pour communiquer. Nos coups de fil, le soir, nous suffisaient. J'ai essayé de nouveau d'appeler le Tanztheater Wuppertal. Quelqu'un a répondu, une voix de femme, mais je ne comprenais rien, et elle non plus ne comprenait pas mon mauvais allemand. J'ai dit : *English speaking ?* Mais non, rien. Elle a raccroché. J'ai pensé : Lazlo parle allemand, je vais lui demander de m'aider. Si je savais où était la troupe de Pina Bausch en ce moment, si elle était à Bombay, à Lisbonne, à Jérusalem, je pourrais essayer d'appeler là-bas, de joindre le théâtre où Anna Livia allait danser, et peut-être, à force de parler à des intermédiaires, tomber sur elle. Lazlo habitait dans un coin charmant de la vieille ville, une sorte de jardin en pente, avec des bouleaux et des peupliers, qui courait le long des remparts, et qui s'appelait la Mostowa. Les maisons avaient un air de chaumières. La petite rue en escalier était joliment pavée, il y avait des oiseaux et, au n° 20, j'ai frappé à la porte. La maison faisait l'angle. Une vieille dame m'a ouvert. J'ai demandé Lazlo. Elle ne comprenait pas. Bien sûr, me disais-je, en polonais, Lazlo ça ne se dit pas Lazlo. Il faut sûrement le prononcer autrement. J'essayais toutes sortes d'accentuations, mais la vieille dame m'observait avec une sorte d'indifférence égarée. Je crois qu'elle me voyait à peine. Tandis que j'essayais d'articuler le nom de Lazlo, de le dire de toutes les manières possibles, elle regardait les oiseaux derrière moi dans les arbres, et le ciel. Elle s'est mise à sourire. Je me suis dit : ça va être impossible. Alors j'ai crié : « Lazlo ! » Je me disais : s'il est là, dans la maison, il m'entendra. La vieille dame m'a regardé, ébahie, puis elle a ri toute seule, et a fermé tranquillement sa porte, comme si je n'étais pas là. Je suis allé boire une bière à la terrasse du Mickiewicz, sous les parasols rouge et blanc de la place de la Vieille-Ville. J'ai écrit une lettre à Anna Livia, aux bons soins du Tanztheater Wuppertal. Je lui racontais, en quelques mots, mes mésaventures de Berlin. Lazlo avait le téléphone, je lui donnais le numéro. Je pensais à elle, je l'aimais toujours, j'attendais nos retrouvailles. J'espérais qu'on ferait suivre ce courrier. Je l'avais précisé en grosses lettres sur l'enveloppe.

Je me disais : si Lestrange était là, il me dirait que le voyage d'Ulysse continue ; il me dirait que je vais de Charybde en Scylla, et que ma Nausicaa est aussi une Pénélope. Il faisait beau sous les treilles du Mickiewicz. Je n'avais plus qu'à espérer la faveur d'Athéna. Si c'est elle qui portait ma lettre, alors je retrouverais tout de suite Anna Livia. Ce moineau qui picorait au pied de la fausse vigne, c'était peut-être Athéna. D'habitude, c'est une hirondelle. Mais les hirondelles ne s'approchent pas des touristes. J'ai levé mon verre à la santé des moineaux.

XIX

CERCLE I

C'est une nuit, dans la chambre. Avec un canif, je déchire la doublure du manteau. Le manuscrit est là, il est intact. Mes yeux sont d'abord engourdis, puis la lumière qu'ils ont emmagasinée depuis mon arrivée à Varsovie se jette sur les phrases. Je les redécouvre, une par une. Je me souviens de la moindre inflexion, de la courbure des chapitres, du placement des adjectifs. Et pourtant, je suis surpris. On dirait que les phrases vivent sous mes yeux ; elles semblent s'écrire au moment où je les lis. Je vois le mouvement qui les combine. Il est instantané. Voici le train de 8 h 07, voici Notre-Dame-du-Vide, et les oiseaux de l'hôtel Cascade, et voici qu'Anna Livia prend son essor, sa danse imprègne l'avancée du récit, puis coïncide avec chaque phrase. Il y a quelque chose de troublant à se voir ainsi projeté dans un récit, comme si l'on observait sa propre mémoire. Était-ce la fatigue, une illusion de la nuit, les phrases venaient en couleurs. Elles s'ouvraient dans un chatoiement de rouges, de verts, de jaunes, de bleus ; et miroitaient comme des perles. Au bout de cent pages, j'ai fermé les yeux, les phrases se lisaient toutes seules. Ce qui était écrit se récrivait, à l'identique. Les couleurs étaient dans ma tête, elles étaient sur la page. Entre la page et moi, il y avait les couleurs. C'est elles qui vous donnent accès. C'est elles qui déchiffrent. Ainsi les phrases étaient là, elles avaient toujours été là, en réserve ; elles ne m'avaient pas quitté. Et en les réveillant, je réveillais aussi de nouvelles phrases, des phrases qui allaient prendre la suite. Je suis prêt, me disais-je. J'avais une mémoire, une mémoire qui s'écrivait noir sur blanc, et avec cette mémoire, je pouvais aller loin.

XX

STALINE

Je marchais dans Varsovie avec les phrases de *Cercle I*. C'étaient mes propres phrases que je récitais maintenant. À chaque pas, elles venaient me dire : trouve le moyen d'écrire, écris la suite — écris *Cercle II*. J'avais commencé à griffonner, mais ce n'était pas encore ça. Il faut que le monde se soulève à travers vos poumons, me disais-je ; et le monde était presque là, il était sur le point de venir et de me soulever, c'était une question de jours, une question d'heures, peut-être de minutes.

Ce jour-là, le 21 mars, je me promenais sous terre, dans les galeries commerciales qui serpentent aux alentours du palais de la Culture et de la Science. Il y a certaines avenues du centre de Varsovie qu'on ne peut pas traverser ; il faut descendre, et alors, si vous ne remontez pas tout de suite, des tunnels s'offrent à vous, un labyrinthe d'embranchements où les cafétérias, les fast-foods, les boutiques de chaussures et de vêtements pas chers se succèdent sans fin, dans une atmosphère de disco survoltée. Ça pue le graillon. C'est toujours bondé. Les vieux y traînent leur ennui. Les jeunes aussi. Il y a des punks avec leurs chiens qui font vaguement la manche. C'est là que j'achetais mes cigarettes. Le buraliste était un gros type à tête d'ours, coiffé d'un bonnet de docker, qui vendait aussi des magazines. Il avait le teint gris, huileux, comme tous ceux qui circulent dans ces boyaux. Peut-être, comme les autres, ne sortait-il jamais de sous terre. Oleg a raison, me disais-je : tout finira en bunker ; ils vivent dans ces galeries, ils mangent, téléphonent, ils consomment et communiquent dans des trous ; et bientôt plus personne ne sortira de son trou.

En achetant mes cigarettes, je suis tombé en arrêt devant une fille nue. C'était l'une de ces photographies qui sont affichées sur les côtés des kiosques à journaux. La jaquette d'un DVD porno, ou la couverture du magazine qui allait avec, je ne sais pas. En tout cas, la fille était merveilleuse. Elle était assise au bord d'un divan de velours vert, bien droite, les jambes écartées. On ne voyait pas son sexe : un code-barres le masquait. Son visage était très blanc, sa chevelure brune tombait sur ses épaules, ses yeux étaient bleus. Elle souriait avec une joie désarmante. Une beauté un peu slave, les pommettes hautes, et cette douceur dans le vice qui me semblait irrésistible. Adorable et sexy, me disais-je — les deux à la fois. Elle avait toute la panoplie du cliché sexuel : talons aiguilles, bas noirs, porte-jarretelles. Mais sa nudité n'avait rien de vulgaire : au contraire, c'était la nudité fraîche d'une sirène. Je contemplais ses seins, ils étaient splendides, lourds et ronds, avec une veine bleue qui courait discrètement jusqu'au mamelon. Oui, adorable et sexy. Elle s'appelait Anita Dark — et apparemment, c'était la « reine du X ». J'étais là, devant la photographie d'Anita Dark, béat. J'avais une érection magnifique. J'étais troublé par la ressemblance avec Anna Livia ; ou plutôt mon désir de revoir Anna Livia me la faisait apercevoir partout, dans les traits d'une passante, dans le mouvement furtif d'une femme ouvrant son sac, dans une publicité pour un porno.

J'ai dû me rincer l'œil un peu trop longtemps : l'ours au bonnet m'interpelle. *Good !* il dit, le pouce en l'air. Il semblait partager mon goût pour Anita Dark. On se sourit. Il me dit : *You want ? Take !* Il me montre une pile de magazines, avec une autre couverture, sans doute le nouveau numéro. Celui avec Anita Dark était périmé. Je décroche la photo, je la plie en quatre, je la glisse dans mon manteau. Je remercie le buraliste, le pouce en l'air. Il me salue avec un clin d'œil.

Lorsque je suis remonté à la surface, il faisait nuit. J'ai eu un instant de panique. Je ne reconnaissais rien. Ces grands immeubles allumés dans la nuit, ces voitures qui filaient en tous sens, ces avenues énormes me semblaient effrayants. J'avais beaucoup marché dans ces galeries, et sans doute étais-je très éloigné de l'endroit où j'étais descendu. Évidemment, je pouvais toujours me repérer grâce au palais de la Culture et de la Science. Staline voulait que ce soit le bâtiment le plus élevé de la ville : il l'avait fait bâtir pour qu'on le voie de partout, m'avait dit Lazlo. Et c'est vrai : j'étais perdu, mais là-bas, surgissant entre les tours, il y avait le palais de Staline.

J'étais inquiet car je sentais que, malgré le palais de la Culture, je n'arriverais pas à m'orienter. J'ai cherché le petit carton de l'hôtel dans mes poches. Je crois qu'il y avait un plan dessiné au verso. Impossible de le trouver. Il était sans doute dans la chambre. J'ai tourné en rond une demi-heure. Chaque fois, je revenais aux alentours du palais. À partir du palais, me disais-je, il faut une vingtaine de minutes jusqu'à l'hôtel : cet itinéraire, je l'avais déjà fait, mais c'était de jour. Alors j'essayais une direction, mais très vite je sentais que ce n'était pas la bonne, et je revenais sur mes pas jusqu'au palais. Le pire, c'est que je ne me souvenais même plus du nom de mon hôtel. Pas moyen de me rappeler ce fichu nom, encore moins celui de la rue. Je ne pouvais donc même pas prendre un taxi. Un trou de mémoire — un vrai trou de mémoire. Je me suis senti mal. Quoi faire ? Il faisait froid. J'ai regardé le ciel. Il était étoilé. J'ai pensé : « Le mal est le ciel étoilé du bien. » Quelqu'un a écrit ça, mais qui ? Qu'importe. Finalement, je vais rester là, me disais-je : la gare centrale est à côté, je vais aller prendre une boisson chaude, l'adresse me reviendra peut-être.

Le grand hall de la Warszawa Centralna était entièrement rempli de voyageurs. La salle d'attente, dont j'apercevais de loin les rangées de banquettes surchargées, avait débordé, jusqu'à s'étendre partout dans la gare. C'était un vrai campement. On ne voyait même plus les guichets ; d'ailleurs, je crois qu'ils étaient fermés : il n'y avait plus de train avant 5 heures du matin. Les gens étaient assis par terre, serrés les uns contre les autres. Certains avaient retiré leurs chaussures et s'étaient allongés, la tête appuyée contre des ballots de vêtements. Il y en avait qui se passaient des bols de soupe ou qui mordaient dans du pain. Il était presque impossible de se frayer un passage. Des valises s'entassaient partout, des paquets, des caisses, des cageots, des sacs, d'énormes baluchons ficelés avec des bouts de corde. De vieilles femmes, avec un fichu sur la tête, étaient recroquevillées sur elles-mêmes, l'air soumis et buté. Une humilité grise enveloppait tous ces corps. Je me disais : est-ce que ce sont des voyageurs ou des sans-abri ? Les deux, peut-être. Qui est abrité ? Qui ne l'est pas ? Les corps, me disais-je, vont à l'abîme, ils s'agitent au ralenti dans la vie dure. Et ce qui emplissait cette nuit le grand hall de la gare centrale de Varsovie, c'était la tristesse des populations déplacées — une tristesse d'exode.

Des images de camps m'ont traversé la tête. Dès que les vivants s'agglomèrent, ça commence à sentir la mort. Le « charnier vivant », comme dit Oleg. Les corps entassés ont toujours l'air de victimes, comme si la menace rôdait plus fort sur les nuits de transit. Et c'est vrai qu'ils avaient l'air de réfugiés ; non seulement ils en avaient l'air, mais en un sens, c'étaient des réfugiés. Chaque corps approfondit par son existence la menace qui affecte toutes les existences ; cette menace s'étend à l'espace qui leur est refusé. À mesure que le monde s'ouvre à la planète, l'espace se referme aux corps. La fermeture est saturée. Elle règne. Les corps évoluent ainsi sans refuge, ils sont exposés à leur propre survie. L'invivable s'étend à tous les secteurs de l'existence ; les vivants traversent l'existence en se brûlant sans cesse à la misère : « Nous avons été pensés comme des moutons pour la boucherie. » C'est une phrase des Psaumes. Je me disais : l'exode est le lot. Oui, le lot. Je répétais ce mot bizarre : « lot » — ça veut dire à la fois destin et marchandise, me disais-je. C'est bien ça qui nous est échu. Je disais « nous », cette nuit. Car je me sentais solidaire ; et puis je m'y voyais glisser dangereusement, dans le troupeau d'exode. Dans l'exode, on sort, on ne fait que ça sortir — mais on n'entre nulle part. Je me disais : attention à la solitude. Si cette nuit, si demain ou après-demain je prends un mauvais chemin, si je me laisse aller, je peux vite perdre ma route. Après tout, je me suis isolé de tous, et parfois jusqu'à en perdre conscience. C'est une belle expérience, et en même temps, jusqu'à quel point est-ce que c'est une expérience ? Je n'habite nulle part, je n'ai plus d'argent, j'ai perdu mon passeport. Il suffirait d'un peu d'inattention pour que je coule moi aussi dans l'errance. Heureusement, j'ai les phrases. Les phrases passent les frontières, elles agissent comme une boussole. Avec les phrases, on trouve un abri. On n'est plus jamais abandonné. Les phrases, me disais-je, c'est le contraire de la misère.

Je me suis assis par terre, moi aussi. Les deux vieilles femmes à côté de moi ont tout de suite regardé mes chaussures avec mépris. Le cuir était tout râpé, elles étaient complètement défoncées, et surtout je n'avais plus de lacets. C'était à cause des morsures de Berlin, ça me faisait mal. Il fallait que les chaussures soient bien ouvertes, le cou-de-pied dégagé, et que ça ne frotte pas. Au début, je marchais avec les lacets défaits, et puis un jour j'ai tout arraché.

J'ai allumé une cigarette. Deux types se sont approchés. Je leur en ai offert. On a essayé de parler, mais on ne se comprenait pas. Ils sont restés un peu, le temps de finir leur cigarette, puis sont partis. J'ai fermé les yeux. J'étais épuisé. Demain, me disais-je, j'y verrai plus clair. Après tout, passer la nuit dans une gare, il y a pire. Avec un peu de chance, j'arriverai même à dormir. Le coin que j'avais choisi était tranquille, il y en avait qui dormaient déjà.

Très vite, un type m'a fait signe. Un moustachu avec une grosse tête. Il avait un objet à la main, une sorte de couteau, qu'il maniait nerveusement. Il essayait d'attirer mon attention par des sourires. Il était assis sur une caisse en bois. Plutôt courtaud, gras, avec des bottes noires de gendarme. La caisse en bois était grillagée, et il me semble qu'il y avait un animal dedans. Le type me souriait. Il m'a montré du doigt — puis il a fait le geste du bourreau, en passant son pouce sous sa gorge.

Quelques minutes plus tard, alors que je m'étais tourné dans une autre direction, il a réapparu. Il avait exactement la même position : assis sur une caisse en bois grillagée ; mais cette fois, avec son couteau, il coupait des caramels en petits morceaux. Il en engloutissait certains dans sa bouche, et il donnait les autres au petit animal qui était dans la caisse.

Dès qu'il a vu que je le regardais, il a refait le geste de me désigner du doigt, puis de passer son pouce sous la gorge.

Un fou, me disais-je. Il m'agace, ce type. Et puis ses caramels, il les mâchait avec une satisfaction répugnante. Il s'en pourléchait grossièrement, avec toujours le même sourire. Le petit animal était un singe. On voyait ses doigts qui attrapaient les caramels à travers la grille. Le sourire de ce type était dépourvu d'humanité, un sourire de bourreau. Quand il sourit, me disais-je, sa grosse moustache devient affreuse, on dirait des limaces collées au-dessus de ses lèvres. Une phrase m'est venue : « Quand sa moustache rit, on dirait des cafards. » C'était un vers de Mandelstam — un vers du poème sur Staline.

Staline ? Mais oui, bien sûr : le type avec son singe, c'était lui — c'était Staline. La même gueule de boucher insensible, la peau cramoisie de petite vérole, le nez busqué, la moustache épaisse et drue. Et c'était à cause de ce vers — « Quand sa moustache rit, on dirait des cafards » — que Staline avait fait déporter Mandelstam. Ce type là-bas, avec sa gueule de bourreau, avait fait déporter le plus grand poète russe pour un vers, pour un poème, un seul et unique poème, sans doute le seul poème de Mandelstam que Staline ait jamais entendu, un poème qui n'avait même pas été publié, mais que Mandelstam avait lu un soir à des amis. J'ai récité ce poème à voix basse, pour moi seul, surpris par cette mémoire nouvelle que j'avais depuis quelques jours. Car j'ignorais que je savais des vers de Mandelstam : j'avais lu des vers de Mandelstam, mais jamais je n'en avais appris par cœur. En tout cas, le vers de Mandelstam était très juste, me disais-je. Cette nuit, je pouvais le confirmer : quand la moustache de Staline riait, on aurait dit des cafards.

J'ai fermé les yeux. Je ne voulais plus voir. Il me semblait, cette nuit, que j'étais parvenu sur une crête. Le récit tournait sur lui-même — il virait. Je sentais qu'il y avait encore beaucoup d'heures silencieuses à venir : j'allais basculer dans l'écriture de *Cercle II*, et avec l'écriture, le mouvement allait reprendre, et m'ouvrir de nouveau à ce qui ouvre. Peut-être ça commençait cette nuit, car l'apparition de Staline n'était qu'une dernière tentative pour m'empêcher de passer. Je me disais : les phrases arrivent, je retrouve ma joie, et la joie est indestructible. Des vers de Mandelstam continuaient d'arriver, comme un encouragement. Tiens bon, me disaient-ils, tu y es presque. Il y en avait un surtout qui me parlait : « Et le siècle-loup s'agrippe à mes épaules. » Le « siècle-loup », je voyais très bien ce que c'était : à Berlin, il n'avait fait que ça, s'agripper à mes épaules. Et cette nuit, le « siècle-loup » revenait soudain me coller la mort. Il insistait, comme s'il m'était interdit de le traverser sans payer le prix — sans lui donner ma souffrance en retour.

Voilà, quelque chose se mettait de nouveau à me pourrir la tête. La MINUTE MORTE essayait une dernière fois de m'avoir. C'était la tête de Staline, bien sûr, qui agissait. La bonne vieille méduse de l'Histoire, celle qui veut votre hypnose. Dans ces cas-là, vous le savez, il faut endurer. Si l'on commence à fuir, on est pris. Alors ça s'est brouillé autour de moi, les visions se sont croisées, j'ai vu de nouveau des cadavres. C'était très sombre, presque noir, avec un brouillard de crémation qui dissimulait le relief. Des officiers s'avançaient dans ce brouillard vers des corps agenouillés : ils leur logeaient une balle dans la nuque. On entendait la voix de Staline qui disait : « À la fin, c'est la mort qui gagne. » Les corps autour de moi tombaient les uns après les autres dans la fosse. Plus les corps tombaient, plus la fosse grandissait. La voix de Staline disait : « À la fin, c'est la mort qui gagne. » À un moment, la fosse s'est mise à déborder sur elle-même. Ça devenait un territoire immense — une terre de charniers. La voix de Staline disait : « À la fin, c'est la mort qui gagne. » Cette fosse grandissait à vue d'œil, elle était en train de mordre d'un côté sur l'Allemagne, et de l'autre sur la Russie. Elle avalait les villes, les champs, les forêts. Elle ne connaissait aucune frontière. C'était le pays des cadavres, celui qui croque l'Ouest aussi bien que l'Est, qui avale Berlin et Moscou, qui ne connaît aucun pôle, aucun axe, qui ignore le bien comme le mal, qui se moque de la morale, qui n'a pas de limites. Cette contrée, c'était le chaudron des massacres. La déchetterie où se sont liquidées les fosses communes de l'Europe.

J'ai rouvert les yeux. La tête de Staline s'était encore rapprochée, elle était à quelques mètres de moi. Engoncée dans une vareuse qui lui boudinait la gorge. Et toujours cette jovialité barbare. J'ai pensé à la photo d'Anita Dark. J'ai décidé que ce serait mon porte-bonheur. Un talisman, aussi. Comme ces crucifix qu'on brandit face aux vampires. Eh bien moi, dès que la mort vient me narguer, je sors la photo d'Anita Dark, me disais-je. Si j'avais eu sur moi une photo d'Anna Livia, bien sûr que je l'aurais sortie, mais je n'en avais pas, alors Anita Dark, c'est déjà ça, me disais-je. J'ai cherché dans ma poche la photo de la reine du X. Je l'ai dépliée. J'ai souri. À la fin, ce n'est pas la mort qui gagne, ai-je dit — c'est Éros. J'ai répété la phrase à voix haute, en brandissant la photo :

À la fin, c'est Éros qui gagne.

Les deux vieilles à côté de moi ont levé un œil vers la photo. Aucune réaction. Elles s'en foutaient. Reine du X ou pas, ça n'était jamais qu'une fille à poil. L'une des deux femmes, avant de refermer l'œil, a jeté un regard à mes chaussures. Au fond, c'était logique, il ne fallait pas s'en étonner : un type qui porte des chaussures aussi minables ne pouvait qu'exhiber, en pleine nuit, une photo porno. Quant à Staline, je crois qu'il n'avait rien vu. Alors bien sûr, Anita Dark en incarnation d'Éros, c'était un peu approximatif. Mais cette nuit, dans l'adversité de la gare centrale de Varsovie, avec les cauchemars qui rôdaient, et toutes ces visions de maléfice qui ne demandaient qu'à me sauter une nouvelle fois à la gorge, Anita Dark, elle me comblait. J'étais preneur. Et puis, à travers le beau sourire d'Anita Dark, à travers sa plastique de reine du X, à travers son adorable nudité, c'était un peu d'Anna Livia qui passait dans cet exorcisme — un peu du charme de toutes les femmes que j'avais connues, un peu du féminin lui-même.

Staline a commencé à refaire son geste avec le pouce, et avant qu'il ne l'achève, je me suis levé. Ça l'a surpris, Staline. J'ai vu qu'il avait eu un mouvement de recul. Si cette crapule veut ma mort, qu'il la prenne, me disais-je — moi je garde la vie. Ma mort n'est rien, me disais-je, je ne vis pas avec ma mort : je suis tout entier phrases, vie des phrases, joie, repos, vertige. Je me dirigeais vers Staline. Ce n'était pas facile d'avancer. Il fallait contourner des corps, enjamber des bagages. J'avais replié la photo d'Anita Dark dans mon manteau. Une belle fille nue contre un bourreau ? Les bourreaux ne comprendront jamais rien à Éros, me disais-je. D'ailleurs, c'est sans doute parce qu'ils ne comprennent rien à Éros qu'ils sont des bourreaux. Avec Anita Dark de mon côté, je peux aller défier Staline, me disais-je. Mon manteau était en lambeaux, depuis que j'avais ouvert la doublure, les fils pendaient comme les franges d'un manteau de prière.

J'étais maintenant juste devant lui. On s'est regardés. Il était toujours assis sur sa caisse en bois. Il se curait les ongles avec son couteau. J'ai désigné le couteau. J'ai dit : « Donne-le-moi — donne ton couteau. » Il me l'a donné. J'ai découpé un morceau de mon manteau, je lui ai tendu le morceau, un petit carré d'étoffe, puis je lui ai redonné le couteau. Il tenait l'étoffe avec ses gros doigts, entre le pouce et l'index. Il a levé la tête vers moi, d'un air interrogateur.

Je suis sorti de la gare. Il faisait jour, maintenant. J'ai allumé une cigarette. Mon hôtel s'appelle le Metalowcy, ai-je dit. Je n'ai pas hésité. J'ai pris une rue, puis une autre. En quelques minutes, j'ai retrouvé le parc Saski, puis la rue Dluga, puis l'hôtel, et je suis monté me coucher.

XXI

LA MAISON VERTE

Quelques jours après, l'hôtel Metalowcy ferma pour travaux. Lazlo me proposa une chambre chez lui. La vieille dame qui m'avait ouvert la porte l'autre jour était sa grand-mère. Elle souffrait de la maladie d'Alzheimer. Lazlo essayait de lui venir en aide comme il pouvait. La location de la chambre, qui était dérisoire, finançait un peu les soins.

Cette chambre était au grenier. En fait, elle *était* le grenier. On y accédait par une échelle de bois qui courait à l'extérieur du bâtiment, et finissait en balcon. Il y avait un bric-à-brac de vieux objets, de meubles et de cartons ; et au milieu de ces empilements, un matelas était posé à terre. Lazlo avait monté pour moi des draps propres, un oreiller, une couverture. Un vasistas s'ouvrait dans le toit, et la lumière donnait sur une petite table de camping bleue, avec une chaise pliante, et une lampe dont l'abat-jour était percé. C'était minuscule, plus petit encore que la chambre de l'hôtel Metalowcy, laquelle était plus petite que la chambre de Straub, qui elle-même était plus petite que celle de l'hôtel Cascade. Je me disais : si cette aventure continue encore longtemps, je finirai ce livre dans une cave.

La grand-mère vivait au rez-de-chaussée. Lazlo vivait au premier étage avec une jeune femme qu'il appelait la « Bolchevique ». Et moi, j'étais juste au-dessus d'eux, dans les combles. La Bolchevique rentrait tard le soir, car elle travaillait dans un restaurant. Elle poursuivait des études de philosophie, comme Lazlo ; mais tandis que Lazlo s'intéressait aux Français, et surtout à Deleuze et à Foucault, elle lisait Hegel, Feuerbach et Marx avec cette véhémence assidue des militants qui savent qu'ils arrivent trop tard. Elle était toute menue, et presque toujours coiffée d'un petit chapeau rond, qui lui donnait un air de demoiselle. Ses yeux étaient noisette, et sa chevelure coupée très court, à la garçonne. Des taches de rousseur lui donnaient une sorte de beauté fraîche. Elle était coquette, autoritaire sur les questions politiques, et d'une sentimentalité qui la jetait dans des disputes incessantes avec Lazlo. Lorsqu'elle souriait, elle avait l'air d'un très gentil lapin, mais elle souriait rarement. On ne s'est presque pas parlé, elle gardait ses distances. Et puis elle avait décidé que j'étais un « antisocial », comme elle disait. Je l'ai su par Lazlo, qui se désolait de notre mésentente. Selon elle, la littérature était une chose du passé. Il n'y avait rien de pire à ses yeux que les « anarchistes mystiques » — et précisément, disait-elle, j'en étais un.

XXII

REPRISE

À peine installé, je me suis mis à écrire. J'étais bien ici. La table de camping était parfaite. Ni trop haute ni trop basse. J'ai punaisé la photo d'Anita Dark au-dessus de la table, sur une poutre. J'ai recousu *Cercle I* dans la doublure. J'ai ôté l'abat-jour crevé. J'ai scotché un morceau de papier contre l'ampoule. Au début, les phrases arrivèrent dans un galop d'extase. Ça durait dix minutes, un quart d'heure. Une joie brutale, quelques phrases, un éclair. Le lendemain, ces phrases me semblaient solides.

Puis les extases grandirent, et bientôt cet état dura toutes les nuits que je passai dans la Maison verte. Le bonheur existe dans ces eaux-là. Si vous l'avez connu une fois, il vous reconnaît pour toujours. Il vient se mêler à chacun de vos instants. Il est parfois discret, mais sa force est immense, et se transmet à toutes vos démarches, qu'elle accompagne d'une illumination. On peut vivre ainsi. Ces joies qui vous viennent dans les phrases, vous pouvez les étendre à toute votre existence, aux détails de vos journées, à la moindre rencontre, à votre manière d'aimer.

Les cahiers de Berlin sont ouverts sur la table. Je transforme les diagrammes en phrases. Je reconnais les formes ; elles conduisent à des récits. La plupart sont des grigris ; je les ai dessinés pour éloigner le K. Je feuillette les cahiers, c'est la vitesse qui donne les combinaisons. Une phrase vient parfois du montage de trois, quatre diagrammes. Sensation de traverser des buissons de densité, de franchir des ponts *à l'intérieur d'un trou.* Ça s'éclaire à chaque page, comme lorsqu'on aperçoit la fin d'un tunnel.

XXIII

LE GHETTO

J'ai cherché des traces du ghetto. C'était difficile parce que, précisément, il n'y avait plus de traces. Je me disais : il y a forcément un monument, une plaque, un musée. Mais non, il n'y avait rien. Au début de *Shoah*, le film de Claude Lanzmann, un homme désigne un endroit, une sorte de prairie, un champ vide près d'une forêt — il dit : « C'est le lieu. » Il n'y a rien, et précisément, il dit que c'est là que ça a eu lieu. Est-ce que c'était possible que quelqu'un, à Varsovie, désigne un endroit, qu'il montre un terrain vague, indique une rue, un morceau de rue, un trou dans la rue, et dise : « C'est là — c'est là que ça a eu lieu » ? Car même si on ne voit rien — même s'*il n'y a rien à voir* —, ce rien, je désirais le voir.

J'ai demandé à Lazlo. Il a eu l'air étonné, vaguement gêné de ne pas savoir. Et puis il a juste répété que tout avait été détruit. Bien sûr, me disais-je, mais ce n'est pas parce qu'il ne restait rien que la chose n'existait plus. C'est ça qui me troublait : que la disparition soit le dernier mot. Après tout, à Berlin, il y avait des tas de lieux qui témoignaient pour la disparition, des lieux, dans la ville, où la disparition n'était pas laissée à elle-même. La Maison manquante, c'était ça : un espace qui donnait à voir la disparition, où on pouvait l'éprouver physiquement. Et, du coup, la disparition n'avait pas disparu — elle existait. Oui, me disais-je, c'est ça : la disparition existe ; et à Varsovie, elle avait disparu. À Varsovie, me disais-je à voix haute, *la disparition elle-même a disparu.*

Je marchais dans les rues près du parc Saski, celles dont j'avais lu qu'elles étaient les rues de l'ancien quartier juif. Je me disais : ça a eu lieu, et ça a disparu. Quand quelque chose a eu lieu, pour ne pas que ça disparaisse, les humains mettent une pierre, ils veulent se souvenir, ils commémorent. Parfois, ils en font trop, et leurs commémorations ne sont plus que des alibis, une forme de bonne conscience qui se débarrasse de la chose — qui l'oublie.

Mais là, dans les rues de Varsovie, je faisais des kilomètres en regardant les murs, je me répétais cette phrase : « La disparition de la disparition. » Il y avait de la cendre dans ma tête, un désert de cendres, une immense étendue de poussière blanc et gris.

XXIV

THE FUTURE IS BEAUTIFUL

C'est au 59 de la rue Sienna. Il y a une grille. Elle est fermée. J'attends. Deux adolescents arrivent, la porte s'ouvre, ils sortent, je m'avance, ils me tiennent la porte, j'entre dans la cour de l'immeuble.

Il y a une espèce de jardinet avec des platanes, et au fond de la cour, entre deux façades : un mur.

C'est un mur en briques rouges, d'environ deux mètres de haut, avec à ses pieds trois grands pots de violettes en fleur. De l'herbe sèche poussait çà et là tout au long du mur. Il y avait des bougies en forme de boîtes de conserve, avec écrit dessus *Memorial Candle* en anglais et en hébreu ; trois pigeons qui se tenaient sur le bord ; et, au milieu, une plaque rectangulaire :

W OKRESIE
15-XI-1940 r. — 20-XI-1941 r.
MUR TEN
BYI GRANICA GETTA

De l'autre côté du mur, il y avait un châtaignier dans le ciel, avec les tours de verre Warsaw Towers ; et sur toute la surface du building, l'immense photographie d'une femme couchée en bikini sur une plage, le regard aguicheur : *The future is beautiful with…* La suite de la phrase était cachée par le coin d'immeuble. Des voix d'enfants venaient d'une autre cour, ils jouaient au football ou au basket.

Un type sur son balcon, au deuxième étage, me regardait. Il était torse nu et bedonnant, en slip, avec des savates et une chaîne autour du cou. Son slip était une sorte de string panthère. C'est Tarzan, je me suis dit : Tarzan au ghetto. Il fumait une cigarette, accoudé contre la balustrade, et voici qu'il m'interpelle.

Je ne comprenais pas. Je me suis avancé jusqu'au grillage du jardin. J'ai mis la main vers mon oreille, pour qu'il répète. Et là, du haut de son balcon, Tarzan me dit, en allemand : *Jude* ?

J'ai levé ma main vers lui, lentement, avec le majeur dressé. Ça l'a énervé ça : il a jeté sa cigarette et a commencé à s'agiter. Sa bouche éructait, ses yeux étaient en furie, et il brandissait son poing vers moi. Il me gueulait dessus avec une énergie colossale. C'était même exceptionnel cette force dans l'injure, car Tarzan ne prenait aucune respiration, les mots sortaient de sa bouche en se bousculant, ça ne s'arrêtait plus. Bien sûr, je ne comprenais pas un mot, mais la performance, j'y étais sensible. Un chien est arrivé sur le balcon, derrière lui, et s'est mis à aboyer. Plusieurs fenêtres se sont ouvertes, des têtes sont apparues, et se sont mises à s'engueuler avec Tarzan. Il y a eu une dispute horrible. Apparemment, Tarzan n'était pas très aimé, ici. Je suis retourné devant le mur. Pour me recueillir, c'était difficile, mais après tout, c'est toujours comme ça : la possibilité de se recueillir, il faut l'arracher. Il y a une espèce de chaos, l'ennui brouillon des empêchements — et vous, là-dedans, qui essayez d'entrer dans le silence.

XXV

MÉMOIRE

Quelques jours plus tard, je passe dans une rue déserte. C'était en fin de matinée. J'avais écrit toute la nuit, les phrases marchaient bien. J'étais heureux, vacillant. La fatigue des nuits blanches me faisait une démarche incertaine. J'accrochais des lueurs, et la journée tremblait un peu. Je marchais au hasard, en mangeant un sandwich. Après une nuit blanche, on ne peut pas faire grand-chose et, en attendant le sommeil, seule l'errance était possible. Et puis cette errance autour du ghetto prolongeait les nuits d'écriture. C'était comme écrire des phrases, la même attente, le même séjour dans le vide. On ne sort pas d'une nuit blanche ; elle continue toute seule son trajet dans la journée, elle se mêle aux heures, et votre corps avec elle se sent étranger à tout ce qui a dormi. Il n'y a pas d'activité possible. Ainsi, la nuit blanche en moi se poursuivait-elle, naturellement, dans l'obsession du ghetto. Je sentais qu'il y avait une proximité entre les phrases qui me venaient la nuit, et la recherche quotidienne de la disparition. Comme si l'écriture menait à ce trou dans le temps.

Me voici d'un coup dans la rue Prozna. Je ne l'avais encore jamais vue. Les façades sont noires — carbonisées. Les fenêtres sont toutes cloisonnées. J'entre sous un porche. Ce sont de pauvres bâtiments morts, complètement délabrés, rongés de gravats. Ce délabrement semblait maintenir coûte que coûte quelque chose du passé. Je me disais : ce délabrement est un abri. C'est comme si la mémoire du ghetto était vivante, ici, avec ses murs en ruine. J'ai pensé : « C'est le lieu. » Je divague peut-être, mais ici la mémoire me parle, la rue me parle, les murs me parlent — et en parlant, ça reprend vie.

La disparition, on la voyait. Elle s'animait. Je me disais : des kilos de temps vont se soulever pour arriver jusqu'ici. Mais non : la simplicité avec laquelle le temps revient est foudroyante. Ça vous remonte dans les yeux, la cendre s'anime. Quelque chose vibre qui s'adresse à vous, depuis l'impossible.

Je dis l'« impossible », parce que ça a lieu dans un retrait qui ne témoigne que pour lui-même. Depuis cet « impossible », on accède au cœur du temps — à ce point d'abîme où le temps déborde sur lui-même. Alors, ce qu'il y a dans le temps se libère dans un instant d'extase. À la faveur de la béance, « passé » et « présent » coïncident. On voit le néant. Il brasille.

Une rue entière se consacre devant vous à ce qui l'a vidée.

Une rue pense.

Qu'est-ce qui s'ouvre ? Ce n'est pas la MINUTE MORTE. C'est tout le contraire. Ça se déploie dans un lieu du temps auquel on accède par une mémoire infinie. Une mémoire qui ne cesse de revenir, qui est l'autre nom du temps — son foyer, peut-être.

J'étais là, au milieu de la rue, traversé par cette brèche, et je n'étais plus là du tout. Je ne sais pas ce qui arrivait. Seule la mémoire peut se mettre ainsi en rapport avec ce qui échappe à la représentation. J'étais en train de toucher l'*événement*.

XXVI

UMSCHLAGPLATZ

Et lorsque je suis enfin tombé, quelques jours plus tard, sur le monument aux victimes du ghetto de Varsovie — car il y avait un monument, complètement perdu —, il m'a semblé dérisoire.

C'est au nord, après le quartier de Muranow, dans la rue Zamenhof. La rue a mené, durant l'été de 1942, des milliers de Juifs vers la gare d'Umschlagplatz. Cette gare n'existe plus. C'est de là que des trains partaient vers les camps d'extermination.

Cet après-midi, l'air est doux. On entend les oiseaux entre les immeubles. Tout est gris, et moche. Il n'y a personne dans les rues.

Je cherche le lieu. Il y a une place bordée de petits sapins, avec un monument : une pierre, des phrases en hébreu, une couronne mortuaire. Est-ce que c'est là, Umschlagplatz ? Je ne crois pas. Il y a de petites pelouses mornes, devant l'entrée des immeubles. La tristesse est plate. Je continue ; et au coin de la rue Stawki et de la rue Stanislowa Dubois, au bord d'un terrain vague et d'un chantier de palissades, je remarque une borne de pierre. J'en ai croisé une dizaine depuis le début de la rue Zamenhof. Sur cette borne, deux dates : « 1940-1943 ». Au bout de la rue, je tombe sur une avenue cisaillée par les rails du tramway. Tout au long de l'avenue, les façades semblent aveugles ; tout est fermé dans la brique. Les fenêtres sont bouchées, on dirait que c'est l'hiver ici. Il y a de longs grillages, avec des panneaux qui signalent un danger à haute tension ; puis à perte de vue s'ouvre un terrain vague hérissé de pylônes, une zone morte, comme si l'on avait atteint la limite habitable de la ville.

Il se met à pleuvoir. Je m'approche d'un étrange bloc de marbre, qui se dresse là-bas, sur le trottoir. Oui, c'est là, il y a écrit « Umschlagplatz ». Quatre murs de pierre surmontés d'un couvercle de marbre noir, qui forment un wagon — un wagon de déportation. Je regarde autour de moi. Derrière le wagon, sur la petite place, il y a deux bosquets de bouleaux très fins, puis un bâtiment d'entreprise, avec un logo rouge : VELUX. Un tramway passe. Je tourne lentement autour des quatre murs, je touche la pierre, je lis les inscriptions. Le wagon est ouvert. Je suis entré.

XXVII

LES FLAMMES

En revenant chaque soir du ghetto, j'écrivais *Cercle II*. Une nuit, l'ampoule a claqué. J'ai allumé une chandelle, puis une deuxième. Lorsque vous tracez des lettres sur du papier, votre peau se rafraîchit. Le silence engendre les corps, les arbres, la lumière. Un éclair s'allume entre les mots. Les lettres vous inondent l'esprit.

J'avais placé chacune des chandelles à une extrémité de la table, si bien que la page sur laquelle j'écrivais se trouvait au milieu. Je racontais le GASTR !, la libraire à la méduse, Oleg et Jolie Corbeau, tout le cheminement dans les bolges à souffrance. J'avais la sensation que mes phrases se faufilaient entre les deux chandelles. Elles s'ouvraient un passage grâce aux flammes. À l'intérieur de chaque flamme, il y a une lumière blanche : c'est la plus haute ; elle s'élève sans vaciller. Et en dessous, il y a la lumière noire. La lumière noire touche à la cire ; c'est elle qui détruit et consume ce qui vient à l'approcher. La lumière blanche, au-dessus, ne consume ni ne détruit ; et jamais ne varie.

Une phrase doit avoir traversé la lumière noire pour connaître la blanche, me disais-je. Une phrase qui ne s'allume pas en direction de la lumière blanche n'est pas une phrase ; mais celle qui n'a pas connu le noir ne s'allumera jamais.

Chaque soir, en rentrant au grenier, j'allumais ainsi les deux chandelles. C'était une cérémonie. J'attendais de voir briller les deux lumières. Puis je commençais à écrire. Un sentier s'ouvrait dans la nuit.

XXVIII

SAINT JULIEN

Lazlo me rapporta une annonce de l'Institut français. Un couple, les Szymanski, cherchait quelqu'un pour leur lire des livres en français. C'était deux heures par jour, et c'était bien payé. Il y avait un numéro de téléphone, j'appelai immédiatement. Mme Szymanski s'exprimait dans un français impeccable. Elle me donna rendez-vous pour le lendemain, à 16 heures ; et me pria d'apporter un livre de mon choix.

Lazlo possédait toutes sortes de livres français, des romans, beaucoup de philosophie et, dans une vieille édition « Classiques Larousse », *La Légende de saint Julien l'Hospitalier*.

Dès les premières phrases, je me suis mis à frissonner. Chaque phrase de Flaubert me semblait gorgée de puissance. Les mots s'ajustaient dans ma tête. Les points-virgules frémissaient. Je trouvais chaque phrase parfaite — sobre, vibrante, réglée comme les notes d'une sonate. Dans ces phrases, on entend le cri des ours, les petits pas des dames du Moyen Âge entrant dans leur chambre, le râle minuscule des animaux qu'on massacre. Il y a des perdrix rouges qui volettent dans les chaumes, des buissons de vent chaud, un cerf qui parle comme dans l'univers enchanté des schizos. On croise des porcs-épics, des renards, des vipères et des chacals ; il y a des flaques de sang qui s'étalent sur les draps d'un lit, elles suintent lentement du matelas et tombent, goutte à goutte, sur le plancher ; des sanglots, des signes de croix, une vieille barque sur un fleuve de vase, une cahute, un lépreux aux yeux plus rouges que des charbons, tous les reflets écarlate et mauve et vert opale d'un vitrail d'appartement royal, toute une abondance barbare — celle qui stimule la joie terrible de raconter.

XXIX

COULEURS (2)

Je lus le *Saint Julien* d'une traite ; puis le relus à voix haute. Je m'entraînai une partie de la nuit, et soulignai les phrases les plus difficiles à prononcer. J'avais acheté, dans une épicerie, un flacon de vin italien entouré de paille tressée. Depuis que j'avais recommencé à écrire, je ne mangeais presque plus. Quelques pains au lait trempés dans du café, des pommes, des Bounty. En quelques minutes, je fus complètement ivre.

Les phrases de Flaubert brillaient dans la nuit comme des bijoux. Les rubis, les émeraudes, les citrines, les turquoises y mélangeaient leurs éclats. Il me semblait apercevoir le dessein secret de Flaubert, qui était de composer un vitrail. Pas seulement de l'illustrer avec des phrases, mais de *faire un vitrail de phrases*. C'est-à-dire d'écrire des phrases en couleurs. En lisant le *Saint Julien*, ces couleurs, je les voyais s'animer. Il y avait des pages rouges, comme des explosions de corail ; une marqueterie d'agates, de turquoises, de grenats ; des lueurs transparentes où languissaient des opales ; puis toute la violence des onyx qui se déchaînait, comme un corps pris de jouissance. Peut-être était-ce le vin italien qui exagérait mes sensations ; mais je crus avoir touché un trésor. Le grenier tourbillonnait de féeries. Julien massacre des animaux, il tue son père et sa mère, puis court expier son erreur dans un chemin de pénitence, qui le rachète. Il y avait des rougeoiements de carnage qui éclaboussaient les meubles du grenier, le matelas, les pages du manuscrit. Une bouteille aux flancs potelés qui roule sous une table. Un ruissellement de noces, plein d'épaisseurs et de cris féminins qui meurent doucement. Le sang et le vin s'échangent des lueurs ; ils glissent dans une étreinte d'où s'échappe la crudité d'un sacrifice. On voit briller des choses cachées dans une eau de neige. La silhouette d'un homme qui passe à travers les bois, sur une barque, et embrasse un lépreux. Cet homme se soustrait à l'existence des hommes ; il n'appartient plus qu'au temps, à l'éternité ; il disparaît dans une extase.

XXX

LES SZYMANSKI

Les Szymanski habitaient un bel appartement bourgeois, sous les arcades de la rue Swietojerska. C'était à la bordure du quartier de Muranow, où j'avais cherché des traces du ghetto juif. Les fenêtres donnaient sur le parc Krasinskich, tout bruissant d'oiseaux, que je prenais plaisir à traverser pour me rendre chez eux. Je venais d'acheter de nouvelles chaussures, des espadrilles bleu marine, dont j'étais très fier ; et je les étrennais dans les allées du parc.

Il était 16 heures. Je sonnai à la porte. J'avais le *Saint Julien* dans la poche de mon manteau. Je pouvais presque le réciter par cœur. Une jeune fille m'a ouvert, une petite blonde de vingt ans, un peu boulotte, avec un corsage rouge au décolleté abyssal. Elle m'a regardé de haut en bas, les espadrilles surtout. Qu'est-ce qu'elles avaient mes espadrilles ? Peut-être qu'elles juraient un peu avec le manteau, c'est vrai. Mais c'est un style : espadrilles-manteau, c'est voulu. Du coup j'ai fait pareil, j'ai regardé la fille de haut en bas, mais elle n'avait pas de chaussures, alors je me suis arrêté sur son décolleté. Elle a dit, en français : « C'est vous le lecteur ? » J'ai bien aimé son accent. Un peu plus cristallin que celui de Lazlo ou de la Bolchevique — plus mouillé, je dirais même plus *perlé*. Elle a ajouté : « Vous voulez enlever votre manteau ? » J'ai eu envie de la culbuter là, tout de suite, de la prendre debout contre la porte, de déchiqueter son jean moulant avec mes crocs, et de la foutre en hurlant à la lune. Mais Mme Szymanski est arrivée, elle marchait avec une canne, et me souriait. Une dame d'une soixantaine d'années, très digne, avec une élégance beige et feutrée. Elle me dit, en me tendant la main : « Mon mari est en train de devenir aveugle, et moi je suis aveugle depuis longtemps. »

Elle m'a demandé comment je m'appelais, et là j'ai bafouillé. J'ai commencé à dire « Jean Deichel », puis en mangeant les mots : « Pierre Avalanche ». Elle m'a interrompu, en souriant : « Ça n'a pas d'importance, vous savez : vous pouvez vous appeler comme vous voulez. » Alors j'ai dit : « Jean Deichel. Je m'appelle Jean Deichel.
— Moi, c'est Élisabeth. Élisabeth Szymanski. Je suis française, je viens d'Angers. Mon mari, Wladyslaw, est polonais. »

La jeune fille avait disparu. J'ai suivi Élisabeth Szymanski jusqu'au salon.

La pièce était tapissée de livres. Il y en avait partout, sur les murs, mais aussi, en piles, sur des tables, et sur le tapis. Wladyslaw Szymanski portait des lunettes noires, et s'en excusa. La lumière lui faisait mal, et s'il voulait conserver le peu de vue qui lui restait, il fallait qu'il ménage ses yeux.

Il avait dans les soixante-dix ans, mince, élégant lui aussi, habillé de bleu marine. Un beau couple d'intellectuels, l'esprit clair, le raffinement courtois ; et cette malice qu'on devinait entre eux, et faisait penser qu'ils s'étaient toujours énormément amusés ensemble, que l'amusement étaient chez eux une forme singulière d'intelligence, un lien sexuel.

Wladyslaw Szymanski me demanda ce que j'avais

choisi pour nous. Quand je dis qu'il s'agissait de *La Légende de saint Julien l'Hospitalier*, ils se mirent à sourire, tous les deux.

Élisabeth Szymanski s'était installée dans un fauteuil Voltaire. Et son mari prit place sur le canapé, où il s'allongea.

Je lus pendant deux heures. Je lisais lentement. Les mots, je les entendais se sculpter dans ma bouche. Je trouvais décidément ce texte prodigieux ; et certaines phrases, quand je les prononçais, faisaient vibrer ma mâchoire.

La jeune fille s'était approchée, pendant la lecture ; elle était blottie dans un coin de canapé, derrière moi.

XXXI

PAULINA (1)

Je revins chaque jour. Au début, je choisissais des textes qui pouvaient se lire en une séance. Puis Wladyslaw Szymanski me demanda de lire *La Chartreuse de Parme* ; il avait sorti de la bibliothèque son exemplaire relié : « Finalement, c'est le plus beau des livres », me dit-il, en me le prêtant. Je lisais souvent plus de deux heures. Les séances couraient jusqu'au soir. J'aimais particulièrement quand Élisabeth Szymanski m'interrompait : « Vous pouvez redire cette phrase, s'il vous plaît ? » Je m'exécutais. « Ah, elle est bien, celle-là », disait-elle. Son mari se mettait alors, là-bas, dans son canapé, à sourire d'une manière très douce. Je rentrais ensuite à la Maison verte, en coupant par le parc Krasinskich. Je rêvassais, la tête enchantée par les phrases de Stendhal — par le bonheur italien qu'il y a dans ce livre.

Il arrivait que les Szymanski m'invitent à rester dîner. J'avais cru que Paulina était leur fille. Pas du tout : elle les aidait pour toutes sortes de choses, l'intendance, la cuisine, en échange d'un salaire qui lui permettait de préparer l'École hôtelière. Elle avait sa chambre. Les après-midi étaient libres ; et le soir, une fois le dîner fini, elle allait à sa guise. Elle m'expliqua qu'elle connaissait les Szymanski depuis l'enfance. C'étaient des amis de ses parents, qui, eux aussi, étaient franco-polonais. Elle parlait français, parce que tous les étés, elle les passait à Villeneuve-lès-Avignon, où sa mère avait sa famille. Elle m'apprit que les Szymanski avaient été des héros de la Résistance. Lui de la Résistance polonaise, elle de la Résistance française. Il avait été fait prisonnier à quinze ans ; il s'était évadé de plusieurs camps ; et puis les nazis avaient fini par l'envoyer à Auschwitz. Il y a trois ans, Élisabeth était devenue aveugle. Son mari s'était mis alors à lire à voix haute. On entendait toute la journée la voix de Wladyslaw qui lisait pour sa femme. Ça n'arrêtait pas — du matin au soir, il lisait. Même quand il ouvrait le journal, c'était à voix haute. Et maintenant, lui aussi, il écoutait.

XXXII

PAULINA (2)

Un soir, nous venions de dîner tous les quatre. L'orage déchirait le ciel avec fracas ; de brusques torrents de lumière jaillissaient au-dessus de la Vieille Ville, et se déversaient sur les avenues. Wladyslaw me proposa de passer la nuit ici : il y avait de la place, disait-il, dans la chambre-bureau. Paulina m'arrangea une couchette avec le divan ; elle apporta un oreiller, des draps, une couverture, une petite lampe. Les Szymanski se couchaient tôt. À 22 heures, tout le monde était au lit. J'avais toujours sur moi des pages de *Cercle II.* J'écrivis une heure ou deux. La pluie frappait contre la baie vitrée. Il y avait un fauteuil dans la chambre. Je le tournai face à la fenêtre, j'éteignis la lumière et, confortablement assis, je contemplai le parc Krasinskich assailli par l'orage.

Vers minuit, Paulina frappe à ma porte. Elle tient un bougeoir. L'électricité vient de sauter : elle veut savoir si j'ai besoin d'une bougie. Je l'invite à entrer. Elle me propose une tasse d'*herbata* : elle était en train d'en boire, l'eau est encore chaude. On s'installe sur le divan. Elle est en tee-shirt, avec un bas de pyjama, pieds nus. On s'embrasse. Elle me dit qu'elle a un copain. Elle me montre son portable. Il y a des textos qui arrivent, ça n'arrête pas, elle coupe la sonnerie. Elle veut bien qu'on se caresse, mais pas qu'on « couche ensemble ». Je dis que je comprends. « Et toi, me dit-elle, tu as quelqu'un ? — Oui, j'aime une femme. On s'est rencontrés à Paris, on a vécu un été ensemble, puis elle est partie en Allemagne, et lorsque j'ai voulu la rejoindre, je me suis perdu. — Perdu ? Comment ça ? » Je raconte un peu. Elle veut savoir depuis combien de temps je n'ai pas fait l'amour. Je compte : ça fait six mois. « Six mois ! Et ça va ? Tu supportes ? »

Elle m'a embrassé beaucoup plus tendrement. J'ai senti qu'*elle voulait faire quelque chose pour moi.* Le portable est tombé sur le tapis, elle ne l'a pas ramassé. Ça lui avait plu mon histoire d'abstinence. Et bien sûr, ce qui lui plaisait encore plus, c'était l'idée qu'elle pouvait maintenant la briser. Elle a ôté son tee-shirt, par bravade, et j'ai caressé ses seins. Le portable vibrait. J'avais la gaule des grands jours. Elle a dû le sentir : elle a ouvert ma braguette, elle a sorti ma queue avec délicatesse, sans tirer sur les poils des couilles, et elle m'a très gentiment branlé, tandis qu'on se roulait une pelle interminable. Je lui pétrissais les seins, comme un adolescent affamé. À un moment, j'ai passé ma main entre ses jambes. Elle me l'a vite enlevée. Je n'ai pas insisté. Et puis elle a voulu me sucer. Ce n'était pas très au point, elle a commencé à suffoquer. « Il vaut mieux que tu me caresses avec la main », ai-je dit. Elle a souri, comme si elle m'en savait gré. Ses seins étaient vraiment formidables : bien gros, bien mous, des seins de fermière ou de nourrice. À un moment, je ne pouvais plus me retenir, j'ai glissé ma queue entre ses seins, tout en les serrant fort. Elle a eu l'air effaré, puis elle a éclaté de rire, parce que je me contorsionnais comme un damné. Elle s'est mise à comprimer elle-même ses seins contre ma queue. Et quand j'ai joui sur sa poitrine, c'était avec un tel hurlement qu'elle s'est précipitée pour mettre ses mains sur ma bouche. Elle avait peur que les Szymanski n'aient entendu, mais elle riait : elle était absolument ravie par mon hurlement de jouissance — un peu sidérée, et ravie. J'ai même cru qu'elle allait appeler une copine sur son portable pour lui raconter tout de suite la scène. Je lui ai essuyé la poitrine avec un Kleenex. Et puis, après un dernier baiser plein de fougue, elle est retournée dans sa chambre, au cas où les Szymanski auraient besoin d'elle.

XXXIII

CORPS DE NUIT

Je suis assis à la table, la tête appuyée dans mes mains. Il est 5 heures du matin. Que se passe-t-il, la nuit, entre deux lueurs ? Les mouvements sont incalculables. La joie se condense, elle roule entre les doigts. Les poumons grandissent. Oui, chaque phrase ouvre un passage. Ce passage est une question, et la réponse est la phrase elle-même. Est-ce que vous croyez vraiment avoir mis à nu vos démons ? Je les entends rire par-dessus votre épaule. Votre réponse les intéresse moyennement ; je crois même qu'ils n'y prêteront aucune attention. Il y a de la neige soudain sur la table. Le monde vient se tordre dans sa poussière blanche, comme la première fois, quand vous écriviez avec les oiseaux, à l'hôtel Cascade. La main continue à tracer des signes sur les feuilles de papier. Vous allumez des cigarettes. Le menthol vous nappe bien la gorge. Lazlo vous a trouvé des Kool. Un trafic à la frontière allemande, a-t-il dit. Les Kool sont très bonnes cette nuit. Un souffle éclaire votre sourire. La clarté ne se bat pas ; elle laisse faire. Elle a raison : à un moment ou à un autre, les ténèbres se perdent. Elles se mettent à errer, puis disparaissent. Qu'est-ce qu'elles vous ont pris ? De quoi se sont-elles emparées en échange de votre commerce avec elles ? C'est impossible à savoir. Chaque lecteur de ce livre aura peut-être son idée là-dessus. Il y a des nuits où j'ai la sensation que le K est toujours là. Mais pourquoi ne serait-il pas là ? L'écriture fait venir les démons ; elle les attire, et joue avec eux ; mais elle est aussi ce qui en protège le mieux. Car si les mots se retournent dans la main des esprits, il suffit d'un seul mot pour les tenir à distance. Ce sont des zones glissantes. Je saurai tenir bon. Est-ce que je n'ai pas traîné avec moi dix mille esprits dans la neige de Berlin ? Je peux vous assurer qu'ils sont méchamment puérils. *Le mal est puéril.* Je souligne cette phrase parce que, en l'écrivant, je viens de comprendre quelque chose. Les phrases de 5 heures du matin sont toujours très concentrées. Elles fourmillent de détails qui se condensent en un seul trait d'encre. Alors, une « expérience intérieure » ? Je ne sais pas. Une expérience, voilà tout. L'intérieur, l'extérieur, le dedans, le dehors : ces vieux partages m'ennuient — ils ne veulent plus rien dire. Et puis d'où viennent les phrases ? Certainement pas de l'« intérieur ». Avec les phrases, il n'y a plus ni dedans ni dehors, il n'y a qu'un seul mouvement qui tourne, il vient de partout et de nulle part.

XXXIV

TÉLÉPHONAGES

On était en avril, le 3 avril. Je n'avais aucune nouvelle d'Anna Livia.

Cercle II était presque fini.

Le printemps était splendide. La chaleur rendait l'atmosphère du grenier intenable. Je restais sur le balcon. L'air crépitait de pollen. Du jaune, du rouge, du rose tournaient dans les arbres avec la sève.

Chaque jour, avant d'aller faire la lecture aux Szymanski, je passais une heure ou deux à dormir sur les bancs du parc, à relire mes pages, à les récrire, à les modifier sans fin.

Quand j'entendais le téléphone sonner, en bas, il m'arrivait de descendre l'escalier à toute allure, de courir jusqu'à la porte, d'entrer en trombe chez la grand-mère, d'avaler l'escalier jusqu'au salon de Lazlo : mais non, ce n'était pas Anna Livia.

Je continuais à fréquenter le Phone Center. J'appelais régulièrement le Tanztheater Wuppertal. Un jour, je ne tombe pas sur l'enregistrement habituel : c'est un type qui décroche, et qui me demande, en anglais, de patienter. Je saute de joie, je patiente, je me dis : ce type va m'aider, je vais lui dire qu'il faut absolument que je joigne l'une des danseuses de la troupe de Pina Bausch, il va me donner un numéro, et d'un coup, au bout du fil, il y aura Anna Livia. Je patientais, l'écouteur collé à l'oreille, guettant la moindre respiration du type. C'était long. Il y avait une musique d'attente un peu sinistre, Mahler, je crois, le *Chant des enfants morts* truc comme ça. Mais je n'y prêtais aucune attention. Dans ma tête, la voix d'Anna Livia n'était plus qu'à quelques tonalités de la mienne. Il suffisait d'un numéro de téléphone — une dizaine de chiffres, et puis je l'entendrais. Ça a coupé. Ce n'était pas une coupure venant du Phone Center : plus ça dure, plus ils sont contents. Non, c'était le type de Wuppertal qui avait raccroché. Je retourne au guichet, je dis que je vais refaire ce numéro en Allemagne. On me dit que j'en ai déjà pour 120 zlotys, c'est-à-dire à peu près 30 euros. À ce rythme-là, dans une heure, je suis ruiné. Je rappelle quand même. Et là, je tombe sur l'enregistrement. Ça m'a rendu nerveux. Du coup, je ne pouvais plus m'empêcher de rappeler. Chaque jour, je venais tenter ma chance. J'essayais d'appeler à l'heure exacte où le type avait répondu. Parfois je modulais. Je me disais : peut-être qu'il décrochera un peu plus tard. J'allais fumer une cigarette dehors, je revenais. Mais, chaque fois, je tombais sur l'enregistrement.

XXXV

DOCTEUR BIANCA

Et puis un jour, j'avais tellement envie d'entendre une voix que j'ai appelé à la Salpêtrière. J'ai demandé le service d'hépato-gastro-entérologie. Je voulais parler à Vivale. Je pensais souvent à elle. Je n'avais pas de crise en ce moment, aucun saignement, tout allait bien. Juste lui dire deux mots, un bonjour de Pologne, entendre sa douceur, la vigueur bienveillante qu'il y avait dans son intonation, pouvoir me dire : quelqu'un sait où je suis. Bien sûr, je savais qu'elle n'avait pas que ça à faire, on ne dérange pas un spécialiste pour lui dire, au téléphone, qu'on pense à lui. Mais enfin, Vivale comprendrait. Je me disais même que ça lui ferait plaisir.

C'est Jodie qui a répondu. Elle a reconnu ma voix. Alors les piqûres, m'a-t-elle dit, ça va mieux ? Impeccable, j'ai dit : je ne saigne plus, tout va bien. Elle m'a dit que j'avais de la chance, le docteur Vivale était dans son bureau, elle me le passait. Et là, au bout du fil : Bianca. Merde, me dis-je. J'étais paralysé. Mais Bianca était tout sympathique : « Deichel, heureux de vous entendre, comment allez-vous ? — Très bien, je voulais juste faire signe, et vous dire que le traitement marche bien. — Parfait. Toujours en vadrouille ? Berlin, c'est ça ? » J'ai commis une erreur, j'ai dit : « Je suis à Varsovie. — Quoi ? Qu'est-ce que vous foutez en Pologne, Deichel ? Vous ne savez pas que les Polonais sont des antisémites ?

Il ne FAUT PAS aller en Pologne ! Il faut les boycotter, ces tueurs de Juifs ! Passe encore si vous alliez en pèlerinage à Auschwitz ou à Majdanek, mais Varsovie, non — IL NE FAUT PAS. — Justement, ce week-end, des amis veulent me montrer Auschwitz. — Je vois le genre : petit week-end "frisson" entre amis. Vous faites du tourisme, c'est ça ? Le tourisme de la mort ? Vous ne seriez pas un peu antisémite, vous aussi ? »

XXXVI

LA PUDEUR

Les Szymanski m'avaient proposé de les accompagner à Cracovie. La ville était beaucoup plus belle que Varsovie, disaient-ils. Elle n'avait pas été détruite pendant la guerre, c'était un joyau : il fallait que je voie ça. Ils y allaient de temps en temps, pour rendre visite à la sœur de Wladyslaw Szymanski ; ils avaient une voiture, mais, bien sûr, il leur fallait un chauffeur. Szymanski m'avait dit que si je le désirais on pourrait pousser jusqu'au camp d'Auschwitz-Birkenau. Ça m'intéresserait sûrement de voir Auschwitz, disait-il. Il avait longtemps accompagné des intellectuels étrangers invités par l'Université ; et même s'il ne voyait presque plus, il serait très heureux d'être mon guide, et de m'expliquer le fonctionnement du camp, ce qui était nécessaire, disait-il, si je voulais comprendre la Shoah.

J'ai cité la phrase de Claude Lanzmann, qui parlait de « l'indécence de vouloir comprendre ». C'est vrai, a dit Szymanski : pour ceux qui l'ont vécue, la Shoah est impossible à comprendre ; et quant à ceux qui ne l'ont pas vécue, il serait aberrant qu'ils s'imaginent pouvoir comprendre. L'« indécence » dont parle Lanzmann, a dit Szymanski, réside dans le risque de réduire, d'une manière ou d'une autre, ce qu'il en est de la Shoah : expliquer n'est jamais qu'une manière de ne pas comprendre. Peut-être faut-il laisser la Shoah se penser dans l'inexplicable, a dit Szymanski ; car il y a là un abîme que seule la pudeur est capable d'aborder. En face d'une telle monstruosité, a dit Szymanski, seule la pudeur peut entendre quelque chose. Je crois, a dit Szymanski, qu'elle est la seule façon possible de s'approcher de la Shoah : la pudeur est une sorte d'éthique ; elle comprend qu'il est indécent de vouloir comprendre.

XXXVII

CRACOVIE

On est arrivés à Cracovie en début d'après-midi. Il y avait une lumière splendide, l'air était chaud. La sœur de Wladyslaw Szymanski habitait dans la Vieille Ville, à deux pas du musée Czartoryski, où je courus voir, avant la fermeture, *La Dame à l'hermine* de Léonard de Vinci. Je me suis promené sur la colline du Wawel, et dans les ruelles du quartier de Kazimierz ; puis je me suis endormi dans un square, sous un saule pleureur. Il me semblait que tout allait plus vite. Les rues, les corps, les langues se pressaient vers moi — ils déferlaient. Je captais la moindre nuance d'un pavé, la moindre lézarde sur un mur, la moindre anfractuosité du trottoir, avec une violence d'acuité qui me les rendait inouïes. Le visage de chaque passant se gravait instantanément dans ma tête, avec ses harmoniques. Un déluge de sensations simultanées inondait mon corps. Chacune d'elles était vécue sur une dizaine de plans à la fois ; et sur chaque plan avaient lieu des aventures microscopiques qui auraient pu occuper mon esprit pendant des mois. Le plus étrange, c'est que ce déluge était calme, comme si tout avait lieu à l'intérieur du repos. Je n'avais pas l'impression que ce repos était le mien. Il me traversait, et j'étais traversé par lui. C'était un grand repos, la forme heureuse d'une immensité. Dans cette immensité, on entend, on voit, on savoure. Chaque respiration mémorise ce qui la rend possible. Vous êtes porté par cette mémoire que vous devinez infinie. Vous vous souvenez de tout et, à chaque instant, ce que vous vivez se multiplie. À chaque instant, c'est la mémoire elle-même qui vous respire.

La sœur de Wladyslaw Szymanski s'appelait Franciszka. Elle s'occupait des archives du théâtre de Kantor, et avait réuni des amis dans son appartement. Nous dînions sous un grand lustre en argent qui se balançait si près de la table qu'il semblait tremper dans nos assiettes. Le lustre datait de l'époque napoléonienne ; Franciszka l'avait descendu cérémonieusement au début de la soirée, à l'aide d'une chaîne argentée, afin d'y allumer une couronne de bougies. La conversation étincelait ; les reflets du vin de Bordeaux dans les verres allumaient des chatoiements ; les rires, les bagues, les boucles d'oreilles, les petites fourchettes, tout semblait faire partie d'un livre enchanté. Les langues française et polonaise mélangeaient leurs accents, avec des tournures d'ivresse. Il y avait autant de bougies sur le lustre que de convives ; et durant le dîner, chacun se demandait ce qui aurait lieu lorsque les bougies commenceraient à s'éteindre. Je me laissais bercer par le vin ; et par les clairs-obscurs qui crépitaient doucement. Je sentais que mon périple touchait à sa fin. J'étais déjà ailleurs. J'allais boucler la boucle.

XXXVIII

LE LABYRINTHE

Cette nuit-là, dans la chambre d'amis de Franciszka, j'ai feuilleté mes diagrammes de Berlin. Je cherchais les formes qui me donneraient des phrases. C'était agréable d'avoir cette provision. Je me disais que *Cercle II*, en un sens, était fini ; mais j'avais envie de fouiller encore dans mes cahiers. Il y a toujours un détail qui peut modifier l'ensemble, me disais-je. C'est là que je suis tombé sur la spirale. Je dis la spirale, mais c'est une tête. Ou plutôt un labyrinthe, un labyrinthe avec un visage au milieu — un visage-labyrinthe.

Ce visage souriait. Je me disais : il y a un sourire dans le labyrinthe. Le labyrinthe sourit. Le labyrinthe est un sourire.

Et puis j'ai pensé le contraire : c'est le sourire lui-même qui est un labyrinthe. Ça me plaisait bien cette idée : tous les sourires sont des labyrinthes, me disais-je.

L'acte de sourire ouvre le labyrinthe. J'ai pensé au sourire d'Anna Livia, et au chemin qu'il me fallait parcourir pour arriver jusqu'à lui.

J'ai remarqué que ce dessin apparaissait plusieurs fois dans les cahiers. D'où venait-il ? Je suis sûr que cette chose, je ne l'avais pas *vue*. Il y avait dans ces cahiers des silhouettes suscitées par le GASTR !, par les rues de Berlin, par la folie de la MINUTE MORTE ; il y avait toutes sortes de visages, des yeux, d'immenses yeux d'animaux de nuit qui parcouraient ces pages, mais cette forme-là ne venait pas de l'observation. Pourtant, il me semblait que je l'avais toujours connue. Elle ne m'était pas familière, c'est moi qui lui était familier. Je ne la reconnaissais pas : c'est elle qui me reconnaissait.

Cette nuit, *j'étais reconnu.*

J'ai eu un frisson de joie. C'est le chemin de mes phrases, me disais-je. Un rouleau de phrases, toutes mes phrases enroulées sur elles-mêmes. À la fin, elles sourient.

Une phrase est arrivée, justement, une phrase limpide de Nietzsche. Le nom de Nietzsche est arrivé en même temps que la phrase — avec la même limpidité. Depuis combien de temps n'avais-je pas ouvert un livre de Nietzsche ? Je voyais les petits volumes bien empilés chez Joséphine. Cette nuit, dans la chambre d'amis de la sœur de Wladyslaw Szymanski, à Cracovie, j'avais une soudaine nostalgie pour ces livres. Où sont passés tous les livres dont les phrases viennent me faire signe ? Ça n'a plus d'importance. Ce qui compte, me disais-je, c'est de faire usage des livres — c'est d'employer leurs phrases.

Cette phrase de Nietzsche disait : « L'homme labyrinthique cherche son Ariane. » Alors, le sourire au centre de la figure, c'était celui d'Anna Livia. C'est sa présence que je sentais depuis mon entrée dans le grenier. Dans mon cas, la profusion est toujours sous le signe du féminin. Elle est ici, Anna Livia : son corps se déplace dans la chambre.

Il ne s'agit pas de sortir du labyrinthe, me disais-je : sortir du labyrinthe n'est jamais qu'une autre manière de se perdre. Car le labyrinthe est le nom de la mémoire. Dans le labyrinthe, tout revient sans cesse ; dans le labyrinthe, vous croisez à chaque instant ce que vous avez déjà croisé : les noms, les corps, les voix. Ils reprennent vie sous vos pas. Le passé n'est plus simplement passé. Ce qu'on a vécu revient se vivre sans cesse dans une seule expérience présente.

Le labyrinthe n'est pas le chemin qui vous mène à votre perte, mais le chemin qui revient. Celui qui vous ramène toujours au même point — à cet instant qui est, qui a été, qui sera. Ce point est le vôtre. C'est ce point qu'il faut vivre, et les phrases vous ouvrent à ça. Car au moment où une phrase s'écrit, toutes les phrases existent. Dans l'éternel retour des phrases, le réveil a lieu à chaque instant.

XXXIX

PRIMO LEVI

Sur la petite route qui nous menait au camp d'Auschwitz-Birkenau, Wladyslaw a commencé à parler de Primo Levi. Je conduisais l'Opel Vectra des Szymanski, Élisabeth était devant, et Wladyslaw, allongé sur la banquette arrière, s'est mis à parler, longuement, d'une voix presque faible. La voix de Wladyslaw emplissait l'espace de la voiture avec lenteur, comme si elle venait de loin.

Wladyslaw avait connu Primo Levi là-bas, au camp de Monowitz ; et il avait été très impressionné, dans les derniers jours, les « jours de l'évacuation », comme il disait, de voir Primo Levi lire un roman. Personne ne savait si on allait survivre, disait Wladyslaw, personne ne le savait quand il y avait les Allemands, et maintenant que les Russes étaient là, on ne le savait pas plus. Bien sûr, le camp était « libéré », mais nous, libérés, nous ne l'étions pas : interdiction de sortir. On avait l'impression, disait Wladyslaw, que survivre était une activité qui n'en finissait plus, qui allait continuer à nous occuper encore longtemps ; et lui, Primo Levi, allongé sur un grabat de baraquement, il lisait un roman — un roman français, précisa Wladyslaw. Ce jour-là, disait-il, j'ai éprouvé un violent mépris pour ce type qui ne trouvait rien de mieux à faire, au sortir de l'enfer, et en attendant que la porte s'ouvre, que de lire un roman. Mais j'y ai souvent repensé depuis, disait Wladyslaw, et je pense que Primo Levi savait — il savait qu'il n'y aurait jamais rien de mieux à faire qu'à lire ; et surtout il savait, ou peut-être ne le savait-il pas, mais son corps le savait, que nous n'étions pas sortis de l'enfer, que la porte de l'enfer ne s'ouvrirait pas vraiment, qu'elle s'était entrebâillée, mais que sans doute l'effort pour la franchir nous coûterait la vie ; et que lire un roman, au moment où le monde était voué à l'enfer, était une des manières de s'en détourner. Oui, c'est à cet effort pour franchir la porte de l'enfer que serait vouée désormais notre vie ; car Primo Levi, disait Wladislaw, avait compris qu'on ne franchirait pas cette porte en une journée, ni même en patientant à cause de la quarantaine : on ne ferait plus que ça, maintenant, franchir cette porte — vivre consisterait à se mettre en route pour sortir de l'enfer, vivre ne serait jamais plus qu'une manière, à chaque instant, de se réveiller de l'enfer où le camp nous avait précipités pour toujours. Et puis, un jour ou l'autre, à force de toujours être occupé à franchir la porte de l'enfer, on en mourrait. Je n'ai pas été étonné lorsque Primo Levi s'est suicidé, a dit Wladyslaw : on a commencé à comprendre lentement, il nous a fallu des dizaines d'années, à nous les survivants, pour comprendre que les « rescapés », comme disait Primo Levi, pouvaient devenir à tout moment des « naufragés ». Que tous les « rescapés » étaient d'abord, et pour toujours, des « naufragés ».

XL

LE CHANT D'ULYSSE

Je ne sais plus qui, dans la voiture, a évoqué le chant d'Ulysse. À un moment du récit de sa captivité, tout le monde le sait, Primo Levi récite ce passage de Dante. Ou plutôt, il le reconstitue. Il veut apprendre l'italien à un jeune Français, le « Pikolo » ; il cherche dans sa mémoire les vers de Dante, et puis il les traduit. Je ne sais pas pourquoi, tandis que nous roulions vers le camp d'Auschwitz-Birkenau, et que je redoutais l'apparition imminente de la sinistre porte, on s'est mis nous aussi à essayer de réciter le chant d'Ulysse. Élisabeth en savait des bribes, Wladyslaw aussi, et j'ignorais jusqu'alors que je les savais moi aussi. Élisabeth a commencé à réciter, sa voix était basse, très douce, elle fermait les yeux comme la Sibylle : *Considerate la vostra semenza ; fatti non foste a viver come bruti, ma per seguir virtute e canoscenza.* Alors j'ai traduit : « Considérez votre semence ; vous n'avez pas été faits pour vivre comme des bêtes, mais pour suivre vertu et connaissance. » À trois, on va faire mieux que Primo Levi, a dit Wladyslaw. À peine Élisabeth avait-elle prononcé un vers que je le traduisais aussitôt ; puis c'était Wladyslaw qui lançait un vers — puis j'en trouvais un moi aussi. Les vers de Dante venaient au hasard et, chaque fois, on les traduisait. La voix d'Élisabeth était enjouée ; elle jubilait quand l'un de nous trouvait un vers : en disant les mots de Dante, sa voix était jeune, étrangement rafraîchie. Celle de Wladyslaw, au contraire, était devenue plus sombre qu'à l'habitude. À travers ces bribes du poème, une parole montait, comme lorsque Primo Levi cherche dans sa mémoire les vers et qu'il éprouve une étrange grâce, une sorte de révélation, une intuition fulgurante, dit-il. La voix d'Ulysse raconte son dernier voyage, elle raconte sa propre mort, elle encourage ses compagnons à la lutte ; et Primo Levi, à travers elle, entend un message universel. Et nous, me disais-je, en redisant les paroles de Primo Levi qui font parler Ulysse à travers Dante, c'était comme si on ne récitait plus un simple poème, mais le texte même de la mémoire, comme si on se passait un témoin. Quelque chose d'impalpable et d'impersonnel, un très vieux récit se frayait un chemin dans le temps : il reprenait vie à travers nos voix, et nous reprenions vie à travers lui. On a continué, jusqu'à ce que le discours d'Ulysse soit entier. Vous vous souvenez que ce sont des flammes qui parlent, ai-je dit : Ulysse est prisonnier d'une flamme, sa voix vient d'une flamme. Élisabeth a récité : *Dentro dai fuochi son li spirti, catun si fascia du quel ch'elli e inceso.* Alors j'ai traduit : « Les âmes se tiennent dans ces feux car elles s'entourent de ce qui les embrase. » C'est quand même étrange, ai-je dit, parce que l'enfer de Dante est un enfer de glace. Il est formé par les larmes des pécheurs. Vous vous souvenez : le souffle de Lucifer change les larmes en glace, c'est cette glace qui fait souffrir les pécheurs. Dans l'enfer de Dante, on meurt de froid. Et Ulysse, lui, se tient dans une flamme. Les flammes, on les trouve plutôt au paradis, ai-je dit, elles enveloppent l'apparition de Béatrice. Et là, en enfer, au moment où Dante décrit Ulysse, on dirait presque ces langues de feu qui viennent sur la tête des Apôtres et les fait parler *en langues*. Alors Élisabeth a dit en riant : *Come fosse la lingua che parlasse, gitto voce di fuori*, et c'est Wladyslaw qui a traduit, avec sa voix sombre : « Comme si c'était la langue qui parlait, elle jeta sa voix au-dehors. » Moi, a dit Élisabeth, les flammes du poème me font penser à celles du crématoire. Lorsque Primo Levi dit *la terra lagrimosa*, la terre des larmes, à la place de *la nova terra*, la terre nouvelle, lorsqu'il déforme ainsi les mots de Dante, ces déformations serrent le cœur, Car alors, a dit Élisabeth, ce n'est pas seulement la mémoire de Primo Levi qui lui joue des tours, c'est le camp lui-même qui s'introduit dans le poème de Dante : c'est lui qui parle à travers des mots anciens. Primo Levi ne fait pas erreur en récitant le texte de Dante, sa mémoire ajuste les mots qui lui sont nécessaires pour vivre et dire ce qu'il vit. À ce moment-là, Ulysse naufragé, c'est lui — les paroles d'Ulysse concernent tous les hommes qui souffrent. Et ces mots, pour peu qu'on les redise, a dit Élisabeth, en disent toujours plus long sur nous, chaque fois. Et même aujourd'hui, a dit Élisabeth, un peu émue. Ni Wladyslaw ni moi ne lui avons demandé ce qu'elle entendait par là, parce que, à notre manière, nous le savions. Chacun le sait pour soi, et pour chacun. Alors Élisabeth a proposé de réciter le chant d'Ulysse dans l'ordre. Reprenons, a-t-elle dit, on y est presque. Bientôt, dans l'Opel Vectra des Szymanski, les vers de Dante ont commencé à s'ajuster. On les répétait jusqu'à ce qu'ils trouvent leur place exacte. C'était une tapisserie de mots décousus qu'on déplaçait pour les recoudre au bon endroit ; et bientôt, tandis que là-bas, déjà, se dressait la sinistre porte, on parvint à redire, à trois, le poème. C'est tout un voyage que de chercher dans sa mémoire des paroles, me disais-je. Et à travers nos corps, la parole d'Ulysse passait dans la parole de Dante qui passait dans la parole de Primo Levi, qui passait dans la nôtre, où elles se rencontraient ; et ce passage de la parole à travers le temps formait un voyage qui ne s'arrêtait pas, un voyage qui, en un sens, franchissait la porte, et franchirait toutes les portes, car la mémoire, me disais-je, est le vrai nom du temps, et la mort ne peut rien contre elle.

XLI

ORPHÉE ET EURYDICE

On revient d'Auschwitz. On a beaucoup roulé. C'est la nuit. Les rues de Varsovie sont désertes. Les Szymanski se sont endormis. À un moment, on passe devant le Grand Théâtre, et là, sur une affiche, je vois Anna Livia.

Je freine brutalement. Je sors de la voiture. Je cours vers le théâtre. Oui, c'est elle : Anna Livia, pieds nus, en robe de satin rouge.

Les Szymanski sont affolés. Je les entends appeler au secours ; ils pensent qu'on a eu un accident. Wladyslaw essaie de descendre de la voiture, il tâtonne, il va tomber. Élisabeth continue à appeler. Je reviens vers eux, les rassure, on remonte en voiture, on rentre.

Je suis revenu à pied, tout seul, après avoir ramené les Szymanski chez eux. Anna Livia était là, sur l'affiche d'un spectacle de Pina Bausch. Je pouvais déchiffrer le titre : *Orphée et Eurydice* — un ballet tiré de l'opéra de Gluck.

C'était extraordinaire : Anna Livia, ici même, à Varsovie. J'allais la revoir enfin. Je me disais : elle va venir. Je bondissais de joie.

Je n'arrivais pas à déchiffrer ce qui était écrit sur l'affiche. Les dates, surtout, je ne les comprenais pas.

Je reviens le lendemain avec Paulina : « C'est déjà passé, dit-elle. C'était en mars, c'est fini… » Elle m'explique que la troupe de Pina Bausch avait joué deux soirs d'affilée *Orphée et Eurydice* dans la « petite salle Mlynarski » : les 28 et 29 mars. On était le 6 avril.

Anna Livia était à Varsovie la semaine dernière, me disais-je ; elle était dans la même ville que moi. Pendant que j'écrivais dans le grenier de Lazlo, ou quand j'essayais de la joindre au Tanztheater Wuppertal, Anna Livia dansait ici, à deux rues de la Vieille Ville. La femme que je désespérais de retrouver n'était qu'à quelques mètres de moi, me disais-je ; elle avait emprunté les rues que j'empruntais chaque jour, elle était allée boire un verre là où je vais boire un verre, et peut-être, en longeant les remparts, était-elle passée devant une maison qu'elle avait trouvée jolie avec son escalier et son balcon pittoresques. Il lui aurait suffi de monter les douze marches de l'escalier, et de pousser la petite porte : j'étais là, elle m'aurait trouvé penché sur un cahier, en train d'écrire son nom.

J'ai demandé à Paulina s'il n'y avait pas d'autres dates. À Varsovie, rien d'autre, c'était fini. Mais une affichette indiquait que la troupe de Pina Bausch serait en résidence pendant un mois à Prague, à partir du 21 avril.

Prague ? J'ai souri. Paulina regardait l'affiche : « Alors c'est elle ? » J'ai dit qu'il me fallait tout de suite une voiture. Que je quittais Varsovie. Que j'allais m'installer à Prague.

Paulina riait, je lui ai pris le bras, et sur les marches du Grand Théâtre, on a entamé un tango, un tango sans musique, sans voix, sans rien, juste avec nos rires.

XLII

DÉPART

Lazlo me trouva une voiture d'occasion. C'était la DS break. Personne n'en voulait, parce qu'elle avait transporté des morts. Il l'avait obtenue pour une somme dérisoire. Je suis allé dire adieu aux Szymanski. J'ai offert à Paulina le *Saint Julien*. Je lui ai dit que j'avais adoré notre complicité, que je lui souhaitais d'être follement aimée, et que j'étais fou de ses seins. Elle m'a dit en riant qu'elle n'oublierait pas ma façon de « faire l'amour à ses seins ». Lazlo ne voulait pas s'éloigner de la maison, car maintenant sa grand-mère était très agitée la nuit. J'ai acheté une bouteille de vodka ; on a fêté mon départ dans la cuisine. Dans la nuit, j'ai glissé le manuscrit de *Cercle II* dans la doublure de mon manteau, aux côtés de *Cercle I*.

XLIII

LUBLIN

J'ai quitté Varsovie le 7 avril. J'ai déjà raconté les premières visions le long de la Vistule. Très vite, au lieu de filer vers le sud, je choisis la direction de l'est. C'était grisant de rouler à travers ce printemps. Les couleurs se dilatent quand elles sont tièdes. Il y avait du bleu partout dans les arbres. L'horizon sur la route scintillait comme un mirage. Les villages, les forêts, les champs bruissaient de clarté ; j'ai même vu des tournesols.

Je suis resté quatre jours à Lublin. C'est une cité magique. Elle condense des siècles de kabbale. Les mystiques juifs l'ont composée, au XVIIIe siècle, avec la somme de leurs extases. Je me promenais dans les rues de la Vieille Ville et dans celles du vieux quartier juif ; chaque silence allumait de la joie. C'est une joie très ancienne. Très simple, aussi. Cette simplicité me comblait. Il y a un rapport entre le silence, l'illumination et la joie. Je ne l'ai jamais mieux senti qu'à Lublin. Tout de suite, ma promenade s'est mise à tourner sur elle-même. En pleine rue, je me trouvais soudain projeté dans une autre rue. Ça ne s'explique pas. C'est comme ce mouvement de la main qui fait passer d'une phrase à une autre. On change d'univers en une seconde. Ces univers se parlent. Dans un kaléidoscope, les lumières tournent ainsi en gravier. Il y avait des lanternes au-dessus des boutiques, des enseignes ouvragées par le temps, de vénérables pavés dans les rues, des apparitions de chats, des connivences de réverbères, un miroitement continu de détails où mes phrases vagabondaient. Je me disais : chaque instant surgit comme dans un poème. Est-il possible que la vie soit entièrement poétique ? Les phrases s'écrivaient en moi continuellement. Dans la voiture, elles venaient se composer en paragraphes. Et lorsque je marchais, même chose. J'étais en train de devenir mes phrases, je n'étais plus que phrases, je disparaissais en elles.

XLIV

KABBALE

Il y a un musée de la Kabbale, à Lublin. C'est aussi une bibliothèque. J'y ai passé trois jours d'affilée. Je m'étais mis à étudier. J'arrivais pour l'ouverture, à 9 heures ; je restais jusqu'à la fermeture, à 18 heures. J'avais garé la DS sur le parking du musée ; et pris une chambre dans un ancien couvent du XVIIe siècle, rue Podwale. L'hôtellerie était gérée par des bonnes sœurs. Sur le registre, j'avais signé Francesco Lupo. Il y avait un cloître, avec une fontaine auprès de laquelle je prenais un peu le soleil en rentrant du musée. J'étais épuisé. J'entrais dans ma cellule, je m'allongeais, je relisais mes notes et m'endormais aussitôt.

Au musée, chaque jour, j'allais de merveille en merveille. Dans la Kabbale, le monde est engendré à chaque instant par l'alphabet. Avec les lettres, vous accédez à des illuminations qui vous ouvrent un chemin vers la divinité. La combinaison des lettres suscite l'extase ; elle rend possible la rencontre avec Dieu. Car le monde de la divinité est un monde du langage. Lorsque le kabbaliste combine les lettres jusqu'à l'extase, il entre en contact avec cette dimension intérieure du langage.

Je recopiais toutes sortes de schémas ; celui des *sefirot*, par exemple, que j'essayais de mémoriser. Je me mis à étudier les techniques de récitation des noms. Il y avait un livre, surtout, qui s'appelait *La Clef des noms*, d'Abraham Aboulafia ; il me fit une très grande impression. Son manuscrit était exposé dans une vitrine ; quelques passages étaient transcrits en anglais. Je les lus avec les larmes aux yeux. Une bibliothèque de travail était à la disposition des visiteurs ; on pouvait y consulter librement des ouvrages sur la Kabbale, des traités de mystique juive. Ils étaient dans toutes les langues. Il y en avait une dizaine en français. J'avais une fringale de lecture. À part le Flaubert et *La Chartreuse*, que j'avais lus pour les Szymanski, il y avait bien longtemps que je n'avais pas lu de livre.

Je sortis trois volumes des rayons. Il y avait deux étudiantes qui consultaient des textes en hébreu, à la grande table d'étude. Je les avais déjà remarquées la veille et l'avant-veille ; elles répondirent à mon salut. Je m'assis au bout de la table ; et me plongeai dans la lecture.

C'étaient des livres sur l'histoire de la Kabbale, et des chroniques sur la vie des tsadikkim, les saints juifs. Je lus par exemple que le surgissement libre d'un verset dans l'esprit d'un homme est regardé comme une forme de prophétie. Je lus que la mémoire de certains tsaddikim remontait si loin qu'ils se souvenaient du déluge. Je lus qu'il est possible de redonner vie à la parole, par la parole. Une joie immense montait en moi tandis que je lisais. Un savoir se réveille à travers les siècles. Il est là depuis toujours ; et il est toujours nouveau. Je me disais : aujourd'hui, ce savoir m'est destiné. Il passe par moi. Je souriais. J'étais de plus en plus heureux.

XLV

O▽

C'est à la Mandragora, un restaurant où j'ai passé la soirée. J'étais à une petite table, au fond, sur une banquette de velours pourpre. Je buvais, je mangeais, tout en prenant des notes sur mon cahier. Les plats étaient délicieux. Le mobilier en bois et les reproductions de Chagall faisaient un dégradé de rouges et de bruns chauds. J'avais les joues en flammes. Le vin était léger pourtant.

À un moment, je vais aux toilettes, je tombe sur deux portes : sur l'une, il y a : O et sur l'autre : ▽. Le O me subjugue. C'est exactement le signe qu'il y avait sur l'enveloppe que me tendait Anna Livia dans le rêve que j'avais fait au parc Saski. Je m'approche de la porte, et au moment où je commence à la pousser, une serveuse derrière moi crie : *Niet !...* Elle court vers moi, me prend par le bras et me dirige vers l'autre porte, celle qui est surmontée du ▽. En ressortant des toilettes, je remarque que les serveurs se parlent en me désignant. Peu après, le gérant, le genre beau gosse hautain, fait irruption à ma table, et m'explique, en anglais, que son restaurant est un établissement honnête, et qu'il ne veut pas de scandale. « Quel scandale ? Je me suis trompé, c'est tout. — Ça ne se fait pas, monsieur. » Je lui dis qu'il exagère un peu, j'étais distrait, et puis avec ces deux signes, là, le rond et le triangle, comment savoir quelle porte est pour les hommes et quelle porte pour les femmes ? Il ne m'écoutait pas. Il me répète que ça ne se fait pas : *Gentlemen are not used to do that.*

Quelqu'un intervient, c'est une voix de femme. Elle

s'adresse au gérant en polonais, puis, en français, m'invite à sa table. Je m'assieds. Elles sont deux. Ce sont les deux étudiantes. Elles m'ont reconnu : vous êtes tous les jours à la bibliothèque, disent-elles, vous êtes très sérieux, encore plus assidu que nous. « Et alors comme ça, après une bonne journée de travail, on va reluquer les femmes aux toilettes ? » dit l'une d'elles, d'un ton moqueur. Je bredouille. Ce n'est pourtant pas compliqué, poursuit-elle : le rond pour les femmes, le triangle pour les hommes. « À moins, dit l'autre étudiante, que vous ne preniez le triangle pour une figuration du pubis. » Elles se lancent alors dans une suite d'interprétations amusantes. L'une conclut en disant : « Vous avez raison, car le féminin et le masculin échangent tout le temps leur signe. » L'autre revient à la charge : « Non, c'est le gérant qui a raison : vous êtes un dangereux obsédé sexuel, vous voyez du féminin partout. »

Toutes les deux sont éblouissantes. Elles sont d'origine polonaise, mais vivent en Israël. Elles parlent le polonais, l'hébreu, le russe et, bien sûr, me disent-elles, le français, l'anglais et l'allemand. L'une s'appelle Judith. C'est elle qui est intervenue tout à l'heure. Elle est un peu dodue, brune, elle a un visage rond, avec un grain de beauté au coin de la bouche, un joli pull vert pomme et du vernis sur les ongles. L'autre, c'est Myriam, elle est brune elle aussi, les cheveux frisottés, très maigre, avec de petites lunettes et un chemisier noir.

Ce sont des étudiantes de l'Université de Jérusalem, elles étudient la mystique juive ; elles sont toutes deux élèves de Moshe Idel et ont obtenu une bourse internationale : Myriam travaille sur la vie et les écrits de Rabbi Yaakob Yitzhak, qu'on appelle aussi le « Voyant » de Lublin ; et Judith sur Rabbi Nahman de Braslav : elle essaye de reconstituer l'armoire mystique de ses écrits secrets. Elles étaient à Lublin depuis plusieurs semaines et allaient continuer leur voyage d'étude en Ukraine, où d'importants centres d'archives avaient survécu aux liquidations soviétiques.

XLVI

L'ARMOIRE MYSTIQUE

Le restaurant ferma vers minuit. Judith et Myriam m'entraînèrent dans un bar qui s'appelait Le Trésor. Il jouxtait la maison présumée du Voyant de Lublin. On parla de mystique juive jusqu'à 3 heures du matin.

Lorsque je demandai à Judith ce qu'était exactement l'« armoire mystique » de Rabbi Nahman de Braslav, elle m'expliqua que c'était la bibliothèque de ses écrits. Elle était composée de trois étagères. Sur celle d'en bas, se trouvent les livres de caractère exotérique ; ils ont été publiés : ce sont des contes, des recueils de spéculations sur les noms de Dieu, sur la sainteté, le vide et les lettres.

Sur la deuxième étagère, un peu plus haut, se trouvent les livres de caractère ésotérique ; ils constituent l'ensemble du *Livre brûlé*, dont certains feuillets, récités par ses disciples, ont circulé dans des villes d'Ukraine. Ce livre a été écrit et pensé pour être brûlé, afin que le secret s'accomplisse en acte. L'étagère est vide.

Enfin, au-dessus encore, sur la troisième étagère, se trouvent les livres dits « totalement ésotériques ». Ils constituent le « Livre caché ». Aucun œil ne l'a vu, aucune main ne l'a touché. Ce livre est *nistar denistar* — secret des secrets. Rabbi Nahman de Braslav a dit que son corps l'avait quitté lorsqu'il l'avait écrit ; que c'était un livre tramé entièrement par l'insaisissable ; et que seul le Messie en ferait un commentaire.

Judith travaillait sur la symbolique de ces trois dimensions. Selon elle, chaque étagère, et le livre qui s'y rapporte, correspondait à un degré dans l'accès à la connaissance des noms de Dieu. L'armoire était peut-être la Kabbale ; ou la Tora elle-même.

Juste avant de me quitter, elles me proposèrent de me joindre à elles le lendemain : chaque samedi, comme le musée ferme, elles vont faire un pique-nique et se baigner dans un lac, en dehors de la ville.

Je rentrai jusqu'au couvent, rue Podwale, et trouvai porte close. J'avais oublié qu'il y avait couvre-feu à 22 heures.

La nuit était douce. De toute façon, avec mon manteau, je ne craignais rien. J'étais enveloppé par mon manuscrit. Le reste n'avait pas d'importance.

J'ai marché un quart d'heure au hasard. Dans la rue Tysiaclecia, près du Vieux Cimetière, il y avait un petit jardin accueillant. Les bancs étaient glacés. Je me suis allongé sous un platane. J'ai sorti ma lampe de poche. J'ai noté ce que m'avait dit Myriam à propos de l'armoire mystique, puis je me suis endormi.

XLVII

DÉJEUNER SUR L'HERBE

Nous voici au bord d'un lac. Il y a des noisetiers, des bouleaux, et des saules qui se penchent vers l'eau. Quelques nymphéas flottent près du rivage. Judith et Myriam se déshabillent tout de suite, elles sont bronzées, aucune trace de soutien-gorge. Judith s'est mise toute nue, elle garde juste la culotte. Elle est un peu lourde, avec la croupe forte des Renoir, et déjà la lumière lèche sa poitrine. Ses seins aussi sont gros — des seins de sieste, des seins de farniente alanguis. Myriam est en maillot de bain ; elle est plus menue, les bras tout fins, avec une sécheresse de sportive. Cette nuit, au bar Le Trésor, elles apparaissaient dans un camaïeu de bruns ; le chocolat, les ombres fauves leur modelaient des éclats d'automne feutré. Aujourd'hui, elles apparaissent mieux : elles sont gorgées de soleil. Le vert et le bleu s'échangent leurs reflets dans les branches, au-dessus de l'eau. Ce sont des volumes de lumière. Les gouttes de transpiration frémissent sur leur peau. Je pense au début de ce livre, lorsque j'ai rencontré Anna Livia sur le pont des Arts. Il y avait le même soleil d'avril, et l'appétit tremblé des berges. Les corps de Myriam et Judith bougent dans la lumière. Elles s'enduisent la peau de crème. En quelques minutes, l'univers mouille. Un coin de verdure en pente vers l'eau, avec de l'herbe, des cailloux, et l'ombre des arbres ouvre une clairière de repos. J'ai allumé une cigarette, je la tends à Myriam. J'en allume une autre pour moi. Je les regarde. C'est elles, ce sont les « femmes des anciens peintres » dont parle Rimbaud. Elles font bouger le rose et le blanc dans l'air. C'est une clarté bien chaude, qui se module d'elle-même. Un stock de nuances respire à leur place, sans effort. La présence des nymphéas m'a fait penser tout de suite à Anna Livia. Peut-être que les demoiselles de Lublin me préparent aux retrouvailles avec mon amie. Judith a étalé une nappe à petits carreaux rouges et blancs sur notre coin de roche. Elle sort d'une corbeille une bouteille de vin, des verres à pied qui étincellent, un compotier sur lequel elle place une grappe de raisin noir, trois citrons, des abricots, des figues, puis un melon qui dégringole. C'est un bouquet. On applaudit. Myriam photographie le compotier. Quelques fruits se mettent à rouler dans l'herbe. Elle photographie Judith, les épaules de Judith, ses seins. Elle se rapproche et les caresse doucement, puis les presse de la main gauche ; l'autre main continue à photographier. Myriam sort des couteaux, des serviettes. Et tandis que je me déshabille, Myriam me photographie à mon tour.

J'ai mon cahier, je suis allongé, je note. L'herbe est humide, elle chatouille les orteils de Judith. Lorsqu'elle rit, il y a de petits grognements dans sa bouche qui réveillent le loup. Je mords dans un citron, ma bouche crépite. J'embrasse Judith qui me suce la langue à petits coups, puis elle va embrasser Myriam qui lui pétrit les seins.

« Allons nous baigner », dit Judith. Elle ôte sa culotte. Elle a une touffe noire très fournie, qui remonte, par un fil de poils sombres, jusqu'au nombril. Les saules protègent la baignade, ils se penchent en arche au-dessus des corps qui avancent dans l'eau. Je me mets tout nu, comme Judith. Je garde juste les espadrilles, et je vais la rejoindre. Quand on est un faune, on pénètre dans l'Olympe comme on entre au bordel. Les deux choses n'en font qu'une. L'instant est une orgie délicate, qui aime être invisible. Judith nage un peu, je la rejoins. Elle tord ses cheveux mouillés, les ramène en chignon. Elle sourit. La nacre s'allume sur ses épaules, sur ses bras. Myriam entre dans l'eau, elle plonge dans notre direction, puis, toute mouillée, met son doigt sur la bouche : silence. Ses yeux brillent, elle a un sourire espiègle, maintenant.

Elle enlève son maillot, ferme les yeux, et s'approche de nous.

XLVIII

CORBILLARD

J'ai roulé, direction sud-est. La Pologne orientale est une plaine immense. Je longeais la frontière ukrainienne, à travers la Galicie, vers les Carpates. Je m'enfonçais dans d'interminables forêts. Je croisais des chevreuils, comme dans *Saint Julien.* Je pensais à Tchernobyl, à des lointains de marécages, à des zones grillagées interdites aux humains. Je passais certains après-midi dans des villages. Après avoir bu un café dans le bistrot local, j'allais m'allonger dans le coffre de la DS. Elle attirait la curiosité. Les gens repèrent les corbillards, ils les devinent. La DS était franchement déglinguée, pleine de boue, il fallait vraiment le savoir qu'on avait conduit des morts là-dedans. Eh bien ils le savaient. Dans les villages, dans les villes, ils venaient voir ça de près, ils reniflaient la pompe funèbre. À Lancut, par exemple, tandis que je m'étais arrêté sur un parking, en face du château du comte Potocki, il y eut soudain une espèce d'attroupement. Je n'avais pas pris soin de tirer les rideaux parce que l'endroit m'avait semblé désert. Les enfants riaient de voir un type au lit dans sa voiture ; mais je remarquais bien, dans la stupéfaction des adultes, que la gêne se chargeait d'un reproche : j'étais un homme qui ne respecte pas la mort. Ronfler dans un corbillard, se taper des siestes dans la position des macchabées, c'était un blasphème.

À Sanok, le lendemain. C'est la nuit. Il est trop tard pour chercher un hôtel. Je me gare près de la poste. Une ruelle tranquille. Pas trop de passage, pas non plus un coin abandonné. Je tire les rideaux, je m'endors. Dans la nuit, quelqu'un frappe contre le carreau. Je me réveille en sursaut, je vois une tête hirsute avec des yeux de fou qui se penche sur le pare-brise. Je bondis sur le volant, le type est assis sur le capot, je démarre d'un coup, il dégringole, et je fonce hors de la ville en gueulant contre ce con.

XLIX

TRIPTYQUE

Pour m'endormir, lorsque j'étais allongé sur le matelas dans la voiture, je pensais à mon livre. Car avec *Cercle I*, *Cercle II*, et avec les pages qui s'écrivaient toutes seules depuis mon départ de Varsovie, c'était véritablement un livre que je portais, un ensemble cohérent, une traversée. Je me disais : ce livre sera un triptyque. Au milieu, c'est indiscutable, il y a l'enfer. La première partie est, en un sens, un purgatoire. Et la troisième, encore inachevée, un paradis.

Mais purgatoire et paradis ont changé, me disais-je. Ces expériences se vivent très loin des clichés classiques. Aujourd'hui, paradis et purgatoire donnent à chaque instant l'un sur l'autre. On entre, on sort. On entre de nouveau. C'est sans fin.

Au purgatoire, on se prépare, il y a des paliers, on s'exerce : ainsi arrive-t-il qu'on accède, par extase, au paradis. C'est ce qui m'arrivait à Paris.

Au paradis, on évolue dans la jouissance. La jouissance est sans cesse en train d'expérimenter ce qui la constitue. L'élément du paradis est la connaissance voluptueuse de tous les éléments, si bien que le paradis connaît le purgatoire, et même l'enfer. Il les connaît parce qu'il les a vaincus.

Au début de mon aventure, je me préparais, et en même temps, j'étais déjà au paradis : il surgissait par fragments inattendus.

Une fois qu'on a l'accès à la jouissance, tout est à disposition. Il peut même arriver qu'une pointe d'enfer ou une séquence de purgatoire vous traverse : de toute façon, *depuis* le paradis, tout est vécu selon la joie. Le paradis n'a rien à voir avec l'au-delà : c'est la disponibilité de l'éveil pour tout ce qui existe. C'est exactement ce que visent les phrases. Elles *rénovent* sans cesse le paradis.

L

RETABLE

La nuit, je voyais ainsi mes phrases flotter dans la voiture. Elles se rangeaient dans une espèce de retable, un meuble à trois pans, et vibraient comme un mantra. Je me disais : mon livre est un retable qui contient un mantra, et c'est un mantra qui contient un retable. Je pensais à l'armoire mystique. Pour qu'une phrase soit une phrase, me disais-je, il faut qu'elle traverse les trois étagères, il faut qu'elle soit à la fois visible, brûlée et cachée. Une phrase qui a traversé les trois degrés peut être considérée comme une phrase. Ainsi voyais-je le retable s'ouvrir dans la nuit. Les phrases allaient d'un volet à l'autre. Je regardais leur mouvement. Toutes mes nuits de chambre, celles de l'hôtel Cascade, de Straub, du Metalowcy, du grenier de Lazlo, venaient se mettre ensemble pour m'inventer une nuit vivable. En s'ajustant, elles trouvaient, parmi des centaines de lignes, la nervure où le sommeil se rend possible.

LI

DOR

J'ignore le nom de ce village où j'ai passé mes deux dernières nuits en Pologne. Je m'étais arrêté pour me reposer, boire une bière ; et mettre au propre les phrases de la journée, que j'avais écrites au vol. Il était à peu près 18 heures. Toutes les façades du village étaient jaunes. Je garai la voiture devant l'église, et demandai, avec des gestes, où manger et où dormir. La femme à qui je m'étais adressé m'emmena dans une rue dont les maisons étaient minuscules, courbées sur elles-mêmes, comme cette rue de Prague, qui longe le château, et où Kafka venait écrire la nuit : elle s'appelait la ruelle d'Or, mais on l'appelait la rue des Alchimistes. Je décidai donc de nommer cette rue la rue des Alchimistes. Quant au village, il s'appellerait d'Or — ou Dor. Ce n'est pas le sens qu'ont les choses qui importe, mais le désir qu'on a d'elles, me disais-je. On me fit une omelette aux patates. On me servit de la soupe, et du vin. Est-ce que c'était une auberge ? Je ne sais pas. Je mangeai dans la cuisine, chez un couple taciturne et lent. J'avais aussi une chambre, une sorte de lit-placard tapissé de liège. Je rêvais d'une bonne nuit, je m'allongeai sous les draps ; mais entraîné par les phrases, j'écrivis jusqu'à l'aube, avec le cahier sur les genoux. L'odeur du café me tira du lit ; je descendis à la cuisine, où, sans un mot, on me servit une autre omelette, avec un café médiéval. Le couple était là, comme la veille, mutique. Le type avait une casquette et un bleu de travail ; il m'observait sans se gêner. Je suis remonté me coucher, j'ai dormi toute la journée ; vers 16 heures, je suis sorti vérifier la voiture. C'était vraiment un village de contes, avec des maisons de poupées, et ce jaune partout qui vous mettait une torpeur d'enfance.

LII

LA BAGUE

Au numéro 7, il y a une vitrine étroite avec des bijoux. J'entre. Le bijoutier, un vieil homme maigre, avec une grande barbe grise, est en train de lire, allongé sur une banquette. Il porte une veste en peau de lièvre, arrête sa lecture et me dit bonjour en yiddish. J'ai l'impression d'être en face du Voyant de Lublin. Je regarde les boîtes vitrées, l'or, l'argent, les boucles d'oreilles, les colliers. Et là, il se passe une chose étrange. Je me mets à lui parler naturellement, lui aussi me parle. Je lui explique que je désire une bague pour une femme. Je la désire en argent. Il faut que cette bague soit une fleur, avec des pétales d'argent et des pistils de rubis. Voilà : une fleur de rubis, dis-je. J'ignore dans quelle langue on se parle. Je ne m'en souviens pas. Peut-être n'a-t-on même pas ouvert la bouche. Mais je comprends qu'il lui faudra la nuit pour faire la bague ; et que je dois revenir le lendemain. Voici qu'il sort d'un coffre une feuille couverte d'écriture. Il me l'offre. Alors, j'ouvre mon manteau, je détache les épingles à nourrice, et sors de la doublure une page pour lui. Le lendemain matin, il m'attend, allongé avec son livre et sa peau de lièvre. Il me rend mon écriture, je lui rends la sienne. Il monte un petit escalier en colimaçon, et redescend avec la bague. L'anneau est serti de pétales d'argent piquetés de rubis.

LIII

PÂQUES

C'est le 13 avril. La campagne est merveilleuse. Je m'achemine vers la frontière slovaque. On est au bord des monts Tatras, avec toute la chaîne des Carpates. J'ai arrêté la DS dans un chemin, en lisière d'un petit bois de bouleaux. La lumière scintille dans les branches. Il y a de belles maisons claires au milieu des arbres, avec le reflet des vérandas, les chaises de jardin blanches, et là-bas, protégé par des buissons d'églantines qui lui offrent un peu de fraîcheur, un rosier sauvage. Je sens d'ici le parfum des roses. Le rosier me rappelle Anna Livia. Je me mets à triquer.

Je triquais comme un bouc, et dans cette trique bien fraîche, je sentais revenir la joie d'Éros, celle du grand désir de foutre, toute la crudité joyeuse de la baise ulysséenne, et de la parole qui lui prodigue ses fruits.

Je me suis avancé vers les branches d'églantines. J'ai respiré les roses. Un peu plus bas, il y avait des buissons touffus pleins de fleurs jaunes et blanches. C'était doux. J'ai ouvert ma braguette. Le soleil arrive à travers les arbres, il chauffe bien. Le vent léger soulève les branches. C'était vraiment bon de glisser sa queue dans le feuillage. Les clartés sont accueillantes. La main respire. Je souriais, comme un bienheureux. Dans la lumière, je crus voir Anna Livia, et c'était elle : sa main douce, ses doigts chauds, sa vigueur. Elle venait finir de me branler. Je la vois sourire entre les feuilles. Sa beauté me comble. Quand elle branle, elle rayonne. La joie qui vient aux femmes qui aiment l'amour est infinie : c'est une sorte de béatitude.

Le sourire d'Anna Livia était doux quand j'ai joui dans les fleurs. Elle commençait déjà à disparaître. J'ai dit : *Et quella, si lontana come parea, sorrise e riguar dommi.* Voilà, c'était Pâques, « et elle, si lointaine qu'elle paraissait, sourit, et me regarda de nouveau ». C'est ainsi qu'on arrive au paradis, me disais-je : le 13 avril, enveloppé de roses et l'esprit en fête, le corps disponible, aéré, tranquille, la queue bien branlée par la femme qu'on aime.

LIV

L'INOUBLIABLE

À la manière dont on parvient à se vivre comme mémoire se reconnaît l'entrée dans la jouissance. Il existe un point à partir duquel cette mémoire vient à la parole. C'est un point amoureux. L'amour est seul capable de vivre l'expérience infinie de la mémoire, parce qu'il coïncide avec les phrases. Il existe grâce à elles ; elles existent grâce à lui. L'amour et les phrases sont une même chose, c'est-à-dire une *opération qui ouvre.* L'opération de l'amour s'égale à celle des phrases, en ce sens que l'amour est l'élément même des phrases, et les phrases l'élément même de l'amour. Dire et aimer coïncident. La jouissance qui vient de leur coïncidence est l'élément même de ce livre.

LV

MATLIARY

À partir de là, je vais de plus en plus vite. J'ai passé la frontière dans la montagne. Il n'y avait pas de douane, pas de poste, rien. Comme je n'avais plus de passeport, j'avais choisi une petite route, presque un sentier. Je me suis perdu, évidemment. Et puis, c'était le week-end, il y avait foule, des caravanes ralentissaient l'allure. J'ai mis une journée à me sortir de ce dédale. Je suis passé à Matliary, où Kafka avait séjourné presque un an dans un sanatorium. C'est une grosse maison à colombages entourée de tilleuls, avec des bow-windows, et de petites tours hérissées de flèches. Je roulais vite ; les dernières pages de ce livre s'écrivent dans cette vitesse. Elles se libèrent — les instants vont avec elles, inépuisables.

LVI

FAVEUR

Abrégeons. Je traversai la Slovaquie, puis la Tchéquie en deux jours, favorisé du même air de lumière qui m'avait rendu la Pologne enchantée. J'avais hâte qu'on soit le 21 avril. Les villes les plus tristes me paraissaient des chefs-d'œuvre. J'avançais sous le signe d'une jouissance qui se nourrissait du moindre détail. Lorsqu'on écrit une phrase d'un livre, toutes les phrases de ce livre se mettent à vibrer. Celles qui sont déjà écrites, aussi bien que celles qui vont s'écrire. Elles se déplacent, s'ajustent. C'est imperceptible. Au moment d'écrire une phrase, cette phrase vous est donnée par les autres phrases du livre : en se mettant à exister, elle modifie par sa seule existence l'ensemble des phrases, qui toutes se mettent à changer, tout en restant les mêmes.

LVII

LE 17 AVRIL

Je suis arrivé à Prague le matin du 17 avril. Un an, me disais-je : voilà un an que cette aventure a commencé. Lazlo m'avait donné une adresse de garage pour revendre la voiture. C'était en banlieue, de l'autre côté de la Vltava. J'ai mis deux heures à trouver. Le type était polonais. Il y avait un mot de Lazlo pour lui. Tout était déjà convenu. Il a à peine regardé la DS, il m'a donné l'argent liquide, et j'ai pris le tramway pour revenir dans le centre.

Je suis allé directement au Théâtre national. Une grande affiche flottait dans la rue. C'était la même qu'à Varsovie : Anna Livia, en robe rouge, tournant sur elle-même.

Je suis entré. On m'a confirmé que la troupe de Pina Bausch venait à Prague en résidence pour un mois, du 21 avril au 21 mai. Il y avait toutes sortes de spectacles prévus, *Orphée et Eurydice*, mais aussi la reprise de *Tabula rasa*. La troupe n'était pas encore arrivée. Elle commencerait à répéter ici, au Théâtre national, à partir du 21 avril.

J'ai longé la Vltava et l'île Strelecky, jusqu'au pont Charles. C'était un plaisir de longer de nouveau un fleuve. La lumière était pâle ; elle faisait miroiter les statues sur le pont. Il y avait partout des dômes, des clochers, des toits bleus, verts, roses. J'ai pris un café au comptoir des Trois Violons. Je me disais : une nouvelle vie commence peut-être ici. Il y a un fleuve, des îles. Il y aura bientôt Anna Livia. Tout peut recommencer.

On m'a trouvé une chambre à l'Office de tourisme. Elle n'était pas libre avant 18 heures. J'avais le temps. Alors j'ai traversé le pont Charles. Et grimpant les escaliers qui mènent au château, la pensée de mes retrouvailles avec Anna Livia m'illuminait. Je n'en finissais plus de sourire. Je me sentais libre.

LVIII

SAINT JEAN

J'ai deux heures devant moi. J'entre à la Narodni Galerie. Il y a un tableau qui me plaît : *Saint Jean l'Évangéliste à Patmos*, de Giovan Francesco Caroto.

Jean est accoudé sur un rocher, la tête repose dans le creux de sa main droite. Il a, comme toujours, un visage féminin. On dirait une Vierge de la Renaissance italienne. Son auréole est discrète : un simple fil d'or autour de la tête, auquel semble répondre la plume dans un encrier. Jean est entouré de papiers, de livres. Il est accoudé sur un tissu dont les plis ressemblent à ceux d'un papyrus. Son manteau rouge semble se changer en manuscrit. Il est en train d'écrire l'Apocalypse.

Avec un manteau et du papier, le monde s'ouvre. Avec un manteau, de l'encre et du papier, vous changez le monde. Et même si personne ne le remarque, cela n'empêche pas le monde d'être changé. Que quelqu'un, à l'instant, s'enveloppe d'un manteau, qu'il trouve de l'encre et du papier, qu'il commence à écrire, et l'on verra si le monde reste le même.

Le sujet du tableau, c'est saint Jean qui pense. Dans la pensée, l'air est immobile. Les oiseaux et les sources sont loin. Ce ne peut être que la fin du monde, en avançant. Saint Jean a vu — il a vu ce qu'on ne peut pas voir. Son visage témoigne pour ce qui n'a pas de témoin. Ce qu'il voit le jette dans une solitude intense. Est-ce que la révélation est calme ? Oui, saint Jean découvre que les extases fondent une manière de vivre qui s'appuie sur le calme absolu de la pensée. La fin du monde est contenue dans chaque instant ; chaque instant contient aussi le salut.

Il y a des nuits de vision qui font signe dans ce tableau — des nuits d'éclairs superposés, où l'abîme et la sérénité parlent le même langage. Saint Jean a *vu une voix*. Un jour de dimanche il fut ravi en esprit ; et il entendit derrière lui une voix. Cette voix était éclatante comme une trompette ; et cette trompette disait : « Écris dans un livre ce que tu vois. » Il s'est retourné pour voir quelle était la voix qui lui parlait. Son visage en témoigne : il a vu ce qui ne se voit pas.

LIX

LA CLÉ D'OR

C'est à Mala Strana, rue Nerudova. Un mur jaune, un réverbère, une porte en bois. Le 27 est à l'enseigne de la Clé d'Or. Il y a un porche baroque, puis un escalier lent et large, dont la frise en fer forgé, qui se répète sous la rampe, reproduit une lyre. Au quatrième étage, je sonne. On m'ouvre. La chambre donne sur le parc de Petrin. Le ciel est rouge et jaune ; il s'étale sur le lit, sur le petit bureau, sur la toile des murs, sur la tablette de chevet. Les jardins dévalent la colline jusqu'au fleuve, le crépuscule glisse avec eux.

J'avais trois jours devant moi.

J'ai dormi. J'ai écrit. J'ai attendu.

Je voulais me préparer à revoir Anna Livia. Mais comment se préparer ? Et préparer quoi ? Des mots ? Dans le monde amoureux, les corps sont comme les arbres, et comme l'eau. Ils n'ont pas besoin de parler puisqu'ils sont eux-mêmes parole.

J'ai déchiré la doublure du manteau. Fini de transporter mes phrases. Les trois manuscrits sont sur la table. *Cercle I* et *Cercle II* sont copiés sur de grandes feuilles blanches. *Cercle III* est presque achevé.

Ce soir est le dernier soir. Une volupté parcourt la chambre, elle passe par la fenêtre. Elle me mène par les escaliers jusqu'au pont Charles. J'ai allumé une Kool. La nuit est légère. De petites lumières s'amusent dans les reflets du fleuve.

Je regarde mon manteau. Il est déchiré de partout. Il n'y a plus de manuscrit à l'intérieur — c'est vide. Est-ce qu'un manteau sans phrases est encore un manteau ? À un moment, il n'y a plus eu de différence entre ma vie, les phrases et le manteau. Ce soir, c'est fini. Il faut qu'une expérience trouve sa fin, sinon elle pourrit. Elle pourrit et elle meurt. Une expérience qui trouve sa fin ne meurt pas. Il y a un an, j'ai ramassé ce manteau. Un manteau qu'on ramasse, un jour il faut le jeter. Alors je me suis avancé vers la balustrade. J'étais au milieu du pont. J'ai enlevé mon manteau. Je me suis penché au-dessus de la Vltava, et je l'ai lancé dans l'eau.

LX

Aujourd'hui, je me suis levé tôt. C'est le 21 avril. J'ai pris un café au *Tigre d'Or*. J'ai photocopié les trois manuscrits. Je les ai fait relier en un seul volume, avec une couverture crème, sur laquelle est écrit *Cercle*. Et puis, sous le titre, j'ai fait reproduire la petite spirale du visage-labyrinthe. J'ai laissé une page en blanc, afin de continuer à écrire, ce matin, en attendant Anna Livia.

Je suis allé au Théâtre demander si la troupe de Pina Bausch arrivait bien aujourd'hui. Elle est attendue pour midi.

C'est une journée radieuse. Il y a les éclats gris-bleu qui me portent chance, une lumière douce, et toutes les promesses de la joie.

J'ai marché le long du fleuve. Vers 11 heures, je suis revenu au Théâtre. Sur la petite esplanade, juste à côté de l'entrée, il y a un jardin, avec un banc. Je me suis assis sur ce banc pour attendre Anna Livia. J'ai le manuscrit de *Cercle* sur mes genoux. J'écris ces phrases sur la dernière page. Et puis j'ai apporté la bague. Je vais offrir à Anna Livia le livre et la bague. La voici, au loin, avec Pina Bausch et les autres. Elles arrivent à pied. Anna Livia est devant, elle marche la première. Mon cœur bat très fort. Je la vois traverser l'avenue. Elle s'approche. Elle n'est plus qu'à quelques mètres de moi. Je souris, je dis à voix haute : « Anna Livia ! » Elle s'arrête, se tourne vers moi, tout son visage se met à sourire — elle dit OUI.

Paris, 2002-2007.

LISTE DES ILLUSTRATIONS

Les dessins au trait sont de l'auteur.

DU MÊME AUTEUR

Aux Éditions Gallimard

Romans

INTRODUCTION À LA MORT FRANÇAISE, coll. « L'Infini », 2001

ÉVOLUER PARMI LES AVALANCHES, coll. « L'Infini », 2003

CERCLE, coll. « L'Infini », 2007 (Folio n° 4857). Prix Décembre

Collectifs

LIGNE DE RISQUE, 1997-2005, sous la direction de Yannick Haenel et François Meyronnis, coll. « L'Infini », 2005

PRÉLUDE À LA DÉLIVRANCE, avec François Meyronnis, coll. « L'Infini », 2009

Entretiens

Philippe Sollers, POKER, entretiens avec la revue *Ligne de risque*, avec la collaboration de François Meyronnis, coll. « L'Infini », 2005

Chez d'autres éditeurs

LES PETITS SOLDATS, Éditions de La Table Ronde, 1996 (La Petite Vermillon, 2004)

À MON SEUL DÉSIR, Éditions Argol/Réunion des musées nationaux, 2005

COLLECTION FOLIO

Dernières parutions

4598. Mark Twain — *Un majestueux fossile littéraire et autres nouvelles.*
4599. André Velter — *Zingaro suite équestre* (nouvelle édition)
4600. Tite-Live — *Les Origines de Rome.*
4601. Jerome Charyn — *C'était Broadway.*
4602. Raphaël Confiant — *La Vierge du Grand Retour.*
4603. Didier Daeninckx — *Itinéraire d'un salaud ordinaire.*
4604. Patrick Declerck — *Le sang nouveau est arrivé. L'horreur SDF.*
4605. Carlos Fuentes — *Le Siège de l'Aigle.*
4606. Pierre Guyotat — *Coma.*
4607. Kenzaburô Ôé — *Le faste des morts.*
4608. J.-B. Pontalis — *Frère du précédent.*
4609. Antonio Tabucchi — *Petites équivoques sans importance.*
4610. Gonzague Saint Bris — *La Fayette.*
4611. Alessandro Piperno — *Avec les pires intentions.*
4612. Philippe Labro — *Franz et Clara.*
4613. Antonio Tabucchi — *L'ange noir.*
4614. Jeanne Herry — *80 étés.*
4615. Philip Pullman — *Les Royaumes du Nord. À la croisée des mondes, I.*
4616. Philip Pullman — *La Tour des Anges. À la croisée des mondes, II.*
4617. Philip Pullman — *Le Miroir d'Ambre. À la croisée des mondes, III.*
4618. Stéphane Audeguy — *Petit éloge de la douceur.*
4619. Éric Fottorino — *Petit éloge de la bicyclette.*
4620. Valentine Goby — *Petit éloge des grandes villes.*
4621. Gaëlle Obiégly — *Petit éloge de la jalousie.*
4622. Pierre Pelot — *Petit éloge de l'enfance.*
4623. Henry Fielding — *Histoire de Tom Jones.*
4624. Samina Ali — *Jours de pluie à Madras.*

4625. Julian Barnes — *Un homme dans sa cuisine.*
4626. Franz Bartelt — *Le bar des habitudes.*
4627. René Belletto — *Sur la terre comme au ciel.*
4628. Thomas Bernhard — *Les mange-pas-cher.*
4629. Marie Ferranti — *Lucie de Syracuse.*
4630. David McNeil — *Tangage et roulis.*
4631. Gilbert Sinoué — *La reine crucifiée*
4632. Ted Stanger — *Sacrés Français ! Un Américain nous regarde.*
4633. Brina Svit — *Un cœur de trop.*
4634. Denis Tillinac — *Le venin de la mélancolie.*
4635. Urs Widmer — *Le livre de mon père.*
4636. Thomas Gunzig — *Kuru.*
4637. Philip Roth — *Le complot contre l'Amérique.*
4638. Bruno Tessarech — *La femme de l'analyste.*
4639. Benjamin Constant — *Le Cahier rouge.*
4640. Carlos Fuentes — *La Desdichada.*
4641. Richard Wright — *L'homme qui a vu l'inondation* suivi de *Là-bas, près de la rivière.*
4642. Saint-Simon — *La Mort de Louis XIV.*
4643. Yves Bichet — *La part animale.*
4644. Javier Marías — *Ce que dit le majordome.*
4645. Yves Pagès — *Petites natures mortes au travail.*
4646. Grisélidis Réal — *Le noir est une couleur.*
4647. Pierre Senges — *La réfutation majeure.*
4648. Gabrielle Wittkop — *Chaque jour est un arbre qui tombe.*
4649. Salim Bachi — *Tuez-les tous.*
4650. Michel Tournier — *Les vertes lectures.*
4651. Virginia Woolf — *Les Années.*
4652. Mircea Eliade — *Le temps d'un centenaire* suivi de *Dayan.*
4653. Anonyme — *Une femme à Berlin. Journal 20 avril-22 juin 1945.*
4654. Stéphane Audeguy — *Fils unique.*
4655. François Bizot — *Le saut du Varan.*

4656. Pierre Charras — *Bonne nuit, doux prince.*
4657. Paula Fox — *Personnages désespérés.*
4658. Angela Huth — *Un fils exemplaire.*
4659. Kazuo Ishiguro — *Auprès de moi toujours.*
4660. Luc Lang — *La fin des paysages.*
4661. Ian McEwan — *Samedi.*
4662. Olivier et Patrick Poivre d'Arvor — *Disparaître.*
4663. Michel Schneider — *Marilyn dernières séances.*
4664. Abbé Prévost — *Manon Lescaut.*
4665. Cicéron — *«Le bonheur dépend de l'âme seule».* Tusculanes, *livre V.*
4666. Collectif — *Le pavillon des Parfums-Réunis* et autres nouvelles chinoises des Ming.
4667. Thomas Day — *L'automate de Nuremberg.*
4668. Lafcadio Hearn — *Ma première journée en Orient* suivi de *Kizuki le sanctuaire le plus ancien du Japon.*
4669. Simone de Beauvoir — *La femme indépendante.*
4670. Rudyard Kipling — *Une vie gaspillée* et autres nouvelles.
4671. D. H. Lawrence — *L'épine dans la chair* et autres nouvelles.
4672. Luigi Pirandello — *Eau amère* et autres nouvelles.
4673. Jules Verne — *Les révoltés de la Bounty* suivi de *maître Zacharius.*
4674. Anne Wiazemsky — *L'île.*
4675. Pierre Assouline — *Rosebud.*
4676. François-Marie Banier — *Les femmes du métro Pompe.*
4677. René Belletto — *Régis Mille l'éventreur.*
4678. Louis de Bernières — *Des oiseaux sans ailes.*
4679. Karen Blixen — *Le festin de Babette.*
4680. Jean Clair — *Journal atrabilaire.*
4681. Sous la direction d'Alain Finkielkraut — *Ce que peut la littérature.*
4682. Franz-Olivier Giesbert — *La souille.*
4683. Alain Jaubert — *Lumière de l'image.*
4684. Camille Laurens — *Ni toi ni moi.*
4685. Jonathan Littell — *Les Bienveillantes.*

4686. François Weyergans	*La démence du boxeur.* (à paraître)
4687. Frances Mayes	*Saveurs vagabondes.*
4688. Claude Arnaud	*Babel 1990.*
4689. Philippe Claudel	*Chronique monégasque* et autres textes.
4690. Alain Rey	*Les mots de saison.*
4691. Thierry Taittinger	*Un enfant du rock.*
4692. Anton Tchékhov	*Récit d'un inconnu* et autres nouvelles.
4693. Marc Dugain	*Une exécution ordinaire.*
4694. Antoine Audouard	*Un pont d'oiseaux.*
4695. Gérard de Cortanze	*Laura.*
4696. Philippe Delerm	*Dickens, barbe à papa.*
4697. Anonyme	*Le Coran.*
4698. Marguerite Duras	*Cahiers de la guerre* et autres textes.
4699. Nicole Krauss	*L'histoire de l'amour.*
4700. Richard Millet	*Dévorations.*
4701. Amos Oz	*Soudain dans la forêt profonde.*
4702. Boualem Sansal	*Poste restante : Alger.*
4703. Bernhard Schlink	*Le retour.*
4704. Christine Angot	*Rendez-vous.*
4705. Éric Faye	*Le syndicat des pauvres types.*
4706. Jérôme Garcin	*Les sœurs de Prague.*
4707. Denis Diderot	*Salons.*
4708. Isabelle de Charrière	*Sir Walter Finch et son fils William.*
4709. Madame d'Aulnoy	*La Princesse Belle Étoile et le prince Chéri.*
4710. Isabelle Eberhardt	*Amours nomades.*
4711. Flora Tristan	*Promenades dans Londres.*
4712. Mario Vargas Llosa	*Tours et détours de la vilaine fille.*
4713. Camille Laurens	*Philippe.*
4714. John Cheever	*The Wapshot.*
4715. Paule Constant	*La bête à chagrin.*
4716. Erri De Luca	*Pas ici, pas maintenant.*
4717. Éric Fottorino	*Nordeste.*
4718. Pierre Guyotat	*Ashby* suivi de *Sur un cheval.*
4719. Régis Jauffret	*Microfictions.*

4720. Javier Marías — *Un cœur si blanc.*
4721. Irène Némirovsky — *Chaleur du sang.*
4722. Anne Wiazemsky — *Jeune fille.*
4723. Julie Wolkenstein — *Happy End.*
4724. Lian Hearn — *Le vol du héron. Le Clan des Otori, IV.*
4725. Madame d'Aulnoy — *Contes de fées.*
4726. Collectif — *Mai 68, Le Débat.*
4727. Antoine Bello — *Les falsificateurs.*
4728. Jeanne Benameur — *Présent ?*
4729. Olivier Cadiot — *Retour définitif et durable de l'être aimé.*
4730. Arnaud Cathrine — *La disparition de Richard Taylor.*
4731. Maryse Condé — *Victoire, les saveurs et les mots.*
4732. Penelope Fitzgerald — *L'affaire Lolita.*
4733. Jean-Paul Kauffmann — *La maison du retour.*
4734. Dominique Mainard — *Le ciel des chevaux.*
4735. Marie Ndiaye — *Mon cœur à l'étroit.*
4736. Jean-Christophe Rufin — *Le parfum d'Adam.*
4737. Joseph Conrad — *Le retour.*
4738. Roald Dahl — *Le chien de Claude.*
4739. Fédor Dostoïevski — *La femme d'un autre et le mari sous le lit.*
4740. Ernest Hemingway — *La capitale du monde* suivi de *L'heure triomphale de François Macomber.*
4741. H. P. Lovecraft — *Celui qui chuchotait dans les ténèbres.*
4742. Gérard de Nerval — *Pandora* et autres nouvelles.
4743. Juan Carlos Onetti — *À une tombe anonyme.*
4744. R. L. Stevenson — *La Chaussée des Merry Men.*
4745. H. D. Thoreau — *« Je vivais seul, dans les bois ».*
4746. Michel Tournier — *L'aire du Muguet* précédé de *La jeune fille et la mort.*
4747. Léon Tolstoï — *La Tempête de neige* et autres récits.
4748. Tonino Benacquista — *Le serrurier volant.*
4749. Bernard du Boucheron — *Chien des os.*
4750. William S. Burroughs — *Junky.*
4751. Françoise Chandernagor — *La voyageuse de nuit.*

4784. Guy de Maupassant — *Apparition et autres contes de l'étrange.*
4785. D. A. F. de Sade — *Eugénie de Franval.*
4786. Patrick Amine — *Petit éloge de la colère.*
4787. Élisabeth Barillé — *Petit éloge du sensible.*
4788. Didier Daeninckx — *Petit éloge des faits divers.*
4789. Nathalie Kuperman — *Petit éloge de la haine.*
4790. Marcel Proust — *La fin de la jalousie.*
4791. Friedrich Nietzsche — *Lettres choisies.*
4792. Alexandre Dumas — *La Dame de Monsoreau.*
4793. Julian Barnes — *Arthur & George.*
4794. François Bégaudeau — *Jouer juste.*
4795. Olivier Bleys — *Semper Augustus.*
4796. Éric Fottorino — *Baisers de cinéma.*
4797. Jens Christian Grøndahl — *Piazza Bucarest.*
4798. Orhan Pamuk — *Istanbul.*
4799. J.-B. Pontalis — *Elles.*
4800. Jean Rolin — *L'explosion de la durite.*
4801. Willy Ronis — *Ce jour-là.*
4802. Ludovic Roubaudi — *Les chiens écrasés.*
4803. Gilbert Sinoué — *Le colonel et l'enfant-roi.*
4804. Philippe Sollers — *L'évangile de Nietzsche.*
4805. François Sureau — *L'obéissance.*
4806. Montesquieu — *Considérations sur les causes de la grandeur des Romains et de leur décadence.*
4807. Collectif — *Des nouvelles de McSweeney's.*
4808. J. G. Ballard — *Que notre règne arrive.*
4809. Erri De Luca — *Sur la trace de Nives.*
4810. René Frégni — *Maudit le jour.*
4811. François Gantheret — *Les corps perdus.*
4812. Nikos Kavvadias — *Le quart.*
4813. Claudio Magris — *À l'aveugle.*
4814. Ludmila Oulitskaïa — *Mensonges de femmes.*
4815. Arto Paasilinna — *Le bestial serviteur du pasteur Huuskonen.*
4816. Alix de Saint-André — *Il n'y a pas de grandes personnes.*
4817. Dai Sijie — *Par une nuit où la lune ne s'est pas levée.*

Composition Nord Compo
Impression Maury-Imprimeur
45330 Malesherbes
le 9 février 2009.
Dépôt légal : février 2009.
Numéro d'imprimeur : 144282.

ISBN 978-2-07-036635-4. / Imprimé en France.

165299